앵디아나

죠르즈 상드 지음 | 염승섭 옮김

시와 진실

차 례

옮긴이의 말 ·· 5

앵디아나

소개의 글 (1852년 5월) ··· 7
1832년 판의 서문 ·· 11
1842년 판의 서문 ·· 17
제 1부 (1장~ 8장) ·· 25
제 2부 (9장~16장) ·· 109
제 3부 (17장~24장) ··· 191
제 4부 (25장~30장) ··· 279
결말 ·· 365

해설자료

연보 ·· 381
작품해설 ·· 387

| 일러두기 |
1. 본문에 들어 있는 각주는 모두 옮긴이의 주석이다.
2. 본문에 들어 있는 ( ) 안의 내용은 지은이의 것이다.
   옮긴이의 부연 설명은 [ ]로 표시하였다.

옮긴이의 말

죠르즈 상드George Sand(1804-1876)는 한국에서 그 이름은 잘 알려져 있으나 그녀의 작품세계에 대해서는 *마술에 걸린 늪La Mare au diable*이 대학의 프랑스 문학교재로 종종 쓰였던 외에는 별로 알려진 것이 없다. 하지만 그녀에 대한 관심은 유럽과 영·미 권에서 1970년대부터 여성주의 운동을 계기로 지금까지 점점 높아져 왔다. 특히 그녀의 탄생 200주년이 되던 2004년을 전후하여 그녀에 관한 많은 연구서적들과 논문들이 출판되었는데, 그 중에서도 죠르즈 상드 학회The George Sand Association: Friends of George Sand를 중심으로 한 연구 활동이 돋보인다. 다시 말해서 죠르즈 상드에 대한 재평가가 활발히 진행되고 있는 것이다.

죠르즈 상드의 문학적 관심은 그녀의 사회·정치적 관심과 밀접하게 연관되어 있었다. 따라서 필자는 그녀의 실천적 삶에 대한 논의는 차치하고, 그녀의 문학세계에 초점을 맞추어 보고자 한다. 지난 1984년 프랑스에서 갈리마르Gallimard 출판사의 폴리오 고전Folio classique판으로 상드의 첫 소설 *앵디아나Indiana*가 베아트리스 디디에Béatrice Didier교수의 탁월한 해설과 함께 출간되었고, 또 영국에서는 1994년 옥스퍼드 세계고전 시리즈로 나오미 쇼어Naomi Schor의 훌륭한 서문을 실은 실비아 래피얼Sylvia Raphael에 의한 새로운 영어번역본이 나왔다. 또한 필자가 접한 바로, 그 독일어 판은 1983년 인젤Insel사에서 나왔다.

일찍이 프랑스 낭만주의에 대해 관심을 가졌고 일련의 연구를 수행했던 필자는 상드에 대한 관심이 있었으면서도, 이제야 그녀의 첫 작품의 번역과 그에 관련된 연구를 통해 그녀에 대한 총체적 이해에 도달했음을 언급함과 동시에 상드의 문체적 특성인 섬세한 묘사와 논리를 드러내는 문장구조, 즉 경우에 따라 여러 소절로 이루어진 긴 문장의 호흡을 역문에서도 가급적 반영하도록 노력하였다. 그 번역의 원문 텍스트로는 상드의 마지막 검열을 거친 1861년의 결정판을 따르고 있는, 위에 언급한 폴리오 판을 사용했음을 밝혀둔다.

끝으로, 본 번역원고를 처음부터 끝까지 꼼꼼히 읽으시며 윤문潤文상의 여러 조언을 하여주신 불문학자 임채문 선생님과 아울러 프랑스 문학 전통에 각별한 관심을 가지시고 2년 전 출판한 플로베르의 〈감정 교육〉과 맞물려 이번에 상드의 명작인 *앵디아나*의 번역 출판을 기꺼이 떠맡으신 도서출판 '시와 진실'의 최두환 사장님께 심심한 사의를 표한다.

2012년 4월 27일
옮긴이 염승섭

소개의 글

나는 *앵디아나*를 1831년 가을 동안에 썼다[1]. 이는 나의 첫 소설로, 이것을 어떤 계획이나 또는 어떤 예술 내지는 철학의 이론을 염두에 두지 않은 채 집필했다. 나는 본능적으로 써내려가는 시기에 있었고 이때는 정신적인 성찰이란 것도 모두 우리의 본성을 더욱 견고하게 할 뿐이었다. 사람들은 이 소설을 결혼에 대한 반대를 의도적으로 옹호하는 글이라고 간주하고자 했다. 나는 그 문제를 자상하게 논해 보고자 하지 않았기에, 비평가들이 나의 전복적 경향들을 지칭하여 찾아낸 그 모든 근사한 말들에 지극히 놀랐다. 비평은 지나칠 정도로 너무 영리한데, 바로 그 점이 그것의 죽음을 가져올 것이다. 비평은 순진하게 만들어진 것을 한 번도 순진하게 판단하는 법이 없다. 비평은 선량한 사람들이 말하는 바, 오후 두 시에 정오를 찾듯이, 공연히 일을 복잡하게 만들고 있고, 사리事理보다 비평가의 판단들에 더 주의를 기울인 예술가들에게 많은 피해를 입혔음이 틀림없다.

모든 정체政體 하에서 또 모든 시대에 있어 눈여겨볼 것은 자신들의 재능을 마다하고 고발자의 역할 즉 사정당국에 정보를 제공하는 일을 떠맡아야 된다고 상상했던 비평가들의 족속이 있어 왔다는 사실이다. 그것은 문필가들이 그들의 동료 작가들에 대해 취하는 정말 이상야릇한 역할이 아닐 수 없다! 출판물에 대한 정부의 엄격한 규제도 이 사나

---

[1] 학계의 증빙자료에 의하면 이 소설은 1832년 초에 썼음.

운 비평가들에게는 한 번도 충분한 적이 없었다. 그들은 그러한 엄격한 규제가 비단 작품들에만 국한되는 것이 아니고, 더 나아가 작가 자신들에도 적용되기를 바라고 있는데, 그들의 말을 들어보면, 우리들 중 몇 사람은 어떤 것을 글로 쓴다 해도 발표하는 것이 금지될 것이다. 내가 *앵디아나*를 썼을 때, 사람들은 모든 것에 대해 생시몽주의 라는 비난을 퍼붓고 있었다. 나중에 그들은 온갖 종류의 다른 비난들을 외쳐댔다. 어떤 작가들에게는 입을 여는 것조차 아직 금지되어 있고, 위반하는 경우엔 그들을 공권력을 지닌 경찰에 소환하기 위해 문예란 감독관들이 그들의 작품을 덮친다는 것이다. 만약 작가가 어느 노동자로 하여금 고귀한 말을 구사하게 한다면, 그것은 시민계급에 대한 공격이 된다. 만약 탈선했던 처녀가 속죄를 하고 예전의 모습을 다시 찾았다면, 그것은 정숙한 여인들에 대한 공격이 된다. 또 만약 사기꾼이 귀족의 칭호를 사칭하면, 그것은 귀족계급에 대한 공격이 되고, 만약 무뢰한이 허세부리는 군인처럼 행동한다면, 그것은 군대에 대한 모욕이 된다. 만약 여자가 남편에 의해 학대받고 있다면, 그것은 난교亂交 또는 무차별적 성애性愛의 권장이 된다. 모든 것이 그렇게 처리된다. 의젓한 동료 문필가들이여, 경건하고 관대한 영혼을 지닌 비평가들이여! 아무도 당신들이 고문자가 될 저 종교재판 같은, 어느 당찬 문학 심문 법정을 설립할 것을 조금도 생각하고 있지 않다는 것은 얼마나 유감스러운 일인가! 당신들은 그 책들을 갈기갈기 찢어서 천천히 불태워버리는 것에 만족할 것인가, 혹은 당신 자신들의 요청으로, 당신들의 신들과 다른 신들을 모시게 된 작가들에게 여기 저기 고문을 가하는 특전을 허락받을 수도 있는 것이 아닐지?

다행히도 나는 첫 등단 때부터 나를 낙담시키려 하였고, 이 미천한 시작이 완전한 졸작이라고 말할 수 없기에 사회의 안녕질서를 해치는 선동적 선언으로 둔갑시키고자 애썼던 그 사람들의 이름마저도 잊어버렸다. 나는 그처럼 많은 명예를 기대하고 있지 않았고, 이제 나는 그 비평가들에게 감사의 마음을 표시해야 한다고 생각하는데, 즉 산토끼가 개구리들이 자기 앞에서 공포에 떠는 것을 보고는 자기가 호전적 천둥번개라고 믿을 자격이 있었다고 상상하며, 그들에게 표했던 감사 말이다.

죠르즈 상드.
노앙, *1852년 5월.*

서문
1832년 판

만약 이 책의 일부가 새로운 신념들에 기우는 경향이 있다는 비난에 봉착하였다면, 또 만약 엄격한 감식가들이 그 어조를 신중치 못하고 위험스럽다고 생각했다면, 그러한 비판적 반응은 평자들이 대수롭지 않은 작품에 아주 지나친 영예를 부과하는 것이고, 사회질서에 관한 큰 문제들을 다루기 위해서는 어느 누구이든 자신이 대단한 도덕적 기백을 지니고 있다고 느끼고 있거나 대단한 재능을 소지하고 있어야 한다는 것이고, 또 작가가 거의 어떤 것도 꾸며내지 않은 지극히 단순한 얘기의 주제主題에 그런 추정은 조금도 개입되지 않는다고 대답해야 될 것 같다. 만약 그의 과제의 수행 중에 등장인물들이 사회적 폐단으로 인해 겪는 고통의 울부짖음을 표현하게 되었다면, 만약 그가 더 나은 삶을 향한 그들의 갈망들을 기록함에 주저하지 않았다면, 사회가 그 불평등에 대해, 운명이 그 변덕에 대해, 비난받아 마땅할 것이다! 작가는 그것들을 반영하는 거울에 또 그것들을 복사하는 기계에 지나지 않으며, 만약 그 각인들이 정확하고 반영이 충실하다면, 어떤 사과를 할 이유가 하나도 없는 것이다.

그러니 이 이야기 진행자가 인간 생활의 드라마 속에 산재해 있는 몇 개의 고뇌와 분노의 울부짖음을 원문으로 또는 구호로 삼지 않았다는 사실을 생각할 필요가 있다. 그는 이야기의 형식 밑에 어떤 진지한 교훈을 감추어 놓는다는 주제넘은 생각을 조금도 하지 않고 있다. 그는 어떤 의심스러운 미래가 우리들에게 준비하고 하고 있는 구조물에 도움을 주려고 하는 것도 아니며, 무너져 내리고 있는 과거의 구조물을 걷어차려는 것도 아니다. 그는 우리가 인간적 이성을 현혹시키는 너무 강렬한 빛을 완화시키기 위하여 커튼을 필요로 하고 있는, 그런 도덕적 폐허의 시대에 살고 있음을 너무나 잘 알고 있다. 만약 그가 진정으로 유용한 책을 만들기 위해 자신이 충분히 박식하다고 느꼈다면, 그는 진실을 있는 그대로의 색채와 강렬한 효과를 지닌 채 제시하는 대신, 그 진실을 완화했을 것이다. 그렇게 만든 책은 병든 눈을 위한 푸른 안경의 역할을 수행해 주었을 게다.

그는 어느 날엔가는 그 온당하고 고매한 과업을 이룩해낼 것을 조금도 포기하고 있지 않지만, 오늘날 젊은 입장에서, 그가 본 것을 여러분에게 이야기하는 바, 아마도 현 세대의 어느 누구도 아주 유능하게 판단하지 못할 미래와 과거 사이의 대논쟁에 관해서는 감히 그 나름의 결론들을 끌어낼 엄두를 내지 못한다. 여러분들에게 그의 의혹들을 감추기에는 너무나 정직하고, 그것들을 확실한 사항들로 수립하기에는 너무나 소심한 나머지, 그는 여러분의 성찰들에 의존하고 그의 이야기의 플롯에 선입견들과 기성旣成 판단들을 삽입하기를 지양한다. 그는 이야기하는 사람으로서의 직업을 한 치의 오차도 없이 이행한다. 그는 여러분들에게 모든 것을 꺼내기 곤란할 정도로 참된 것까지 말할 것이다. 그러나 여러분이 그에게 철학자의 옷을 입혀놓는다면, 여러분은 그가 조리 없이 장황하다고 여길 것인데, 그도 그럴 것이 그는 여러분을 가르치는 것이 아니고, 즐겁게 하는 책임을 진 단순한 말 재주꾼이기 때문이다.

설령 그가 보다 원숙하고 또 보다 능숙하다고 해도, 그는 죽어가는 문명의 큰 상처들에 손을 댈 엄두도 내지 못할 것이다. 그것들을 검진하려는 모험을 감행하는 때는 족히 그것들을 치유할 수 있다는 확신이 서 있어야 한다! 그는 이미 엎어진 제단들을 벼락으로 내리치고자 그의 재능을, 만약 그것을 지니고 있다면, 구사하기보다는 여러분을 전대 前代의 무효화된 신념들과 사라져버린 옛 예배형식들에 결부시키려고 시도하는 것이 더 낫다고 느낄 것이다. 하지만 그는 예술에 있어 소심한 접근방식이 우스꽝스러운 태도로 질타되는 것과 마찬가지로, 유행적 자선 정신에 따라 겁먹은 양심은 여론에 의해 위선적 유보留保행각으로 경멸되고 있음을 알고 있다. 그러나 그는 실패할 것이 뻔한 사건들을 변호함에 있어, 이득은 아니더라도 명예가 있다는 사실 또한 알고 있다.

이 책의 정신을 오해하고 있는 이들에게 그러한 신념의 표방은 시대착오적 발상으로 귀에 거슬릴 수도 있을 것이다. 서술자는 이 이야기를 끝까지 들어보고 나서는, 모든 인간사人間事에서 그러하듯, 사실들에서 드러나는 도덕성의 승리를 부인할 청자聽者는 별로 없기를 희망한다. 그가 그것을 완성하였을 때 그에게는 자신의 양심이 맑았다고 생각되었다. 요컨대 그는 그가 너무 짜증냄이 없이 사회적 참상慘狀에 대해 또 너무 열을 올리지 않고 인간적 열정들에 대해 이야기한 것을 내심 자랑스러워했다. 그는 현絃들이 너무 높은 소리를 냈을 때는 그 위에 약음기弱音器를 올려놓았다. 그는 들리지 않게 머물러 있어야 할 어떤 일정한 영혼의 음표들과 위험을 유발할 것이 뻔한 어떤 심금心琴의 소리를 억누르고자 애썼다.

만약 여러분이 그가 합법적 제약으로부터 자신을 해방하기를 원하는 인물의 비참함을 또 운명의 포고布告에 반항하는 마음의 매우 슬픈 시련을 보여주었다는 것에 동의한다면, 아마도 여러분은 그에 대해 공정할 것이다. 만약 그가 *법*을 대변하는 인물을 가능한 한 가장 아름다운 면모로 제시하지 않았고 또 *여론*을 대변하는 다른 인물에 대해서는 훨씬 덜 우호적이었다면, 여러분은 *환영幻影*을 대변하고 열정의 공허한 희망들과 광적인 계획들을 가차 없이 좌절시키는 제 3의 인물을 보게 될 것이다. 끝으로, 여러분은, 만약 그가 법이 양들의 식욕인 양 우리들의 욕망을 울타리에 가두어 놓고 있는 땅위에 장미꽃들을 뿌려놓지 않았다면, 그가 그 법으로부터 이탈하는 길들 위에는 쐐기풀을 던져놓았음을 알게 될 것이다.

그것이면, 내 생각에, 이 책이 부도덕하다는 비난에 대해 충분한 보증이 될 듯하다. 그러나 당신들이 소설은 마르몽뗄[2]의 이야기처럼 끝나게 되기를 절대적으로 원한다면, 당신들은 아마도 그 마지막 페이지에 대해 나를 질책할 것이다. 당신들은 그 두 권에 걸쳐 인간적 법도들을 위반한 인물을 내가 빈곤과 방기 속에 내던져 버리지 않은 것을 못마땅히 여길 것이다. 그 점에 있어서, 저자는 당신들에게 그가 도덕적이기에 앞서 진실 되기를 원했던 것이라고 대답할 것이다. 그는 여러분에게, 그가 삶을 어찌 대처해나갈까에 대해 철학 논문을 쓰기에는 너무 미숙하다고 느낀 나머지, 약점, 폭력, 권리, 선과 악을 두루 지닌 인간적 심정의 이야기인 *앵디아나*를 쓰는 것으로 그의 한계를 정했음을 되풀이해 말할 것이다.

만약 당신들이 이 책에 있는 모든 것에 대한 설명을 듣기를 주장한다면, *앵디아나*는 한 유형이다. 그녀는 여자이고, 억눌린, 또는 다른 표현을 빌면, *법률들*에 의해 억압된 *열정*들을 그려내는 과제를 지닌 나약한 인물이다. 그녀는 필요와 뒤엉켜 싸우고 있는 의지력이다. 그녀는 문명의 모든 장애물들을 향해 맹목적으로 머리를 부딪치는 사랑이다[3]. 그러나 뱀은 줄을 쏠아 보고자 한 끝에 그의 이빨들을 마멸시키고 부서지게 한다. 영혼의 힘은 삶의 실제적인 것에 대항해 싸우고자 하는 와중에 탕진된다. 바로 그것은 당신들이 이 일화로부터 결론지을 수 있는 대목이고, 바로 그런 의미에서 이 일화는 당신들에게 그것을 전해주는 이에게 들려주었던 것이다.

이렇게 공언을 하고 있음에도 불구하고, 서술자는 질책 받을 것을

---

2) 18세기 작가로 도덕적 이야기들 Contes moraux의 저자
3) 반낭만주의자 귀스타브 플랑슈Gustave Planche적 문체의 영향

각오하고 있다. 어떤 강직한 영혼들, 또 어떤 선량한 사람들의 양심은 미덕이 그처럼 거칠고, 이성이 그처럼 초라하고, 세론世論이 그처럼 불공평한 것을 보고 아마도 깜짝 놀랄 것이다. 서술자는 그 점을 두려워한다. 정녕 작가가 세상에서 제일 염려하는 것은 그의 작품들로부터 선의의 사람들의 신뢰를 이반시키는 것이고, 기분이 상해 있는 영혼들에 비통한 공감을 불러일으키는 것이고, 또 사회적 명예가 초조해하고 반항적인 이들의 이마위에 각인되어 있는 이미 매우 쓰라린 상처들을 더 악화시키는 것이기 때문이다.

한 시대의 열정에 비열하게 기대어 이루는 성공은 가장 쉽게 성취할 수 있는 것이며, 그것은 가장 적게 명예로운 것을 추구하는 것이다. *앵디아나*의 역사가[4]는 그런 것을 생각이라도 해보았다는 것조차 부인한다. 만약 그가 그러한 것이 자신의 성과였다고 믿었다면, 그는, 유산流産된 문학의 근래의 나약한 출판물들을 강보로 싸는 순박한 부정父情을 그 책에 대해 느꼈다 해도, 그것을 소멸시킬 것이다.

그러나 서술자는 시적 창안들에 의해서 보다 참된 실제의 예들에 의해서 그의 원칙들을 더 잘 지킨다고 믿어왔다는 것을 언급하며, 자신을 정당화하기를 희망한다. 그는 그의 이야기가 그것을 감싸고 있는 슬픈 진실성을 지니고 있기에, 열망하는 젊은 심령들에게 강한 인상을 남길 것이라고 생각한다. 그들은 어느 한 진영이나 다른 진영에 보다 많은 배려를 하지 않고, 우측 또는 좌측으로 밀어제치며 사실들의 한복판을 거칠게 가로지르며, 제 길을 찾아가는 역사가를 불신하기란 쉽지 않을 것이다. 대의명분을 고약하거나 우스꽝스럽게 만드는 것은 그것을 박해하는 것이지 그것을 반박하는 것은 아니다. 아마도 이야기하는 사람의 모든 예술은 그가 복귀시키고자 하는 범죄자들과 그가 치유하고자 하는 불행한 자들로 하여금 그들 자신의 이야기에 관심을 갖게 하는 데에 그 본질이 있다.

---

4) 사실만을 존중한다는 뜻

모든 비난을 사전에 차단하고자 하는 것은 의심할 바 없이 별 센세이션을 일으키게 되지 않을 작품에 너무나 많은 중요도를 부여하는 것이리라. 따라서 저자는 자신을 온통 비평가의 재량에 맡기는 것이다. 단, 한 가지 불평은 그가 수락하기에 너무나 심각한 것으로 생각된다. 즉 위험한 책을 만들고자 했다는 것이다. 그는 망가진 양심위에 그의 명성을 드높이는 것보다 차라리 영원히 수수하게 남아있기를 선호할 것이리라. 그는 그러니까 자신이 가장 혐오하는 비난을 물리치기 위하여 한마디만 더 보탤 것이다.

레이몽은, 당신들이 말하겠지만, 그는 바로 사회이다. 이기주의, 그것은 바로 도덕이고, 그것은 바로 이성이다. 그에 대해 저자는 대답할 것이다. 레이몽은 바로 그릇된 이성이고, 사회는 그 그릇된 이성에 의해 지배되고 있다고. 그는 바로 세상이 이해하는바 명예로운 신사인데, 그것은 세상이 모든 것을 보기 위해 충분하게 가까이서 조사를 하지 않기 때문이다. 선한 사람, 그는 레이몽의 옆에 있다. 그리고 여러분은 그가 질서의 적이라고 말하지는 않을 것이다. 그도 그럴 것이 그는 자신의 행복을 포기하고, 사회적 질서의 모든 문제 앞에서는 자신을 희생하니까.

그 다음으로 당신들은 합당한 미덕이 충분히 현저한 방식으로 당신들에게 제시되지 않았다고 말할 것이다. 아! 사람들은 당신들에게 미덕의 승리는 오직 불르바르 통속극장들에서밖에는 볼 수 없을 것이라고 대답할 것이다. 저자는 당신들에게 미덕을 갖춘 사회가 아니고, 필요상 존재하는 사회를 보여줄 것을 기획했다는 것과 또 명예는 도덕적 퇴폐가 판치는 오늘날에 영웅주의만큼이나 찾아보기 어렵게 되었다는 것을 말할 것이다. 당신들은 이 진실이 위대한 영혼들에게 명예에 대한 혐오감을 일으킬 것이라고 생각하는가? 나는 그 정반대라고 생각한다.

서문
1842년 판

  만약 내가 여러분이 방금 읽은 책자를 다시 인쇄하도록 하였다면, 그것은 그 페이지들이 내가 오늘날 개인들에 대한 사회의 권리에 관해 갖게 된 신념을 명료하고 완전한 방식으로 집약하고 있기 때문은 아니다. 그것은 단지 내가 과거에 자유롭게 표현된 견해들을 성스러운 것으로 간주하기 때문이다. 우리는 그런 것을 다시 끄집어내어 힐난하거나 또는 그 어조를 완화해서도 안 되고, 또 그것을 우리 멋대로 해석해서도 안 된다. 그러나 인생을 더 살아보고 난 후 내가 나의 주변에서 지평선이 확장되고 있는 것을 본 오늘, 나는 나의 책에 대해 내가 지금 어떻게 생각하고 있는지를 말해야 한다고 믿는다.

  내가 소설 *앵디아나*를 썼을 때, 나는 젊었고, 하여 거기서부터 일련의 소설들로 넘쳐흘러 들어갔던 힘과 성실성이 가득 담긴 감정들에 귀를 기울였던 것이고, 그 거의 모두는 같은 주제, 즉 사회의 구성에서 연유된 남녀 양성 사이의 잘못 설정된 관계에 기반하고 있었다. 이 소설들은 모두 결혼이라는 제도에 신중치 못한 공격들을 가한다고 해서 비평가들에 의해 다소간 규탄되었다. *앵디아나*는, 그 좁은 식견들의 폭과 불확실한 의견들의 순박성에도 불구하고, 여러 소위 진지하다고 하는 식자識者들의 분개를 거의 모면하지 못했는데, 나는 그 당시 그 분들의 말을 고지식하게 믿어버리고 순순히 경청하는 것을 매우 즐겨하는 편이었다. 그러나 나는, 비록 나의 이성이 그처럼 진지한 주제에 관해 글을 쓰기 위해 충분하리만치 발달되어 있지는 않았어도, 나의 사고思考를 판단했던 분들의 사고를 내 편에서 판단하지 못할 만큼 어리석었던 것도 아니었다. 피고인이 아무리 단순하다 해도, 법관이 아무리 유능하다 해도, 그 피고인은 그 법관의 판결이 공정한지 또는 잘못된 것인지, 현명한 것인지 또는 불합리한 것인지를 알 수 있을 만치 아주 충분한 양심을 지니고 있는 것이다.

  오늘날 자신들을 공중도덕의 대변자와 수호자로 (나는 그들이 속한 신앙 종파를 모르니까 그 전도傳道의 성격은 모르지만) 내세우는 몇몇 언론인들은 나의 가엾은 이야기의 경향들에 대해 엄격한 반대선언들을 했던바, 그 이야기를 사회질서에 반대하는 변론으로 제시함으로써, 그것이 달리 성취하지 못했을 중요도와 일종의 유명세를 그것에 부여했다. 그것은 초보적 사회이념들을 이제 겨우 습득하기 시작했고 모든 그의 문학적 그리고 철학적 행낭 속에 약간의 상상력, 용기, 진실의 사랑밖에는 가진 것이 없었던 젊은 저자에게 아주 진지하고 장중한 역할을 부과하는 것이었다. 이러한 질책들에 민감해지고 이 비평가들이 즐겨 그에게 준 교훈들에 감사한 나머지, 그는 그들이 그의 이념들의 도덕성에 대해 세론 앞에 내놓은 비난들을 검토하였다. 그리고 그가 어떤 자긍심도 없이 행한 이 검토 덕분에 그는 점차로 확신을 얻게 되었는데, 그것들은 그의 경력의 시초에서는 아직은 그저 감정들이었다가 오늘날엔 원칙들로 자리매김하고 있는 것이다.

  나는 십년 동안 연구조사들, 가책, 가끔 고통스럽지만 언제나 성실했던 우유부단을 거쳤다. 나는 어떤 이들이 나를 우스꽝스럽게 만들기 위해 내게 꼬리표처럼 달아준 학교선생의 역할을 피했다. 나는 다른 이들이 나를 귀찮게 굴며 또 나를 밉살스럽게 만들기 위해 내게 뒤집어씌운 오만과 분노의 레이블을 혐오하였다. 나는 나의 예술적 능력에 따라 삶을 분석함으로써 그것의 종합을 찾는 방향으로 나아갔다. 그리하여 나는 가끔 있을 법하다고 인정되었던 사실들을 서로 관련 있게 잘 이야기하였고 내가 주의 깊게 관찰할 줄 안다고 사람들이 흔히 말하는 인물들을 묘사하였다. 나는 나 자신을 그러한 작업에 국한하였고, 다른 이들의 확신을 흔들기 보다는 나 자신의 확신을 일으켜 세우고자 애썼고, 또 사회는, 내가 오류를 범하는 경우에, 나의 논지들을 뒤집어 엎을 강력한 목소리들을 듣게 할 수 있을 것이며 그리고 사회는 현명한 답변을 통해 나의 신중치 못한 문제제기들에 의해 야기되었을 법한 피해를 보상할 수 있을 것이라고 나는 자신에게 말했다. 실제로 대중으로 하여금 그 위험한 작가에 대해 경각심을 갖도록 하기 위해 수많은 이들이 목소리를 높였지만, 정작 현명한 답변들에 관해서는, 대중과 저자는 아직도 기다리고 있다.

법으로 구성된 사회에 대해 아직 남아있는 존경심의 영향 하에 *앵디아나*의 서문을 쓰고 난 후 오랫동안, 나는 그 해결하기 쉽지 않은 문제, *즉 바로 그 같은 사회에 의해 억압되고 있는 개인들의 행복과 위엄을, 사회 그 자체를 수정함이 없이 화해를 통해, 어떻게 획득할 것인가*를 해결하고자 아직도 노력하고 있었다. 그 희생자들을 굽어 살피며, 그의 눈물을 그들의 눈물과 섞으면서, 그의 독자 곁에서 그들의 해석자가 되며, 그의 의뢰인들의 잘못을 지나칠 정도로 얼버무리려고 하지 않으면서, 또 재판관들의 엄격함보다 그들의 관대함에 보다 더 호소하며, 소설가는 힘의 법정과 여론의 배심원들 앞에서, 우리들의 열정들과 우리들의 고뇌들을 대변하는 추상적 존재들, 바로 이들의 참된 변호인이 되는 것이다. 그 과제는 경박한 외양 밑에서 진중함을 지니고 있고 그것의 참된 진로를 유지하는 것은 족히 힘든 일인데, 그 이유인즉 작가는 한 발자국 한 발자국 씩 뗄 때마다 그 형식이 너무 진지하다고 원망하는 사람들과 또 그 내용이 너무 경박하다고 원망하는 뭇사람들에 의해 간섭받기 때문이다.

나는 이 과제들을 능숙하게 해결하였다고는 생각하지 않는다. 그러나 내적 갈등의 와중에라도 그것들을 진지하게 시도해 보았다고는 분명히 말할 수 있다. 즉 나의 양심은, 어떤 때는 그것의 권리를 몰라 두려워하다가는, 또 다른 때는 정의와 진실에 매료된 심정에 의해 자극되기도 하면서, 그럼에도 그 목표를 향해 앞으로 나아갔고, 그러면서 거기에서 너무 동떨어지지도 않았고 또 너무 뒷걸음질 치는 일도 없었다.

일련의 서문들과 토론들을 통해 대중을 이러한 내면적 투쟁의 비밀 속으로 안내한다는 것은 유치한 진행방법이 되었을 것이다. 그러한 경우 자기 자신에 관해 이야기하는 허영은 나의 취향으로는 너무 많은 지면을 차지했을 것이다. 나는 그렇게 하는 것을, 나의 마음속에 석연치 않았던 점들을 너무 성급히 언급하는 것과 마찬가지로 단념하여야 했다. 보수주의자들은 내가 너무 대담하다고, 혁신자들은 내가 너무 소심하다고 생각했다. 나는 내가 과거와 미래, 그 모두에 대해 존경과 공감을 느끼고 있었음을 인정한다. 그리고 나는 그 투쟁 속에서 그 하나는 그 다른 것의 침해와 파멸이 되는 것이 아니고, 그것의 계승과 발전이 되어야 했다는 것을 깨달은 날에 와서야 나의 마음의 평온을 찾았던 것이다.

이십년의 수련기간 후에, 나는 드디어 그 원천이 내 속에 있지 않고 나의 주위에 (특히 내가 종교적 심성으로 또 대체로 나의 동료 인간들의 고통들을 목격하고 내가 질의를 던졌던 바의 몇 몇 탁월한 지성인들의 경우에서 보듯)이루어졌었던 철학적 진보 속에[5] 있었던 보다 넓은 이념들의 비전秘傳을 전수받게 된 나머지, 내가 드디어 깨달은 바로는, 만약 내가 *앵디아나*를 집필하였던 당시, 즉 무지와 무경험의 시기에 의당히 나 자신을 의심하고 또 자신의 입장을 천명하는 것을 주저하였다면, 내가 현 시점에서 해야 할 일은 내가 그 당시 그리고 그 이래로 열정적으로 추구하게 되었던 그 대담한 착상들에 대해 나 자신을 축하하는 것이다. 나는 이 대담한 착상들로 인해 맹비난을 받았지만, 만약 내가 그 당시 그 착상들이 얼마나 합법적이고, 정직하고, 성스러

---

5) 인도주의 작가 라므네Lamennais와 뻬에르 르루Pierre Leroux를 암시

웠는가를 알았다면, 그것들은 한층 더 대담했었을 것이다.

그리하여 내가 나의 청춘시절의 첫 소설을 마치 그것이 다른 사람의 작품인 양, 엄격하고 초연하게 막 읽고 난 오늘, 그리고 내가 그 대중판이 아직 부여하지 못한 선전행위에 그것을 내어놓고자 하는 이제, 나는 먼저 나 자신을 철회하지 않지만 (사람들은 좋은 뜻을 가지고 행하고 말한 것을 결코 철회해서는 안 되는바), 만약 내가 나의 이전의 경향이 잘못되었거나 위험하다고 인식하였다면, 나 자신을 질책하기로 작심하였다. 그런데 나는, 나에게 *앵디아나*를 쓰게 했고, 또, 만약 내가 이 이야기를 오늘날 처음으로 풀어나가야 한다면, 내게 다시 바로 그렇게 쓰도록 할 그 감정에 있어, 나 자신과 그처럼 일치하게 느꼈기 때문에 나는, 몇 정확하지 못한 문구들과 몇 온당치 못한 단어들을 제외하고는, 거기에 어떤 변경도 가하기를 원치 않았다. 의심할 바 없이 그런 것들은 아직 상당 수 거기에 있을 것이고, 나는 나의 글들의 문학적 가치를 비평가들의 지적과 판단에 전적으로 맡기는 바이다. 그 점에 있어, 나는 그들이 내가 갖지 못한 모든 능력을 지니고 있다는 것을 인정한다. 오늘날 일간지들에 재능이 있는 인사들의 명백한 집단이 자리 잡고 있다는 사실을 나는 부인하지 않고 또 나는 그것을 즐겨 인정한다. 그러나 우아하게 세련된 저술가들로 구성된 이 계층에 많은 철학자와 도덕가가 속해 있다는 주장을, 비록 이것이 나를, 그들의 도덕성과 철학의 높은 견지에서, 지금껏 비난했고 기회가 닿는 대로 또다시 나를 비난할 분들에게 실례가 되겠지만, 나는 단호히 부정한다.

그리하여 되풀이해 말하건대, 나는 *앵디아나*를 썼고 또 그것을 써야만 했다. 나는 신이 용도가 없이는 어떤 것도, 가장 보잘 것 없는 미물조차도, 만들지 않고 큰 사유事由들 못지않게 아주 사소한 사유들에도 개입하는 신이, 나의 마음속에 넣어준 불평과 질책의 강한 본능에 굴복하였다. 그러나 정말로! 내가 변호하였던 그 사유는 정녕 그렇게 사소한 것인가? 그것은 인류 절반의 사유이고, 그것은 전 인류의 사유이다. 그도 그럴 것이 여자들의 불행은 남자들의 불행을 끌어들이는데, 그것은 노예의 불행이 주인의 불행을 끌어들이는 것과 같다. 그리고 나는 이것을 앵디아나에서 보여주고자 했다. 마치 어떤 개인적 감정이 나를 고취했다고 가정하며, 내가 평화롭고 즐거운 인류 가운데서 유일한 불행한 동물이었던 듯이, 나는 오직 한 개인의 사유를 탄원하고 있었다고 말하는 사람들이 있었다. 하지만 고통과 동정의 충분한 목소리들이 나의 그러한 부르짖음에 응답해 왔기 때문에 나는 이제 다른 사람들의 지고한 행복에 관해 무엇을 생각해야 할지를 알게 되었다.

나는 이기주의적 열정의 영향 하에서는 전혀 어떤 것도 쓴 적이 없다고 생각한다. 나는 그런 것을 하지 않도록 한다는 생각조차도 전혀 해본 적이 없다. 편견 없이 나의 작품을 읽은 사람들은 내가 결혼에 있어, 가정에 있어, 또 사회에 있어서의 여자들의 생존을 아직도 지배하고 있는 법률들의 불의와 야만성에 대해 머리로 생각한 것이 아닌 뼈저리게 느낀 감정으로 앵디아나를 집필하였다는 사실을 이해한다. 나의 과제는 어느 면으로 보아도 법학에 관한 논문을 쓰는 것이 아니었고, 다만 세론에 대항해 싸우는 것이었다. 왜냐하면 바로 그 세론이 사회적 개선들을 지체시키거나 진척시키기 때문이다. 그 싸움은 길고 험난할 것이다. 하지만 나는 그처럼 아름다운 사유事由 혹은 명분을 옹호하는 첫째 번 사람도, 그 유일한 사람도, 그 마지막 사람도 아니다. 그리고 나는 생명의 숨결이 내 속에 남아있는 한, 그것을 변호할 것이다.

그러니까 당초에 나에게 활력을 불어넣었던 그 감정을 내가 합리화하고 발전시킨 과정은 사람들이 그것을 반대하고 그것에 대해 나를 비난한 것에 비례하였다. 불공정하고 적의를 품은 비평가들은 내가 형벌면제의 평온 속에서 발견할 수 있었을 것보다 더 많은 것을 가르쳐 주었다. 이러한 맥락에서, 나는 그러니까 나를 계몽시켜준 서투른 심판관들에게 감사를 드린다. 그들이 왜 그런 판결을 내렸는가를 생각하면 내 머릿속은 밝아지는 것 같고 내 영혼 깊숙한 곳에서는 오히려 안도의 느낌을 갖게 된다. 진실된 마음은 모든 것으로부터 은혜를 받고 허영심에 상처를 주는 것은 오히려 헌신하고자하는 열망을 더 배가시킨다.

  나의 시대의 대다수 언론인들을 향해 내가, 오늘의 진지하고 침착한 마음의 깊숙한 곳으로부터, 이제 막 띄우고 난 질책들을 누구도 공중도덕성이 프랑스 언론기관에 부여하고 있는 통제권에 대한 어떠한 식의 항의로 간주해서는 안 될 것이다. 비평가들이 가끔 오늘날의 사회에서 그들의 사명을 제대로 이행하지도, 또 더 나쁘게는, 이해하지도 못하고 있다는 것은 누구에게나 명백한 일이다. 그러나 그 사명이 그 자체로서는 신의 섭리에 의한 것이고 신성하다는 것을, 진보에 관하여 무신론자가 아닐진대, 또 진실의 적, 미래의 신성을 모독하는 자, 프랑스의 불미스러운 자식이 아닐진대, 어느 누구도 부인할 수 없다. 사상의 자유, 글쓰기와 말하기의 자유, 인간정신의 성스러운 쟁취여! 그대의 잘못들과 그대의 남용들에 의해 야기된 사소한 고통들과 일시적 염려들은 그대가 이 세상에 베푸는 무한한 혜택들의 가치에 비해 대체 무어란 말인가?

서문 1842년 판 23

앵디아나

- 1부 -

제 1장

어느 습하고 서늘한 가을저녁 브리[6]에 위치한 한 작은 장원 저택 안에서 세 사람이 몽상에 잠긴 듯 벽난로에서 장작이 타고 있는 모습과 벽시계 바늘이 천천히 움직이고 있는 양을 바라보고 있었다. 이들 중 말없는 두 사람은 그들을 억누르고 있는 막연한 권태로움에 몸을 몽땅 맡겨버리고 있는 듯했으나, 세 번째 사람은 자기의 불편한 심사를 노골적으로 내보이고 있었다. 자기 의자에서 안절부절 몸을 뒤트는가 하면 울적하게 자꾸 솟구치는 하품을 반쯤 억누르며 마치 적과 싸우기라도 하듯 타닥타닥 타고 있는 장작들을 부지깽이로 두들기기도 했다.

다른 두 사람보다 훨씬 나이가 든 이 인물은 그 저택의 주인인 델마르 대령인데 연금을 받고 있는 왕년의 용장勇將으로, 한 때는 미남이었겠으나 지금은 육중한 몸에 대머리와 희끗희끗한 콧수염에 사나운 눈매를 하고 있었다. 이 위풍당당한 주인 앞에서는 아내며 하인이며 개고 말이고 할 것 없이 모두가 벌벌 떨었다.

어떻게 침묵을 깨야할지 몰라 완전히 인내심을 잃은 나머지 그는 의자를 박차고 일어나 긴 거실을 한쪽에서 다른 한쪽 끝으로 육중하게

---

[6] 파리 동쪽의 지방

뚜벅 뚜벅 걷기 시작했는데, 그 거동은 과거 군인의 모든 동작에 부합하는 뻣뻣함을 한 순간도 잃지 않았고 허리를 꼿꼿이 펴고 절도 있게 도는 모습에는 모범적인 열병閱兵 장교를 특징짓는 굳건한 자기만족이 있었다.

그러나 야영野營 막사의 공기를 들이마시며 승리를 맛보았던 델마르 중위의 그 찬란했던 젊은 시절은 지나가버리고 없었다. 배은망덕한 조국에 의해 잊힌 채 은퇴생활을 하고 있는 상급 장교로서 그는 이제 늦게 한 결혼으로 인한 온갖 부산물副産物들을 견디어내야 하는 신세였다. 그는 귀엽고 젊은 여인의 남편이요 여러 건물이 달린, 편히 살 수 있는 장원 저택의 소유주이며, 게다가 투기적 생산업에 성공한 실업가이기도 했다. 그러나 이 모든 일로 말미암아 그는 기분을 상하기 일쑤였는데 특히 그날 저녁은 날씨가 습했고 그럴 때면 신경통이 도졌기 때문에 그의 심기는 더욱 좋지 않았다.

그는 루이 15세 식으로 꾸며진 친숙한 거실을 근엄하게 찬찬히 왔다 갔다 했다. 어떤 때는 아주 고분고분한 암사슴과 길들여진 멧돼지의 목에 꽃목걸이를 걸어주는 나체 큐피드들의 벽화가 걸려있는 문 앞에 서기도 하고, 또 어떤 때는 한 벽을 꽉 채우고 있는 가냘픈 덩굴무늬 앞에 멈추어 서기도 했는데, 그 끝없는 뒤엉킴과 변덕을 따라가다가 눈이 피로해져 중도에 그만 두곤 했다. 그러나 이 같은 스쳐가는 심심풀이를 하면서도 그는 발길을 돌릴 때마다 함께 있는 두 사람에게 번갈아 예리한 시선을 보내길 잊지 않았다. 바로 그 주의 깊은 예리한 시선으로 그는 삼년 전부터 하나의 값진 깨지기 쉬운 보물 하나를, 즉 자기의 아내를 감시해오고 있었다.

그도 그럴 것이 그의 아내는 열아홉 살이었고, 누구라도 그녀가 빛나는 구리로 장식된 흰 대리석의 큰 벽난로 선반 밑 으슥한 곳에 앉아 있는 것을 보았다면, 그처럼 앳된 그녀가 무릎에 팔꿈치를 괴고 고딕풍의 화병에 꽂혀 있는 갓 핀 가냘픈 꽃송이처럼 창백하고 애상적인 모습으로 앉아있는 것을, 이 오래된 세간들에 둘러싸여, 늙은 남편 옆에 앉아 있는 것을 보았다면, 누구라도 델마르 대령의 부인을, 아니, 아마도 그 대령 자신을 더 동정했을 것이다.

이 외딴 집의 세 번째 거주자는 같은 벽난로 밑에서 불타고 있는 장작의 다른 쪽 끝에 앉아있었다. 그는 청춘의 전성기를 맞은 활기가 넘치는 남자였다. 그의 반지르르한 뺨이며 숱이 많은 빛나는 금발이며 빼곡한 구레나룻은 이 집 주인의 희끗희끗한 머리와 시든 피부색, 그리고 험상궂은 모습과 너무나 대조적이었다. 그러나 아무리 예술가적인 안목이 없는 사람일지라도 그 젊은이의 규칙적이고 담박한 얼굴모습보다는 이 집주인의 험상궂고 매정한 모습을 선호했을 것이다. 이글거리는 불꽃에 영원히 시선을 고정시키고 있는 벽난로 뒤 금속판 위의 조각도 지금 우리가 말하고 있는 불그레한 금발 청년의 깊은 상념에 잠긴 표정보다 더 무표정하지는 않을 것이다. 그런데 그의 튼실하나 다소 나른한 사지四肢, 날렵한 갈색 눈썹, 환히 윤기가 흐르는 이마, 침착하고 투명한 눈, 그 아름다운 손, 거기에다 그의 사냥복의 소박한 우아함 등에 힘입어 그는 전세기前世紀의 소위 '철학적' 취향에 흠뻑 빠져 있을 법한 모든 여인의 눈에는 아주 멋진 파트너로 통했을 것이다. 하지만 델마르의 수줍은 젊은 부인은 아마도 이제껏 한 번도 어느 남자를 자세히 바라본 적이 없었는지도 모른다. 아마도 이 가냘프고 몸이 편치 않아 보이는 여인과 잠 잘 자고 식욕이 왕성한 이 남성 사이에는 어떠한 통하는 데도 없을 것이다. 여하 간에 남편의 입장에서 신경을 곤두세우고 있는 델마르가 그의 독수리 같은 아르고스[7]의 눈으로 아무리 훑어봐도 서로 너무나 다른 이 두 사람들 사이에 어떠한 눈짓도, 어떠한 속삭임도, 어떠한 두근거림도 발견할 수 없었다는 사실만은 적어도 의심의 여지가 없었다. 질투심을 느낄 만한 어떤 사유도 없음이 전적으로 확신되자, 그는 전보다도 한층 더 깊은 우울증에 빠져들었고

---

7) 희랍신화에서 백 개의 눈을 가진 거인 감시인

두 손을 자기의 바지 깊숙한 주머니에 급작스레 찔러 넣었다.

그 무리 중 유일하게 명랑하고 기분 좋은 인상을 주는 존재는 젊은 남자의 무릎 위에 머리를 길게 걸쳐놓고 앉아있는 있는 개량종 포인터인 멋진 큰 사냥개였다. 그 놈은 현저하게 긴 몸매에 털이 복슬복슬했으며 강건한 다리와 여우같이 뾰족한 코를 하고 있었고, 그의 마구 곤두선 머리털로 감싸인 명민한 얼굴에서는 두 황갈색의 큰 눈이 두개의 황옥黃玉처럼 빛을 발했다. 사냥의 열기熱氣 속에서는 피에 굶주리고 음험해지는 눈이지만 지금은 알 수 없는 우수와 부드러운 느낌마저 풍기고 있었다. 때로는 인간의 합리적 애정보다도 월등한 그 온통 본능적인 사랑의 대상인 주인이 그 아름다운 개의 비단 같은 은빛 털 속으로 손가락을 넣어 쓰다듬어 주었을 때 그 짐승의 눈은 기쁨으로 넘쳐났고 그의 긴 꼬리는 아궁이를 비처럼 쓸어대며 쪽매붙임 무늬를 한 마루 위에 재를 흩뿌렸다.

아궁이 불길의 빛으로 반쯤 비춰진 거실 안의 장면은 족히 렘브란트식 그림의 주제가 될 법했다. 빨리 지나가는 흰 빛 줄기들은 그 집과 인물들을 이따금씩 조명해 주다가 달아오른 숯불의 붉은 빛을 띠더니 차츰 꺼져버렸고 광활한 거실은 그 비례에 따라 어둠침침해졌다. 델마르 씨는 그의 걸음의 방향을 돌려 아궁이 앞을 지날 때면, 유령처럼 나타났다가는 이내 거실의 신비한 어둠 속으로 사라지는 것이었다. 여기저기에 두세 개의 도금鍍金된 자락들이 화환, 훈장, 목제 모조模造 리본들로 육중하게 장식된 타원형 그림틀 위에, 흑단黑檀과 구리로 장식된 가구 위에, 그리고 또 장식판자의 들쭉날쭉한 돌림띠 위에서도 빛의 줄을 이루며 돋보였다. 그러나 시들어가는 장작이 그 광채를 아궁이의 다른 불꽃에 양보하였을 때, 조금 전까지 밝게 보이던 물체들은 암흑 속에 잠겨버리고, 다른 번쩍이는 물체들이 어둠으로부터 윤곽을 드러냈다. 이리하여 그 화폭의 모든 세목들이 차례차례로 파악될 수 있었다. 이리하여 한 순간은 세 트리톤[8)]에 의해 떠받쳐지고 있는 식탁이었다면, 다음은 구름과 별이 깔린 하늘을 보여주는 천정이었고, 또 그 다음은 저 반지르르하게 번쩍이는, 육중하고 술을 길게 늘어뜨린 진분홍빛 비단 휘장들이었고 특히 그 넓은 주름자락들은 불안정한 빛을 되쏘며 움직이는 듯했다.

벽난로 앞에 꼼짝하지 않고 앉아있는 두 사람의 모습은 마치 방안의 정적이 깨지는 것을 두려워하고 있는 것처럼 보일 정도였다. 그들은 요정들 얘기에 나오는 주인공들처럼 고정되고 응고된 채였기에 아주 작은 말 한마디나 아주 작은 미동微動으로도 어느 환상적 도시의 벽들이 그들 위로 무너져 내리게 되리라고 생각해볼 수 있을 것이다. 반면 그 침울한 낯빛을 한 집주인의 한결같은 발걸음만이 그 어둠과 정적을 깨뜨렸고, 그는 흡사 그들 위에 마술을 건 요술사 같았다.

이윽고 그 사냥개는 자기 주인으로부터 다정한 눈길을 받자, 인간의 눈이 영민한 동물들에 행사하는 그 자력磁力에 빨려들어 갔다. 개는 조심스러운 애정의 표시로 한번 가볍게 짖더니 누가 흉내 낼 수 없을 유연하고 우아한 동작으로 그가 사랑하는 주인의 어깨에 두 앞발을 걸쳐 놓았다.

"내려가, 오펠리아, 내려가."

그리고 그 젊은이는 그 순한 짐승을 영어로 근엄하게 꾸짖었다. 회개하고 수치심을 느끼는 듯 그 놈은 델마르 부인에게로, 그녀의 보호를 청하는 듯 기어갔다. 하지만 델마르 부인은 몽상으로부터 깨어나지 않았고 오펠리아의 머리가 그녀의 무릎 위 깍지 낀 두 손 위에서 쉬게 내버려두었지만, 그를 한 번도 쓰다듬어 주진 않았다.

"도대체 이 암캐는 아주 영원히 이 응접실에 눌러앉아 있을 셈인가?" 대령은 소일꺼리 삼아 기분나빠할 만한 이유를 찾은 듯 은근히 기뻐하며 말했다. "개집으로 가, 오펠리아! 어서, 밖으로 나가. 미련한 짐승 같으니라고."

---

8) 반인 반어의 해신

누군가 그때 델마르 부인을 자세히 관찰하였다면, 이 사소하고 흔히 있을 수 있는 일에서 그녀의 전체 삶의 고통스러운 비밀을 추측할 수 있을 법했다. 거의 감지할 수 없는 전율이 그녀의 온몸에 흘렀고, 무심히 그녀가 총애하는 동물의 머리를 받치고 있던 그녀의 두 손은, 그것을 붙들고 보전하려는 듯, 거칠고 털 많은 목덜미를 더욱 더 움켜쥐었다. 그때 델마르씨가 조끼 주머니에서 채찍을 꺼내들고 가엾은 오펠리아에게 위협적으로 다가가자, 그 암캐는 눈을 감고 고통과 두려움의 신음소리를 미리 지르며 그의 발밑에 엎드렸다. 델마르 부인의 얼굴은 보통 때보다 더욱 창백해졌고 그녀의 가슴은 경련을 일으키며 뛰었다. 이제 그녀의 크고 푸른 눈을 남편을 향해 돌리며 공포에 질린 표정으로 말했다.

"여보, 온정을 베풀어요. 죽이지 말아요."

이 말은 대령을 소스라치게 만들었다. 어떤 울적한 심정이 그의 성내고 싶은 충동을 대신했다.

"부인, 그 말이 무슨 말인지 나는 너무나 잘 알고 있소." 하고 그는 말했다. "당신은 내가 너무 흥분해서 당신의 스패니얼을 죽인 이후로 그 생각을 버린 적이 없구려. 그것이 그렇게 대단한 일이오? 그 놈은 언제나 정지명령을 무시하고 앞으로 뛰쳐나가 사냥감을 덮쳤단 말이요! 어느 누구도 그것을 인내하진 못했을 거요. 그건 그렇다 치고, 당신은 그 놈이 죽고 나니까 그때에야 그 놈을 좋아하게 된 것이오. 그 전에 당신은 그 놈에게 전혀 신경을 안 썼는데, 이제는 그게 나를 비난할 구실이 된 거요."

"제가 언제 한번이라도 당신을 질책한 적이 있었던가요?" 델마르 부인은 좋아하는 사람들에게는 너그러운 마음에서, 또 싫어하는 사람들에게는 자기 품위를 지키기 위해 취하게 되는 그런 상냥한 태도로 말했다.

"당신이 꼭 그랬다고 말하지는 않았소." 대령은 반은 아버지의, 반은 남편의 어조로 말을 이어나갔다. "그런데 어떤 여인들의 눈물에는 다른 여인들의 온갖 저주에서보다 더 통렬한 비난이 들어 있는 법이요. 빌어먹을! 부인, 당신은 내가 내 주변에서 눈물 짜고 있는 것을 보기 싫어한다는 걸 잘 알지 않소."

"당신은 한번이라도 제가 눈물 흘리는 것을 보지 못할 거예요."

"아니, 내가 당신 눈이 끊임없이 빨개지는 것을 보지 못한다고? 맹세컨대, 그건 더 나쁜 것이요!"

부부간에 이런 대화가 오가는 동안, 젊은이는 일어나 아주 침착하게 오펠리아를 밖에 내놓았다. 그리고 나서 벽난로 위에 촛불을 켜서 올려놓고는 되돌아와 델마르 부인 맞은편에 와 앉았다.

이 아주 우연한 행위는 델마르 씨의 기분에 급작스러운 영향을 주었다. 그 양초가 부인에게 아궁이불빛보다 덜 가물거리는, 보다 한결같은 빛을 비추게 되자, 그는 그날 저녁 그녀의 온몸을 감싸고 있는 편찮고 우울해 보이는 모습, 나른한 태도, 수척한 뺨 위로 흘러내리는 긴 검은 머리, 그리고 멍하고 충혈이 된 눈꺼풀 밑의 검푸른 테를 주목하였다. 그는 실내를 몇 바퀴 돌고 나더니, 아내에게 다가와 갑자기 변한 어조로,

"앵디아나, 오늘은 좀 어떠신가?" 하고 물었다. 그것은 마음과 기질이 일치되는 일이 드문 사내의 서투른 말투였다.

"보통 때와 같아요. 고마워요." 그녀는 어떤 놀라움이나 적개심이 없이 대답했다.

"보통 때와 같다 라니, 그건 대답이 아니거나, 아니면 여인들 특유의 대답이겠지, 그렇다도 아니고, 아니다도 아니고…, 평안함도 불편함을 뜻하지 않는, 언질을 주지 않는 대답이랄까."

"좋아요, 저는 평안하지도 불편하지도 않아요."

"글쎄올시다." 그는 다시금 퉁명스럽게 말을 이었다. "당신은 거짓말하고 있는 거요. 나는 당신이 평안치 못함을 알고 있소. 당신은 여기 랄프 경에게 말했소. 자, 내가 거짓말을 했소? 말해 보시오, 랄프 씨,

그녀가 당신에게 그렇게 말했소?"

"그녀가 내게 그렇게 말했소." 그 질문을 받은 냉정한 인물은 앵디아나가 그에게 던지는 비난 섞인 시선에 아랑곳하지 않고 대답했다.

바로 그때 네 번째 인물이 들어왔다. 그는 예전 델마르 씨 연대의 하사관이었던, 이 저택의 집사였다. 그는 몇 마디 말로 델마르 씨에게, 지난 몇 밤 동안 늘 이맘때에 목탄 도적들이 장원 내에 침입했다고 믿을 근거가 있으며, 고로 그가 장원 문들을 닫기 전에 순찰을 하고자 소총 한 자루를 청하려고 온 것이라고 설명하였다. 이 뜻밖의 사건의 호전적 측면을 간파한 델마르 씨는 즉각 소총을 꺼내들고, 다른 한 자루를 르리에브르[9]에게 주며 거실을 떠날 채비를 차렸다.

"아니, 이를 어쩌나! 당신은 목탄 몇 자루 때문에 어느 불쌍한 농부를 죽일 셈이세요?" 하고 델마르 부인은 놀라서 말했다.

"나는 밤에 내 울타리 안에서 배회하는 자는 어느 놈이고 개처럼 죽여 버릴 것이오." 하고 델마르는 그녀의 이의제기에 신경질이 나 대답했다. "당신이 법을 알고 있다면, 부인, 당신은 내가 그럴 권리가 있다는 것을 알 텐데 말이요."

"그것은 끔직한 법이에요." 하고 앵디아나는 열을 올리며 말을 이었다.

그리고는 곧 그녀의 감정을 억누르며,

"그런데 당신의 신경통 말이에요?" 하고 그녀는 보다 조용한 어조로 덧붙여 말했다. "지금 비가 오고 있으니 당신이 오늘 저녁 밖에 나가시면 내일은 고통스러우실 거예요."

"늙은 남편 보살피는 고역을 치르게 될까봐 아주 겁을 내고 있구려!" 방문을 세차게 밀어제치며 델마르는 답했다.

그리고는 그의 나이와 아내에 대한 불평을 계속 중얼거리며 밖으로 나갔다.

---

9) 집사의 이름 Lelièvre

제 2장

　우리가 이제 막 이름을 부른 앵디아나 델마르와 랄프 경, 혹은 -독자의 편의를 고려해 일컫는다면- 로돌프 브라운 씨, 그 두 사람은 그녀의 남편이 그들 사이에 앉아있기나 하듯 아주 침착하고 아주 냉정하게 서로를 마주보고 앉아 있었다. 그 영국인은 자신을 정당화하려고 생각지 않았고 델마르 부인도 그를 진지하게 질책할 수 없음을 느꼈을 것이다. 그도 그럴 것이 그는 좋은 뜻으로만 말했기 때문이었다. 이윽고 애써 정적을 깨면서 그녀는 그를 부드럽게 꾸짖었다.
　"랄프 씨, 그건 옳지 않았어요." 하고 그녀는 말했다. "제가 몸이 썩 좋지 않았을 때 부지중에 입 밖에 꺼낸 말을 남에게 말하지 말라고 부탁까지 했지 않아요. 델마르 씨에게는 정말 제 병에 대해 말하고 싶지 않았거든요."
　"친애하는 부인, 나는 당신의 말을 이해 할 수 없어요." 하고 랄프 경은 대답했다. "당신은 아픈 사람인데 자신을 돌보려고 하지 않으니 말예요. 그래서 나는 당신을 잃는 위험을 무릅쓰던가 아니면 당신 남편에게 그 일을 알려 줄 필요성 사이에서 하나를 선택해야 했던 겁니다."
　"그래요." 하고 델마르 부인은 서글픈 미소를 띠며 말했다. "그래서 *당국에 고자질하는* 편을 선택하신 거네요!"
　"내 명예를 걸고 말하건대, 당신은 옳지 않아요. 대령에 대해 짜증내는 것은 옳지 않단 말이요. 그는 신의를 중히 여기는 품격 있는 분입니다."

"랄프 경, 그가 그렇지 않다고 누가 뭐라고 하는 것인 가요!"

"아! 당신 자신이 의도적으로 그러지는 않겠지만, 당신의 슬픈 표정, 당신의 병적 상태, 게다가 그 분이 지적했듯이, 당신의 불그스레한 눈이 당신이 불행하다는 것을 온 세상에 또 때를 가리지도 않고 알려주고 있단 말입니다…."

"랄프 경, 더는 말하지 말아요. 좀 지나치시군요. 나는 당신이 그렇게 많이 알 것을 허락하지 않았어요."

"내가 당신을 화나게 하고 있군요. 알겠어요. 어찌할 도리가 없군요! 나는 말재주가 없어요. 나는 당신들 언어의 그 미묘함을 잘 알지 못합니다. 그런데 당신의 남편과는 공통점도 많습니다. 그와 마찬가지로 나는 영어로든 불어로든 여인들에게 무슨 말을 해야 위로가 되는지 도무지 알지 못한단 말이에요. 다른 사람 같으면, 한 마디 말도 안하고도, 내가 이제 막 서투르게 표현하려고 했던 뜻을 당신이 잘 이해하도록 했을 겁니다. 당신이 그의 접근 속도를 감지하지 못하게 하면서 당신의 신임을 톡톡히 얻는 기술을 발휘했을 테고, 자기에게 단단하게 닫혀 있는 당신의 마음을 다소 완화시키는 데에 성공했을 겁니다. 말이라는 것이, 특히 프랑스에서는, 어느 견해나 착상보다 훨씬 더 큰 힘을 발휘한다는 것을 내가 알아차리게 된 것이 이번이 처음은 아닙니다."

"아! 랄프 씨, 당신은 여인들에 대해 심오한 경멸을 품고 있군요. 나는 여기서 혼자 두 사람을 상대해야 하니까 내가 결코 옳을 수 없다고 체념하는 수밖에 없군요."

"사랑하는 사촌동생아, 네가 건강해서 예전의 명랑함과 신선함과 발랄함을 되찾음으로써 우리가 틀렸음을 보여줘라. 부르봉 섬[10] 그 은신처 베르니까에서의 달콤했던 시절 생각나지, 행복했던 유년시절 그리고 네 나이만큼이나 오래된 우리의 우정도…."

"나도 내 아버지 생각이 나요…." 하고 앵디아나는 자기의 손을 랄

---

10) 아프리카, 마다가스카르 동쪽에 위치한 프랑스령佛領 레위니옹

프 경의 손에 얹으며 쓸쓸히 말했다.
　그들은 깊은 침묵 속으로 빠져 들었다.
　"앵디아나!" 하고 잠시 후 랄프가 말했다. "행복은 언제나 눈앞에 있어. 흔히 그것을 잡기 위해서는 손만 뻗으면 되는 거야. 너에게 없는 것이 도데체 무엇인가? 너는 누가 봐도 유복하게 지내고 있고. 그게 아주 부유한 것보다 낫지. 너를 온 마음을 다해 사랑해주는 훌륭한 남편이 있겠다, 게다가 내가 이렇게 말해도 괜찮다면, 성실하고 정성을 다 바치는 친구도 하나 있고…."
　델마르 부인은 랄프의 손을 가볍게 눌렀지만 그녀의 몸가짐은 변하지 않았다. 그녀는 머리를 가슴팍에 떨구고 장작불의 화려한 이글거림에 젖은 눈을 고정시키고 있었다.
　"사랑하는 친구야, 너의 슬픔은 안 좋은 몸 상태의 반영일 뿐이야." 하고 랄프는 말을 이어갔다. "우리 중 누가 한悍과 우울함에서 벗어날 수 있겠니? 너의 발밑을 봐. 거기엔 너를 의당히 부러워하는 사람들이 있는 걸 보게 될 꺼야. 사람은 그렇게 만들어진 거야. 언제나 자기가 갖고 있지 않은 것을 동경하거든…."
　나는 여러분들에게 이 선량한 랄프가 그의 생각들만큼이나 단조로운 목소리로 털어놓은 다른 많은 진부한 말들을 생략하고자 한다. 그것은 랄프가 바보였다기보다 그 화제가 그의 영역 밖이었기 때문이었다. 그는 양식良識이나 지식이 모자란 사람은 아니었지만, 그 자신이 시인하듯, 한 여인을 위로하기에는 역부족이었다. 그런데 그가 다른 사람들의 슬픔을 거의 이해하지 못했던 탓에 그것에 대해 왈가왈부함으로써 슬픔을 완화하여 보려는 가장 좋은 뜻을 갖고도 그 상처를 덧나게 할 뿐이었다. 그는 자기의 서투름을 잘 알고 있었기에 여간해서는 자신의 친우들의 고민거리에 주의를 기울이지 않았다. 하지만 이번만은 그가 우정의 가장 고통스러운 의무라고 간주하였던 바를 이행하기 위하여 엄청난 노력을 기울였던 것이다.

그는 델마르 부인이 그의 말을 애써 귀 기울여 듣고 있음을 간파하고 더 이상 말을 하지 않았다. 이제 들리는 소리라곤 불타는 나무에서 나는 천千개의 작은 목소리들, 뜨거워지고 팽창하는 장작의 애처로운 노래, 나무껍질이 툭 터지기 전 오그라들며 바삭바삭하는 소리, 또 푸른 불꽃을 일으키고 유황불빛을 띠우는 백목질白木質의 가벼운 폭발음들뿐이었다. 때때로 개 짖는 소리가 현관문의 갈라진 틈새로 불어오는 북풍의 연약한 획획 소리에 섞여 들려왔고 거기에 창문을 때리는 빗소리가 가세하였다. 그것은 델마르 부인이 브리 지방의 그녀의 작은 장원저택에서 지금까지 보낸 가장 처량한 저녁들 중의 하나였다.

그리고 어떤 정의하기 어려운 막연한 두려움이 그녀의 감응하기 쉬운 마음과 미묘한 신경세포를 짓누르고 있었던 것이 아닌가 생각된다. 연약한 사람들은 항구적 공포와 불안한 예감에 휩싸여 살기 마련이다. 델마르 부인은 병약하고 신경과민인 크레올[11]이 갖는 온갖 미신적 감정을 지니고 있었다. 어떤 밤의 음향, 어떤 야릇한 달빛 모양들은 그녀로 하여금 무슨 사건, 어떤 불행이 일어날 것으로 믿게 하였다. 그리하여 밤은 이 몽상적이고 슬픈 여인에게는 그녀만의 두려움과 서글픔에 따라 이해하고 해석할 수 있는 신비한 얘기들, 유령들의 얘기들을 들려주었다.

"당신은 또 제가 미쳤다고 생각하시겠죠." 그녀는 랄프 경이 아직도 쥐고 있는 자기의 손을 빼며 말했다. "그런데요, 어떤 재난이 우리 주변에서 일어날 듯해요. 여기에 어떤 위험이 어느 누군가에… 아니, 바로 제게 덮치려고 해요. 하지만… 랄프, 제 말을 들어요. 나는 내 운명의 어떤 큰 변화가 다가오는 것 같은 느낌을 받고 있어요. 저는 무서워요." 그녀는 떨면서 덧붙여 말했다. "어지러워요."

그녀의 입술은 그녀의 뺨처럼 하얗게 되었다. 랄프 경은 가슴이 덜컹 내려앉았는데, 그것은 그가 심각한 우울증의 증상으로 간주한 델마

---

[11] 식민지 태생 프랑스 여인

르 부인의 불길한 예감 때문이 아니라 그녀의 사색死色에 가까운 창백함 때문이었기에, 그는 도움을 청하기 위하여 황급히 종을 울렸다. 아무도 오지 않았고, 앵디아나가 점점 더 창백해지자, 랄프는 두려움으로 그녀를 들어 올려 난로 가에서 멀리 떨어져 있는 긴 의자 위에 눕혀놓고는 이리 저리 뛰어다니며 하인들을 부르고, 물과 각성제를 찾았으나 어느 하나도 찾지 못하자 종이란 종은 모두 으스러질 만치 흔들어 대며 어두운 방들의 미로迷路에서 길을 잃고 초조해하며 황당한 나머지 손만 쥐어짜고 있었다.

그러다가 저택의 경내境內 정원으로 나가는 유리문을 열고 차례로 르리에브르와 델마르 부인의 크레올 하녀인 누운을 불러야겠다는 생각이 불현듯 떠올랐다.

얼마나 지났을까, 누운이 그 경내의 아주 어두운 길에서부터 뛰어들어 와서는 델마르 부인의 몸 상태가 평상시보다 더 악화된 것인지 걱정스럽게 물었다.

"그녀가 매우 아파요." 하고 브라운 경은 대답했다.

두 사람은 응접실로 가서 기절한 델마르 부인을 간호했는데, 랄프 경은 공연히 서투르게 열만 올렸고, 누운이 여인다운 헌신에서 우러나는 재치와 능숙함을 발휘했다.

누운은 델마르 부인과 젖을 함께 먹고 자란 자매였다. 그 두 젊은 여인은 함께 자라난 덕에 서로 좋아하였다. 키가 크고, 잘 발달한 체격에, 건강미가 넘치고, 발랄하고, 민첩하고, 크레올 여성의 진하고 열정적 피가 넘쳐나는 누운의 광채 나는 미에 견주면 델마르 부인의 창백하고 섬세한 미는 그 빛을 잃었다. 하지만 그들의 착한 마음씨와 애정의 강한 힘은 그들 사이에 있을 수 있는 어떠한 여성적 경쟁 심리도 제압하였다.

델마르 부인이 의식을 회복하였을 때, 그녀가 제일 먼저 주목한 것은 하녀의 당황한 얼굴 모습과 헝클어진 젖은 머리, 그녀의 모든 동작에서 드러나는 마음의 동요였다.

"정말 걱정하지 마. 나의 가엾은 동무." 그녀는 하녀에게 상냥히 말했다. "내 몸이 안 좋은 것이 나 자신보다 너를 더 아프게 하는 구나. 자, 누운아. 네 몸은 네가 보살펴야 돼. 너는 여위어가고 있고 마치 산다는 것이 네게 달려 있지 않은 양 울고 있잖니! 내 착한 누운아, 삶은 매우 흥겹고 아름답게 네 앞에 펼쳐져 있어!"

누운은 델마르 부인의 손을 수없이 그녀의 입술에 갖다 대곤 했고 거의 정신 나간 사람처럼 겁에 질린 눈초리로 두리번거리며 말했다.

"어이구, 하느님!" 하고 그녀는 말했다. "아씨, 델마르 씨가 왜 정원에 계신지 알고 있어요?"

"왜?" 앵디아나는 그녀의 뺨에 돌아온 그 희미한 분홍빛을 이내 다시 잃으며 반문했다. "그런데 가만히 좀 있어봐. 알 수 없는 일이군…. 네가 나를 놀라게 하는구나! 도대체 무슨 일이 있는 건데?"

"델마르 씨는 정원에 도둑이 들어와 있다고 주장해요. 그는 르리에브르와 함께 순찰 중인데 두 사람 다 총으로 무장했어요." 하고 누운은 더듬거리는 목소리로 말했다.

"그래서?" 어떤 끔직한 뉴스를 각오하고 있는 듯 앵디아나가 말했다.

"아씨, 그래서요. 그들이 어떤 사람을 죽이려 한다는 것을 생각해 본다면 그건 끔직한 일이 아니겠어요?…" 하며 누운은 정신이 나간 듯 두 손을 맞잡으며 말했다.

"죽이다니!" 하고 비명을 지르며 델마르 부인은 벌떡 일어났는데, 거기에는 유모의 얘기를 듣고 곧바로 믿어버리는 어린애의 두려움 같은 것이 있었다.

"아, 그럼요, 그들은 그를 죽일 거예요." 하고 누운은 흐느낌을 억제해 가며 말했다.

"이 두 여자는 미쳤군." 이 장면을 어이없는 표정으로 지켜보고 있던 랄프 경은 생각했다. "게다가 모든 여자들이 다 그래." 하며 그는 혼잣말로 덧붙였다.

"그런데 누운아, 네 생각은 어때?" 하고 델마르 부인이 말의 실마리를 이었다. "너도 도둑이 들었다고 믿는 거니?"

"오, 그게 도둑들이라면 누가 뭐라겠어요! 그게 아마 자기 가족을 위해 나무 한 아름 훔치러 들어온 어느 가엾은 농민일 거예요."

"그래. 이건 정말 끔직한 일이 되겠구나!… 그런데 그럴 리가 없지. 퐁페느블로 숲 입구까지 와서 말이다. 그 숲에서 얼마든지 손쉽게 땔감을 훔쳐갈 수 있는데, 그들이 담장으로 둘러 싼 저택 정원에 들어와 자신들을 위험에 노출시킬 필요가 있겠느냐 말이야… 괜한 생각이야! 델마르 씨는 정원에서 아무도 발견 못할 거야. 그러니 안심해…."

그러나 누운은 듣고 있지 않았다. 그녀는 응접실 창문으로부터 여주인의 긴 의자 쪽으로 걸어가며 무슨 조그만 소리라도 나나 귀를 쫑긋 세우고 있었고 그녀의 마음은 델마르 씨에게 달려가려는 욕망과 몸이 아픈 여인 옆에 머무르려는 욕망 사이에서 찢겨져 있는 듯했다.

그녀의 불안한 모습이 브라운 씨에게는 하도 이상하고 당치않게 생각되어 그는 평소 상냥한 태도에서 벗어나 그녀의 팔을 꽉 잡고 그녀에게 말했다.

"당신은 도대체 제 정신이오? 당신이 당신의 주인을 공포로 몰아넣고 있고 당신의 어리석은 두려움이 그녀의 건강에 아주 나쁘다는 것을 깨닫지 못하는 거요?"

누운은 그의 말을 듣지 않았다. 마치 공기의 진동이 그녀의 감각에 전기 충격을 준 듯 방금 소스라치게 놀라 몸을 떨었던 여주인에게 그녀는 눈길을 주었다. 거의 같은 순간에 총성이 모든 응접실 창문을 흔들어댔고 누운은 무릎을 꿇고 엎드렸다.

"여자들이란 왜 저리도 무서워하는 거지!" 하고 그들 감정에 피로해진 랄프 경은 소리쳤다. "이제 곧 그들은 의기양양해서 사냥 길목에서 잡아 죽인 토끼 한 마리를 그대들에게 가져다 줄 것이고 당신들은 자신의 어리석음에 한바탕 웃게 될 것이오."

"아니에요, 랄프." 하고 델마르 부인은 문을 향해 꿋꿋하게 걸어가며 말했다. "저는 인간의 피가 흘려졌다고 단언해요."

누운은 비명을 지르며 얼굴을 앞으로 한 채 쓰러졌다.

그때 정원 쪽에서 소리 지르는 르리에브르의 목소리가 들렸다.

"그 자 저기 있어요. 그 자 저기 있어요. 잘 맞혔어요, 대령님. 그 도적놈이 땅에 쓰러져 있어요."

랄프 경의 마음은 동요하기 시작했다. 그는 델마르 부인을 따라갔다. 몇 순간 지나서 피에 젖은 채 생기를 잃은 한 남자가 회랑回廊식 베란다에 끌어다 놓여졌다.

"그렇게 부산떨지 마라! 그렇게 소리 지르지 마라!" 하고 대령은 그 상처 입은 자 주변에 몰려든, 놀란 하인들 모두에게 거칠고 쾌활한 투로 말했다. "심각한 건 없어. 내 총은 암염岩塩으로만 장착되어 있었거든. 내 생각엔 그를 맞춘 것도 아냐. 그는 겁을 먹고 나가떨어졌을 거야."

"하지만 여보, 이 피는요." 하고 델마르 부인은 깊은 질책의 어조로 말했다. "두려움이 피를 흐르게 하나요?"

"부인, 당신은 무엇 때문에 여기 와있는 거요?" 하고 델마르 씨는 소리 질렀다. "여기서 무얼 하는 거요?"

"여보, 당신이 저지른 불행을 원상복구 해놓고자 여기 온 거예요. 그것이 제 의무이니깐요." 하고 그녀는 냉정하게 대답했다.

그리고는 거기 있었던 어느 누구도 해낼 수 있으리라고는 미처 느끼지 못했던 그런 용기를 가지고 그 부상자 앞으로 다가가면서 그녀는 그의 얼굴에 등불을 갖다 대었다.

그때 그들이 보기를 기대했던 초라한 용모와 옷 대신 그들이 발견한 것은 매우 귀족적 용모를 갖춘 젊은이로 승마복을 입고 있었지만 우아한 차림새였다. 그의 한 손은 가벼운 상처를 입었으나 그의 찢어진 옷과 의식을 잃은 상태는 그의 추락이 심각했음을 잘 말해주고 있었다.

"제가 믿기에는요." 하고 르리에브르가 말했다. "그는 20피트 높이에서 떨어졌어요. 대령님이 그를 맞혔을 때 그는 담장 위를 성큼 넘어오려고 했었는데, 그의 오른 손을 맞춘 몇 개의 작은 탄알 또는 암염 조각이 그를 어디에도 매달릴 수 없게 만들었을 겁니다. 사실인즉 저는 그가 떨어지는 것을 보았는데요. 그는 땅에 떨어져 있으면서 전혀 도망갈 궁리조차 하지 않은 거예요, 불쌍한 작자죠!"

"그렇게 옷을 *잘 차려입은* 사람이 도적질하기를 즐긴다는 것이 어디 믿겨집니까?" 하고 한 하녀가 말했다.

"게다가 그의 주머니엔 돈이 두둑이 들어있어요." 하고 또 다른 하인이 말했는데, 그는 이제 막 모두가 도둑이라고 생각하는 자의 조끼를 벗기고 난 참이었다.

"거 참 이상하군." 하고 그의 앞에 길게 늘어져 있는 남자를, 깊이 감동되는 바가 없지 않은 듯, 바라보고 있던 대령이 말문을 열었다. "이 사람이 설령 죽었다 해도 그건 내 탓이 아니오. 부인, 그의 손을 찬찬히 들여다보시오. 거기서 아주 작은 납 총알이라도 발견한다면야…."

"당신을 믿고 싶군요." 하고 델마르 부인은 대답하고는 그 누구도 그녀가 지녔다고 생각할 수 없었던 냉정함과 정신력을 가지고 주의 깊게 그의 맥박과 목의 동맥들을 짚어보았다. "잘 됐어요." 하고 그녀는 덧붙여 말했다. "이 사람은 죽지 않았고, 이제 필요한 것은 응급조치예요. 도둑같이 보이지 않고 그 점에서 아마도 간호를 받을 자격이 있어요. 설령 그가 그런 것을 받을 자격이 없는 경우라도, 우리 여인들의 의무는 그를 보살펴 주는 것이에요."

그러면서 델마르 부인은 그 부상당한 이를 바로 옆에 있는 당구 연습실로 옮겨놓도록 했다. 사람들은 의자 몇 개를 붙여놓고 그 위에 매트를 깔았고, 앵디아나는 하녀들의 도움을 받으면서 다친 손에 붕대 감아주는 일에 열중했고, 다른 한 편에서는 외과에 지식이 있는 랄프 경이 상당한 사혈瀉血을 행하였다.
 그러는 동안 대령은 자기가 의도했던 것보다 더 나쁘게 행동한 것으로 보이게 되고 만 사람의 처지같이 어찌할 바를 모르고 곤혹스러워하고 있었다. 그는 다른 이들의 눈앞에서 자신을 정당화하고 싶은 또는 다른 이들이 자기를 자기 눈앞에서 정당화 해주었으면 하는 욕구를 느끼고 있었다. 그래서 그는 하인들에 둘러싸여 베란다 밑에 머물러 서서는 사건이 터진 후에 언제나 그런 것처럼 열을 올려가며 장황하고 쓸데없는 얘기들을 늘어놓는데 정신을 쏟고 있었다. 르리에브르는 벌써 스무 번쯤은 아주 자상히 그 총성, 그 추락, 또 그 결과를 설명하고 난 터이고, 다른 한 편 대령은, 그가 화를 내고 난 후에는 언제나 그러하듯, 그의 휘하 사람들 사이에서 유머 감각을 되찾고 나서는 밤에 담을 넘어 사유 저택 경내에 잠입하는 사람의 의도가 문제라고 비난하였다. 그들이 모두 주인 말에 동의하고 있을 때, 그의 정원사는 그를 조용히 옆으로 끌고 가, 그 도둑은, 백포도주의 한 방울이 다른 한 방울과 똑 같이 보이듯, 이 인근 지역에 요 근래 이사와 살고 있는 젊은 지주地主와 똑 닮았으며 또 그가 삼일 전에 뤼벨르12)의 전원 축제에서 누운 양과 말을 나누는 것을 자기가 보았노라고 다짐해 주었다.
 이 정보는 델마르 씨의 생각을 다른 방향으로 돌렸다. 그의 넓고 빛나는, 대머리 진 이마에 언제나 폭풍이 일기 전이면 부풀어 오르는 굵은 정맥이 긴 자국을 내었다.
 '하느님 맙소사!' 그는 두 주먹을 불끈 쥐며 중얼거렸다. '어쩐지, 델마르 부인이 담을 뛰어넘어 내 저택 경내에 잠입하는 이 젊은 멋쟁이에게 지대한 관심을 보인다했지!'
 그리고는 창백한 얼굴로 분노에 몸을 떨며 당구 연습실로 들어갔다.

---

12) 파리 남동쪽 40킬로 쯤 떨어져있는 고장

제 3장

"여보, 안심하세요." 하고 앵디아나는 말했다. "당신이 상처를 입힌 사람은 며칠이 지나면 괜찮아질 거예요. 적어도 그리되길 우리는 희망하고 있어요. 그가 아직 말을 못하지만요…."

"그게 문제가 아니오, 부인." 하고 대령은 무뚝뚝한 목소리로 말했다. "내가 알고 싶은 것은 이 흥미로운 환자의 이름이 무엇이고 무슨 심심풀이를 하겠다고 내 정원의 담장을 내 집으로 들어오는 통로로 삼았는가 하는 것이오."

"저는 그런 걸 눈곱만치도 몰라요." 하고 델마르 부인이 냉정하고 긍지에 차서 대답을 하는 것을 보고 그녀의 혹독한 남편도 한순간 얼떨떨한 기분이었다.

그러나 그의 질투 섞인 의아심이 발휘되어,

"부인, 내가 그걸 알아낼 거요." 하고 작은 목소리로 그녀에게 말했다. "내가 그걸 알아낼 거라고 확신해도 좋소."

그럼에도 델마르 부인이 그의 분노를 눈치 채지 못하는 척하고 부상자를 계속 간호하고 있자, 그는 하녀들 앞에서 화내는 모양새를 취하고 싶지 않아 그 방을 나와 정원사를 다시 불렀다.

"우리의 도둑과 똑 닮아 보인다고 네가 말하는 그 사람의 이름이 뭐지?"

"드 라미에르 씨입니다. 드 세르씨 씨한테서 영국식 작은 집을 최근에 산 사람이죠."

"그 사람은 어떤 사람인가? 귀족, 멋쟁이, 괜찮은 신사?"

"아주 멋진 신사이고 귀족이라고 저는 믿습니다."

"그 사람은" 대령은 힘주어 이어 말했다. "드 라미에르 씨가 맞는 것 같다! 루이야, 말해 봐." 하고 그는 나지막하게 덧붙여 말했다. "이 멋쟁이가 이 근처에서 배회하는 것을 한 번도 본 적이 없나?"

"주인님… 간밤에 말입니다." 하고 루이는 당황해서 대답했다. "저는 확실히 보았습니다. 그가 멋쟁이인지 아닌지에 대해서는 저는 아무것도 모릅니다. 그러나 확실한 것은 그건 남자였습니다."

"그래 정말 그를 보았는가?"

"제가 주인님을 지금 보고 있듯이 그처럼 분명히요, 오렌지 온실 창문 밑에서죠."

"그리고 너는 삽자루로 그 현장을 덮치지 않았단 말이지?"

"주인님, 저는 그러려고 했죠. 그러나 저는 흰 옷을 걸친 여인이 그 오렌지의 온실에서 나와서는 그를 향해 걸어가는 것을 보았어요. 그때 저는 생각했죠. 〈저들은 아마도 날이 밝기 전 산책을 즐기려는 기발한 생각을 한 주인님과 마님이다〉라고요. 그래서 저는 집에가 잠자리에 들었습니다. 그런데 오늘 아침에요, 저는 르리에브르가 어떤 도둑에 대해 또 그가 정원에서 보았다는 그의 발자국에 대해 얘기하는 것을 들었습니다. 그래 저는 혼잣말을 했죠. 〈이 일엔 어딘가 수상쩍은 데가 있어.〉"

"아, 이 우둔한 작자야, 그럼 왜 내게 곧바로 보고해주지 않았나?"

"정말이지, 주인님, 인생에는 *미묘한 경우와 상황도* 있거든요…."

"네 말 알겠다. 너도 의심쩍게 여긴단 말이지. 바보 같으니! 네가 또 다시 이런 불손한 생각을 갖게 되는 날엔, 나는 네 귀를 잘라 버리겠다. 나는 이 도둑이 누구인지 또 그가 나의 정원에서 찾고 있었던 것이 무엇인지를 아주 잘 알고 있어. 내가 네게 이 모든 질문을 던진 것은 그저 네가 오렌지 온실을 제대로 보살피고 있는지 알고자함에서였다.

네가 이해해야 할 것은 거기 마님이 아끼는 진귀한 식물들이 있고 세상에는 광적인 식물 애호가들이 있어 그들은 이웃집 온실에 들어와 도둑질하기를 마다하지 않는다는 사실이다. 네가 간밤에 본 이들은 바로 나와 델마르 부인이란 말이야."

그리하여 가엾은 대령은 전보다 더 마음이 괴롭고 화가 나서 그 자리를 떴고, 그 뒤에 남은 정원사는 세상에 어떤 광신적인 원예가들이 휘묻이 하는 가지나 꺾꽂이 하나를 손에 넣고자 총에 맞는 위험을 무릅쓰겠는가에 대해 전혀 확신이 서지 않았다.

당구 연습장에 되돌아온 델마르 씨는 그 부상당한 사람이 이윽고 보이기 시작한 의식회복의 징후들에 주의를 기울이지 않았다. 대령은 의자에 펼쳐져있는 그 사람의 웃옷 주머니들을 뒤지려는 참이었는데, 침입자는 그 팔을 쭉 뻗으며 힘없이 말하는 것이었다.

"당신은 제가 누군지 알기를 원하시죠, 선생님, 허지만 제 주머니를 뒤질 필요는 없습니다. 우리 둘만 함께 있게 되면 말하겠소. 그때까지는 내가 지금 처해 있는 이 우스꽝스럽고 어색한 상황에서 나의 신분을 알리는 곤혹스러움을 제게 면제해 주십시오."

"거 참 유감스러운 일이군!" 하고 대령은 신랄하게 대답했다. "그러나 나는 아무래도 좋다고 당신에게 다짐하오. 하지만 내가 우리가 단둘이 서로 만날 것을 희망하는 바이므로, 그때까지 우리 통성명을 미룰 용의가 있소. 그 동안 내가 당신을 어디에다 데려다 놓으면 좋은지 말이나 해주시겠소?"

"그렇게 친절을 베풀어 주시겠다면, 여기서 가장 가까운 부락의 여관이면 좋겠는데요."

"그러나 이 분은 어디로도 옮겨갈 만한 몸 상태가 아니에요." 하고 델마르 부인은 잽싸게 말했다. "랄프, 그게 맞지 않나요?"

"부인, 이 분의 상태가 당신을 너무 민감하게 만들고 있소." 하고 대령은 말했다. "관계없는 여러분들은 모두 나가시오." 하고 그는 하녀들에게 말했다. "이 분은 한결 나아졌고 이제 곧 힘을 얻어 내 집에 들어와 있는 사연을 내게 설명할 거요."

"그렇소. 선생님" 하고 그 부상당한 남자는 말했다. "그러니까 저를 보살펴 주느라고 친절을 베풀어주신 모든 분들께 청컨대, 제가 저지른 실책의 고백을 잘 들어주셨으면 합니다. 저는 여기에 저의 행동에 대해 어떠한 오해도 있어서는 안 된다는 것이 대단히 중요하다고 느끼고 있고, 또 제가 다른 사람으로 간주되지 않는 것이 제 자신에게 중요하다는 것입니다. 무슨 비열한 책략이 제 발걸음을 당신 저택으로 인도했는지를 좀 들어보십시오. 선생님, 당신은 당신만이 아는 극히 단순한 방법으로 공장을 설립했는데, 그 공정과 생산품이 이 나라의 모든 같은 종류의 공장들의 것보다 엄청나게 월등합니다. 제 형제가 프랑스 남부에 아주 비슷한 공장을 갖고 있는데, 그 공장의 유지비가 엄청나게 듭니다. 제가 당신 공장의 성공담을 들었을 때, 그의 공장은 파국으로 치닫고 있었습니다. 제 형제가 아주 다른 종류의 상품을 취급하고 있는 고로, 당신의 이해관계에 해를 입히지 않을 너그러운 조언을 구하고자 찾아뵙겠다고 결심을 했던 것입니다. 그러나 댁의 영국식 정원은 제게 굳게 닫혀 있었습니다. 그래서 제가 당신과 면담하겠다고 청을 하니까 제가 답으로 얻은 것은 당신이 제가 당신의 공장을 견학하는 것조차도 허락지 않을 것이라는 것이었습니다. 이러한 불친절한 거절에 불쾌해진 나머지, 제 목숨과 명예를 위험에 빠뜨리는 모험을 해서라도 저는 제 형제의 삶과 명예를 구하기로 결심했습니다. 저는 그 담장을 넘어서 댁의 경내로 잠입했고, 그 공정工程기구를 살펴보기 위해 공장 안으로 들어가려고 애썼습니다. 짧게 말씀드려 저는 한 모퉁이에 숨어 있다가 거기 근로자에게 뇌물을 주고 당신의 비밀을 당신을 해함이 없이 한 정직한 사람의 이익을 도모하고자 마음을 먹은 것이었죠. 그것이 제 범죄였어요. 자, 선생님, 제게 이제 저로 하여금 보고하도록 하게 한 것과 다른 보상을 요구하신다면, 저는 그 청을 들어줄 준비가 되어 있으며, 제가 원기를 충분히 회복하는 대로 곧 그렇게 하시라고 청하기까지 하는 것입니다."

"선생님, 나는 우리가 이제 피장파장이라고 생각합니다." 하고 대령은 큰 불안감에서 반쯤 벗어나서 대답했다. "나머지 여러분들, 이 분이 내게 해준 설명의 증인이 되시오. 내가 복수라는 보상의 필요성을 느꼈다 해도, 이제는 그 이상의 보상을 받은 것이오. 이제들 나갈 분은 나가시고, 우리는 내 사업의 성공과정에 관해 이야기합시다."

하인들은 실내에서 나갔다. 그런데 이 화해의 속임수에 당한 것은 오직 그들뿐이었다. 그 부상당한 자는 그의 긴 얘기로 힘이 빠져 대령의 마지막 언급의 어조를 음미할 수가 없었다. 그는 델마르 부인의 품안으로 다시 쓰러져서는 두 번째로 의식을 잃었다. 이 여인은 눈을 들어 그녀 남편의 성난 얼굴을 쳐다보아 주지도 않았고, 델마르 씨와 브라운 씨는 서로 다른 표정을 짓고 있었는데, 한 얼굴은 창백하고 분노로 일그러져 있었고, 다른 하나는 평소와 같이 침착하고 냉정한 채, 말없이 서로의 동정을 살피고 있었다.

델마르 씨는 자기의 뜻을 알리기 위하여 한 마디도 할 필요가 없었으나 랄프 경을 옆으로 끌고 가 그의 손을 꽉 쥐면서 말했다.

"친구, 이건 참 아주 기막히게 짜인 간계일세. 나는 이 청년이 내 하인들 앞에서 말짱한 정신으로 나의 명예를 보존해 준 것에 대해 만족, 대 만족일세. 하지만, 제기랄! 그는 내가 가슴 깊이 느끼는 모욕에 대해 비싼 대가를 치르게 될 걸세. 그리고 이 여자는 그를 보살펴주면서 그를 모르는 척하고 있다니! 아, 이 여인들의 간계란 얼마나 천부적인가 말이요!…"

랄프 경은 아연실색하여 방안을 질서 있게 세 바퀴 돌았다. 첫 번째 돌고나서 그는 *있을 법하지 않아*, 두 번째 돌고 나서 *있을 수 없어*, 세 번째 돌고 나서는 *증명 됐어* 하고 결론지었다. 그리고는 돌같이 굳은 얼굴을 하고 있는 대령에게 되돌아가며, 그 부상당한 자 뒤에 서서 뺨은 하얗게 질려있고 양손을 뒤틀면서 절망, 공포, 당혹감으로 가득한 눈으로 망연자실하고 있는 누운을 손가락으로 가리켰다.

참된 발견에는 그런 즉각적이고 압도적 확신의 힘이 실려 있는 법이어서 대령은 그 어느 설득력 있는 설명보다 더 랄프 경의 강력한 제스처에 소스라치게 놀랐다. 브라운 씨의 올바른 추적追跡을 위한 단서는 여럿 있었다. 그가 이제 방금 그의 머리에 떠올린 것은 그가 누운을 찾고 있었던 바로 그 순간에 그녀가 저택 경내에 있었다는 것, 빗속을 걸어 다닌 야릇한 변덕을 증명해주는 그녀의 젖은 머리와 진흙으로 축축하게 젖은 신발 같은 세목들이었다. 그는 이것들을 델마르 부인이 기절했을 때는 별로 주목하지 않았었는데, 이제는 그 모든 것이 다시 생각이 났던 것이다. 그 다음 그녀가 여실히 보여준 그 야릇한 두려움, 그 경련적인 흥분상태, 그리고 그녀가 총성을 들었을 때 내질렀던 비명….

델마르 씨는 이 모든 단서가 필요 없었다. 보다 예리한 통찰력과 그에게 그럴만한 이유가 더 있었기에, 그는 단지 이 젊은 하녀의 거동만 보고도 그녀에게만 죄가 있음을 알아차렸다. 그러나 이 호색 행각의 주인공에게 빈틈없이 베풀어주는 자기 아내의 열성적인 간호는 점점 더 그의 기분에 거슬렸다.

"앵디아나!" 하고 그는 말했다. "그만 방으로 가 쉬시오. 늦었소. 게다가 몸도 편하지 않으니 말이요. 누운이 이 선생님 곁에서 오늘 밤 그를 보살필 것이고, 내일 그가 나아지면, 우리는 그를 집에 데려다 줄 방도를 강구할 것이오."

이 뜻밖의 사태해결에는 어떤 이의도 제기할 여지가 없었다. 남편의 폭력적 언동에는 그렇게 잘 저항할 줄 알았던 델마르 부인도 그의 부드러운 말투에는 언제나 순종하였다. 그녀는 랄프 경에게 그 환자 주변에 조금만 더 머물러 있어 달라고 청하고는 자기 방으로 돌아갔다.

대령이 그 일을 그렇게 처리하게 된 데에는 어떤 의도하는 바가 없는 것은 아니었다. 한 시간 후, 모든 사람이 잠자리에 들고 온 집안이 조용해졌을 때, 그는 드 라미에르 씨가 있는 방안으로 소리 없이 살짝 들어갔다. 그리고는 커튼 뒤에 숨어서, 젊은이와 그 하녀가 주고받는 얘기를 듣고, 그들 사이에 정사情事가 있음을 확신할 수 있었다. 그 크레올 여인의 비범한 미모는 그 일대의 전원 무도회에서 선풍적 인기를 일으켰었다. 그녀에게 사모思慕의 뜻을 표하는 이들이 적지 않았고 그 중에는 그 지역의 일류신사들도 있었다. 믈렁13)에 주둔해 있는 수비대의 한 늠름한 창기병 장교 등등이 그녀의 환심을 사려고 무진 애를 썼다. 그러나 누운은 그녀의 첫사랑에 빠져있었고, 그 사람의 애정 표시만이 그녀의 맘에 쏙 들었다. 그가 바로 드 라미에르 씨였던 것이다.

델마르 대령은 그들이 하는 짓을 계속 지켜보고 싶은 욕망은 별로 없었다. 그리하여 그의 부인이 한 순간도 이 정사情事의 주역인 알마비바14)의 관심대상이 아니었음을 재차 확인하고 안심이 되자 살그머니 빠져나왔다. 하지만 그는 충분한 견문을 지니고 있어 그 가엾은 누운이 천부적으로 뜨거운 몸으로 태어나 맹렬히 뛰어든 사랑과 하룻밤의 육체적 탐닉에 몸을 맡겼다가 그 다음 날엔 자기 이성을 되찾는 좋은 집안 자식의 사랑 사이에는 차이가 있음을 잘 알고 있었다.

델마르 부인이 깨어났을 때, 그녀는 자기 침대 옆에서 당황해 하며 슬픈 표정을 짓고 있는 누운을 보았다. 그러나 부인은 드 라미에르 씨의 설명을 순진하게 믿어 버렸는데, 더욱 그렇게 된 연유는 그 상거래商去來에 관심을 가진 사람들이 이미 잔꾀나 속임수를 써서 델마르 공장의 비밀을 빼내려고 시도를 하곤 했기 때문이었다. 그래서 그녀는 그 동거자의 당황함을 간밤에 치렀던 흥분과 피로의 탓으로 돌렸고, 누운은 대령이 태연히 부인 방에 걸어 들어와서 그녀에게 아주 예삿일처럼 간밤의 일에 대해 얘기하는 것을 보고 안심하게 되었다.

---

13) 뤼벨르 근처에 있는 도시
14) 로씨니의 오페라 *세빌리아의 이발사*에서 변장을 하고 여주인공에 접근하려는 백작의 이름

아침에 랄프 경은 환자의 상태를 점검했다. 추락이 심하긴 했지만 심각한 결과를 초래하진 않았다. 상처는 벌써 아물기 시작했다. 곧바로 믈렁으로 이송되기를 원했던 드 라미에르 씨는 지갑에 들은 돈을 모두 하인들에게 나누어주었는데, 그것은 그 사건에 대해 입막음을 해두려는 것이었고, 그의 말을 빌리자면, 거기서 몇 마일 떨어진 곳에 살고 있는 그의 어머니를 놀라게 하기를 원치 않는다는 것이었다. 이 사건의 소식은 천천히 또 여러 가지로 변안되어 퍼져나갔다. 잠입자 드 라미에르 씨의 형제 중 한 사람의 소유인 영국 공장에 관한 정보들은 그가 요행히도 즉석에서 꾸며낸 이야기의 뒷받침이 되었다. 대령과 브라운 경은 누운의 비밀을 지켜주는 세심한 배려를 했는데, 그들이 그것을 알고 있다는 사실을 그녀가 눈치 채지도 못하게 했다. 델마르 가족은 곧 그 사건에 관심두기를 그만두었다.

제 4장

　레이몽 드 라미에르 씨와 같이 총명하고 재간 있고 여러 능력을 갖춘, 사교적 살롱에서의 성공과 화려한 연애사건에 익숙했던 청년이 브리 지방의 작은 실업가의 가정부에 대해 상당히 지속적인 애착을 품을 수 있다는 생각을 독자들은 아마도 믿기 어려울 것이다. 드 라미에르 씨는 멋만 내는 숙맥도 탕아도 아니었다. 우리는 그가 명석하다고 말했는데, 그 뜻은 그가 지체 좋은 자신의 집안의 이점들을 잘 활용할 줄 알고 있었다는 것이다. 그는 자기 자신과 사리를 따질 때는 원칙에 충실한 사나이였지만, 가끔 맹렬한 열정이 그를 자기 체계의 궤도 밖으로 끌어냈다. 그러한 때에 그는 숙고할 능력을 상실했고 자신의 양심과 결판내기를 피하곤 했다. 그는 마음이 거리끼지도 않은 듯 과오를 저질렀고 그 다음 날엔 그가 전날 밤 저질렀던 일에 대해 자기 자신을 기만하려고 시도하곤 했다. 불행히도 그의 인품에서 가장 두드러진 면은 다른 위선적 도학선생들도 지니고 있는, 그러나 그도 그들도 잘 지키지 않는 원칙들이 아니라 이 원칙들조차 질식시킬 수 없는 열정이었다. 그리고 바로 이것 때문에 그는 우스꽝스럽게 되지 않고는 눈에 뜨이기가 어려운, 그 무미건조한 사교모임에서 각별한 주목을 받고 있었다. 레이몽에게는 가끔 책망 받을 일을 저질러 놓고도 미움을 받지 않고 또 가끔 돌출행동을 하고도 기분을 상하게 하지 않는 기술이 있었다. 어떤 때는 그에 대해 충분히 불평을 할 수 있는 여지가 있는 사람들에게서 조차 그는 동정을 사곤 하였다. 세상에는 이처럼 그 주변의 모든 것에 의해 잘못 길들여진 사람들이 있는 것이다. 그러한 생활감정에 대해 그들이 치르는 대가란 흔히 능청맞은 표현이나 발랄한 표현법이면 그만이었다. 우리는 레이몽 드 라미에르 씨를 냉혹하게 평가하거나 또는 그가 행동하는 모습을 보기 전에 그의 초상화를 그려보려는 의도가 있는 것은 아니다. 현재로선 그가 지나가는 것을 바라보고 있는 군중의 한 사람으로 거리를 두고 그를 관찰하고자 한다.

드 라미에르 씨는 뤼벨르 축제 때 온 주민들의 경탄을 불러일으킨, 커다란 검은 눈을 한 크레올 처녀에게 반했다. 그는 심심풀이로 그녀에게 접근했는데, 그것이 성공하자 욕망이 불타올랐다. 그는 자신이 바라던 것 이상을 획득하였고, 쉽게 허락된 그녀의 마음에 승리를 만끽한 그 날, 자기 집에 돌아와 자신의 승리에 자못 놀라 자기 이마를 치며 중얼거렸다.

'그녀가 나를 사랑하는 것이 아니라면 좋겠는데!'

그래서 그녀가 그를 사랑하고 있다는 모든 증거들을 수긍하고 난 뒤에야 비로소 그녀의 사랑을 눈치 채기 시작했다. 그때 후회했으나 이미 때는 늦고 말았다. 그는 미래가 가져다주는 일의 추이에 몸을 맡기거나 비열하게 과거로 후퇴하는 것 중 택일擇一할 수밖에 없었다. 그는 주저하지 않았다. 그는 자신이 사랑받도록 내버려 두었고, 자신도 감사한 나머지 사랑했다. 그는 모험심이 발동해 델마르 대저택의 경계를 이루는 담을 기어올랐는데, 서툴렀던 나머지 아주 고약하게 추락하고 말았던 것이다. 그리하여 그 이후로는 그 젊고 아름다운 정부情婦의 고통 받는 모습에 매우 감동한 나머지, 그녀가 추락하지 않을 수 없을 깊은 구렁을 파 가면서도 자기 눈에는 자신이 옳은 것으로 비쳐졌던 것이다.

그가 몸을 회복하게 되면서부터 겨울 날씨는 얼음처럼 차지 않았고, 밤엔 도사리고 있는 위험도 없었고, 그의 마음엔 숲의 한 모퉁이를 지나 크레올 여인을 만나고, 그녀에게 그가 그녀 외에 어느 여자도 사랑한 적이 없고, 그녀를 사교계의 여왕들보다 더 좋아한다 말하고, 또 가엾은, 남의 말에 곧잘 솔깃해하는 처녀들에게 언제나 잘 먹혀들어가는 수천의 다른 과장된 표현들을 맹세하고 지껄이는 데 있어 방해가 될 찔리는 양심의 가책은 없었다. 1월에 델마르 부인은 자기 남편과 함께 파리로 떠났고, 그들의 신실한 이웃인 랄프 브라운 경은 자신의 소유지에 있는 자택으로 돌아갔다. 누운은 이제 자기 주인들의 전원 저택의 주인이 되어 여러 구실을 들어 자리를 비우는 데에 아무 거리낌이 없었다. 그것은 그녀에게는 불행한 일이었다. 그녀의 애인과 손쉽게 이루어지는 만남들은 그녀가 향유하게 되었던 그 일시적 행복의 기간을 큰 폭으로 줄였다. 시정詩情을 듬뿍 담은 숲, 흰 서리로 덮인 촛대모양의 나뭇가지들, 달빛에 의해 변화되는 모습들, 숨겨진 작은 문의 오묘함, 그를 문까지 다시 바래다주기 위해 그녀의 작은 발들이 눈 위에 자국을 남기는 그 새벽녘에 살짝 빠져나가기, 이 모든 사랑모험의 장식품들 하나하나가 드 라미에르 씨의 연애감정을 지속시켰다. 흰 실내복을 차려입고 긴 검은 머리를 단장한 누운은 귀부인이었고, 여왕이었으며 요정이었다. 그는 그녀가 반쯤 봉건풍의 견고하고 장방형 건축물인 붉은 벽돌의 대저택에서 나오는 것을 보았을 때, 그녀가 중세 장원莊園의 귀부인인 듯 쉽게 착각할 수 있었고, 이국적異國的 꽃들로 가득 찬 정자에서 그녀가 그를 청춘과 열정의 유혹으로 도취시켰을 때 그는 뒤에 가서야 상기해야 했던 모든 것을 즐겨 잊어버렸다.

그러나 이제는 그녀 편에서 모든 조심성을 내 팽개치고 위험을 무릅쓰며 흰 앞치마를 걸치고 그녀 고향 식으로 멋지게 스카프를 한 누운이 드 라미에르를 찾아보기 위해 그의 방에 나타났을 때, 그녀는 어느 귀부인의 하녀, 어느 아름다운 부인의 하녀에 지나지 않았다. 그러한 사실은 언제나 그 시녀에 대해 임시변통용 상대로나 족할 것 같은 느낌을 품게 한다. 하지만 누운은 매우 아름다웠고 그녀의 인상은 그가 그 지방 축제 때 그녀를 처음 보았을 때와 똑같았다. 그 당시 그는 그녀에게 가까이 가기 위해 호기심 많은 군중들의 틈을 비집고 들어가 스무 명의 경쟁자를 물리치고 그녀를 낚아채는 작은 승리를 얻었던 것이다. 누운은 그에게 이 날을 다정스럽게 떠올렸다. 가엾은 여자, 그녀는 레이몽의 사랑이 그런 과거의 시점까지 거슬러 올라가지 않았고 또 그녀의 자부심을 높여준 그날이 그에게는 허영의 하루에 지나지 않았다는 사실을 모르고 있었다. 그런데 그를 위해 그녀 자신의 평판이 위태롭게 됨을 감수하였던 그 용기, 그녀를 더욱더 사랑하게 만들어야 했던 그 용기가 드 라미에르 씨에게는 못마땅했던 것이다. 그런 식으로 자기를 희생하려는 프랑스 중신重臣의 부인이라면, 그것은 값진 정복이 될 터지만 시녀 따위야! 한 여인에게 있어 영웅적 행동인 것이 다른 여인의 경우엔 방약무인이 되는 것이다. 한 경우에, 질투심 많은 경쟁자들의 집단은 당신을 부러워하지만, 다른 경우엔, 분개한 종복들의 무리가 당신을 지탄하게 된다. 지체 높은 부인은 당신을 위해 그녀가 가졌던 스무 명의 애인을 희생하는 것이지만, 시녀는 당신을 위해 고작 그녀가 가질 법했던 남편감 하나만을 희생시키는 것이다.

여러분은 무엇을 더 기대하겠는가? 레이몽은 세련된 몸가짐과 우아한 생활양식에 시정詩情을 자아내는 사랑을 즐기는 남자이다. 그에게 여직공[15]은 여자가 아니었는데, 누운은 월등한 미를 지닌 덕에, 그가 자기 신분에 맞지 않는 서민들 틈에 끼어들어 되가는 대로 그에 어울리는 들뜬 분위기에 빠졌던 어느 하루 그에게 기습을 가했던 것이다. 이 모든 것이 레이몽의 탓은 아니었다. 그는 상류사회를 위해 양육되었고, 모든 그의 생각들은 높은 목표를 향해 지도되었고, 그의 모든 재능들은 영주다운 행복을 위해 다져졌다. 그런데 그의 이러한 자질에도 불구하고 열정적 혈기가 그를 서민의 사랑놀이에 끌어들였던 것이다. 그는 그 안에서 행복을 느끼고자 최선을 다했지만, 이제는 더 이상 그

---

[15] 원어 grisette에는 그 당시 회색 천의 옷을 입은, 신분상승을 위해 몸을 팔기도 한 여성의 뉘앙스가 있음.

렇게 느낄 수가 없었다. 그럼 이제 어찌 할 건가? 너그럽고 몽상적인 생각들이 이미 그의 뇌리를 스쳐갔었다. 자기 정부와의 사랑에 푹 빠져 있던 날들에 그는 그녀를 그의 수준까지 끌어올리고 또 그들의 결합을 합법화할 생각도 정말 해보았었다…. 암, 그렇고말고, 내 명예를 걸고 단언하지! 그는 그것에 대해 숙고해 보았었다. 그러나 모든 것을 정당화하는 사랑은 이제 약화되고 있었고 연애사건의 모험에 따른 위험과 그 은밀한 신비의 스릴과 더불어 퇴조退潮하고 있었다. 결혼은 더 이상 가능하지 않았다. 자, 보십시오! 레이몽의 추리는 매우 건전했고 전적으로 그의 정부의 이해관계에 부합하는 것이었다.

그가 그녀를 진실로 사랑했었다면, 그의 미래, 그의 가족, 또 그의 명망을 희생함으로써, 그녀와의 행복을 찾을 수 있고 또한 결과적으로 그녀에게 행복을 줄 수도 있었으리라. 그도 그럴 것이 사랑이란 결혼과 마찬가지로 계약이기 때문이다. 그러나 그의 사랑이 식었음을 느낀 이제, 그는 이 여인에게 어떤 미래를 만들어줄 수 있었을 것인가? 그녀에게 매일같이 슬픈 얼굴표정과 일그러진 감정에 삭막해진 가정 분위기를 보여주기 위해 그녀와 결혼하는 꼴이 될 것인가? 그녀가 그의 가족으로부터 미움을 사고, 그의 동급 지인知人들에게 경멸의 대상이 되고, 그의 하인들에게는 웃음꺼리가 되게 하기 위해, 또는 그녀가 그 모든 것이 자기와 어울리지 않다고 느끼며 죽고 싶을 정도로 모욕감을 느끼게 될 그런 사교계에 그녀를 안내하는 모험을 하고, 더 나아가서, 그녀가 그녀의 애인에게 초래했던 모든 해악을 스스로 깨닫게 함으로써 그녀의 마음을 회한으로 짓누르기 위해 그녀와 결혼할 것인가?

그럴 수는 없다. 당신들은 그것이 가능하지 않고, 그것이 관대한 일일 수도 없으며, 또 누구도 이런 식으로 사회에 대항해 싸울 수도 없고, 그런 미덕의 영웅주의는 풍차날개에 대항해 자기의 창을 분지르는 돈키호테와 닮게 되는 것이라는 그의 의견에 동조하게 될 것이다. 철鐵의 의지는 한번 휙 부는 바람에 흩뜨려지고, 다른 세기에 속하는 예의 기사도 정신은 금세기의 사람들에겐 측은한 마음이 들게 하기 마련이다.

그렇게 모든 것을 심사숙고한 끝에 드 라미에르 씨는 그 불행한 관계를 청산하는 것이 낫겠다고 생각했다. 누운이 자꾸 찾아오는 것이 그에게 당혹감을 주기 시작했다. 겨울을 지내기 위해 파리로 갔던 그의 어머니가 얼마 안가 이 작은 스캔들에 대해 알게 될 참이었다. 그녀는 그들의 지방별장 쎄르씨로 그가 자주 여행하는 것과 몇 주간週間을 온통 그 곳에서 보내고 오는 것에 벌써 놀라고 있었다. 그는 물론 도시의 소음에서 멀리 떠나 한 편의 진지한 작업을 완성하려 한다는 핑계를 댔었다. 그러나 그 핑계의 타당성이 쇠퇴하기 시작했다. 그처럼 선량한 어머니를 속이고 그처럼 오랫동안 잘 보살펴드리지 못한 것이 레이몽의 마음을 괴롭혔다. 독자 여러분에게 무슨 말을 더 하겠는가? 그는 쎄르씨를 떠났고 이제는 그 곳에 더 이상 가지 않았다.

누운은 울었고, 기다렸고, 그리고는 시간이 흘러가는 것을 지켜보며 불행했던 나머지, 그에게 편지쓰기를 감행했다. 가엾은 여인! 그 사소한 일이 파탄의 실마리였다! 시녀의 편지! 하지만 그녀는 델마르 부인의 책상에서 광택 나는 편지지와 향기 나는 봉인 봉랍을 꺼내 사용했었고, 그 문제는 그녀의 마음으로부터 우러난 것이었는데… 그러나 철자법! 그대들은 한 음절이, 더 많거나 더 적음에 따라, 감정의 흐름에 힘을 빼거나 보태준다는 사실을 아시는지? 아아! 부르봉 섬 출신의, 반은 야생적인 이 가엾은 처녀는 언어에는 규칙들이 있다는 것조차 모르고 있었다. 그녀는 자기가 그녀의 여주인처럼 글을 쓰고 말을 한다고 믿고 있었다. 그래서 그녀는 레이몽이 다시 찾아오지 않음을 깨달았을 때, 혼자 중얼댔다.

'하지만 내 편지는 그가 다시 찾아오도록 하기 위해 곧잘 쓴 것이었는데.'

이 편지로 말하면, 레이몽은 그걸 끝까지 읽어 내려갈 용기가 나지 않았다. 그건 아마도 순박하고 정겨움에 넘치는 편지였을 것이다. 비르

지니도 그녀가 고향땅을 떠났을 때, 폴[16])에게 그보다 더 매력적인 편지를 쓰지는 못했었으리다…. 그러나 드 라미에르 씨는 스스로 얼굴이 붉어질까 두려워 그것을 성급히 불에 던져 버렸다. 다시 한번 묻거니와 여러분이라면 무엇을 기대하겠는가? 이것은 바로 교육의 편견이며, 자존심이 사랑에 개입된다는 것은 개인적 이해利害가 우정에 개입되는 것과 마찬가지인 것이다.

사교계에서는 드 라미에르 씨의 불참이 많은 주목을 받았다. 서로 엇비슷한 사람들이 모이는 사교계에서 어느 한 사람에 대해 그렇게 집중 한다는 것은 상당한 의미가 있다. 어떤 사람은 재치 있고 사교계를 존중할 줄 알거나, 반대로 어떤 사람은 어리석고 그런 모임을 경멸할 수도 있다. 레이몽은 그 모임을 좋아했고 그의 판단은 옳았다. 그는 거기서 인기가 좋았고 호감을 주었다. 그에 대해서는 무관심하거나 야유적 표정을 짓는 무리도 주목하는 시선을 보내며 흥미 있는 듯한 웃음을 지어 보이곤 했다. 불행한 이들은 염세적일 수 있지만, 주위로부터 호감을 사는 이들이 시무룩하게 되는 경우는 드물다. 적어도 레이몽은 그렇게 생각했다. 그는 아주 사소한 애착의 표현에도 감사했고 모든 사람으로부터 존중되기를 원했고, 많은 우정관계를 가진 것을 자랑스럽게 생각하고 있었다.

선입견이 절대적으로 지배하는 사교계에서 모든 것은, 하물며 그의 결함조차도, 그의 뜻대로 맞아떨어졌다. 그런데 그를 언제나 보호해 주었던 모든 사람들의 애정의 이유를 찾았을 때, 그는 그것이 바로 자신 안에 있음을 깨닫곤 했다. 그는 그것을 얻고자 부단히 욕망했으며, 그가 그 안에서 지대한 기쁨을 맛보고, 그것을 위해서는 아낌없이 모든 친절을 부단히 쏟아 부었던 것이다.

그가 그런 사랑을 얻은 데에는 또한 그의 어머니 덕이 많았는데, 그녀의 월등한 지능, 다정한 대화술, 개인적 미덕들이 그녀를 다른 여자

---

16) 배르나르댕 드 쌩삐에르가 1787년에 쓴 감상 소설의 남 주인공

들과 구분되게 했다. 그녀의 덕으로 그는 훌륭한 원칙들을 지니게 되었는데, 이것들은 그를 언제나 좋은 쪽으로 돌아오게 했고, 25세 젊은 혈기에도 불구하고, 그가 대중의 존경을 상실하지 않도록 하는 방패막이 역할을 하곤 하였다. 사람들은 어떤 다른 이들에게보다도 그에게 관대하였는데, 이는 그의 어머니가 그를 비난하면서 그를 용서해주고 또 관용을 청하는 듯하면서 관용을 베풀 것을 충고하는 기술이 있었기 때문이었다. 그녀가 속한 부류의 부인들은 그처럼 다른 정치체제들을 겪으며 살아왔던 터라 그들의 정신은 운명에 적응하는 온갖 유연성을 획득했고, 또한 그들은 불행의 경험으로 풍요로워졌고, "93년의 단두대[17], 집정관 정부의 해악[18], 제국의 허영[19], 또 왕정복고의 불만[20]에서 무사히 벗어나 살아남은 것이다. 현재 그런 부인들은 드물고 그 부류는 계속 죽어가고 있다.

레이몽이 사교계에 복귀한 것은 스페인 대사관저의 무도회에서였다.

"저 분이 라미에르 씨 맞죠?" 하고 한 예쁜 부인이 옆 사람에게 말했다.

"저 분은 불규칙한 간격으로 나타나는 혜성이네." 하고 그 이웃은 답했다. "저 잘난 청년에 대해 얘기하는 것을 들은 지 퍽 오래 됐네."

이렇게 촌평을 한 이는 외국인인 나이 지긋한 여인이었다. 그녀와 동반한 여인은 다소 얼굴을 붉혔다.

"저 분 아주 미남이네." 하고 그녀는 말했다. "그렇지 않은가요, 부인!"

"정말이지, 매력적이네." 하고 그 나이든 시실리 부인은 말했다.

"여러분은, 장담하건대, 저 절충학파 살롱들[21]의 영웅인 짙은 머리색을 한 레이몽에 대해 말씀을 나누고 있군요." 하고 수비대에 속한 어

---

17) 프랑스 혁명 당시의 공포정치
18) 사회적 방종의 시기였던 1798-99의 상황
19) 나폴레옹 황제의 통치는 화려하고 성대한 의식의 특징이 있었음.
20) 보상을 충분히 받지 못한 귀족계급의 불평
21) Victor Cousin의 철학을 바탕으로 한 절충학파는 당시 왕정복고를 지지하였음.

느 미남 대령이 말했다.

"저 분은 스케치하기에 멋진 머리에요." 하고 그 젊은 여인은 말을 이었다.

"그런데 아마도 더욱 당신 마음에 들 것은 그것이 기분이 들떠 있는 머리란 말이요." 하고 그 대령은 말했다.

그 젊은 여인은 그의 부인이었다.

"왜 기분이 들떠 있는 머리인가요?" 하고 그 외국부인은 물었다.

"저 팔레르모[22]의 햇살에 버금갈만한 온통 남방의 열정들로 가득 차 있단 말이요, 부인."

두세 명의 젊은 여인들이 대령이 말하고 있는 것을 더 잘 들으려고 아름다운 꽃 장식을 한 머리들을 앞으로 내밀었다.

"그는 금년 수비대에 정말 참혹한 피해를 입혔단 말이요." 그는 말을 이었다. "그와 다른 우리는 그를 제거하기 위하여 그에게 시비를 걸 수밖에 없게 될 거요."

"그가 러브레이스[23]같은 남자라면, 그건 낭팬데요." 하고 비꼬는 표정을 지으며 한 처녀가 말했다. "나는 저마다 좋아하는 그런 남자들은 딱 질색입니다."

그 시실리의 백작부인은 대령이 저쪽으로 좀 멀리 가기를 기다렸다가 낭지 양의 손가락 위를 그녀의 부채로 가볍게 치며 말했다.

"그렇게 말하지 말아요. 그대는 우리가 주목하고 있는 것을 알지 못하고 있어요. 여기 사랑을 받고자 원하고 있는 한 남자가 있단 말이요."

"그런 남자들의 경우 그저 원하기만 하면 된다고 당신은 믿으신단 말입니까?" 하고 긴 냉소적 눈을 한 그 처녀가 말했다.

"아가씨." 하고 그녀에게 춤추자고 다시 온 그 대령이 말했다. "저 미남 레이몽이 당신들의 말을 알아듣지 못하도록 주의해야 하오!"

---

22) 시실리의 수도로 해변도시
23) 사뮤엘 리차드슨의 1749년 소설 Clarissa의 호색한 Lovelace

드 낭지 양은 웃기 시작했다. 그러나 그 무도회가 진행되는 동안 그녀가 속했던 매력적 무리는 더 이상 드 라미에르 씨에 관해 얘기하지 않았다.

제 5장

　레이몽은 파리 시내 스페인 공사의 저택에서 열린 무도회에 참석함으로서 다시 사교계에 등장했다. 드 라미에르 씨는 잘 차려입은 무리가 이리저리 요동치는 물결의 틈바귀에서 이렇다 할 불쾌감이나 권태로움 없이 배회하고 있었다. 하지만 그는 침울한 기분을 떨쳐버리고자 애썼다. 그의 신분에 걸맞은 사교계에 다시 돌아왔을 때 그는 어울리지 않는 애정이 그의 머리에 부어넣은 그 모든 광기어린 생각들에 수치심을 느끼며 회한에 젖어 있었던 것이다. 그는 불빛 속에서 훤히 빛나는 부인들을 바라보았다. 그들의 미묘하고 세련된 대화에 귀를 기울였고, 또한 그들의 재능들이 격찬 받는 것을 들었다. 그 세심하게 치장된 호화로움, 거의 왕족王族같은 차림의 야회복, 절묘하게 주고받는 화제, 그 모든 것에서 그는 그가 태어난 신분 이하로 자신을 비하하고 만 것에 끊임없이 자책을 느꼈다. 그러나 이런 종류의 당혹감에도 불구하고 레이몽은 어떤 보다 참된 마음의 가책에 시달리고 있었다. 즉 그의 의도들엔 언제나 지극히 세심한 배려가 깔려 있었고, 한 여인의 눈물은, 그가 아무리 무정해졌다 해도, 그의 마음을 아프게 했던 것이다.
　그날 저녁의 영예는 아무도 그 이름을 모르는 어느 젊은 부인에게 돌아갔는데, 그녀는 사교계에 처음 등장함으로써 모든 사람의 주목을 한 몸에 받는 특전을 누렸다. 그녀의 심플한 의상은 다른 부인들이 치장하고 있는 다이아, 깃털, 꽃들 한 가운데서 그녀를 돋보이게 하는 데에 충분했을 것이다. 그녀의 검은 머리에 장식한 몇 줄의 진주가 그녀가 걸친 보석의 전부였다. 그녀의 목걸이, 얇은 크레이프 드레스, 드러난 어깨, 그 모두의 뽀얀 흰 빛깔은, 조금 떨어져서 보면, 서로 잘 배합되었고 그 방들의 온기는 겨우 그녀의 뺨을 저 눈 속에서 피는 벵골 장미의 빛 같은 미묘한 색깔로 물들이는 데 충분했다. 그녀는 조그맣고 귀엽고 가냘픈 여인이었다. 촛불의 밝은 빛 속에서 요정妖精같이 보이는 살롱 분위기에 감싸인 그녀의 아름다움은 한 줄기의 태양빛에 의해 퇴색될 것만 같았다. 춤을 출 때 그녀는 너무 가벼웠으므로 한 번 휙 부는 바람은 그녀를 저리로 날려 보내기에 충분했으리라. 그러나 그녀는 활기도 즐거움도 없이 가벼웠다. 앉아 있을 때 그녀는, 몸이 너무 유연해서 상반신을 똑바로 가눌 힘이 없는 듯 허리를 구부리고 있었다. 그런데 말을 할 때는 미소를 머금고 슬픈 표정을 지었다. 그 당시에는 환상적 이야기들이 온통 유행의 첨단에 있었다. 그리하여 그런 장르에 달통한 이들은 그 젊은 부인을 날이 새면 빛을 잃고 꿈처럼 사라질, 마법에 의해 불러내어진 유령에 비유했다.

그 동안 그들은 그녀와 춤을 추고자 그녀 주위에 모여들었다.

"서둘러요." 하고 한 낭만적 멋쟁이가 한 친구에게 말했다. "곧 수탉이 울겠소. 당신 댄스 파트너의 발은 벌써 마루판을 떠난 것 같네. 장담컨대 당신은 그녀의 손을 잡아볼 수 없을 걸세."

"드 라미에르 씨의 저 적갈색 머리에다 윤곽이 뚜렷한 얼굴 좀 봐요." 하고 *예술적* 감각이 있어 보이는 부인이 옆 남자에게 말했다. "저처럼 창백하고 작은 여성 옆에서 그의 *견고한* 색깔이 그녀의 *연약한* 빛을 놀라울 만큼 돋보이게 하고 있다는 생각 안 드세요?"

"저 젊은 여성은요." 하고 사교계에서 모르는 사람이 없는, 주소록 역할을 톡톡히 하고 있는 어느 부인이 말했다. "요제프 보나파르트[24]의 신봉자로 자처하기를 원했던 사람인데 부르봉 섬에서 몰락한 채 죽겠다고 떠났던 그 미친 늙은이 까르바잘의 딸이에요. 이 아름다운, 이

---

24) 나폴레옹의 형으로 스페인의 왕, 1808-1813

국정서의 여인은, 제 생각에 아주 어리석은 결혼을 했지만, 그녀의 숙모는 궁전에서 좋은 대접을 받고 있지요."

레이몽은 그 인도에서 온 젊은 미녀에게 가까이 다가와 있었다. 그가 그녀를 바라볼 때마다 어떤 야릇한 감정이 그를 사로잡았다. 그는 그가 꾸었던 어떤 꿈에서 그 창백하고 슬픈 표정의 얼굴을 보았었다. 그런데 확실한 것은 그가 그녀를 보았었다는 것이고 그녀를 향한 끊임없는 그의 눈길은 영원히 잃을까봐 두려운 그 어떤 다정한 환영을 다시 찾은 기쁨으로 넘쳤다. 이와 같은 레이몽의 주의 깊은 시선은 그 시선의 대상인 그 젊은 여성을 당혹케 했다. 그녀는 사교계에 익숙지 않은 여성처럼 거북해 하고 수줍어하였고, 거기에서의 성공은 그녀를 기쁘게 하기보다 당황스럽게 만드는 듯했다. 레이몽은 살롱 안을 한 바퀴 돌며 드디어 그 숙녀의 이름이 델마르 부인이라는 것을 알아냈고, 이제 그녀에게 춤을 청하러 갔다.

"당신은 나를 기억하지 못하는군요." 하고 그는 그들이 많은 사람들 가운데서 홀로 되었을 때 말했다. "하지만, 부인, 나는 당신을 잊을 수가 없었습니다. 그렇다 해도 나는 당신을 딱 한 순간, 그것도 구름을 통해서 보았죠. 그러나 그 순간은 나에게 아주 선하고, 아주 반기는 당신의 모습을 안겨주었습니다."

델마르 부인은 소스라쳤다.

"아, 그래요, 선생님." 하고 그녀는 생동감 있게 말했다. "정말로 당신이군요. 저 역시 당신을 곧 알아 봤어요."

그리고는 그녀는 얼굴을 붉혔다. 자신이 예절에서 어긋난 행동을 했을까봐 두려워하는 듯했다. 그녀는 혹시 누군가 그녀의 말을 듣진 않았을까 해서 자기 주변을 돌아다보았다. 그러한 수줍음은 그녀의 자연스러운 우아함에 보탬이 되었다. 그리하여 레이몽은 그녀의 다소 허스키하지만 기도하거나 축복하기 위해 생긴 것 같은 온화한 크레올 여인 목소리의 억양에 가슴이 찡해 옴을 느꼈다.

"나는 당신에게 감사할 기회를 영영 갖지 못하게 될까봐 매우 두려워하던 참이었습니다."라고 그는 말했다. "나는 댁으로 방문할 수도 없었지요. 또 나는 당신이 거의 사교계에 나가지 않는 것을 알고 있었습니다. 또한 내가 당신에게 접근하는 경우 델마르 씨와 접촉을 하게 되고, 그렇게 되면 우리가 피차 처했던 상황이 그러한 접촉을 유쾌하게 만들 수 없으리라고 염려했습니다. 제 마음의 빚을 갚을 이 순간을 얻게 되어 저는 너무도 행복합니다!"

"델마르 씨가 그 점에서 그의 몫을 차지할 수 있다면, 그것이 제게는 더 흐뭇한 일이 되겠는데요." 하고 그녀는 그에게 말했다. "당신이 그를 더 잘 알게 되면, 그가 퉁명스러운 만큼 착하다는 사실을 알게 될 거예요. 그가 본의 아니게 살인자가 될 뻔한 일을 당신은 용서해 주시겠죠? 그의 마음은 당신의 상처보다 확실히 더 많은 피를 흘렸답니다."

"부인, 델마르 씨에 대해선 더 말하지 않기로 하죠. 저는 온 마음으로 그를 용서합니다. 저는 그에게 과실過失을 저질렀고, 그는 그에 대해 자기의 권리를 행사했던 겁니다. 저는 그 일을 잊기만 하면 되지요. 그러나 부인, 당신은, 당신은 그처럼 섬세하고 관대하게 저를 간호해 주었습니다. 저는 제게 베푼 당신의 행동을, 그처럼 순수한 당신의 모습을, 당신의 천사 같은 온화함을, 또 제 상처에 향유를 쏟아 부은 그 손을, 제가 키스도 할 수 없었던 그 손을 일평생 내 기억 속에 간직하고자 합니다…."

그렇게 말을 하면서 레이몽은 그 대무곡 대열에 합류할 태세를 갖추며 델마르 부인의 손을 쥐고 있었다. 그는 이 손을 그의 손아귀에 넣고 부드럽게 꼭 눌렀고, 그 순간 그 젊은 부인의 피는 그녀의 심장으로 솟구쳐 올라왔다.

그가 그녀를 자리에 데려다주었을 때, 델마르 부인의 숙모 까르바잘 부인은 자리를 뜬 후였다. 무도회의 손님들은 뜨문뜨문하게 되었다. 레이몽은 그녀 곁에 앉았다. 그의 몸가짐에는 마음속의 어떤 정사情事 경

힘이 주는 편안함이 있었다. 여자들과의 관계에서 우리들을 어리석게 만드는 것은 바로 우리의 욕망의 폭력이며 우리의 사랑을 성급히 몰아가는 행동이다. 자기의 감정들을 조금 사용해본 남자는 사랑하기보다 기쁘게 해주는 데에 더 신경을 쓴다. 하지만 드 라미에르 씨는 이 소박하고 숫된 여자의 곁에서 그가 지금껏 그랬던 것 보다 더 심오하게 감동을 받았다. 아마도 그가 빨리 그런 인상을 받은 것은 그가 그녀의 저택에서 보냈던 그 밤의 추억 덕분이었다. 한 가지 확실한 것은 그녀에게 열을 올리며 말을 할 때 그의 마음은 그의 입을 배신하지 않았다는 사실이다.

그러나 그가 다른 여자들과의 관계에서 얻은 습관은 그의 말에 확신의 힘을 실어주었고, 무얼 모르는 앵디아나는 그 모든 것이 그녀를 위한 말이 아니란 걸 모른 채 거기에 넘어갔다.

대체로, 여자들은 이 점을 잘 알고 있는데, 사랑에 대해 재치 있게 얘기를 잘 하는 남자는 사랑에 별로 빠져 있지 않은 것이다. 레이몽은 예외였다. 그는 그의 열정을 교묘하게 표현했고 또 그것을 열렬히 느꼈다. 다만 그를 달변으로 만든 것은 열정이 아니었고, 달변이 그를 열정적으로 만든 것이었다. 그가 어느 여자에게 끌려 호감을 느꼈다면, 그녀를 유혹하기 위하여 달변이 되었고 또 그녀를 유혹하며 사랑에 빠지곤 했다. 그것은 변호사들과 선교사들이 구슬 같은 땀방울을 흘리기 시작하는 순간부터 뜨거운 눈물을 흘리는 것과 같은 감정이었다. 그는 그의 정열적 즉흥극을 신뢰하지 않을 만큼 충분히 세련되고 식별력 있는 여자들도 만났었다. 그러나 레이몽은 사랑놀이를 위해서는 미친 짓이라고 할 만한 행동을 서슴지 않았다. 그는 좋은 집안 출신의 젊은 처녀와 눈이 맞아 달아났던 적도 있었고, 상류사회 여인들의 입장을 궁지에 빠뜨리기도 했다. 그는 또 세인의 이목을 집중시킨 세 번의 결투를 하였었다. 그는 큰 파티의 모든 참석자들과 극장의 모든 관람자들에게 그의 마음의 혼란과 그의 명상瞑想의 착란을 숨기려하지 않았다. 그 모든 것을 우스꽝스럽게 되거나 저주받는 것을 두려워함이 없이 할 수 있고 또 이런 사람 또는 저런 사람으로 규정되지 않도록 잘 해나가는 남자는 모든 공격으로부터 자유로운 것이다. 그는 모든 것을 감행하고 모든 것을 희구希求할 수 있는 것이다. 레이몽은 저항을 제일 잘 할 수 있는 영리한 여자들과 만난 일도 여러 번 있었다. 그들은 그와 관계를 맺게 되면, 미칠 듯이 사랑에 빠져들었다. 이러한 사실을 고려해 볼 때, 사교계에서는 미칠 듯한 사랑을 할 수 있는 남자는 아주 드문 보물이 되고 여자들은 그를 경멸하지 않는다는 것을 알 게 된다.

나는 그가 어떻게 해냈는지를 모른다. 하지만 그가 드 까르바잘 부인과 델마르 부인을 마차에 바래다주었을 때, 그는 앵디아나의 작은 손을 자기 입술에 갖다 대는 데에 성공했다. 그녀가 아주 더운 곳에서 태어났고 열아홉이나 —부르봉 섬에서의 열아홉은 우리나라의 스물다섯에 해당하는 것이다 —되었지만, 그때까지 단 한 번도 남몰래 슬쩍하는 정열적 남자의 키스가 그녀의 손가락을 스친 적은 없었다. 그녀는 몸이 약한 편이었고 신경이 예민했기에 그 키스는 그녀로 하여금 거의 비명을 지르게끔 했다. 그래서 그녀를 부축해서 마차에 태워야 했다. 그처럼 예민한 체질을 레이몽은 지금껏 접한 적이 없었다. 크레올 여인 누운은 굳건한 건강을 누렸고, 파리의 여인들은 그들의 손이 키스를 받을 때 기절하지 않는다.

"내가 그녀를 두 번째 만나게 되면, 아주 정신을 못 차리게 되겠는걸." 하고 그는 자리를 뜨며 스스로에게 말했다.

그 이튿날 그는 누운을 완전히 잊고 있었다. 그가 그녀에 관해 알고 있었던 것은 그녀가 델마르 부인의 하녀라는 것이 전부였다. 창백한 앵디아나가 그의 모든 생각을 사로잡았고 또 그의 꿈들을 채워 주었다. 레이몽은 자신이 사랑에 사로잡혔다고 느끼기 시작할 때면 의례히 자신을 무감각하게 만드는 습관이 있었는데, 그것은 솟아나는 열정을 질식시키기 위하여서가 아니고, 그 반대로, 거기서 올 결과를 저울질해

볼 것을 처방할 이성을 쫓아버리기 위해서였다. 쾌락을 맛볼 것에 후끈 달아 그는 그의 목표를 사정없이 추구했다. 그는 시들어가고 꺼져 간다고 느낀 열정의 불길을 다시 재연再燃할 수 있는 위인이 못되었고, 또한 그의 가슴 속에서 일고 있는 휘몰아치는 감정을 제어할 위인도 못되었다.

이튿날이 되자 벌써 그는 델마르 씨가 사업차 브뤼셀에 여행을 갔다는 사실을 알아내는 데에 성공했다. 떠나기 전에 그는 자기 부인을 드 까르바잘 부인에게 부탁했다. 그는 이 부인을 전혀 좋아하지 않았지만, 그녀는 델마르 부인의 유일한 친척이었던 것이다. 그는 밑에서부터 올라와 벼락출세한 군인이었고 친척이래야 보잘것없는 가난한 자들뿐이었다. 그가 그들에 대해 부끄러워할 일이 하나도 없다고 거듭 말하는 것으로 보아 그는 거기에 대해 얼굴을 붉히며 부끄러워하는 것 같았다. 그러나 그는 자기 부인이 그들에 대해 전혀 갖고 있지 않는 경멸을 한다고 늘 비난하며 살았기는 하나, 그녀가 그의 교육받지 못한 친척들과 친밀히 지내도록 강요해서는 안 된다고 느끼고 있었다. 게다가 그가 까르바잘 부인에 대해 소원한 감을 갖고 있음에도 불구하고 그녀에 대해 높은 존경심을 안가질 수 없었던 것은 다음과 같은 이유에서였다.

스페인의 지체 높은 집안 출신의 까르바잘 부인은 심리적으로 도저히 무명인사로 남아있을 수 없는 그런 여자들의 하나였다. 나폴레옹이 유럽을 통치하였을 때, 그녀는 나폴레옹의 영광을 예찬했고, 또 그녀의 남편과 시동생과 더불어 스페인 왕 요셉의 지지자들 편을 들었다. 그녀의 남편이 정복자의 단명의 왕조가 몰락할 때에 죽임을 당하자, 앵디아나의 아버지는 프랑스의 식민지로 망명하였었다. 그때 능란하고 활동적인 까르바잘 부인은 은거하고자 파리로 갔고, 거기서 어떤 재정적 투기投企같은 것을 해서 그녀의 과거 영화榮華의 잔해 위에 자기 생활을 영위하기 위한 새로운 수입원을 마련했었다. 게다가 그녀는 기지

機智와 술책을 동원하고 많은 공을 들인 보람이 있어 궁정의 호의를 획득했었고, 그녀의 저택은, 화려하지는 않았지만, 왕실 세비歲費의 피보호자 가문들 중 손 꼽을 수 있는 가장 명예로운 가정 중 하나였다.

앵디아나가 그녀 부친의 사망 후 델마르 대령과 결혼해서 프랑스에 도착하였을 때, 까르바잘 부인은 그런 변변치 못한 결혼을 별로 탐탁해 하지 않았었다. 그렇다 해도 그녀는 델마르 씨의 많지 않은 자본이 번성하는 것을 보았고, 그의 활동과 훌륭한 사업 감각은 지참금에 맞먹는 가치가 있었다. 그녀는 앵디아나를 위해 라니의 조그만 성곽저택과 거기에 딸린 공장을 구입해 주었다. 이 년이 지나자, 델마르 씨의 특별한 지식과, 그의 부인과 사촌간인 로돌프 브라운 경이 선불해준 자금에 힘입어, 대령의 사업은 잘 되어갔고 그의 빚을 갚아 나가기 시작했다. 까르바잘 부인의 눈에는 재산형성이 으뜸가는 덕목이었던 고로, 그녀의 질녀에게 많은 애정을 표시하였고 또 그녀에게 그녀가 상속받을 수 있는 유산의 나머지 부분을 약속했다. 야망을 품고 있지 않았던 앵디아나는 이해관계 때문이 아니라 그저 감사한 마음에서 숙모에게 온갖 주의와 정성을 쏟아 부었다. 그러나 대령이 보이는 알뜰한 배려에는 이것 못지않게 다른 것도 깃들어 있었다. 그는 자신의 정치적 견해를 표명함에 있어서는 강철같이 굳건하였고 그의 위대한 황제의 아주 당연한 영광에 대해서는 어느 말도 듣지 않았으며 그것을 예순 살 *어린이의* 맹목적 옹고집으로 변호하였다. 그리하여 그는 오직 왕정복고 외에는 어떤 논의도 갈채를 받지 못했던 까르바잘 부인의 살롱에서 자꾸 솟구치는 분통을 터뜨리지 않기 위하여 엄청난 인내심을 발휘해야 했다. 가엾은 델마르가 대여섯 명의 독실한 노부인들로부터 당한 곤욕은 헤아릴 수가 없다. 그러한 노여움들이 부분적으로 그가 부인에게 가끔 성질을 내게 하는 이유가 되었다.

이제 이런 내막內幕들이 정리되었으니, 드 라미에르 씨에게 시선을 돌리기로 하자. 삼일 걸려 그는 그 가정의 세목들에 관한 모든 것을 알아냈다. 그에게 델마르 가정에 좀 더 가까이 갈 수 있는 길을 열어 줄 모든 것을 부지런히 추적해본 결과였다. 그는 까르바잘 부인의 피보호자가 됨으로써 그가 앵디아나를 볼 수 있을 것이라는 것을 알고 있었다. 셋째 날 저녁 그는 그녀의 살롱에 자신을 소개할 기회를 가졌다.

그 살롱에는 네다섯 동고트 풍의[25] 인물들이 르베르시[26]를 하고 있었고, 그밖에 두 세 명의 좋은 가문의 자제들이 있었는데, 이들의 지체는 사분의 일의 귀족혈통을 열여섯 번 섞은 정도라 할 만큼 미미하였다. 앵디아나는 숙모의 베틀에 매달려 장식 융단의 배경을 끈기 있게 짜 넣고 있었다. 그녀는 일감에 허리를 구부리고 있었는데, 겉으로 보기에 그 기계적 작업에 몰두해 있었고 또 아마도 그렇게 함으로써 주위 사람들의 맥 빠진 재잘거림에서 벗어날 수 있다는 것에 만족해하는 듯했다. 그녀가, 그 융단에 있는 꽃들 위로 늘어뜨려진 그녀의 긴 검은 머리에 감추어진 채, 그녀를 새로운 삶으로 인도하였던 저 놀라운 순간의 감정들을 자기 마음속에서 다시 음미하고 있었는지 나는 알 수 없지만, 바로 그러한 때 여러 사람의 도착을 알리는 하인의 목소리는 그녀를 벌떡 일어나게 만들었다. 그녀의 동작은 기계적이었다. 그도 그럴 것이 그녀는 그 이름들을 귀담아 듣지는 않았었기 때문이다. 그리하여 그녀가 자수로부터 눈을 떼기가 무섭게 한 목소리가 그녀에게 전기 충격을 가하듯 깜짝 놀라게 했고, 그녀는 쓰러지지 않기 위해 작업대에 몸을 기대지 않을 수 없었다.

---

25) 시대에 뒤졌다는 뜻
26) reversi, 스페인에서 유래한, 최소 득점자가 이기는 카드 게임

제 6장

레이몽은 몇 안 되는 말수 적은 인물들이 띄엄띄엄 앉아 있는 조용한 살롱을 대하게 되리라고는 예상치 않았었다. 한 마디를 해도 그 방 어느 구석에서도 다 들렸다. 카드놀이를 하는 신분 높은 미망인들은 오직 젊은 사람들의 대화를 불편하게 만들기 위해 거기 있는 듯했고, 레이몽은 그들의 뻣뻣한 얼굴 모습에서 남들의 즐거움을 억압함으로써 보상받는 노년기의 은근한 만족감을 읽는 듯했다. 그는 파티 석상에서보다 더 편한 만남과 더 다정한 대화를 할 수 있을 것을 기대했었는데, 그 반대가 되어버렸다. 이 예기치 않은 난관은 그의 욕망을 보다 강렬하게, 그의 시선을 보다 열정적으로, 또 델마르 부인을 향한 그의 은근한 유혹을 보다 활기 있고 생생하게 만들었다. 이런 종류의 공세는 그 가엾은 젊은 여인에게 아주 새로운 것이었다. 그것은 그녀에게 어떤 것을 요구한 것이 아니었기에 그녀에게는 가능한 방어수단이 없었다. 하지만 그녀는 열정적 마음이 바쳐지고 있다는 것을 경청하고 자신이 대단히 사랑받고 있다는 것을 억지로라도 듣고, 또 저항하지도 못한 채 자신을 온갖 유혹의 위험에 내 맡기는 수밖에 없었다. 그녀의 당혹감은 레이몽의 대담함과 비례하여 증가했다. 재기에 능한 까르바잘 부인은, 드 라미에르 씨가 기지가 있다고 칭찬하는 것을 들은 터라, 그와 사랑에 대해 한 판의 우아한 토론을 벌이고자 카드놀이 테이블을 떠났는데, 그녀는 화제에 스페인식 열정과 독일의 형이상학을 많이 끌어들였다. 레이몽은 흔쾌히 그 도전에 응하였고, 숙모에게 대답하는 형식의 핑계를 삼아, 그 질녀에게 그녀가 아마도 듣기를 거부했을 모든 것을 말했다. 그 가엾은 젊은 여자는, 아무도 그녀를 보호해 줄 사람이 없이 그렇게 예리하고 능숙한 공세에 사방으로 노출된 채, 이 곤란한 대화에 참여할 용기를 낼 수가 없었다. 숙모는, 조카딸을 빛나고 돋보이게 해주고 싶은 욕심에, 공연히 그녀에게 감정 이론의 몇 미묘한 점들에 대해 증언해 줄 것을 호소했다. 그녀는 얼굴을 붉히며 그 모든 것에 대해 아는 것이 하나도 없다고 고백했고, 레이몽은, 그녀의 뺨이 홍조를 띠고 그녀의 가슴이 부풀어 오름을 보고는 기쁨에 도취하여, 자신이 그것을 가르쳐 주겠다고 맹세했다.

그날 밤, 앵디아나는 지난 며칠 밤들보다도 훨씬 적게 잤다. 우리가 말했듯이 그녀는 아직 사랑에 빠져본 적이 없었지만, 오랜 동안 그녀의 마음은 지금까지 만났던 어느 남성도 그녀의 가슴에 불어넣을 수 없었던 그 어떤 감정에 무르익어 있었다. 괴팍하고 난폭한 아버지의 손에서 자라난 그녀는 다른 사람들의 애정이 주는 행복을 그때까지 전혀 알지 못하고 있었다. 정치적 열정에 도취되고 야망을 이룩하지 못한 회한에 매우 시달려 온 드 까르바잘은 그 식민지에서 가장 냉혹한 농장 주인이며 제일 불쾌한 이웃이었다. 그의 딸은 아버지의 침울한 기질로 인해 많은 고통을 겪었다. 그러나 그녀는 노예제도의 온갖 폐단을 끊임없이 지켜보며 또 고독과 의존의 고달픔을 견뎌내며 모든 시련을 꿋꿋이 이겨내는 인내심을 습득하였고, 아랫사람들에게는 더할 나위 없는 관용과 친절을 베풀었던 반면, 그녀를 억압하려 했던 모든 것에 대해서는 강철 같은 의지와 엄청난 저항력을 보여주었다. 델마르와 결혼함으로써 그녀는 주인을 바꾸었을 뿐이었고, 라니로 오게 된 것은 감옥과 고독의 장소가 바뀠을 뿐이었다. 그녀는 남편을 사랑하지 않았는데, 그것은 아마도 그를 사랑하는 것이 그녀의 의무로 되어 있었기 때문이었고 또한 온갖 도덕적 제약에 정신적으로 저항하는 것이 그녀에게는 제 이二의 천성, 행동원칙, 양심의 법칙이 되었기 때문이었다. 아무도 그녀에게 맹목적 복종의 법칙 외에 어떤 다른 법칙을 조금도 처방하려고 하지 않았었다.

황야에서 자라면서 아버지의 보살핌을 받지 못하고 그녀가 오직 동정과 눈물만으로 돕고 위로할 수 있었던 노예들에 둘러싸여 지냈기에, 그녀는 입버릇처럼 말하곤 했다. "나의 삶이 완전히 달라져 내가 남들에게 선을 베푸는 날이 언젠가는 올 것이다. 그러한 날 나는 사랑을 받을 것이고 나에게 마음을 주는 남자에게 나의 온 마음을 주겠다. 그 날을 기다리며 참아나가기로 하자, 입을 다물고 있기로 하자, 그리고 나를 구원해줄 그 이에게 줄 보상으로 우리의 사랑을 지키도록 하자." 이러한 해방자, 이러한 메시아는 오지 않았다. 앵디아나는 아직도 그를 기다리고 있었다. 사실 그녀는 이 모든 생각과 그 의미를 감히 더 이상 시인하고 음미할 수가 없었다. 가꾸어진 라니의 소사나무들 밑에서는 부르봉 섬의 야생 캐비지야자들 밑에서보다 그녀의 생각 자체가 더 많은 제약을 받아야만 했음을 깨달았다. 그리하여 그녀는 입버릇처럼 "그날은 올 것이다…. 그 어느 남자는 올 것이다…." 하고 말하고는 소스라쳐 놀랐을 때, 그러한 무모한 서원誓願을 그녀 영혼의 맨 밑바닥에 눌러 넣고 중얼거리는 것이었다. "그러니 죽어야 하리라!"

그녀는 또한 죽어가고 있었다. 어떤 알 수 없는 병이 그녀의 청춘을 갉아먹고 있었다. 그녀는 힘이 없고 잠을 자지도 못했다. 의사들은 그녀에게서 분명한 조직파괴의 원인을 찾아내려고 하였지만 헛수고였고 그런 병은 없었다. 그럼에도 그녀의 모든 신체기능은 저하되었고, 신체기관들은 천천히 쇠퇴하였다. 그녀의 심장은 조금씩 타들어갔고, 눈은 꺼져갔으며, 혈액순환은 다만 간헐적으로 열이 있는 것으로 감지되었다. 머지않아 이 가엾은 포로는 죽게 될 처지였다. 그러나 그녀가 그같은 체념과 낙담에 빠져 있었다 해도, 그녀의 욕구欲求는 한결같았다. 그 조용하고 흐트러진 마음은 자기도 모르게 소생시켜 줄 그 어떤 젊고 관대한 마음을 끊임없이 찾으며 부르고 있었다. 그녀가 그때까지 가장 사랑했던 존재는 그녀의 회한을 지켜 본, 발랄하고 용감한, 동반자 누운이었으며, 그녀에게 가장 편애를 보여준 사람은 바로 그녀의 냉정한 사촌 랄프 경이었다. 그녀를 초췌케 하는 그 상념들의 작용에 저 무식하고 또 그녀 자신과 같이 버림받은 (누운이라는) 처녀와 여우 사냥에만 열을 올리는 한 영국인이 무슨 도움이 될 수 있겠는가!

　델마르 부인은 정말 불행했다. 그래서 열정적인 한 젊은이의 뜨거운 입김이 그녀의 냉랭한 분위기 속으로 침투하였음을 처음으로 느꼈을 때, 어떤 부드럽고 다정한 말이 그녀의 귀를 처음으로 도취시켰을 때, 또 떨리는 입술이 붉게 달아오른 쇠처럼 처음으로 그녀의 손에 낙인을 찍었을 때, 그녀는 자신에게 부과된 의무들도, 그녀에게 권유된 신중함도, 또 그녀에게 예언되었던 미래에 대해서도 생각해 보지 않았다. 그녀는 오직 지긋지긋한 과거, 그녀가 지나온 고통의 긴 나날들, 또 그녀의 전제적 주인들만을 머리에 떠올렸다. 그녀는 이 남자가 사기꾼이거나 경박한 사람일 수도 있다는 것은 더 생각해 보지 않았다. 그녀는 그를 그녀가 간절히 원하고 꿈꾸었던 그런 사람으로 보았고, 그래서 레이몽은, 그가 진정한 마음이 아니었다면, 그녀를 속일 수도 있었다.

　그러나 그처럼 아름답고 상냥한 여인에 대해 어찌 그렇지 않을 수가 있었겠는가? 어느 누가 그와 같은 담백함과 청순함을 가지고 그의 앞에 나타난 적이 있었단 말인가? 그가 어느 누구와 그처럼 미소 짓는 확실한 미래를 발견할 수 있었겠는가? 그녀는 그를 사랑하기 위하여 태어난 것이 아니었던가, 이 구속받고 있는 여인은 그녀의 쇠사슬을 끊어버리기 위해 한 신호만을, 그를 따라가기 위해 단 한마디 말만을 기다리고 있었던 것이 아니었던가? 하늘은 의심할 바 없이 레이몽을 위해, 누구의 사랑도 받지 못했고 그가 아니었다면 죽어가는 처지에 놓여 있었던, 이 부르봉 섬의 슬픔에 젖은 자식을 창조하였던 것이었다.

　그럼에도 불구하고 델마르 부인의 마음속에는 어떤 두려움이 그녀를 막 엄습하였던 행복감의 뒤를 이었다. 그녀는 그처럼 감정이 상하기 쉽고, 그처럼 꿰뚫어 볼 줄 알고, 또 보복심이 강한 남편에 대해 생각했다. 그녀는 위협 같은 것에 강인해져 있는 자신 때문이 아니고, 그녀의 폭군과 생사를 걸고 싸움에 뛰어들려고 하는 이 남자를 위해 두려움을 느꼈다. 그녀는 사회에 대해 아는 것이 별로 없어 인생을 그저 어떤 비극적 소설인 양 생각했던바, 그녀의 애인을 위험에 빠뜨리게 할까봐 두려워 감히 사랑을 하지 못했던 겁 많은 사람이었지만, 자신이 빠지게 될 위험에 대해서는 추호도 염려하지 않았다.

바로 그 점이 그녀의 저항의 비밀이고 미덕의 동기動機였다. 이튿날 그녀는 드 라미에르 씨를 피하기로 마음먹었다. 바로 그 날 저녁 파리의 주도급 은행가들 중 한 사람의 저택에서 무도회가 있었다. 특별한 파트너가 없는 노부인으로서 사교계를 좋아했던 드 까르바잘 부인은 앵디아나가 거기에 대동하기를 원했다. 그런데 레이몽이 거기에 참석할 것이 틀림없었기에, 앵디아나는 그곳에 가지 않기로 마음을 먹었다. 행동으로 밖에는 저항할 줄 몰랐던 델마르 부인은 숙모의 귀찮게 타이르는 말들을 듣지 않으려고 그 제의를 받아들이는 척했다. 그녀는 자신의 나들이옷을 준비하도록 내버려 두었고 드 까르바잘 부인이 치장을 끝내기를 기다렸다. 그런 다음 그녀는 실내복을 걸쳐 입고 난로 가에 앉아 단호한 자세로 그녀를 기다렸다. 스페인 노부인이 반다이크의 초상화처럼 뻣뻣하고 보석 치장을 한 채 나와 그녀를 대동하고자 했을 때, 앵디아나는 자기 몸이 불편하여 외출할 힘이 없다고 선언했다. 숙모는 그녀에게 노력해보라고 종용했으나 별 소용이 없었다.

"제 마음 같아서는 그렇게 하고 싶죠." 하고 그녀는 대답했다. "숙모님은 제가 몸도 제대로 가누지 못하고 있는 것을 보고 계시지 않아요. 저는 오늘 숙모님께 곤혹스러운 짐밖에 되지 못할 거예요. 혼자 가세요. 사랑하는 숙모님, 저는 숙모님의 즐거움을 만끽할 게요."

"너 없이 가야 하다니!" 하고 소용없는 치장을 한 게 아닌가 하여 매우 안타까워하며 혼자 외롭게 보낼 저녁에 대한 두려움에 움찔한 드 까르바잘 부인은 말했다. "아니, 사교계에서, 너에게 접근하기 위해 나 같은 늙은이를 찾는 것일 진대, 내가 무얼 한단 말이냐? 나의 몸값을 높여 줄 내 질녀를 향한 아름다운 눈들이 없으면 나는 어떻게 되는 거냐?"

"당신의 위트가 그 보충역할을 할 거예요, 사랑하는 숙모님."

단지 설득되기만을 기다렸던 드 까르바잘 후작부인은 드디어 떠났다. 그러고 나서 엥디아나는 두 손으로 머리를 감싸고 울기 시작했다. 정녕 그녀는 큰 희생을 감수하였던 것이고 또 그 전 날의 행복한 누각을 벌써 파괴하고 만 것이라고 믿고 있었기 때문이었다.

그러나 레이몽에게는 사태가 그리될 수는 없었다. 그가 그 야회에서 제일 먼저 본 것은 그 늙은 후작부인의 머리를 보란 듯 장식하고 있는 관모冠毛였다. 그는 그녀 가까이에서 엥디아나의 흰 드레스와 검은 머리를 찾아보았지만 허사였다. 그는 후작부인에게 다가갔는데, 거기서 드 까르바잘 부인이 어느 부인에게 낮은 목소리로 말하는 것을 들었다.

"제 질녀는 아픕니다. 아니, 뭐 그런 거 있죠." 하고 그녀는 자신이 그 야회에 참석하고 있는 것을 정당화하기 위하여 보태 말했다. "젊은 여인의 변덕이죠. 그녀는 어느 아름다운 감상적感傷的 여주인공인 양 손에 책을 하나 들고 응접실에 혼자 머물러 있기를 원했던 거죠."

"그녀는 나를 피하고자 하는 것일까?" 하고 레이몽은 생각했다.

그는 곧 그 연회를 떠났다. 그는 후작부인 집에 도착하여 수위에게 한 마디 말도 없이 안으로 들어가서는, 대기실에서 반쯤 졸고 있던, 그가 첫 번째 부딪힌 하인에게 델마르 부인을 보러 왔으니 고하라 했다.

"델마르 부인은 몸이 편찮으십니다."

"알고 있네. 드 까르바잘 부인의 분부로 그녀가 좀 어떤지 알아보려고 오는 길이네."

"부인께 아뢰겠는데요…."

"그럴 필요 없네. 델마르 부인이 나를 맞아들일 걸세."

그리하여 레이몽은 그의 방문을 아룀이 없이 그냥 들어갔다. 그 밖의 다른 하인들은 모두 잠자리에 들어있었다. 그 텅 빈 방들에는 어떤 애상적哀傷的 침묵이 감돌았다. 초록색 호박단 등갓을 씌운 램프가 희미하게 그 큰 응접실을 비추고 있었다. 앵디아나는 문을 등지고 앉아 있었다. 그녀는, 큰 안락의자에 푹 파묻혀, 레이몽이 담장을 넘어 라니 저택으로 들어갔던 그날 밤처럼, 슬픈 표정으로 장작이 타오르는 것을 바라보고 있었다. 이제는 더 슬펐다. 그도 그럴 것이 어떤 손에 잡힐 듯한 기쁨, 잃어버린 행복의 한 줄기 빛이 그녀가 품고 있던 막연한 한恨과 그 대상없는 욕망들의 뒤를 막 이었기 때문이었다.

레이몽은 무도화를 신은 채 두텁고 푹신한 양탄자 위로 소리를 내지 않고 그녀에게 다가갔다. 그는 그녀가 울고 있는 것을 보았고, 그녀가 머리를 돌렸을 때, 그는 그녀의 발 앞에서 그녀의 두 손을 힘껏 쥐었고, 그녀는 그 손을 공연히 빼내려고 애썼다. 그때, 내 단언컨대, 그녀는 이루 말로 다 할 수 없는 기쁨을 느끼며 자기가 포기하려고 했던 계획이 실패하고 있음을 보았다. 그녀는 장애물들을 조금도 겁내지 않고 또 자기가 그렇게 하는 데도 자기에게 행복을 주러 온 이 남자를 열렬히 사랑하고 있다는 사실을 느꼈다. 그녀는 그녀의 희생을 거부한 하늘을 축복했고, 레이몽을 꾸짖는 대신 그에게 감사한다는 말을 할 뻔했다.

그로서는 그가 사랑을 받고 있음을 벌써 알고 있었다. 그는 그녀의 눈물 속에 빛나는 기쁨을 보기도 전에 이미 그가 그녀의 주인이며, 또 감히 그것을 요구할 수 있다는 것을 알았다. 그는 그녀에게 질문할 시간을 주지 않았고, 그녀에게 그의 뜻밖의 출현을 설명하지도 않고 또 자기가 저지른 죄를 경감하려 들지도 않고, 그녀와 역할을 바꾸어버렸다.

"앵디아나" 하고 그는 그녀에게 말했다. "울고 있군요… 왜 울고 있는가요?… 제가 그걸 알고자 하는데요."

그녀는 자기의 이름을 부르는 것을 듣고 몸이 떨렸다. 하지만 이런 대담함이 그녀에게 야기했던 놀라움 속에는 어떤 행복감이 깃들여 있었다.

"무엇 때문에 그걸 묻는 거죠?" 하고 그녀는 그에게 말했다. "저는 당신에게 그것을 말해서는 안돼요…."

"아, 좋아요. 제가, 제가 그걸 알고 있어요, 앵디아나. 저는 당신의 모든 내력, 당신의 삶, 그 모든 것을 알고 있소. 당신에 관련된 어떤 것도 내게는 무관하지 않기 때문에, 당신에 관한 어떤 것도 내게는 낯선 것이 아니요. 내가 온통 피를 흘리며 기력을 잃은 채 당신 발 앞으로 옮겨졌고, 당신의 남편은 그처럼 아름답고 착한 당신이 향기롭고 부드러운 숨결을 뿜으며 나를 당신의 푹신한 팔로 부축하고 있는 것을 보고 화가 났을 때, 내가 당신 집에서 보낸 그 한 순간은 내게 거의 모든 것을 알아차리게 했던 거요. 그 분, 질투하고 있죠! 오! 저는 그걸 충분히 이해합니다. 제가 그의 처지라면, 저도 그럴 거예요, 앵디아나, 혹은 차라리, 그와 같은 처지라면, 저는 자살할 거예요. 하긴 당신의 배우자가 된다는 것은, 부인, 당신을 소유한다는 것은, 당신을 품에 안는다는 것은, 그러면서 당신에 대해 그만한 자격이 없다는 것은, 당신의 마음을 차지하지 못하고 있다는 것은, 그런 것이야 말로 인간 중에서 가장 비참하고 또는 가장 비열한 자가 되는 것이기 때문입니다."

"오, 어머나! 그만 하세요." 하고 그녀는 그의 입을 두 손으로 막으며 소리쳤다. "잠자코 계세요. 저를 죄진 여자로 만들고 계시는군요. 왜 제게 그에 대해 말하시는 거죠? 왜 제가 그를 저주하도록 가르치려 하시죠?… 만약에라도 그가 당신이 말하는 것을 듣는다면!… 하지만 저는 그에 대해 나쁜 말을 하지 않았어요. 당신이 이런 죄를 범하도록 허락하고 있는 것은 제가 아니에요! 저는, 저는 그를 미워하지도 않고, 그를 존경하고 또 그를 사랑합니다!…"

"그를 몹시 무서워하고 있다고 말해요. 왜냐 하면 그 폭군이 당신의 영혼을 부숴놓았고, 당신이 이 남자의 먹이가 된 때부터 무서움이 당신 침상 머리맡에 자리 잡았기 때문이죠. 앵디아나, 당신은 이 상스러운 남자에 의해 남용되었고, 그의 철권鐵拳은 당신의 머리를 숙이게 하고 당신의 삶을 시들게 하였소! 가련한 여인! 그처럼 젊고 아름다운데, 벌써 그렇게 많은 것을 겪었다니!… 정말 저는 못 속이세요, 앵디아나. 저는요, 대중들과는 다른 눈으로 당신을 바라보거든요. 저는 당신의 숙명의 비밀을 모두 알고 있으니, 저로부터 당신을 감추려는 희망을 가질 수 없을 거예요. 당신이 아름다우니까 당신을 쳐다보는 사람들이 당신의 창백한 얼굴빛과 우수憂愁를 눈여겨보고는 '저 여자는 병자야…' 하고 실컷 말해 보라죠, 다, 좋아요. 하지만, 저는요, 제 마음으로 당신을 따라가고 있고, 저의 온 영혼은 당신을 염려와 사랑으로 감싸고 있답니다. 저는 당신의 병을 잘 알고 있어요. 저는 잘 알고 있죠, 만약 하늘이 그걸 원했었다면, 만약 하늘이 당신을 저에게 주었다면, 이렇게 늦게 나타난 것에 대해 머리를 깨버려야 할 것같이 느끼고 있는 이 불행한 저에게 말이요, 당신은 병을 앓고 있지 않을 거예요. 앵디아나, 나는 내 목숨을 걸고 맹세해요. 나는 당신을 몹시 사랑했을 것이고, 당신도 나를 사랑했을 것이고 자신이 구속받는 것을 축복했을 것이요. 나는 당신을 발이 다치지 않도록 내 팔로 안고 갔을 것이고, 내 입김으로 그 발들을 따뜻하게 했을 것이요. 나는 당신을 어떤 고통에서도 보호하기 위하여 나의 가슴에 꼭 기대게 했을 것이요. 당신의 피를 살리기 위하여 나의 피를 모두 주었을 것이고, 나와 함께 있으면서 잠을 이루지 못했다면, 나는 당신에게 달콤한 말을 해가면서 또, 당신이 괴로워하는 것을 보고 울면서도, 당신에게 용기를 북돋아주기 위해 당신에게 미소 지으면서 그 밤을 지새웠을 것이요. 잠이 드디어 당신의 비단결 같은 눈꺼풀 위에 가만히 내려앉았을 때는, 나는 그것을 보다 부드럽게 감게 하기 위하여 내 입술로 그 위를 가볍게 스쳤을 것이요. 그리고는 당신 침상 옆에 꿇어 앉아 당신을 지켜보았을 것이요. 나는 방안 공기가 당신을 가벼이 쓰다듬도록 하고 또 금빛 꿈들이 당신에게 꽃을 뿌리도록 했을 것이요. 나는 조용히 당신의 땋은 머리가 닿에 키스했을 것이고, 즐거움으로 당신의 가슴의 고동을 세어 보았을 것이고, 그리하여, 당신이 깨어났을 때는, 앵디아나여, 당신은 경계심 많은 주인으로서 당신을 지키며, 충복으로 당신을 섬기며, 당신의 첫 미소를 가만히 기다리며, 당신의 첫 생각과 당신의 첫 시선과 당신의 첫 키스의 대상이 되고자 거기 당신 발아래에서 대기하고 있는 나를 발견하였을 것이요…."

"그만, 그만요!" 하고 앵디아나는 정신을 잃은 듯 숨을 가쁘게 쉬며 말했다. "당신은 제게 아픔을 주고 있어요."

그럼에도, 사람이 행복한 나머지 죽을 수 있다면, 앵디아나는 그 순간 죽었을 것이다.

"그런 식으로 제게 말하지 말아요, 제게는 안돼요. 저는 행복하게 될 운명이 아니에요. 제게 지상 위의 천국을 보여주지 말아요, 죽도록 낙인찍혀 있는 제게는 안돼요."

"죽다니요!" 하고 레이몽은 그녀를 끌어안으며 맹렬히 소리쳤다. "그대가 죽다니요! 앵디아나! 살아보기도 전에, 사랑을 해보기도 전에 죽다니요!… 안돼요, 그대는 죽지 않을 것이요. 내가 그대가 죽도록 내버려 두지 않을 것이요, 왜냐 하면 이제 나의 삶은 그대의 삶과 결부되어 있기 때문이요. 그대는 내가 꿈꾸어 왔었던 여인이고, 내가 흠모했던 순결이요, 언제나 내가 놓치곤 했던 환영이요, 내게 *이 고뇌의 인생 길을 꿋꿋이 걸어 나가라, 그러면 하늘이 너의 동반자가 되어 줄 천사 하나를 네게 보내주리라* 하는 말을 내게 건네기 위해 나의 앞에서 빛났던 그 눈부신 별이요. 태초부터 그대는 내게 정해져 있었고 그대의 영혼은 내 영혼과 약혼이 되어 있었소, 앵디아나! 인간들과 그들의 철의 법칙들이 그대를 처분해버린 것이요. 신이 때때로 그의 약속들을 잊어버리지만 않았던들, 신이 나를 위해 선택해 놓으셨을 동반녀를 그들이 내게서 탈취했던 것이요. 그러나 내가 다른 사람의 품에 있는 그대를 여전히 사랑하고 있고 그대가 그대를 잃도록 저주받고 불행해진 나를 아직 사랑하고 있다면, 우리에게 인간들과 법칙들이 무슨 상관이 있겠나요! 이제 알겠죠? 앵디아나, 그대는 내게 속해 있는 것이고, 그대는 오래전부터 합치기 위하여 그 다른 반쪽을 찾고 있었던 나의 영혼의 그 반쪽인 것이오. 그대가 부르봉 섬에서 어떤 친구에 대해 꿈꾸었을 때, 그건 나에 대해 그대가 꿈꾸었던 것이오. 남편이란 말에 두려움과 희망의 달콤한 전율이 그대의 영혼을 엄습했을 때, 그것은 내가 그대의 남편이 되어야 했기 때문이었소. 나를 알아보지 못한단 말이오? 우리가 서로 만나보지 못한 것이 이십 년이 된 것이라고 생각되지 않소? 그대가 나의 피를 그대의 면사포로 닦아내고, 그대의 손을 나의 꺼진 심장 위에 올려놓고 그것에 온기와 생기를 회복시키고자 했을 때, 그때, 천사여, 내가 그대를 다시 알아본 것이 아닌가요? 아! 저는 또렷이 기억합니다. 제가 눈을 떴을 때, 저는 혼자 말했어요. '여기 그녀가 와있네! 내 꿈속에서 늘 그랬던 것처럼 창백하고, 우수적이고, 자애롭구나. 그녀는 나의 것이고, 내게 속하며, 나에게 미지의 그지없는 행복을 쏟아부어줄 바로 그 여자다.' 그러고는 내게 이제 막 회복되어진 그 육체적 생명은 이미 그대의 작품이었습니다. 우리를 재결합시킨 것은 속된 상황이 아니었어요, 아시겠죠, 그것은 우연도 객쩍은 운명의 장난도 아니고, 바로 숙명적 필연이, 죽음이 내게 이 새로운 삶의 문을 열어준 것입니다. 그대의 남편, 아니, 그대의 주인은, 그의 숙명에 복종하며, 온통 피 흘리고 있는 나를 그의 손아귀에 넣고 데려와 그대 발아래 던져놓고는 그대에게 말했던 것이오. '여기 당신을 위해 가져온 것이 있소.' 그러니 이제는 어떤 것도 우리를 다시 떼어 놓을 수 없는 것이오….”

"그이요, 그가 우리를 떼어 놓을 수 있어요!" 델마르 부인은 맹렬히 가로채며 말했다. 그녀는 그녀 애인의 감정 토로에 몸을 맡긴 채 희열에 넘쳐 그의 말에 귀를 기울이고 있었던 것이다. "아아! 슬퍼라! 당신은 그를 몰라요. 그는 용서 같은 건 모르는 사람예요. 또 그는 속지 않아요. 레이몽, 그는 당신을 죽일 거예요!…"

그녀는 울면서 그의 가슴에 얼굴을 묻었다. 레이몽은 열렬히 그녀를 껴안으며,

"그가 오려면 와보라지." 그가 소리쳤다. "어디 와서 나에게서 이 행복의 순간을 떼어보라지! 나는 그에게 도전해요! 그대로 있어요, 앵디아나, 나의 가슴에 기대고 있어요, 거기가 그대의 피난처이고 대피소요. 저를 사랑해줘요, 그러면 저는 누구도 상처를 입힐 수 없는 사람이 됩니다. 그대는 나를 죽이는 것이 그 사람의 권한에 속하지 않는다는 것을 잘 알고 있소. 나는 이미 무방비 상태에서 그의 주먹다짐에 노출되었던 경험이 있소. 그러나 그대는, 나의 착한 천사여, 그대의 날개는 내 위에서 나를 보호하였소. 자, 아무 염려 말아요. 우리는 그의 분노를 잘 피해갈 수 있을 거요. 그러니 이제는 나는 그대를 위해 두려워하지 않아요, 왜냐하면 내가 버티고 있을 것이니까요. 그 주인이 그대를 억압하려 든다 해도, 나 역시 나서서 그로부터 그대를 보호할 것이오. 꼭 그래야 한다면, 나는 그대를 그의 잔인한 법에서 떼어낼 것이오. 그대는 내가 그를 죽이기를 원하나요? 내게 그대가 나를 사랑한다고 말해줘요, 그리고 그대가 그가 죽어 마땅하다고 유죄판정을 내린다면, 내가 그의 살인자가 될 것이오…."

"당신은 저를 떨게 만듭니다. 잠자코 계세요! 당신이 누군가를 죽이기를 원한다면, 저를 죽여주세요! 왜냐하면 저는 사는 것처럼 하루를 살았으니 더 이상 바랄 게 없어요…."

"그렇다면 죽어요. 하지만 행복에 겨워 말이지요." 하고 레이몽은 그의 입술을 앵디아나의 입술에 꼭 갖다 대며 소리쳤다.

그러나 그것은 그처럼 연약한 한 식물에게는 너무나 맹렬한 폭풍우였다. 그녀는 창백해지더니, 손을 가슴에 얹고서는 기절하였다.

처음에는 레이몽은 그의 애무가 그녀의 얼어붙은 혈맥에 피를 다시

끌어오리라 믿었다. 그러나 그녀의 손에 키스를 퍼부었지만 아무 소용이 없었다. 그녀를 가장 달콤한 호칭들로 불러 보아도 소용이 없었다. 그것은 우리 주위에서 가끔 목격되는 그런 의도적 기절이 아니었다. 오래 전부터 매우 몸이 아팠던 델마르 부인은 몇 시간이나 지속되는 신경 발작을 일으키곤 했었다. 레이몽은 절망한 나머지 도움을 청하는 수밖에 없었다. 그는 종을 쳤고 한 시녀가 나타났다. 그러나, 그녀가 레이몽을 알아보았을 때, 들고 오던 병이 그녀의 손에서 떨어지면서 비명소리가 함께 터져 나왔다. 그는 자기의 침착성을 곧 되찾으며 그녀 귓가로 가까이 갔다.

"쉿, 누운! 나는 그대가 여기 있을 줄 알고 있었어, 내가 널 보러 왔던 거야, 나는 거기서 무도회에 갔을 거라고 믿었던 네 주인마님을 보게 될 줄은 정말 뜻밖이었어. 이리로 잠입하면서, 내가 그녀를 놀라게 했고, 그녀는 기절했어. 신중해야 돼, 나는 물러간다."

레이몽은 그 두 여인들의 각자에게 그 다른 여인의 영혼에 절망을 가져올 비밀을 안겨준 채 도망쳐 나왔다.

제 7장

그 이튿날 레이몽은 잠에서 깨어나 누운으로부터 두 번째 편지를 받았다. 그는 이 편지를 경멸하며 내팽개치지 않았다. 반대로 그것을 재빠르게 열어보았다. 편지는 그에게 델마르 부인에 대해 말하고 있을 듯하였다. 사실 그것이 화제 거리였다. 그러나 그 얽히고설킨 계책들은 그를 얼마나 곤란한 처지에 빠뜨리고 말았던가! 그 젊은 여자의 비밀은 감추기가 어렵게 되었다. 이미 고통과 두려움이 그녀의 뺨을 여위게 했다. 델마르 부인은 그 원인을 꿰뚫어보지 않고도 이 병적인 상태를 감지하고 있었다. 누운은 대령의 엄한 질책과, 아니 그보다도 오히려, 여주인의 상냥함이 두려웠다. 그녀는 델마르 부인의 용서를 받게 될 것을 잘 알고 있었지만, 고백을 강요받는 데에 따르는 치욕과 고통으로 죽을 지경이었다. 레이몽이 그녀를 짓누르고 있는 굴욕에서 그녀를 건져내려고 애쓰지 않는다면, 그녀는 어떻게 되는 것이었나! 결국 그가 그녀를 보살펴 주어야 했거나, 아니면, 그녀는 델마르 부인의 발아래에 엎드려 그녀에게 이실직고를 해야 할 처지였다.

이러한 염려가 드 라미에르 씨의 마음에 강력하게 작용하였다. 그가 첫 번째 신경 쓸 일은 누운을 그녀의 여주인으로부터 멀어지게 하는 것이었다.

"나의 허락 없이 어떤 얘기도 하면 안돼요." 하고 그는 그녀에게 답을 했다. "오늘 저녁 라니에 와있도록 해요. 내가 그리로 가겠소."

그리로 가면서 그는 자신이 취해야할 행동에 대해 곰곰이 생각해 보앉다. 누운은 불가능한 보상을 기대하지 않을 만큼 충분한 센스가 있었다. 그녀는 한 번도 결혼이란 말을 입에 올린 적이 없었던 데다가 신중하고 너그러웠기 때문에, 레이몽은 자신이 덜 죄진 것으로 믿고 있었다. 그는 그가 누운을 별로 속인 것이 아니며 그녀는 여러 번 자기의 운명을 예견하였음이 틀림없었다고 혼자 말하곤 했다. 레이몽을 당황하게 만든 것은 그의 재산의 반을 그 가엾은 여인에게 주는 것 따위가 아니었다. 그는 그녀를 부자로 만들고 그녀를 위해 자신이 생각할 수 있는 모든 배려와 주의를 기울이려는 마음이 있었다. 그의 처지를 그처럼 곤혹스럽게 만든 것은 그녀에게 그가 더 이상 그녀를 사랑하지 않는다는 사실을 말할 수밖에 없게 되어버린 처지였다. 왜냐하면 그는 속일 줄 몰랐기 때문이었다. 그의 처신이 그 순간에 이중적이고 불충하게 보였다면, 겉모습과 달리 그의 마음은 그가 늘 그랬던 것처럼 진심이었다. 그는 누운을 관능으로 사랑하였었다. 그는 이제 델마르 부인을 그의 온 영혼을 다해 사랑하고 있었다. 그는 그때까지 그 두 여인 중 어느 누구에게도 거짓말은 하지 않았었다. 거짓말을 시작하지 않는 것이 문제가 되었고, 레이몽은 그 가엾은 누운을 기만하는 일도, 또한 그녀에게 절망을 안겨주는 일도 똑같이 할 수 없다고 느끼고 있었다. 비열한 행위와 야만적 행위 가운데서 선택을 해야만 했다. 레이몽은 아주 불행했다. 그는 어떤 것도 결정하지 못한 채 라니 저택의 정원 문에 도착하였다.

다른 한편, 아마도 그처럼 신속한 답장을 기대하지 않았던 누운은 다시 약간의 희망을 품게 되었다.

'그는 나를 아직 사랑하고 있는 거야.' 하고 그녀는 혼잣말로 되뇌었다. '그는 나를 버리기를 원치 않아. 그저 나를 조금 잊었던 거지. 간단해. 파리에서 많은 파티가 열리고 의당 모든 부인들의 사랑을 받는 마당에 그는 잠시 가엾은 인도 여인[27]에게 눈을 돌리며 한눈을 팔았던

---

27) 동인도 제도 출신을 뜻함.

거야. 아! 그가 나를 위해 나보다 더 아름답고 더 부유한 그 많은 귀부인들을 희생하는 것이라면, 나는 누구란 말인가? 누가 알아?" 하고 그녀는 우직하게 혼자 중얼거렸다. "아마 프랑스 여왕이 그에게 푹 빠져 있는지도 모르지.'

그녀의 애인에게 강한 인상을 줄 사치스러운 유혹꺼리를 많이 생각해본 끝에, 누운은 더욱 그의 마음에 들기 위한 방책을 강구했다. 그녀는 여주인의 패물로 자신을 치장했고, 라니 저택에서 델마르 부인의 방에 큰 불을 피웠고, 온실에서 발견할 수 있는 가장 아름다운 꽃들로 벽난로 선반을 장식했으며, 과일과 좋은 포도주로 간이식사를 준비했고, 한마디로 그녀가 그때까지 전혀 생각해보지 못했던 귀부인 내실의 치장들을 다 동원하였다. 그리하여 그녀가 큰 거울에 자신을 비춰보았을 때, 그녀는 미를 돋보이게 하려고 자기 몸에 꽂았던 꽃들보다 자신이 더 예쁘다고 느끼며 자신의 기량을 한껏 발휘하였다고 생각했다.

'그는 내게 아름답게 되기 위한 장신구는 필요치 않다고 가끔 말했어.' 하고 그녀는 혼잣말로 되뇌었다. '온갖 번쩍이는 다이아로 치장한 어느 궁정 부인도 내가 짓는 미소 하나에도 미치지 못한다고도 했지. 하지만 그가 멸시하곤 했던 그 부인들이 이제 그의 마음을 사로잡고 있는 거야. 자, 발랄하고 즐거워하는 모양새를 취해 보자. 아마도 오늘 밤 나는 내가 그의 맘에 일으키려 했던 그 모든 사랑을 되찾게 될 것이다.'

레이몽은, 그의 말을 숲 속에 있는 숯장이의 오두막에 세워두고, 그가 열쇠를 가지고 있는 경내 정원문 안으로 잠입했다. 그는 이번엔 도둑으로 몰릴 위험에 더 이상 처하지 않았다. 거의 모든 하인들이 그들의 주인들을 따라갔다. 정원사는 그가 잘 매수해 두었고, 그는 제 집 가는 길처럼 라니 저택으로 접근하는 길들을 모두 알고 있었다.

밤공기는 차가웠다. 짙은 안개가 그 경내의 나무들을 뒤덮고 있었고 레이몽은 안개로 희미한 옷을 걸친 듯한 그 검은 가지들을 분간하기가 어려웠다.

그는 구불구불한 길을 따라 얼마 동안을 헤매다가 결국 누운이 그를 기다리기로 했던 정자집 문을 찾아냈다. 누운은 털로 안을 댄 외투로 감싸고 두건을 머리에 쓴 채 그에게 다가왔다.

"우린 여기 머무를 수가 없어요." 하고 그녀는 말했다. "여긴 너무 추워요. 아무 말씀 마시고 저를 따라 오세요."

레이몽은 델마르 부인의 저택에 그녀의 하녀 애인으로 들어가는 것에 심한 메스꺼움을 느꼈다. 하지만 그는 동의하는 수밖에 없었다. 누운은 그의 앞에서 사뿐사뿐 걸어갔고 이 밀회는 결정적인 것이 되어야 했다.

그녀는 그를 인도하며 큰 뜰을 가로질렀고, 개들을 달래주었고, 소리 내지 않고 문들을 열고는, 그의 손을 잡고 조용히 어두운 복도들을 지나 그를 인도했다. 드디어 그녀는 조촐하고 우아한 원형의 방으로 그를 끌어드렸는데, 거기엔 꽃피어 있는 오렌지 나무들이 감미로운 향기를 내뿜고 있었고 촛대위에는 백옥 같은 초가 타고 있었다.

누운은 벵골의 장미 꽃잎들을 마룻바닥에 뿌려놓았고 소파에는 오랑캐꽃이 뿌려져 있었는데, 은은한 따사로움이 온 몸의 모공毛孔으로 스며들었고 수정잔들은 식탁 위에서 번쩍이고 있었으며, 그 주위로는 바구니들의 초록색 이끼와 섞여 과일들이 요염하게 그 진홍빛을 드러내고 있었다.

어둠으로부터 밝은 빛 속으로 갑작스레 들어선 탓에 눈이 부셔 레이몽은 잠시 동안 얼떨떨하였다. 그러나 얼마 안 있어 그가 어디에 와 있는지를 깨달았다. 모든 실내장식은 정교한 취향과 정숙한 순박함을 드러냈다. 마호가니 서가에는 애정소설들과 여행서적들이 여기저기 꽂혀 있었다. 직조기에는 인내와 우수憂愁의 작업이라 할 수 있는 그처럼 아름답고 신선한 직물이 걸쳐져 있었고 하프의 줄들은 기대와 슬픔의 노래들로 아직도 떨고 있는 듯하였다. 판화들은 폴과 비르지니[28]의 전원적 사랑, 브르봉 섬의 산정山頂들, 쌩폴 섬[29]의 푸른 해안선을 묘사하고 있었다. 작은 침상은 모슬린 커튼으로 반쯤 가려져 있었고, 마치 처녀의 침대처럼 희고 정숙한 이 침대의 머리맡은 아마도 고향땅을 떠나던 날 따가지고 왔을, 축복받은 나뭇가지 모양새의 야자나무 가지로 장식되어 있었다. 그 모든 것은 델마르 부인의 분위기를 자아냈고, 레이몽은 그를 거기까지 안내한, 망토로 감싸인 이 여자가 아마 앵디아나 자신일 것이라는 생각으로 야릇한 설렘에 사로잡혔다. 이 어처구니없는 생각은, 그가 맞은 편 거울에서 보석치장을 한 흰색 형상이랄까, 아니면, 무도장에 들어서서는 망토를 벗어던지며 휘황찬란한 불빛에 눈부시게 빛나는 반나체를 드러내는 여인의 환영이 나타나는 것을 보았을 때, 들어맞는 것 같았다. 그러나 그것은 단지 한 순간의 착오였다. 앵디아나는 자신을 좀 더 감췄을 것이고… 그녀의 정숙한 가슴팍은 세 겹 가제로 된 가슴 옷 아래서 보일락 말락 했을 것이다. 그녀는 아마 자기의 머리를 천연 동백꽃들로 장식할 수는 있었겠지만, 그것들을 그처럼 유난스럽게 머리 위에 헝클어뜨려 놓지는 않았을 것이다. 그녀는 새틴 실내화를 신고 있을 수는 있었겠지만, 그녀의 정숙한 실내복은 그녀의 귀여운 종아리의 신비를 그처럼 드러내지는 않았을 것이다.

그녀의 여주인보다 더 키가 크고 보다 강건한 체격을 갖춘 누운은 곱게 치장을 했다기보다 변장을 하고 있었다. 그녀는 우아함을 보였으나 그것은 고귀함이 결여된 우아함이었다. 그녀는 여성으로서 아름다웠지만, 그것은 요정妖精의 미는 아니었다. 그녀는 쾌락을 불러일으켰지만, 황홀함을 약속하지는 않았다.

레이몽은 고개를 돌리지 않고 거울속의 누운을 잘 살펴보고 나서, 앵디아나를 보다 순수이 반영할 수 있는 모든 것, 악기들, 그림들, 또 그 좁은 처녀용 침대로 그의 시선을 옮겼다. 그는 앵디아나가 이 성역

---

28) *Paul et Virginie*, 동명 연애소설의 주인공들
29) 인도양 남단의 프랑스 령

聖域에 남겨놓은 은은한 향기에 도취됐다. 그는 앵디아나가 거기에 깃든 즐거움들을 그에게 드러내 보이게 될 날을 생각하고는 욕망으로 몸을 떨었다. 그리고 누운은, 그녀가 그를 즐겁게 하기 위하여 세심하게 꾸며놓은 그 모든 것을 그가 보고 그지없이 행복해 하는 것이라 상상하며, 팔장을 끼고 뒤에서 그를 황홀하게 바라보고 있었다.

그러나 그는 드디어 침묵을 깨고 말했다.

"당신이 나를 위해 준비한 이 모든 것에 감사하네. 무엇보다도 나를 여기로 데려온 것에 대해 당신에게 감사하오. 그러나 이 우아한 경이로움은 충분히 즐겼으니 우린 이 방에서 나갑시다. 우린 여기엔 어울리지 않아요. 또 나는 델마르 부인을, 비록 여기 안 계셔도 존중해야 하오."

"그건 너무 가혹해요." 하고 그 말뜻을 알아듣지는 못했지만 그의 차갑고 불쾌한 얼굴 표정을 본 누운은 말했다. "내가 당신을 즐겁게 하리라 희망했었는데 이제 나를 거절하시니 이건 너무합니다."

"아니오, 사랑하는 누운, 나는 당신을 거절하는 일은 없을거요. 나는 당신과 진지하게 얘기를 나누고 내가 당신에게 빚진 애정을 당신에게 보여주기 위해 여기 온 것이오. 나는 나를 즐겁게 하려는 당신의 욕구에 감사하오. 그러나 나는 그 빌린 장신구보다 당신의 젊음과 당신의 자연스런 매력을 더 사랑하였던 것이오."

누운은 이제 반은 이해하고 울었다.

"저는 불행한 여자예요." 하고 그녀는 그에게 말했다. "저는 이제 당신 맘에 더 이상 들지 않으니 제 자신이 미워요…. 당신이 교육도 받지 못한 불쌍한 저 같은 여자를 오래는 사랑하지 않을 것을 예견했어야 했는데요. 당신을 비난하지는 않아요. 저는 당신이 저하고 결혼하지 않으리라는 것은 잘 알고 있었어요. 그러나 당신이 저를 언제나 사랑했다면, 저는 후회 없이 모든 것을 희생하고 또 불평하지 않고 모든 것을 견디어냈을 거예요. 이럴 수가! 저는 신세를 망쳤고 명예도 다 잃었군요!… 저는 쫓겨날 것이 뻔해요. 저는 저보다도 더 불행해질 아이를 세상에 태어나게 할 것이니까요, 누구도 저를 불쌍타고 하지 않을 거예요… 모든 이가 저를 짓밟을 수 있는 권리가 있다고 믿을 거예요. 아 그래요, 그 모든 것 다 좋아요. 당신이 저를 아직도 사랑만 하여 준다면, 저는 그 모든 것을 기쁘게 감수하겠어요."

누운은 한참 동안 그런 식으로 말했다. 그녀는 이와 똑같은 말을 사용한 것은 아니지만 내가 한 말보다 백번은 더 낫게 말했다. 참된 열정과 깊은 슬픔의 위기를 맞으면 어느 무식하고 숫된 사람도 구사할 수 있게 되는 웅변의 비밀은 어디에 있는 것일까?… 그러한 때에는 말들은 생의 모든 다른 국면에서와는 다른 가치를 지니게 된다. 그러한 때에는 사소한 단어들도 그것들을 내뱉는 감정과 그것들에 담긴 억양에 의해 숭고해진다. 그러한 때에는 최하급의 여자도, 끓어오르는 감정의 열광에 휩싸이게 되면, 절제와 유보의 태도를 지닐 것을 교육받은 여자보다 더 애처롭고 더 설득력 있게 된다.

레이몽은 그처럼 너그러운 애착을 야기한 것에 우쭐해졌고, 감사함, 동정심, 게다가 아마도 약간의 허영심이 뒤섞여 순간적으로 그의 사랑이 되살아났다.

누운은 눈물로 목이 메었다. 그녀는 머리에서 꽃들을 뽑아냈고, 그녀의 긴 머리는 눈부신 넓은 어깨 위로 이리 저리 가닥을 이루며 흘러내렸다. 만약 델마르 부인이, 그녀를 아름답게 하는 일환으로, 그녀의 예속과 슬픔을 지니고 있지 않았었다면, 누운은 이 순간에 아름다움에 있어 그녀를 한없이 능가했을 것이다. 그녀는 고통과 사랑으로 찬란히 빛났다. 레이몽은 감복되어 그녀를 두 팔로 끓어 안아 소파 위로 자기 옆에 앉히고는, 그녀에게 진홍빛으로 도금한 은잔에 소량의 오렌지 꽃 음료를 따라주기 위해 목이 긴 술병들이 놓인 소형 원탁을 가까이 끌어당겼다.

누운은, 진정시키는 음료보다 그가 보인 관심에 위로를 받아, 눈물을 닦고 레이몽의 발아래로 몸을 굽히고는 열정적으로 그의 무릎을 부둥켜안고 말했다.

"나를 그냥 사랑해줘요. 그대가 나를 사랑하고 있다고 다시 한번 말해줘요. 그러면 저는 괜찮아질 거예요, 저는 구원될 거예요. 전처럼 저를 껴안아줘요. 그러면 당신에게 몇 일간의 즐거움을 주기 위해 제 몸을 망친 것을 후회하지 않을 거예요."

그녀는 그를 탐스러운 갈색 팔로 감쌌고, 긴 머리칼로 그를 덮었고, 그녀의 큰 검은 눈은 그에게 어떤 불타는 나른함을, 뜨거운 피의 열기를, 모든 의지적 노력과 모든 신중한 생각을 압도하고 마는 아주 동양적인 관능을 안겨주었다. 레이몽은 모든 것을, 그의 결심사항들, 그의 새로운 사랑, 또 그가 어디에 와 있었는지를 죄다 잊었다. 그는 누운의 기쁨에 취한 애무에 화답했다. 그는 같은 잔으로 입술을 적셨고, 손닿는 곳에 있었던 후끈하게 머리에 오르는 포도주는 그들의 이성을 잃게 하는 데에 모자람이 없었다.

점차로 앵디아나에 대한 희미하게 감돌고 있는 추억은 레이몽의 도취 속에 섞이기 시작했다. 두 개의 판자 거울들은 누운의 영상映像을 끊임없이 서로서로 비추고 있었고 천千의 유령들로 북적이는 듯하였다. 그는 그 반사되는 거울들의 깊은 심연 속에서 어떤 보다 가냘픈 형체를 간파했고, 누운이 반사된 그 흐릿하고 혼돈된 마지막 반영反影에서 델마르 부인의 섬세하고 유연한 몸매를 알아볼 수 있는 듯하였다.

누운은 잘 마시지도 못하는 술로 흥분되어 정신이 멍해져서 그녀의 정부情夫가 이상야릇하게 늘어놓는 말을 더 이상 알아듣지 못했다. 만약 그녀가 그와 마찬가지로 취해있지만 않았다면, 레이몽은 그 극치에 달한 열광적 넋두리에서 다른 여자를 생각하고 있었다는 사실을 알아차렸을 것이다. 그녀는 그가 앵디아나가 걸쳤던 목도리와 리본에 키스하고 그녀를 상기시켜주는 향수의 향을 들이마시고 그의 열 띤 손으로 그녀의 가슴팍을 가렸던 천을 꼭 움켜쥐고 구기는 모습을 보았을 것이다. 그러나 누운은 이 모든 열광적 동작이 자기 때문인 것으로 생각했던 것이고, 그 반면 레이몽이 그녀에게서 본 것은 오직 앵디아나의 의상뿐이었던 것이다. 그가 그녀의 검정 머리에 키스를 하였을 때, 그는 앵디아나의 검은 머리에 키스를 하고 있다고 믿고 있었다. 누운의 손이 이제 막 불을 붙인 펀치의 연기 속에서 그가 본 것도 앵디아나였다. 흰 모슬린 커튼 뒤에서 그를 부르며 미소 짓고 있는 이도 그녀였다. 또한 사랑의 욕정과 포도주에 압도되어 그가 그의 여인을, 그 흐트러진 머리의 크레올 여인을 데리고 들어가 눕혔던 그 정숙하고 그지없이 깨끗한 침상에서 꿈꾸었던 것도 바로 그녀였다.

레이몽이 깨어났을 때, 겉창의 틈새로 서광이 흘러들었고, 그는 한참 동안 어떤 막연한 놀라움에 빠져 움직이지 않고, 꿈속의 환영인 양, 그가 있는 장소와 그가 휴식을 취했던 침대를 바라보고 있었다. 델마르 부인의 방 안에서 모든 것은 질서정연하게 다시 제 자리에 놓여져 있었다. 이 장소에서 여왕으로 잠이 들었던 누운은 아침이 되자마자 시녀로 깨어났다. 그녀는 꽃들을 치워버렸고 먹다 남은 간식을 쓸어버렸다. 가구들은 제 자리를 찾았고, 간밤에 있었던 광란의 사랑을 드러내 보일 수 있는 것은 아무 것도 없었다. 그리고 앵디아나의 방은 담백하고 정숙한 분위기를 되찾았다.

수치심으로 압도되어 일어나 그 방에서 나가고자 했지만, 그는 갇혀 있었다. 창문은 땅에서 삼십 피트나 떨어져 있었고 그는 이 후회로 가득 찬 방에, 그 바퀴에 묶인 익시온[30]처럼 발이 묶여 있어야 했다.

그때 그는 그로 하여금 얼굴을 붉히게 만든 뭉개지고 상처받은 침상을 향해 얼굴을 쳐들고 무릎을 꿇었다.

"오, 앵디아나!" 하고 그는 두 손을 마주 비비꼬며 소리쳤다. "내가 그대를 아주 모독한 거죠? 내게 그런 치욕스러운 행위를 용서해줄 수

---

[30] 빛과 혼인의 여신 주노를 범하려다 주피터 신으로부터 벌로 영원히 회전하는 불의 수레 바퀴에 묶임.

있을까요? 그대가 설령 그것을 용서해준다고 해도, 나는, 나는 나 자신에게 그걸 용서하지 않을 거예요. 온화하고 쉽게 남을 믿는 앵디아나여, 이제 저를 피하세요. 왜냐하면 그대는 그대가 어떤 비열한 짐승 같은 놈에게 그대의 청순한 보배들을 건네주려 하고 있는지 모르고 있기 때문이오. 저를 퇴짜 놓아요. 저를 발로 짓밟아요! 나는 그대의 성스러운 정숙이 깃든 처소를 존중하지 않았고, 하인배처럼 그대의 포도주를 마셔 취했고, 그대의 시녀와 뺨을 비벼대며 그대의 실내복에 나의 저주받은 입김을 뿜어냈고, 다른 여자의 가슴팍에서 그대의 정숙한 허리띠를 나의 저급한 키스로 더럽혔소. 나란 사람은 그대의 고적한 밤들의 휴식에 독을 뿌리고 그대의 남편 자신도 존중했던 그 침상 위에까지 유혹과 간음의 영향을 흩뿌려 놓기를 겁내지 않았던 거요! 그대는 이제 그 커튼 뒤에서, 그것의 신비를 내가 겁 없이 더럽힌 이상, 어떤 안전을 찾을 수가 있겠소? 어떤 불순한 꿈들이, 어떤 씁쓸하고 소모적인 생각들이 그대의 머릿속에 파고들어 그 뇌를 온통 메마르게 할 것이 아니던가요? 어떤 악하고 무례한 유령들이 그대 잠자리의 아마사 시트 위에 달라붙지 않을 것인가요? 그리고 어린애의 잠같이 순수한 그대의 잠을 이제 어떤 신령이 보호하겠다고 나설 것인가요? 나는 그대의 머리맡을 지키고 있었던 천사를 패주시키지 않았던가요? 나는 그대의 알코브[31]의 문을 음란의 악마에게 열어준 것이 아닌가요? 나는 그대의 영혼을 그에게 팔아버린 것이 아닌가요? 저 관능적 크레올 여인의 요부腰部를 불태우는 미친 듯한 열정은, 데이라네이라[32]의 튜닉처럼, 그대의 옆구리에 달라붙어 갉아먹지 않을까요? 오! 불행한지고! 나는 죄짓고 불행하구나! 다만 내가 이 잠자리에 남겨놓은 치욕을 내 피로 씻어낼 수만 있다면!"

 그러면서 레이몽은 침상을 그의 눈물로 적셨다.

---

31) 아늑한 부부침상
32) 희랍신화에서 남편 헤르쿨레스에게 무모하게 독이 든 튜닉을 주어 그의 죽음을 야기함.

그녀가 머릿수건과 앞치마를 두르고 다시 돌아와 레이몽이 무릎을 꿇고 있는 것을 보았을 때, 그녀는 그가 기도를 하고 있다고 믿었다. 그녀는 사교계 인사들은 소리 내어 기도하지 않는다는 사실을 모르고 있었다. 그래서 그녀는 서서 그가 그녀가 와있는 것을 알아챌 때까지 가만히 기다렸다.

레이몽은 그녀를 보자 당황스럽고 약이 오르는 것을 느꼈지만, 그녀를 꾸짖을 만한 용기도 그녀에게 다정한 말을 건넬 힘도 없었다.

"왜 나를 여기에 가두어둔 것이오?" 하고 드디어 그는 그녀에게 말했다. "이제 대낮이 되었고 내가 공개적으로 당신의 입장을 곤경에 빠뜨리지 않고는 여기서 빠져나갈 수 없다는 사실을 생각해 보기나 하는 거요?"

"그러니 당신은 밖으로 나가지 않을 거예요." 하고 누운은 그에게 아양을 떨며 말했다. "집이 텅 비어있어요. 아무도 당신을 발견하지 못할 거예요. 정원사는 저택의 이 부분까지는 결코 오는 법이 없고, 또 집 열쇠는 모두 저 혼자 가지고 있거든요. 당신은 오늘 하루 종일 저하고 지내게 될 거예요. 당신은 제 포로랍니다."

이렇게 일을 꾸미는 것은 레이몽을 절망으로 내몰았다. 그는 그의 정부情婦에 대해 일종의 혐오감 외에는 어떤 감정도 느끼지 않고 있었다. 하지만 참고 견디는 수밖에 없었다. 그가 이 방에서 겪고 있었던 괴로움에도 불구하고 어떤 불가항력적 매력이 그를 그 곳에 아직도 붙들고 있는 듯하였다.

누운이 그에게 아침 식사를 갖다 주기 위하여 그를 남겨두고 방을 나갔을 때, 그는 대낮의 밝은 빛 속에서 앵디아나의 고독을 말없이 증거 해주는 그 모든 것을 찬찬히 살펴보기 시작했다. 그는 그녀의 책들을 펴보았고, 그녀의 앨범들을 들쳐보다가 그것들을 황급히 다시 접었다. 왜냐하면 그는 모독행위를 하나 더 하고 여성적 신비를 훼손할까봐 두려워했기 때문이었다. 드디어 그는 왔다갔다 걷기 시작했고, 델마르 부인의 침대 맞은편에 있는 나무판자에 이중으로 엷은 천을 덮은, 호화로운 틀에 끼여 있는 큰 그림에 주목했다.

 그것은 아마도 앵디아나의 초상화이리라. 레이몽은 그것을 보고 싶은 충동에 이끌려 양심의 가책 같은 것은 잊어버리고, 의자 위로 올라가서는, 천위에 꽂혀 있는 틀을 뽑았는데, 거기에 어느 미남 청년의 전신 초상화를 발견하고는 놀라버렸다.

제 8장

"나는 저 얼굴을 알 것 같은데?" 하고 그는 애써 무관심한 척하면서 누운에게 말했다.

"체! 선생님." 하고 누운은 가져온 아침식사를 식탁에 내려놓으며 말했다. "우리 주인님의 비밀들을 캐내려고 하는 것은 좋지 않은데요."

이 생각은 레이몽을 창백하게 했다.

"비밀들이라고!" 하고 그는 말했다. "그게 비밀이라면, 그대는 그 속내 이야기를 들은 심복이다. 그러면 그대는 나를 이 방에 끌어들인 점에 있어 이중으로 죄를 졌어."

"오! 아니에요, 그건 비밀은 아니에요." 하고 누운은 미소 지으며 말했다. "왜냐하면 랄프 경의 초상화를 그 곳에 걸도록 도와준 이가 바로 델마르 씨 자신이기 때문이죠."

"랄프 경이라고 했나? 랄프 경이 누군데?"

"부인의 어릴 적 친구이며 사촌인 로돌프 브라운 경이죠. 제 친구이기도 하고요. 그는 참 좋은 사람이에요!"

레이몽은 놀라움과 불안한 느낌을 갖고 그 그림을 찬찬히 들여다보았다.

우리는 랄프 경이 그의 얼굴 표정을 제외하고는 대단히 잘생긴, 희고 분홍빛 피부에 좋은 체격을 지닌, 머리숱이 많은, 언제나 말끔히 차려입은 젊은이로서 몽상가들은 돌아보지 않을 얼굴이지만, 적어도 사리판단이 분명한 사람들의 흥미는 끌 수 있는 인물이었다고 이미 말했다. 그 평온한 준准남작은 그 그림에서, 우리가 이 이야기의 첫 장에서 거의 보았듯이, 승마복을 입고, 그의 사냥개들에 둘러싸여 있었고, 은빛의 비단 같은 모피와 순종 스코틀랜드 혈통에 힘입어 아름다운 포인터 오펠리아가 선두에 있었다. 랄프 경은 한 손에는 사냥 각적을, 다른 손에는 거의 그 그림의 배경 전체를 채우고 있는, 둥근 회색 얼룩점이 박힌 늠름한 영국 말의 고삐를 쥐고 있었다. 그것은 감탄하리만치 잘 그려진 초상화로 모든 세목의 완벽함, 모든 유치한 모사模寫, 모든 시민적 자질구레한 것들을 담아낸 참다운 가정용 그림이었다. 아니면, 어느 유모乳母를 울게 하고, 개들을 짓게 하고, 재단사로 하여금 기쁨으로 놀라 자빠지게 할 만한 초상화였다. 이 초상화보다 더 평범한 것이 단 하나 있었다. 그것은 그 본인이었다.

그러는 동안 그것은 레이몽의 마음에 어떤 격한 노여움의 감정을 불러일으켰다.

'아니, 이게 무엇이람!' 하고 그는 혼자 말했다. '저 둔감한 젊은 영국인이 델마르 부인의 가장 은밀한 내실에 들어옴을 허락받는 특전을 지니고 있다니! 그의 무미건조한 얼굴 모습이 늘 거기 있어 그녀 삶의 아주 은밀한 행위들을 냉정히 지켜본단 말이지! 그는 그녀를 지켜보고 있고, 그녀를 보호하고 있고, 그녀의 모든 동작들을 따라간다. 그는 어느 때이고 그녀를 소유하고 있는 거다! 밤에 그는 그녀가 자고 있는 것을 보고 있고 그녀의 꿈들의 비밀을 간파하고 있다. 아침에 그녀가 침대에서 아주 창백한 모습으로 덜덜 떨면서 일어날 때, 그는 벗은 채 양탄자에 올려놓는 그녀의 예쁜 발을 알아채고 느끼는 것이다. 그녀가 조심스레 옷을 입고 있을 때, 그녀가 창문의 커튼을 닫고서 그 아침 햇빛마저도 너무 무분별하게 그녀에게 침투해오는 것을 금지하고 있을 때도, 그녀가 자신이 아주 혼자이고 잘 은신하고 있다고 믿고 있을 때도, 이 무례한 인물은 그녀의 매력을 포식하며 거기에 있는 것이다! 저 장화를 신은 남자가 그녀가 화장하는 것을 지켜보는 것이다.' 그리고 그는 시녀에게 말했다. "이 엷은 천이 보통은 여기 이 그림을 덮고 있는 건가?"

"항상 그래요." 하고 그녀는 대답했다. "부인께서 집에 안 계실 때는요. 하지만 그 천을 다시 덮는 수고는 하지 마세요. 부인이 며칠 내로 도착하니까요."

"그럴 경우에 누운, 당신은 그녀에게 이 얼굴은 건방진 데가 있다고 말해주면 좋을 거요…. 내가 델마르 씨라면, 나는 저 화상畵像의 두 눈을 빼버리기 전엔 그것을 저기에 걸어두는 것에 동의하지 않았을 거요… 하지만 그렇게 되면 남편들의 아주 미숙한 질투로 보이게 되겠지! 그들은 모든 것을 상상하면서도 아무 것도 이해를 못하는 거야."

"그 착한 브라운 씨의 용모에 대해 무엇이 못마땅하신가요?" 하고 누운은 그녀 여주인의 침대를 다시 정리하며 말했다. "그는 아주 훌륭한 주인이라고요! 저도 전에는 그를 그리 좋아하지는 않았는데요, 그건 부인이 늘 그가 이기적인 사람이라고 말하는 것을 들었기 때문이었죠. 그러나 그가 당신을 극진히 보살펴 준 날부터는…."

"그 말이 맞다." 하고 레이몽이 그녀의 말을 가로챘다. "나를 보살펴 준 사람이 그였지. 이제 그를 알아보겠는데… 그러나 내가 그의 관심거리가 된 것은 오로지 델마르 부인의 간절한 부탁 때문이야…."

"그건 그녀가 매우 착하기 때문이죠, 제 여주인말예요." 하고 가엾은 누운은 말했다. "그녀 주변에 함께 있으면 누군들 착해지지 않겠어요?"

누운이 델마르 부인에 대해 말할 때마다 레이몽은 그녀가 눈치 채지 못한 관심을 가지고 그녀의 말에 귀를 기울였다.

그렇게 해서 그 한나절, 누운이 화제를 감히 진짜 핵심으로는 끌고 가지 못한 채, 제법 평화롭게 지나갔다. 드디어 저녁 무렵 그녀는 작심을 하고 그가 그녀에게 그의 의도를 밝히도록 강요하였다.

레이몽의 의도라고 한다면, 그건 다름이 아니라 위험한 증언을 할 수 있는 당사자와 그가 더 이상 사랑하지 않는 여인을 제거하는 일뿐이었다. 그러나 그는 그녀의 앞으로의 생계를 보장해 주기를 원했고, 마음이 떨리는 가운데 그녀에게 가장 관대한 제의들을 했다.

이 모욕은 가엾은 처녀에게 쓰디썼다. 그녀는 자기의 머리를 잡아 뜯었고, 레이몽이 힘으로 제지하지 않았다면, 벽에 머리를 깼을 것이다. 그 다음 그는 타고 난 모든 말재주와 기지를 총동원해서 그가 물질적 도움들을 주려고 한 것은 그녀가 아니라 그녀가 엄마가 될 그 아이를 위해서였음을 그녀에게 납득시켰다.

"그건 내 의무요." 하고 그는 그녀에게 말했다. "나는 당신에게 그 애를 위한 유산상속으로 그 도움들을 양도하는 것이고, 만약 어떤 잘못된 야릇한 경계심이 당신으로 하여금 그것들을 거절하게 한다면, 당신은 그 애에게 죄를 짓게 되는 거요."

누운은 이제 진정하였고 눈물을 닦았다.

"그럼 좋아요." 하고 그녀는 말했다. "당신이 저를 여전히 사랑한다고 약속하여 주신다면, 저는 그것들을 받아들이겠어요. 왜냐하면 그 아이에게 채무를 다 이행했다고 해서 그것이 그 어미인 제게도 적용되는 것은 결코 아니기 때문이죠. 당신의 증여가 그 애를, 그를 살게 해주겠지만, 당신의 무관심은 저, 저를 죽게 하고 말 거예요. 당신 집에서 저를 하녀로 써줄 수 없겠어요? 보세요, 저는 지나친 요구를 하고 있는 것이 아니에요. 제 입장에 처한 다른 여자 같으면 기술을 부려 얻어낼 수 있을 법한 것을 얻어내려는 야망을 품을 수도 있었겠지만, 저는 아니에요. 하지만 제가 당신의 하녀가 되도록 좀 허락해 주세요. 당신 어머니 집에서 일하게 해주세요. 당신에게 맹세하건대, 그녀는 제게 만족할 것입니다. 그러면, 당신이 나를 더 이상 사랑하지 않는다 해도, 저는 적어도 당신을 볼 거예요."

"당신이 내게 요구하고 있는 것은 불가능하오. 나의 친애하는 누운. 당신은, 당신이 현재 처해 있는 상태로는, 어느 집에 하녀로 들어간다는 것을 생각할 수가 없소. 그리고 나의 어머니를 속이고, 그녀의 신임을 농락하는 것은 내가 결코 동의할 수 없는 비열한 짓이 될게요. 리옹이나 보르도로 가요. 나는 당신이 당신 자신을 거뜬히 내보일 수 있게 될 그때까지 당신에게 어떤 것도 부족함이 없도록 책임지겠소. 그런 다음 내가 아는 지인의 집에 일자리를 얻어 주겠소. 파리에서라도 말이요, 당신이 그걸 원한다면… 당신이 나와 가까이 있고 싶어 한다면 말이요… 그러나 같은 지붕 아래에서라면, 그건 불가능하오….”

"불가능하다구요!" 하고 누운은 고통으로 두 손을 맞잡으며 말했다. "저는 당신이 저를 경멸하는 것을 잘 알겠네요. 당신은 저를 창피하게 생각하는 거군요… 아, 좋아요, 아니, 저는 멀리 떠나버리지 않을 거예요. 당신이 저를 잊어버리고 말 어떤 먼 도시에서 홀로 비하되고 버림받은 채 죽으려고 여길 떠나지는 않을 거예요. 평판 같은 건 제게 문제가 안돼요! 제가 간직하고자 했던 것은 당신의 사랑이에요!…"

"누운, 내가 당신을 속이고 있다고 염려하는 것이라면, 나와 같이 가요. 우리가 같이 탄 그 마차가 당신이 선택할 장소까지 우리를 데려다 줄 거요. 파리와 내 어머니 집을 제외하고는 어디든지 나는 당신을 따라갈 것이고, 내가 당신에게 베풀어야 할 수고와 배려를 쏟아 부을 거요…."

"그래요, 당신이 아무짝에 소용없는 짐인 저를 어떤 낯선 땅에 떨어뜨려 놓게 되는 그 다음 날 저를 내팽개친다고요!" 하고 그녀는 씁쓸한 미소를 지으며 말했다. "안돼요, 선생님, 안돼요, 저는 여기 있겠어요. 저는 모든 것을 동시에 잃어버리기를 원치 않아요. 저는, 당신을 따라가기 위해, 내가 당신을 알게 되기 전에 이 세상에서 제일 사랑하고 있었던 사람을 희생하고 말았을 거예요. 그러나 저는 이제 사랑과 우정 둘 다를 저버릴 만치 불명예를 감추기에 그처럼 급급하지 않아요. 제가 델마르 부인의 발아래에 엎드려 그녀에게 모든 것을 털어놓으면, 그녀는 저를 용서해 줄 거예요, 저는 그걸 알아요. 왜냐하면 그녀는 착하고 저를 사랑하기 때문이죠. 우리는 거의 같은 날 태어났어요. 그녀는 저와 같은 젖을 먹고 자란 자매입니다. 우린 지금껏 한 번도 서로 헤어진 적이 없었어요. 그녀는 제가 그녀 곁을 떠나는 것을 원치 않을 거예요. 그녀는 저와 함께 울 것이고, 저를 보살필 것이고, 제 아이, 제 가엾은 아이를 사랑할 것이에요! 누가 알겠어요? 어머니가 되는 행복을 지니지 못한 그녀는 그 애를 아마도 자기의 애처럼 기를 거예요!… 아! 제가 미쳤죠, 그녀를 떠나기를 원했다니. 왜냐하면 세상에서 그녀가 저를 동정할 유일한 사람이기 때문이에요!…"

이러한 결심은 레이몽을 지독한 곤혹상태에 빠뜨려 놓았는데, 그때 갑자기 마차 바퀴 구르는 소리가 뜰에서 들려왔다. 누운은 허겁지겁 놀라 창문으로 달려갔다.

"델마르 부인이에요!" 하고 그녀는 소리 질렀다. "도망가요!"

그 혼란의 순간에 비밀 층계를 여는 열쇠가 찾아지지 않았다. 누운은 레이몽의 팔을 잡고 그를 황급히 복도로 끌고 나갔고 그들이 그 중간 쯤 다다랐을 때 같은 통로에서 걸어오는 발자국 소리를 들었다. 그들 앞 열 발자국쯤 떨어진 곳에서 델마르 부인의 목소리가 들렸고, 앞서 오던 하인이 들고 있는 촛불은 이미 그들의 놀란 얼굴에 흔들리는 불빛을 비추고 있었다. 누운은 발걸음을 돌려 레이몽을 마냥 끌어당기며 함께 침실 안으로 다시 들어갈 시간을 겨우 벌었다.

유리문으로 닫혀있는 화장실이 몇 순간 동안 피난처를 제공할 수 있었지만, 거기에는 잠금 장치가 없었고, 델마르 부인은 도착하자마자 그리로 들어갈 수가 있었다. 현장에서 발각되지 않기 위해서 레이몽은 후미진 알코브로 뛰어 들어가 커튼 뒤에 몸을 숨기는 수밖에 없었다. 델마르 부인이 곧바로 잠자리에 들 가능성은 없었다. 그리고 그때까지는 누운은 그로 하여금 몸을 피할 수 있게 할 기회를 포착할 수도 있으리라.

앵디아나는 신속하게 들어와서는 모자를 침대에 던져 놓고 자매의 친근감을 가지고 누운을 포옹하였다. 내실은 별로 밝지 않아 그녀는 누운의 상기된 표정을 눈치 채지 못했다.

"너는 그런데 나를 기다리고 있었던 거니?" 그녀는 난로 불에 가까이 가며 말했다. "너는 어떻게 나의 도착을 알고 있었지?"

그리고는 그녀의 대답을 기다리지 않고 덧붙여 말했다.

"델마르 씨는 내일 여기 올 거야. 그의 편지를 받자마자 나는 당장 출발했지. 나는 그를 파리에서가 아니고 이곳에서 맞이할 이유가 있거든. 네게 그걸 말해 줄게. 그러나 어서 말해 봐. 너는 나를 보고 평소처럼 즐거워하는 빛이 보이지 않는구나."

"제 마음이 슬퍼요." 하고 누운은 여주인의 신발을 벗기려고 그녀 옆에 무릎을 꿇고 앉으며 말했다. "저도요, 당신에게 할 말이 있지만 조금 뒤에 하죠. 자, 이제 응접실로 가요"

"하느님 맙소사! 그 무슨 똥딴지같은 소리야! 거긴 얼어 죽을지도 몰라."

"아니에요, 뜨뜻하게 불을 피워 놨는데요."

"너 꿈꾸고 있구나! 내가 이제 막 거기를 지나왔는데."

"하지만 저녁식사가 당신을 기다리는데요."

"나는 저녁을 들고 싶지 않아. 게다가 준비된 것도 없어. 내 깃털 목도리를 찾아와라. 내가 그걸 마차에 두고 내렸어."

"조금 이따가요."

"왜 당장 가지 않고? 어서 가, 어서 가!"

그렇게 말하면서 그녀는 장난스럽게 누운을 밀었다. 그리하여 이 후자는 담대하고 침착할 필요가 있다는 생각이 들어 얼마 동안 밖으로 나갔다. 그러나 그녀가 내실 밖으로 나가기가 무섭게 델마르 부인은 빗장을 지르고, 털 망토를 벗어 침대 위 그녀의 모자 옆에 놓았다. 이 순간에 그녀는 레이몽에게 매우 가까이 가 있었으므로 그는 뒤로 조금 물러서는 동작을 취했다. 그러나 그 침대는, 명백히 매우 쉽게 움직이는 바퀴들이 달려 있어, 가볍게 삐걱하며 조금 밀렸다. 델마르 부인은 놀랬으나 겁이 난 것은 아니었는데, 그도 그럴 것이 그녀 자신이 침대를 밀었다고 믿었기 때문이었고, 그럼에도 불구하고 그녀는 머리를 앞으로 내밀며 그 커튼을 조금 옆으로 벌렸는데, 그 순간 그 벽난로의 불로 인한 어스름 빛 속에 벽을 배경으로 한 남자의 머리가 드러나는 것을 보았다.

질겁해서 그녀는 비명을 지르고 종을 쳐 도움을 청하려고 벽난로를 향해 뛰쳐나갔다. 레이몽은 이런 상황에서 신원이 밝혀지기보다는 차라리 한 번 더 도둑으로 몰리는 편이 나을 것 같았다. 그러나 그가 먼저의 선택을 하지 않는다면, 델마르 부인은 그녀의 사람들을 부르고 그녀 스스로 자기 자신을 위태롭게 할 것이 뻔했다. 그는 자신이 그녀의 마음속에 불어넣었던 사랑에 희망을 걸기로 작정하고서는, 그녀를 향해 돌진하여 그녀의 비명소리를 막고 그녀가 종을 잡지 못하게 애를 쓰며, 틀림없이 멀리 가 있지 않았을 누운에게 들릴까봐 두려워 반쯤 죽인 목소리로 그녀에게 말했다.

"나요, 앵디아나. 나를 알아보고 용서해 주오. 앵디아나, 당신으로 인해 실성해 버렸고 당신을 한 번 더 보기 전에 당신이 남편한테 가는 것을 받아들일 수 없었던 이 불행한 사람을 용서해 줘요."

그런데, 그녀가 종을 치지 못하게 막으려 한 것 못지않게 그녀의 관능을 자극하기 위하여 앵디아나를 그의 팔 안에 꼭 껴안았을 때, 누운이 불안하게 문을 두드렸다. 델마르 부인은 즉시 레이몽의 팔에서 몸을 빼며 문을 열어주려 뛰어나갔다가는 되돌아오면서 안락의자 위로 펄썩 주저앉았다.

창백한 얼굴로 반쯤 죽는 시늉을 하며 누운은 통로 문에 등을 대고 버티며 거기서 왔다 갔다 하고 있었던 하인들의 접근을 막아 이 이상한 장면에 혼란을 일으키지 않도록 하였다. 자기 여주인보다도 더 창백해지고 무릎을 떨며 등을 문에 기댄 채 그녀는 자기의 운명을 기다렸다.

레이몽은 그가 재주를 좀 부리면 이 두 여인을 동시에 속일 수 있을 거라고 느꼈다.

"부인" 하고 그는 앵디아나 앞에 무릎을 꿇으며 말했다. "내가 여기 와있는 것이 당신에게 치욕스러운 행위로 보일 것이 틀림없소. 나는 지금 당신 앞에 무릎을 꿇고 용서를 빌고 있는 겁니다. 저와 몇 분 간 단둘이서만 얘기할 기회를 허락해줘요. 그러면 내 당신에게 설명을 할 것이오…."

"선생님, 두말 마시고 여기서 나가주세요." 하고 델마르 부인은 여주인으로서의 모든 위엄을 내세우며 말했다. "모든 이가 보는 앞에서 나가세요. 누운, 저 문을 열어 선생님이 나가게 해서 모든 하인들이 그를 보게 하고 그런 행동의 모든 치욕이 그에게 다시 떨어지게 해라."

누운은 자신의 행동이 탄로났다고 믿고 레이몽의 옆에 와 무릎을 꿇었다. 델마르 부인은 침묵을 지키며 놀라서 그녀를 응시하였다.

레이몽은 그녀의 손을 잡으려고 하였지만, 그녀는 분연히 손을 뒤로 뺐다. 그녀는 노여움으로 얼굴이 빨개져 몸을 일으켜 세우고는 그에게 문을 가리키며 되풀이해 말했다.

"내가 당신에게 말하건대, 나가세요! 당신의 행동은 수치스러우니어서 나가세요. 그러니까 당신이 사용하고자 했던 방법이란 게 바로 그것이군요! 마치 도둑처럼 내 방에 숨어있다니! 그러니까 그런 식으로 가정에 침입하는 것이 당신의 상습적 행동이군요! 그게 바로 당신이 제게 어제 저녁에 맹세한 그 순수한 애착이란 거구요! 그런 식으로 당신은 저를 보호하고, 저를 존중하고, 저를 지켜주겠다는 것이었군요! 당신이 여기 보고 있는 이 사람이 당신을 손수 도왔고, 당신을 소생시키기 위해, 자기 남편의 노여움도 마다하지 않았던 여인입니다. 당신은 감사한 척 하면서 그녀를 욕보이고, 그녀에게 그녀 인품에 걸맞은 사랑을 맹세하면서, 그녀가 보살펴 준 것에 대한 대가로, 그녀의 고지식한 것에 대한 대가로 잠자는 그녀를 덮쳐, 무슨 치욕스러운 방법을 동원해서라도, 자기의 야욕을 채우기를 원하는 거죠! 당신은 그녀의 시녀를 잘 구슬려 놓고서는, 이미 승낙 받은 정부情夫처럼 그녀의 침상에까지 잠입해 들어오는 거구요. 당신은 존재하지도 않는 친밀한 관계의 비밀을 그녀의 아랫사람들이 알게 하는 것도 서슴지 않는군요… 가세요, 선생님. 제가 환상에서 정신이 번쩍 깨어나게 해주느라고 수고하셨습니다!… 나가세요. 제 말이 안 들려요? 제 집에 한 순간도 더 머무르지 말아요!… 그리고 너, 이 비참한 여인네야. 네 여주인의 명예를 눈곱만큼도 생각할 줄 모르는 너는 쫓겨나도 싸다. 이 문에서 썩 나가, 내가 너에게 명하는 거야!…"

놀라움과 절망으로 아주 질려버린 누운은 이제 이 처음 듣는 알쏭달쏭한 얘기의 해명을 요구하는 듯 레이몽을 노려보고 있었다. 그러더니, 정신이 나간 듯 몸을 떨며 비실비실 앵디아나에 다가가더니, 그녀의 팔을 꼭 잡고,

"무어라고 말씀하셨죠?" 하고 그녀는 노여움으로 이를 맞부딪히며 말했다. "이 사람이 당신에게 연정을 품고 있었어요?"

"저런! 네가 그걸 잘 알고 있었구나. 의심할 여지가 없지!" 하고 델마르 부인은 그녀를 난폭한 경멸조로 밀어버리며 말했다. "너는 한 남자가 무슨 동기動機로 부인 방의 커튼 뒤에 숨으려고 하는지를 잘 알고 있었지. 아, 누운!" 하고 그녀는 이 여인의 절망한 모습을 보며 보태 말했다. "그건 엄청나게 비열한 짓인데, 나는 네가 그런 걸 할 수 있으리라고는 꿈에도 생각해보지 않았다. 너는 너 자신의 명예와 자존심을 찰떡같이 믿고 있었던 그 한 여인의 명예를 팔아먹기를 원했어!…"

델마르 부인은 울고 있었다. 그러나 그건 고통 못지않은 노여움 때문이었다. 레이몽은 지금껏 한 번도 그녀가 그처럼 아름다운 것을 본 적이 없었다. 하지만 그는 그녀를 감히 바라보지 못하고 있었다. 왜냐하면 그녀가 보여주고 있는 모욕당한 여인의 자존심은 그로 하여금 눈을 내리깔고 있게 하였기 때문이었다. 그는 누운이 거기 함께 있었기

때문에 당황하여 표정이 돌같이 굳어 있었다. 그가 델마르 부인과 단 둘이만 있었다면, 그는 아마도 그녀의 기세를 완화시킬 힘도 있었으리라. 그러나 누운의 얼굴표정은 험악했다. 그 격노와 증오는 그녀의 얼굴 모습을 일그러뜨려놓았다.

문을 두드리는 소리가 그 세 사람 모두를 놀라게 했다. 누운은 누구도 들어오지 못하게 하려고 다시 앞으로 뛰쳐나갔으나, 델마르 부인은 권위 있게 그녀를 밀치고는 레이몽에게 명령하는 손짓으로 방 한 구석으로 물러나게 했다. 그런 다음 위기의 순간들에 그녀를 그렇게 돋보이게 했던 침착함을 가지고 숄을 몸에 걸치고는 문을 반쯤 열고 방금 노크한 하인에게 전할 말이 무어냐고 물었다.

"로돌프 씨가 이제 막 도착했습니다." 하고 그는 대답했다. "그는 부인께서 그를 맞이할 것인지를 묻고 있습니다."

"로돌프 씨에게 내가 그의 방문에 대해 기뻐하고 있으며 조금 있다가 그와 자리를 함께할 것이라고 말해줘요. 응접실에 불을 지펴놓고 저녁을 준비해 놓도록 해요. 아, 잠깐만! 저쪽으로 가서 그 조그만 정원문의 열쇠를 가져와요."

하인은 물러갔다. 델마르 부인은 그 문을 여전히 반쯤 열어놓은 채 누운의 말은 들으려고도 하지 않고 레이몽에게는 단호히 침묵을 명하며 그대로 서있었다.

하인은 삼분 후에 다시 왔다. 델마르 부인은 그녀와 드 라미에르 사이의 문짝을 여전히 잡고 있으면서 열쇠를 받고서 그에게 빨리 저녁식사를 준비하라고 명했다. 그가 떠나자마자, 레이몽을 향해 말했다.

"나의 사촌 브라운 경의 도착은 내가 당신에게 주려했던 망신으로부터 당신을 구제하는 것입니다. 그는 명예를 귀히 여기는 분으로 나를 열정으로 지켜줄 거예요. 그러나 그와 같은 사람의 목숨을 당신 같은 사람의 목숨과 적대시키는 것이 내게는 영 달갑지 않기 때문에, 나는 당신을 소란을 피우지 않고 곱게 물러가도록 허락하는 겁니다. 가세요."

"우리는 다시 만나게 될 거요, 부인." 하고 그는 다짐을 하는 듯 말했다. "그리고, 내가 대단히 죄를 진 형편이긴 하지만, 당신은 지금 나를 대하는 그 잔인한 행동을 후회할 날이 있을 거요."

"저는요, 선생님, 우리가 결코 다시 만날 일이 없기를 바랍니다." 하고 그녀는 대답했다.

그리고는 여전히 서서 문을 붙잡고 몸을 굽히려 들지도 않고, 그녀는 그가 떨고 있는 비참한 공범자와 함께 나가는 것을 보았다.

그 경내 정원의 어둠 속에서 그녀와 단둘이 되었을 때 그는 그녀의 비난을 예상하고 있었다. 누운은 그에게 한마디도 건네지 않았다. 그녀는 그를 수렵금지 보호구역 경내의 쇠창살 울타리까지 안내했다. 그리고, 그가 그녀의 손을 잡고자 했을 때는 그녀는 벌써 사라졌다. 그는 그녀를 낮은 목소리로 불렀다. 왜냐하면 그는 그녀가 앞으로 어떻게 되는 건지 알고자 했기 때문이었다. 그러나 그녀는 그에게 대답하지 않았다. 그러더니 정원사가 나타나서는 그에게 말하는 것이었다.

"자, 선생님, 물러가세요. 부인께서 돌아오셨습니다. 당신이 발각될 수도 있어요."

레이몽은 죽을듯한 절망에 빠져 거기를 떠났다. 그러나 델마르 부인의 감정을 상하게 한 것을 괴로워하던 나머지 그는 누운을 거의 잊어버렸고 그 여주인의 마음을 진정시킬 방법을 찾는 데에만 골몰했다. 왜냐하면 그는 일부러 장애물을 만들어내고는 거의 되지 않을 일에만 목숨을 거는 그런 사람이었기 때문이다.

저녁에, 델마르 부인이 랄프 경과 조용히 저녁식사를 마치고 그녀의 내실로 돌아왔을 때, 누운은 보통 때처럼 그녀의 옷 벗는 것을 도와주려고 오지 않았다. 앵디아나가 종을 울려 봤지만 소용없었고, 그것이 고의적인 불복종이라는 생각이 들자 그녀는 문을 닫고 잠자리에 누웠다. 그러나 그녀는 끔찍한 밤을 보냈다. 그래서 날이 밝기가 무섭게 그녀는 경내 정원으로 나갔다. 그녀에게는 열이 있었다. 그녀는 찬 공기가 몸속으로 꿰뚫고 들어오는 것을 느끼며 그녀의 가슴을 태우고 있던 불길을 진정시킬 필요가 있었다. 그 전날만 해도, 비슷한 시각에, 그녀는 황홀한 사랑의 신기함에 몸을 맡기며 행복했었다. 스물네 시간이 지나자 이 무슨 몸서리쳐지는 환멸인가! 먼저 그녀가 예기했던 것보다 며칠이나 더 빨리 남편이 돌아온다는 소식, 그녀가 파리에서 보내리라 희망을 걸고 있었던 그 나흘 또는 닷새는 그녀에게는 끝나서는 안 되는 온통 행복한 삶, 결코 깨어나서는 안 되는 온통 사랑의 꿈이었다. 그러나 그 다음 날 아침 그녀는 그 모든 것을 단념하고 멍에를 다시 짊어지고 또 그녀 주인이 까르바잘 저택에서 레이몽을 만나지 못하도록 그녀가 선수를 쳐 그를 맞이하기 위해 이곳으로 되돌아 와야만 했다. 왜냐하면 앵디아나는 그녀가 레이몽과 함께 있는 것을 남편이 보게 되면, 그녀가 그를 속이는 것은 불가능할 것이라고 믿었기 때문이다. 그리고 다음, 그녀가 어느 신처럼 사랑했던 이 레이몽, 바로 그에게서 그녀는 비열하게 모욕을 당하고 만 것이었다! 끝으로, 인생의 동반자이자, 그녀가 애지중지했던 그 젊은 크레올 여인은 이제 갑자기 그녀의 신임과 존중을 받을 가치가 없는 존재가 되어버렸던 것이다!

델마르 부인은 밤새 울었다. 그녀는 경내를 가로지르며 흐르고 있던 작은 강변에서 아침 서리로 아직 하얀 빛을 띠고 있는 잔디 위에 털썩 앉았다. 때는 삼월 말이라 자연은 다시 소생하기 시작하고 있었다. 아침나절은 차가웠지만, 그것이 지닌 매력도 있었다. 뭉게뭉게 핀 안개 덩이들이 물결치는 목도리처럼 물위에서 아직 잠자고 있었고 새들은 사랑과 봄의 첫 노래들을 연습하고 있었다.

앵디아나는 마음이 포근히 가라앉는 것을 느꼈고 어떤 종교적 감정이 그녀의 마음을 사로잡았다.

'일이 그렇게 되도록 한 것은 신이다.' 하고 그녀는 혼자 말했다. '그의 섭리가 나를 호되게 깨우쳐준 거야. 하지만 그건 내게 행운이야. 그 사람은 나를 아마도 죄악 속에 빠뜨렸을 거야, 나를 망쳐놓았을 거야, 그에 반해 지금은 그의 감정의 저급함이 내게 훤히 밝혀졌으니 말이지, 나는 그의 가슴에서 끓어오르는 그런 폭풍우 같은 치명적 열정을 경계할 수 있을 거야…, 나는 내 남편을 사랑할 거야…, 나는 노력해야해! 적어도 나는 그에게 고분고분해지고, 그가 원하는 바를 결코 밀쳐내지 않음으로써 그를 행복하게 해줘야지. 그의 질투를 일으킬 수 있는 모든 것을 피할 것이다. 왜냐하면 이제 나는 남자들이 우리에게 쏟아낼 줄 아는 그 기만적 달변을 어떻게 받아들여야 하는지를 알고 있다. 아마도, 하느님이 내가 품고 있는 한恨을 불쌍히 여기시어 나에게 얼마 안 있어 죽음을 보내주시면, 나는 행복할 것이다….'

델마르 씨의 공장에 동력을 공급하여 주는 물방아의 소리가 건너 편 언덕의 버드나무들 뒤에서 들리기 시작했다. 강물은 이제 막 열어놓았던 수문 안으로 돌진하며 이미 표면에 잔물결들을 일으키고 있었다. 그리고 델마르 부인의 우수에 찬 눈이 그보다 빠른 물살을 따라가고 있었을 때, 그녀는 갈대 사이에서 흐르는 강물이 떠밀고 가는 천들의 뭉치 같은 것이 떠내려 오는 것을 보았다. 그녀는 일어나서 물위를 굽어보았고, 한 여인의 옷들을 보았고, 그것들은 그녀가 너무 잘 알고 있던 옷들이었다. 공포가 그녀를 부동의 상태로 만들었다. 그러나 강물은 한 시체를 그것이 걸려 멈춰있었던 갈대로부터 천천히 끌어내어 델마르 부인 쪽으로 이끌어가며 여전히 흘러가고 있었다….

찢는 듯한 비명이 공장 노동자들을 그 장소로 모이게 했다. 델마르 부인은 강둑에 기절해 있었고, 누운의 시체는 그녀 앞, 물 위에서 떠돌고 있었다.

- 2부 -

제 9장

 두 달이 흘렀다. 라니에서, 내가 어느 겨울 날 저녁에 그대들로 하여금 참관케 했던 그 저택에서는 아무 것도 변한 것이 없었는데, 예외라면 회색 돌로 가장자리를 한 붉은 담들과 수십 년 된 이끼에 의해 누렇게 된 슬레이트 지붕을 감돌며 봄이 한창 무르익어가고 있었다는 것이다. 그 가족은 서로 조금씩 떨어져 자리 잡고서, 온화하고 향기로운 저녁을 즐기고 있다. 석양은 창문 유리를 금빛으로 물들이고 있고 공장의 소음은 농장의 소음과 뒤섞인다. 델마르 씨는 현관 계단에 앉아 손에 총을 들고 날아가고 있는 제비들을 쏘아 죽이는 연습을 하고 있다. 앵디아나는 응접실 창가에서 베틀에 앉아 때때로 몸을 앞으로 숙이며 앞마당에서 벌어지고 있는 대령의 잔인한 오락꺼리를 애처롭게 바라본다. 오펠리아는 뛰고, 짖고, 그의 사냥 습관과 그처럼 동떨어진 사냥에 짜증을 부리고 있다. 그리고 랄프 경은 석조 난간에 걸터앉아 여송연을 한대 피고 있고, 보통 때처럼, 다른 이들의 쾌락이나 불만을 덤덤히 바라보고 있다.
 "앵디아나!" 하고 대령은 엽총을 내려놓으면서 소리쳤다. "제발 그 일 좀 그만해요. 당신은 마치 시간 당 임금賃金을 받는 것같이 자신을 혹사酷使하고 있소."
 "아직도 대낮인데요." 하고 델마르 부인은 대답했다.

"괜찮소. 창가로 좀 와 봐요, 내가 당신에게 해줄 말이 있소."

앵디아나는 순종하였다. 그리고 대령은 거의 지면과 같은 높이의 창문에 다가가면서 중년을 넘은 질투 많은 남편들이 흔히 할 수 있는 농담어린 말투로 그녀에게 말했다.

"당신이 오늘 일을 잘 했고 아주 얌전하니, 내가 당신이 기뻐할 것 하나 말해 주려고 하지.

델마르 부인은 미소를 지으려고 애썼다. 하지만 그 미소는 대령보다 더 예민한 남자에게는 절망을 안겨줬을 것이다.

"내가 당신의 권태를 덜어주기 위하여 당신의 겸손한 흠모자 중 한 사람을 내일 오찬에 초대한 것을 이처럼 말해 주려는 거요. 내게 그가 누구냐고 물을 것도 같은데, 하긴 당신 같은 장난꾸러기한테는 그런 사람이 몇이나 되니까…."

"아마도 우리의 선량한 노老사제司祭인가보죠?" 하고 남편의 쾌활함에 언제나 더 슬퍼지곤 했던 델마르 부인은 말했다.

"오, 전혀 그건 아니지!"

"그러면 샤이이의 시장 아니면 퐁테느블로의 늙은 공증인인가 보군요!"

"아이고, 여인의 잔꾀라니! 당신은 그런 사람들이 대상이 되지 않는 걸 아주 잘 알면서. 자, 랄프, 부인이 자기 입술에 뱅글 돌면서도 자신은 입에서 꺼내려 하지 않는 그 이름을 그녀에게 말해주시구료."

"그녀에게 드 라미에르 씨란 것을 알리기 위해 그렇게 뜸을 들일 필요가 어디 있소." 하고 랄프 경은 그의 여송연을 내던지며 말했다. "제 생각으로는 그게 그녀에게 그리 대수로운 일이 아닙니다."

델마르 부인은 피가 그녀의 얼굴로 솟구쳐 오름을 느꼈다. 그녀는 응접실에 무엇을 찾으러 가는 척 했다가 되돌아오면서 되도록 침착함을 유지하고 전신을 떨며 말했다.

"제 생각에 농담으로 그러시는 거죠."

"정반대로, 나는 진지하게 말하고 있는 거요. 당신은 내일 열한 시에 그를 여기서 보게 될 거요."

"무어라고요! 당신의 발명품을 가로채기 위하여 당신 집에 잠입했던, 그래서 당신이 도둑인양 죽일 뻔했던 그 사람을요?… 당신들 두 분 다 그 끔찍했던 사건을 다 잊고 그토록 태연하다니요!"

"당신은 그가 당신을 만나보고자 찾아간 당신 숙모 집에서 그를 잘 맞이해주었지 않소. 당신부터 그렇게 해놓고…."

"저는 그것이 조금도 저를 보고자 찾아온 것은 아니라고 생각해요." 하고 그녀는 성급히 말했다. "저는 그 일이 별로 흐뭇하게 느껴지지 않아 제가 당신의 입장이라면 그를 부르지 않을 거예요."

"당신들은 모두 거짓말과 교활함을 재미로 삼는 모양이지! 내가 듣자니, 당신은 그 사람하고 무도회가 진행되는 시간 내내 춤을 추었다던데."

"누가 당신께 거짓말한 거예요."

"그런데 그게 바로 당신의 숙모란 말이오! 어떻든 그렇게 아니라고만 우기지 말아요. 나는 그 착상이 나쁘다고는 생각하지 않소. 실상은 당신의 숙모가 우리 사이에서 화해를 원했고 주선한 것이기 때문이오. 그건 오래 전부터 드 라미에르 씨가 추진해왔던 것이오. 그는 과시하지도 않고 또 나도 모르게 내가 하는 사업에 아주 많은 도움을 주었소. 그리고 나는 당신이 말하듯 그렇게 난폭하지도 않고 또 모르는 사람에게 나 또한 신세를 지기가 뭣해서, 그에게 빚 갚을 궁리를 했던 거요."

"그런데 어떻게 해서요?"

"그를 친구로 만들고 오늘 아침 랄프 경하고 쎄르씨에 찾아간 것도 다 그래서였소. 우리는 거기서 그의 온순한 어머니를 만났는데, 그 분은 매력적인 부인이고 그 집의 실내장식은 우아하고 잘 꾸며져 있고, 허식도 없고 어디에도 오래된 가문들의 자부심을 드러내 보이는 것은 없었소. 따지고 보면, 그 라미에르란 친구는 *온순한 사람*이야. 나는 우리와 함께 오찬을 하고 공장을 견학하러 오라고 그를 초대한 거지. 나는 그의 형제에 관해 좋은 정보를 갖고 있고 그가 내가 하는 것과 같은 제조 방법을 사용한다고 해서 내게 손해를 끼칠 수 없다는 것도 확실히 알아두었지. 그래서 나는 그 다른 어느 가문보다 이 가문이 차라리 그 혜택을 보았으면 하는 거요. 여하간 비밀들이란 오래 지켜질 수 없는 것이고 내 비밀도 산업혁명이 이러한 속도로 나가게 된다면 멀지 않아 웃음거리가 될 수 있소."

"당신도 알다시피, 내 친애하는 델마르." 하고 랄프 경이 말했다. "이런 비밀은 하나의 잘못이었다는 게 언제나 내 의견이었죠. 한 선량한 시민의 발견은 그 자신에게 못지않게 그 나라에 속하는 것이오. 그리고 만약 제가…."

"오, 그렇고 말고! 랄프 경, 당신의 실제적 박애주의 타령이 또 나왔군!… 당신의 재산이 당신 것이 아니고, 만약 내일이라도 국민이 그걸 탐내면, 당신은 당신의 오만 프랑의 연금을 거지의 행낭과 지팡이와 맞바꿀 용의가 있다는 것을 내게 믿게 하려는 거죠. 그거야 회교국 군주처럼 생의 안락함을 즐기는 당신 같은 한량閑良에게는 부富에 대한 경멸을 설파하는 것이 제격일 수가 있겠지!"

"내가 그런 얘기를 하는 것은 조금도 박애주의자로 보이려는 것이 아니요. 이기주의란, 그 뜻을 잘 새기어보면, 다른 사람들이 우리에게 해를 끼치지 않도록 하기 위해 그들에게 선을 베풀도록 이끌어 주기 때문이오. 나야말로 이기주의자인데, 그건 다 아는 사실이오. 나는 그것을 부끄러워하지 않는 것에 익숙해졌소. 그리고 모든 미덕들을 분석해 보았을 때, 그 근저에는 어김없이 개인적 이해관계가 깔려있다는 것을 알게 되었소. 사랑과 헌신, 이 두 가장 관대한 것으로 보이는 열정들도 아마 세상에서 가장 이해관계가 깊은 감정들이라 할 수 있을 것이오. 애국심도 그 보다 더 나을 것 없죠, 그리 믿어도 좋을 거요. 나는 사람들을 별로 좋아하지 않아요. 하지만 세상의 무엇을 준다 해도 나는 그들에게 그것을 증명해 보이고 싶지 않아요. 그 이유인즉 나는 내가 그들에게 별로 존중심을 가지고 있지 않은 것과 비례하여 그들을 두려워하기 때문입니다. 우리 두 사람은 그러니까 다 이기주의자요. 하지만 나는 그것을 고백하고 있고, 당신은 그것을 부인하고 있소."

그들 사이에서 토론이 벌어졌고, 두 사람은 이기주의의 모든 이유를 들어가며 상대방의 이기주의를 증명하려고 애썼다. 그 틈을 타 델마르 부인은 자기 방으로 돌아가 그처럼 예기치 않던 소식이 그녀의 마음속에 야기 시킨 생각에 골몰했다.

내가 여러분을 그녀의 생각들의 비밀 속으로 인도할 뿐만 아니라 또한 누운의 죽음으로 다소간 동요된 다른 사람들의 상황은 어떠했는지를 여러분에게 알려주는 것이 좋겠다.

그 불행한 여인이 극단의 해결책이 가장 쉽게 느껴지는 그런 극심한 위기의 어느 순간에 절망을 이기지 못해 강에 몸을 던졌다는 사실은 독자와 나에게 거의 증명이 되어있다. 그러나 그녀가 레이몽을 떠나게 한 후 아마도 저택으로 다시 들어가지 않았고, 또 아무도 그녀를 만나지 않았고, 따라서 그녀의 의도들을 판단할 위치에 서있지 않았으므로, 그녀의 죽음의 비밀스런 수수께끼를 풀어줄 어떤 자살의 실마리도 보이지 않았다.

두 사람은 확신을 가지고 그것을 그녀의 자살로 돌릴 수 있었다. 드라미에르 씨와 라니의 정원사. 한 사람의 고통은 아프다는 핑계 속에 가려져 있었고, 또 다른 한 사람의 두려움과 회한은 그를 침묵하도록 만들었다. 탐욕으로 인해 겨울 내내 그 두 애인의 밀회들을 용이하게 해준 이 사람은 그 크레올 처녀의 은밀한 비애를 홀로 관찰할 수 있었다. 그의 주인들의 질책과 그의 동료들의 비난을 의당히 두려워하고 있었기에, 그는 자신을 위한 이해관계에서 침묵을 지켰고, 그들의 관계를 알아차렸었던 델마르 씨가 어떤 의심을 품고, 그가 거기 없었던 동안, 그것이 더 진전되었는지를 그에게 물었을 때, 그는 어떤 진전의 가능성도 완강히 부인했다. 이 고장의 몇 인물들은 누운이 때때로 저녁 늦게 세르씨로 가는 길로 접어드는 것을 곧잘 보곤 했었다. 하지만 1월 말 이래로 그녀와 드 라미에르 씨 사이에는 어떤 눈에 띠는 관계도 없었다. 그리고 그녀의 죽음은 3월 28일에 발생했었다. 이러한 정보에 의하자면, 사람들은 이 사건을 우연으로 돌릴 수 있었다. 해질녘에 경내 정원을 가로지르면서, 그녀는 그 몇 일전부터 짙게 깔려있었던 안개로 인해 방향감각을 잃어 길을 잘못 들고는 폭이 좁고 가파른 제방에 많은 빗물로 불어난 개울 위에 걸쳐진 영국식 다리에서 옆으로 헛디뎌버렸을 수 있었던 것이다.

생각에 따르기 보다는 사물을 관찰하는 성향을 가진 랄프 경은 어떤 내밀한 감정에 의한 것인지는 몰라도 드 라미에르 씨에 대해 짙은 의혹을 가지고 있었지만, 그는 그것을 누구에게도 언급하지 않았다. 그는, 어느 사람이 그의 인생에서 그처럼 충분히 불행하다고 한다면, 그런 사람에게 가해지는 어떤 질책도 쓸모가 없고 가혹할 것이라고 생각했기 때문이었다. 그는 한 걸음 더 나아가 이 문제에 있어 어떤 의혹을 그에게 천명했었던 대령으로 하여금, 델마르 부인의 병적 상태에서는, 그녀의 어린 시절부터의 동무가 택한 자살의 동기들을 계속 숨기는 것이 급선무였다는 것을 느끼도록 했다. 그리하여 그 불행한 처녀의 죽음은 그녀의 연애사건과 같은 방식으로 처리되었다. 앵디아나 면전에서는 그런 것에 대해 결코 말하지 않는다는 무언의 합의가 이루어져 있었고, 얼마 안가서 그에 대한 언급조차 전혀 없게 되었다.

그러나 이런 예방조치는 아무 소용이 없었다. 왜냐하면 델마르 부인도 그 진실의 일부를 어렴풋이 느낄만한 그녀 나름대로의 이유들을 지니고 있었다. 그녀가 그 숙명적 저녁에 그 불행한 처녀에게 가했던 질책들은 그녀의 급작스러운 결심을 설명하기에 충분한 사유가 되는 것 같았다. 그와 더불어 그녀가 누운의 시체가 물위에 떠있는 것을 본 첫 사람이었던 그 순간부터 앵디아나의 그렇지 않아도 서글펐던 마음은 그녀의 이미 흔들려 있었던 안정과 더불어 마지막 일격을 받았던 것이다. 그녀의 완만했던 병세는 신속히 진행되었고, 그처럼 젊고 아마도 그처럼 강건했던 이 여인은 회복되기를 거절하고 자기 남편의 근시안적이고 투박한 애정으로부터 그녀의 슬픔을 감추면서 비애와 낙담의 무게에 눌려 자신이 죽어가도록 내버려두었다.

"불행! 내게 닥친 불행이여!" 하고 그녀는 그녀의 집에 레이몽의 도착이 임박했음을 알게 된 후 자기 방에 들어서며 외쳤다. "여기에 들어와서 오직 절망과 죽음만을 가져온 그 사람에게 저주가 있을진저! 아이고, 하느님! 무엇 때문에 당신은 그가 당신과 나 사이에 있게 하시고, 자기 멋대로 제 운명을 가로채고, 제게 손만 내밀면, *그녀는 나의 것입니다! 저는 그녀의 이성을 흐려놓을 것이며, 그녀의 삶을 슬프게 만들 것이며, 만약 그녀가 제게 저항하면, 저는 그녀 주위에 애도를 펼쳐놓을 것이며, 저는 그녀를 회한과 유감과 두려움으로 감쌀 것입니다* 하고 단언하도록 허락하십니까? 아이고, 하느님, 한 가엾은 여인이 이처럼 박해를 받아야 한다는 것은 옳지 않습니다."

그녀는 애절하게 울기 시작했다. 왜냐하면 레이몽에 대한 회상이 누운에 대한 회상을 더 생생하고 더 비통하게 되살렸기 때문이다.

"나의 가엾은 누운! 나의 가엾은 어릴 적 동무! 나의 동향인, 나의 유일한 친구!" 그녀는 고통스럽게 말했다. "너의 살인자는 그 사람이다. 불행한 사람! 그는 내게와 마찬가지로 네게도 치명적이었구나! 나를 그처럼 사랑했고, 나의 비애를 유일하게 알아냈고 천진한 명랑함으로 그것을 완화할 수 있었던 너! 너를 잃어버린 나에게 화가 따를거야! 너를 그 먼 곳에서 이리로 데려온 수고의 보람이 겨우 이것이었나! 그 인간은 어떤 교묘한 술책을 써서 이처럼 너의 충성심을 덮쳐버리고 네가 그 같은 비열한 행동을 하도록 사주하였단 말이냐? 아! 의심할 여지가 없어, 그는 너를 호되게 속였고 너는 나의 분개를 보고서야 네 잘못을 깨달았지! 내가 너무 가혹했어, 누운, 내가 잔혹하리만치 너무 가혹했어. 내가 너를 절망 속으로 몰아넣었고, 네게 죽음을 던져준 거야! 불행한 여인아! 왜? 네가 몇 시간만 기다렸었다면, 너에 대한 나의 분노를 가벼운 지푸라기처럼 날려 보낼 바람이 불어 올 수 있었을 텐데! 왜 내 가슴에 얼굴을 파묻고 울며 내게 말하지 않았니? *제가 속아 넘어갔어요. 제가 무얼 하는지도 모르고 행동했어요. 하지만 당신은 잘 알고 있죠. 저는 당신을 존경하고 당신을 사랑해요!* 나는 너를 내 가슴에 꼭 껴안았을 것이고, 우리는 함께 울었을 것이고, 너는 죽지 않았을 텐데. 죽었다니! 그처럼 젊고, 아름답고, 씩씩했던 처녀가 죽었다니! 열아홉 나이에 그처럼 처참히 죽었다니!"

이처럼 그녀의 동료에 대해 애도하고 있었을 때, 앵디아나는 또한 자신도 모르게 그 삼일 간, 그녀의 삶의 가장 아름다웠던 삼일 간, 그녀가 정말 살아 움직였던 그 유일한 날들의 환영들에 대해 애도하고 있었다. 왜냐하면 그 삼일 동안 그녀는 누구보다도 잘난 체하는 레이몽도 결코 상상할 수 없었을 열정을 가지고, 사랑에 불타 있었다. 그러나 이 사랑이 더 맹목적이고 격렬했던 만큼, 그녀가 받은 상처는 그 만큼 더 아팠다. 그녀와 같은 마음의 첫사랑은 너무나 순수하고 섬세한 법이다!

앵디아나의 마음은 잘 생각하기 보다는 부끄럽고 치욕스런 마음에 더 기울어져 있었다. 나는 레이몽이 용서를 빌 몇 순간을 조금만 더 가졌던들 그것을 허락받았었을 것이라고 확신한다. 그러나 운명은 그의 사랑과 그의 수완을 좌절시켰고, 델마르 부인은 그를 앞으로는 증오한다고 진정으로 믿고 있었다.

제 10장

    그에 관해 말하자면, 그가 그 어느 때보다도 델마르 부인의 사랑과 용서를 갈망하였던 것은 결코 허세를 부리기 위해서도 또는 상한 자존심에 대한 분한 마음 때문도 아니었다. 그는 그것이 불가능한 일이었다고 믿었고, 어느 다른 여자의 사랑도 이 지상의 어떤 행복도 그것과 바꿀 만한 가치가 없어 보였다. 그는 그렇게 만들어져 있었다. 흥취를 자극하는 사건들과 감정들에 대한 충족될 수 없는 욕구가 그의 삶을 소모시키고 있었다. 그가 규칙과 장애물들을 지닌 사교계를 사랑했던 것은 그것이 그에게 투쟁과 저항의 기회들을 제공하였기 때문이었다. 또 그가 무질서와 방종을 혐오했다면, 그것은 그것들이 시시하고 손쉬운 쾌락들을 약속했기 때문이었다.

    하지만 그가 누운의 죽음에 무감각했던 것은 아니었다. 그 첫 순간에 있어 그는 그 자신이 혐오스러워서 그의 뇌를 날려버리려는 아주 진지한 의도로 그의 권총들을 장전하였지만, 어떤 갸륵한 감정이 그를 제지하였다. 그의 어머니… 건강도 좋지 않은 나이 드신 그의 어머니!… 파란만장한 삶을 산, 단지 그녀의 유일한 자산이며 그녀의 유일한 희망인 그를 위해서만 산 그 가엾은 부인은 어떻게 될 것인가? 그녀를 비탄에 빠뜨리고 그녀에게 얼마 남지 않은 날들을 단축해야 했던가? 확실히, 그건 아니었다. 그의 죄에 대해 속죄할 최상의 방식은 그의 삶을 앞으로는 전적으로 그의 어머니에게 바치는 것이었다. 그리하여 그것을 염두에 두고 그는 파리에 있는 그녀에게 돌아가서는 그가 그 겨울 내내 그녀를 등한히 했던 것을 잊게 하는 데에 모든 노력을 쏟아 부었다.

레이몽은 그를 둘러싸고 있었던 모든 것에 믿기 어려울 만치 대단한 영향력을 미치고 있었다. 왜냐하면 그는, 모든 것을 다 따져보면, 그의 허물과 젊은 시기의 과오에도 불구하고 사교계에서 월등한 인사였으니까. 우리는 여러분에게 그의 기지機智와 재능의 명성이 무엇에 기인하고 있었는지를 말하지 않았다. 그 이윤즉슨 그것이 우리가 여러분에게 얘기해주어야 했던 사건들의 밖에 있었기 때문이었다. 그러나 이제는 레이몽의 약점들을 관찰해왔고 아마도 그 경박함을 이제 막 비난하고 난 여러분에게 그가, 오늘 날 여러분의 견해가 어떻든지 간에, 여러분의 사고에 가장 많은 위력과 영향력을 행사한 사람들 중의 하나라는 사실을 가르쳐드려야 할 때가 된 것이다. 여러분은 그의 정치적 팜플렛들을 탐독했고, 가끔 당일의 신문들을 읽으며 그의 문체의 불가항력적 매력과 정중하고 매끈한 논리의 우아한 표현에 빠져 들어갔을 것이다.

나는 우리들로부터 벌써 제법 멀어진 시절에 관해 말하고 있는데, 하긴 요즈음 우리는 시대를 분간함에 있어 세기世紀들 또는 왕의 통치 시절들 까지도 더 이상 들먹이지 않고 다만 내각들을 입에 올린다. 나는 여러분에게 마르티냑이 내무부 장관[33]이었던 해에 대해, 평화협정이 아니고 휴전협정으로 각인된 우리의 정치적 시대의 한복판에 던져진 평온과 의혹의 시절에 대해, 또 원칙과 품행에 그처럼 현저한 영향을 끼쳤고 아마도 우리의 지난 번 혁명의 그 이상야릇한 결과[34]를 가능케 한 그 열다섯 달의 신조信條 통치[35]에 대해 말하고 있다.

바로 이 시절에 사람들은 타협으로 점철된 과도기에 태어난 것을 불행해 했던, 재능 있는 젊은이들의 개화기를 목격했던바, 그도 그럴 것

---

33) 1828-29, 이 시기에 혁명 전 구체제의 귀족과 자유주의적 중산층의 화해를 도모했음.
34) 1830년의 민중혁명의 혜택은 주로 시민계급이 차지했음.
35) 구체제의 귀족과 자유 시민계급의 대타협

이 그들은 그 시절의 화해적이고 융통성 있는 경향들에 그들 나름의 기여를 했기 때문이다. 사람들은, 내가 아는 한, 지금껏 말재간 아니면 실정實情에 대한 무지와 은폐가 그렇게까지 영향력을 행사하는 것을 본 적이 없었다. 그것은 제약과 유보留保의 통치였고, 나는 어떤 종류의 사람들이, -짧은 법의法衣를 걸친 예수회원들 혹은 긴 법복을 입은 변호사들이, -그 수법을 가장 많이 사용했는지 모른다. 정치적 중용이 행동의 예절과 마찬가지로 관행으로 자리 잡게 되었는데, 그 첫 단계의 예의는 그 다음 단계의 것과 다를 바가 없었다. 즉 그 예의는 먼저 반감들을 감추는 가면 역할을 했고, 다음으로는 그러한 반감을 가진 사람들에게 추문을 일으키거나 소란을 피우지 않고 싸움하는 법을 가르쳐주었다. 하지만 그 시절 젊은이들의 변호를 위해 언급되어야 할 것은 그들이, 큰 배들에 의해 예인되는 작은 보트들처럼, 어디로 인도되어 가는 지도 알지 못한 채, 파도를 깨고 나가며 그들의 새 돛들이 부풀어 오르는 것을 기뻐하며, 이끌려갔다는 것이다.

레이몽은, 그의 출생과 행운에 의해 절대 군주체제[36]의 신봉자들 중에 놓이게 되었고, 그 헌장[37]에 경건하게 애착을 가지며 시대의 젊은 생각들을 추종하였다. 적어도 그는 그것이 자신의 행동지침이라고 믿었고 그것을 증명해 보이려고 애썼던 것이다. 그러나 효력을 상실한 합의들은 여러 가지로 해석이 가능한 법이고, 그런고로 루이 18세의 헌장은 이미 예수 그리스도의 복음과 마찬가지의 경우가 되어 있었다. 즉 그것은 각자가 웅변을 연습해보는 대본 이상의 것이 아니었고, 어느 설교보다 더 설득력을 가지는 것도 아니었다. 그것은 사치와 나태의 시대였기에, 문명은 밑도 끝도 없는 심연의 가장자리에서 그것의 마지막 쾌락들을 즐기기를 갈망하며 잠들고 있었다.

레이몽은 그렇게 해서 권력의 남용과 자유의 남용 사이, 일종의 중

---

36) 찰스 10세 치하 1824-30
37) 루이 18세에 의해 인가되어 국회에 입법권을 허용했고, 그 혁명 정부와 나폴레옹 제정의 업적 일부를 수용했음.

간노선을 취했던바, 그것은 덕이 있는 사람들이 앞으로 다가올 폭풍에 대비하여, 헛되게 피난처를 찾고 있었던 불안정한 자세였다. 다른 많은, 경험이 부족한 지식인들과 마찬가지로 그에게 양심적 언론인의 역할은 아직 가능해 보였다. 이성理性의 목소리에 순종하는 척 했지만, 그것 때문에 사방을 더 확실하게 질식시키던 시절에 그와 같은 태도는 오류였다. 어떤 정치적 열정도 없는 사람이었기에 레이몽은 자기는 아무 이해관계가 없다고 믿었고 그처럼 자기 자신을 기만하고 있었다. 왜냐하면 그 당시 조직되어 있었던 사교계는, 그에게 호의적이고 이로웠기 때문이다. 재산의 합계가 줄어들지 않는 한 사교생활은 방해 받지 않았다. 완벽하게 안정된 생활은 생각에도 영향을 미쳐 절제를 배우는데 있어서는 더 할 수 없이 좋은 수업이었다. 어떤 사람이, 신의 섭리가 그에 대해서는 오직 미소와 혜택만을 베푼다면, 다른 사람들의 불행을 들어 그 섭리를 질책할 만치 그것에 감사할 줄 모르겠는가? 어떻게 사람들은 이 합헌군주제의 젊은 지지자들에게, -그 헌법이 그들 자신에게는 가볍게 적용되고 오직 그 이점만을 수확하는 터에, -그 헌법은 벌써 시대에 뒤떨어진 나머지 이제는 그 사회적 정치적 통일체를 억누르고 있고 그것을 피로케 하고 있다고 말하며, -그들을 설득할 수 있었겠는가? 어느 누가 자기가 경험해보지 못한 빈곤의 참상을 믿겠는가?

제법 총명한 머리를 지니고 있고 언어의 모든 섬세함을 잘 알고 있는 사람의 경우에 자기 자신을 속이는 일처럼 그렇게 쉽고 흔한 것은 없다. 그것은 모든 역할에 맞추어 스스로 하강하고 상승하며, 자신을 가장하고, 곱게 치장하고, 겉으로 아닌 척하며 자신을 숨겨버리는 바, 매춘부로 화한 왕비와 같은 것이다. 그것은 또한 모든 것에 답을 가지고 있고, 언제나 모든 것을 예견했고, 천 가지 형식으로 자기가 옳다고 주장하는, 어느 소송 벽癖이 있는 여인과 같은 것이다. 사람들 중 가장 정직한 이는 가장 잘 생각하고 행동하는 사람이지만, 가장 힘 있는 사람은 가장 글을 잘 쓰고 말을 잘할 줄 아는 사람이다.

레이몽은 그의 넉넉한 재산 덕분으로 돈을 벌기 위해 글을 쓸 필요는 없었기에 취미로 또 (그가 성실히 말하는바) 의무감에서 글을 썼다. 통용되는 사실과 진실을 재간 있게 반박하는데 있어 그가 지니고 있었던 보기 드문 재능은 그를 내각의 소중한 사람으로 만들어 주었고, 총신들이 그들의 맹목적 헌신으로 임하는 것보다 그의 공정한 비판의 저항들을 통해 그 부처에 더 많은 봉사를 하였다. 그는 그 우아한 젊은이들에게, -이들은 그들의 예전 특혜들의 우스꽝스러운 면들을 공공연히 포기하기를 원했지만, 현재의 이로운 점들의 혜택은 보전하기를 또한 원했던 고로, -더욱 더 귀한 존재였다.

그 사회를, 그것이 심연 속으로 함몰되기 일보 직전에, 아직 지탱해 주었고, 그 자신 두 암초 사이에서 그들을 삼켜버리려고 했던 그 가혹한 진실에 대항하여 침착하고 수월하게 싸우고 있었던 이 인사들은 실제로 대단히 재능 있는 사람들이었다. 그처럼 모든 개연성에 대해 자기 자신을 설득하고 그 확신이 그것을 갖지 못한 사람들 사이에서 한동안 우세하게 하는 데에 성공한다는 것, 그것은 사람들을 가장 어리둥절하게 만드는 또 대체용의 진리들을 연구해보지 않은 어느 거칠고 무딘 사람의 모든 이해 기능을 뛰어넘는 기법이다.

레이몽은 그렇게 해서 그가 태어난 고장이라고 할 수 있는 그 사교계에 복귀하자마자 그것의 활력적이고 자극적인 영향을 느꼈다. 그를 사로잡았었던 사랑의 사소한 흥미들은 한 때 그 보다 넓고 보다 번쩍이는 흥미들 앞에서 빛을 잃었다. 그는 나중의 흥미들에 그 같은 대담성과 열성을 쏟아 부었다. 그리하여 파리에서 가장 저명한 인사들이 과거 어느 때보다도 더욱 그의 환심을 사고자 하는 것을 보았을 때, 그는 자신이 과거 어느 때보다도 생을 사랑하고 있었다는 것을 느꼈다. 그는 그가 조국에 행한 봉사의 대가로 받은 보상을 수확하기에 급급해 어떤 은밀한 회한을 잊어버리는 것에 대해 죄가 있었던가? 그러한 자기 자신에도 불구하고 그는 그의 젊은 마음속에서, 왕성한 두뇌 속에서, 모든 활발하고 건강한 존재 속에서 삶이 온몸에서 넘쳐흐르며 운명이 그를 여하간 행복하게 만들고 있다고 느꼈다. 그러한 때 그는 가끔 꿈속에 신음하며 나타나 무덤의 공포에 대항하여 산 자들의 애정 속에서 기댈 곳을 찾은 것에 짜증이 나있는 한 유령에게 용서를 구하곤 했다.

그가 사교계 생활에 다시 발을 들여놓기 시작하자마자 과거에 그랬던 것처럼 사랑에 대한 생각과 계획들을 그의 정치적 통찰과 철학적이며 야심에 찬 꿈들과 혼합할 필요를 느꼈다. 나는 야심이라고 말하고 있지만, 그것은 그의 관심 밖인 명예와 금전이 아니고 명성과 귀족적 인기를 추구하기 위한 것이었다.

그의 이중 계책의 비극적 결말이 있은 후 처음엔 그는 델마르 부인을 언제나 다시 보게 되는지 절망하고 있었다. 그러나 그의 손실의 범위를 가늠하고 그의 마음속에 그가 놓친 보물을 온통 보듬었을 때, 그에게는 그것을 다시 붙잡겠다는 희망이 떠올랐고 동시에 결의와 자신감을 되찾았다. 그는 자신이 부딪히게 될 장애들을 헤아려보았고 우선 극복해야 할 가장 어려운 것들은 앵디아나 그녀 자신으로부터 기인한다는 것을 깨달았다. 그러니까 그 남편이 이 공세를 보호하도록 해야 할 필요가 있었다. 그것은 어떤 새로운 착상은 아니었지만, 확실했다. 질투심 많은 남편들은 바로 이런 종류의 봉사에 특히 적당한 것이다.

그러한 생각을 품은 지 두 주 후에 레이몽은 그가 오찬에 초대받았던 라니로 가는 길이었다. 여러분은 내가 여러분에게 그가 어떠한 교묘하게 제공된 봉사로 델마르 씨의 호감을 사는 방법을 찾았었는지를 구체적으로 말하기를 요구하지는 않는다. 내가 여러분에게 이 이야기의 등장인물들의 면모들을 드러내 보이는 작업을 진행 중에 있는 고로, 나는 차라리 그 대령의 면모를 스케치하는 것을 택하고자 한다.

여러분은 지방에서 사람들이 어떤 사람을 *신사* [38]라고 여기는지 알고 있는지? 그는 이웃의 전원을 침범하지 않고, 채무자들로부터 한 푼을 더 받아내지 않고, 또 그에게 인사하는 누구에게라도 자신의 모자를 들어올리는 사람이다. 그는 공공도로에서 처녀들을 희롱하지 않고, 누구의 곡간에도 방화를 하지 않고, 또 그의 전원의 한 모퉁이에서 행인들을 약탈하지 않는 사람이다. 만약 그가 동료 시민들의 생명과 지갑을 경건하게 존중해 준다면, 사람들은 그에게 다른 사항에 대해서는 요구하지 않는다. 그는 아내를 구타할 수도, 휘하의 사람들을 학대할 수도, 그의 자식들을 망쳐놓을 수도 있는데, 이것은 어느 누구도 상관할 바가 아니다. 사회는 사회에 해로운 행위들만을 힐난한다. 사생활은 그것의 관할 밖이다.

델마르 씨의 도덕관은 그러했다. 그는 그 어떤 사회적 계약도 공부한 적이 없었고, 그의 기준은 이것이었다. 즉 *각자 자기 일을 보살핀다*. 그는 모든 감정적 섬세함을 여성적 치기稚氣와 감상적 예민함이라고 치부하였다. 총명하지도 못하고, 재치도 없고, 교육도 받지 못한 사람으로서 그는 재능과 상냥함으로 얻을 수 있는 것보다 훨씬 견고한 존경을 누렸다. 그는 떡 벌어진 어깨에 힘센 주먹을 지니고 있었고, 군도軍刀와 검술용 가는 칼을 모두 완벽하게 다루었고, 게다가 의심 많은 민감성을 지니고 있었다. 그가 농담을 언제나 이해한 것은 아니었기에, 그는 사람들이 자신을 놀리고 있다는 생각에 끊임없이 사로잡혀 있었다. 적당한 대답을 할 수 없었을 때 그는 단 한 가지 방어수단밖에 지니지 않았으니, 그것은 위협적 행동으로 침묵을 강요하는 것이었다. 그가 즐겨 입에 담는 경구들은 언제나 몽둥이찜질이나 해결해야 할 명예가 걸린 문제들을 이야깃거리로 삼았다. 이와 같은 이유로 지방 사람들은 언제나 그의 이름을 *용맹한* 이라는 수식과 결부시켰다. 그것은 군대식 용맹이란 명백히 넓은 어깨와 큼직한 콧수염을 하고 있고, 큰 소리로 쌍소리를 퍼붓고 사소한 일에도 자기 군도에 손을 갖다대는 것

---

38) 프랑스 어 honnête homme

이기 때문이다.

하느님은 군대 진영에서의 생활이 모든 남자들을 우둔하게 만든다고 믿는 것을 저로 하여금 모면할 수 있게 하여주시기를! 그러나 여러분은 이러한 피동적이고 난폭한 지배의 습관에 저항하기 위해서는 많은 분량의 축적된 처세술을 필요로 한다고 생각하는 나에게 찬동할 것이다. 여러분이 군대복무를 해보았다면, 군인들이 "골통 보수"[39]라고 부르는 것을 아주 잘 알 것이고 그 나이든 제국 보병대들[40]의 잔여 병사들 중 상당수가 그런 부류라는 것을 인정할 것이다. 이 남자들은, 어느 강력한 지휘관에 의해 결집되어 돌진 명령을 받고서는, 그처럼 마술적 무공을 세웠고 전쟁의 화염 연기 속에서 거인처럼 자라났으나, 그들이 시민 생활로 복귀하였을 때는 단지 군인이라는 것, 기계처럼 추리하는 대담하고 거친 사내들이란 것 외에는 아무 것도 아니었다. 사람들은 그들이 사회에서 그들이 정복한 나라에서처럼 행동을 하지 않았다면 만족해야 했다. 그것은 그 시대의 잘못이지 그들의 탓은 아니었다. 순박한 자들로서 그들은 그 영광의 지나친 예찬을 굳건히 믿었고 그들이, -어떤 이들은 자기들의 뜻에 어긋났지만 강제되었고, 다른 이들은 돈과 명예를 위해, -조국을 방어했기 때문에 위대한 애국자들이었다고 설득되었다. 그건 그렇다 치고 그들은, 단 한 사람의 과오를 맹목적으로 추종했고, 프랑스를 구한 후에, 나라를 그처럼 비열하게 다시 상실한 그 수천의 남자들은, 어떻게 그 조국을 지켰단 말인가? 그리고 군인들이 그들의 중대장에게 바친 헌신이 여러분에게 위대하고 고귀하게 보인다면, 좋다. -그건 내게도 마찬가지지만, -하지만 나는 그것을 충성심이라고 부르지 애국심이라고는 하지 않는다. 나는 스페인의 정복자들[41]을 축하하지만, 그들에게 감사하지는 않는다. 프랑스라는 이름의 명예에 관해 말하자면, 나는 그것을 우리의 이웃들에게

---

39) culotte de peau, 속어로 보수적이고 편협한 장교를 일컬음.
40) 나폴레옹 군대
41) 1809년 막대한 인명 피해를 낸 나폴레옹 군의 스페인 정복

그런 식으로 확립하려고 하는 것을 조금도 이해하지 못한다. 그리고 나는 그 황제의 장군들이 우리의 영광의 이 슬픈 시기에 그런 사상에 톡톡히 젖어 있었다는 사실을 정말 믿기가 어렵다. 하지만 나는 내가 이 문제들에 대해 공정하게 얘기하는 것이 허용되어 있지 않다는 것을 알고 있다. 나는 더 말하지 않겠다. 후세가 판단할 일이다.

델마르 씨는 그런 사람들의 모든 좋은 자질과 결함을 지니고 있었다. 명예에 관한 일의 어떤 미묘한 부분들에 있어서는 유치하리만치 단순했던바, 그는 다른 사람들에게 혜택이 되는지 또는 해가 되는지에 대해 염려하지 않고 그 자신의 이해관계를 위해 가능한 한 가장 좋은 것을 택하는 방법을 아주 잘 알고 있었다. 그의 모든 양심은 법이었고, 모든 그의 도덕성은 권리였다. 그는 강직한 성격의 소유자로 갚지 못하게 될까 무서워 아무 것도 빌리지 않고 또 회수 못할 것을 두려워하여 아무 것도 빌려주지 않는 그런 무미건조하고 강직한 사람이었다. 그는 아무것도 취하지 않고 또 아무것도 주지 않는 정직한 사람이었다. 그는 차라리 죽으면 죽었지 왕의 산림[42]에서 나뭇단 하나도 취하지 않았지만, 누가 그의 숲에서 지푸라기 하나라도 집어 올리면, 체면 불구하고 그를 죽이려 들었을 것이다. 그는 자기 자신에게만 쓸모가 있었고, 어느 누구에게도 해가 되지 않았다. 그는 주위에서 일어나는 어떤 일에도 간섭하지 않았는데, 그것은 누군가에 봉사를 베풀어 주도록 강요받는 것을 두려워했기 때문이었다. 그러나 그가 그런 봉사를 하는 것에 그의 명예가 걸려 있다고 믿었을 때는, 어느 누구도 보다 능동적인 열성과 보다 기사다운 솔직함을 가지고 그 일에 뛰어들었다. 어린아이처럼 신뢰하고 동시에 폭군처럼 의심이 많아 그는 거짓 서약을 믿었고 신실한 약속은 의심쩍어하였다. 직업군인 사회에서처럼 그에게 모든 것의 본질은 그 격식에 있었다. 그는 여론에 그토록 지배당하고 있었던 고로 양식良識과 합리적 사고思考는 그가 내리는 결정들에

---

42) 왕실 소유의 퐁테느블로 산림

어떤 역할도 하지 못했다. 그리고 그가 *그건 사회적 관례다* 하고 말했을 때, 그는 이론의 여지가 없는 논거를 펼쳤다고 믿었다.

  그의 기질은 그래서 그의 부인의 기질에는 가장 불쾌한 것이었고, 그의 심정은 그녀를 이해하기에 가장 미흡하였고. 그의 정신은 그녀의 진가를 감지하는 데에 가장 무능하였다. 그렇지만 확실한 것은 그 예속상태가 여성적 심정에 일종의 품위를 지닌 무언의 혐오감을 불러일으키곤 했었는데, 그것이 언제나 공정하지는 않았다는 것이다. 델마르 부인은 남편의 심정에 대해 많은 의아심을 품고 있었다. 그는 딱딱할 뿐이었는데, 그녀는 그가 잔혹하다고 생각하였다. 그의 격분에는 노여움보다 촌스러움이 더 많았고, 그의 거동에는 오만함보다 조야함이 더 많았다. 그는 천성적으로는 심술궂지 않았다. 그는 어떤 때 동정을 느끼기도 했는데, 이것이 그를 후회하도록 이끌었고, 또 어떤 것을 후회하는 때에는 거의 민감해지기도 했다. 그가 난폭함을 원칙으로 삼게 만든 것은 군대의 야영생활이었다. 그가 덜 정중하고 덜 온순한 부인과 살았다면, 그는 길들여진 늑대처럼 조심스러워했을 것이다. 그러나 앵디아나는 운명에 의해 기가 꺾여 있었고, 자신이 그것을 개선해보려는 노력도 기울이지를 않았다.

제 11장

 그가 라니 저택의 앞마당에 도착해 이륜마차에서 내렸을 때, 레이몽은 용기가 사라지는 것을 느꼈다. 그에게 그처럼 끔찍한 회상을 불러 일으켰던 저택의 지붕 밑에 다시 발을 들여놓을 참이었다. 그의 열정과 일치하고 있는 그의 추리는 그로 하여금 심장의 두근거림을 제어는 하지만 완전히 억누를 수는 없게 하였다. 그리고 바로 그 순간에 후회의 느낌이 욕망의 느낌만큼이나 생생하였다.
 그를 맞이하러 나온 첫 사람은 랄프 브라운 경이었고, 레이몽은 그를, 바로 그의 사냥개들을 대동한, 스코틀랜드의 영주같이 근엄한, 영원한 승마복을 입고 있는 그를 보았을 때, 그는 델마르 부인의 방에서 발견하였었던 그 초상화가 걸어오고 있음을 보는 듯하였다. 몇 순간 후에 대령은 도착했고 오찬은, 앵디아나가 모습을 드러내지 않은 채, 제공되었다. 레이몽은 복도를 지나고, 당구 연습실 앞을 지나며, 그가 매우 다른 정황에서 감지하였던 그 장소들을 다시 알아보았을 때, 그는 몹시 편치가 않아 자신이 여기에 어떤 계획을 품고 온 것인지를 겨우 기억해 낼 따름이었다.
 "결단코 델마르 부인은 점심을 하러 내려오기를 원치 않는다는 말인가?" 하고 대령은 하인 르리에브르에게 다소 짜증 섞인 어조로 물었다.
 "부인은 잠을 잘 못 주무셨습니다." 하고 르리에브르는 대답했다. "그리고 누운 양은… (아이고, 이 짜증스러운 이름이 내 머리에서 떠나지 않으니) 아니, 고쳐 말씀드리는데요, 파니 양은 제게 부인께서 지금

쉬고 계시다고 대답했습니다."

"내가 이제 막 그녀가 창문에 서있는 걸 봤는데, 이게 어떻게 된 거냐? 파니가 실수했다. 가서 부인에게 식사 대접이 시작되었다고 알리시오…. 아니, 차라리, 나의 친애하는 친척 랄프 경, 당신 이층으로 좀 올라가 당신 사촌이 정말 아픈 건지 살펴주시오."

그 하인의 입에서 습관처럼 튀어나온 그 이름이 레이몽의 신경조직에 괴로운 전율을 일으켰다면, 대령의 방편方便은 노여움과 질투의 야릇한 자극을 주었다.

'그녀의 방으로까지!' 하고 그는 생각했다. '그는 거기에 그의 초상화를 걸어두는 것에 국한하는 것이 아니라, 그가 몸소 그리로 가보도록 하다니. 이 영국인은 이 집에서 남편 자신도 감히 자기의 특권으로 치부하지 못하는 권리들을 누리고 있는 거다.'

델마르 씨는 마치 레이몽의 생각을 추측이나 한 듯 말했다.

"그것에 대해 놀랄 것 없소. 브라운 씨는 가정家庭 의사이고 게다가 우리의 사촌이오. 우리가 온 마음으로 사랑하는 좋은 친구죠."

랄프가 자리를 뜬지 십 분이 되었다. 레이몽은 정신이 나가 있었고 심기가 불편했다. 그는 식사를 하지 않았고 가끔 문 쪽을 바라보았다. 드디어 영국인이 다시 나타났다.

"앵디아나는 정말 몸이 편치 않아요. 제가 그녀에게 다시 침실에 들라고 충고했습니다."

그는 침착하게 점심 식탁에 앉아 왕성한 식욕을 보이며 식사를 했다. 대령도 마찬가지로 그리하였다.

'틀림없어' 하고 레이몽은 생각했다. '그건 나를 보지 않기 위한 핑계지. 이 두 사람은 그걸 믿지 않는 거야. 그리고 남편은 그의 아내의 몸 상태에 대해 괴로워한다기보다 불쾌해 하는 빛이 더 역력해. 그건 좋은 징조야, 내 일은 내가 희망했던 것보다 더 잘 되어가고 있어.'

난관은 그의 의지를 북돋아주었다. 그리고 누운의 영상影像은 첫눈에 그를 공포심으로 얼어붙게 했었던 그 어둠침침한 대리석 내벽들로부터 지워졌다. 곧 그의 눈에는 거기를 따라 움직이는 델마르 부인의 경쾌한 형체만이 어른거렸다. 응접실에서 그는 그녀의 베틀에 앉았고 (그러면서 계속 대화를 나누고 무엇에 열중한 듯하며) 그 장식용 직물의 꽃무늬들을 유심히 관찰하면서 비단실들을 두루두루 만져보았고 그녀의 작은 손가락들이 거기에 남긴 향기를 들이마셨다. 그는 이 작품을 이미 앵디아나의 방에서 보았었다. 그때 그것은 겨우 시작 단계였는데, 이제는 그녀의 열띤 입김 밑에서 매일같이 눈물로 촉촉하게 적셔져 활짝 핀 꽃들로 덮여 있었다. 레이몽은 눈가에 눈물이 괴는 것을 느꼈고, 어떤 공감대에 의한 것인지는 알 수 없지만, 앵디아나가 울적한 심사心思에서 바라보곤 했던 바로 그 지평선 위로, 슬픈 듯 그의 눈을 쳐들고 저 멀리 갈색 대지의 바탕 위에 우뚝 선 쎄르씨의 흰 성벽들을 보았다.

대령의 목소리가 그를 몽상으로부터 소스라치게 깨어나게 했다.
"자, 갑시다. 나의 신실한 이웃 친구." 하고 그는 그에게 말했다. "내가 당신에게 진 빚을 갚고 내 약속들을 지킬 시간이 되었소. 공장이 한창 가동 중이오. 직공들 모두 작업에 임하고 있소. 여기 메모할 수 있도록 연필과 종이가 있소."

레이몽은 대령의 뒤를 따랐고, 진지한 흥미를 가지고 그 공장을 관찰했고, 화학과 기계공학에 똑같이 친숙함을 보여 주며 촌평들을 하였고, 델마르 씨의 끝없는 논설들을 상상도 못할 인내심을 가지고 경청하였고, 그의 생각들의 어떤 것들에는 동의를 했고, 또 어떤 것들에는 의견을 달리 해가며, 여러 모로 그가 이런 사물들에 대단한 흥미를 가지고 있었음을 설득력 있게 보여주도록 행동했다. 그런 반면 그는 그런 것들을 거의 생각하지 않고 있었고 그의 생각은 온통 델마르 부인을 향해 쏠려있었다.

진실을 말하자면, 어떤 학문도 그에게는 낯설지 않았고 어떤 발견도 흥미 없지 않았다. 더욱이 그는 그의 형의 이해관계를 돕고 있었고, 형은 모든 그의 자본을 유사하지만 훨씬 규모가 큰 기업에 투자하고 있었다. 델마르 씨의 정확한 지식은, 그가 유일하게 지니고 있었던 우월성이었던바, 이 순간에 대화를 이끌어갈 가장 훌륭한 주제가 되었다.

사업가적인 면은 적었지만 아주 현명한 정치가인 랄프 경은 공장의 검사에 상당한 고차원의 고찰들을 첨가했다. 직공들은, 한 전문가에게 그들의 기술들을 매우 보이고 싶었던바, 지능과 활동에 있어 그들의 평상 수준을 뛰어넘었다. 레이몽은 모든 것을 보았고, 모든 것을 이해하였고, 또 모든 것에 대답을 하였지만, 그가 오로지 생각하고 있었던 것은 그를 이곳으로 오게 한 연대 사건이었다.

그들이 그 공장 안의 기계장치에 대한 이야기를 끝냈을 때, 그들은 물의 흐름의 양과 힘을 논의하기에 이르렀다. 그들은 밖으로 나갔고, 갑문 위로 올라가서는, 공장장에게 그 차단 판들을 올려서 수위의 변동을 확인하여 보도록 청하였다.

"주인님, 제가 말씀드리게 해주세요." 하고 그 십장은 그 적재 최고 수위를 십오 피트로 고정시키고 있었던 델마르 씨 쪽을 향해 말했다. "금년에 우리는 십칠 피트를 목격했습니다."

"그런데 그게 언제였나? 잘못 보았겠지." 하고 대령은 말했다.

"용서하십시오, 주인님. 주인님이 벨기에서 돌아오시기 그 전날 저녁이었죠. 그렇습죠,

그게 누운 양이 익사체로 발견되었던 그날 밤이었으니까요. 그 증거로는 그 시체가 저기 있는 둑을 넘어와 여기 저 선생님이 서 있는 곳에 와서야 멈추었으니까요."

그 십장은, 그처럼 활기찬 어조로 말하면서, 레이몽이 서있는 자리를 가리켰다. 그 불행한 청년은 죽음처럼 창백해졌다. 그는 그의 발밑에서 흐르고 있던 물에 공포에 질린 시선을 던지고 있었다. 그에게는, 그녀의 희끄무레하게 창백한 얼굴이 그 속에 반영되고 있음을 보면서,

그 시체가 아직도 거기에서 떠돌고 있는 것같이 보였다. 현기증이 그를 사로잡았고, 브라운 씨가 그의 팔을 붙잡고 그를 거기서 끌어내지 않았었다면, 그는 강물에 빠졌었을 것이다.

"그렇다고 합시다." 하고 아무 것도 감지하지 못했고 누운 생각은 조금도 하고 있지 않아 레이몽의 현재 상태를 눈치 채지 못했던 대령은 말했다. "하지만 그건 아주 특수한 경우이고, 그 흐름의 평균 수력은 말요…. 한데 당신 둘은 도대체 무슨 일이오?" 하고 그는 갑자기 발걸음을 멈추며 물었다.

"아무 것도 아니오." 하고 랄프 경은 대답했다. "내가 몸을 돌리면서 이 선생님의 발을 밟았어요. 정말 미안하게 되었어요. 내가 그에게 많은 상처를 입힌 게 틀림없소."

랄프 경이 이 대답을 매우 침착하고 자연스럽게 하였으므로 레이몽은 그 영국인이 진실을 말하고 있다고 믿고 있었던 것이라고 확신하였다. 몇 마디 상냥한 말들이 오갔고 대화의 흐름은 계속되었다.

레이몽은 델마르 부인을 보지 못한 채 몇 시간 후에 라니를 떠났다. 그것은 그가 기대했던 것보다 나았다. 그는 그녀의 무관심하고 침착한 모습을 보게 될까봐 두려웠다.

하지만 그는 그 곳을 다시 찾아갔지만 운이 없기는 매한가지였다. 이번에는 대령이 혼자 있었다. 레이몽은 그의 환심을 사기 위하여 그의 기지機智의 모든 역량을 동원하였고 천 가지 방식으로 능란하게 그의 수준까지 몸을 낮추었다. 그는 그가 좋아하지 않았던 나폴레옹을 칭찬했고, 저 위대한 군대의 혁혁한 잔여 생존자들을 등한히 하고 일종의 경멸 속에 방치해 놓은 정부의 무관심을 개탄했고, 그의 견해가 허용할 수 있는 최대한으로 정부에 대한 반대를 밀어붙였고, 그의 여러 신조信條들 중에서 델마르 씨의 신조에 부합될 수 있는 것들을 선택하였다. 그는 그의 신임을 끌어내기 위하여 본래 성격과 다른 성격을 자신을 위해 재단하기까지 하였다. 그는 자신을 생활을 즐기는 사람으로, 안이한 동료로, 무사태평한 건달로 변조하였다.

"저 자가 만의 하나 내 아내를 정복하게 된다면!…" 하고 대령은 그가 멀어져가는 모습을 보며 혼자 중얼거렸다.

그러더니 그는 혼자 히죽 히죽 웃으며 레이몽은 *매력적인 놈*이었다고 생각하기 시작했다.

드 라미에르 부인은 그때 쎄르씨에 있었다. 레이몽은 그녀에게 델마르 부인의 우아한 예법과 재치를 치켜 올렸고, 그녀를 방문하도록 청하지 않으면서, 그녀의 마음속에 그런 생각이 나도록 넌지시 알려주는 기술을 발휘했다.

"그런데 말이다." 하고 그녀는 말했다. "그녀가 내 이웃 중에 내가 면식을 트지 못한 유일한 여자이지. 그리고 내가 이 지방에 최근에 와서 자리를 잡았으니까, 내가 먼저 찾아가는 것이 맞다. 우리 다음 주에 함께 라니에 가자꾸나."

그 날이 왔다.

'그녀는 나를 더 이상 피할 수 없는 거다.' 하고 레이몽은 생각했다.

실제로 델마르 부인은 그를 영접하는 필요성으로부터 더 이상 뒷걸음질칠 수가 없었다. 그녀는 그녀가 조금도 모르는 나이든 부인이 마차에서 내리는 것을 보았을 때, 그 장원 저택의 층계 위로 그녀를 마중 나오기까지 했다. 동시에 그녀는 그녀를 동반한 사람이 레이몽임을 알아차렸다. 그러나 그녀는 그가 어머니를 속여 이러한 행보를 하게 한 것임을 깨달았고, 그로 인해 그녀가 마음속으로 느낀 불만은 그녀에게 위엄 있고 침착하게 대할 수 있는 힘을 부여하였다. 그녀는 드 라미에르 부인을 존경과 상냥함이 배합된 태도로 맞이하였지만, 레이몽을 대하는 그녀의 냉랭함은 차가웠으므로 그는 그것을 오래 견딜 수 없음을 느꼈다. 그는 멸시에 조금도 익숙하지 않았고, 그를 적대해 그녀가 준비해 온 멸시들을 단 한번의 시선으로 압도해버릴 수 없음에 그의 자존심은 극도로 상했다. 그리하여 그는 변덕에 무관심한 사람처럼 행동하기로 마음먹고, 정원에 가서 델마르 씨와 합류하는 것에 대한 허락을 청해 받고 그 두 여인을 함께 놔둔 채 자리를 떴다.

점차로 앵디아나는, 어떤 고결하고 관대한 마음씨와 결부된 우월한 정신을 지닌 부인이 그녀의 사소한 인간관계들에 있어서도 능히 발산하는 현혹적 매력에 감복되어, 그녀 또한 거기에 맞추어, 드 라미에르 부인에게 친절하고, 다정하고, 또 거의 명랑해졌다. 앵디아나는 그녀의 어머니를 알지 못했었다. 그리고 드 까르바잘 부인은, 자신의 재능과 찬사에도 불구하고, 앵디아나의 어머니 역할을 하기에는 어림도 없었다. 또한 앵디아나는 레이몽의 어머니에 의해 그녀의 마음이 매료되는 듯함을 느꼈다.

레이몽이 마차를 탈 시간에 어머니와 합류하기 위해 걸어갔을 때, 그는 앵디아나가 드 라미에르 부인이 그녀에게 내민 손을 자기 입술에 갖다대고 있는 것을 보았다. 이 가엾은 앵디아나는 누군가에 애착을 가지려는 욕구를 느끼고 있었다. 그녀의 고적하고 불행한 삶에 있어 흥미와 보호의 희망을 제공하는 모든 것을 그녀는 큰 기쁨으로 받아들였다. 그러고 나서 그녀는 드 라미에르 부인이 레이몽이 자신을 밀어 넣고자 했던 그 함정으로부터 틀림없이 그녀를 지켜줄 것이라고 혼자 말했다.

'나는 이 훌륭한 부인의 가슴에 안길 것이다.' 하고 그녀는 벌써 생각했다. '그리고 필요하다면, 나는 그녀에게 모든 것을 말할 것이다. 나는 그녀에게 나를 그녀의 아들로부터 구해달라고 간청할 것이다. 그리고 그녀의 신중함이 그와 나를 감독할 것이다.'

레이몽의 궁리는 그것과는 동떨어졌다.

'나의 선량한 어머니!' 하고 그는 그녀와 함께 쎄르씨로 되돌아오면서 생각했다. '어머니의 우아함과 선량함이 기적을 낳는 거야. 내 지금껏 얼마나 그 덕을 보고 있는가 말이다! 내 교육, 인생에서의 성공들, 사교계에서의 나의 인망도 다 그 덕이지. 내게는 그녀의 덕으로 앵디

아나와 같은 여인의 마음을 얻게 되는 그 행복만이 결여되었던 거다.'
　레이몽은, 누가 보아도 그의 필요에 의해서 또 그녀로부터 얻는 안락함 때문에, 그의 어머니를 사랑했다. 모든 자식들은 다 그런 연유에서 그들의 어머니를 사랑하는 것이다.
　며칠 뒤에 레이몽은 쎄르씨와 라니 중간쯤 되는 곳에 랄프 브라운 경 소유의 웅장하고 쾌적한 저택인 벨르리브에서 삼일 간을 지내러오라는 초청장을 받았다. 그 사연은 그 인근의 가장 훌륭한 사냥꾼들과 연합하여 그 주인의 숲과 정원들을 망쳐놓는 사냥감의 일부를 죽여 없앨 필요가 있다는 것이었다. 레이몽은 랄프 경을 좋아하지도 않았고 사냥 같은 것에 관심도 없었지만, 델마르 부인이 큰 파티가 열릴 때마다 그녀의 사촌을 위해 손님 접대를 도맡았고, 따라서 그녀를 만날 희망은 레이몽의 결정을 손쉽게 만들었다.
　문제는 랄프 경이 이번엔 델마르 부인에게 기대를 걸지 않고 있었다는 것이었다. 그녀는 자신의 건강 상태가 좋지 않다고 미리 양해를 구해놓았다. 그러나 대령은, 그의 부인이 오락거리들을 찾는 것 같았을 때는 버럭 화가 나곤 했었는데, 그가 그녀에게 기꺼이 허락하고자 했던 오락거리를 거부했을 때는 더 화가 치밀었다.
　"당신은 온 이웃이 내가 당신을 열쇠로 가두어놓고 있다고 생각하게끔 하려는 것이 아니오?" 하고 그는 그녀에게 따졌다. "당신은 사람들이 나를 질투 많은 남편으로 간주하도록 하려는 것이오. 그런 우스꽝스런 역할은 내 이제는 더 못하겠소. 그 밖에도 당신 사촌에 대해 그만큼 배려도 하지 않는 것은 무슨 뜻이오? 우리가 그의 우정의 덕으로 우리 공장의 설립과 번영을 이룩하고 있는 마당에, 그에게 그처럼 손쉬운 봉사를 거부하는 것이 당신에게 어울린단 말이오? 이제 그에게 당신이 필요한데, 당신은 주저하고 있는 거요! 나는 당신의 변덕을 도무지 종잡을 수가 없소. 내가 싫어하는 사람들은 당신에게 환대를 받고, 내가 존중하는 사람들은 당신의 마음에 들지 않는 불행을 겪는다는 말이오."

"제게는 아주 당치않은 비난 같군요." 하고 델마르 부인은 대답했다. "저는 제 사촌을 친오빠처럼 사랑해요. 이 우정은, 당신의 우정이 시작되었을 때, 벌써 오래된 것이었어요."

"그럼, 그럼, 당신 말은 아주 번지르르하지. 그러나 나는 당신이 그를 충분히 감상적이지 못하다고 생각하고 있는 걸 잘 알고 있소. 그 가엾은 친구! 당신은, 그가 소설들을 좋아하지 않고 또 개 한 마리 죽는 것을 슬퍼하지 않기 때문에, 그를 이기주의자로 취급하는 거요. 어쨌든 그 사람 얘기만이 아니오. 당신은 드 라미에르 씨를 어떻게 접대하였소? 내 장담하건대, 그렇게 매력적인 청년인데 말이오! 까르바잘 부인이 그를 당신에게 소개할 때는, 당신은 그를 놀랍도록 잘 접대하였소. 그런데 불행하게도 내가 그에게 좀 잘해주려고 하면, 당신은 그가 견디기 어려운 사람이라고 생각한단 말이오. 그래서 그가 당신 집에 방문 오면, 당신은 숨어버리려고 하는 거요. 당신은 나를 아무짝에 소용없는 사람으로 만들 참이오? 이제 그런 것에 종지부를 찍고 당신도 이 세상의 여느 사람들처럼 살기 시작해야 할 때가 된 거요."

레이몽은 너무 서두르는 것같이 보이는 것이 그의 계획들을 실행해 나가는 데에 별로 도움이 되지 않는다고 판단하였다. 무관심의 징후를 가끔 보이는 것이 사랑을 받고 있다고 믿고 있는 거의 모든 여자들의 마음을 끄는 데에 효험이 있다. 그런데 그가 랄프 경의 저택에 도착하였을 때 그 사냥은 이미 아침부터 시작된 터였고, 델마르 부인은 저녁 식사 때나 되어서야 도착하기로 되어 있었다. 그걸 기다리는 동안에 그는 그의 행동 방침을 구상構想했다.

그는 자기 자신을 정당화할 수 있는 방법을 찾아내는 것이 필요하다고 생각했다. 왜냐하면 그 순간이 다가오고 있었기 때문이었다. 그는 이틀간의 여유를 지니고 있었다. 그리고 그는 그의 시간을 이렇게 나누었다. 이제 거의 끝나가는 하루의 나머지 부분은 그녀를 감동시키는 데에, 그 다음 날은 그녀를 설득하는 데에, 그 다음다음 날은 행복하게 되는 데에. 그는 그의 시계를 쳐다보기까지 하며, 한 시간 한 시간씩 따져가며, 그의 계획추진의 성공 또는 실패의 확률을 계산해 보았다.

제 12장

그가 옆방에서 델마르 부인의 부드럽고 다소 여린 목소리를 들었을 때, 그는 이미 두 시간 동안 응접실에 있었다. 그는 유혹에 대한 계획에 골똘히 생각한 덕택으로, 어느 작가가 자기의 주제에 대해, 또 어느 변호사가 자기의 소송 사건에 몰두하듯, 그것에 온 정열을 쏟아 부었었다. 그리고 혹자는 그가 앵디아나를 보았을 때 느꼈던 감동을 자기 역에 푹 빠져있던 배우의 감정, 즉 그가 홀연히 그 극의 주역主役 인물 앞에 섰을 때 그 장면의 가공적 인상과 실제를 구분하지 못하는 경우의 감정과 비교할 수도 있을 것이다.

그녀는 너무나 달라져 있었으므로 그의 긴장된 마음 상태에서도 어떤 진솔한 염려의 감정이 일었다. 비애와 병이 그녀의 용모에 매우 깊은 흔적을 새겨놓았으므로 그녀는 이제 더 이상 별로 아름답지 않았다. 그리하여 그녀를 정복하기 위한 기획을 추진함에는…, 이제 쾌락보다는 영예의 비중이 더 커졌다. 그러나 그는 이 여인에게 행복과 삶을 다시 가져다주는 것을 자신에게 지워진 의무로 여겼다.

그는, 그녀가 그처럼 창백하고 슬픈 빛을 띠고 있음을 보았을 때, 아주 굳건한 의지를 꺾기 위해 싸워야 할 필요는 없겠다고 판단했다. 그처럼 가냘픈 외양이 강한 도덕적 저항력을 감출 수 있었단 말인가?

그는 그가 먼저 해야 할 일은 그녀로 하여금 자기 자신에 대해 흥미를 느끼게 하고, 자기의 불행과 피폐에 대해 질겁하게 하고, 그 결과 욕망과 더 나은 운명에 대한 희망을 품도록 그녀의 영혼을 열어놓는 것이라고 생각했다.

"앵디아나!" 하고 그는 은밀한 자신감을 깊은 슬픔의 표정 밑에 숨긴 채 그녀에게 말했다. "내가 당신을 정녕 이런 처지에서 다시 만나 보게 되었다니요? 나는 그처럼 오래 기다렸고 그처럼 갈구했던 이 순간이 내게 이처럼 끔직한 고통을 안겨 주리라고는 알지 못하고 있었소!"

델마르 부인은 이런 식의 말투를 조금도 기대하지 않고 있었다. 그녀는 자기 앞에서 당황해하고 수줍어하는 죄인의 태도로 쩔쩔매는 레이몽을 대하게 되리라고 믿고 있었다. 그리고 그는, 자기 자신을 비난하고 자신의 뉘우침과 괴로움을 이야기하는 대신, 오직 그녀에 대해서만 슬픔과 동정심을 보이고 있었다. 그러니까 그녀는, 그녀로부터 동정을 받으려고 탄원했어야 할 사람에게 그녀 자신이 불쌍하게 보여 동정심을 불러일으켰던 고로, 아주 기가 꺾이고 아주 피폐하게 보였음이 틀림없었다.

사교계에 익숙한 프랑스 여인 같으면 그러한 미묘한 처지에서 정신을 잃지는 않았을 것이다. 그러나 앵디아나는 어떻게 처신해야 할지를 몰랐다. 그녀는 자기 위치의 이점利點을 보존하는 데 필요한 재간도 시치미 떼는 술수도 지니고 있지 않았다. 그가 구사한 언어는 그녀의 눈 밑에 그녀가 겪은 슬픔의 전경全景을 펼쳐놓았고, 눈시울엔 눈물이 고여 반짝였다.

"저는 정말 아파요." 하고 그녀는 레이몽이 그녀 앞으로 끌어다 놓은 안락의자에 나약하고 나른하게 앉으며 말했다. "저는 대단히 몸이 불편하고, 당신 앞에서 당연히 불평을 해야 할 사연이 있네요."

레이몽은 일이 그렇게 빨리 진전될 줄은 기대하지 않았다. 그는 흔히 말하듯, 날쌔게 기회를 포착하여 수척하고 차갑게 느껴졌던 그녀의 손을 덥석 잡으며 말했다.

"앵디아나! 그 말은 하지 말아요, 내가 당신에게 비애를 안긴 장본인이라는 사실을 말하지 마세요. 왜냐하면 당신은 저를 고통과 기쁨으로 미치게 만들 테니까요."

"*기쁨*으로라니요!" 그녀는 슬픔과 놀라움으로 가득 찬 커다란 푸른 눈으로 그를 응시하며 말했다.

"나는 *희망*으로라고 말했어야 했는데, 왜냐하면 내가 당신의 슬픔을 야기했다면, 부인, 나는 아마도 그것을 중지시킬 수도 있을 것이오. 한마디 해주어요." 하고 그는 그녀 곁에서 막 굴러 떨어진 소파 방석 위에 무릎을 꿇고 덧붙여 말했다. "저에게 저의 피를, 제 목숨을 요구하세요!…"

"아! 침묵해주세요!" 하고 앵디아나는 그로부터 그녀의 손을 빼며 쓸쓸하게 말했다. "당신은 약속들을 끔찍하게 남용하셨어요. 그러니 당신이 저지른 불행을 좀 속죄하려고 해보세요!"

"저는 그걸 원해요, 저는 그렇게 할 것입니다!" 하고 그는 그녀의 손을 다시 잡으려고 시도하며 말했다.

"벌써 때는 늦었어요." 하고 그녀는 말했다. "정녕 제 동무, 제 자매를 돌려주세요, 제 유일한 친구, 누운을 돌려달란 말이에요!"

어떤 치명적 전율이 레이몽의 혈관을 흘렀다. 이번에는 그가 그의 감정을 과장할 필요도 없었다. 기교의 도움 없이도 마음속에서 일깨워지는 강력하고 몸서리쳐지는 감정들이 있게 마련이다.

'그녀는 모든 것을 알고 있어.' 하고 그는 생각했다. '그리고 그녀는 나를 심판하고 있어.'

그에게는 자기의 범죄를 그것에 연관된 결백한 공범자로부터 질책당하는 것처럼 모욕적인 것은 없었고 또 누운이 그녀의 경쟁자로부터 애도되는 것을 지켜보는 것만큼 쓰디쓴 것도 없었다.

"그래요, 선생님." 하고 앵디아나는 눈물로 뒤범벅이 된 얼굴을 치켜들며 말했다. "바로 당신이 그 장본인이죠…."

그러나 그녀는 레이몽의 창백한 얼굴을 보자 말을 끊었다. 그녀가 공포심을 일으킨 것이 분명하였다. 왜냐하면 그는 전에는 한번도 그처럼 고통스러워한 적이 없었었다.

그때 그녀 마음의 모든 선량함과 이 남자가 그녀의 마음속에 불러일으켰던 본의 아닌 다정함이 그녀를, 델마르 부인을 압도하기 시작했다.

"용서하세요!" 하고 그녀는 겁에 질려 말했다. "내가 당신을 무척 아프게 하고 있군요. 제가 그처럼 고통을 당했던 겁니다. 앉으세요, 그리고 다른 얘기를 하도록 하죠."

그와 같은 급작스러운 온화함과 관대함의 표현은 레이몽의 감동을 더욱 깊게 하였다. 흐느낌이 그의 가슴으로부터 새어나왔다. 그는 앵디아나의 손을 그의 입술에 갖다대었고 그 손을 울음과 키스로 뒤덮었다. 이것이 누운의 죽음 이래로 그가 울 수 있었던 첫 번째였고 그 끔찍한 무게로부터 그의 영혼의 부담을 덜어준 사람은 바로 앵디아나가 되었다.

"오! 당신이 그처럼 그녀를 애도하고 있는 걸 보니." 하고 그녀는 말했다. "그녀를 알지도 못했던 당신이 내게 해를 끼친 것을 뼈저리게 후회하고 있는 걸 보니, 저는 감히 당신에게 그것을 더 이상 질책하지 못합니다. 선생님, 그녀가 우리를 저 천상天上에서 내려다보고 우리를 용서해주도록 함께 그녀를 애도하도록 하죠!"

식은땀이 레이몽의 이마를 오싹하게 했다. *그녀를 알지도 못했던 당신이* 라고 한 그 말이 그를 어떤 가혹한 불안감으로부터 해방시켜주었다면, 그 반면 그의 희생자에 대한 기억을 불러일으키며 앵디아나의 결백한 입에서 흘러나온 그 호소는 그를 어떤 미신적 공포로 사로잡았다. 마음이 짓눌려 그는 벌떡 일어났고, 동요된 마음의 상태에서 창가로 가서는 그 창턱에 앉아 숨을 내쉬었다. 앵디아나는 조용히 깊이 감동한 채 앉아 있었다. 그녀는 레이몽이 그처럼 어린아이처럼 울고 또 여자처럼 정신을 잃는 것을 보고서 일종의 은밀한 기쁨을 체험했다.

'그는 선량하구나!' 하고 그녀는 아주 나직이 혼자말로 했다. '그는 나를 사랑하고 있어. 그의 가슴은 뜨겁고 너그럽다. 그는 실수를 했지

만 그의 참회는 그의 죄를 갚는다. 그리고 나는 그를 진작 용서해주었어야 했는데….'

그녀는 자애롭게 그를 바라보았고 다시 그를 신임하기 시작했다. 그녀는 그 죄인의 후회를 사랑의 참회로 받아들였다.

"이제는 더 울지 마세요." 하고 그녀는 일어나 그에게 가까이 가며 말했다. "그녀를 죽인 것은 나예요, 저 혼자만 죄가 있어요. 이 후회는 모든 나의 삶을 짓누를 거예요. 저는 의심과 분노에 휩쓸리고 말았어요. 나는 그녀에게 창피를 주었고 그녀의 마음에 상처를 입혔어요. 내가 당신에 대해 느꼈던 모든 분노를 그녀에게 퍼부었어요. 나를 모욕한 것은 당신뿐이었어요. 그런데 나는 그로 인해 나의 불쌍한 친구를 벌했던 거예요. 저는 그녀에게 정말 무정했어요!…"

"또 제게도 그랬죠." 하고 레이몽은 이제는 현재만을 생각하고자 과거는 순식간에 잊어버리며 말했다.

델마르 부인의 얼굴이 붉어졌다.

"저는 그 무서웠던 밤에 제가 겪었던 그 가혹한 사건에 대해 당신을 아마도 비난하지 않았어야 했는데 말예요." 하고 그녀는 말했다. "그러나 저는 저에 대한 당신의 무모함을 잊을 수가 없어요. 그처럼 기이한, 죄가 될 경박한 행동은 제게 많은 상처를 주었어요…. 저는 그때 사랑을 받고 있다고 믿고 있었는데요!… 그런데 당신은 저를 존중해 주지도 않았던 거예요."

레이몽은 그의 힘을, 의지를, 사랑을, 희망들을 되찾았다. 그를 얼어붙게 만들었던 그 음험한 인상은 악몽처럼 스러졌다. 그는 젊고, 열렬하고, 욕망과 열정과 미래로 충만한 모습으로 깨어났다.

"당신이 나를 미워한다면, 나는 죄를 진 것이오." 하고 그는 그녀의 발아래에 아주 기꺼이 몸을 던지며 말했다. "그러나, 당신이 나를 사랑한다면, 나는 죄를 진 것이 아니요, 한 번도 그런 죄를 짓지 않았소. 앵디아나, 말해주어요, 나를 사랑하지 않으십니까?"

"당신은 그만한 자격이 있나요?" 하고 그녀는 그에게 말했다.

"그런 자격을 지니는 것이 그대를 열렬히 사랑하는 것이라면…."

"제 말을 들어보세요." 하고 그녀는 그에게 그녀의 두 손을 맡긴 채, 순간순간 우수憂愁의 빛이 어른거렸던 젖은 큰 눈으로 그를 응시하며 말했다. "제 말을 들어보세요. 저와 같은 여자를 사랑한다는 것이 무엇인지를 아세요? 정말이지, 당신은 그것을 알지 못하세요. 당신은 변덕스런 하루의 기분을 만족시키는 것이 전부라고 믿으셨죠. 당신이 온갖 것에 실증이 나 있는 모든 여인들에게 당신의 일시적 지배권을 지금껏 행사해 왔던 것을 기준으로 하여 당신은 제 마음을 판단하셨죠. 당신은 제가 지금껏 한 번도 사랑해본 적이 없다는 사실, 어느 시들고 망가진 마음을 얻기 위해 저의 순결한 마음을 모두 바치지 않을 것이라는 것, 미지근한 사랑을 얻기 위해 저의 열렬한 사랑을 주지 않을 것이라는 것, 덧없는 하루! 그것과 교환하여 저의 전 생애를 바치지는 않을 것이라는 것을 모르고 계신 거예요."

"부인, 저는 당신을 열정적으로 사랑합니다. 제 마음 또한 젊고 불타오르고 있습니다. 제 마음이 당신의 마음을 차지할 만한 자격이 없다면, 어느 사람의 마음도 결코 그런 자격을 얻지 못할 것이오. 나는 당신을 어떻게 사랑해야 하는지를 알고 있소. 내가 그것을 터득하기 위해 오늘 날까지 기다린 것이 아니었소. 내가 당신의 삶을 알고 있지 않나요? 무도회에서 내가 처음 당신에게 말을 건넸을 때 그것을 얘기해주지 않았던가요? 나에게 던져준 당신의 첫 시선 속에서 나는 당신 마음의 모든 역사를 읽었던 것이 아닌가요? 그리고 대체 무엇에 제가 반하였겠습니까? 단지 당신의 아름다움뿐이겠습니까? 아! 의심할 바 없이, 당신에겐 어느 덜 열정적이고 덜 젊은 사람으로 하여금 정신을 잃게 할 미모가 있어요. 그러나 내가, 제가 그 섬세하고 우아한 외모를 흠모한다면[43], 그것은 그 안에 한 순수하고 성스러운 영혼이 감싸져있

---

[43] 플라톤 철학에 있어 미의 세 단계

기 때문이고, 어떤 천상의 불길이 그것에 활기를 불어넣고 있기 때문이고, 그리하여 내가 당신 안에서 단지 한 여자만이 아니고, 한 천사를 보기 때문이오."

"저는 당신이 사람들을 치켜 올리는 재간을 지니고 있는 것을 알아요. 하지만 저의 허영심을 만족시키려고 희망하지마세요. 저는 찬사가 아니라 애정이 필요합니다. 저를 사랑하려면, 절대적으로, 영구히 또 남김없이 해야 합니다. 저를 위해 모든 것, 재산, 명성, 의무, 사업, 원칙, 가족, 모든 것을 희생할 준비가 되어있어야 합니다. 모든 것을 말예요, 선생님, 왜냐하면 저도 그 저울에 그것과 맞먹는 헌신을 올려놓을 것이고 동등한 지분持分을 원하기 때문입니다. 당신은 당신이 나를 그와 같이는 사랑하지 못할 것을 잘 아시겠죠!"

한 여자가 사랑을 진지하게 생각하는 경우를, -사교계를 위해 다행스러운 것은 그러한 경우들이 드물다는 것인데, -레이몽이 본 것은 이것이 처음은 아니었다. 하지만 그는 사랑의 약속들이, -다시금 사교계를 위해 다행스러운 일인데, -한 남자의 명예에 관해 구속력이 없다는 것을 알고 있었다. 때때로 이러한 엄숙한 서약들을 요구했던 여자가 그것들을 먼저 깨어버리는 경우도 있었다. 그리하여 그는 델마르 부인의 요구사항들에 의해 주눅이 들지 않았다. 달리 말하면, 그는 과거도 미래도 생각하지 않는 편이었다. 그는 이 가냘프고 정열적인, 신체는 나약하지만 마음과 정신이 강건한 여인의 불가항력적 매력에 이끌려 갔다. 그녀가 규칙들을 열거했을 때, 그녀는 몹시 아름다웠고, 활기찼고, 위엄이 있었으므로 그는, 마법에 걸린 듯, 그녀의 무릎에 그냥 머물러있었다.

"나의 몸과 영혼이 그대에게 속해 있다는 것을 그대에게 맹세하오." 하고 그는 그녀에게 말했다. "나는 그대에게 나의 생명을 바치며, 나는 그대에게 나의 피를 봉헌하고, 나는 그대에게 나의 의지를 맡기오. 모든 것을 받고, 모든 것을, 나의 재산을, 나의 명예를, 나의 양심을, 나의 사고思考를, 또 모든 나의 존재를 뜻대로 처분해요."

"침묵하세요." 하고 앵디아나는 설레는 목소리로 말했다. "여기 나의 사촌이 와있어요."

실제로 그 냉정한 랄프 브라운이, 그가 기대하고 있지 않았던 사촌 동생을 보게 되어 매우 놀랐고 매우 기쁘다고 말하면서, 아주 침착한 표정을 지으며 들어왔다. 그러더니 그녀에게 그의 감사한 마음을 표시하기 위하여 그녀에게 키스하는 것을 허락해 줄 것을 청했다. 그리고는 그녀를 향해 천천히 격식을 갖추어 몸을 기울이며 그들 고향의 동향인들의 관습에 따라 그녀의 입술에 키스하였다.

레이몽은 분노로 얼굴이 창백해졌다. 그리하여 랄프가 몇 가지 일을 처리하기 위해 밖으로 나가자마자, 그는 앵디아나에게 가까이 가서 그 무례한 키스의 흔적을 지워버리고자 했다. 그러나 델마르 부인은 침착하게 그를 밀치면서 이렇게 말했다.

"제가 당신을 신임하게 되기를 원한다면, 제게 저지른 잘못에 대해 당신은 엄청난 보상을 해야 되는 것을 곰곰이 생각해 봐요."

레이몽은 이 거절의 미묘함을 미처 깨닫지 못했다. 그는 오직 거절만을 보았고 랄프 경에 대해 반감을 품었다. 몇 순간 지나서 그는, 랄프가 앵디아나에게 낮은 목소리로 말을 했을 때, 그가 그녀를 *그대*라고 지칭하고 있었음을 상기想起하였고, 그리하여 랄프 경이 다른 순간들에 관례에 따라 그 자신에게 부과했던 조심스러운 자제自制를 행복한 애인의 신중함으로 이해하려던 참이었다. 그러나 그는, 그 젊은 여인의 청순한 시선을 다시 대했을 때, 곧 자신이 품었던 모욕적 의혹들에 대해 얼굴을 붉혔다.

저녁에 레이몽은 지적인 재치를 떨쳤다. 거기 모여 있던 많은 사람들이 그의 말을 경청하였다. 그는 그의 재능이 부여한 중요성으로부터 몸을 사릴 수가 없었다. 그는 한참 얘기했고, 만약 앵디아나가 허영심에 찬 여자였었다면, 그녀는 그가 말하는 것을 듣고서 그녀의 첫 행복을 맛보았을 것이다. 그러나 그녀의 곧고 단순한 심성은 반대로 레이몽의 우월성으로부터 겁을 집어먹었다. 그녀는 그가 그의 주변 사람들에게 행사하고 있었던 그 마법적 힘, 즉 하늘의 또는 지옥의 힘인지는 모르겠지만 어느 일정한 사람들에 부여된 일종의 최면술과 같은 마력에 저항했다. 그것은 부분적이고 일시적 왕권이지만 너무나 진짜로 생각되어 어떤 평범한 사람도 그것의 상승세에서 자유로울 수 없고, 또 그것은 너무 순간적이어서 그들 뒤에 어떤 흔적도 남지 않아, 세인世人은 그들의 사망 후 그들이 살아생전에 일으켰던 돌풍에 놀란다.

앵디아나가 그처럼 눈부신 인기에 매료되었던 많은 순간들이 있었지만, 곧 마음을 가다듬고 그녀가 갈망하고 있었던 것은 영광이 아니고 행복이었다고 쓸쓸히 혼자 말하곤 했다. 그녀가 두려움을 가지고 의아히 여겼던 것은, 그 사람에게 인생은 그처럼 많은 다른 국면들과 신나는 관심사들을 지니고 있었는데, 그런 사람이 과연 그녀에게 모든 그의 영혼을 바치고 그녀를 위해 그의 모든 야망들을 희생할 수 있을 것인가 하는 것이었다. 그리고 그가 차근차근, 그처럼 절도 있고 능숙하게, 그처럼 열정적으로 또 냉정하게, 그들의 사랑과 동떨어진 전적으로 추상적인 주의주장들과 이해관계들을 옹호하는 것을 목격한 이제, 그녀는, 그가 그녀의 삶에서 모든 것이었던 반면, 그녀는 그의 삶에서 별 대수롭지 않은 존재라는 사실에 공포를 느꼈다. 그녀는 겁을 먹은 나머지 그에게 삼일간의 변덕스런 기분의 대상이었고 그는 그녀에게 있어 일생에 한번 있을법한 꿈이었었다고 생각했다.

응접실에서 나가기 위해 그가 그녀에게 팔을 내주었을 때, 그는 그녀의 귓속에 몇 마디 사랑의 말을 흘렸다. 그러나 그녀는 그에게 슬픈 듯이 대답했다.

"당신은 참 총명하군요!"

레이몽은 이 질책을 이해하였고 그 이튿날을 온통 그녀의 발아래에서 보냈다. 사냥으로 분주했던 다른 손님들은 그들이 완전한 자유를 누리도록 내버려두었다.

　레이몽은 달변이었다. 앵디아나는 믿고자하는 욕구가 매우 강했기 때문에 그의 달변의 반만 해도 넉넉하고도 남음이 있었을 것이다. 프랑스의 여인들이여, 그대들은 크레올 여인이 무엇인지를 알지 못한다. 의심할 바 없이 그대들은 그 설득작전에 그리 쉽게 넘어가지는 않았을 것이다. 그도 그럴 것이 속임을 당하고 배반을 당하는 사람은 그대들이 아니니까.

제 13장

랄프 경이 사냥으로부터 돌아와서는, 보통 때처럼, 그녀에게 다가가며 그녀의 맥을 짚어 보았을 때, 그를 가까이서 지켜보던 레이몽은 그의 침착한 얼굴 모습에 어떤 놀라움과 기쁨이 뒤섞인, 분간키 어려운 미묘한 표정이 일고 있는 것을 목격했다. 그리고 나서는, 어떤 은밀한 사고思考의 결과인 듯, 그 두 사람의 눈길은 마주쳤고 랄프 경의 맑은 눈이 레이몽의 검은 눈에 올빼미 눈처럼 고정되자, 레이몽은 자기도 모르게 눈을 내리깔았다. 그 날의 나머지 시간 동안, 그 준準남작의 얼굴은 델마르 부인 곁에서 어떤 주의 깊은 표정을 짓고 있었는데, 그것이 어떤 관심을 또는 염려를 나타내는 것이었는지는, 그의 용모가 어떤 특정한 감정을 드러내지 않았던 만큼, 알 길이 없었다. 그러나 레이몽은 랄프 경의 상념想念 속에 두려움 또는 희망이 깃들어있었는지를 가늠해 보고자 했지만 허사였다. 그는 헤아려볼 수 없는 사람이었다.

갑자기, 그가 델마르 부인의 의자 뒤에서 몇 발자국 떨어져 서있었을 때, 그는 랄프가 그녀에게 나직이 말하는 것을 들었다.

"사촌, 그대는 내일 승마를 해보는 것이 좋을 듯싶은데."

"하지만 당신이 아시다시피, 지금으로서는 제게 말이 없는데요." 하고 그녀는 대답했다.

"우리가 너를 위해 한 마리 구해볼게. 우리와 함께 사냥에 따라 나서 보지 않겠니?"

델마르 부인은 동행하는 것을 면제받기 위해 여러 핑계를 댔다. 레이몽은 그녀가 그와 함께 있는 것을 선호하고 있음을 깨달았지만, 또한 그녀의 사촌이 그녀가 그렇게 하지 못하도록 이상하게 주장하고 있음을 눈치챌 수 있었다. 그때 그는 함께 있던 무리를 떠나 그녀에게 가까이가 랄프의 간청에 그의 간청을 추가하였다. 그는 델마르 부인의 그 귀찮은 보호자에 대해 화가 났고 그의 감시를 훼방 놓겠다는 결심을 하였다.

"당신이 사냥에 따라나서겠다고 동의하면…." 하고 그는 앵디아나에게 말했다. "부인, 당신은 내가 당신의 본보기를 따르도록 내게 용기를 불어넣을 것이오. 나는 사냥을 별로 좋아하지 않지만, 당신과 함께 말을 타는 행복을 위해서라면, 즐겨…"

"그런 경우라면, 저는 가겠어요." 하고 앵디아나는 얼떨결에 말했다.

그녀는 레이몽과 교감의 시선을 주고받았다. 그러나 그것이 순식간이었지만, 랄프는 그 눈길을 간파하였고, 레이몽은 그 저녁 내내 브라운 씨의 눈과 귀를 피해서 그녀를 바라볼 수도 또는 한 마디 말을 그녀에게 건넬 수도 없었다. 그리하여 레이몽의 마음속엔 거의 질투에 가까운 혐오의 감정이 일었다. 어떤 권리로 이 가정의 친구라는 사촌은 그가 사랑하고 있었던 여자의 곁에서 감시자의 역할을 자임하고 나섰단 말인가? 그는 맹세코 랄프 경은 그것을 후회할 날이 있게 될 것이라고 다짐하였다. 그리고는 델마르 부인을 곤란에 빠뜨리지 않고 그의 약을 올릴 기회를 엿보았지만, 그것은 불가능하였다. 랄프 경은 냉정하고 위엄을 갖춘 정중함으로 자기 집의 손님들을 환대하였기에, 거기엔 경구나 반박 거리가 될 만한 여지가 없었다.

그 이튿날, 사냥나팔이 울려 퍼지기 전에 레이몽은 그 저택 주인의 근엄한 용모가 그의 방에 들어오는 것을 보았다. 그의 행동거지에는 보통 때보다 한층 더 뻣뻣한 면이 있었고, 레이몽은 그 비위를 긁어볼 기회에 대한 욕망과 초조한 기대감으로 가슴이 뛰는 것을 느꼈다. 그러나 용건은 아주 단순히 레이몽이 벨르리브에 가져왔던, 그가 팔 의

사를 표시했었던 승용마에 관한 것이었다. 오 분이 채 못 되어 흥정은 타결되었다. 랄프 경은 가격에 대해서는 조금도 문제를 삼지 않았고, 그렇게 너무 꼼꼼히 정확성을 기할 필요가 없다고 말하는 레이몽의 한탄에도 아랑곳하지 않고, 그의 주머니에서 꺼내든 한 꾸러미의 금화를 아주 유달리 냉정한 태도로 벽난로 앞 장식 위에 세어서 놓았다. 그러더니, 그는 방에서 나가다가 다시 발길을 돌리고는 그에게 말하는 것이었다.

"선생님, 그 말은 오늘부터 제 것입니다!"

그때 레이몽은 랄프의 의도가 그가 사냥에 참석하는 것을 방해하려는 것이었음이 뻔하다고 믿었던 나머지, 걸어서 그 사냥에 참석할 생각은 없다고 좀 퉁명스럽게 선언했다.

"선생님" 하고 랄프 경은 다소 외면치레의 느낌을 자아내며 말했다. "저는 손님 접대에는 도가 튼 사람이지요…."

그리고 그는 물러갔다.

현관 회랑 밑을 내려오며 레이몽은 승마복을 입은 델마르 부인이 그녀의 흰 린넨 손수건을 물어뜯고 있었던 오펠리아와 쾌활하게 장난하고 있는 것을 보았다. 그녀의 뺨은 연한 자홍색을 띠었고, 그녀의 눈은 오랫동안 잃었던 광채를 되찾아 반짝였다. 그녀는 벌써 다시 예뻐졌다. 그녀의 검은 곱슬머리가 작은 모자 밖으로 삐져나왔고 그러한 헤어스타일은 그녀를 매력적으로 만들었으며 위에서 아래까지 단추를 낀 나사 옷은 그녀의 날씬하고 유연한 몸매를 잘 드러내주었다. 나의 인상으로는 크레올 여인들의 주된 매력은 바로 그들의 용모와 작은 체구의 아주 미묘한 멋이 그들에게 오랫동안 유년기의 귀여움을 잃지 않게 한다는 것이다. 웃음 짓고 흥겨워하는 앵디아나는 이제 열네 살 난 처녀처럼 보였다.

레이몽은 그녀의 우아함에 적잖이 놀라며 어떤 승리의 감정을 느꼈고 그녀에게 그녀의 아름다움에 관해 그가 생각해낼 수 있었던 가장

싱겁지 않은 찬사를 건넸다.

"당신은 제 건강에 대해 염려하셨죠." 하고 그녀는 그에게 조용히 말했다. "제가 살기를 원하는 것을 알아채지 못하세요?"

그는 단지 행복하고 감사한 표정으로 답할 수 있었다. 랄프 경은 직접 그의 사촌의 말을 끌고 오고 있었는데, 레이몽은 그것이 그가 방금 팔아버린 말임을 알아차렸다.

"어떻게 된 거죠!" 하고 그 전날 대저택 마당에서 그가 시험 승마를 하는 것을 보았던 델마르 부인은 놀라워하며 말했다. "드 라미에르 씨는 제게 그의 말을 빌려주는 아량을 베풀어주신다는 말인가요?"

"당신은 어제 이 놈의 아름다움과 온순함을 보고 경탄하지 않았던가요?" 하고 랄프 경은 그녀에게 말했다. "이 놈은 오늘부터 당신 것이오. 내 친애하는 이여, 내가 당신에게 진작 그런 선물을 하지 못했던 것이 화가 나오."

"익살스러운 말을 다 하시는군요, 사촌." 하고 델마르 부인은 말했다. "그런 농담은 저는 잘 이해 못해요. 자기가 타는 말을 제게 빌려주는 것에 동의한 드 라미에르 씨에게 또는 아마도 그에게 그렇게 해달라고 청을 드린 당신에게, 어느 분에게 제가 감사를 드려야 하나요?"

"그건" 하고 델마르 씨가 말했다. "그대를 위해 이 말을 샀고 그 놈을 그대에게 선물로 준 그대의 사촌에게 감사해야지요."

"그게 맞아요, 나의 친구 랄프?" 하고 델마르 부인은 첫 패물을 받는 어린 소녀처럼 기뻐하며 그 아름다운 짐승을 애무하면서 말했다.

"그대가 나를 위해 수놓고 있는 그 문장紋章 있는 덮개와 맞바꾸어 내가 그대에게 말 한 필을 선사하기로 합의했던 사항이 아닌가? 자, 어서 타봐요, 아무것도 걱정하지 말고. 내가 그의 성질을 관찰했고 그 놈을 오늘 아침도 시험해 보았소."

앵디아나는 몸을 날려 랄프 경의 목을 움켜잡았고, 그렇게 해서 레이몽의 말에 올라타서는 대담하게 그 놈이 느린 구보로 나아가게 하였다.

이 모든 가족간의 장면은 그 마당 한 구석에서 레이몽이 보는 앞에서 진행되었다. 그는 그 두 사람이 그의 앞에서 서로 신임하는 순박한 애착을 거침없이 드러내고 있는 것을 보며 걷잡을 수 없는 당혹감을 느꼈던바, 그도 그럴 것이 그는 열정적으로 사랑하고 있었고 앵디아나를 소유하기 위한 시한이 아마도 온 하루가 채 못 남았던 것이다.

"저는 참 행복해요!" 하고 그녀는 그를 가로수 길 쪽으로 부르면서 말했다. "나의 친절한 랄프가 저를 가장 기쁘게 할 수 있었던 선물을 알아 맞춘 것 같아요. 그리고 레이몽, 당신 말예요. 당신도 또한 당신이 타곤 했던 말이 제 수중에 들어오는 것을 보고 행복하지 않으세요? 오! 이 말은 저의 편애를 받게 될 거예요! 당신은 그를 뭐라고 부르셨죠? 말해주세요. 저는 당신이 그에게 준 이름을 그에게서 빼앗는 것을 원치 않아요…."

"여기 행복한 사람이 있다면" 하고 레이몽이 대답했다. "그 사람은 당신에게 선물을 하고 당신이 그처럼 기쁘게 포옹해주는 당신의 사촌입니다."

"정말이지" 하고 그녀는 미소를 지으며 말했다. "당신은 이 우정과 그 요란한 키스들에 대해 질투까지 하시는 건가요?"

"질투한다, 아마 그렇겠죠, 앵디아나, 나는 모르겠습니다. 그러나 그 젊은 진홍빛 뺨을 한 사촌이 당신의 입술에 그의 입술을 갖다대고 또 그가 당신을 껴안았고, 나는 당신에게 *팔고* 그는 당신에게 *주는* 입장이 된, 그 말 위에 당신을 앉힐 때, 나는 괴로웠다고 고백합니다. 그래요, 부인. 나는 당신이 내가 사랑했던 말의 새 주인이 되는 것을 보고 행복하지 못합니다. 나는 당신에게 그것을 선사하고서 행복해지는 것은 당연하다고 생각합니다. 그러나 다른 사람에게 당신에게 즐거움을 주는 그 수단을 부여하기 위하여 말 장수 역할을 한다는 것은 랄프 경에 의해 미묘하게 각색된 창피주기입니다. 그가 그 꾀바른 착상을 의식하고 있지는 않았다고 내가 생각하였기에 망정이지, 만약 내가 그렇게 생각하지 않았다면, 나는 복수하고 싶을 겁니다."

"아이, 왜 그러세요, 그런 질투는 당신에게 어울리지 않아요! 어떻게 우리의 자연스러운 가족애가 당신에게, 나를 위해 일상생활의 범주 밖에 있으며 당신만이 거주하는 마법의 세계를 나를 위해 창조해야 할 당신에게, 선망의 대상이 될 수 있단 말입니까! 레이몽, 저는 당신에 대해 불만족합니다. 저의 사촌에 대한 역겨운 감정 속에는 상처받은 자존심이 들어있다고 생각해요. 당신은 내가 어느 다른 사람에게 은밀히 품을 수도 있을 전적인 애정보다도 내가 공공연히 사촌에게 보이는 그 사소한 편애의 행동들에서 더 질투를 느끼고 있는 것 같군요."

"용서하오! 용서하오! 앵디아나, 내가 잘못했소. 나는 그대를 대할 자격이 없소, 그대, 부드러움과 착함의 천사여. 그러나 내 고백하건대, 그 사람이 가로채고 있는 듯한 특전들로 인해 나는 혹독한 시련을 겪었소."

"가로채다니! 그에게 당치 않아요, 레이몽! 당신은 정말이지 어떤 거룩한 감사가 우리를 그에게 묶어놓고 있는지를 알지 못하고 있어요. 당신은 정말이지 그의 어머니가 내 어머니의 언니였다는 사실도 모르시죠. 우리는 같은 계곡에서 태어났어요. 그는 오빠로서 아주 어린 나를 보호해주었어요. 그는 부르봉 섬에서 나의 유일한 의지依支, 나의 유일한 선생, 나의 유일한 동무였고, 어디든지 저를 뒤따라왔어요. 제가 살고 있는 곳에서 살기 위해 제가 떠났던 고향을 그도 떠났어요. 한 마디로 말해, 그가 저를 사랑하고 저의 삶에 관심을 갖는 유일한 존재라는 사실을 모르시죠?"

"그를 저주하오! 앵디아나, 당신이 내게 말해주고 있는 모든 것은 그 상처에 독을 뿌리고 있소. 그가 그러니까, 영국인인 그가, 당신을 좋아한단 말이죠? 당신은 내가, 내가 말이오, 당신을 얼마나 사랑하고 있는지 알고 있나요?"

"아! 비교는 하지 말도록 해요. 만약 같은 종류의 애정이 당신들을 경쟁자로 만들었다면, 저는 보다 오래된 쪽을 선택해야 할 거예요. 그러나 레이몽, 제가 당신이 나를 랄프 식으로 사랑해달라고는 결코 요구하지 않을 것임을 알아주세요."

"내가 당신에게 간청하는 바인데, 그 사람을 내게 설명 좀 해주어요. 왜냐하면 누가 그의 돌 같은 가면을 꿰뚫어볼 수 있겠습니까?"

"내가 나 자신, 나의 사촌에 대해 찬사를 늘어놓아야 할까요?" 하고 그녀는 미소를 지으며 말했다. "그의 초상화를 그리고자 하니 제게 거부감이 일고 있음을 고백합니다. 저는 그를 그처럼 좋아하기 때문에 그에게 아첨하고 싶어지는 거예요. 그가 있는 그대로를 놓고 본다면, 당신은 그가 별로 잘생기지 않았다고 생각할까봐 겁이 납니다. 저를 좀 애써 도와주세요. 자, 그는 당신에게 어떤 인상을 줍니까?"

"그의 용모는 (내가 당신의 감정을 상하게 한다면, 용서를 비는 바요) 어떤 하잘 것 없는 사람임을 시사하오. 그가 무거운 입을 열어 말을 해줄 때, 그의 말들에는 양식良識에 속하는 것과 건전한 정보가 담겨 있소. 그러나 그는 너무 힘들이고 냉담하게 언어를 구사하는 까닭에 아무도 그의 지식으로부터 이득을 보지 못하는바, 그의 어조는 그래서 사람들로 하여금 흥미를 잃게 하고 지치게 하오. 그 다음으로 그의 착상들 속에는 어떤 상투적이고 부자연한 요소가 있는데, 그것이 명료하고 논리적 표현에 의해 보완되지를 못한다오. 내가 믿기에 그의 정신은 다른 사람들로부터 받은 관념들에 물들어 있고 또 너무 비감동적이고 초라한 편이어서 자신의 것들을 지니고 있지 못한 것이오. 그는 사교계에서 진지한 사람으로 통할 정도의 인품은 지니고 있소. 그의 엄숙함이 그의 장점의 절반 이상이라면, 그의 무사태평한 태도는 그 나머지를 차지하오."

"그 초상화에는 약간의 진실이 있네요." 하고 앵디아나는 대답했다. "그러나 선입견도 섞여 있구요. 저 같으면 해결하지 못할 의문점들을 당신은 과감하게 딱 잘라 말해버리는데, 저는 랄프를 제가 태어난 때부터 알고 있거든요. 그의 큰 결점이 사물을 자주 타인의 안목을 통해 보고 있다는 것은 참말입니다. 하지만 그것은 그의 지능의 결함이 아니고 그가 받은 교육의 탓입니다. 당신은 그가 교육을 받지 않았다면 어떤 하잘 것 없는 사람이 되었을 것이라고 생각하시죠. 저는 그가 교육을 받지 않았더라면, 그가 덜 그렇게 되었을 것이라고 생각합니다. 저는 당신에게 그의 성격을 설명해줄 그의 생애의 특별한 사정이 있다는 것을 말씀드려야겠네요. 그는 불행히도 부모가 그를 제쳐놓고 공개적으로 편애했던 형제가 있었습니다. 이 형제는 그에게 결여되었던 모든 훌륭한 자질들을 지니고 있었어요. 그는 쉽게 배웠고, 모든 예술에 대해 소양을 보였고, 반짝이는 재치로 넘쳤습니다. 그의 용모는 랄프의 용모보다 덜 반듯했지만, 보다 표정이 풍부했습니다. 그는 다정하였고, 모든 것에 열심이었고, 활동적이었습니다. 한 마디로 그는 사랑스러웠어요. 랄프는 그 반대로 어색했고, 우울했고, 감정을 별로 밖으로 드러내지 않았어요. 그는 고독을 사랑했고, 배우는 데에 느려 시간이 걸렸고, 그가 지닌 적은 지식도 자랑삼아 드러내보이지를 않았어요. 그의 부모는 그가 형과 다르다는 것을 알았을 때부터 그를 천대했어요. 그들의 행동이 더 나빴던 것은 그의 자존심을 꺾어버린 것이에요. 그때, 그는 단지 어린아이였지만, 그의 성격은 우울하고 내성적으로 되었고, 어떤 걷잡을 수 없는 수줍음이 모든 그의 재능을 마비시켰어요. 그의 부모는 그로 하여금 자기 자신을 미워하고 경멸하게끔 하는 데에 성공했었죠. 그는 인생에 대해 낙담했고, 열다섯 살 때부터는 우울증에 걸렸는데, 그것은 영국의 안개 낀 하늘 아래에서는 완전히 신체적 병이었고 부르봉 섬의 생기를 불어넣는 하늘 아래에서는 완전히 심적인 병이었어요. 그가 내게 가끔 얘기해준 바로는 그는 어느 날 바다에 빠져 죽을 작정으로 집을 떠났는데, 계획을 실행할 순간을 맞아 그의 생각을 가다듬으며 모래톱에 앉아있으려니까, 내가 나의 유모였던 흑인 여자의 팔에 안겨 그에게로 오고 있음을 보았다는 것이에요. 나는 사람들 말이 예뻤고, 그리고 저는 저의 과묵한 사촌에 대해 어느 누구도 지니지 않았던 편애를 보여주었어요. 그가 저를 위해 제가 아버지 집에서는 조금도 예사로 경험해보지 못했던 배려와 친절을 베풀어주곤 했다는 것은 사실입니다. 우리 두 사람은 불행했었는데, 그런 연유에서인지 우리는 이미 서로를 잘 이해했습니다. 그는 내게 그의 부친의 언어를 가르쳐주었고, 저는 그에게 제 부친의 언어를 종알댔습니다. 이 스페인어와 영어의 혼합은 아마도 랄프 성격의 표현이었어요. 제가 그의 목을 제 팔로 감싸 안았을 때, 저는 그가 울고 있음을 감지했고, 저도 아무 이유도 모른 채 또한 울기 시작했어요. 그때 그는 저를 그의 가슴에 꼭 껴안았고, 그가 제게 뒤에 말한 바로는, 저를 위해 살기로 맹세하였고, 저로 말하면, 미움을 받고 있지 않으면, 소홀히 취급받고 있는 어린아이이기에 적어도 그의 우정은 내게 도움이 될 것이고 그의 삶은 유익할 것이라 생각했다고 합니다. 그리하여 제가 그의 슬픈 인생의 첫 번째이며 유일한 인연이었죠. 그 날 이래로 우리는 거의 서로에게서 떨어지지 않았어요. 그런데 우리 유년시절의 이 얘기가 아마도 당신을 지루하게 할 테고, 당신도 구보驅步 시간에 맞추어 사냥에 합류하는 것을 선호할 텐데요."

"미친 여자로군!…" 하고 레이몽은 델마르 부인이 올라탄 말의 고삐를 놓아주지 않으며 말했다.

"그럼 좋아요, 말을 계속하면요," 하고 그녀는 이어서 말했다. "랄프의 형, 에드먼드 브라운은 스무 살 때 죽었어요. 그의 어머니도 비통한 나머지 죽었고, 그의 아버지는 위로받을 길이 없었어요. 랄프는 그를 위로하며 그의 고통을 덜어주고 싶었을 거예요. 그러나 브라운 씨가 그의 처음 한두 번의 시도를 받아들이는 태도의 냉랭함은 다시금 그의 타고난 수줍음을 키워버렸어요. 그는 슬프고 조용한 몇 시간을 꼬박이 슬픔에 잠긴 노인과 보내면서 감히 한 마디 말도 못하고 어떤 애정의 몸짓도 보여주지를 못했는데, 그 만큼 그는 그에게 부적절하고 불충분한 위로의 말을 드릴 것을 겁내고 있었죠. 그의 아버지는 그가 감정이 결여되었다고 비난했으며 에드먼드의 죽음은 가엾은 랄프를 전보다도 더 불행하고 더 오해를 받게 만들어버렸어요. 제가 그의 유일한 위안이었어요."

"당신이 무어라고 말하든지 간에 나는 그를 동정할 수 없소." 하고 레이몽은 이야기를 중단시켰다. "그런데 그의 인생과 당신의 인생에 있어 내가 납득할 수 없는 점이 있소. 그가 당신과 결혼하지 않았다는 것 말이오."

"저는 당신에게 그것에 대한 아주 좋은 이유를 설명하고자 해요." 하고 그녀는 다시 말을 이었다. "제가 결혼을 할 나이가 되었을 때, 저보다 십년 더 나이가 들었던 랄프는 (우리 고향 풍토에서는 여자들의 유년기가 매우 짧은 탓으로 이것은 엄청난 나이 차이를 뜻하는바), 제 말은 랄프가 이미 결혼해 있었다는 거예요."

"랄프 경은 홀아비입니까? 나는 한 번도 그의 부인에 관해 말하는 것을 들어본 적이 없는데요."

"그녀에 대해 그에게 결코 어떤 말도 하지 마세요. 그녀는 젊고, 부자이고, 게다가 미인이었어요. 그러나 그녀는 에드먼드를 사랑했었고, 그녀는 그에게 시집가기로 되어 있었었죠. 그런데 가족 간의 이해관계와 세심한 배려를 존중하고자 그녀가 랄프와 결혼을 해야만 하게 되었을 때, 그녀는 그에 대한 혐오감을 의도적으로 숨기려하지 않았어요. 그는 그녀와 함께 영국으로 건너가도록 강요되었죠. 그리고서 그가 부인의 사망 후에 부르봉 섬에 돌아왔을 때, 저는 이미 델마르 씨와 결혼한 몸이었고, 유럽으로 떠나려는 채비를 하고 있었죠. 랄프는 혼자 살아보려고 애썼어요. 하지만 고독은 그의 고뇌를 악화시켰죠. 그는 제게 랄프 브라운 부인에 관해 한 번도 얘기한 적이 없었지만, 저는 그가 부친의 집에서보다 결혼생활에서 훨씬 더 불행했었고 얼마 전에 있었던 고통스러운 기억들이 그의 타고난 우울증에 가중되었다고 믿을 만한 모든 근거를 갖고 있어요. 그는 또다시 우울증으로 인한 울화병 증세를 보였습니다. 그리하여 그는 자신의 커피 농장들을 팔아치웠고 프랑스에 와서 정착했어요. 그가 제 남편에게 자신을 소개했던 격식은 독창적인데, 그것은, 제가 그 품위 있는 랄프의 애착에 감동되지 않았었다면, 저를 웃겼을 거예요. 선생님, 하고 그는 델마르에게 말했죠. 저는 당신의 부인을 사랑합니다. 그녀를 기른 사람은 저였습니다. 저는 그녀를 제 누이동생처럼 또 한 걸음 더 나아가 제 딸처럼 생각합니다. 그녀는 제게 남아있는 유일한 친척이고 저의 유일한 애정입니다. 제가 당신 곁에 자리를 잡고 우리 셋이서 우리의 인생을 함께 살아갈 수 있다는 것을 좋게 생각해 주세요. 사람들 얘기가 당신은 당신의 부인에 대해 질투심이 많지만 신의가 굳건하고 강직하다고도 합니다. 제가 당신에게 저는 결코 그녀와 사랑에 빠진 적이 없었고 앞으로도 그럴 것이라고 약속을 하고 난 경우라면, 당신은 내가 정말 당신의 처남이 된 듯이 조금도 염려할 필요 없이 저를 대할 수가 있을 겁니다. 선생님, 정말 그렇지 않겠습니까? 델마르 씨는, 그가 지닌 군인다운 충성심의 명성을 소중히 생각하고 있기에, 그러한 솔직한 천명闡明에 신뢰를 보이며 여봐라는 듯 받아들였죠. 그러나 그러한 신뢰가 그가 자랑삼아 내세운 것처럼 참말이 되기 위해서는 여러 달에 걸친 주의 깊은 관찰이 뒤따라야만 했어요. 이제 그 신뢰는 랄프의 충실하고 평온한 영혼만큼이나 확고부동합니다."

"당신은 정말 아주 확신하십니까, 앵디아나?" 하고 레이몽은 물었다. "랄프 경은, 그가 당신에 대해 결코 연정을 품은 적이 없었다고 맹세했을 때, 다소 자기기만을 하고 있는 게 아니냐 말이오."

"그가 그의 부인을 따라 영국으로 가기 위하여 부르봉 섬을 떠났을 때, 저는 열두 살이었어요. 그가 결혼한 몸인 저를 다시 만났을 때는 열여섯이었고요. 그리고 그는 삶에 대해 슬퍼하는 모습보다는 기뻐하는 모습을 더 보여 주었어요. 이제는 랄프가 완전히 늙었죠."

"스물아홉에 말이오?"

"웃지 마세요. 그의 얼굴은 젊지만, 그의 마음은 괴로움을 겪어온 탓에 노쇠했어요. 그리고 랄프는 더 이상 괴로움을 겪지 않으려고 어떤 것에도 애정을 품지 않아요."

"당신에게도 아니란 말이오?"

"저에게조차도 아니죠. 그의 우정은 그저 습관에서 오는 겁니다. 예전에 그는 너그러웠고 그때는 그가 어린 저를 보호하고 가르쳐주려고 발 벗고 나섰어요. 그리고 그때는 그가 오늘날 저를 좋아하듯이 저도 그를 좋아했는데, 그건 제가 그를 필요로 했기 때문이었죠. 오늘날 저는 모든 저의 영혼으로부터 과거의 빚을 청산하고 있고, 저의 삶은 그의 삶을 아름답게 하고 권태로워지지 않도록 하기 위해 흘러가고 있는 거예요. 그러나 제가 어렸을 때는, 저는 마음으로보다는 본능으로 더 사랑을 했고, 반면 이제 성인이 된 그가 저를 마음으로보다는 본능으로 더 좋아하고 있는 것입니다. 저는 그에게 필요한 존재인데, 그것은 제가 그를 사랑하는 거의 유일한 존재이기 때문이죠. 델마르 씨가 그에게 우정을 보여주고 있는 오늘에 와서는, 그는 거의 나만치 그를 사랑합니다. 전에 나의 아버지의 횡포 앞에서 그처럼 용감했던 그의 보호는 제 남편의 횡포 앞에서는 미온적이고 신중하게 되었습니다. 그는, 제가 그의 주변에 있는 한, 내가 괴로워하는 것을 보고서 자책하지 않습니다. 그는 제가 불행한지 아닌지에 대해 의아해하지 않아요. 제가 살아있는 것을 보기만 하면, 그것으로 그는 충분하니까요. 그는 제 운명의 짐을 덜어줄 버팀목 역할을 해주려고 하지 않는데, 그리하게 되면 델마르 씨와 다투게 되고 그 결과 그의 운명의 평정이 흐트러져버리고 말 테니까요. 사람들이 그가 메마른 마음의 소유자라고 말하는 것을 되풀이해 들은 나머지, 그는 자신이 그런 사람이라고 확신을 하게 되었고, 그의 마음은 그런 무념의 상태에서 더욱 메말라갔고 자신감을 상실한 나머지, 마음을 그런 상태에서 잠들게 내버려두었어요. 타인으로부터의 애정은 그의 마음에 변화를 주었을 거예요. 그러나 그런 애정은 그에게 거부되었고 그는 시들어버렸어요. 이제 그는 그의 행복을 조용한 생활에서, 그의 기쁨을 그 삶의 안락한 것들 속에서 찾고자 합니다. 그는 그의 걱정거리가 아닌 것에 대해서는 알고자 하지 않아요. 제가 이 말, *랄프는 이기적이다* 라고 해야 되요."

"아, 좋아요, 훨씬 좋아요." 하고 레이몽은 말했다. "나는 그를 더 이상 두려워하지 않아요. 당신이 원한다면, 그를 좋아하기까지 할 것 같아요."

"그래요! 레이몽, 그를 좋아하세요." 하고 그녀는 대답했다. "그는 그것을 고마워할 거예요. 그리고 우리들 자신에 대해서는, 사람들이 왜 우리를 사랑하는지가 아니고 어떻게 우리가 사랑받는지를 정의하는 일에 신경 쓰기로 하죠. 어떤 동기에서든 관계없이, 사랑받을 수 있는 이는 행복한 거죠."

"당신이 말하고 있는 것은요, 앵디아나." 하고 레이몽은 그녀의 유연하고 가냘픈 허리를 팔로 감싸며 화답했다. "그것은 외롭고 우수에 잠긴 마음의 탄식입니다. 그러나 저의 입장에서는, 저는 당신이 왜? 그리고 어떻게? 무엇보다도 왜를 아셨으면 해요."

"그건 저를 행복하게 만들기 위해서죠, 그렇지 않아요?" 하고 그녀는 슬프고 열정적 눈길로 그에게 말했다.

"그것은 그대에게 내 목숨을 바치기 위해서지요." 하고 레이몽은 앵디아나의 흘러내리는 머리자락에 그의 입술을 스치며 말했다.

바로 옆에서 들리는 팡파르는 그들이 신중할 것을 경고하였다. 그들을 보고 있었던 아니던 그것은 랄프 경이었다.

제 14장

　사람들이 사냥개들을 풀어놓았을 때, 레이몽은 앵디아나의 영혼 속에서 일어나고 있는 변화에 대해 놀라워하였다. 그녀의 눈과 뺨은 생기가 돌았다. 그녀의 부풀어 오른 콧구멍은 어떤 공포 또는 기쁨의 감정을 밖으로 드러내었는데, 갑자기 그녀는 그의 곁을 떠나 말의 옆구리를 힘껏 누르며 랄프의 족적을 따라 쏜살같이 달려 나갔다. 레이몽은 사냥이 랄프와 앵디아나가 공동으로 함께 나누고 있었던 유일한 열정이었다는 사실을 모르고 있었다. 레이몽은 그처럼 가냘프고 겉으로 보기에 겁 많은 여자 안에 남성적인 것 이상의 용기가 자리 잡고 있었다는 것 또한 눈치 채지 못하고 있었다. 그런 종류의 광적인 대담무쌍함은 때때로 가장 연약한 존재들에게서 어떤 신경 발작처럼 그 모습을 드러내는 것이다. 여자들은 고통이나 위험에 대적하여 습관적으로 덤벼드는 신체적 용기를 지니고 있는 경우가 드물지만, 위험이나 고통을 맞아 고양되는 정신적 용기를 지니고 있는 경우는 자주 있는 편이다. 앵디아나의 섬세한 신경은 무엇보다도 음향, 빠른 동작, 또 사냥의 감동을 불러일으키며 그것에 부응하였는데, 그러한 정경情景은 그것이 지닌 피로, 술책, 계산, 전투, 행운과 더불어 전쟁의 축소판인 것이다. 그녀의 따분하고 서글픔으로 초췌한 삶은 이러한 자극들을 필요로 하였다. 그리하여 그녀는 그 무기력한 상태로부터 깨어나 그녀가 일 년 전부터 혈관 속에 발효하도록 방치하였던 사용되지 않았던 모든 에너지를 하루 동안에 쏟아 붓는 듯하였다.

레이몽은 그녀가 겨우 알고 있었던 말의 혈기에 겁 없이 자신을 내맡기며 그 놈을 대담하게 벌채림伐採林 속으로 휘몰아가고, 놀랄만한 기술로 그녀의 얼굴에 탄력적으로 부딪히며 매질을 하는 가지들을 피하고, 주저함이 없이 도랑들을 뛰어넘고, 자신 있게 미끄러운 찰흙 땅바닥 위로 위험을 무릅쓰고 뛰어들며, 그녀의 호리호리한 사지四肢들을 부러뜨릴 것을 겁내지 않고, 오로지 멧돼지의 김이 서린 궤적에 첫 번째로 당도하려고 열을 올리며, 그처럼 내달리는 그녀의 모습을 보고 겁이 났다. 이런 맹렬한 결단력은 그에게 겁을 주었고 그로 하여금 델마르 부인에게 정이 떨어지게 할 뻔했다. 남자들은, 특히 사랑에 빠져 있을 때, 여인들에게서 용기를 감탄하기보다는 오히려 그 연약함을 보호하기를 원하는 순진한 자만自慢을 지니고 있다. 여기서 털어놓아 볼까요? 레이몽은 그러한 대담무쌍한 정신이 사랑에 있어 약속하고 있었던 그 모든 담대함과 강인함에 공포를 느꼈다. 그것은 자기의 불행에 대항하여 싸우기보다는 차라리 자신을 익사시키는 편을 선호하였던 가엾은 누운의 체념한 마음은 아니었다.

'그녀의 취향들 속에 있는 것만큼 그녀의 애정 속에도 그만큼의 혈기와 열광이 있는 것이라면…' 하고 그는 생각했다. '그 멧돼지의 옆구리를 겨냥한 그녀의 변덕스러운 기분처럼 그녀의 맹렬하고 약동하는 의지가 나에게 집착하게 된다면, 그렇다면, 그녀에게 사교계는 조금도 구속력을 갖지 못할 것이며, 법들도 아무 힘을 쓰지 못할 것이다. 나의 운명은 그녀에게 압도될 것이며 나는 그녀의 현재를 위해 나의 미래를 희생하여야 할 것이다.'

공포와 비탄의 함성은 그 가운데 분간할 수 있었던 델마르 부인의 목소리와 더불어 레이몽을 그러한 명상들에서 깨어나게 했다. 그는 불안한 마음으로 말을 앞으로 나가도록 재촉했고, 곧 랄프가 그를 따라 잡으며 그에게 경고의 함성을 들었는지를 물었다.

곧 겁에 질린 사냥개 담당 하인들이 멧돼지가 저항을 했고 델마르 부인을 뒤엎어버렸다고 횡설수설 소리치며 그들 앞에 당도했다. 한층 더 놀란 사냥꾼들이 상처 입은 사람에게 필요한 응급조치를 해줄 수 있는 랄프 경의 이름을 외치며 도착했다.

"아무 소용없어요." 하고 마지막에 도착한 사람 중 하나가 말했다. "희망이 없어요. 당신의 치료도 너무 늦을 겁니다."

이 공포의 순간에 레이몽의 눈은 브라운 씨의 창백하고 침울한 얼굴과 마주쳤다. 그는 소리 지르지 않았고, 입가에 거품을 물지도 않았고, 그의 손들을 비틀어 꼬지도 않았다. 다만 사냥용 단도를 꺼냈고, 영국인다운 냉정한 태도로 자기 목을 찌르려고 채비를 차렸을 바로 그때 레이몽은 그의 흉기를 잡아채고 그를 그 함성이 들려온 곳으로 데리고 갔다.

랄프는 델마르 부인이 그를 향해 달려오는 것을 보았을 때 꿈에서 깨어나는 듯이 보였고, 그녀는 죽은 사람처럼 땅위에 뻗어있었던 대령을 구조하기 위하여 그가 급히 달려가도록 돕고자 했던 것이다. 그는 지체하지 않고 그에게 사혈을 시행했다. 왜냐하면 그는 곧 그가 죽은 것은 아니었음을 확신하게 되었기 때문이다. 그러나 그는 한쪽 넓적다리가 부러졌고, 사람들은 그를 저택으로 운송하였다.

델마르 부인에 관해서 말하자면, 사람들이 그 사건의 혼란된 와중에서 실수로 그녀의 남편 대신 그녀의 이름을 불렀던 것이었다. 또는 그보다는 오히려, 랄프와 레이몽은 그들에게 가장 흥미가 있는 이름을 들은 것이라고 믿었었던 것이다.

앵디아나는 어떤 사고도 당하지를 않았지만, 두려움과 경악은 그녀에게 걸을 힘조차 잃게 했다. 레이몽은 그녀를 팔로 감싸며 부축했고, 그녀가 남편을 동정하기에 앞서 그를 많이 용서해 주어야 했었음에도 그의 불행에 그처럼 심히 충격을 받는 것을 보고 그녀의 여자다운 마음에 호감을 갖게 되었다.

랄프 경은 그의 평상시 평정을 되찾았다. 다만 극도의 창백함이 그가 겪었었던 그 맹렬한 충격을 드러내보였다. 그는 그가 사랑하고 또는 좋아하고[44] 있었던 단 두 사람 중 하나를 잃을 뻔했었던 것이다.

레이몽은, 그 혼란과 착란의 순간에 그가 목격한 것을 이해하기 위하여 유일하게 이성을 견지하고 있었던바, 랄프가 그의 사촌여동생에 대해 품고 있는 애정이 어떠했고 또 그 애정이 그가 대령에 대해 느꼈던 것과 그처럼 차이를 보이고 있었음을 판단할 수 있었었다. 그의 이러한 관찰은, 그것이 앵디아나의 견해와 모순됨을 단적으로 드러나게 했기에, 거의 그의 뇌리를 떠나지 않았지만, 그 장면을 목격했던 다른 사람들의 기억에는 남아있지 않았다.

하지만 레이몽은 델마르 부인에게 그가 목격했었던 그 자살의 시도에 대해 입을 열지 않았다. 그의 그러한 비밀엄수에 깔려 있었던 이기적이고 악의적인 측면에 대해 여러분은 그것이 사랑의 질투심으로 인해 유발된 것으로 간주하여 아마도 용서해주실 수 있을 것이다.

많은 수고와 공을 들여 사람들은 대령을 한 달 반이 지나서야 라니로 수송할 수가 있었다. 하지만 그러고 나서 반년이 지났어도 그는 걸을 수가 없었다. 왜냐하면 대퇴골의 파열이 채 아물기도 전에 급성 류머티즘이 상처 부위에 생겨서 그는 뼈를 깎는 듯한 고통에 시달렸고 완전히 움직이지 못하는 상태에 머물러 있어야 했다. 그의 부인은 그에게 아주 정성어린 간호를 쏟아 부었다. 그의 침상을 떠나지 않았고, 한마디 불평도 없이 그의 가시 돋치고 심술궂은 신경질, 그의 군대식 노기분출, 또 환자로서의 투정들을 잘 감내하였다.

그처럼 쓸쓸한 삶의 고달픔에도 불구하고 그녀의 건강은 신선하고 눈부시게 다시 피어났고, 행복이 찾아와 그녀의 마음을 채웠다. 레이몽은 그녀를 사랑했다. 그는 그녀를 진심으로 사랑했다. 그는 매일 찾아왔다. 그는 그녀를 보기 위해 어떤 어려움도 마다하지 않았다. 그는 남편의 허약과 불구, 사촌의 냉담, 두 사람의 만남의 제약, 그 모두를 감

---

[44] 프랑스어의 동사 aimer는 사랑 또는 호감을 의미함.

내했다. 그로부터 받는 눈초리 하나는 앵디아나의 가슴에 하루 종일 기쁨을 안겨주었다. 그녀는 더 이상 삶에 대해 불평할 생각을 하지 않았다. 그녀의 영혼은 충만했고, 그녀의 청춘은 몰두하는 데가 있었고, 그녀의 도덕적 힘은 영양을 공급받고 있었다.

조금씩 대령은 레이몽에 대해 우정을 품었다. 그는 레이몽의 자상함이 그 이웃이 그의 건강에 대해 갖는 관심의 증거라고 믿는 단순성을 지니고 있었다. 드 라미에르 부인 또한 그녀의 모습을 보임으로 그 유대를 재가裁可하려는 뜻에서 두세 번 찾아왔고, 앵디아나는 감격과 열정을 가지고 레이몽의 어머니에게 애착심을 느꼈다. 드디어 그 여자의 애인은 남편의 친구가 되었다.

이러한 계속적 접근 속에서 레이몽과 랄프는 강제적으로 일종의 친밀한 관계에 도달했다. 그들은 서로 *나의 친구*라고 불렀다. 그들은 아침저녁으로 서로 악수했다. 그들이 서로 간에 어떤 가벼운 청탁이 있었을 때마다, 그들의 상투적 문구는 이러하였다. *나는 당신의 훌륭한 우정에 충분히 의지합니다.* 등등.

요컨대 그들이 서로 상대방에 관해 말을 했을 때, 그들은 말하곤 했다. *그는 내 친구요.*

그리고 이 세상에서 가능한 만큼 그들 둘은 솔직하였지만, 그들은 서로서로 조금도 좋아하지 않았다. 그들은 본질적으로 모든 것에 대해 견해를 달리하였다. 그들에게는 어떠한 공감대도 형성되어 있지 않았다. 그리하여 두 사람 모두 델마르 부인을 사랑했다면, 그 방식은 매우 달랐으므로, 그러한 감정은 그들을 서로 가깝게 만드는 대신 그들을 갈라놓았다. 그들은 서로서로를 반박하고, 상대방을 질책함으로써 가능한 한 상대방의 기분을 잡치게 하는 데서 어떤 야릇한 쾌감을 맛보았는데, 그 질책들은 대화 속에서 일반적 원칙들처럼 늘어놓는 것이지만, 그렇다고 그 날카로움과 신랄함이 덜한 것도 아니었다.

그들의 주된, 가장 빈번했던 논쟁들은 정치에서 시작하여 도덕에서

끝났다. 그들이 델마르 씨의 안락의자 주위에 모이곤 했던 저녁이면, 논쟁은 아주 사소한 구실을 내세우며 일어나곤 했다. 그들은 언제나 겉으로 보기에 정중한 예의를 차렸는데, 한 사람이 그가 지닌 철학에 근거해 그리해야 했다면, 다른 한 사람은 사교계의 관례에서 그런 것을 배워 알았다. 그러나 그들은 암시의 베일을 쓰고는 있었지만 냉혹한 말들을 주고받았고, 대령은 그것을 즐겼다. 왜냐하면 그는 전투적 논쟁적 기질을 타고났던바, 전투가 없는 상황에서, 그는 논쟁들을 좋아했다.

나 자신의 소신에 따르면, 한 인간의 정치적 견해는 그 사람의 모두이다. 나에게 당신의 마음과 머리를 말해준다면 나는 당신에게 당신의 정치적 견해를 말해줄 것이다. 우연이 우리를 어떤 지위 또는 어떤 당파에서 태어나게 했다 하더라도, 우리의 성격은 조만간 교육으로부터 받은 편견들과 신념 위에 우뚝 서게 된다. 여러분은 아마도 나를 독단적이라고 생각할 것이다. 그러나 내가 어떻게 관대함을 배척하는 제도들에 매달리는 사람에 대해 호의적일 수 있을까? 나에게 사형제도의 효용성을 지지하는 사람을 보여준다면[45], 그가 아무리 양심적이고 계몽되어 있다 하더라도, 나는 당신에게 그와 나 사이에 만에 하나라도 어떤 공감대가 있는지 찾아보라고 묻고 싶다. 만약 이 사람이 내가 모르는 진실들을 내게 가르쳐주려고 한다면, 그는 성공하지 못할 것이다. 왜냐하면 그에게 나의 신임을 부여하는 것은 나에 의해 좌우되는 것이 아닐 것이기 때문이다.

랄프와 레이몽은 모든 쟁점에서 의견을 달리했다. 하지만 그들은, 그들이 서로 알기 전에는, 전적으로 확고한 견해들을 가졌던 것은 아니었다. 그러나 그들이 맞붙어 싸우기 시작한 순간부터, 각자는 그 상대방이 내놓는 견해와 반대되는 입장을 내세우며, 그들 각자는 자기의 완전한 요지부동의 확신을 얻게 되었다. 레이몽은 모든 경우에 있어

---

45) 죠르즈 상드와 빅토르 위고는 인도주의 원칙에서 사형 제도를 맹렬히 반대하였음.

기존 사회질서의 옹호자였고, 랄프는 그 제도를 모든 쟁점에서 공격하였다.

그 이유는 간단했다. 레이몽은 행복했고 완전한 대우를 받곤 했고, 랄프는 인생으로부터 오직 병폐와 실망만을 접했었다. 한 사람은 모든 것이 썩 잘되어있다고 생각했고, 다른 사람은 모든 것에 불만족이었다. 사람들과 사물들은 랄프를 박대했고 레이몽에게는 온갖 호의를 베풀었다. 두 어린애들처럼 랄프와 레이몽은 모든 것을 자기들에 비추어 생각했고, 사회질서의 큰 문제들을 판단하는 최종 심급審級으로 자기 자신을 내세웠지만, 그들 중 그 누구도 그럴 자격은 없었다.

랄프는 그리하여 공화국에 대한 그의 꿈을 항상 옹호하였고, 거기서부터 그는 모든 남용, 모든 편견, 모든 불의不義를 추방하기를 원했다. 그것은 온통 새로운 인종에 대한 희구에 기반을 둔 기획이었다. 레이몽은 세습 군주제에 대한 그의 신조를 옹호했고, 그의 말에 따르면, 단두대를 다시 세우고 무고한 피가 흐르는 것을 보느니 차라리 남용과 편견과 불의를 감내하는 것이 낫다는 것이었다.

대령은 토론의 벽두에는 거의 언제나 랄프의 편이었다. 그는 부르붕가家를 미워했고 그의 견해들에 그가 느껴왔었던 모든 반감을 담고 있었다. 그러나 레이몽은 곧 그를 능숙하게 자기편으로 다시 끌어들였는데, 그것은 그가 그에게 군주체제가 원칙 면에서 공화체제에 보다 제국체제에 훨씬 더 가깝다는 것을 증명해주었기 때문이었다. 랄프는 남을 설득하는 재간이 거의 없었고, 그는 너무 솔직하고 솜씨가 서툴렀다. 그 준準남작은 가여웠다! 그의 솔직함은 그처럼 거칠었고, 그의 논리는 그처럼 메말랐고, 그의 원칙들은 그처럼 비타협적이었다. 그는 누구도 봐주는 법이 없었고, 어떤 진실도 완곡하게 말하는 법이 없었다.

"아무렴요!" 하고 그는 대령에게 후자가 영국의 개입을 저주했을 때, 말했다. "당신들과 적대해 올바르게 싸운 국가 전체가 양식良識 있고 사리가 밝은 당신에게 도대체 무얼 했다는 겁니까?"

"올바르게요?" 하고 델마르는 이를 악물고 목발을 휘두르며 반복했다.

"외교적 문제들은 열강列强들이 자기들끼리 해결하도록 놔둡시다." 하고 랄프 경은 받아넘겼다. "우리들의 이해관계를 우리 스스로 논의하는 것을 금하고 있는 정부 형태를 우리가 채택했으니 말이요. 어느 국가가 입법부의 실책들에 책임이 있다면, 당신들의 국가보다 더 죄를 진 국가를 찾아볼 수 있겠습니까?"

"그러니까, 선생님." 하고 대령이 소리쳤다. "나폴레옹을 포기하고 외국의 총칼에 의해 선포된 왕을 마다하지 않고 받아들인 프랑스가 수치스럽단 말이요."

"저는요, 프랑스가 수치스럽다고 말하지 않아요." 하고 랄프가 이어서 말했다. "나는 프랑스가 불행하다고 말합니다. 나는 프랑스의 폭군이 숙청되었던 날 당신들의 그 누더기 *입헌 헌장* [46]을 수용하도록 강요되었을 만치 그처럼 약하고 그처럼 병들어 있었던 것에 동정을 느낍니다. 당신들이 오늘날 존중하기 시작하고 있는 그 넝마자락 같은 자유를 팽개쳐버리고 당신들의 아주 완전한 자유를 새로 정복하려고 해야할 것입니다."

그때 레이몽은 랄프 경이 던진 긴장갑을 집어 들었다[47]. 그 *헌장*의 기사騎士인 그는 또한 자유의 기사가 되기를 원했고, 그는 랄프에게 그 하나는 그 다른 것의 표현이었다는 것을 희한하게 증명해 보여주었다. 즉 그가 그 *헌장*을 찢어버린다면, 그는 그 자신의 우상인 자유를 둘러엎는 격이라는 것이었다. 그 준남작은 드 라미에르 씨가 함정처럼 파놓은, 결함 있는 순환논의 속에서 공연히 허우적거렸다. 레이몽은 보다 넓은 기반을 가진 자유 신분의 제도는 어김없이 "93년의 극단적 행위[48]들로 치닫게 되고 또 국민은 방종이 아닌 자유를 향유할 만치 아

---

46) 1814년 루이 18세가 취약한 정치적 입지를 고려하여 채택했음.
47) 도전에 응한다는 뜻
48) 프랑스 혁명 때의 공포정치

직 성숙하지 않았다는 것을 근사하게 증명해보였다. 그리고 랄프 경이 헌법을 일정 수數의 조문들 속에 가두어두려고 하는 것은 불합리하고 또 처음에는 충분한 것도 조금 지나면 불충분하게 된다고 하며, 어느 회복기의 환자의 경우 필요한 것들은 나날이 증가함을 예로 들어, 그의 의견을 피력했을 때, 레이몽은 브라운 씨가 서투르게 되씹고 있었던 그 모든 흔히 하는 말들에 대해 일괄적으로 대답을 하였던바, 그 헌장은 굽힐 수 없는 동그라미가 아니고 프랑스의 필요에 부응하여 넓혀질 것이고 또 신축성을 지니고 있어, -그의 말을 그대로 옮기면, -훗날 국민적 필요에도 적합할 것이라고 했는데, 실제에 있어 그 헌장은 왕실의 필요에만 맞추어 있었던 것이다.

델마르 씨에 관해 말하자면, 그는 1815년 이래 한 걸음도 앞으로 내딛지를 않았다. 그는 고집불통의 사나이로서 그의 증오에 찬 야유의 영원한 피해자들인 저 코블렌츠 이주자들[49]과 마찬가지로 완고하고 편견에 사로잡혀 있었다. 그는 어른인 아이와 같이 나폴레옹 몰락의 거창한 드라마로부터 아무 것도 이해하지 못했었다. 그는 여론의 힘이 승리했던 상황에서 오직 전쟁의 행운만을 보았었다. 마치 전 국민이 단 한 사람을 배반할 수 있는 것처럼 또 프랑스가 몇 장군들에 의해 매도될 수 있는 것처럼, 그는 항상 배반과 매국행위에 대해 얘기했다. 그는 부르봉 가에 대해 폭정의 책임이 있다고 비난했고, 땅에는 일손이, 가정에는 빵이 없었던 그 제국의 아름다운 시절을 못내 그리워했다. 그는 프랑쉐[50]의 경찰에 대해서는 야유를 퍼붓고 푸쉐[51]의 경찰은 침이 마르게 칭찬하곤 했다. 그는 아직도 워털루 전투가 끝난 그 다음날의 시간 속에서 살고 있었다.

한 사람은 나폴레옹의 군도軍刀 밑에서, 또 다른 사람은 성자聖者 루이[52]의 왕홀 밑에서, 두 사람 다 몽상적 박애주의자인 델마르와 드 라

---

49) 프랑스 혁명을 피해 그 독일도시에 집결해 있던 반동 귀족들
50) Villèle 빌렐르의 반동적 내각 당시의 경찰청장
51) 나폴레옹 당시의 경찰청장

미에르 씨의 감상적感傷的인 어리석은 말들을 듣는다는 것은 참말로 야 릇한 경험이었다. 델마르 씨는 피라미드 아래에 붙박이처럼 서있고, 레 이몽은 벵쎈느 참나무의 군주적 그늘 속에 앉아 있는 모습이랄까. 맨 처음에는 서로 부딪쳤던 그들의 이상향들은 서로 양립할 수 있게 되 었다. 레이몽은 대령을 기사도적 문구로 사로잡았다. 양보를 하나 하고서 그는 열개의 양보를 얻어냈고, 그리하여 대령을 아주 조금씩 잘 길들 여 그 이십오 년의 승리$^{53)}$가 흰 국기$^{54)}$의 접힌 자락 밑에서 나선형으 로 올라가고 있는 것으로 보게끔 했다. 만약 랄프가 드 라미에르 씨의 화려한 미문여구가 지속되는 중간 중간에 끊임없이 급작스럽고 투박 한 촌평을 곁들이지 않았었다면, 후자는 델마르 씨를 영락없이 1815년 의 왕권을 지지하는 쪽으로 끌고 갈 수 있었을 것이다. 하지만 랄프는 대령의 자존심을 상하게 했고, 그의 견해를 흔들어 놓고자 그가 구사 한 그 서투른 솔직함은 그를 오직 그의 제국적 확신들 속에 닻을 내리 게 할 뿐이었다. 그때 드 라미에르 씨의 모든 노력은 수포로 돌아갔다. 랄프는 그의 달변의 꽃들을 무거운 걸음으로 밟고 지나갔고, 대령은 악착스레 그의 삼색기三色旗로 회귀했다. 그는 *어느 맑게 갠 날 거기에 붙은 먼지를 흔들어 털어버릴 것이라고* 맹세했다. 그는 그 백합들 위 에 침을 뱉고자 했고, 라이히쉬타트 공작$^{55)}$을 그의 선조들의 왕좌로 다시 모셔오고자 했고, 프랑스를 짓누르고 있는 치욕에 대해, 그를 그 의 안락의자에 못 박아놓는 류머티즘에 대해, 또 사막의 이글거리는 태양에 끄슬리고 모스크바 강의 유빙遊氷을 헤치고 나온 콧수염 노병 들에 대한 부르봉 가家의 망은忘恩에 대해 불평하는 것으로 언제나 끝 을 맺곤 했다.

"나의 딱한 친구양반!" 하고 랄프는 말했다. "제발 공정해 봐요. 당

---

52) 경건한 미덕을 지녔던 루이 9세
53) 나폴레옹의 승리
54) 1815년 왕정복고한 부르봉의 상징
55) 나폴레옹의 아들

신은 왕정복고가 제국을 위해 행한 봉사들에 대해 보답을 하지 않았고 이주자들에게는 봉급을 주는 것은 나쁘다고 생각할 것이오. 제게 말해 보세요, 만약 나폴레옹이 내일 모든 그의 권력과 더불어 다시 살아난 다면, 그가 사은謝恩으로부터 당신들을 배제하고 그 합법 왕조의 정통성을 옹호하는 자들로 하여금 그 혜택을 누리게 한다면, 당신은 그것을 좋다고 생각하실 것입니까? 저마다 자기 자신과 제 사람들을 위하는 법이오. 이러한 것들은 바로 사업상의 논의들이고 프랑스에는 조금도 이해관계가 없는 개인적 이해관계의 논쟁들이오. 오늘날 당신들은 그 이주移住파당의 보병들처럼 거의 똑같이 불구가 되어 있고, 또 모두 통풍에 시달리고, 결혼한 몸들이거나, 아니면, 뿌루퉁해 있는 당신들은 조국에 마찬가지로 무용지물들이오. 그러하지만 조국은 당신들 모두를 먹여 살려야 하는데, 당신들은 서로 앞 다투어 조국을 원망할 것이오. 공화국의 날이 밝는 날, 공화국은 모든 그대들의 요구들로부터 해방될 것이며 정의는 구현될 것이오."

이렇게 상식적이고 자명한 말들은 개인적 모욕처럼 대령의 기분을 상하게 했고, 랄프는 모든 양식良識을 갖고도 그가 높이 평가했던 한 남자의 속 좁음이 그 정도였음을 이해하지 못한 나머지, 가차없이 그의 화를 북돋는 데에 익숙해지곤 했다.

레이몽이 등장하기 전에는 이들 두 사람 사이에는 민감한 이해관계로 서로 감정을 상하게 할 수 있었던 모든 미묘한 논란의 주제를 피하고자 하는 무언의 합의가 있었다. 그러나 레이몽은 그들의 고독한 공간에 언어구사의 온갖 섬세함과 문명사회의 온갖 사소한 변절들을 도입했다. 그는 그들에게 사람들은 서로 서로 무슨 말이든지 할 수 있고, 무슨 비난도 할 수 있고, 언제나 논의의 핑계를 방패삼아 앞서 한 말을 철회할 수 있음을 가르쳐주었다. 그는 그들의 가정에 당시 사교계 살롱들에서 용인되었던 논전의 관습을 소개하였다. 왜냐하면 그 백일천하百日天下의 증오의 열정들은 많이 수그러들고 여러 가지 뉘앙스의 감정들 속으로 흡수되어 버렸었기 때문이었다. 그러나 대령은 그의 감정들의 모든 신랄함을 그대로 보존했었고, 랄프는 대령이 합리적 언어를 이해할 수 있으리라고 생각함으로써 큰 실책을 범했다. 델마르 씨는 하루가 다르게 더욱 랄프에게 날을 세웠고 레이몽에게 가까워졌는데, 후자는 아주 큰 양보들을 하지 않고서도, 그의 자존심을 건드리지 않기 위해 우아한 표현들을 구사할 줄 알았다.

가정의 안방으로 정치를 오락인 양 끌어들이는 것은 대단히 현명치 못한 일이다. 만약 평화롭고 행복한 가정들이 오늘날 아직 존재하고 있다면, 나는 그들에게 어떤 신문도 구독을 하지 않을 것과 예산의 가장 작은 조항도 읽지 않고 그들의 시골 택지의 깊숙한 곳에 오아시스인 양 틀어박혀 자기 자신들과 여타의 사회 사이에 뛰어넘을 수 없는 경계선을 쳐놓으라고 조언한다. 왜냐하면, 만약 그들이 우리의 논쟁의 소음이 그들에게까지 도달하도록 내버려둔다면, 그것은 그들의 평화와 휴식에 종지부를 찍는 것이기 때문이다. 아무도 그 견해들의 차이와 갈라짐이 친척들 간에 얼마나 많은 씁쓸함과 울분을 야기하는지를 상상하지 못한다. 대부분의 경우 그것은 서로 성격의 결함들, 지성의 박약, 또 악의적 감정들을 비난하는 계기가 될 뿐이다.

그들은 감히 상대방을 협잡꾼, 바보, 야심가, 겁쟁이로 취급하려고 하지는 않았을 것이다. 그들은 그 같은 관념을 *예수회원, 왕당파, 혁명가, 중용주의자*와 같은 명칭으로 포장한다. 이것들은 다른 말들이지만 그것들은 같은 모욕적 언사이고, 그들이 서로 추적하고 느슨해짐이 없이, 관용이 없이, 절제 없이 서로 공격하는 것을 자신들에게 허락하고 있었던 만큼, 그만치 더 신랄한 것이다. 그러니까 그들은 상호간의 허물들에 대한 어떠한 관용도, 어떠한 자선적 태도도, 어떠한 관대하고 섬세한 신중함을 더 이상 보이지 않는다. 그들은 서로 서로 어떤 것도 더 이상 눈감아주지 않고 모든 것을 정치적 감정에 연계시킨다. 그리고 그러한 가면 밑에서 그들은 증오와 복수를 뿜어내고 있다. 프랑스에 아직 전원들이 있다면, 전원의 행복한 거주자들이여, 정치로부터 달아나시오, 달아나시오, 그리고 *Peau d'âne 당나귀의 가죽*[56)]을 가족이 모인 자리에서 함께 읽으시오!… 그러나 우리의 시민적 불협화음의 폭풍들로부터 그 유순한 마음을 건지어 지키려는 그 사람을 은닉하고 보호해주기에 충분히 으슥한 은거지도, 충분히 깊숙한 고독의 장소도 없는 것이다.

브리 지방의 작은 성곽인 그 장원 저택은 몇 년 동안 이 치명적 침입에 방어를 했었지만 별 소용이 없었다. 이 저택은 결국 근심 없는 분위기, 생동적 가정생활, 또 정적과 명상으로 점철되었던 그 긴 저녁시간들을 상실했다. 소란스러운 논쟁들이 잠들어있던 반향들을 일깨웠다. 신랄하고 위협적인 말들이 먼지 낀 징두리 벽판들 속에서 백년 동안 미소를 짓고 있었던 빛바랜 천동天童들을 놀라게 하였다. 현재 진행되고 있는 삶의 감정들은 이 해묵은 거처 안으로 침투해 들어왔다. 그리고 시대에 뒤떨어진 이 모든 장식들, 쾌락적이고 경박했던 한 시대[57)]의 이 모든 잔재들은 공포에 질려 회의懷疑와 미문조美文調의 웅변으로 점철된 우리 시대의 입장을 지켜보았다. 그리고 이 시대는 매일 아침부터 저녁까지 서로 논쟁하기 위하여 자신들을 이곳에 함께 가두어놓은 세 인물들에 의해 대변되었다.

---

56) C. Perrault 페로가 1694년에 발표한 운문 동화
57) 18세기 Phillippe d'Orléans 필리프 도를레앙 섭정 당시의 풍조

제 15장

    이러한 지속적 의견충돌들에도 불구하고, 델마르 부인은 젊은 날의 자신감을 가지고 행복한 미래의 희망에 자신을 내맡겼다. 그것은 그녀의 첫 번째 행복이었다. 그녀의 강렬한 상상력과 젊고 풍부한 마음은 그녀에게 부족했던 모든 것을 동원하여 그것을 아름답게 꾸밀 수 있었다. 그녀는 마음속에 생동감 있고 순수한 즐거움들을 만들어내고 그녀의 운명이 허락할지말지 한 호의들을 보충하는 데에 독창적이었다. 레이몽은 그녀를 사랑하고 있었다. 그녀가 그의 생애의 유일한 사랑이었음을 말했을 때, 그는 거짓말을 하고 있는 것이 아니었다. 그는 그때까지 한 번도 그처럼 순수하게 또 그처럼 오랫동안 사랑해본 적은 없었다. 그녀 가까이에서 그는 그녀가 아닌 것은 모두 잊었다. 세상과 정치는 그의 기억에서 지워졌다. 그는 그 가정생활에, 그녀가 그에게 마련해준 그 가족적 일상사에 즐거움을 느꼈다. 그는 이 여인의 인내와 힘에 감탄하였다. 그는 그녀의 지성이 그녀의 성격과 대조를 이루는 것에 놀라곤 했다. 그는 무엇보다도, 그들의 첫 서약에 담겼던 장엄함을 경험하고 나서부터 그녀는 별로 요구가 많지 않고, 그처럼 은밀하고 드문드문 있는 기쁨들로 행복하고 분별없이 자신을 내맡길 만치 신임하는 모습을 보여주는 것에 놀랐다. 이것은 사랑이 이제 그녀의 마음속에서 새롭고 너그러운 열정이었기 때문이었다. 또 그것은 천千의 섬세하고 고귀한 감정들이 거기에 연계되어 그녀에게 레이몽이 이해할 수 없었던 힘을 주었기 때문이었다.

그에 대해서 말하자면, 그는 우선 남편이나 사촌이 항상 동석하고 있는 것에 괴로워했다. 그는 이 사랑을 그가 알았던 여느 연애사건들과 마찬가지로 끌고나갈 것을 생각했었다. 그러나 앵디아나는 곧 그로 하여금 그녀의 수준까지 자신을 끌어올리도록 강제하였다. 감시를 견디어내는 그녀의 체념, 남몰래 그를 바라보는 행복한 모습, 말없이 모든 것을 말해주었던 그녀의 눈, 대화중에 어떤 돌연한 암시가 그들의 마음을 가까이 했을 때의 그녀의 숭고한 미소, 이러한 것들은 곧 바로, 레이몽이 그의 세련된 정신과 교육에서 얻은 교양 덕분에 이해했던바, 미묘하고 정교한 기쁨들이 되었다.

사랑의 어떤 달성의 가능성을 모르고 있는 것 같았던 이 정숙한 존재와 그런 달성을 피하는 척하면서 그것을 재촉하는 일에만 몰두하는 여자들 사이에는 얼마나 큰 차이가 있는 것인가! 레이몽이 우연히도 그녀와 단 둘이서만 있게 되었을 때, 앵디아나의 뺨은 더 따스한 빛깔을 띠며 달아오르지 않았고 당황해서 시선을 돌리지도 않았다. 그렇다, 그녀의 투명하고 침착한 눈은 언제나 황홀하게 그를 응시하곤 했다. 어머니의 키스밖에는 몰랐던 소녀의 입술 같은 그녀의 장밋빛 입술에는 언제나 천사의 미소가 어른거렸다. 그는 그녀가 그처럼 신뢰를 하고 있고, 그처럼 사랑에 열중해 있고, 그처럼 순수하고, 온통 마음의 삶을 살아가며, 또 그녀의 애인이 그녀의 발아래에 있었을 때 그의 마음속에 육감적 고통이 있다는 것을 이해하지 못하는 것을 보았을 때, 레이몽은 그녀의 눈에 그녀가 꿈꾸었던 수준 이하로 비치게 될 것을 두려워한 나머지, 감히 더 이상 사내처럼 행동할 수가 없었다. 그리고 자존심에 의해 그도 그녀처럼 정숙하게 되었다.

진짜 크레올 여인처럼 무식했던 델마르 부인은 그들이 이제 매일같이 토론하는 그 심각한 문제들을 그때까지 한번도 가늠해볼 생각을 한 적이 없었다. 여자들의 지성知性이라든가 합리적 사고방식 같은 것에 대해 초라한 견해를 지녔던 랄프 경에 의해 그녀는 교육받았고 그는 그녀에게 약간의 당장 써먹을 수 있는 실제적 지식을 부여하는 것에 한정하였다. 그리하여 그녀는 세계사의 개요를 거의 알지 못하고 있었고, 모든 진지한 학술적 논설은 그녀를 엄청난 권태로 압도하였다. 그러나 그녀는 레이몽이 무미건조한 주제들에 매력적인 기지와 시정詩情이 담긴 언어를 적용하는 것을 들었을 때, 그녀는 경청하였고 이해하려고 노력했다. 그래서 그녀는 넓은 세상에서 교육받은 열 살배기 소녀라면 능히 해결했을 소박한 질문들을 아주 조심스레 던져보았다. 레이몽은 그의 원칙들을 받아들이려는 듯한 그녀의 백지와도 같은 영혼은 깨우쳐주는 것을 즐겼다. 그러나 그가 그녀의 때묻지 않고 담백한 영혼에 막대한 영향력을 행사하였지만, 그의 현학적衒學的 궤변은 가끔 저항을 받았다.

앵디아나는 원칙들로 내세워지는 문명사회의 이해관계들에 양식良識과 인성人性의 올바른 관념들과 단순한 법칙들을 반대로 내놓았다. 그녀의 이의들은 때때로 레이몽을 당황케 했지만 그녀의 어린애다운 독창성으로 그의 마음을 사로잡는 야생의 솔직함을 띠고 있었다. 그는 진지한 작업에 임하듯이 열을 올렸고, 그녀를 조금씩 그의 신념들과 원칙들에 인도하는 것을 그의 중요한 과제로 삼았다. 그는 그처럼 양심적이고 그처럼 자연적으로 계몽된 그녀의 확신을 지배할 수 있는 것에 자부심을 느꼈을 것이다. 그러나 그가 의도한 바를 성취하는 데에 그는 다소 어려움을 겪었다. 랄프의 일반적 체계들, 사회악에 대한 그의 단호한 증오, 다른 법칙들과 다른 도덕들이 통용되는 것을 가만히 두고 보지 못하는 그의 격렬한 조급증, 이런 것들은 앵디아나의 불행한 추억들이 화답하였던 공감대였다. 그러나 돌연히 레이몽은 랄프에게 현재에 대한 그의 혐오감은 그의 이기주의의 결과였음을 증명해 보임으로써 그의 신용을 완전히 추락시키곤 했다. 그는 열띤 어조로 그 자신의 애정들, 위험한 처지에서도 신실함을 지키기 위해 온갖 영웅적 품위를 유지했다고 그가 칭찬해 마지않은 왕족에 대한 그의 헌신, 그의 선조들의 박해받았던 신앙, 그가 추리하지 않고, -그가 말하는바, -본능과 욕구에 의해 간직한 그 자신의 종교적 감정들을 서술하곤 했다. 그러고 나서 그의 동료 인간들을 사랑하며 명예와 박애의 모든 유대로 현재의 세대에 집착하는 행복을 말했고, 또 위험한 혁신들을 배척하고 내부 평화를 유지함으로써, 필요가 있을 때면, 그의 동포들의 가장 밑바닥에 있는! 한 사람의 피를 한 방울이라도 아끼기 위하여 모든 그의 피를 바침으로써 조국에 봉사를 하는 기쁨을 역설했다. 그는 그 모든 이상향들을 매우 기교 있고 매력적으로 묘사했으므로 앵디아나는 자신도 모르게 레이몽이 사랑하고 존경했던 것을 사랑하고 존경하려는 욕구로 이끌려지고 있었다. 그러한 가운데 랄프는 이기주의자라는 것이 증명되어 있었다. 그가 어떠한 관대한 착상을 옹호했을 때, 사람들은 빙그레 웃었다. 그의 정신과 마음이 그때 모순되었음이 명백하였다. 그처럼 따뜻하고, 통이 크고 대범한 영혼을 지녔던 랄프를 믿는 것이 더 낫지 않았을까?

하지만 레이몽이 오직 반감만 곱씹으며 그의 사랑을 거의 잊어버렸던 때도 많았다. 그는 델마르 부인 곁에서 랄프 경만을 보았던 것인데, 후자는 그처럼 고귀한 적대적 논객들을 격파했었던, 월등한 상대인 그에게 거칠고 냉정한 양식良識을 가지고 감히 덤벼들었다. 그는 자신이 그런 빈약한 상대와 싸우게 된 것에 모욕을 느꼈고, 그리하여 그를 그의 달변의 무게로 압도하곤 했다. 그는 재능의 모든 자원을 총동원했고, 랄프는 얼떨떨해져 자기 생각들을 정리하는 데 느렸고 그것들을 표현하는 데에는 더욱 더 느렸던 바, 그의 빈약함을 괴롭게 의식하지 않을 수가 없었다.

그러한 순간들에 있어 앵디아나에게는 레이몽의 관심이 그녀에게서 완전히 떠나 있는 것 같았다. 그녀는 그 모든 그처럼 잘 표현된 고귀하고 위대한 감정들이 아마도 오직 화려한 말의 잔치, 즉 자기 말에 도취되어서 청중의 호감을 가로채는 감상적 희극을 펼쳐 보이는 변호사의 빈정대는 달변에 지나지 않는다는 것에 생각이 미쳤을 때 불안과 공포의 경련을 느꼈다. 그녀는 무엇보다도, 그녀가 그의 시선과 마주쳤을 때 거기에는 그녀에 의해 이해되었다는 기쁨이 아니고 한 근사한 변론을 행한 것에 승리감을 느끼는 자존심이 번쩍이고 있음을 보았을 때, 몸이 오싹해짐을 느꼈다. 그녀는 그때 두려운 마음이 들었고 이기주의자 랄프를 생각했다. 그에 대해 그들은 아마도 공정치 않았다. 그러나 랄프는 앵디아나의 그러한 불확실성을 지속시키기 위하여 어떤 말 한 마디도 할 줄 몰랐고, 레이몽은 그것을 불식시키는데 늘 능란했다.

그러니까 그 저택의 내부에서 오직 한 인생만이 진정으로 혼란 속에 빠졌고, 오직 한 행복만이 진정으로 망쳐졌는데, 그것은 바로 랄프의 인생이고 행복이었다. 그는 불행하게 태어난 사람이었고, 그에게 인생은 지금껏 한 번도 빛나는 측면들, 충만하고 깊이 파고드는 기쁨들을 지니지 못했다. 그의 커다란 암울한 불행을 누구도 동정하지 않았고, 그는 누구에게도 불평하지 않았다. 그 숙명은 참으로 저주받았지만, 詩가 있는 것도, 모험이 있는 것도 아니었다. 그것은 어떤 우정에 의해서도 완화되지 못했고, 어떤 사랑에 의해서도 매료된 적이 없었던 그저 평범하고, 시민적이고, 슬픈 숙명이었다. 그것은 삶에 대한 사랑과 희망의 욕구가 주는 의열義烈과 더불어 소모되고 있었다. 고독한 존재였던 그에게도 여느 누구와 마찬가지로 아버지와 어머니, 형제, 아내, 아들. 여자 친구가 있었지만, 그 모든 애정관계로부터 어떤 것도 얻은 것이 없었고 어떤 것도 간직하고 있지 않았다. 그는 인생의 이방인으로 우울하고 활기 없이 그냥 살아갔고, 고통 속에서 어떤 매력을 느끼게 할 법한, 자신의 불행에 대한 고양된 감정도 지니고 있지 않았다.

그의 견고한 성격에도 불구하고 그는 가끔 자신이 미덕에 대해 낙담하고 있음을 느꼈다. 그는 레이몽을 미워했고, 그를 단 한마디 말로 라니에서 쫓아버릴 수가 있었다. 그러나 랄프는 그렇게 할 수 없었는데, 그 까닭은 그는 한 신념, 레이몽의 천千의 신념들보다 더 강한 어떤 신념을 지니고 있었기 때문이었다. 그에게 희생과 용기를 지시하고 명했던 것은 교회도, 군주체제도, 사회도, 명성도, 법칙들도 아니었다. 그것은 양심이었다.

그는 그토록 고독하게 살아왔었던 고로 다른 이들에게 기대는 습관을 가질 수가 없었다. 그러나 그러한 고독 속에서도 그는 자기 자신을 아는 법을 터득했다. 그는 그 자신의 마음을 자기의 친구로 만들었다. 그는 자기의 상념들을 곱씹어보고 다른 사람들이 그에게 가하는 부당행위들의 원인을 자문自問해봄으로써 그는 자신이 그런 해를 입을만한 어떤 악덕도 지니고 있지 않았다는 사실을 확신하였다. 그는 그의 됨됨이가 시시하고 평범하다는 것을 잘 알고 있었기 때문에 그런 일에 더 이상 화도 내지 않았다. 그는 다른 사람들이 그를 무관심하게 대하는 것을 이해했고 그것을 그의 운명으로 받아들였다. 그러나 그의 영혼은 그 자신이 고취하지 않았던 모든 감정들을 그가 친히 느낄 수 있었음을 알려주었다. 그리고 그가 다른 이들에게 모든 것을 용서할 의향이 있었지만, 그 자신의 마음속에서는 어떤 것도 관용할 수 없다고 작정하였다. 이 모든 내면화된 생활, 이 모든 은밀한 감정들은 그에게 이기적으로 보이는 외관을 선사했는데, 아마도 자기 자신에 대한 존중만치 그러한 외관과 닮은 것도 없을 것이다.

그러나 우리가 좋은 일을 아주 잘 해보려고 할 때 덜 좋게 하고 마는 일이 가끔 있듯이, 랄프 경은 아주 세심하게 신중을 기하려고 한 나머지 큰 실수를 저지르고 만 일이 있었고, 그 결과 델마르 부인에게 만회할 수 없는 불행을 끼쳤는데, 그것은 어떤 질책을 함으로써 그녀의 양심에 부담을 주게 될까봐 염려했기 때문이었다. 그 잘못은 다름이 아니라 그녀에게 누운의 죽음의 진짜 원인들을 가르쳐주지 않은 것이었다. 그랬더라면, 그녀는 의심할 바 없이, 레이몽에 대한 그녀의 사랑의 위험들을 심사숙고해보았을 것이다. 그러나 우리는 왜 브라운 씨가 그의 사촌 여동생을 감히 깨우쳐주지 못했는지를 또 어떤 괴로운 양심의 가책이 그로 하여금 그처럼 중요한 문제점에 대해 침묵을 지키게 했는지를 좀더 뒤에 가서 알게 될 것이다. 그가 그 침묵을 깨려고 마음먹었을 때는 너무 늦었다. 레이몽은 그의 영향력을 펼칠 시간을 가졌었던 것이다.

어떤 예기치 못했던 사건이 대령과 그의 부인의 장래를 이제 막 통째로 흔들어놓았다. 델마르 기업의 모든 번영이 달려있었던 어느 벨기에의 상사商社가 완전히 파산하였기 때문에 채 회복도 되지 않았던 대령은 아주 황급히 엔트워프로 막 떠났다.

그의 몸이 아직도 많이 약하고 편치 않은 것을 보고 부인은 그와 동행하기를 원했다. 그러나 완전 파산의 위기를 맞고 있었고 모든 채무를 충실히 이행하려고 마음을 굳힌 델마르 씨는 그의 여행이 도피로 비쳐질까봐 염려하였고, 그러기에 아내를 라니에 그의 귀가에 대한 보증으로 남겨두기를 원했다. 그는 마찬가지로 랄프 경의 동행을 거부했고 그에게, 불안감에 싸여 조급해진 채권자들이 소란을 피울 경우에 대비해, 델마르 부인 곁에 남아 기둥역할을 해줄 것을 당부했다.

이렇게 난감한 처지에서 앵디아나의 유일한 두려움은 라니를 떠나고 레이몽으로부터 멀어지게 되는 것이었다. 그러나 그는 대령이 의심할 여지가 없이 파리로 가기로 되어 있는 것이라고 논증하며 그녀를 안심시켰다. 한 걸음 더 나아가, 그는 그녀에게 그녀가 어디로 가든지 무슨 구실을 대서라도 그녀를 따라갈 것임을 서약했다. 그리하여 남의 말을 곧잘 믿는 그 여인은 그녀에게 레이몽의 사랑을 시험해볼 기회를 허락해준 불행에 대해 다행스럽다는 생각마저 하고 있었다. 그에 관해 말하자면, 어떤 막연한 희망, 어떤 끊임없이 떠오르며 그를 성가시게 구는 생각이 그 사건의 소식을 접했을 때부터 그의 마음을 온통 사로잡았다. 그는 드디어 앵디아나와 단 둘이서만 있게 될 참이었고, 그것은 지난 육 개월 이래 처음 있는 일이 아닌가! 그녀는 그 동안 그를 피하려고 한 적이 한 번도 없었다. 그리고 그 사랑의 순박한 정숙함이 그에게 어떤 야릇한 매력을 지녔던 것이고 그러한 사랑에 승리를 거두기 위해 조금도 성급히 굴 필요가 없었겠지만, 그는 그것을 어떤 흡족한 결과로 유도하는 것이 이제는 그의 명예가 걸린 문제가 되었음을 느끼기 시작하고 있었다. 그는 델마르 부인과 맺고 있는 관계에 대해 어떤 악의적인 암시도 청렴하게 배척하곤 했다. 그는 아주 겸손하게 그녀와 그 사이에는 오직 온화하고 조용한 우정만이 존재한다고 주장하곤 했다. 그러나 그는 세상의 무엇을 준다 해도, 그의 가장 친한 친구에게 조차도, 그가 지난 육 개월 동안 열렬히 사랑을 받아왔었고 그 사랑으로부터 아무 것도 얻은 것이 없었다는 사실을 털어놓으려고 하지 않았을 것이다.

감시에 관한 한 랄프 경이 델마르 씨를 대신하고자 작심한 듯이 보였고 앵디아나의 사촌이 아침부터 라니에 와서 있다가 저녁이 되어서야 벨르리브에 돌아가곤 했음을 알게 되었을 때 그 모든 것이 기대와 어긋나게 된 것을 약간 짜증스럽게 생각하고 있었다. 게다가, 그들이 각자의 처소로 돌아가기 위하여 얼마 동안 같은 길을 가야 했기 때문에 랄프는 그의 출발시간을 레이몽의 출발시간과 일치시킴으로써 견디기 어려운 친절의 꾸밈새를 보여주곤 했다. 이러한 제약은 드 라미에르 씨에게 얼마 지나지 않아 혐오스럽게 느껴졌고, 델마르 부인은 거기에 그녀에게 모욕적인 불신과 동시에 그녀의 행동을 지배하려는 폭군적 월권행위가 개재되어 있다고 믿었다.

레이몽은 감히 밀회를 요구하지도 못했다. 그가 그런 시도를 했을 때마다, 델마르 부인은 그들 사이에 맺어놓은 일정한 조건들을 상기시켜주었다. 그러는 동안 대령이 떠난 이래로 벌써 일주일이 훌쩍 지나갔고, 그는 곧 돌아와 있을 수가 있었다. 그는 그 기회를 잘 활용해야만 했다. 승리를 랄프 경에게 양도하는 것은 레이몽에게는 불명예였다. 그는 어느 날 아침 다음과 같은 편지를 델마르 부인의 손에 넌지시 쥐어줬다.

'앵디아나! 당신은 내가 당신을 사랑하는 만큼 나를 사랑하고 있지 않단 말이오? 나의 천사여! 나는 불행하오. 그리고 당신은 그것을 눈치채지 못하고 있소. 나는 슬프고, 내 장래가 아니라 당신의 장래에 대해 걱정이 많소. 왜냐하면, 그대가 어디에 가 있든지, 나는 그곳으로 가서 살든지 죽든지 할 것이기 때문이오. 그러나 가난이 당신에게 닥칠 것을 생각하면 나는 두렵소. 당신처럼 나약하고 가냘픈 사람이, 나의 가엾은 연인이여, 어떻게 그런 빈곤을 감당해내겠다는 거요? 당신에게는 부유하고 너그러운 사촌이 있어서 당신의 남편은 나로부터는 거절하고 받지 않을 것도 아마 그로부터는 받을 것이오. 랄프는 당신의 운명적 처지를 완화할 것인데, 나는, 나는 당신을 위해 아무 것도 하지 못하게 되는 것이오!'

'보세요, 귀한 친구여, 내가 우울하고 슬퍼할 이유가 있는 것을 잘 알 수 있겠죠. 당신, 당신은 영웅답고, 무슨 일이 일어나도 쾌활하고, 내가 힘들어하는 것도 원치 않아요. 아! 나의 용기를 지탱하기 위해서 나는 당신의 부드러운 말과 당신의 부드러운 시선이 필요한 것이요! 그러나 어떤 상상치도 못할 운명의 장난으로 내가 당신의 발아래에서 자유롭게 보내기를 희망했던 이 날들은 내게 한층 더 쓰라린 제약만을 가져왔다오.'

'앵디아나, 그저 한 마디만 해주어요, 우리가 적어도 한 시간 동안 둘이서만 있게 말이오, 그러면 나는 당신의 흰 손 위에 눈물을 흘리며 당신에게 내가 겪고 있는 괴로움을 모두 말할 것이고, 당신으로부터 듣는 말은 나를 위로해주고 나에게 확신을 심어줄 거예요.'

'그리고 말이요, 앵디아나. 나는 어린애 같은 객쩍은 생각, 아니, 연인의 참다운 객기 같은 것이 하나 있소. 나는 당신의 방에 들어가고 싶소. 아! 놀라지 마세요, 나의 부드러운 크레올 아가씨! 나는 쓰라린 경험을 통해 당신을 존경해야 할 뿐만 아니라 당신을 무서워해야 하는 것을 잘 알고 있소. 바로 그렇게 해보기 위하여 나는 당신의 방에 들어

가서, 나에게 그처럼 화가 났던 당신의 모습을 보았던, 또 나의 방약무인에도 불구하고 감히 당신을 바로 쳐다보지도 못했던 바로 그 곳에서 무릎을 꿇고 싶은 것이오. 나는 거기 엎드려서 평정과 행복의 한 시간을 보내고 싶은 것이오. 내가 당신으로부터 청하는 호의는 단 하나, 그대의 손을 내 가슴 위에 얹어놓고, 그것을 그가 지은 죄악으로부터 정화시키고, 그것이 너무 빨리 뛰게 되면, 그것을 진정시키고, 그대가 생각하기에 내가 그대의 품위에 손색이 없다면, 그것에 모든 당신의 신뢰를 부여해 달라는 것이오. 오! 그래요, 나는 그대에게 내가 이제는 그럴만한 가치가 있다는 것, 내가 그대를 잘 알고 있다는 것, 어느 소녀가 일찍이 그녀의 마돈나에게! 바쳤던 그 신앙심보다 더 순결하고 더 성스러운 신앙심으로 내가 그대에게 봉사한다는 것을 증명해 보이고 싶은 거요. 나는 그대가 나를 더 이상 두려워하지 않고, 내가 그대를 공경하는 만큼 그대가 나를 존중하고 있다는 것을 확신하고 싶은 거요. 그대의 품에 기대어 나는 저 천사들의 삶의 한 시간을 살고 싶은 거예요. 말해줘요, 앵디아나, 그렇게 하여 주겠소? 한 시간요, 처음이며, 아마도 마지막 시간을 말이오!'

'앵디아나, 이제는 나를 면죄해주고, 나로부터 그처럼 가혹하게 박탈되었다가 그처럼 값비싸게 되찾은 그대의 신뢰를 내게 되돌려줄 때가 되었소. 그대는 내게 만족해하는 것이 아닌가요? 말해 봐요, 모든 나의 욕망을 그대의 일거리 위에 숙여진 그대의 눈처럼 흰 목을 그대의 검은 머리카락의 동그라미들 사이로 바라보는 것으로 또 그대가 앉아 있는 창문으로부터 바람결에 실려 내게 실려온, 그대로부터 발산하는 그 향기를 들여 마시는 것으로 한정하면서, 그대의 의자 뒤에서 육 개월을 보낸 것이 아니었던가요? 그만한 순종이면 정녕 한 번의 키스로 보상받을 만하지 않을까요? 그대가 원한다면, 누이의 키스, 이마에 하는 키스 말이죠. 나는 우리가 합의했던 것들을 충실히 지킬 것이요, 저는 그것을 맹세해요. 나는 아무 것도 요구하지 않을 거요…. 아, 하지만요! 무정한 그대여, 그대는 내게 어떤 것도 허락하지 않으시려나요? 그대가 두려워하는 것은 정작 그대 자신인가요?'

델마르 부인은 이 편지를 읽기 위하여 그녀의 방으로 올라갔다. 그녀는 그 자리에서 답을 썼고 그 답장을 그가 너무도 잘 알고 있었던 그 정원 열쇠와 더불어 그의 손에 쥐어주었다.

'제가, 레이몽, 그대를 두려워한다고요? 오! 아니에요, 현재는 아니에요. 저는 그대가 저를 얼마나 사랑하는지를 알고 있어요. 저는 너무 황홀하게 그것을 믿고 있어요. 그러니 오세요, 저는 더 이상 저 자신을 두려워하지 않아요. 제가 그대를 덜 사랑했더라면, 저는 지금 아마도 덜 침착할 거예요. 그러나 저는 그대 자신은 헤아리지 못할 만치 그대를 사랑하고 있어요…. 랄프가 의혹의 눈초리를 보내지 않도록 여기서 일찍 떠나세요. 당신은 그 경내와 저택주변을 알고 있죠. 여기 그 작은 문의 열쇠가 있는데, 들어오신 후에 그 문을 다시 잠그세요.'

이러한 순박하고 관대한 신뢰는 레이몽으로 하여금 얼굴을 붉히게 만들었다. 그는 그 신뢰를 고취하고자 노력했었는데, 그 의도는 그것을 남용하기 위함이었다. 그는 그 밤, 그 기회, 그 위험을 셈에 넣고 있었다. 만약 앵디아나가 겁을 집어먹었다면, 그녀는 걷잡을 수 없이 미로에 빠졌을 것이다. 그러나 그녀는 평온하였고 그의 서약에 자신을 내맡겼다. 그는 그녀가 그녀의 신뢰를 후회하지 않게 하겠다고 맹세했다. 어떻든 중요한 것은 그녀의 방에서 하룻밤을 지내는 것이었고, 그렇게 함으로써 그가 자신의 눈에 바보로 비치지 않고 또 랄프의 용의주도함을 무용지물로 만들어 그를 마음속에서 실컷 조소할 수 있게 되기 위함이었다. 그는 바로 이 개인적 만족을 필요로 하고 있었다.

제 16장

　그러나 그날 저녁 랄프는 정말 역겨웠다. 그는 어느 때보다도 더 둔감했고, 더 차가웠고, 더 따분하였다. 그는 어느 말 한마디도 때맞춰 하지 못했고, 그의 서투름을 더욱 두드러지게 한 것은, 저녁이 이미 상당히 깊었는데도 아직도 자리를 뜰 채비를 차리지 않고 있었던 것이다. 델마르 부인은 마음이 불안해지기 시작했다. 그녀는 열한 시를 가리키고 있는 벽시계를 보았다가, 바람에 의해 삐꺽거리는 문을 보았다가, 다시 사촌의 덤덤한 얼굴을 번갈아 바라보고 있었다. 그는 벽난로 장식 밑에서 그녀와 마주앉아서, 그가 거기 있는 것이 귀찮게 여겨지고 있는 상황을 눈치를 못 채는 것인지, 그 장작을 물끄러미 바라보고 있는 것이었다.

　그러나 그 순간 랄프 경의 무덤덤한 얼굴표정은 고통스럽고 깊은 번민을 감추고 있었다. 그는 모든 것을 냉정하게 관찰했기 때문에 어떤 것도 놓치는 법이 없는 면밀한 주의력을 가진 사람이었다. 그는 레이몽의 위장출발에 속아 넘어갈 사람이 아니었다. 랄프 경은 델마르 부인의 안절부절못하는 모습을 아주 잘 감지하고 있었다. 그는 그녀 자신보다도 더 불안함에 괴로워하였다. 그리고 그녀에게 건전하고 유익한 경고를 주고 싶은 욕구와 그가 인정하고 싶지 않은 감정에 자신을 내맡기는 것은 아닌가 하는 두려움 사이에서 우유부단하게 망설이고 있었다. 드디어 그의 사촌 여동생의 이해관계가 우세하게 되었다. 그리하여 그는 영혼의 모든 힘을 동원하여 침묵을 깼다.

"지금 다시 생각나는 건데" 하고 그는 갑자기 자신의 마음을 사로잡고 있는 생각의 흐름을 따라가면서 말했다. "오늘로부터 일년 전 우리는, 우리가 지금 여기 있듯이, 당신과 나는 이 벽난로 아래에 함께 앉아 있었소. 벽시계는 지금과 거의 같은 시간을 가리키고 있었고, 날씨는 오늘 저녁처럼 음침하고 차가웠소…. 당신은 괴로워하고 있었고, 어떤 슬픈 생각들에 젖어 있었소. 그런 것은 나로 하여금 예감들을 거의 진실로 믿게 했소."

'무슨 말을 하려는 것인가?' 하고 델마르 부인은 불안감이 섞인 놀란 표정으로 사촌을 바라보며 생각했다.

"기억나지, 앵디아나." 하고 그는 말을 이었다. "그대는 그때 보통 때보다 더 아파했었지? 나는 말이야, 그 말들이 아직도 내 귀에 쟁쟁히 울리고 있는 것같이 그대의 말들을 떠올리고 있어." "당신은 제가 미쳤다고 생각하시겠죠." 하고 그대는 말했어. "그런데요, 어떤 재난이 우리 주변에서 일어날 듯해요. 여기에 어떤 위험이 어느 누군가에게… 아니, 바로 제게 덮치려고 해요." 그대는 보태어 말했어. "나는 내 운명의 어떤 큰 변곡점이 다가오는 것 같은 감동을 받고 있어요…. 나는 무서워요…. 이 말들이 바로 그대 자신의 표현이야, 앵디아나."

"나는 이제 더 이상 아프지 않아요." 하고 앵디아나는 갑자기 랄프 경이 회상하고 있었던 바로 그 당시처럼, 그렇게 창백해졌다. "나는 이젠 그런 허황된 공포를 더 이상 믿지 않아요…."

"나는, 난 그걸 믿어." 하고 그는 그녀의 말을 받아넘겼다. "왜냐하면 그날 밤 그대는 예언자였어, 앵디아나. 커다란 위험이 우리를 위협하고 있었고, 불길한 기운이 이 평화로운 거처를 감싸고 있었거든…."

"하느님 맙소사! 나는 당신을 이해하지 못하겠어요!…"

"그대는 나를 이해하게 될 거요, 내 가엾은 친구. 레이몽 드 라미에르가 이곳에 들어온 때가 바로 그날 저녁이었소… 기억하죠, 그 사람이 어떤 상태에…."

랄프는 그의 사촌 여동생에게 감히 눈을 돌리지 못하고 잠시 동안 기다렸다 그녀가 아무 대답도 하지 않자, 계속했다.

"나는 그를 소생시킬 책임이 있었고, 인도주의적 감정에 순응하고 그대를 기쁘게 해주기 위해 나는 그렇게 했소. 그러나 그 사람의 생명을 보존한 것에 대해, 진실로 불행이 내게 있을진저! 그 모든 불행을 야기한 사람은 참말이지 바로 나요."

"나는 당신이 내게 무슨 불행에 관해 말하고자 하는지 모르겠네요." 하고 앵디아나는 무미건조하게 말했다.

그녀는 자신이 예견하고 있었던 그 설명으로 인해 심히 상처를 받고 있었다.

"나는 그 불행하게 된 여자의 죽음에 관해 말하길 원해!" 하고 랄프는 말했다. "그가 없었더라면, 그녀는 아직도 살아있을 텐데. 그의 치명적 사랑이 없었더라면, 당신을 마음속 깊이 사랑했던 그 아름답고 착한 처녀는 아직도 당신 곁에 있을 텐데…."

그 대목에 이를 때까지 델마르 부인은 이해하지 못하고 있었다. 그녀는 드 라미에르 씨에 대한 그녀의 애착을 질책하기 위하여 그의 사촌이 구사하고 있는 야릇하고 가혹한 어법에 대해 마음속 깊이 분노를 느꼈다.

"그 말은 이제 그만 하세요." 하고 그녀는 일어서며 말했다.

그러나 랄프는 아랑곳하지 않는 듯이 보였다.

"내게 언제나 정말 의아하게 생각되었던 것은," 하고 그는 말했다. "당신은 드 라미에르 씨로 하여금 저 담들을 뛰어넘어 이리로 오게 했던 그 진짜 이유를 캐내지 못했다는 거요."

어떤 짐작이 번개처럼 앵디아나의 뇌리를 스쳐지나갔다. 그녀의 다리는 후들후들 떨렸고, 그녀는 다시 앉았다.

랄프는 이제 막 단도를 깊숙이 꽂았고 어떤 끔찍한 상처를 내고 말았다. 그가 저지른 일의 결과를 알아차리자마자 그는 자신이 행한 일에 경악하였다. 그는 그가 이 세상에서 가장 사랑하고 있었던 여인에게 이제 막 안겨주고 만 고통에 대해서만 생각하고 있었다. 그의 가슴이 찢어지는 듯했다. 눈물을 흘릴 수만 있었다면, 그는 그때 비통하게 울었을 것이다. 그러나 그 불행한 사람은 눈물을 흘리는 재주를 지니고 있지 않았고 영혼의 언어를 달변으로 번역해낼 그 어떤 재주도 없었다. 그가 그 작업을 마쳤을 때의 냉정한 얼굴빛은 앵디아나의 눈에 그가 마치 사형집행인의 모습을 띠고 있는 듯이 비치게 했다.

"당신이 드 라미에르 씨에 대해 품고 있는 반감이 당신의 품격에 어울리지 않는 방식으로 표현되는 것을 목격한 것은 이번이 처음이에요." 하고 그녀는 통렬하게 말했다. "하지만 나는 어떻게 당신의 복수심이 당신으로 하여금 내게 소중했던 그녀, 또 그녀의 불행으로 인해 우리에게 신성하게 남아있었어야 할 바로 그녀에 대한 기억을 더럽히게 하는지를 이해하지 못해요. 나는 당신에게 질문들을 한 것도 아닌데요, 랄프 경. 나는 당신이 내게 무엇에 관해 말하려고 하는지를 모르겠어요. 제발 저로 하여금 다시는 그것에 관해 듣지 않게 해주세요."

그녀는 일어섰고, 당혹스럽고 기분이 엉망이 된 브라운 씨를 뒤에 남겨놓고 자리를 떴다.

그는 델마르 부인을 깨우쳐줌에 있어 그 피해는 오직 자기에게만 돌아올 거라는 것을 정말 예견했었다. 그의 양심은 그 결과가 어떻든지 말을 해야 한다고 일러주었고, 그가 할 수 있는 돌연하고 서투른 방식으로 이제 그 일을 해냈다. 그가 미처 감지하지 못했었던 것은 그런 뒤 늦은 구제책에 대한 격렬한 반응이었다.

그는 절망한 가운데 라니를 떠났고 거의 정신을 잃고 숲 속을 배회하기 시작했다.

때는 자정이었다. 레이몽은 경내 정원 문 앞에 와있었다. 그는 문을 열었다. 그러나 그 안으로 발을 들여놓으면서 머리가 쭈뼛해지는 것을 느꼈다. 그는 이 데이트에서 무엇을 하려고 하였던가? 그는 고결한 다짐들을 했었다. 그가 이 순간 의무로 삼고 있었던 고통들의 보상으로 순결한 회견과 형제다운 키스를 받고 말 것인가? 그도 그럴 것이, 여러분이 그가 전에 어떤 환경에서 이 길들을 따라 걸었고 이 정원을 밤에 도둑고양이처럼 가로질렀었는지를 기억하신다면, 여러분은 그가 그런 길을 따라 또 유사했던 기억들을 무릅쓰고 쾌락 추구의 길에 오르기 위해서는 상당한 정신적 용기가 필요했다는 사실을 충분히 이해하실 것이다.

시월 말에 파리 주변 지역의 날씨는 안개가 끼고 축축해지는데, 특히 저녁 때 강가에선 더욱 그렇다. 우연의 일치인지, 그날 밤은, 지난봄의 같은 때의 밤들이 그랬듯이, 뿌연 안개로 불투명하였다. 레이몽은 수증기로 뒤덮인 나무들 사이로 주춤주춤 걸어 나갔다. 그는 겨울에 잘 수집해 놓은 아주 예쁜 제라늄들이 있었던 온실 문 앞을 지나가고 있었다. 그는 그 문을 한번 쳐다 보았는데, 아마도 그 문이 열리고 망토로 몸을 감싼 여인이 걸어 나올 것 같은, 어처구니없는 생각이 들어 자기도 모르게 가슴이 뛰었다…. 레이몽은 그와 같은 미신적 심약心弱함에 미소를 지었고 그의 길을 계속해갔다. 그렇지만 섬뜩함이 그의 마음을 사로잡았었고, 그의 가슴은 강에 가까이감에 따라 점점 조여왔다.

그는 화원으로 들어가기 위해 강을 건너야 했는데, 이 지점에서 유일한 통로는 이 쪽 언덕에서 저 쪽 언덕에 걸쳐있는 조그만 나무 다리였다. 안개는 하상河床 위에서 더욱 더 짙어졌고, 레이몽은 강가 주변에 무성히 자라고 있던 갈대숲에 빠져 길을 잃지 않기 위하여 그 난간에 매달렸다. 그때 달은 떠오르고 있었고, 물안개 속을 어렵게 꿰뚫고 바람과 물살에 의해 흔들리는 풀들 위에 흐릿한 반사광을 비치고 있었다. 나뭇잎들을 스치고 지나와 여기서 잔물결을 일으키고 있었던 바람결 속에서 간간이 끊기는 사람 말소리 같은, 구슬픈 한탄 같은 것이 들려왔다. 어떤 미약한 흐느낌이 레이몽의 옆에서 들렸고, 어떤 갑작스런 움직임이 갈대들을 흔들었다. 그것은 그가 가까이 가자 후드득 날아오른 마도요였다. 이 강가 새의 울음은 버려진 아이의 울음소리와 아주 유사하고, 그 새가 갈대 속에서부터 솟구쳐 날을 때는, 그것은 마치 익사하는 사람의 최후의 노력같이 보인다. 여러분은 아마도 레이몽이 허약하고 아주 겁이 많다고도 생각하실 것이다. 그의 이는 덜덜 떨렸고, 그는 쓰러질 뻔했다. 그러나 그는 재빨리 그런 공포증이 허황된 것이었음을 깨닫고는 다리를 건너기 시작했다.

그가 반쯤 건너왔을 때, 어떤 거의 분간키 어려운 인간의 형체가 그의 앞 쪽 난간 끝에서 우뚝 솟아났는데, 그것은 마치 그 길목에서 그를 기다리고 있었던 것 같았다. 레이몽의 생각들은 혼란을 일으켰고, 그의 당황한 마음은 사리를 판단할 힘을 잃어버렸다. 그는 오던 길을 되돌아갔고, 나무들 그늘 속에 숨어서 놀라 시선을 고정시키며 저기서 강의 안개와 떨리는 달빛처럼 불안정하게 떠돌고 있는 그 희미한 유령을 응시하였다. 하지만 그는 강박관념에 속은 것이며 그가 인간 형체라고 생각한 것이 그저 어느 나무의 그림자이든가 아니면 어떤 관목의 가지일 뿐이었다고 믿기 시작하고 있었는데, 그때 그는 그 형체가 분명하게 움직이고 그를 향해 뚜벅뚜벅 걸어오는 것을 보았다.

그 순간, 그의 두 다리가 그에게 유익한 봉사를 전적으로 거절하지만 않았다면, 그는, 어린아이가 밤에 공동묘지 곁을 지나가며 어떤 가벼운 발걸음이 그 뒤에서 풀 위를 스치며 따라오는 소리를 듣는다고 믿는 경우처럼, 그처럼 재빨리, 그처럼 겁을 집어먹고, 줄행랑을 쳤을 것이다. 그러나 그는 자신이 마비되었음을 느꼈고, 몸을 지탱하기 위해 그에게 은신처를 제공한 버드나무 둥치를 껴안았다. 그때 밝은 빛깔의 망토로 감싸인 랄프 경이 세 발자국쯤 떨어져 유령 같은 모습을 하고 그의 곁을 지나 레이몽이 이제 막 지나왔었던 길속으로 빠져 들어갔다.

'서투른 염탐꾼 같으니!' 하고 레이몽은 자기의 발자취를 그가 찾고 있음을 보고 생각했다. '나는 너의 어수룩한 감시망을 빠져나갈 것이고, 네가 여기서 보초를 서고 있는 동안, 나는 저기서 행복을 맛볼 것이다.'

그는 새처럼 가볍게 또 인정된 정부情夫의 자신감을 가지고 그 다리를 건넜다. 그의 공포는 말끔히 사라졌다. 누운은 결코 존재한 적이 없었고, 긍정적 삶은 그의 주변에서 되살아났다. 앵디아나는 저기서, 그 집에서, 그를 기다리고 있었다. 랄프는 거기서 그가 앞으로 더 나가지 못하도록 방해하기 위해 보초를 서고 있었다.

"밤샘하고 있어라." 하고 레이몽은 반대 편 길에서 그를 찾고 있었던 랄프를 멀리서 바라보며 유쾌하게 말했다. "나를 위해 밤샘하고 있어라, 착한 로돌프 브라운. 참견하기 좋아하는 친구여, 나의 행복을 지켜주라. 그리고 개들이 깨어나고 하인들이 불안해 웅성거리면, 그들을 진정시키고 또 그들에게 조용하라고 명하고 이렇게 말하라. '경계를 서고 있는 것은 나니, 너희들은 평안히 자거라.'"

그러고 나서 레이몽에게는 더 이상 양심의 가책도, 더 이상의 후회도, 더 이상의 미덕도 존재하지 않았다. 그는 그 임박한 시간에 대해 충분히 비싼 대가를 치렀다. 그의 혈관에 얼어붙었던 피는 이제 광적으로 맹렬히 그의 뇌리로 넘쳐흘렀다. 조금 전에 느꼈던 그 죽음의 창백한 공포, 무덤의 구슬픈 몽상과는 달리 이제는 열렬한 사랑의 박진감, 삶의 강렬한 기쁨들이 기다리고 있었다. 우리가 불길한 꿈의 수의 壽衣 속에 감싸여 있다가 명랑한 아침 햇살이 우리를 깨우고 우리에게 활기를 불어넣는, 그런 아침처럼 레이몽은 자신이 대담하고 싱싱하게 느껴졌다.

'가엾은 랄프여!' 하고 그는 대담하고 가벼운 발걸음으로 그 숨겨진 계단을 올라가며 생각했다. '이게 다 네가 원했던 것의 결과다!'

- 3부 -

제 17장

  랄프 경의 곁을 떠난 후, 델마르 부인은 자기 방으로 들어가 문을 걸어 잠갔고, 그녀의 머릿속엔 온갖 혼란스러운 생각들이 떠올랐다. 어떤 막연한 의혹이 그녀 행복의 연약한 구조 위에 그 음험한 빛을 던지곤 하던 것이 이번이 처음은 아니었다. 이미 델마르 씨는 대화 속에서 찬사로 통하는 몇 차례의 미묘한 농담들을 던지곤 했었다. 그는 레이몽에게 그의 기사도적 성공들을 축하했었는데, 그 말투에서 생소한 귀를 가진 사람도 그 연애 사건들을 거의 짐작케 하곤 하였다. 델마르 부인이 정원사에게 말을 건넸을 때마다 누운의 이름이, 어떤 숙명적 필연성처럼. 아주 무관한 일의 세목들에 끼어 흘러나왔고, 그리고는 드 라미에르 씨의 이름도, 잘은 알 수 없지만, 이 사람의 머리를 사로잡아 그의 본의와는 달리 그를 괴롭히는 것 같았던 어떤 생각들의 연쇄작용에 의해, 거기에 섞이곤 했었다. 델마르 부인은 그의 이상하고 서투른 질문들을 받고 매우 의아해 하곤 하였었다. 아주 사소한 일을 설명하는 데에 있어서도 그의 말은 혼란스러웠다. 그는 숨기려고 노력했던 것을 밖으로 드러내고 말았다는 어떤 후회의 중압감에 시달리고 있는 듯하였다. 또 다른 때에는 바로 레이몽 자신의 곤혹스러워하는 태도에서 앵디아나는 그녀가 애써 찾지 않았으나 그녀를 쫓아다녔던 그 단서들을 발견했었다. 한 특정한 상황은, 그녀의 마음이 모든 불신에 닫혀 있지만 않았었다면, 그녀를 더욱 더 일깨워 주었을 것이다. 그들은 누운의 손가락에서 아주 값진 반지를 하나 발견했었는데, 델마르 부인은 그녀가 죽기 전 얼마 동안 그것을 끼고 다니는 것을 보았었고, 그 처녀는 그것을 주웠다고 주장했었다. 그 이래로 델마르 부인은 이 슬픔의 담보물을 꼭 끼고 다녔고, 가끔 그녀는 레이몽이 그의 입술에 갖다대기 위하여 그녀의 손을 잡고 있던 순간에 그의 안색이 창백해지는 것을 보았었다. 한번은 그가 그녀에게 누운에 대해 다시는 말하지 말 것을 애원하였었다. 그 이유인즉 자신이 그녀의 죽음에 죄가 있다고 생각하고 있다는 것이었다. 그리고 그녀가 그 모든 잘못을 자기 자신에게 덮어씌우며 그에게서 그 고통스러운 생각을 떨쳐내고자 애썼을 때, 그는 그녀에게 대답했었다.

"아니오, 가엾은 앵디아나, 자신을 비난하지 말아요. 당신은 내가 얼마나 죄를 진 것인지 알지 못하오."

씁쓸하고 음울한 어조를 띤 그 말은 델마르 부인을 놀라게 했었다. 그녀는 감히 자기주장을 더 할 수가 없었고, 모든 드러난 단편들을 납득하기 시작한 이제, 아직 그것들에 집중하여 그것들을 한 연결고리로 엮어볼 용기가 나지 않았다.

그녀는 창문을 열었다. 밤은 고요하고 달은 지평선의 은빛 안개 뒤에서 그처럼 창백하고 아름다운 것을 보면서, 레이몽이 오고 있었다는 것과 그가 아마도 경내 정원에 와 있었을 것을 상기하며, 또 그녀가 이 사랑과 신비의 시간에 기약하였던 모든 행복을 생각하면서, 단 한마디 말로 이제 막 그녀의 행복에 독을 뿌리고 그녀의 안식을 영원히 파괴하고 만 랄프를 저주하였다. 그녀는 그녀에게 아버지 노릇을 해왔었고 그녀를 위해 이제 막 그의 미래를 희생하고 만 그 사람에 대해 증오마저 느꼈다. 그도 그럴 것이 그의 미래는 바로 그가 유일하게 귀중하게 여겼던 자산인 앵디아나의 우정이었고 그는 그녀를 구원하기 위하여 우정을 잃는 것을 체념하고 있었기 때문이었다.

앵디아나는 그의 마음속 깊은 곳까지 읽을 수 없었고, 레이몽의 마음속은 더더군다나 헤아릴 수가 없었었다. 그녀는 배은망덕해서가 아니라 무지했던 탓에 불공정했다. 강한 열정의 영향아래에서 그녀는 그녀에게 이제 막 가해진 타격을 뼈아프게 느끼지 않을 수가 없었다. 한 순간 그녀는 레이몽을 의심하기보다는 차라리 랄프를 비난하는 것을 선호해, 그 모든 범죄를 그에게 씌워버렸다.

그리고 나서 그녀는 어떤 결정을 내리기 위하여 마음을 가다듬을 시간이 거의 없었다. 레이몽이 당도하고 있었다. 아마도 그녀가 지난 몇 분에 걸쳐 본, 그 작은 다리 주위를 배회하고 있었던 사람이 그였는지도 몰랐다. 만약 그녀가 안개 속에서 나타났다가는 사라지곤 하며 낙원[58] 입구에 자리 잡은, 유령처럼 죄진 자가 거기에 접근하지 못하게 하기 위해 애쓰고 있었던 그 정체모를 형체가 바로 랄프였다는 것을 알아챘더라면, 그는 그녀에게 얼마나 많은 혐오감을 일으켰었겠는가!

갑자기 그녀에게 오직 불안감에 젖은, 불행한 유형의 사람들만이 품을 수 있는 어떤 기괴하고 불완전한 생각이 하나 떠올랐다. 그녀는 레이몽이 대비할 수 없었던 미묘하고 특이한 시험에 모든 그녀의 운명을 걸었다. 그녀가 그 신비한 방책을 겨우 마련했을 때, 그녀는 벌써 저 비밀 계단에서 나는 레이몽의 발자국 소리를 들었다. 그녀는 그에게 문을 열어주러 달려갔다가는 동요된 채 다시 돌아와 앉고자 했었기에 그녀는 쓰러질 것만 같았다. 그러나 그녀는, 삶의 모든 위기들을 겪었을 때처럼, 대단히 명료한 판단력과 정신력을 견지하고 있었다.

레이몽은, 문을 열었을 때, 아직도 창백하고 숨차하고 있었고, 빛을 다시 보고 현실감각을 되찾고자 조바심을 냈다. 앵디아나는 그에게 등을 돌리고 있었다. 그녀는 안에 털을 댄 망토에 감싸여 있었다. 이상한 우연의 일치로, 그것은 누운이 그들의 마지막 밀회 때 그를 만나기 위해 경내 정원으로 갔을 때 걸쳤었던 바로 그 망토였다. 여러분이 기억

---

[58] 원문의 샹젤리제 Champs Elysées는 영웅·선인이 죽은 뒤에 가는 낙원

하시는지 모르겠으나, 레이몽은 그때 순간적으로 그 감싸지고 가려져 있는 여인이 델마르 부인이라고 가당치도 않은 생각을 했었다. 이제, 그처럼 많은 기억들이 그를 기다리고 있었던 같은 장소에서, 그의 생애의 가장 음험했던 그날 밤 이래 발을 들여놓지 않았던, 온통 그의 회한으로 서려있던 그 방에서, 의자 위에 숙이고 앉아 있는 같은 형체의 환영을 희미하게 흔들리고 있는 등불 속에서 다시 대하게 되었을 때, 그는 자기도 모르게 뒷걸음질쳤다. 그는 놀란 시선을 그 움직이지 않는 형체에 고정시키고는, 만약 그것이 몸을 돌리면 익사한 여인의 희끄무레한 모습을 드러낼 것 같아 겁쟁이처럼 덜덜 떨며, 문턱에 머물러 있었다.

델마르 부인은 그녀가 레이몽에게 주고 있었던 효과를 전혀 짐작하지 못하고 있었다. 그녀는 머리에 크레올 여인들 식으로 느슨하게 맨 동인도산 비단 스카프를 두르고 있었다. 그것은 누운이 보통 하고 다니는 머리치장이었다. 레이몽은, 미신적 생각들이 현실화되고 있음을 보는 것이라고 믿었을 때, 그만 겁에 질려 뒤로 나자빠질 뻔 했다. 그러나 그는, 그가 유혹하러 온 여자를 알아보았을 때, 그가 유혹했었던 여자는 잊어버렸고, 그녀를 향해 다가갔다. 그녀는 심각하고 명상에 잠긴 듯한 표정을 짓고 있었다. 그녀는 그를 뚫어지게 바라보았는데, 그것은 다정해서라기보다는 주의 깊게 살펴보는 것이었고, 그를 그녀 곁으로 보다 빨리 끌어당기기 위한 어떤 동작도 취하지 않았다.

그러한 접대에 놀란 레이몽은 그것을 어떤 정숙한 수줍음이랄까 또는 젊은 여자의 어떤 미묘한 조심성으로 돌렸다. 그는 그녀 앞에서 무릎을 꿇고 말했다.

"나의 사랑하는 이여, 당신은 정녕 나를 무서워하고 있는 겁니까?"

그러나 그는 곧 델마르 부인이 무엇을 쥐고 있었고 그것을 장난 끼가 섞인 근엄한 표정을 애써 지으며 그의 앞에 펼쳐 보이려는 듯한 표정을 주시했다. 그는 허리를 굽히고서 한 다발의 검은 머리털을 보았는데, 그것은 급하게 잘라낸 것같이 길이가 한결같지 않았는데, 앵디아나는 그것을 한 묶음 쥐고서 반들거리게 매만지고 있었다.

"이것을 알아보시겠어요?" 하고 그녀는 어떤 야릇하고 광채가 번득이게 꿰뚫어보는 투명한 눈으로 그를 응시하며 말했다.

레이몽은 주춤했고, 시선을 그녀가 두르고 있었던 스카프로 가져갔고, 그 뜻을 이해한다고 믿었다.

"고약한 사람 같으니!" 하고 그는 그녀의 손에서 그 머리털을 받아쥐며 말했다. "그것을 도대체 왜 잘랐소? 그것은 매우 아름다웠고, 나는 그것을 무척 좋아 했는데!"

"당신은 어제 내게 물었지 않아요." 하고 그녀는 일종의 미소를 지으며 말했다. "내가 당신에게 그걸 제물로 바칠 수 있는지 말이에요."

"오, 앵디아나!" 하고 레이몽은 외쳤다. "그대가 지금부터 내게는 한층 더 아름다울 것이라는 것을 그대는 잘 알고 있소. 그것이 그대 머리에 없는 것을 아쉬워하지 않겠소. 내가 매일 찬미했고 이제는 마음껏 키스할 수 있게 될 그 머리털을 내게 주어요. 그것이 영원히 나를 떠나지 않게 말이요…."

그러나 그것을 받았을 때, 즉 일부 타래가 방바닥까지 흘러내렸던 그 풍성한 머리 다발을 그의 손에 거머쥐었을 때, 레이몽은 그의 손가락이 앵디아나의 이마 주위에 흘러내린 머리칼에서는 느껴보지 못했던 어떤 부석부석하고 거친 면이 느껴진다고 생각했다. 그것이 오래전에 잘라졌던 것같이 차갑고 묵직하다는 것을 느꼈을 때 또 그것이 향기로운 습기와 생동적 온기를 잃었음을 감지했을 때, 그는 또한 어떤 정의하기 어려운 신경성 전율마저 느꼈다. 그래서 그는 그것을 자세히 들여다보았고, 까마귀의 푸른 끼가 도는 날개와 유사하게 보이게 했던 그 푸른 광택을 찾고자 했으나 허사였다. 이 머리털은 인도인의 머리털처럼 완전히 검은 색이었고 또 묵직하고 생기가 없었다….

앵디아나의 초롱초롱하고 꿰뚫어보는 눈은 레이몽의 눈을 그냥 따라가고 있었다. 그의 눈은 자기도 모르게 반쯤 열려 있는 흑단 상자에 향했는데, 거기에는 같은 머리털 몇 타래가 아직도 비쭉 나와 있었다.

"이건 당신 머리카락이 아니야!" 하고 그는 델마르 부인의 머리를 가리고 있었던 그 인도식 스카프를 벗기면서 말했다.

그녀의 머리는 아주 온전하였고 그녀의 어깨 위로 풍성히 흘러내리고 있었다. 그러나 그녀는 그를 밀쳐내는 몸짓을 하였고, 그에게 여전히 그 잘린 머리카락을 가리키며 말했다.

"당신은 정녕 저 머리카락을 알아보지 못하세요? 그것을 한번도 찬미하고 애무한 적이 없으세요? 이 축축한 밤이 그것의 모든 향기를 앗아간 것인가요? 당신은 이 반지를 끼고 다녔던 여인에 대해 어떤 추억도 눈물 한 방울도 지니고 있지 않나요?"

레이몽은 의자에 털썩 주저앉았다. 누운의 머리털은 그의 떨리는 손에서 떨어져버렸다. 그처럼 많은 괴로운 감정들이 그를 녹초로 만들었었다. 그는 성을 잘 내는 기질이었는데, 이제 그의 혈액순환은 빨라졌고 그의 신경은 극도로 예민해지고 있었다. 그는 머리에서 발끝까지 후들후들 떨었고 마룻바닥 위에 기절해 뒹굴었다.

그가 제 정신이 들었을 때, 델마르 부인은 그의 곁에서 무릎을 꿇고 그를 굽어보며 눈물을 흩뿌리고 있었고 그에게 용서를 구하고 있었다. 그러나 레이몽은 그녀를 더 이상 사랑하고 있지 않았다.

"당신은 나에게 끔찍한 고통을 안겨주었소." 하고 그는 그녀에게 말했다. "그런 고통을 치유하는 것은 당신의 권능 밖에 있소. 내가 느끼고 있는 바, 당신은 내가 당신의 마음에 대해 가졌던 신뢰를 내게 결코 다시 돌려주지 못할 것이오. 당신은 당신의 마음이 얼마나 많은 복수심과 잔인함을 간직하고 있는지를 이제 막 보여주었소. 가엾은 누운, 불행하게 된 가엾은 여자! 나는 그녀에게 잘못을 저질렀지, 당신에게는 아니었소. 그녀는 복수할 권리가 있었지만, 그것을 행사하지 않았소. 그녀는 나에게 미래를 남겨주기 위하여 자신의 목숨을 끊었소. 나의 안식을 위해 그녀의 삶을 제물로 바쳤단 말이요. 당신이 그렇게 할 수 있으려면, 부인, 그건 어렴도 없었소!… 그 머리카락을 내게 주어요. 그것은 내 것이고, 내게 속하는 것이오. 그것은 나를 진정으로 사랑했던 유일한 여인으로부터 내게 남겨진 유일한 값진 유품이오…. 불행한 여인 누운이여! 그대는 보다 나은 사랑을 받을 자격이 있었도다! 그리고 부인, 내게 그녀의 죽음을 비난하고 있는 사람, 바로 당신을 나는 그녀를 잊어버릴 만치 또 그 후회의 무서운 고문을 겁내지 않을 만치 사랑했던 것이오. 한 번의 키스의 신뢰로 나로 하여금 혼자서, 나의 범죄의 지옥 같은 환영들에 쫓기면서 두려움으로 등골이 오싹해지며, 강을 건너고 다리를 넘게 한 것은 바로 당신이오! 그리하여 당신이 내가 얼마나 광적인 열정으로 당신을 사랑하고 있는지를 알게 되는 순간에, 당신은 아직도 당신을 위해 흐르고 있을 그 남은 핏방울을 찾기 위해 여인의 손톱을 내 심장에 찔러 박고 있는 것이오! 아! 내가 이처럼 잔인한 사랑을 구하기 위하여 그처럼 헌신적인 사랑을 퇴짜 놓았을 때, 나는 죄진 것만큼이나 미쳤던 것이오."

델마르 부인은 대답을 하지 않았다. 부동의 자세로 창백하고 머리는 흐트러지고 멍한 눈을 하고 있었던 그녀는 레이몽의 동정심을 일으켰다.

"그렇긴 하지만" 하고 그는 말했다. "내가 그대에 대해 품고 있는 사랑은 그처럼 맹목적인 고로, 내가 느끼고 있는 바, 마음에 걸리긴 하지만 여전히 과거와 현재를, 또 나의 삶을 시들게 한 대죄와 그대가 이제 막 범한 범죄를 잊어버릴 수 있소. 나를 여전히 사랑해주오, 그리고 나는 그대를 용서하오."

델마르 부인의 절망은 그녀의 정부情夫의 마음속에 자부심과 더불어 욕망을 일깨웠다. 그녀가 그의 사랑을 잃을까봐 그처럼 겁을 내고, 그의 앞에서 그처럼 다소곳하고, 과거에 있었던 일의 정당화와 더불어 미래에 대한 그의 법칙들을 받아들이는 것을 감수하는 것을 보았을 때, 그는 그가 어떤 의도들을 품고 랄프의 경계警戒를 따돌렸는지를 상기하였고 이제 그가 점한 위치의 모든 이점利點을 깨달았다. 그는 얼마 동안 깊은 슬픔 또는 음울한 몽상 속에 잠겨있는 척 했고, 앵디아나의 눈물과 애무에 거의 반응하지 않았다. 그는 그녀의 마음이 흐느낌 속에서 꺾여지고, 버림받는 것의 온갖 공포를 간파하게 되고, 또 에이는 듯한 두려움 속에서 모든 그녀의 힘을 소진해버리기를 기다렸다. 그러고 나서 그는 그녀가 반은 죽어서, 기진맥진하여, 그의 말 한마디에 죽음을 기다리며 그의 무릎에 몸을 수그리고 있음을 보았을 때, 순간적으로 그녀를 열정적으로 팔에 안아 자기 가슴팍에 끌어당겼다. 그녀는 연약한 어린아이처럼 몸을 내맡겼다. 그녀는 그에게 저항하지 않고 그녀의 입술을 내맡겼다. 그녀는 거의 죽은 것 같았다.

그러나 갑자기 꿈에서 깨어나듯, 그녀는 그의 열렬한 애무에서 몸을 빼내고서는 방 끝 편, 랄프 경의 초상화가 벽 판장을 꽉 채우고 있었던 곳으로 도망갔다. 그리고는 마치 그녀가 순결한 이마와 평온한 입술을 한 근엄한 인물의 보호를 구했었던 것같이, 가슴이 두근거리며, 정신이 나간 듯, 또 어떤 두려움에 사로잡힌 듯, 그 인물에게 몸을 바싹 갖다 대었다. 이러한 거동은 레이몽으로 하여금 그녀가 그의 팔 안에서 감동을 받았던 것이고, 그녀는 자기 자신을 무서워하고 있었고, 또 그녀는 이제 그의 것이라고 생각하게끔 했다. 그는 그녀 쪽으로 달려갔고, 권위적으로 그녀를 은신처에서 끌어냈고, 그가 약속들을 지키려는 의도를 가지고 왔었지만, 그녀의 잔인함이 그를 서약들로부터 해방시켰다고 선언했다.

"나는 이제는 더 이상…." 하고 그는 그녀에게 말했다. "당신의 노예도, 당신의 협력자도 아니오. 나는 당신을 정신을 잃을 정도로 사랑하고, 또 심술부리고, 변덕스럽지만, 어여쁘고 광적이고 찬미되는 당신을 팔에 안은 남자라는 것 외에 그 이상은 아무것도 아니오. 감미롭고 신뢰를 주는 말들로 당신은 나의 피를 다스렸을 것이고, 어제처럼 평온하고 너그러웠다면, 당신은 나를 보통 때처럼 온순하고 다소곳하게 만들었을 것이오. 그러나 당신은 모든 나의 열정을 휘저어놓았고 모든 나의 생각을 뒤죽박죽이 되게 했소. 당신은 나를 번갈아가며 불행하게, 비겁하게, 아프게, 화나게, 또는 절망하게 만들었소. 나를 이제 행복하게 만들어 주어야 하오, 그렇지 않으면 나는 당신을 더 이상 믿을 수 없고, 내가 당신을 더 이상 사랑하며 축복할 수 없다고 느낄 거요. 용서해요, 앵디아나. 용서해요! 내가 그대를 놀라게 하고 있다면, 그건 그대 탓이오. 그대는 나로 하여금 심히 괴로움을 겪게 했기 때문에 나는 이성을 잃었소!"

앵디아나는 온 사지四肢가 떨렸다. 그녀는 저항은 불가능한 것이라고 믿을 만큼 인생을 몰랐다. 그녀는 사랑의 심정으로는 거절하기를 원했던 것을 두려운 마음에서 허락할 준비가 되어 있었다. 그러나 그녀는 레이몽의 팔에 안겨 발버둥치면서 그에게 절망적으로 말했다.

"당신은 그러니까 내게 족히 폭력을 사용할 수 있는가 보죠?"

레이몽은 육체적 저항보다 오래 견디어 낸 이 도덕적 저항에 놀라 멈칫했다. 그는 그녀를 힘차게 밀어냈다.

"그건 결코 아니요!" 하고 그는 소리쳤다. "오직 그대가 내켜서 내가 그대를 차지하는 것이 아니라면 차라리 죽는 게 낫지!"

그는 무릎을 꿇었고, 정신이 심정을 대신하여 동원할 수 있는 모든 것을, 또 상상력이 피의 열기에 부여할 수 있는 모든 시정詩情을 간절하고 위험한 간청에 담아냈다. 그러고 나서 그는 그녀가 아직 버티고 있음을 보았을 때, 그는 필요에 따랐고 그녀에게 그를 사랑하지 않는다고 질책했다. 그가 경멸했던 이 상투어는 그를 미소 짓게 했고, 그런 것에 미소 짓지 못할 만큼 천진하기만 한 여인과 연애를 한다는 것이 수치스럽기까지 했다.

이 질책은 레이몽이 그의 언사를 장식했던 그 모든 감탄사들보다도 더 빨리 그녀의 마음에 와 닿았다.

그러나 그녀는 갑자기 기억을 떠올렸다.

"레이몽" 하고 그녀는 그에게 말했다. "당신을 그처럼 사랑했던 그녀…. 우리가 조금 전에 말했던 그녀는… 의심할 바 없이, 그녀는 당신에게 어떤 것도 거절하지 않았죠?"

"그렇소, 어떤 것도!" 하고 레이몽은 그 성가신 기억에 짜증이 나서 말했다. "당신은 내게 그녀를 상기시키는데, 그 보다는 차라리 내가 그녀로부터 얼마나! 사랑받았는지를 나로 하여금 잊게 해주는 것이 나을 거요."

"들어보세요." 하고 그녀는 생각에 잠겨 근엄하게 말을 이었다. "조금 용기를 내세요. 내가 당신에게 좀 더 말을 해야 되요. 당신은 아마도 내가 생각했던 것만큼 그렇게 죄진 것은 아니었던 것 같아요. 내가 치명적 모욕이라고 여겼던 것을 당신에게 용서해 줄 수 있으면 그건 제게 즐거운 일이 될 거에요…. 그러니 제게 말해주세요…. 내가 당신을 저기서 갑자기 발견했을 때…, 누구를 보러 오셨어요? 그녀예요 아님 나예요?…"

레이몽은 주저했다. 그런 다음, 그는 진실이 델마르 부인에게 곧 밝혀질 것이고 또 그녀가 아마도 그것을 이미 알고 있는 것이라고 생각했을 때, 그는 대답했다.

"그녀였소."

"그럼 좋아요, 제겐 그런 편이 훨씬 나아요." 하고 그녀는 쓸쓸한 표정으로 말했다. "제겐 심한 모욕보다 부정不貞이 더 나아요. 레이몽, 끝까지 성실히 답해주세요. 제가 방 안으로 들어갔을 때, 당신은 언제부터 그 방에 있었던 거죠? 랄프는 모든 것을 알고 있다는 사실을 잊지 마세요, 또 제가 그에게 물어보기라도 한다면, 그가…."

"랄프 경의 밀고 따위는 필요 없어요, 부인. 나는 여기 그 전날 밤부터 와 있었소."

"그러니까 당신은 이 방에서 그 밤을 보낸 거죠?… 당신의 침묵이 내겐 충분합니다."

그 둘은 몇 순간 말없이 있었다. 앵디아나는 일어나서 무슨 말을 하려던 참이었는데, 그때 방문을 거칠게 두드리는 소리가 났고 그녀의 동맥의 피는 얼어붙었다. 레이몽과 그녀는 감히 숨도 크게 못 쉬며 움직이지 않고 가만히 있었다.

한 쪽지가 문 밑으로 미끄러져 들어왔다. 수첩에서 떼어낸 종잇장에는 연필로 거의 읽어내기 어렵게 다음 말이 적혀있었다.

'당신의 남편이 여기 와 있소.
랄프'

제 18장

"이건 치사스럽게 조작된 거짓말이야." 하고 레이몽은 랄프의 희미한 발자국 소리가 가물가물해지자마자 말했다. "랄프 경은 혼 좀 나봐야 해요. 내가 맛을 좀 보여줘야겠는데…."

"그러지 마세요." 하고 앵디아나는 냉정하고 결연한 어조로 말했다. "제 남편이 여기 와 있어요. 랄프는 한 번도 거짓말 한 적이 없어요. 당신과 나, 우리 둘은 망했어요. 이러한 생각이 나를 공포심으로 얼어붙게 했을 때도 있었죠. 오늘은 별로 상관 안해요!"

"그럼 좋아요." 하고 레이몽은 감격하여 그녀를 팔 안으로 끌어당기며 말했다. "죽음이 우리를 감싸고 있는 지금, 제 것이 되어주오! 내게 모든 것을 용서해주오. 그래서 이 지고한 순간에 그대의 마지막 말은 사랑의 말이 나의 마지막 숨결은 행복의 숨결이 되도록요."

"이 공포와 용기의 순간은 내 생애의 가장 경이로운 순간이 될 수 있었지만…." 하고 그녀는 말했다. "당신은 그것을 망쳐놓았어요."

마차 바퀴 소리가 농장 마당에서 들려왔고 성관 입구의 종은 거칠고 초조하게 울렸다.

"나는 저 종 울리는 소리를 알아요." 하고 주의 깊고 냉정하게 앵디아나는 말했다. "랄프는 거짓말하지 않았어요. 하지만 당신은 달아날 시간이 있어요. 떠나요!…"

"아니오, 나는 그러길 원치 않아요." 하고 레이몽은 소리쳤다. "나는 어떤 추악한 배반의 낌새를 채고 있소. 그리고 당신만이 그 희생자가 되지는 않을 것이오. 나는 머물러서 이 가슴으로 당신을 보호할 것이오….”

"배반 같은 것은 없어요…. 하인들이 깨어 일어나고 철책이 열려지고 있는 것을 보시면 알지 않아요…. 도피하세요. 저 화원의 나무들이 당신을 가려줄 거예요. 게다가 달은 아직 뜨지 않았잖아요. 한 마디 말도 더 하지 말고, 어서 가세요!"

레이몽은 복종할 수밖에 없었다. 그러나 그녀는 그를 계단 밑까지 바래다주었고 화원의 나무숲 위로 탐색의 눈초리를 보냈다. 모든 것이 고요했다. 그녀는 마지막 계단에 오랫동안 머물러 서서 두려움을 가지고 자갈길 위를 지나는 그의 발자국 소리에 귀를 기울였고 다가오고 있는 그녀의 남편에 대해선 더 생각하지 않았다. 레이몽이 위험에서 벗어나기만 한다면, 남편의 의심과 분노가 무슨 상관이었겠는가!

그에 관해서 말하자면, 그는 재빠르고 경쾌하게 강과 경내 공원을 가로질러 갔다. 그는 그 작은 문에 도달했고, 마음이 동요된 상태에서, 그것을 여는 데에 다소 어려움이 있었다. 그가 밖으로 빠져나오자마자 랄프 경이 그의 앞에 불쑥 나타나서, 마치 어떤 사교모임에서 말을 걸듯하는 그런 냉정한 태도로 말했다.

"그 열쇠를 내게 맡기는 기쁨을 내게 베푸시오. 누가 그것을 찾는 경우, 그것이 내 손안에 있다는 것을 알게 되면, 어떤 번거로운 일도 없을 거요."

레이몽은 그 야유적 관대함보다 차라리 치명적 욕설을 선호했을 것이다.

"나는 성실한 봉사의 고마움을 잊는 사람은 되고 싶지 않소. 그러나 모욕은 복수하고 배신은 벌할 줄 아는 사람이오."

랄프 경은 어조도 낯빛도 바뀌지 않았다.

"나는 당신의 어떤 감사도 원치 않소." 하고 그는 대답했다. "그리고 나는 당신의 복수를 태연히 기다리고 있소. 그러나 지금은 서로 얘기를 주고받을 때가 아니오. 이쪽이 당신이 갈 길이오. 델마르 부인의 명예를 생각하시오."

그리고 그는 사라졌다.

이날 밤의 동요는 레이몽의 머리를 그처럼 뒤죽박죽으로 만들었기 때문에 그는 즐겨 이 순간 어떤 마술을 믿고 싶었다. 그는 날이 샐 무렵 쎄르씨에 도착했고, 그는 몸에 열이 난 채 잠자리에 들었다.

델마르 부인으로 말하자면, 그녀는 아주 침착하고 위엄 있게 남편과 사촌을 위해 아침식사를 베풀었다. 그녀는 그녀의 처지에 대해 아직은 심사숙고해보지 않았다. 그녀는 전적으로 그녀에게 냉정과 기민機敏을 부과하고 있는 본능의 영향 아래에 있었다. 대령은 침울했고 근심에 싸여 있었다. 하지만 그는 사업에 대한 생각에만 사로잡혀 있었고, 그의 심중엔 질투하는 의혹 같은 것은 없었다.

레이몽은 저녁이 될 무렵에 그의 사랑에 대해 생각해볼 힘이 났다. 하지만 그의 사랑은 상당히 감소하였다. 그는 장애물들을 즐겼지만 성가신 것들 앞에서는 주저하였다. 그리고 앵디아나가 질책의 권리를 얻은 이제, 그는 수없는 성가신 일들을 예견하고 있었다. 드디어 그는 그녀에 관해 알아보는 것이 그의 명예에 속하는 일임을 상기하였다. 그리하여 그는 라니에서 일어나고 있는 일들을 알아내기 위하여 하인을 보내어 그곳에서 수소문하도록 하였다. 하인은 델마르 부인이 그에게 건네준 다음과 같은 편지를 가져왔다.

'저는 그날 밤 제가 이성이든지, 목숨이든지 잃을 것이라고 각오했어요. 불행히도 저는 둘 다 보존했어요. 하지만 저는 불평하지 않을 거예요. 저는 제가 겪고 있는 이 고뇌들을 받아 마땅하니까요. 나는 격정의 삶을 살기를 원했어요. 오늘 뒷걸음질치는 것은 비겁한 일일 거예요. 나는 당신이 죄가 있는지 어떤지 모르겠어요. 나는 그것을 알기를 원치 않아요. 우리는 다시는 그걸 화제로 삼지 않을 거죠, 그렇죠? 그것은 우리 두 사람 모두에게 너무나 상처를 주어요. 그러니 내가 이제

마지막으로 그것을 거론하도록 해주세요.'

'당신은 내게 어떤 끔직한 기쁨을 맛보게 하는 말 한마디를 하셨어요. 가엾은 누운이여! 너는 천상에서 나를 용서해줘! 너는 더 이상 괴로움을 겪지 않고, 이제는 더 사랑하고 있지도 않고 아마도 나를 동정하겠지!… 당신은 제게 말했어요. 레이몽, 당신은 나를 위해 그 불행한 여인을 희생했고 또 당신은 그녀보다 나를 더 사랑한다고 말이에요…. 오! 그 말을 취소하지 마세요. 당신은 그렇게 말했어요. 저는 그것을 믿고 싶은 마음이 간절하여 저는 그 말을 믿어요. 그렇지만 어젯밤 당신의 행동, 당신의 간청들, 당신의 착란의 언동들은 저로 하여금 그것을 의심할 수밖에 없이 만들었어요. 나는 당신이 크게 동요되었던 상황에서 그것을 용서해주었어요. 이제 당신은 충분히 심사숙고해보았고 제 정신이 들었을 거예요. 말해보세요, 당신은 저를 그런 식으로 사랑하는 것을 체념하고자 하시는 거예요? 제 마음을 바쳐 당신을 사랑하는 저는 지금까지 저의 사랑처럼 순수한 그런 사랑의 영감을 당신에게 불어넣을 수 있으리라고 믿어 왔어요. 그러고 나서 저는 미래에 대해 깊이 생각해보지 않았었어요. 제 견식이 그렇게 멀리 내다보지를 못했었죠. 저는 어느 날에 당신의 헌신에 감복하여 당신을 위해 저의 양심의 가책과 혐오감을 희생할 수 있을 거라는 생각에도 무서워하지 않고 있었어요. 그러나 오늘은 그럴 수가 없어요. 이제 누운과 똑같은 미래만을 볼 뿐입니다! 오! 그녀 이상으로 사랑받지 못한다는 것을요! 제가 그것을 믿었기만 했어도!… 하지만 그녀는 저보다 더 아름다웠어요, 아주 훨씬 더요! 당신은 왜 저를 선택하셨어요? 당신은 저를 달리 또 더 낫게 사랑해야 되요…. 바로 그 점이 제가 당신에게 말하고자 했던 거예요. 당신은 당신이 그녀에게 했던 것과 같은 방식으로 제 애인이 되기를 단념하고자 할 수 있겠어요? 그런 경우에 저는 당신을 더욱 존중하고, 당신의 후회, 당신의 성실성, 또 당신의 사랑을 믿을 수 있어요, 만약 그렇지 않은 경우라면, 저를 더 생각하지 마시고 또 저를 이젠 더 볼 생각일랑 하지 마세요. 저는 아마 그 고통으로 죽을 거예요. 하지만 저는 품위를 잃고 겨우 당신의 정부情婦 노릇을 하느니 죽는 편이 더 나아요.'

레이몽은 어떻게 대답을 해야 할지 난감함을 느꼈다. 그녀의 자존심이 그의 비위를 상하게 했다. 그는 그때까지 그의 팔에 안겼었던 여자가 그에게 공개적으로 저항을 하고 그녀의 저항의 이유들을 늘어놓을 수 있다는 것을 믿지 않았었다.

'그녀는 나를 사랑하고 있지 않아.' 하고 그는 혼자 말했다. '그녀의 마음은 메말라있고, 그녀의 성격은 도도해.'

이 순간부터 그는 그녀를 더 이상 사랑하지 않았다. 그녀는 그의 자존심을 상하게 했다. 그녀는 그의 정복들 중 하나에 대한 희망을 무산시켰고, 그의 쾌락들 중 하나에 대한 기대를 망쳐놓았다. 그녀는 그에게 누운이 그랬던 것 그 이상도 아니었다. 가엾은 앵디아나! 그 이상 되고자 했던 앵디아나! 그녀의 열정적 사랑은 인정받지 못했고, 그녀의 맹목적 신뢰는 경멸받았다. 레이몽은 그녀를 한 번도 이해한 적이 없었다. 어떻게 그가 그녀를 오랫동안 사랑할 수 있었겠는가? 그때 그는 분통을 터뜨리며 그녀를 정복할 것이라고 맹세했다. 그는 이제는 자부심에서가 아니라 복수심에서 그 맹세를 했다. 그에게 이제 문제되는 것은 어떤 행복을 쟁취하는 것이 아니라 모욕을 징벌하는 것이었고, 또 한 여자를 소유하는 것이 아니라, 그녀를 복종시키는 것이었다. 그는, 하루만이라도, 그녀의 주인이 되고 나서, 그런 다음 그녀가 그의 발아래에 엎드리는 꼴을 보는 즐거움을 갖기 위해 그녀를 팽개치리라고 맹세했다.

그의 첫 반응으로 그는 다음과 같은 편지를 썼다.

'그대는 내가 그대에게 약속하기를 원하나. 그런 걸 생각하다니, 정신 나간 여자 아니오? 나는 그대에게 복종하는 것밖에 모르니까, 그대가 원할 법한 모든 것을 약속하오. 그러나 나는, 설령 내가 나의 맹세들을 지키지 못한다 한들, 신의 앞에서나 그대 앞에서 죄를 짓는 것이 아닐 것이오. 그대가 나를 사랑하는 것이 사실이라면, 앵디아나, 그대는 내게 이런 가혹한 형벌을 가하지는 않을 것이고, 내 약속을 어기도록 나를 시험해보지 않을 것이고, 또 그대는 나의 정부情婦가 되는 것에 얼굴을 붉히지 않을 것이오…. 그러나 당신은 당신이 나의 팔에 안겨서 자신의 품위를 떨어뜨린다고 믿으려는 거요….'

레이몽은 자기의 의도와 달리 그의 가시 돋친 기분이 배어나왔다고 느꼈다. 그는 이 서두를 찢어버리고, 숙고할 시간을 좀 가진 후 다시 시작하여 썼다.

'당신은 지난 밤 이성을 거의 잃을 뻔 했다고 고백하고 있습니다. 나도 이성을 잃었었어요. 제가 죄를 졌고… 아니, 미쳤었습니다. 괴로움과 착란의 그 시간들을 잊어버리세요. 저는 현재 평온합니다. 저는 제가 아직은 당신을 대할 자격이 있다고 두루 생각했습니다…. 그대는, 하늘의 천사여, 저를 저로부터 구해준 것에 대해 또 제게 그대를 어떻게 사랑해야 하는지를 상기시켜 준 것에 대해 축복받을 지어다. 이제는, 앵디아나, 명령을 해요! 저는 그대의 노예이요, 그대는 그것을 잘 알고 있소. 저는 그대 품안에서 보내는 한 시간의 대가로 저의 생명을 바칠 것이오. 하지만 그대의 미소 하나를 얻기 위해 온 평생 괴로움을 당하는 것도 마다하지 않아요. 저는 그대의 친구, 그대의 오빠가 될 것이며, 그 이상을 원하는 것은 아니요. 내가 괴로워한다 해도, 그대는 그것을 알지 못할 것이오. 만약, 그대 곁에서, 저의 피가 뜨거워지고, 저의 가슴이 불타오르고, 내가 그대의 손을 스칠 때 내 눈에 구름이 끼게 된다면, 또 만약 그대 입술의 부드러운 키스. 누이의 키스가 내 이마를 화끈거리게 하면, 저는 제 피에게는 진정할 것을, 제 머리에게는 냉정해질 것을, 제 입에게는 그대를 존중할 것을 명할 것이오. 저는 부드러워질 것이고, 고분고분해 질 것이고, 또 불행해지는 것도 마다하지 않을 것인바, 그로 인해 그대가 더 행복해지고 저의 고민을 즐기게 된다면 말이요, 단 그 조건은 그대가 저를 사랑하고 있다는 것을 그대가 제게 다시 한번 말하는 것을 듣는 것이오. 오! 그 말을 제게 해주어요. 제게 그대의 신뢰와 저의 기쁨을 돌려주어요. 제게 우리가 언제 다시 서로 만나보게 될 것인지 말해줘요. 저는 지난밤의 사건들이 어떻게 귀착되어버린 것인지를 모르고 있소. 그대는 저에게 그것에 관해 말하지 않고 있고 또 그대는 오늘 아침부터 쭉 제게 괴로움을 겪게 하고 있으니 어찌된 일이요? 까를르가 당신 셋이서 장원에서 산책하고 있는 것을 보았어요. 대령은 몸이 아프거나 슬퍼 보였지만, 화가 난 표정은 아니었다고요. 그 랄프라는 인간은 그러니까 우리를 배반하지 않았을 거요! 이상한 사람이군요! 그러나 우리는 그의 조심성에 대해 얼마만큼 기대를 할 수 있나요? 또 우리의 운명이 이제 그의 손아귀에 달려 있는데, 어떻게 라니에 제가 감히 다시 모습을 드러낼 수 있겠습니까? 하지만 저는 그걸 감행할 것이요. 제 몸을 낮춰 그에게 간청하기까지 해야 한다면, 저는 저의 자존심을 꺾고 저의 혐오감을 억누를 것이며, 또 저는 그대를 잃느니보다는 차라리 무슨 짓이라도 할 것입니다. 그대로부터 한마디 말만 있으면, 저는 제가 견딜 만치 그만큼의 회한으로 제 삶을 채울 것이며, 그대를 위해서라면 제 어머니 그 분마저 포기할 것입니다. 또 그대를 위해서라면, 저는 모든 범죄를 저지를 것입니다. 아! 그대가 저의 사랑을 이해만 해주신다면, 앵디아나여!…'

 펜이 레이몽의 손에서 떨어졌다. 그는 지독하게 지쳐있었고, 그리하여 그는 잠이 들고 있었다. 하지만 그는 그의 편지가 잠의 영향을 받지 않았음을 확인하기 위하여 그것을 다시 읽었다. 그러나 그는 자기가 쓴 말을 이해하기가 불가능했다. 그의 머리는 그처럼 체력 고갈로부터 완전히 회복되지 못한 상태였다. 그는 종을 쳐 하인을 불렀고, 그에게 날이 밝기 전에 라니를 향해 떠날 것을 명했다. 그리고는 자기 자신에 만족해하는 사람들만이 그 평화롭고 달콤한 맛을 아는 깊고 소중한 잠에 푹 빠져들었다. 델마르 부인은 거의 잠을 이루지 못했다. 그녀는 피곤함도 느끼지를 못했다. 그리하여 그녀가 레이몽의 편지를 받았을 때, 그녀는 급히 그것에 답장을 썼다.

'감사해요, 레이몽, 감사해요! 당신은 제게 힘과 삶을 되돌려 주고 있어요. 이제 저는 모든 것을 과감히 대하고 모든 것을 감내할 수 있어요. 왜냐하면 당신은 저를 사랑하고, 그 아주 힘든 시험들도 당신을 놀라게 하지 않으니까요. 그래요, 우리는 서로 만나볼 거예요. 우리는 모든 것을 무릅쓸 거예요. 랄프는 우리의 비밀을 자기가 원하는 대로 처분하겠죠. 저는 더 이상 그것에 관해서는 신경을 안 써요. 그대가 나를 사랑하니까요. 저는 제 남편도 이제는 더 두려워하지 않아요.'

'당신은 우리 집 사업이 어떤 상황에 처해 있는지 알기를 원하시죠?… 어제는 제가 당신에게 그것에 관해 말하는 것을 잊었어요. 하지만 그 사업은 저의 재정적 측면에서 볼 때 아주 심각한 국면을 맞이했어요. 우리는 파산했어요. 라니 전체를 팔아야 될 것 같아요. 식민지에 가서 살 가능성도 있고요… 그러나 이 모든 것이 무슨 대수입니까? 제게는 그런 것에 마음을 쓸 여유가 없어요. 저는 우리가 이제는 결코 헤어지지 않을 것이라는 것을 잘 알고 있어요… 그대는 제게 그것을 맹세했어요, 레이몽. 저는 그 약속에 또 제 용기에 기대고 있어요. 어떤 것도 저를 놀라게 하지 않을 것이고, 어떤 것도 저를 저지하지 못할 거예요. 저의 자리는 당신 곁에 지정되어 있고, 죽음만이 저를 거기서 떼어놓을 수 있을 거예요.'

"여인 감정주의의 극치군!" 하고 레이몽은 그 편지를 구겨버리면서 말했다. "쓴 음식이 환자의 식욕을 북돋우듯이, 낭만적 계획들 또 위험스런 기획들은 여인들의 연약한 상상력을 흐뭇하게 해주는군. 나는 성공했고, 나의 위력을 다시 장악했으니, 나를 위협해오는 그 무모한 미친 생각들에 대해서는, 어디 두고 보기로 하지! 바로 그런 자들이야, 언제나 불가능한 것을 기획할 준비가 되어 있고 관대함을, 빈축을 사고 싶을 정도로, 화려한 미덕으로 포장하는 그 경박하고 거짓된 작자들과 다를 바 없어. 이 편지를 보고, 누가 그녀는 자기의 키스들을 세고 있고 애무에 있어 인색하다는 것을 믿겠는가!"

바로 그날, 그는 라니에 갔다. 랄프는 거의 보이지 않았다. 대령은 레이몽을 우정으로 맞이했고 그에게 신뢰를 갖고 말했다. 그는 좀 더 편한 자리에서 얘기하려고 레이몽을 경내 정원으로 데리고 갔다. 그리고 거기서 델마르는 그에게 자기가 완전히 파산하였고 공장은 이튿날부터 경매에 부쳐질 것임을 알려줬다. 레이몽은 그에게 도와주겠다고 제의했지만, 델마르는 그것을 거절했다.

"아니요, 나의 친구." 하고 그가 말했다. "나는 나의 운이 랄프의 호의에 힘입었다는 생각 때문에 아주 많은 괴로움을 겪어왔소. 나는 그에게 진 빚을 갚으려고 조바심을 내왔소. 이 부동산의 처분은 모든 나의 빚을 한 번에 다 갚아버릴 수 있게 할 거요. 내게 아무 것도 남는 것이 없을 것이라는 것은 사실이오. 그러나 나는 용기, 활력, 사업 경험을 지니고 있고, 미래는 우리 앞에 있소. 나는 이미 한 때 작은 재산을 형성하였소. 나는 그것을 다시 시작할 수 있소. 나는 내 아내가 젊고 또 그녀를 가난 속에 빠뜨려놓고자 하지 않기 때문에 그 일을 해야만 하오. 그녀는 부르봉 섬에 아직 검소한 주택을 소유하고 있소. 나는 그곳에 은둔하고 있다가 다시 사업을 시작하려고 하오. 몇 년 안에, 길어도 십년 내에 우리가 다시 만나보게 되기를 바라오…."

레이몽은 대령의 손을 꽉 쥐었고, 그가 미래에 대해 품고 있는 신뢰를 보고서 또 그의 대머리 진 앞머리와 허약해진 신체가 불안정한 건강상태와 소진된 인생을 알려주고 있을 때 십년이 마치 하루인양 말하는 것을 듣고서 마음속으로 미소를 지었다. 그럼에도 불구하고 그는 그의 희망들을 함께 나누고 있는 체하였다.

"나는요" 하고 그는 그에게 말했다. "나는 당신이 그렇게 사업상 불운하게 된 판국에도 주눅 들지 않으시는 것을 기쁘게 생각합니다. 나는 그 점에서 당신의 남자다운 심성과 당신의 불굴의 기백을 알아봅니다. 그러나 델마르 부인도 똑같이 용기를 보일까요? 고국을 등지고 떠나시려는 계획에 대한 약간의 저항을 당신은 염려하지 않으십니까?"

"나는 그 점을 유감스럽게 생각하고 있소." 하고 대령은 대답했다. "그러나 여자들은 복종하도록 되어 있지 조언을 할 처지는 아니죠. 나는 아직은 앵디아나에게 나의 결정을 단호하게 알리지는 않았소. 나는, 내 친구 분, 당신을 제외하고는, 그녀가 여기에 남겨두게 되어 매우 그리워할 것이 무엇이 있는지 알지 못하오. 그렇지만 나는, 그것이 비록 단지 반박심리에서 나온다 해도. 눈물이나 신경질적 발작들은 예견하고 있소…. 여자들은 귀신이 좀 데려가라지요!… 어떻든 아무래도 상관없어요. 나의 친애하는 레이몽, 나는 당신에게 의존하오, 제 집사람에게 제발 잘 알아듣게 말 좀 해줘요. 그녀는 당신을 신뢰하고 있소. 그녀가 울지 못하도록 당신의 영향력을 행사해주오. 나는 우는 것은 딱 질색이오."

레이몽은 델마르 부인에게 남편의 결정을 알리기 위해 이튿날 다시 오기로 약속했다.

"당신은 내게 참다운 봉사를 하게 될 것이오." 하고 대령은 말했다. "당신이 그녀와 자유롭게 얘기를 나누도록 나는 랄프를 농장으로 데려갈 것이오."

'그렇고 말고, 이런 기쁜 일이 있나!' 하고 레이몽은 자리를 뜨면서 생각했다.

제 19장

　델마르 씨의 계획들은 레이몽이 원했던 것과 잘 맞아떨어졌다. 그에게 막바지에 달하고 있었던 그 연애사건이 곧 그에게 성가신 일들과 귀찮은 일들 외에 더 가져올 것이 없을 것임을 예견하고 있었다. 바닥이 난 정사情事의 싫증나고 불가피한 결과들로부터 그를 지켜주는 방식으로 사건들이 전개되는 것을 보고 마음이 꽤 편해졌다. 그에게 이제 남은 것은 델마르 부인의 고조된 감정상태의 마지막 순간들을 이용해먹고 다음은 그녀의 눈물들과 비난들을 떨쳐버리는 수고를 그 자신의 너그러운 운명에 맡기는 것이었다.
　그리하여 그는 그 이튿날 그 불행한 여자의 감격을 정점으로 끌어올릴 의도를 가지고 라니로 갔다.
　"앵디아나, 당신은…." 하고 그는 그녀에게 말했다. "당신의 남편이 당신에 대해 내게 부과한 역할이 무엇인지 아십니까? 진실로 묘한 부탁이오! 내가 당신에게 부르봉 섬으로 떠나도록 간청을 하고 또 나를 떠나고 나의 마음과 삶을 도려내라고 권고해 달라는 것이오. 당신은 그가 대리인을 잘 선택했다고 믿으십니까?"
　델마르 부인의 어두운 진중鎭重은 레이몽의 잔꾀에 일종의 존경심을 부과하였다.
　"무엇 때문에 당신은 제게 와서 그 모든 것에 관해 말을 하는 거죠?" 하고 그녀는 그에게 말했다. "당신은 제 마음이 흔들리게 될까봐 염려하시는 건가요? 내가 복종할까봐 겁이 나세요? 안심하세요, 레이몽, 제 결심은 서있어요. 저는 그 문제를 모든 각도에서 생각해보며 이틀 밤을 보냈어요. 저는 제가 어떤 위험에 노출될지, 제가 무릅써야 할 것이 무엇인지, 제가 희생하여야 할 것이 무엇인지, 또 제가 경멸해야 할 것이 무엇인지를 알고 있어요. 저는 저의 운명의 이 힘한 협로를 통과할 준비가 되어 있어요. 당신은 저의 의지依支가 되고 저의 안내자가 되지 않겠어요?"

레이몽은 그 냉정함에 겁을 집어먹고 광적인 위협들을 말 그대로 받아들일 뻔했다. 그러더니 앵디아나는 그를 거의 사랑하고 있지 않았고 그녀는 이제 책들에서 얻어낸 과장된 감정들을 그녀의 처지에 적용하고 있다는 그의 생각을 굳혔다. 그는 그의 낭만적 정부의 수준에 보조를 맞추기 위하여 정열적 달변과 극적인 임기응변을 구사하는 데에 매우 공을 들였다. 그리하여 그는 그녀의 미로迷路를 연장하는 데에 성공했다. 그러나 어느 침착하고 공정한 방청객에게는 그 정사情事 장면은 연극적 허구와 현실의 맞대결이었을 것이다. 또 레이몽의 과장된 감정 표현과 시정詩情을 담은 생각들은 앵디아나가 그처럼 단순하게 표현한 참된 감정들의 냉혈적이고 가혹한 풍자로 비쳤을 것이다. 한 사람은 머리로, 다른 사람은 마음으로부터 말했다.

레이몽은, 그가 그녀가 세워놓았던 저항 계획을 훼손하지 않는다면, 그녀가 약속들을 이행하려고 할까봐 조금 염려하고 있었던 터라, 그녀가 공개적인 반역을 선언할 수 있게 될 순간까지는, 복종이나 무관심의 태도를 꾸미도록 그녀를 설득하였다. 하인들이 보는 앞에서 추문을 일으키지 않기 위해 또 이 문제에 랄프의 위험스런 개입을 피하기 위해, 그들이 라니를 떠나기 전에는, 입장 표명을 해서는 안 된다고 그녀에게 말했다.

그러나 랄프는 그의 불행한 친우들을 그대로 내버려두지 않았다. 그는 전 재산을 내놓겠다며, 그의 벨르리브 장원 저택, 그가 영국에서 받는 수입, 또 그의 식민지 농장들의 매각을 제공했지만 허사였다. 대령은 요지부동이었다. 랄프에 대한 그의 우정은 감소한 상태였다. 그는 그에게 더 이상 빚을 지고자 하지 않았다. 랄프는, 레이몽의 기지와 수완을 지녔다면, 그의 마음을 아마도 누그러뜨릴 수도 있었을 것이다. 그러나 그 가엾은 준남작은, 그가 분명하게 자기의 생각들을 개진하였고 그의 감정들을 천명하였을 때, 할 말을 다 했다고 믿었고, 또 그는 지금껏 한 번도 어떤 거절을 취소하게 하는 것을 기대하지 않았다. 그러고는 그는 벨르리브를 임대하고는 파리로 델마르 부부를 따라갔고, 거기서 그들은 부르봉 섬으로 가기 위한 출발을 기다렸다.

라니 장원 저택은 공장과 부속건물과 함께 경매에 부쳐졌다. 델마르 부인에게 겨울은 슬프고 우울하게 흘러갔다. 레이몽은 두말할 것 없이 파리에 와있었고 그녀를 정말 매일 보았다. 그는 세심하였고 다정했지만, 그녀와 함께 있는 시간은 한 시간이 채 못 되었다. 그는 저녁식사가 끝날 무렵에 왔다가는, 대령이 자기 사업을 챙기기 위해 외출하는 그 같은 시간에 그 역시 고급 사교계로 향하기 위해 자리를 떴다. 여러분은 그 고급 사교계가 레이몽의 활동영역이고 그의 삶이었다는 사실을 알고 있다. 그가 숨쉬기 위해서 또 그의 기지, 모든 그의 유연성, 모든 그의 우월성을 다시 발휘하기 위해서는 그 소음, 그 부산함, 그 군중이 있어야 했다. 그는 친밀한 무리 속에서 자신이 호감을 주게끔 할 줄 알았다. 사교계 안에서 그는 다시 총명하게 되었다. 그러한 때에 그는 어느 한 당파에 속하는 사람, 그 아무개의 친구가 더 이상 되지 않았고, 그는 사교계가 조국인 양 모든 사람들에 속하는 지성인이었다.

그리고 다음으로 레이몽은 원칙들을 갖고 있었는데, 우리는 여러분에게 그 점을 이미 말했다. 그는 대령이 그에게 그처럼 신뢰와 우정을 보여주고, 그를 명예와 솔직성의 전범으로 간주하고, 그를 그와 자기 아내 사이에서 중재자로 내세우고 있음을 보았을 때, 그는 그 신뢰를 정당화하고, 우정에 걸맞게 행동하고, 남편과 아내를 화해시키고, 또 남편의 평온을 그르칠 수 있었던, 부인으로부터 모든 선호의 감정을 거절하기로 마음을 먹었다. 그는 다시 도덕적이고, 미덕 있고, 또 철학적이 되었다. 여러분은 그것이 얼마나 오래 갈 것인지 보게 될 것이다.

그 마음을 조금도 이해하지 못했던 앵디아나는 자신이 소홀히 취급되는 것을 보고 엄청나게 괴로워하였다. 그러나 그녀는 그녀의 희망들이 전적으로 파멸될 수 없음을 자기 자신에게 다짐하는 행복을 아직 간직하고 있었다. 그녀는 속임을 당하기가 쉬웠다. 그녀는 그 이상을 요구하지도 않았다. 그처럼 그녀의 실제적 삶은 씁쓸하고 처량하였으니까! 그녀의 남편은 거의 상대하기가 어려웠다. 공적인 자리에서는 그는 어느 용감한 사람 못지않게 용감하고 태연자약한 척했다. 그의 가정의 은밀한 곳으로 되돌아와서는 그는 성 잘 내고, 고집불통이고, 우스꽝스러운 어린애보다 나은 것이 없었다. 앵디아나는 그가 지닌 근심들과 좌절감의 희생자였다. 그리고 그렇게 된 데에는, -우리는 그것을 인정해야 할 것인바, -상당 부분 그녀 자신의 탓도 있었다. 만약 그녀가 언성을 높였었다면, 만약 그녀가 애정을 보이면서도 아주 강력하게 불평을 하였었다면, 그저 사나울 뿐이었던 델마르는 심술궂게 보인 것을 부끄러워했을 것이다. 그녀가 그의 수준까지 내려와 그의 지능의 반경 내에 있었던 사고思考의 범주 안으로 들어가고자 했다면, 그의 마음을 부드럽게 하고 그의 성격을 다스리는 것보다 더 쉬운 일도 없었다. 그러나 앵디아나의 순종은 뻣뻣하고 도도하였다. 그녀는 언제나 묵묵히 복종하였다. 그러나 그것은 증오로부터 미덕을, 또 불행으로부터 장점을 만들어 낸 노예의 침묵이며 순종이었다. 그녀의 체념은, 자기의 왕관을 포기하고 공허한 칭호를 벗어 던지는 것보다 차라리 쇠사슬과 토굴 감옥을 택하는 왕의 위엄 같은, 그런 것이었다. 보통 여자 같으면 그런 속된 기질의 남자를 지배했었을 것이다. 그녀는 그가 말하듯 말을 하면서도 달리 생각하는 기쁨을 혼자 누렸을 것이다. 그녀는 그의 편견들을 존중하는 척 하면서도 그것들을 남몰래 짓밟아버렸을 것이다. 그녀는 그를 애무해 주었지만 그 등 뒤에서는 속였을 것이다. 앵디아나는 많은 여자들이 그렇게 행동하는 것을 보았다. 그러나 그녀는 그런 여자들보다 자신을 한 차원 높게 생각했기 때문에 그들을 흉내 내기가 부끄러웠을 것이다. 미덕을 지니고 정숙한 나머지 그녀는, 자기의 행동들에서 그를 존중하고 있는 한, 그녀의 말들로 주인의 비위를 맞출 의무는 없다고 믿었다. 그녀는 그의 애정 표현을 조금도 원치 않았던바, 그것은 그녀가 그것에 대응할 수가 없었기 때문이었다. 그녀는 자신에게 사랑의 영감을 불러일으켰던 연인에게 사랑의 표시를 하는 것보다 그녀가 사랑하지 않았던 남편에게 애정 표현을 하는 것이 훨씬 더 죄를 짓는 것이라고 생각했을 것이다. 속이는 것, 그것은 그녀의 눈에 죄악으로 비쳤다. 그리하여 하루에도 스무 번은 자신이 레이몽을 사랑하고 있음을 선언할 준비가 되어 있다고 느꼈다. 다만 레이몽을 잃는다는 두려움만이 그녀를 저지하였다. 그녀의 차가운 복종은 제대로 된 반항보다도 더욱 더 그를 화나게 하였다. 만약 그의 자존심이 가정에서 절대적 주인이 되지 못하는 데서 괴로움을 겪었다면, 그는 혐오스럽고 우스꽝스러운 식으로 그렇게 되는 것에 더욱 더 괴로움을 겪고 있었다. 그는 납득시키고자 원했을 테지만, 명령을 할 따름이었고, 의젓하게 군림하고자 원했을 테지만, 통치를 할 따름이었다. 때때로 그는 자기 집에서 잘못 표현된 명령을 내렸던가, 또는 족히 그 자신의 이해관계에 해로운 명령들을 깊이 생각해보지 않고 하달했다. 델마르 부인은 검토하거나 다시 물어보지 않고, 쟁기를 이 방향 또는 저 방향으로 끌어가는 말의 무관심한 태도로, 그 명령들을 이행하게 했다. 델마르는 잘못 이해된 생각들의 또는 오해된 의도들의 결과를 보았을 때, 격노하였다. 그러나 그녀가 침착하고 얼음같이 차가운 한 마디 말로 그녀는 다만 그가 내린 결정들을 철저히 준수했을 따름이었음을 증명해 보였을 때는, 그는 그의 분노를 자기 자신에게 돌리는 수밖에 없었다. 그것은 속 좁은 자존심과 과격한 감정들을 지닌 이 사람에게는 가혹한 고통이었고 가슴을 에는 듯한 모욕이었다.

그러한 때, 그가 만약 스미르나나 카이로[59)]에 있었었다면, 자기 아내를 죽일 수도 있었을 것이다. 그렇지만 그는 마음 한 구석에서는 그에 의지해 살고 있었고 그의 잘못들의 비밀을 종교적 신중함을 가지고 지켜주고 있었던 이 연약한 여인을 사랑했다. 그는 그녀를 사랑했거나 동정했는데, 그 어느 것인지는 모를 일이다. 그는 그녀로부터 사랑받고 싶었다. 그도 그럴 것이 그는 그녀의 우수한 교양을 자랑스러워하고 있었기 때문이다. 그녀가 그의 생각들과 원칙들에 승복할 만치 그녀 자신을 제발 굽혀만 주었었다면, 자기가 보기에 지위 상승을 했을 터인데. 그가 아침에 그녀와 말다툼을 하려고 그녀의 방으로 슬쩍 들어갔을 때, 그는 때때로 그녀가 잠들어 있는 것을 보곤 했고, 그리하여 그는 감히 그녀를 깨우지 못했다. 그는 그녀를 묵묵히 바라보곤 했다. 그는 그녀의 섬세한 체구, 그녀 뺨의 창백함, 또 그 부동不動의 말없는 자태가 들어내고 있었던, 우울한 평온과 불행의 체념을 풍기는 분위기를 보고 놀라곤 했다. 그는 그녀의 얼굴모습에서 질책, 회한, 분노, 또 공포의 수없는 모습을 발견하곤 했다. 그는 그처럼 가냘픈 인물이 그의 운명에 끼쳐왔었던 그 영향을 감지하고서는 얼굴을 붉히곤 하였는데, 그로 말하면, 그는 타인에게 명령을 하며 그의 입에서 나온 말 한마디에 육중한 기병대들이, 혈기가 넘치는 말들이, 또 전사들이 행군하는 것을 보는 데에 익숙했던 철인鐵人이었다.

그러니까 아직도 어린애 같은 여인이 그를 불행하게 만들었다! 그녀는 그로 하여금 자기 성찰을 하고, 그가 하고자 했던 일들을 검토하고, 그 중 많은 것을 수정하고, 또 그 중 여러 건을 철회하도록 강요했는데, 그 모든 것이 그에게 다음과 같이 말해줌이 없이 이루어졌다. "당신이 잘못이에요. 저는 당신이 이렇게 하기를 빕니다." 그녀는 한번도 그에게 간청한 적이 없었었고, 한번도 기꺼이 그녀 자신을 그의 대등한 적수로 내세우지도 또 그의 동반자임을 시인해주지도 않았었다. 그

---

59) 나뽈레옹이 전쟁을 벌였던 지중해 연안 도시들

가 원하기만 했었다면, 그의 손아귀에 넣고 부숴버렸을 이 여인은 변변치 못한 모양새를 한 채, 그의 눈이 보고 있음에도 아마도 다른 남자에 대해 꿈꾸며, 그녀의 잠 속에서조차 그에게 도전하며, 거기 누워있는 것이었다. 그는 그녀를 목 조르고, 그녀의 머리채를 휘어잡아 끌어내고, 그녀가 그에게 살려달라고 하고 또 그의 용서를 빌도록 강제하게 하기 위하여, 그녀를 발로 짓밟아버리고 싶은 충동을 느끼곤 했다. 그러나 그녀는 너무 예뻤고, 너무 귀여웠고 또 너무 흰 피부색을 가졌기에 그녀가 측은하게 생각되곤 하였다. 그것은 마치 어린아이가 그가 죽이려고 했던 새를 바라보며 측은한 생각이 드는 것과 같았다. 그리고서 그는, 이 무쇠 같은 인간은, 어느 여자처럼 울었다. 그리고 그는 그녀가 그의 우는 꼴을 보는 승리감을 행여 갖게 될까봐 그 자리를 떴다. 진실로, 나는 그 두 사람 중 누가 더 불행했었는지를 모른다. 그녀는 미덕으로 인해 가혹했고, 마찬가지로 그는 나약했기 때문에 선했다. 그녀는 인내심이 너무 많았고, 그는 그것이 충분치 않았다. 그녀는 그녀의 좋은 자질資質들 중 결함들을 가졌고, 그는 그의 결함들 중에 좋은 자질들을 가졌다.

 궁합이 잘 안 맞는 이 두 사람 주변에 그들을 화해시키려고 노력했던 한 무리의 친구들이 부산하였는데, 어떤 이들은 별로 할 일이 없어서, 다른 이들은 자신의 중요성을 의식하여서, 또 다른 이들은 무분별하게 애정을 과시하기 위하여 그리 하였다. 한 편의 사람들은 부인 편을, 다른 편의 사람들은 남편의 편을 들었다. 이런 사람들은 델마르 씨와 델마르 부인의 문제를 계기로 그들 간에 말다툼을 벌이곤 했는데, 정작 델마르 씨 부부는 거의 말다툼을 하는 법이 없었다. 그도 그럴 것이 앵디아나의 체계적 순종에 직면하여, 대령은 그가 무엇을 하든지 간에 시비를 걸 건더기가 없었다. 그리고는 그 문제에 대한 이해가 조금도 없으면서도 자신들의 도움이 필요한 것이라고 생각하기를 원했던 사람들도 있었다. 그런 사람들은 델마르 부인에게 순종을 권유했고,

그녀가 너무 순종만을 하고 있었다는 사실을 간파하지 못했다. 또 다른 이들은 그 남편에게 아주 단호할 것과 그의 권위가 여자 손아귀에 들어가지 않도록 충고하였다. 이 후자들은 자기 자신들을 대수롭지 않게 생각하고, 다른 사람들에 의해 짓밟힐 것을 염려하고, 또 서로서로의 편을 들며 사는 아둔한 사람들로서 여러분이 어디에서도 만나게 되는 족속들로 끊임없이 타인의 다리에 걸려 비틀거리고 많은 소음을 일으키며 주목받기를 원한다.

델마르 부부는 특히 블렁과 폰테느블로에서 여러 지인知人들을 만들었다. 그들은 이들을 파리에서 다시 만났는데, 바로 이들은 그 부부 주변에서 일고 있었던 그 추문을 추적하는데 가장 열심이었다. 작은 도시들의 정신상태는, 여러분이 물론 알고 있겠지만, 세상에서 가장 고약하다. 거기에서, 언제나 덕이 있는 사람들은 오해를 받고 있고, 월등한 지성인들은 타고난 공적公敵이다. 어떤 바보나 상놈의 편을 들어야 하는 경우엔, 여러분은 그들이 달려오는 것을 보게 될 것이다. 여러분이 어느 누군가와 시비를 벌이고 있으면, 그들은 연극을 보려는 듯 거기에 와서 참관한다. 그들은 내기를 시작한다. 그들은 여러분의 구두창에까지 바짝 다가와 붐빈다. 그토록 그들은 보고 듣기를 갈망한다. 그들은 지는 사람에게 진흙과 저주를 퍼부을 것이다. 언제나 잘못이 있는 사람은 가장 약한 자이다. 여러분이 편견, 옹졸함, 악과 싸우고자 한다면, 여러분은 그들을 개인적으로 모욕하는 것이고, 당신은 그들이 가장 귀하게 여기는 것에 있어 그들을 공격하는 것이다. 여러분은 불충하고 위험한 인물이 된다. 여러분은 여러분이 이름도 모르는 사람들에 의해 배상을 하라고 법정에 소환될 것이고 그들을 여러분의 불성실한 암시들에서 지칭했다고 유죄판결을 받을 것이다. 내가 여러분에게 무엇을 더 말할까요? 만약 여러분이 그런 사람들 중 어느 한 사람이라도 만나게 된다면, 사람의 그림자가 삼십 피트 길이로 늘어나는 황혼녘이라 해도, 그의 그림자를 밟지 않도록 주의하세요. 그 지역은 모두 작은 도시 사람에게 속하는 것이고, 여러분은 그곳에 발을 들여놓을 권리가 없어요. 만약 당신이 그가 들이쉬는 공기를 들이쉰다면, 당신은 그에게 잘못을 저지르는 것이에요. 당신은 그의 건강을 해치는 것이고요. 만약 당신이 그의 샘터에서 물을 마시면, 당신은 그것을 고갈시키는 것이고요. 만약 당신이 그의 지방의 상업을 북돋으면, 당신은 그가 사는 일용품들의 값을 올리게 하는 것이고요. 만약 당신이 그에게 담배를 제공하면, 당신은 그를 타락시키는 것이고요. 만약 당신이 그의 딸이 어여쁘다고 생각한다면, 당신은 그녀를 유혹하려고 한다는 것이고요. 만약 당신이 그의 부인의 가정적 미덕을 칭찬한다면, 그것은 차가운 빈정거림이 되는데, 이유인즉 당신은 마음속으로 그녀를 무식하다고 깔보고 있다는 것이죠. 만약 당신이 그의 집에서 인사치레할 말을 찾지 못해 쩔쩔매면, 그는 그것을 이해하지 못할 것이고, 그리하여 그는 사방을 다니며 당신이 그를 모욕했다고 말할 것이에요. 당신의 수호신들을 데리고 깊숙한 산림 속으로 또는 주민이 없는 황무지 한가운데로 가세요. 거기서 만큼은 또 기껏해야, 소도시 주민은 당신을 평화롭게 내버려둘 것이에요.

파리를 둘러싸고 있는 여러 겹의 벽 안으로까지 그 소小 도시인들은 그 가엾은 가정을 따라와 성가시게 굴었다. 퐁뗴느블로와 믈렁의 유복한 가족들은 수도에서 겨울을 지내려 왔고 그 지방 관습의 혜택들을 함께 가지고 왔다. 유지有志들 모임이 델마르 부부 주변에서 생겼고, 이들의 상호간의 위치를 더 악화시키기 위해 인간적으로 가능한 모든 것이 시도되었다. 그들의 불행은 그로부터 증대하였고, 그들의 상호간의 집요함은 감소되지 않았다.

랄프는 그들의 의견 충돌에 개입하지 않는 양식良識을 지니고 있었다. 델마르 부인은 그가 그녀에 대한 그녀 남편의 감정을 악화시키고 있거나, 적어도, 레이몽을 그녀의 친밀감으로부터 축출하려 한다고 의심하였다. 그러나 곧 그녀의 비난이 터무니없음을 깨달았다. 드 라미에르 씨를 대하는 대령의 완벽한 평온은 그녀의 사촌의 침묵을 말해주는 엄연한 증거였다. 그리하여 그녀는 그에게 감사표시를 할 필요를 느꼈다. 그러나 그는 그 문제에 대한 어떠한 설명도 애써 회피했다. 그녀가 그와 단둘이 있었을 때마다, 그는 그녀의 시도들을 교묘히 피해 갔고 그것들을 이해하지 못하는 척했다. 그것은 매우 미묘한 주제였기 때문에 델마르 부인은 랄프로 하여금 그것을 논의하기 시작하도록 강요할 용기가 없었다. 그녀는 오직 애정 어린 배려와 섬세하고 부드러운 친절을 베품으로써 그가 그녀의 감사한 마음을 이해하도록 하는 데에 주력하였다. 그러나 랄프는 그런 것에 유의하는 듯한 태도를 보여주지 않았고, 앵디아나의 자존심은 그가 내보였던 그 도도한 관대함으로 인해 상처를 입었다. 그녀는 엄한 증인의 관용을 애원하는 죄진 여인의 역할을 하는 것 같아 두려웠다. 가엾은 랄프를 상대함에 있어 그녀는 다시금 쌀쌀하고 뻣뻣하게 되었다. 이 문제에 있어서의 그의 행동은 그의 이기주의와 부합하는 것이고 또 그는, 그녀를 더 이상 높이 평가하고 있지는 않아도, 그녀에 대한 호감은 간직하고 있다고 그녀에게는 생각되었다. 또 그는 다만 심심풀이로 그녀와의 교제를 필요로 했고 그녀가 그녀의 가정에서 그를 위해 고안해냈던 관습들과 더불어 싫증내지 않고 그에게 쏟아 부었던 배려들을 마다하지 않았다고 생각되었다. 더욱이 그녀의 남편이나 그녀 자신에 대해 그녀가 잘못을 저지르는 것에 대해서 그는 염려하고 있지 않다고 그녀는 상상하였다.

'그것은 여자들에 대한 그의 경멸과 똑같다.' 하고 그녀는 생각했다. '그의 눈에 그들은 단지 가축에 불과하고, 집안을 정돈하고 식사 준비를 하고 차를 대접하는 데에 쓸모가 있는 것이다. 그는 그들에게 무엇을 논의해보는 명예를 허락하지 않는다. 그들의 과오는, 그것들이 그에게 개인적으로 관련되는 것이 아니고 그의 삶의 물질적 습관을 방해할 성질의 것이 아니라면, 그에게 별로 상관이 없는 것이다. 랄프는 나의 마음을 필요로 하지 않는다. 나의 손이 그의 푸딩을 차려주고 그를 위해 하프를 켜며 선율을 들려주기만 한다면, 내가 다른 사람을 사랑하고 있는 것이, 내가 은밀히 괴로움을 겪고 있는 것이, 또 나를 짓누르고 있는 그 멍에를 내가 도저히 감내할 수 없다는 것이 그에게 무슨 상관이 되겠는가? 나는 그의 하녀이다. 그는 내게서 그 이상의 것을 요구하지 않는다.'

제 20장

앵디아나는 레이몽을 더 이상 질책하지 않았다. 그는 자신을 매우 서투르게 변호했으므로 그녀는 그가 너무 죄진 것으로 생각하게 되는 것을 두려워하고 있었다. 속임을 당하는 것보다 그녀가 훨씬 더 두려워했던 것은 버림받는 것이었다. 그녀는 그에 대한 믿음과 그가 그녀에게 약소했던 미래에 대한 기대 없이는 더 이상 살아갈 수가 없었다. 그도 그럴 것이 그녀가 델마르 씨와 랄프 씨 사이에서 보낸 인생은 혐오스럽게 느껴졌고, 만약 그녀가 곧 이 두 사람의 지배에서 벗어나게 될 것을 기대하고 있지 않았다면, 그녀도 물에 빠져 죽어버리고 말았을 것이었기 때문이다. 그녀는 그 점에 대해 가끔 생각해보곤 했다. 레이몽이 그녀를 누운처럼 다루었다면, 그런 견디기 어려운 미래에서 벗어나기 위해서는, 누운과 합류하는 길 외에는 다른 방법이 그녀에게 없다고 그녀는 혼자 말하곤 했다. 이러한 침울한 생각이 어디를 가나 그녀를 따라다녔고, 그녀는 그 생각에 흡족해 했다.

그러는 동안 그들의 출발을 위해 정해진 날자가 다가오고 있었다. 대령은 그의 아내가 궁리하고 있었던 저항을 별로 눈치 채고 있는 것 같지 않았다. 매일 그는 사무를 얼마씩 정리해나갔고, 매일 채무를 하나하나씩 갚아나갔다. 델마르 부인은 침착한 눈으로 그러한 준비상황을 바라보고 있었던 만큼, 그녀 자신의 용기에 대해서도 자신하고 있었다. 그녀 자신도 난관들과 부딪쳐 싸워나갈 채비를 차리고 있었다. 그녀는 미리 드 까르바잘 부인으로부터 지지를 얻고자 노력했다. 그녀는 자기가 여행을 싫어한다고 말했고, 그 노후작부인은, (선한 의도로) 그 조카딸의 미모에 *고객유치*의 큰 희망을 걸고 있었던바, 대령의 의무는 그의 부인을 프랑스에 남아있게 하는 것이라고 선언하였다. 델마르 부인이 요 얼마 전부터 나아진 건강을 누리고 있었을 때 대양횡단의 피로와 위험에 그녀를 내맡기는 것은 야만에 가깝다고도 했다. 또 그녀는 한마디로 그가 할 일은 그의 행운을 다시 일으켜 세우기 위해 그리로 가는 것이고, 앵디아나의 할 일은 그녀의 늙은 숙모 곁에 남아 그녀를 돌보아주는 것이라고 말했다. 델마르 씨는 처음에는 이러한 암시들을 노부인의 횡설수설 정도로 생각했다. 그러나 그는, 드 까르바잘 부인이 그녀가 상속을 받기 위해서는 그만한 대가를 치러야함을 분명히 알아듣도록 말했을 때, 그 문제에 더 주의를 기울이지 않을 수가 없었다. 델마르는 돈을 사랑했고, 그것을 모으기 위해 평생을 끈덕지게 일해 왔다고 할 수 있었지만, 그의 성격에는 자부심이 있었다. 그는 그의 결정을 단호히 천명했고 아내가 온갖 위험을 무릅쓰고 그를 따라올 것이라고 선언했다. 돈이 모든 양식 있는 사람의 절대적 지배자가 아니라는 것을 믿을 수가 없었던 후작부인은 그 대답을 델마르 씨의 마지막 말로서 간주하지 않았다. 그녀는 계속하여 그녀 조카딸의 저항을 부추겼고, 그녀 책임의 미명하에 세인의 이목으로부터 그녀를 보호하겠다고 제의했다. 앵디아나의 반항의 진짜 이유들에 대해 눈을 감아줄 수 있기 위해 그녀는 간계와 야심에 의해 타락한 정신의 둔감함과 또 경건함의 과시로 왜곡된 마음의 모든 위선을 필요로 하였다. 드 라미에르 씨에 대한 그녀의 정열은 그녀의 남편만 제외하고 이제는 더 비밀이 아니었다. 그러나 그 비밀은, 앵디아나가 그때까지 아직은 별로 추문의 대상이 되지 않았었기에, 아주 조심스럽게 이야기되었다. 그리고 드 까르바잘 부인은 스무 사람 이상으로부터 그것에 대해 은밀히 얘기를 들었었다. 그 어리석은 노부인은 그 말을 듣고 아주 흐뭇해했다. 그녀가 진정 원했던 것은 그녀의 조카딸을 고급 사교계의 중심에 놓는 것이었고, 레이몽의 사랑은 근사한 시작이었다. 그러나 드 까르바잘 부인의 성격은 그 섭정시대[60]의 유형은 아니었다. 그 왕정복고 시대[61]는 그런 기질을 지닌 사람들에게 미덕에 대한 충동을 주었었고, 궁정에서 단정한 행동이 요구되었던 고로, 후작부인은 신세를 망치고 폐허화하는 추문만큼 미워하는 것이 없었다. 뒤 바리 부인[62]의 영향 밑에서는 그녀는 원칙을 지키는 데 있어 덜 엄격했을 것이다. 그러나 황태자비[63]의 영향 하에서는 그녀는 점잖을 빼고 있었다. 그러나 이 모든 것은 외부 전시와 겉치레를 위함이었다. 그녀는 요란한 비행非行들에 대해선 비난과 경멸의 태도를 견지하였고, 어떤 정사情事를 호되게 비난하기에 앞서 그 결과를 기다렸다. 그녀는 집 안의 사적 공간에서 행해지는 부정不貞들에 대해서는 관용적이었다. 겉창 밖에서 자행되는 정욕 표시들에 대해 판단할 때는 그녀는 다시 스페인 식으로 보수적이 되었다. 그녀의 안목에서 유죄는 행인들의 눈에 띄게 길에서 자행되는 행위들에만 국한되어 있었다. 그러니까 열정적이고 정숙하며, 사랑에 빠져있지만 절제 있는 앵디아나는 내세우고 활용할 만한 귀한 인물이었다. 그녀와 같은 여자는 그 위선적 사교계의 정상급 두뇌들을 매혹하며 가장 미묘한 임무들의 위험도 잘 물리칠 수 있었다. 그처럼 순수한 영혼과 그처럼 열렬한 기질의 책임 위에서 시도해 볼 훌륭한 투기投企 거리들도 있었다. 가엾은 앵디아나! 다행히 그녀의 치명적 운명이 숙모의 모든 희망사항들을 뒤로 따돌려버렸고, 그녀 자신을 비참의 길로 끌고 들어갔는데, 숙모의 고약한 보호가 거기까지는 그녀를 찾아 나서지 않았다.

    레이몽은 그녀가 무엇이 되든지 염려하지 않았다. 그 사랑은 그에게는 이미 염증의 마지막 단계인 권태에 도달했었다. 싫증나게 한다는

---

60) 1715-23, 필립 도를레앙Phillipe d'Orléan 섭정 기간의 해이된 도덕기준을 뜻함.
61) 나폴레옹 몰락 후, 1814-30
62) 루이 15세의 정부情婦 du Barry, 1770-74
63) 샤를르 10세, 1824-30, 그의 며느리로서 가혹한 반자유주의적 견해를 지녔음.

것은 애인의 마음속에서 가능한 한 가장 밑바닥가지 내려간다는 뜻이다. 그녀 환상의 마지막 날들에 있어서는 다행스럽게, 그녀는 아직 그것을 눈치 채지 못하고 있었다.

어느 날 아침 그는, 무도회에서 돌아왔을 때, 델마르 부인이 자기 방에 와있는 것을 보았다. 그녀는 자정에 거기에 들어갔고, 꼬박 다섯 시간 동안 그를 기다리고 있었다. 그때는 일 년 중 가장 추운 날들이었다. 그녀는 인생살이가 그녀에게 가르쳐주었던 암울한 인내심을 가지고 추위와 불안에 떨면서, 손위에 머리를 얹고, 불도 피워있지 않은 그곳에 있었다. 그녀는 그가 들어오는 것을 보았을 때 머리를 쳐들었고, 레이몽은, 놀라움으로 돌처럼 굳어진 채, 그녀의 창백한 얼굴에서 어떤 원한이나 질책하는 기색을 찾아보지 못했다.

"저는 당신을 기다리고 있었어요." 하고 그녀는 부드럽게 말했다. "당신이 사흘 동안 오지를 않았고 또 그 기간 중 당신이 지체 없이 알아야 할 일들이 벌어졌기에, 제가 그것들을 당신에게 알려주기 위해 어젯밤에 집을 떠나 여기 왔어요."

"믿기지 않는 무모한 짓이군!" 하고 레이몽은 조심스레 자기 뒤에서 문을 닫으면서 말했다. "하인들이 당신이 여기 와있는 걸 알고 있소. 그들이 내게 방금 그 말을 해주었소."

"저는 제 자신을 감추지 않았어요." 하고 그녀는 냉정하게 대답했다. "그리고요, 당신이 사용한 말에 관해서인데, 그것은 제 생각에 잘못 선택한 단어이어요."

"나는 *무모한 짓*이라고 했는데, 그건 *미친 짓*이라고 말했어야 맞았을 텐데."

"저 같으면, *용기 있는 행동*이라고 말했을 거예요. 그러나 상관없어요, 들어 보세요. 델마르 씨는 삼일 내에 보르도로 떠나고자 해요, 그리고 거기서부터 식민지로 향할 거예요. 그가 만약 폭력을 사용한다면, 당신은 나를 그것으로부터 구할 것이라고 당신과 나 사이에 합의가 되었죠. 의심할 바 없이 그런 사태가 일어날 거예요. 왜냐하면 제가 어제 저녁 그에게 저의 결정을 알렸고, 저는 제 방에 갇혀 있었거든요. 저는 창문을 통해 빠져 나왔어요. 보세요, 제 손이 피에 젖어 있죠. 이 순간, 사람들은 아마도 저를 찾고 있을 거예요. 그러나 랄프는 벨르리브에 있으니, 그는 내가 어디에 있는지 말할 수가 없을 거예요. 저는 델마르 씨가 저를 뒤에 남겨 놓기로 결심을 할 때까지, 숨어 있기로 결정했어요. 당신은 저를 위해 피난처를 하나 확보하고 저의 도피를 준비하는 일을 생각해 보셨어요? 당신을 홀로 만나 볼 수 있는 것이 너무 오랜만이라 저는 당신의 제반 조치가 어떤 단계에 와있는지를 모르고 있어요. 그러나 제가 당신에게 당신의 결심에 대한 의혹을 표시했던 어느 날, 당신은 제게 신뢰가 없는 사랑은 생각해볼 수도 없는 것이라고 말했어요. 당신은 한 번도 저를 의심한 적이 없었다고 제게 털어놓았고, 당신은 제가 공정치 못했다고 제게 지적하였고, 그리하여 저는 그때, 사랑의 격을 낮추는 여자들의 유치한 의심과 수많은 불평들을 포기하지 않는다면, 당신 수준 이하에 머물게 되는 것을 두려워했어요. 저는 체념으로, 당신의 방문시간이 짧아진 것, 우리 면접시간의 제약, 저와의 심정 토로를 피하기 위해 취하는 것 같았던 성급한 태도, 이 모두를 견디어냈어요. 불안과 공포가 제 마음을 갉아먹었을 때, 제가 그것들을 범죄적 생각들처럼 배척하였다는 것에 대해 하늘이 저의 증인이에요. 오늘 저는 저의 신뢰에 대한 보상을 청구하고자 하는 거예요. 그 순간이 도래했어요, 말해 주세요, 당신은 제 희생들을 받아주실 건가요?"

위기는 너무 다급해졌으므로 레이몽은 더 이상 가장을 할 용기가 나지 않았다. 절망에 사로잡히고, 자기가 쳐놓은 올가미에 자기 자신이 걸려든 것에 화가 치밀어서, 그는 이성을 잃어버렸고 잔혹하고 거친 저주의 말을 퍼부으며 격앙되었다.

"당신은 미친 여자요!" 하고 그는 안락의자에 몸을 던지며 외쳤다. "어디서 당신은 사랑을 꿈꾸었소? 귀부인의 하녀들을 대상으로 씌어진 어떤 소설에서 당신은 사교계를 공부했단 말이요? 어디 대답 좀 해 보시오."

그러더니 그는, 자신이 너무 지나치게 냉혹했음을 깨닫고, 말을 멈추었다. 그는 이제 그녀에게 그 같은 내용을 다른 말로 바꾸어 말하고 모욕을 가하지 않고 그녀를 쫓아버릴 방책을 강구했다.

그러나 그녀는 어떤 말이라도 들을 각오가 되어 있는 듯이 침착하였다.

"계속하세요." 하고 그녀는 두 팔을 심장박동이 점차로 마비되어 가고 있었던 가슴에 포개며 말했다. "저는 당신 말을 듣고 있어요. 의심할 바 없이 당신은 제게 한마디 이상 하실 말씀이 있는 거죠."

"또다시 상상의 나래를 펼치고, 또다시 사랑의 장면을 떠올리는군." 하고 레이몽은 생각했다.

그리고 갑자기 일어서면서.

"결단코" 하고 그는 소리쳤다. "결단코 나는 그런 희생들을 받아들이지 않을 것이오. 내가 그런 기력이 있을 거라고 그대에게 말했을 때, 나는 나 자신을 뽐내보았던 것이오, 앵디아나. 아니, 오히려 나 자신을 헐뜯은 것이오. 왜냐하면 겁쟁이가 아닌 다음에야 누가 자기가 사랑하는 여자의 체면을 떨어뜨리는 행동에 동의할 수 있겠느냐 말이오. 인생에 대한 그대의 무지無知로부터 그대는 그런 계획의 진지한 정도를 이해하지 못했던 것이고, 나로 말하면, 그대를 잃게 될까봐 절망한 나머지, 그 문제에 대해 숙고해 보기를 원치 않았던 거요…."

"곧 다시 숙고해 보세요!" 하고 그녀는 그가 잡으려고 했던 손을 빼어내며 말했다.

"앵디아나" 하고 그는 말을 이었다. "그대는 자신에게는 영웅주의를 확보해놓고서 내게는 불명예를 부과하고 있다는 것과 또, 내가 그대의 사랑을 받을 자격이 있도록 머물러 있고자 하기 때문에, 그대가 나를 호되게 비난하고 있다는 것을 깨닫지 못하는 거요? 무지하고 순박한 여인인 그대는, 만약 내가 그대의 삶을 나의 쾌락을 위해, 그대의 훌륭한 명성을 나의 이득을 위해 희생한다면, 나를 그래도 사랑할 수 있단 말이오?"

"당신은 이치가 아주 상반되는 것들을 말하고 있어요." 하고 앵디아나는 말했다. "만약, 제가 당신 곁에 머물러 있으면서 당신에게 행복을 가져다준다면, 무엇 때문에 주위의 여론을 두려워하시는 건가요? 여론이 저보다 더 마음에 걸리십니까?"

"허어! 내가 마음을 쓰고 있는 것은 나 때문이 아니오, 앵디아나!…"

"그렇다면 그것이 저 때문인가요? 저는 당신의 양심의 가책을 예상했어요. 그래서 당신을 모든 회한에서 벗어나게 해주기 위하여, 저는 선수를 쳤던 거예요. 저는 당신이 와서 저를 제 가정에서 끌어내기를 기다리지 않았어요. 제 가정의 문지방을 영원히 넘어서기 위하여 당신과 상의조차도 하지 않았어요. 이 결정적 행보는 이루어진 것이고, 당신의 양심은 당신을 비난할 수 없어요. 지금 이 시간에 레이몽, 저는 명예가 실추된 여자예요. 당신이 없는 동안 저는 여기 벽시계에서 저의 오명汚名을 완성시킨 시간들을 세었어요. 그리고 이제, 밝는 날이 제 이마가 어제 그랬던 것처럼 마찬가지로 결백한 것을 확인해준다 해도, 저는 공중의 여론으로부터는 신세를 족친 여자이에요. 어제만 해도, 여자들의 마음속에서는 저에 대한 동정심이 아직 남아있었죠. 오늘은 경멸 이외에는 남아있는 것이 없을 거예요. 저는 행동하기 전에 이 모든 것을 신중히 가늠해보았어요."

'여자의 밉살스러운 선견이군!' 하고 레이몽은 생각했다.

그러고 나서 마치 가구를 차압하러 온 집달리執達吏를 대하듯 그녀를 상대해 버둥거리며, 아버지처럼 쓰다듬는 어조로 말했다.

"당신은 당신이 취한 행동의 중요성을 스스로 과장하고 있소. 그게 아니오, 내 친구, 한번 경솔한 행동을 했다고 해서 모든 것을 잃는 것은 아니요. 나는 하인들에게 아무 말도 하지 말라고 명할 것이오…."

"의심할 바 없이 이 순간 저를 찾고 있을 제 하인들에게도 침묵을 지키라고 명하실 건가요? 그리고 제 남편 말에요, 당신은 그가 저의 비밀을 조용히 지켜주고 저를, 당신의 지붕 밑에서 온통 밤을 지내고 온 저를 내일 받아줄 거라고 생각하세요? 당신은 제가 돌아가 그의 발 밑에 엎드려 그가 용서의 표시로 제 삶을 부스러뜨리고 제 청춘을 시들게 만든 그 쇠사슬을 다시 제 목에 걸도록 그에게 청해보라고 권고하실 셈인가요? 당신은 아무런 후회 없이 당신이 그처럼 사랑했던 여인이 다른 사람의 지배하에 다시 들어가게 됨을 보는 것에 동의하실 수가 있는 겁니까? 이제 당신은 그녀 운명의 주인이 된 것이고, 그녀를 당신의 온 평생 당신의 가슴에 품을 수 있고, 또 언제나 당신의 권세 속에 머물러 있겠다고 하며 그녀가 당신의 곁에 와있는 데 말이에요! 당신은 그녀를 기다리고 있는, 아마 오직 죽일 목적으로 그리하고 있는, 그 무자비한 주인에게 그녀를 그냥 내어주는 데에 대해 어떤 혐오나 두려움이 없는 건가요?"

어떤 갑작스러운 생각이 레이몽의 뇌리를 스쳤다. 여성적 긍지를 길들일 순간이 도래했고, 아니면, 그런 순간은 결코 다시 찾아오지 않을 것이다. 그녀는 그에게 그가 원치 않았던 모든 희생들을 제공하기 위해 왔고, 그녀가 예상했던 위험과 다른 어떤 것도 겪을 위험이 없다고 자신 만만히 그의 앞에 버티고 있는 것이었다. 레이몽은 그녀의 성가신 헌신을 제거해버리거나 또는 그것을 어쨌든 이용해먹을 방책을 상상해 보았다. 그는 델마르의 너무 좋은 친구였고, 그로부터 부인을 탈취하기에는 그에 대한 대령의 신뢰에 너무나 빚을 지고 있었다. 그는 그녀를 유혹하여 농락하는 데에 만족해야 했다.

"그대가 옳아, 나의 앵디아나." 하고 그는 열띤 목소리로 외쳤다. "그대가 나를 다시 정신이 들게 하네요. 그대가 위험해질까봐 하는 염려와 그대에게 해를 끼칠까하는 두려움 때문에 얼어붙었던 희열을 그대는 내게 다시 일깨워주고 있어. 나의 어린애 같은 염려를 용서해주고 그 안에 담겨있는 모든 애착과 순수한 사랑을 이해해주어. 그러나 그대의 달콤한 목소리는 모든 나의 피를 흔들어놓고, 그대의 정열적 말들은 나의 혈관에 불을 지피오. 용서해주오. 내가 그대를 소유하는, 말로 다할 수 없는 순간 말고 다른 것을 생각할 수 있었던 나를 용서해주오. 나로 하여금 우리에게 엄습해오는 모든 위험들을 잊고, 무릎을 꿇고 그대가 내게 가져다주는 행복에 대해 감사하게 해주오. 나로 하여금 그대의 발아래에서 모든 나의 피도 그 값을 다 치루지 못할 이 희열의 시간 속에 온전히 살게 해주오. 그대를 가두어 놓고 그런 거칠고 난폭한 짓을 해놓고! 잠이 드는 그 어리석은 남편이 나의 보물, 나의 생명인 그대를 나의 팔에서 떼어놓기 위해 어디 한번 와보라고 하죠! 지금부터 그대는 더 이상 그에게 속하지 않아요. 그대는 나의 애인이고, 나의 동반녀이고, 나의 정부情婦요…."

　이렇게 말하며 레이몽은, 열정을 *하소연할* 때면 습관적으로 늘 그랬듯이, 점점 감정이 고조되어갔다. 상황은 절박했고 소설 같기도 했다. 제법 위험들도 있었다. 그는 용감한 기사騎士 종족의 참다운 후예답게 위험에 처하게 되는 것을 사랑했다. 길에서부터 무슨 소리를 들을 때마다 그것이 그의 부인을 되찾고 적수의 피를 요구하려고 오고 있는 남편의 다가오는 소리라고 생각되었다. 그런 상황의 자극적 감정들 속에서 사랑의 짜릿한 욕정을 구하는 것은 그의 기질에 걸맞은 쾌락이었다. 십오 분 동안 그는 델마르 부인을 열정적으로 사랑하였다. 그는 그녀에게 정열적인 달변의 유혹적 언사를 퍼부었다. 그의 언어는 참으로 강력했고 그의 행위는 참되었으니, 이 사람의 열렬한 머리는 사랑을 즐거움의 예술로 다루었던 것이다. 그는 그 자신도 속아버릴 만치 열정의 기교를 부렸다. 이 어리석은 여인 위에 수치가 있어라! 그녀는 희열에 잠겨 그 기만적 애정 시위에 몸을 맡겼다. 그녀는 행복하다고 느꼈고, 그녀의 얼굴은 희망과 기쁨으로 빛났다. 그녀는 모든 것을 용서했고, 모든 것을 허락할 뻔했다.

그러나 레이몽은 너무나 성급하게 굴었던 탓에 그 자신이 원했던 바를 잃었다. 만약 그가 앵디아나가 위험을 무릅쓰고 와있었던 상황을 이십사 시간 더 연장할 수 있도록 재간을 부렸었다면, 그녀는 아마도 그의 것이 되었을 것이다. 그러나 날은 붉게 밝아오고 있었다. 방에는 빛의 홍수가 넘쳐흘렀고, 밖에서 들리는 소음은 매 순간 증대했다. 레이몽은 벽시계를 한번 쳐다보았는데 일곱 시를 가리키고 있었다.

'이 일을 끝낼 시간이 되었다.' 하고 그는 생각했다. '델마르는 어느 순간에라도 들이닥칠 수 있으니, 그 전에 그녀가 자발적으로 자기 집으로 돌아가도록 해야 한다.'

그는 보다 성급해졌고 덜 부드럽게 되었다. 그의 입술의 창백함은 미묘하기보다는 긴급한 초조함의 고민을 들어냈다. 그의 키스들 속에는 급작스러움과 거의 노여움마저 있었다. 앵디아나는 무서웠다. 착한 천사가 이 흔들리고 어려움에 시달리고 있는 영혼 위에 그 날개를 펼쳤다. 그녀는 심기를 회복했고 이기적이고 냉혈적인 악의 공격들을 물리쳤다.

"저를 가만 놔두세요." 하고 그녀는 말했다. "저는 사랑 또는 감사에 의해 허락할 수 있는 것을 나약함으로 인해 주고 싶지는 않아요. 당신은 제 애정의 증명들을 필요로 할 순 없죠. 제가 여기 와있는 것 자체가 아주 큰 증명이 될 테니까요. 그리고 저는 저와 함께 미래를 당신에게 가져왔지요. 그러나 우리를 아직도 분리시키고 있는 강력한 장애물들에 대항해 싸울 제 양심의 모든 힘을 제가 간직하게 하여주세요. 저는 극기와 평온을 필요로 해요."

"당신은 무슨 얘기를 하고 있는 거요" 하고 레이몽은 화를 내며 말했는데, 그는 그녀의 말을 듣지도 않고 있었고 그녀의 저항에 화를 냈다.

그리고는, 괴롭고 분한 마음에 정신을 못 차리고, 그녀를 거칠게 밀쳐버리고는, 가슴은 짓눌리고 머리는 뜨거워진 채 방안을 왔다 갔다

했다. 그러더니 그는 물병을 들고 물 한잔을 따라 마셨고, 그것은 단번에 그의 착란 상태를 진정시켰고 그의 사랑을 식혔다. 그때 그는 그녀를 냉소적으로 바라보며 말했다.

"자, 부인. 이제 당신이 여기서 나가야 할 시간이 되었소."

드디어 한 줄기의 빛이 흘러들어와 앵디아나를 각성시켰고 그녀에게 레이몽의 영혼을 적나라하게 보여주었다.

"당신 말이 옳아요." 하고 그녀는 말했다.

"그러니까 당신의 망토와 당신의 모피 목도리를 집으시오." 하고 그는 그녀를 붙잡으며 말했다.

"정말 그래요." 하고 그녀는 대답했다. "제가 와있었다는 이 흔적들이 당신의 입장을 곤란하게 만들 수 있으니까요."

"당신은 어린애요." 하고 그는 어린애 다루듯 그 망토를 그녀에게 걸쳐주면서 달콤한 어조로 말했다. "당신은 내가 당신을 사랑하고 있는 사실을 잘 알고 있소. 그런데 당신은 참말이지 나를 못살게 구는 것에 기쁨을 느끼고 또 나를 미치게 하오. 내가 삯 마차를 하나 불러올 테니 기다려요. 내가 할 수만 있다면, 당신을 당신 집에까지 다시 데려다줄 수 있을 텐데. 그러나 그것은 당신을 망쳐놓는 일일 거요."

"그러면 당신은 도대체 제가 이미 망쳐진 신세가 아니라고 믿으십니까?" 하고 그녀는 씁쓸하게 말했다.

"망쳐진 건 아니죠, 나의 귀여운 사람." 하고 레이몽은 대답했는데, 이제 그는 그저 그녀를 설득해 그를 좀 편안히 내버려두기만을 원했다. "이리로 당신을 찾으러 아직은 아무도 오지 않은 걸 보면, 당신이 없어진 것을 아무도 알아차리지 않았어요. 내가 가장 나중으로 의심을 받았다 해도, 당신과 알고 지내는 모든 사람들에게 수소문을 하러 사람을 보내는 것이 당연하였소. 그러니까 당신은 당신의 숙모한테 찾아가 그녀의 보호를 받을 수 있을 것이오. 그것이 내가 당신에게 택하라고 권고하는 길이기도 하고요. 그녀는 모든 것을 잘 조정하여 처리할 것이오. 사람들은 당신이 간밤을 그녀의 집에서 보냈다고 추측할 것이오….”

델마르 부인은 듣고 있지 않았다. 그녀는 멍청한 모습으로 번쩍이는 지붕들의 지평선 위로 솟아오르는 크고 붉은 태양을 바라보고 있었다. 레이몽은 그런 멍한 몰두 상태로부터 그녀를 흔들어 깨우고자 노력했다. 그녀는 눈을 그에게로 다시 향했으나, 그를 알아보지 못하는 것 같았다. 그녀의 뺨은 창백한 초록빛이 돌았고, 그녀의 마른 입술은 마비되어 있는 듯이 보였다.

레이몽은 겁에 질렸다. 그는 다른 여자의 자살을 상기하였다. 그리고 공포 속에서, 어찌 될지를 모르고, 자기의 눈으로도 두 번 씩이나 범죄자가 되는 것에 두려움을 느끼면서, 그녀를 다시 한 번 속여 넘기려고 시도하기에는 정신적으로 너무 소진되었음을 느끼면서, 그는 그녀를 가만히 안락의자에 앉혀놓고, 그녀를 가두어 놓은 채, 어머니 방으로 올라갔다.

제 21장

어머니는 깨어 있었다. 그녀는 이주 생활[64] 동안 몸에 익혔으며 이후, 부유함을 되찾고서도 잃지 않았던 노동의 습관으로 일찍 일어나는 데 익숙해 있었다.

그녀는 레이몽이 창백하고 동요된 모습으로 그처럼 늦은 시각에 무도회 복장을 하고 그녀의 방에 들어오는 것을 보았을 때, 그가 그의 파란 많은 인생에 흔히 있었던 위기들의 하나와 씨름하고 있음을 이해했다. 그녀는 언제나 그러한 파란곡절 속에서 그의 마지막 의지依支며 구원이었고, 그 흔적은 어머니로서의 그녀 마음속에만 뼈아프게 또 깊게 남아있었다. 그녀의 삶은 레이몽의 삶이 획득하고 만회했었던 것만큼 시들었고 소모되었다. 격렬하고 차가운, 이지적이며 열정적인 아들의 성격은 그에 대한 그녀의 한없는 사랑과 너그러운 애정의 결과였다. 그녀가 덜 착한 어머니였다면, 그는 더 나은 사람이 되었을 것이다. 그러나 그녀는 그녀가 응해서 해준 모든 희생의 덕을 그가 보도록 길들여 놓았다. 그녀는 그녀가 하고자 했던 대로 똑같이 정열적으로 똑같이 강인하게 그가 자기 재산을 형성하고 추구하도록 가르쳐주었다. 그녀는 그를 모든 슬픔으로부터 지키고 그를 위해 그녀의 모든 이득을 희생시키기 위해 자기가 있는 것이라고 믿고 있었기 때문에 그는 온 세상이 그를 위해 만들어져 있었고, 그의 어머니의 한마디면 모든

---

64) 프랑스 혁명 후 많은 귀족들은 외국으로 이주해 있다가 1814년에 귀향하여 다시 예전의 특전을 회복했음.

것이 그의 손아귀에 들어와야 한다고 믿고 있었다. 관대함 덕분으로 그녀는 오직 이기적 인물을 하나 만들어내는 데에만 성공하였다.

가엾은 어머니, 그녀는 창백해졌고, 침대 위에서 몸을 일으키며, 불안에 휩싸여 그를 바라보았다. 그녀의 시선은 벌써 그에게 말하고 있었다. "내가 너를 위해 무엇을 할 수 있겠니? 내가 어디로 가보아야겠니?"

"어머니" 하고 그는 그녀가 내민 마르고 투명한 손을 잡으며 말했다. "저는 끔찍하게 불행해요. 저는 어머님의 도움을 필요로 해요. 저를 에워싸고 있는 골칫거리들로부터 저를 구해주세요. 저는 델마르 부인을 사랑하고 있는데, 어머님 왜 아시지 않아요…."

"나는 그걸 모르고 있었다." 하고 드 라미에르 부인은 부드럽게 질책하는 어조로 말했다.

"착하신 어머니, 그것을 부인하려고 하지 마세요." 하고 지체할 시간이 없었던 레이몽은 말했다. "당신은 아셨죠. 당신의 훌륭한 섬세함 때문에 제게 먼저 그것에 대해 말을 꺼내지 못하셨던 거예요. 그건 그렇고, 그 여자가 저를 절망으로 몰아넣고 있어요. 그래서 정신이 없어요."

"자, 말을 해봐라." 하고 그녀는 모성애의 열정으로 고취된 젊은 활기에 넘쳐 말했다.

"저는 어머니께 아무 것도 숨기고 싶지 않아요. 특히 이번에는 저에게 죄가 없거든요. 몇 달 전부터 저는 그녀의 낭만적 상상력을 진정시키고 그녀로 하여금 의무감을 깨닫게 하려고 노력하고 있어요. 그러나 저의 모든 주의 깊은 노력이 그녀의 고향 여자들의 머릿속에 도사리고 있는 그 위험에 대한 갈증과 모험에 대한 욕구를 격화시키고 있을 뿐이에요. 제가 어머니께 말씀드리고 있는 지금 이 시간에도, 그녀는 제 의사에 반하여 이곳, 제 방에 있고, 저는 어떻게 그녀로 하여금 거기서 나가게 할 수 있는지 그 방법을 모르고 있어요."

"불쌍한 것!" 하고 드 라미에르 부인은 급히 옷을 차려입으며 말했다. "수줍고 상냥한 여자던데! 그녀를 만나보고 얘기해줄게! 네가 청하고자 하는 것이 바로 그거지, 그렇지 않니?"

"네! 네!" 하고 레이몽은 그의 어머니의 부드러움으로 자신도 부드러워져 말했다. "가셔서 그녀가 이성과 친절의 언어를 알아듣게 해주세요. 그녀는 의심할 바 없이 당신의 입에서 흘러나오는 덕 있는 말을 즐겨 들을 거예요. 그녀는 아마도 당신의 사랑스러운 말투에 감복할 거예요. 그녀는 자기 자신을 제어할 힘을 다시 얻게 될 거예요. 아, 불행한 여인! 그녀는 매우 괴로워하고 있어요!"

레이몽은 안락의자에 몸을 던지고는 울기 시작했다. 그처럼 이날 아침나절의 여러 가지 감정들은 그의 신경을 흥분시켰다. 그의 어머니도 그와 함께 울었고, 그에게 강제로 에테르 진통제 몇 방울을 취하게 한 연후에야 아래층으로 내려갔다.

그녀가 본 앵디아나는 울지 않고 있었고, 그녀를 알아보고서는 침착하고 위엄을 띤 모습으로 일어났다. 그녀는 그런 고매하고 꿋꿋한 거동을 거의 예기치 않았었기에, 마치 그녀가 아들의 방으로 그녀를 불쑥 찾아옴으로써 결례를 했던 것 같아, 이 젊은 여자 앞에서 당혹감을 느꼈다.

그리고 나서 그녀는 자기 마음의 깊고 진솔한 감수성에 녹아들어, 애정의 발로發露 속에서 그녀에게 팔을 벌렸다. 델마르 부인은 그 안으로 뛰어들었고, 이 두 여자는 서로 부둥켜않은 채 한참동안을 울었다.

그러나 드 라미에르 부인이 말을 하고자 했을 때, 앵디아나는 제지하였다.

"제게 아무 말도 하지 마세요, 부인." 하고 그녀는 눈물을 닦으면서 말했다. "당신은 제게 아픔을 주지 않을 어떠한 말도 찾아내지 못하실 거예요. 당신이 보여주는 관심과 당신의 쓰다듬는 말들은 제게 당신의 관대한 애정을 증명해주기에 충분합니다. 저의 마음은 가뿐해질 수 있을 만큼 가뿐해졌어요. 이제 저는 물러갑니다. 저는 제가 해야 할 것을 이해하기 위하여 당신의 간청을 필요로 하지 않습니다."

"당신을 되돌려 보내기 위해서가 아니라, 당신을 위로하기 위하여 왔어요." 하고 드 라미에르 부인은 말했다.

"저는 위로받을 수가 없어요." 하고 그녀는 그 부인을 껴안으며 말했다. "저를 예뻐해 주세요, 그것이 제게 조금 힘이 될 거예요. 그러나 말은 하지 마세요. 안녕히 계세요, 부인, 당신은 신을 믿으시죠. 저를 위해 기도해 주세요."

"당신은 혼자 떠날 수가 없어요!" 하고 드 라미에르 부인은 외쳤다. "내가 당신을 몸소 당신 남편 댁으로 다시 데리고 가서, 당신을 정당화하고, 당신을 변호하고, 당신을 보호하고자 하는 거요."

"너그러우신 마님!" 하고 앵디아나는 그녀를 가슴에 꼭 껴안으며 말했다. "당신은 그렇게 하실 수가 없어요. 당신 혼자서만 레이몽의 비밀을 모르고 계신 거예요. 온 파리가 오늘 저녁 그 얘기를 할 거예요. 그리고 당신은 이 얘기 속에서 당치않은 역할을 하게 될 거예요. 저 혼자서 그 추문을 견디어내게 해주세요. 저는 그것으로 오래 동안은 괴로워하지 않을 겁니다."

"그거 무슨 말이오? 당신은 당신 목숨에 손을 대는 범죄를 저지를 셈이오? 이 귀한 자식을 어쩌나! 당신 역시, 당신은 신을 믿는 거요."

"저 역시 믿어요, 부인. 저는 삼일 내에 부르봉 섬으로 떠납니다."

"내 품안으로 들어오게, 내 어여쁜 딸이여, 내가 그대를 축복하도록 어서 오게. 신이 그대의 용기를 보상할 것이리니…."

"저는 그러길 바라요." 하고 앵디아나는 하늘을 쳐다보며 말했다.

드 라미에르 부인은 타고 갈 마차를 구하러 사람을 보내고자 하였다. 그러나 앵디아나는 그 의견에 반대했다. 그녀는 소란을 피우지 않고 혼자서 집에 들어가고자 했다. 레이몽의 어머니는 그렇게 나약해지고, 그렇게 심한 충격을 받은 그녀가 그 긴 행로를 걸어가겠다고 나선 것을 보고는 두려운 생각이 들었지만 별 뾰족한 수는 없었다.

"저는 힘이 있어요." 하고 그녀는 그녀에게 말했다. "레이몽의 말 한 마디가 제게 그것을 주기에 충분했어요."

그녀는 망토로 몸을 감싸고, 검은 레이스 베일을 내리고는, 드 라 미에르 부인이 안내해준 비밀 출구로 그 저택에서 빠져나갔다. 그녀가 길에서 몇 발자국을 내딛기 시작했을 때, 그녀의 흔들리는 다리가 몸을 지탱해줄 것 같지 않은 느낌을 받았다. 매 순간마다 그녀는 성난 남편의 거친 손이 그녀를 움켜잡고, 그녀를 넘어뜨리고는, 그녀를 그 도랑창으로 끌고 가는 것을 느끼는 듯했다. 얼마 안 있어, 길가의 소음, 그녀 곁을 스치는 행인들의 태평한 표정, 그리고 피부에 스며드는 차가운 아침 공기는 그녀에게 힘과 평온을 다시 가져다주었다. 그러나 그것은 고통에 찬 힘이며 음울한 평온이었고, 천리안이 있는 선원이라면 폭풍의 격랑보다도 더 두려워하는, 바다 수면 위에 감도는 평온과 유사한 것이었다. 그녀는 센 강변을 따라 앵스티튀[65)]로부터 꼬르 레지슬라티프[66)]까지 걸었다. 그러나 그녀는 그 다리를 건너가는 것을 잊었고, 멍한 공상과 막연한 명상에 빠져, 아무 목표도 없이 그저 앞으로 발걸음을 옮겨 놓는 동작을 지속하며, 계속해서 강변을 따라 걸었다.

무감각한 채 조금씩 그녀는 강물 가에 다가갔다. 강물은 얼음덩이들을 그녀의 발에까지 휩쓸어왔고, 그것들을 강둑의 암석 위에 날카롭고 차가운 소음을 일으키며 부서뜨렸다. 그 연초록빛의 강물은 앵디아나의 감각들에 어떤 인력引力을 행사하고 있었다. 사람들은 끔찍한 생각들에 익숙해진다. 또 그런 생각들을 받아들임으로써 그것들을 좋아하게 된다. 누운의 자살의 본보기가 그녀의 절망의 시간들을 오랜 동안 위로해 왔으므로, 그녀는 자살을 일종의 유혹적 환희로 변용시켰다. 단 하나의 생각, 어떤 종교적 관념이 그녀로 하여금 그것에 대해 단호히 결심하지 못하게 했었다. 그러나 이 순간에는 어떠한 온전한 생각도

---

65) l'Institut de France 학사원을 뜻함.
66) 집정 1799-1804 정치 시대의 입법부

그녀의 쇠진된 뇌리를 더 이상 지배하고 있지 않았다. 그녀는 신이 존재한다고 또 레이몽이 존재했었다고 거의 상기想起하지 못하고 있었다. 그리고 그녀는 강가에 점점 더 접근하며 또 불행의 본능과 고난의 자석에 이끌리며 계속 걸었다.

그녀의 신발을 이미 적시고 있던 물의 에이는 듯한 차가움을 느꼈을 때, 그녀는 몽유병 상태에서 벗어나듯 깨어났고, 그녀가 어디에 있는지를 알려고 둘러보았을 때, 빠리가 그녀 뒤편에 있는 것을 보았고, 그녀의 발밑에서 급히 흘러가는 센 강은 기름 낀 거대한 물결 속에 가옥들의 흰 반사와 하늘의 잿빛을 띤 푸르름을 실어 나르고 있었다. 물의 끊임없는 흐름과 땅의 부동성은 그녀의 혼란된 지각知覺 속에서 혼합되었다. 그리하여 그녀에게 그 물은 잠을 자고 있고 그 대지는 달아나고 있는 것 같았다. 이 현기증의 순간에, 그녀는 어떤 벽에 기댔고 그녀가 고체 덩어리로 생각했던 것을 향해 매혹되어 몸을 굽혔다…. 그러나 그녀 주변에서 뛰놀고 있었던 어느 개의 짖어댐은 그녀를 산만하게 했고 그녀의 계획을 수행하는 데에 몇 순간 지체하게 했다. 그때, 개의 짖는 소리에 이끌려 달려온 어떤 남자가 그녀의 몸을 확 잡고 그녀를 끌고 나가, 강가에 버려진 어떤 보트의 잔해 위에 그녀를 내려놓았다. 그녀는 그를 정면으로 바라보았고, 그를 알아보지 못했다. 그는 그녀 발아래에 앉아 망토를 벗더니, 그것으로 그녀를 감쌌다. 그는 그녀의 손들을 자기의 손에 쥐고 따뜻하게 해주려고 하면서 그녀의 이름을 불렀다. 그러나 그녀의 뇌는 어떤 노력을 해보기에는 너무 허약했다. 지난 사십팔 시간 동안 그녀는 무엇을 먹는 것을 잊었었다.

그러나 온기가 조금 그녀의 마비되었던 사지四肢에 다시 돌기 시작하였을 때, 그녀는 그녀 앞에 무릎을 꿇고 있는 랄프를 보았는데, 그는 그녀의 손을 잡고 있었고 그녀가 정신이 들기를 주시하고 있었다.

"당신은 누운을 만났어요?" 하고 그녀는 그에게 말했다.

그리고는, 그녀의 고정 관념으로 정신이 혼란하여, 덧붙여 말했다.

"나는 그녀가 이 길로 지나가는 것을 보았어요.(그리고 그녀는 강을 가리켰다.) 나는 그녀를 따라가기를 원했지만, 그녀는 워낙 빨리 걸어갔어요. 그리고 나는 걸을 힘이 없었어요. 그것은 악몽 같았어요."

랄프는 그녀를 고통스러워하며 바라보았다. 그 자신도 머리가 부수어지고 뇌가 빠개지는 것을 느꼈다.

"자, 함께 가요." 하고 그는 그녀에게 말했다.

"자, 함께 가요." 하고 그녀는 대답했다. "그러나 먼저 내 발들을 찾아주세요. 나는 그것들을 저 자갈들 위에서 잃어버렸어요."

랄프는 그녀의 발이 젖어 있었고 냉기로 마비되어 있었음을 깨달았다. 그는 그녀를 그의 팔에 안고 어느 구호사업소집으로 갔고, 거기서 한 친절한 여자의 간호는 그녀가 다시 정신이 들도록 했다. 그러는 동안 랄프는 사람을 보내 델마르 씨에게 그의 부인이 발견되었다는 소식을 전하게 했다. 그러나 대령은, 그 소식이 거기 도착했을 때, 아직은 자기 집에 돌아오지 않았었다. 그는 근심과 분노의 격정 속에서 탐색을 계속하고 있었다. 랄프는 보다 사려 깊은 덕택에 벌써부터 드 라 미에르 씨 집으로 갔었다. 그러나 그는 그때 막 잠자리에 들었던 레이몽이 냉소적이고 냉담하다고 생각했었다. 그때 그는 누운을 생각했었고, 그리고는 한 쪽 방향으로 강을 따라 뒤졌고, 하인은 그 반대 방향에서 그녀를 탐색하였다. 오펠리아는 곧바로 그의 여주인의 족적을 찾아냈었고, 신속하게 랄프 경을 그가 그녀를 발견했던 곳으로 안내했었다.

앵디아나가 그 비참한 밤 동안 일어났었던 일의 기억을 되살렸을 때, 그녀가 착란에 빠져 있었던 순간들에 대한 기억을 되찾고자 했지만 허사였다. 그녀는 여하간 사촌에게 무슨 생각들이 그 전 한 시간 동안 그녀를 지배했었는지를 설명해 줄 수는 없었을 것이다. 그러나 그는 그것들을 알아챘고, 그녀에게 물을 필요도 없이 그녀 마음의 상태를 이해하였다. 그는 그저 그녀의 손을 잡고 부드러우나 장중한 어조로 말했다.

"내 사촌 여동생, 나는 당신으로부터 약속을 하나 받아내고자 하오. 그건 내가 당신에게 조르게 될 마지막 우정의 증거요."

"말해 보세요." 하고 그녀는 대답했다. "당신에게 호의를 보이는 것이 내게 남아있는 마지막 행복이에요."

"그럼 좋아요, 내게 맹세해주어요." 하고 랄프는 말을 이었다. "내게 미리 통고함이 없이는 자살의 시도를 이제 더 이상 하지 않겠다고 말이요. 나는 어떤 식으로도 그것에 반대하지 않는다는 것을 명예를 걸고 당신에게 맹세하오. 나는 단지 통고받는 것만을 고집하는 거요. 그 나머지 일들은 나는 당신과 마찬가지로 별로 염려를 하지 않아요. 그리고 당신은 내가 가끔 그 똑같은 생각을 했다는 사실을 알고 있죠…."

"무엇 때문에 내게 자살에 대해 말하세요?" 하고 델마르 부인은 말했다. 나는 지금껏 한 번도 제 생명에 가해를 하기를 원한 적이 없었는데요. 나는 하느님을 두려워해요. 그것만 아니라면!…"

"조금 전에 말이요, 앵디아나. 내가 당신을 내 품에 안았을 때, 또 이 가엾은 짐승이 (그리고 그는 오펠리아를 쓰다듬었다) 당신의 옷자락을 물고 늘어졌을 때, 당신은 하느님과 모든 우주를, 당신의 사촌 랄프와 그 다른 사람들을, 다 잊어버렸소…."

앵디아나의 눈시울에 눈물이 흘렀다. 그녀는 랄프 경의 손을 꼭 쥐었다.

"왜 당신은 나를 제지했어요?" 하고 그녀는 그에게 슬피 말했다. 저는 이제 하느님의 품에 있을 텐데요. 왜냐하면 저는 죄가 없었어요. 저는 제가 하고 있었던 행동에 대해 전혀 의식이 없었어요…."

"나는 그것을 알아챘소. 그리고 나는 심사숙고를 하고나서 자신에게 죽음을 허락하는 것이 더 낫다고 생각했소. 당신이 원한다면, 우리는 그것에 대해 다시 말할 기회가 있을 것이오…."

앵디아나는 몸을 부르르 떨었다. 그들을 싣고 간 사륜마차는 그녀가 남편을 다시 만나야 했던 집 앞에서 멈추어 섰다. 그녀는 계단들을 올라갈 힘이 없었다. 랄프는 그녀를 그녀의 방안까지 안아다주었다. 집안에 하인이라고는 델마르 부인의 도피에 관해 수다를 떨기 위해 이웃사람들에게 마실간 하녀 한 사람과, 궁여지책으로, 아침나절에 들어온 시체들에 대해 알아보기 위하여 시체 안치소에 간 르리에브르 밖에 없었다. 랄프는 그리하여 델마르 부인을 보살피기 위하여 그녀 곁에 머물렀다. 그녀는, 거칠게 흔들어댄 초인종이 대령의 귀가를 알렸을 때, 맹렬한 고통에 시달리고 있었다. 공포와 증오의 오싹함이 그녀의 모든 혈관에 퍼졌다. 그녀는 사촌의 팔을 덥석 잡았다.

"랄프, 제 말을 들어보세요." 하고 그녀는 그에게 말했다. "당신이 나에 대해 조금의 애착을 가지고 있다면, 내가 처해 있는 상태에서 그 사람을 보지 않게 해주어요. 저는 그에게서 동정 받는 것을 원치 않아요. 저는 그의 동정보다 차라리 분노를 사고 싶어요…. 문을 열어주지 마세요. 아니면, 그를 돌려보내세요. 그에게 사람들이 나를 찾지 못했다고 말해줘요…."

그녀의 입술은 바르르 떨렸고, 그녀의 양팔은 랄프를 제지하기 위해 발작적 기력을 발휘하며 그를 끌어당겼다. 두 상반된 감정들 사이에서 헷갈린 가엾은 준 남작은 어떤 행동을 취해야 할지를 몰랐다. 델마르는 그 초인종을 부셔져라하고 흔들어대고 있었고, 그의 부인은 그녀의 안락의자에 앉아 반은 죽어 있었다.

"당신은 그의 노여움만 생각하고 있소." 하고 랄프가 드디어 말했다. "당신은 그의 고통들과 그의 불안감에 대해서는 생각하지 않고 있소. 당신은 언제나 그가 당신을 미워한다고 믿고 있소…. 오늘 아침 그가 고통스러워하는 모습을 보기만 했어도!…"

앵디아나는 기진맥진하여 그녀의 팔을 늘어뜨렸고, 랄프는 문을 열어주러 갔다.

"그녀가 여기 있죠?" 하고 대령은 들어서면서 소리쳤다. "아이고, 빌어먹을! 그녀를 찾으려고 다리가 부러지게 뛰어다녔다. 나는 그녀가 내게 부과한 그 근사한 직책에 대해 그녀에게 아주 감사해야 할 처지이구만! 망할 놈의 여편네 같으니! 나는 그녀를 보고 싶지 않아. 내가 그녀를 죽여 버릴 것 같으니 말이야."

"그녀가 당신 말을 듣고 있다는 것을 생각지 않으시는군." 하고 랄프는 낮은 목소리로 대답했다. "그녀는 어떤 고통스러운 감정도 견딜 수 있는 상태에 있는 것이 아니요. 자제하세요."

"이만오천 저주들이 쏟아져라!" 하고 대령은 호통 쳤다. "나도 말이요, 오늘 아침부터 여러 시련들을 단단히 겪었소. 내 신경이 강철 같아 천만 다행이었지. 실례지만, 누가 더 상처를 입었고, 더 녹초가 되었고, 더 정확하게 아파야 할 사람이요, 그녀요 또는 나요? 그리고 당신은 그녀를 어디서 찾았소? 그녀는 무엇을 하고 있었소? 바로 그녀 때문에 나는 저 정신 나간 드 까르바잘 노부인을 무례하게 다루었던 것인데, 그녀는 내게 애매모호한 답변들을 주었고 그 같잖은 탈선행각에 대해 나를 오히려 질책하지 않았겠소!… 불행한 일이오. 나는 지칠 대로 지쳤소!"

딱딱하고 쉰 목소리로 이렇게 말하면서 델마르는 대기실의 안락의자에 털썩 주저앉았다. 그는 그 계절의 혹독한 추위에도 불구하고 땀으로 흥건히 젖은 그의 이마를 닦고 있었다. 그는 욕설을 퍼부으며 그의 피로와, 불안과 고통들에 대해 말했다. 그는 무수한 질문을 던졌지만, 다행이도 대답들은 듣지를 않았다. 왜냐하면 가엾은 랄프는 거짓말할 줄 몰랐고, 그가 말해야 했던 어떤 것에서도 대령을 편안케 할 것이 없었기 때문이다. 그는 이 두 사람의 고민거리에 아주 낯설었던 같이 태연하고 덤덤히, 그러면서도 그들이 겪고 있는 슬픔들로 인해 그들보다도 더 불행해 하며, 한 탁자 위에 앉아있었다.

델마르 부인은 남편으로부터 저주의 욕설을 들었을 때, 자신이 예상했던 것보다 더 강해짐을 느꼈다. 그녀는 그녀를 자신과 화해시켜주었던 그의 분노를 그녀에게 후회를 야기했을 관대함보다 선호했다. 그녀는 눈물의 마지막 흔적을 싹 지워버리고 그녀의 남아있는 힘을 모두 동원했다. 그녀는 하루에 그 힘을 다 써버리는 것에 대해서는 염려하지 않았다. 그토록 무겁게 삶은 그녀를 짓누르고 있었다. 그녀의 남편이 가혹하고 당당한 모습으로 그녀 앞으로 다가왔을 때, 그의 태도와 어조는 갑자기 바뀌었다. 그녀 앞에서, 그는 그녀의 성격의 우월성에 눌려 어쩔 줄 몰라 했다. 그때 그는 그녀처럼 냉정하고 위엄을 갖추어 보려고 애썼지만, 그는 결코 그렇게 되지 못했다.

"부인, 당신은 내게 좀 가르쳐주면 어떻겠소." 하고 그는 그녀에게 말했다. "당신이 이 아침나절과 그리고 아마 지난밤도 어디서 보냈는지 말이요?"

그 *아마*란 단어는 그녀가 없어진 것이 아주 늦게 되서야 눈에 띄게 되었음을 깨닫게 했다. 그녀의 용기는 그로 인해 배가하였다.

"아뇨, 주인님." 하고 그녀는 대답했다. "저의 의도는 당신에게 그걸 말하는 것이 아니에요."

델마르는 노여움과 놀라움으로 붉으락푸르락하였다.

"진정으로" 하고 그는 떨리는 목소리로 말했다. "당신은 나에게 그것을 감출 셈이요?"

"저는 그런 것에 별로 신경 안 써요." 하고 그녀는 어름처럼 차가운 어조로 대답했다. "제가 당신에게 대답하기를 거절한다면, 그것은 절대적으로 형식 때문이에요. 저는 당신이 제게 그 질문을 던질 권리가 없다는 사실을 당신에게 확신시켜주기를 원해요."

"내게 그럴 권리가 없다. 그 무슨 뚱딴지같은 소린가! 그럼 도대체 누가 여기 주인인가, 당신이요 아니면 나요? 누가 도대체 치마를 입고 다니고 실톳 대에서 실을 자아낸단 말이요? 내 턱에서 수염을 뽑아낼 권리라도 있다는 거요? 그거 당신에게 잘 어울리는데, 요런 약골 여편네 같으니!"

"저는 제가 노예이고 당신이 나리인줄 알고 있어요. 이 나라의 법은 당신을 제 주인으로 만들었어요. 당신은 제 몸을 매어놓고, 제 손들을 묶어두고, 저의 행동들을 지배할 수 있어요. 당신은 더 강한 자의 권리를 가지고 있는 것이고, 사회는 그것을 당신에게 확인해줍니다. 그러나 제 의지에 대해선, 주인님, 당신은 아무 힘도 없어요. 신만이 그것을 굽히고 복종시킬 수 있어요. 그러니 어떤 법이든지, 어떤 토굴이든지, 당신에게 저를 움켜쥘 수 있는 어떤 태형 기구를 찾아보세요! 그것은 공기를 조종하고 공간을 움켜쥐려는 것과 같은 거예요."

"입 닥쳐요, 어리석고 주제넘은 작자이구만. 당신의 소설 같은 언어는 우리를 곤혹스럽게 만들어요."

"당신은 제게 침묵은 강요하지만요, 제가 생각하는 것은 막지 못합니다."

"아둔한 자부심이고, 형편없는 자의 교만이구만! 당신은 사람들이 당신에게 품는 동정심을 남용하고 있소! 그러나 당신은 누군가가 그리 힘들이지 않고 그 잘난 성격을 굴복시킬 수 있다는 것을 잘 알게 될 거요."

"저는 당신에게 그것을 시도해보라고 조언하지는 않을 거예요. 당신의 안식이 그로 말미암아 고통을 받을 것이고, 당신의 위신威信도 얻는 것이 없을 테니까요."

"그렇게 믿고 있는 거요?" 하고 그는 그의 엄지와 둘째손가락 사이에서 그녀의 손을 멍들게 하며 말했다.

"저는 그렇게 믿어요." 하고 그녀는 안색을 변치 않고 말했다.

랄프는 앞으로 걸어 나와 대령의 팔을 그의 강철 같은 손아귀에 쥐고서 그것을 갈대인양 굽어지게 하며 평온한 어조로 말했다.

"청컨대 당신은 이 여자의 머리칼 하나도 건드리지 말아요."

델마르는 그에게 덤벼들고 싶은 충동을 느꼈다. 하지만 그는 그가 잘못했다는 사실을 느꼈다. 그리고 그는 이 세상에서 자기 자신에 대해 수치심을 느끼는 것을 제일 겁냈다. 그는 그를 밀어제치고 그에게 이렇게 말하는 것으로 족해야 했다.

"당신 일이나 챙기시오."

그러고 나서 그의 부인 있는 쪽으로 다시 가면서,

"부인, 이런 식으로…." 하고 그는 그녀를 때리고 싶은 유혹에 저항하고자 그의 팔들을 가슴팍에 가까이 갖다대며 그녀에게 말했다. "당신은 나에 대해 공개적 반항을 하자는 거요. 당신은 나를 따라 부르봉섬에 가기를 거절하고 있는 거요. 당신은 별거를 원하는 거요? 그럼, 좋아요, 빌어먹을! 나 역시도…."

"저는 그걸 더 이상 원치 않아요." 하고 그녀는 대답했다. "저는 그것을 어제는 원했어요. 그것은 제 의지였죠. 오늘 아침엔 더 이상 그렇지 않아요. 당신은 저를 제 방에 가두었을 때 폭력을 사용했어요. 저는 한 여자의 의지를 다스리지 못한다면, 그녀에 대한 당신의 권세가 웃음거리라는 사실을 증명해 보이기 위하여 창문을 통해 거기서 빠져나왔어요. 저는 당신의 지배에서 벗어나 몇 시간을 보냈어요. 저는 자유의 공기를 마셔보기 위하여 나갔던 것이고, 당신은 도덕적으로는 저의 주인이 아니고 또 저는 이 지상에서 저 자신에게만 의존한다는 것을 당신에게 보여주고 싶었어요. 산책을 하면서, 저는 제가 저의 의무상 또 저의 양심상 되돌아가 당신의 수호守護 하에 나 자신을 맡기는 것이 도리라고 깊이 성찰했습니다. 저는 그것을 온통 제 의사대로 했어요. 저의 사촌은 저를 이리로 *동반했지 데려온 것*은 아니었어요. 만약 제가 그를 따라가기를 원치 않았다면, 그는 제가 그렇게 하도록 강제하지 못했을 거예요. 당신은 그것을 손쉽게 상상할 수 있겠죠. 그러니, 주인님, 저의 확신을 왈가왈부하며 당신의 시간을 허비하지 마세요. 당신은 결코 그것에 영향을 미치지 못할 것이며, 당신은 폭력으로 그것에 관여하려고 원했던 순간부터 그에 대한 권리를 상실하였어요. 출발하는 것에 신경을 쓰세요. 저는 당신을 돕고 당신을 따라나설 준비가 되어 있어요. 그것은 그것이 당신의 의지이기 때문이 아니라, 그것이 저의 의도이기 때문이에요. 당신은 저를 심히 비난할 수 있지만, 저는 제 자신 외에는 어떠한 것에도 결코 복종하는 일은 없을 거예요."

"당신 정신착란증세에 동정이 가네." 하고 대령은 어깨를 으쓱하며 말했다.

그리고 그는 서류를 정리하기 위해 자기 방으로 물러갔고, 내심으로는 델마르 부인의 결심에 대해 심히 만족해하였고 장애물들을 더 이상 겁내지도 않았다. 그도 그럴 것이 그는 그 여자의 생각들을 경멸하고 있었던 만큼 그녀의 약속도 존중하고 있었기 때문이다.

제 22장

　문의를 하러 그의 집에 왔었던 랄프 경을 아주 냉랭하게 접견한 후, 레이몽은 피로에 못 이겨 깊은 잠에 빠졌었다. 그가 깨어났을 때, 안도의 감정이 그의 영혼에 넘쳤다. 그 정사情事의 가장 심각한 위기는 드디어 지나가버렸다는 것을 생각했다. 오래전부터 그가 여인의 사랑과 갈등을 빚게 될 순간이 닥칠 것이며, 어떤 낭만적 열정의 요구들에 맞서 그의 자유를 수호해야 할 것임을 예견했었다. 그리하여 그는 그런 주제넘은 주장들과 싸울 것을 미리 마음속으로 다짐하곤 하였다. 그런 고로 그는 드디어 그 힘든 발걸음을 내딛었었다. 그는 *아니요* 하고 말했고, 그 전 상태로 되돌아갈 필요는 없을 것이리라. 그도 그럴 것이 일이 아주 잘 마무리되었기 때문이다. 앵디아나는 지나치게 울지도 않았고, 지나치게 주장하지도 않았다. 그녀는 자신이 지각 있는 여자임을 보여주었고, 첫 마디에 상황을 이해했고, 재빨리 그리고 자부심을 가지고 마음의 결정을 내렸다.

　레이몽은 섭리에 지극히 만족하고 있었다. 왜냐하면 그는 그만의 섭리가 있었고 착한 아들로서 그것을 믿었기 때문이다. 또 그것에 의존하여 그는 그 자신이 피해를 보기보다는 남에게 피해가 가는 쪽으로 만사를 처리했다. 그 섭리는 그때까지 그를 잘 대접해주었으므로 그는 그것을 의심하고자 하지 않았다. 그의 잘못된 행동들의 결과를 예견하고 그에 대해 불안해하는 것은 그의 안목으로는 자신을 돌보고 있었던 그 선한 신에 대한 배은망덕의 죄를 범하는 것이었을 게다.

그 괴로운 장면의 상황이 그에게 강요하고 있었던 온갖 상상들로 여전히 매우 시달리며 그는 일어났다. 그의 어머니가 집으로 돌아왔다. 그녀는 델마르 부인의 건강과 마음의 상태에 대해 알아보기 위해 드 까바르잘 부인 댁에 다녀오는 길이었다. 후작부인은 앵디아나에 대해 별로 염려하고 있지 않았다. 하지만, 드 라미에르 부인이 그녀에게 교묘하게 질문을 해왔을 때, 그녀는 대단한 고뇌에 빠져 있었다. 그러나 델마르 부인의 행방불명으로부터 그녀를 놀라게 했을 유일한 것은 그 일로부터 결과하게 되는 추문이었다. 그녀는 그녀의 조카딸에 대해 매우 신랄하게 불만을 토로했는데, 그 전날엔 그녀를 침이 마르게 칭찬했었다. 그리하여 드 라미에르 부인은 불행한 앵디아나가 그 발걸음을 내딛음으로써 그녀의 숙모로부터 영원히 소원하게 되었고 그녀에게 유일하게 남아있었던 그 자연스런 의지依支를 상실했음을 깨달았다.

그 어느 누구도, 그 후작부인의 내밀한 속마음을 알고 있었다면, 그것이 대단한 손실이었다고는 생각지 않았을 것이다. 그러나 드 까르바잘 부인은 드 라미에르 부인의 눈에도 탓할 데 없는 미덕으로 통했다. 그녀의 청춘은 신중의 신비 속에 싸여있거나 또는 혁명들의 소용돌이 속에서 상실되었다. 레이몽의 어머니는 앵디아나의 운명을 슬퍼하며 울었고 그녀를 변호하고자 애썼다. 드 까르바잘 부인은 그 문제에 있어 판단을 내리기에 자신이 아마도 충분히 공평무사할 수 없다고 그녀에게 매섭게 말했다.

"그런데 이 불행한 젊은 부인은 도대체 어떻게 될 것입니까?" 하고 드 라미에르 부인은 말했다. "만약 그녀의 남편이 그녀를 무참히 괴롭히면, 누가 그녀를 보호할 것입니까?"

"그녀는 신의 뜻에 따라 어떻게든 되겠죠." 하고 후작부인은 대답했다. "나로서는, 그녀와 이젠 더 상관을 짓지 않을 것이고, 나는 그녀를 결코 다시 보기를 원치 않아요."

불안에 잠긴 착한 드 라미에르 부인은 무슨 대가를 치르고라도 델마르 부인에 관한 소식을 알아내기로 결심했다. 그녀는 앵디아나가 사는 거리의 끝까지 자신을 마차로 태워다주게 하고는 한 하인을 보내 그곳 문지기에게 물어보고, 랄프 경이 그 집 안에 있는지 알아보도록 했다. 그녀는 마차에서 그 시도試圖의 결과를 기다렸고, 얼마 안 있어 랄프 자신이 나와 그녀를 거기서 만났다.

랄프를 제대로 평가할 줄 알았던 유일한 인물은 아마도 라미에르 부인이었다. 몇 마디 말을 서로 나누고 나자, 그들은 이 문제에 있어 그들이 지니고 있었던 성실하고 순수한 관심의 공통분모를 족히 이해할 수 있었다. 랄프는 아침나절에 일어났던 일을 얘기해주었다. 그리고 그는, 그 전 날밤의 상황에 대해서는 의혹들만 가지고 있었던 고로, 그것들을 확인하려고 들지 않았다. 그러나 드 라미에르 부인은 그녀가 그것에 관해 알고 있었던 것을 알려주어야 마땅하다고 믿었고, 그렇게 함으로써 그로 하여금 그 불길하고 불가능한 내통을 중단시키려는 그녀의 소망을 반쯤 나누어 갖게 했다. 어느 사람을 대할 때보다 그녀 앞에서 더 편안하게 느꼈던 랄프는 이 내밀한 이야기를 듣자 얼굴 모습에 깊은 고뇌를 나타냈다.

"댁의 말씀이, 부인." 하고 그는 혈관을 흐르는 어떤 신경적 전율 같은 것을 억누르며 나직이 말했다. "그녀가 밤을 당신의 저택에서 보냈다는 거죠?"

"의심할 바 없이, 고적하고 고통스러운 밤을요, 확실히 공모 죄를 짓지 않았던 레이몽은 여섯 시가 되어서야 집에 들어왔고, 일곱 시에 그는 그 불행한 젊은 여성의 마음을 진정시키기 위해 내 힘을 빌리려고 나를 보러왔으니까요."

"그녀는 남편을 떠나기를 원했죠! 그녀는 스스로 자기 명예를 손상하고자 했어요." 하고 랄프는 집요한 응시 속에 이상하게 착잡해 보이는 표정으로 대답했다. "그녀는 그러니까 그를, 그녀를 대할 만한 품격이 없는 이 남자를 상당히 사랑하고 있는 거군!…"

랄프는 그가 레이몽의 어머니에게 말을 하고 있었다는 사실을 잊고 있었다.

"나는 오래 전부터 잘 눈치 채고 있었어요." 하고 그는 말을 계속했다. "왜 나는 그녀가 그녀의 몰락을 완수하게 될 날을 예견하지 못했지? 나는 그녀를 그 전에 죽였을 텐데."

랄프의 입으로부터 흘러나오는 그런 언어는 드 라미에르 부인을 이상하게 놀라게 했다. 그녀는 어떤 침착하고 관용적인 사람에게 말하고 있다고 믿고 있었다. 그녀는 그 외양을 믿어버린 것을 후회했다.

"아이고, 하느님!" 하고 그녀는 두려움을 가지고 말했다. "당신은 그녀를 정녕 자비심도 없이 심판할 것입니까? 당신은 그녀를 그녀의 숙모가 하듯 포기하시렵니까? 당신들은 모두 도대체 동정도 용서도 할 줄 모르십니까? 그녀가 잘못을 저지른 것으로 인해 이미 그처럼 괴로움을 겪었는데 그녀에게 친구 하나도 남지 않게 할 것입니까?"

"저에게 관한 한 그와 같은 것을 염려하지 마십시오. 저는 그 모든 것을 육 개월 전부터 알고 있으면서 한마디도 안했습니다. 저는 그들의 첫 키스의 현장을 뜻하지도 않게 발견했지만, 저는 드 라미에르 씨를 그의 말에서 떨어뜨리지 않았습니다. 저는 가끔 숲 속에서 그들의 사랑의 전언傳言들과 맞부딪쳤지만, 그것들을 제 채찍으로 찢어버리지 않았습니다. 저는 그가 그녀와 밀회하러 가려고 건넜던 그 다리 위에서 그와 조우遭遇했습니다. 때는 밤이었고, 우리는 둘뿐이었습니다. 저는 그보다 네 배는 더 힘이 셉니다. 하지만 저는 그 사람을 강 속에 던져 넣지를 않았습니다. 그리고 나는 그를 도망치게 내버려둔 후, 그가 나의 감시를 따돌리고 그녀가 있는 곳으로 빠져들어 갔었음을 발견하였을 때, 문들을 부수고 들어가 그 자를 창밖으로 내던져버리는 대신, 나는 그리로 가서 조용히 그들에게 남편이 가까이오고 있음을 알렸고, 그렇게 함으로써 한 사람의 목숨을 건졌는데, 그것은 또 다른 한 사람의 명예를 구제하기 위해서였습니다. 부인, 당신은 제가 관용적이고 동정심이 많다는 것을 이제 잘 아시게 된 것입니다. 오늘 아침 저는 그 사람을 혼내줄 수 있는 위치에 서있었습니다. 저는 그가 우리들의 모든 불행들의 원인이라는 것을 잘 알고 있었습니다. 그리고 내가 증거도 없이 그를 규탄할 권리를 갖고 있지 않았다면, 나는 적어도 그의 거만하고 조롱적인 태도를 문제 삼아 그에게 말다툼을 걸 권능이 있었습니다. 그렇다고 해도, 저는 그의 죽음이 앵디아나를 죽게 만들 것이라는 것을 알고 있었기에 그 같은 모욕적 경멸의 표시를 감내했던 것입니다. 저는 그가 다른 쪽 옆으로 다시 누우며 잠들게 내버려뒀습니다. 그러는 동안 앵디아나는 반쯤 죽어 광란의 상태에 빠진 채, 센 강변에서 그 다른 희생자의 뒤를 따를 준비가 되어있었습니다…. 부인, 당신이 보시다시피 저는 제가 미워하는 사람들에 대해서는 인내를, 제가 사랑하는 사람들에 대해서는 관용을 실천합니다."

드 라미에르 부인은 그녀의 마차 안에서 랄프와 마주 앉은 채, 공포심이 섞인 놀라움으로 그를 응시하였다. 그는 그녀가 평상시 알았던 것과 매우 달랐으므로 그녀는 그의 정신에 갑작스런 이상이 생겼을 가능성이 있다고 거의 믿게 되었다. 그가 누운의 죽음에 대해 이제 막 하고 난 암시는 그녀가 그런 생각을 하게끔 그녀의 마음을 굳혀놓았다. 그도 그럴 것이 그녀는 그 이야기의 내력을 전적으로 모르고 있었고, 랄프가 분격한 나머지 흘린 그 말들을 그의 주제와 상관없는 생각의 단편斷片으로 여겼기 때문이다. 그는 실제로 가장 지각 있는 사람들의 삶에서 적어도 한번쯤 발생하는 광증에 가까운, 조금만 더 하면 격노의 상태로 몰아갈 어떤 격렬한 상황에 처해 있었다. 그의 노여움은 그러나 냉정한 기질의 사람들에게서 보는 바와 같이 깊었다. 그래서 그에게 있어 매우 놀라운 그런 이상한 마음의 상태는 그의 모습을 보기에 끔찍하게 만들어 놓았다.

드 라미에르 부인은 그의 손을 잡고 부드럽게 말했다.

"친애하는 랄프 씨, 당신은 무척 고통을 당하고 있군요. 당신은 지금

제 마음을 가차 없이 아프게 하고 있으니까요. 당신이 말하고 있는 사람이 제 아들이라는 사실과 그가 잘못을 저질렀다면, 그것이 당신의 마음보다 제 마음을 더 찢어지게 하고 있다는 사실을 잊고 있고요."

랄프는 곧 그의 냉정을 되찾았다. 그리고는 분노의 표시만큼이나 거의 엇비슷하게 드문 우정의 표시를 발산하며 드 라미에르 부인의 손에 키스하면서 말했다.

"부인, 용서하세요. 당신 말씀이 맞아요. 저는 무척 고통을 받고 있어요. 제가 존중해야 할 것도 잊고 있군요. 당신만큼은 제가 드러내 보인 쓰라림을 잊어 주세요. 제 마음은 그것을 다시 가두어 놓을 수 있을 거예요."

드 라미에르 부인은, 이 대답을 듣고 어느 정도 안심은 되었으면서도, 랄프가 그녀의 아들에 대해 품고 있었던 그 깊은 증오를 보면서 은밀한 불안감을 떨쳐버리지 못했다. 그녀는 아들을 그의 적의 면전에서 변호하려고 애썼고 그는 그녀의 말을 제지했다.

"부인, 저는 당신의 생각을 헤아릴 수 있어요." 하고 그는 그녀에게 말했다. "하지만 안심하세요. 드 라미에르 씨와 저는 가까운 장래에 서로 얼굴을 마주칠 일이 없을 테니까요. 제 사촌에 관해서는, 저를 깨우쳐 주신 것을 후회하지 마세요. 온 세상이 다 그녀를 버린다 해도 맹세컨대, 저는 적어도 그녀에게 친구로 남아 있을 거예요."

드 라미에르 부인이 저녁 무렵 집에 돌아 왔을 때, 레이몽은 달콤한 기분에 젖어 캐시미어 실내화를 신은 발을 불에 쪼이며 아침나절에 곤두박질쳤던 신경을 잘 가라앉히려고 차를 마시고 있었다. 그는 그 엉터리 같은 감정들에 아직 짓눌려 있었지만, 미래에 대한 달콤한 상념들이 그의 마음에 생기를 불어넣었다. 즉 그는 자신이 다시금 자유롭게 되었음을 느끼고 있었고, 그가 지금껏 제대로 보살피지 못했던 그 귀한 상태에 관한 행복한 상념에 푹 빠져있었다.

'왜 나는 그 말로 다할 수 없는 정신적 자유에, -내가 그것을 다시 얻는데 언제나 그처럼 높은 대가를 치르는 판에, -그토록 빨리 싫증이 나게끔 운명지어져 있는 걸까?' 하고 그는 혼자 말했다. '내가 어느 여인의 올가미에 사로잡혀 있음을 실감할 때, 나는 내 영혼의 안식과 평정을 되찾기 위해 그것을 끊어버리고자 안달이 난다. 만약 내가 그 자유로움을 그렇게 빨리 희생해버린다면, 나는 저주받아 마땅할 것이리라! 그 두 크레올 여자들이 내게 초래한 초조한 우울憂鬱들은 내게 경고의 역할을 해줄 것이고, 나는 경박하고 비웃기 잘하는 파리 여인들…, 진짜 사교계 여인들하고만 정사情事를 갖고자 한다. 사람들이 흔히 말하듯, 아마도 내가 결혼을 해서 그 모든 것에 종지부를 찍는 것이 상책인지도 모르지….'

그의 어머니가 지치고 흥분이 가라앉지 않은 채 들어왔을 때, 그는 그러한 속물적 안락한 생각들 속에 빠져있었다.

"그녀는 나아졌다." 하고 어머니는 그에게 말했다. "모든 것이 잘됐다. 나는 그녀가 진정하게 될 것을 기대하고 있다."

"누가요?" 하고 레이몽은 공상에서 소스라쳐 깨어나 물었다.

그러나 그 이튿날엔 그에게 수행해야 할 과제가 하나 더 있음을 생각했다. 그것은 그 여자의 사랑이 아니라면, 그녀의 존경을 다시 획득하는 것이었다. 그는 그녀가 자기를 차버렸다고 자만할 수 있게 되기를 원치 않았다. 그는 그녀가 그의 합리적 사고방식과 관대함의 영향에 복종한 것이라고 그녀 스스로 납득하게 되기를 원했다. 그는 그녀를 배척하고 나서도 그녀를 여전히 지배하기를 원했다. 그리하여 그는 그녀에게 편지를 썼다.

'나는 나의 친구여, 감정의 광란 속에서 내뱉은 가혹하고 무례한 몇 마디 말들에 대해 당신의 용서를 구하고자 이 편지를 쓰고 있는 것은 아니오. 열기의 무질서 속에서는 누구나 논리 정연한 생각을 형성하여 그것을 온당하게 표현할 수는 없는 거요. 제가 신이 아니라면, 제가 당신 곁에서 들끓는 피의 열정을 제어할 수 없다면, 제가 정신을 잃고 제가 광적狂的이 되어버린다면, 그것은 제 탓이 아니요. 아마도 제게는 당신이 저를 결코 조금도 동정함이 없이 무참한 고문에 처하게 했을 때에 당신이 취했던 그 잔인한 냉정에 대해 불평할 권리가 있을 거예요. 그러나 그것은 당신의 탓도 아니요. 당신은 인간적 열정들에 예속된, 조야한 체질의 노예인 우리 속물들과 이 세상에서 똑같은 역할을 하기에는 너무나 완벽하였소. 나는 가끔 말하곤 했죠, 앵디아나, 당신은 여자가 아니라고요. 그리고 내가 나의 생각들을 잘 가다듬고 생각해보면, 당신은 천사예요. 저는 제 마음속에서 당신을 여신처럼 숭배하고 있어요. 그러나 아, 슬프다! 당신 곁에 있으면, 그 *옛 인간*[67)]이 그의 권리를 되찾는 거예요. 때때로 당신의 입술에서 흘러나온 향기로운 숨결을 접했을 때, 저의 입술은 화끈거리는 불길로 타들어갔어요. 가끔 내가 당신에게 몸을 구부리며 내 머리카락이 당신의 머리칼을 스쳤을 때면, 말할 수 없는 욕망의 전율이 모든 나의 혈관을 엄습했어요. 그리고 그러한 때 나는 당신이 천국으로부터의 발산이었다는 것, 영원한 지복의 꿈이었다는 것, 나의 발걸음을 이승에서 인도하기 위하여 또 어떤 다른 존재의 기쁨들을 내게 얘기해주기 위하여 신의 품에서 떨어져 나온 천사이었다는 것을 잊었어요. 왜 그대는, 순수한 정신이여, 여인의 유혹적 형체를 취했던가요? 왜 그대는, 빛의 천사여, 지옥의 유혹들로 다시 단장하였나요? 때때로 나는 행복을 나의 품에 안고 있다고 믿었어요. 그런데 그대는 오직 미덕일 뿐이었어요.'

'내게, 나의 친구여, 이 죄스런 회한들을 용서해주어요. 나는 조금도 그대와 어울릴 자격이 없었소. 그리고 아마도 당신이 내 수준까지 내려오는 것에 동의하였다면, 우리 두 사람은 더 행복해질 수 있었을 텐데 말이요. 그러나 나의 열등함이 당신으로 하여금 끊임없이 괴로움을 겪게 했고, 당신은 당신이 지니고 있었던 미덕들이 내게 범죄들이 되도록 하였소.'

---

67) 육욕을 지닌 인간 죄인, 아담

'이제 당신이 나를 용서해주고 있는 이상, -완벽은 긍휼을 내포하고 있으니까, 나는 당신이 그렇게 해주리라고 확신하는데, -나로 하여금 다시 목소리를 높여 당신에게 감사하고 당신을 축복하도록 해주어요. 당신에게 감사한다!… 오! 아니요, 내 목숨을 걸고서, 그것은 거기에 맞는 말이 아니요. 당신을 나의 가슴으로부터 떼어놓은 그 용기에 의해 나의 영혼은 당신의 영혼보다 더 찢어져 있소. 그러나 나는 당신을 찬탄하오. 그리고 나는 눈물을 흘리면서도 당신을 축하하오. 정말 그래요, 나의 앵디아나. 그 영웅적 희생, 당신은 그것을 성취할 힘을 지니고 있었소. 그것은 나로부터 마음과 삶을 앗아가고 있소. 그것은 나의 미래를 황량하게 만들고 있소. 그것은 나의 생존을 황폐케 하고 있소. 아, 그렇다 해도, 나는 불평하지 않고 그것을 견디어낼 만큼 충분히 당신을 아직도 사랑하고 있소. 왜냐하면 나의 명예는 아무 것도 아니고, 바로 당신의 명예가 전부이기 때문이요. 제 명예를 저는 당신을 위해 천 번은 희생할 테니까요. 그러나 당신의 명예는 당신이 제게 주었던 그 모든 기쁨들보다도 더 귀한 것이에요. 오! 아니죠! 그와 같은 당신의 명예의 희생을 즐기지 않았을 거예요. 저는 공연히 도취와 황홀감으로 제 감각을 무디게 하려고 애썼을 테고, 또 공연히 당신은 천상의 환희로 저를 도취시키기 위하여 저에게 당신의 팔을 벌렸을 터이지만, 회한은 저를 찾아와 거기서 끌어내렸을 거예요. 그것은 내가 살아가는 모든 날들에 해독을 끼쳤을 터이고, 저는 인간들의 경멸에 의해 당신보다도 더 모욕을 당했을 테니까요. 오, 하느님 맙소사! 당신이 나로 인해 격하되고 낙인찍힘을 보아야 하다니! 당신을 감싸고 있는 그 숭앙의 지위에서 당신이 전락하게 됨을 보아야 하다니! 나의 품속에서 모욕을 당하고 있는 당신을 보며 그 무례함을 씻어버릴 수 없다니! 왜냐하면 나는 공연히 당신을 위해 나의 모든 피를 흘렸을 테고, 아마도 당신을 위해 복수를 해주었겠지만, 당신을 결코 정당화하지는 못했을 것이기 때문이오. 당신을 지키려고 보인 나의 열성은 당신에 대한 비난에 한층 더 힘을 실어주었을 것이오. 나의 죽음은 당신의 범죄의 반박할 수 없는 증거가 될 터이지요. 가엾은 앵디아나, 그렇게 되면 나는 당신을 파멸시켰을 것이오! 오! 저는 불행하게 되고 말 테죠!'

'그러니까, 나의 사랑하는 이여, 떠나시오. 다른 하늘 아래에서 미덕과 종교의 열매들을 수확하기 위해 가세요. 신은 우리들에게 그와 같은 노력에 대해 보상해 주실 것이오. 왜냐하면 신은 선하기 때문이오. 그는 보다 행복한 삶 속에서 우리를 재결합시켜 주실 것이오, 또 그리고 아마도…, 그러나 이 같은 생각도 죄악이오. 하지만 나는 희망을 버릴 수가 없소!… 안녕, 앵디아나 안녕, 당신이 잘 알고 있듯이 우리의 사랑은 대죄가 되는 거요!… 슬프도다! 나의 영혼은 파열이 되었소. 당신에게 작별 인사를 할 힘을 저는 어디서 찾을 수 있을 건가요?'

레이몽은 이 편지를 몸소 델마르 부인의 집에 가지고 갔다. 그러나 그녀는 자기 방에서 문을 걸어 잠그고 있었고 그를 보기를 거절했다. 그래서 그는 편지를 하녀의 손에 쥐어주고 또 남편을 충심으로 포옹하고 나서 그 집을 떠났다. 층계의 마지막 계단을 뒤로 하였을 때, 그는 보통 때보다 더 가뿐해짐을 느꼈다. 날씨는 더 푸근했고, 여인들은 더 아름다웠고, 상점들은 더 번쩍였다. 그것은 레이몽의 생애에서 행복한 하루였다.

델마르 부인은 그 편지를, 봉인을 뜯지 않은 채, 식민지에 가서야 열어보려 했던 상자 속에 보관해 두었다. 그녀는 숙모에게 작별 인사를 하러 가기를 원했다. 랄프 경은 완강히 그것을 반대했다. 그는 드 까르바잘 부인을 만나보았다. 그는 그녀가 앵디아나에게 질책과 경멸의 말을 마구 퍼붓기를 원하고 있었음을 알고 있었다. 그는 그런 위선적 냉혹함에 분개하고 있었고, 앵디아나가 그리로 가서 그런 곤욕을 치를 거라는 생각을 감내할 수가 없었다.

그 이튿날 델마르와 그 부인이 승합마차에 오르려고 했을 때, 랄프 경은 보통 때와 같은 태연함으로 그들에게 말했다.

"나는 가끔, 나의 친구 분들이여, 내가 당신들을 따라가기를 바라고 있었다는 것을 당신들에게 알려주었소. 당신들은 내가 당신들과 함께 출발하는 것을 허락하겠습니까?"

"보르도로 말이요?" 하고 델마르 씨는 말했다.

"부르봉으로요." 하고 랄프 씨는 대답했다.

"당신은 그런 생각일랑 하지 마셔야죠." 하고 델마르 씨는 말을 이었다. "당신은 어찌 될지도 모르는 불안정한 상황에 처해 장래가 불확실한 가정의 편의에 맞춰 당신의 생활기반을 송두리째 그런 식으로 이송할 수는 없는 일이요. 모든 당신 삶의 희생과 당신의 사회적 지위의 포기를 받아들인다는 것은 당신의 우정을 비열하게 남용하는 것이 될 것이오. 당신은 부유하고, 젊고, 자유롭소. 당신은 재혼을 해서 한 가정을 꾸며야 하오…."

"그것이 문제가 아니에요." 하고 랄프 경은 냉정하게 대답했다. "나는 의미를 변질시키는 말들로 내 생각들을 포장할 줄 모르므로, 나는 당신들에게 내가 생각하는 바를 솔직히 말씀드리죠. 6개월 전부터 저를 대하는 당신 두 분의 우정이 냉랭해졌다고 저에게 여겨졌습니다. 아마도 둔감한 제 판단이 감지하지 못했던 여러 잘못들이 제게 있었겠죠. 만약 제가 잘못 생각하고 있는 것이라면, 저를 다시 안심시켜 주기 위해 당신들로부터의 말 한마디면 족할 것이오. 제게 당신들을 따라가도록 허락해주세요. 만약 제가 당신들 곁에서 신용을 잃었다면, 제게 그것을 말해줄 때가 된 것이오. 당신들은 저를 버려두고서, 저의 잘못들을 속죄하지 못했다는 회한悔恨을 제게 남겨두지 마셔야 합니다."

대령은 이 솔직하고 너그러운 접근에 매우 감동하였으므로 그를 그의 친구로부터 소원하게 했었던 자존심의 모든 상처들을 깨끗이 잊어버렸다. 그는 그에게 손을 내밀었고, 그의 우정은 그 어느 때보다도 더 성실했고 또 오직 조심스러운 판단에서 그의 제의를 거절했었다는 것을 맹세했다.

델마르 부인은 아무 말도 하지 않았다. 랄프는 그녀의 입으로부터 한마디 말을 끌어내려고 노력을 기울였다.

"그리고 당신은, 앵디아나." 하고 그는 그녀에게 목이 멘 목소리로 말했다. "나에 대해 아직 우정이 있는 건가요?"

이 말은 모든 친척으로서의 애착을, 어린 시절의 모든 추억들을, 그들의 마음을 결합시켰던 모든 친밀한 습관들을 한꺼번에 생각나게 했다. 그들은 서로 가슴을 부둥켜안고 울었다. 그리고 랄프는 기절할 뻔했다. 그도 그럴 것이 그 건장한 체구 속에, 그 평온하고 말수가 적은 기질 속에, 강력한 감정들이 비등하고 있었기 때문이다. 그는 쓰러지지 않기 위해 의자에 앉았고, 몇 순간 동안 창백하게 말없이 있었다. 그러더니 그는 대령의 손을 그의 한 손에, 그 부인의 손을 다른 손에 쥐었다.

"아마도 영원한 이별이 될 이 시간에" 하고 그는 그들에게 말했다. "제게 솔직히 말해주세요. 당신들은 당신들과 동행하려는 저의 제의를 거절하시는 이유가 당신들 때문이 아니고 저 때문인 거죠."

"나는 명예를 걸고 당신에게 맹세하오." 하고 델마르는 말했다. "당신을 거절함에 있어 나는 나의 행복을 당신의 행복을 위해 희생하는 것이라고 말이요."

"저로서는요" 하고 앵디아나는 말했다. "당신은 제가 당신을 결코 떠나고 싶어 하지 않는 것을 알고 있지 않아요!"

"하느님은 내가 이와 같은 순간에 당신들의 성실성을 의심하는 것을 금해주시기를!" 하고 랄프는 대답했다. "당신들의 언약은 내게 충분하오. 나는 당신 두 분에 대해 만족합니다."

그리고 그는 사라졌다.

육 주후에 범선 *라 코랄리*는 보르도 항에서 출범하였다. 랄프는 그의 친구들에게 그들이 체재하는 마지막 날들 쯤 해서 그 도시에 와있을 것이라고 편지했었다. 그러나 그의 습관에 따라 그의 문체는 매우 간결했으므로 그가 그들에게 마지막 작별인사를 하겠다는 것인지 또는 그들과 함께 가려고 한다는 것인지 알아내기가 불가능하였다.. 그들은 공연히 그 마지막 순간까지 그를 기다렸다. 그리고 선장이 출발신호를 주었을 때, 랄프는 아직도 그 모습을 드러내지 않았었다. 항구의 마지막 집들이 해안가의 나뭇잎 속으로 사라졌을 때, 앵디아나의 마음을 짓누르고 있었던 침울한 고통에 불길한 예감마저 가세했다. 그녀는 이제부터 단지 그녀가 미워하는 남편과 이 세상에서 고적히 있는 것이고, 그녀를 위로해줄 친구 하나도 없이, 또 그의 격렬한 지배로부터 그녀를 보호해줄 친척도 하나 없이 그와 함께 살고 죽고 해야 할 것이라는 생각에 치를 떨었다.

그러나 그녀는, 뒤돌아섰을 때, 뒤편 갑판 위에서 그녀에게 미소 짓고 있던 랄프의 평온하고 상냥한 얼굴을 보았다.

"그대, 그대는 정녕 저를 포기하지 않는 거죠?"하고 그녀는 흠뻑 눈물에 젖은 얼굴로 그의 목에 가 매달리며 그에게 말했다.

"결코 영원히!"하고 랄프는 그녀를 가슴에 꼭 껴안으며 대답했다.

제 23장

델 마르 부인으로부터 드 라미에르 씨한테 간 편지

부르봉 섬으로부터, …18년, 6월 3일

저는, 저의 추억으로 당신을 더 이상 피곤하게 하지 않기로 결심했어요. 그러나 저는, 여기 도착해서 당신이 저의 빠리 출발 전날 제게 전했던 그 편지를 읽으면서, 당신에게 답장을 해야 함을 느끼고 있어요. 왜냐하면 저는 어떤 엄청난 번민의 위기에서 너무 지나쳤었기 때문이에요. 저는 당신에 대해 잘못 생각했었고, 그리고 저는 *정부情夫로서가* 아니라 *인간으로서의* 당신에게 보상을 해드려야 해요.

저를 용서해 주세요, 레이몽. 제 인생의 그 처참한 순간에 저는 당신을 괴물로 생각했어요. 당신으로부터의 단 한마디 말, 단 한 번의 눈초리가 모든 신뢰, 모든 희망을 제 영혼으로부터 영원히 멀어지게 했어요. 저는 제가 이제는 더 행복할 수 없다는 것을 알고 있어요. 하지만 저는 당신을 경멸하게 될 처지에까지 놓여지지 않게 되기를 아직도 희망하고 있어요. 그것은 제게 최후의 일격이 될 테니까요.

그래요. 저는 당신을 비겁한 사람으로, 이 세상에서 제일 나쁜 유형으로, *이기주의자로* 생각했어요. 저는 당신을 혐오했어요. 부르봉 섬이 당신으로부터 제가 도피하기에 충분히 멀리 있지 못하다는 것을 슬퍼했어요. 그리고 그 울분은 제가 비참함의 바닥에서까지도 삶을 이어갈 힘을 주었어요.

그러나 제가 당신의 편지를 읽은 이래로 기분이 나아졌어요. 저는 당신을 그리워하지는 않지만, 당신을 더 이상 미워하지는 않아요. 그리고 저는 당신의 삶 속에 저의 삶을 파괴했다는 회한이 서리게 되는 것도 원치 않아요. 행복하세요, 태평무사하세요, 저를 잊어버리세요. 저는 아직 살아있고요, 아마도 오래 살 것이에요….

그런데요, 당신은 죄가 없어요. 무모한 사람은 저에요. 당신의 심정은 삭막하지는 않았지만, 그것은 제게 닫혀 있었어요. 당신은 제게 거짓되게 말하지 않았고, 착오를 일으켰던 사람은 저였어요. 당신은 거짓 맹세를 한 것도 아니었고, 무감각하지도 않았어요. 단지, 당신은 저를 사랑하고 있지는 않았어요.

오! 하느님 맙소사! 당신은 저를 사랑하고 있지 않았어요! 그런데 어떻게 당신을 도대체 사랑했어야 했나요?…. 저는 저급하게 불평까지는 하지 않을 거예요. 저는 그 저주받은 추억으로 당신의 현재 삶의 평온에 해독을 끼치기 위하여 당신에게 쓰고 있는 것은 아니에요. 또 저는 저 혼자 힘으로 감당할 수 있는 고통들에 대해 당신의 동정을 간구하고자 하는 것도 아니에요. 그 반대로, 당신에게 적합한 역할을 더 잘 알고 있기 때문에, 저는 당신의 죄를 면죄해주고 당신을 용서하려는 것이에요.

저는 당신의 편지를 반박함으로써 기분을 풀려고 하지 않을 것이에요. 그것은 너무 쉬울 테니까요. 저는 저의 의무들에 관한 당신의 고찰들에 대해서도 답을 하지 않을 거예요. 안심하세요, 레이몽. 저는 그것들을 알고 있어요. 그리고 저는 아무런 깊은 생각도 없이 그런 의무들을 위배할 만큼 그런 마구잡이식으로는 당신을 사랑하지 않았어요. 사람들의 경멸은 저의 과실過失의 대가였다는 것을 제게 가르쳐주는 것은 필요 없는 일이에요. 저는 그것을 잘 알고 있었거든요. 저는 그 오명이 심오하고, 지울 수 없고, 쓰라릴 것이라는 것을, 제가 사방에서 배척당하고, 저주를 받고, 치욕을 뒤집어쓰게 된다는 것을, 또 저를 불쌍히 여기고 저를 동정해 줄 단 하나의 친구도 이제는 더 이상 찾지 못하게 되리라는 것을 알고 있었어요. 제가 빠지게 된 유일한 과오는 당신은 제게 당신의 양팔을 벌려주고, 그렇게 함으로써 당신은 내가 그 경멸과 비참과 방기放棄를 잊도록 도와줄 것이라는 신뢰였어요. 제가 예견하지 않았던 단 한 가지은 당신이 나로 하여금 나의 희생을 완결하도록 내버려두고 난 후에, 그 희생을 아마도 거부하리라는 것이었어요. 저는 그러한 것은 있을 수 없다고 상상했었어요. 저는 당신이 처음에는 원칙과 의무 때문에 저를 거절할 것이지만, 당신이 제가 내 닫은 발걸음의 그 불가피한 결과를 알게 되었을 때는, 당신은 제가 그 결과를 감당해내도록 도와줄 수밖에 없다고 생각하면서 당신 집에 간 것이었어요. 정말 그랬죠, 당신이 저를 그런 위험스러운 결정의 결과들을 혼자서 짊어지도록 내버려두리라고는 그리고 저를 당신의 품속으로 받아들이고 당신의 사랑의 요새에 나를 피하게 하는 대신 저로 하여금 그 씁쓸한 열매들을 수확하게 하리라고는 결코 생각해볼 수 없었을 거예요.

그때 저는 저를 해칠 힘이 없는 멀리서 들려오는 세상의 소곤대는 소리들을 얼마나 무시해버렸겠어요! 당신의 애정으로부터 힘을 얻어, 저는 얼마나 과감히 그 증오를 물리쳤겠어요! 얼마나 회한悔恨은 힘이 약해졌을 것이며, 당신이 제게 불어넣은 열정은 그 목소리를 얼마나 짓눌러버렸겠어요! 제 마음은 당신에 대한 생각만으로 가득 차서 저 자신을 잊어버렸을 거예요. 당신의 마음을 차지하고 있다는 자부심에서 저는 제 마음을 부끄러워할 시간이 없었을 거예요. 당신으로부터의 한마디 말, 시선, 키스는 저를 면죄하는 데에 충분했을 것이며, 인간들과 법들에 대한 기억은 그와 같은 삶 속에서는 설자리가 없었을 거예요. 유감스러운 일은 제가 미쳤었다는 것이죠. 당신의 냉소적 표현에 의하면 저는 시녀들을 위해 씌어진 소설들로부터, 광적인 기획들과 불가능한 행복들의 성공에 마음을 들뜨게 하는 그런 희희낙락하는 유치한 허구적 얘기들로부터 인생을 배웠었지요. 당신이 거기에 대해 말한 것은, 레이몽, 끔찍하게도 맞아요! 저를 놀라게 하고 낙담케 한 것은 바로 당신 말이 옳다는 것이에요.

제가 썩 잘 설명할 수 없는 것은 그 불가능성이 우리 두 사람에게 있어 같은 것이 아니었다는 사실이에요. 따라서 유감스러운 일은 약한 여자인 저는 고조된 감정들로부터 어떤 있을 법하지 않은 소설 같은 상황 속에 홀로 제 자신을 던져 넣는 힘을 퍼냈던 반면, 용감한 남자인 당신은 당신의 의지로 저를 따라올 힘을 발견하지 못했다는 것이에요. 그런데 당신은 그 미래에 대한 꿈들을 함께 나누었었고, 당신은 그 환상들에 동의했었고, 또 당신은 제 마음속에 그 실현하기에 불가능한 희망을 북돋아주었었어요. 오래 전부터 당신은 저의 철없는 기획들과 피그미처럼 하찮은 저의 야심들을 입가에 미소를 머금고 또 기쁜 눈빛으로 경청했고, 당신의 말들은 온통 사랑과 감사로 넘치곤 했지요. 당신 또한 맹목적이었고, 선견지명이 없었고, 허세를 부렸어요. 당신에게 사리판단이 위험을 직시하고서야 비로소 돌아왔다는 것이 어떻게 가능합니까? 저 자신은 위험이 눈을 매혹해버렸고, 결심을 고조시켰고, 무서움을 무기력하게 도취시켰다고 생각했어요. 그러나 당신은 바로 그 위기의 순간에 몸을 떨고 있었어요! 당신들 남자들은 정녕 죽음과 과감하게 맞서는 육체적 용기만을 지니고 있는 것입니까? 당신들은 불행을 받아들이는 정신의 용기를 가질 수는 없는 건가요? 모든 것을 그토록 훌륭히 설명하는 당신은 제게 그것을 설명해주세요, 제 청이에요.

유감스러운 일은 아마도 당신의 꿈이 저의 꿈과 같지 않았다는 것이에요. 저에게 있어 용기 그것은 바로 사랑이었으니까요. 당신은 저를 사랑하고 있었다고 상상하였었죠. 그런데 당신은 그와 같은 과오에 깜짝 놀라 깨어났었는데, 바로 제가 제 과오로부터 보호받을 것이라고 신뢰하면서 당당히 들어섰던 날이었죠. 아이고, 하느님 맙소사! 당신은 행동해야 할 순간에 당신에게 들이닥친 그 모든 장애물들을 예견하지 못했고 그것들을 이미 너무 늦은 시점에서 제게 처음으로 언급하였으니, 당신의 환상은 얼마나 이상야릇한 것이었나요!

왜 제가 당신에게 지금 비난을 하는 것일까요? 사람들은 자기들 마음의 동향에 대해 책임이 있나요? 저를 항상 사랑한다는 것이 당신에게 달려있었나요? 의심할 바 없이, 그건 아니죠. 저의 잘못은 더 오랫동안 또 더 현실적으로 당신의 맘에 들도록 행동할 줄 몰랐다는 것이에요. 저는 그 원인을 찾고 있는데, 그것을 제 마음속에서는 거의 찾지 못하고 있어요. 그러나 요컨대 그것은 명백히 존재하고 있어요. 아마도 제가 당신을 너무 사랑했고, 아마도 저의 애정이 귀찮게 하고 피곤케 했을 거예요. 당신은 남자였고, 당신은 독립과 쾌락을 사랑하고 있었어요. 저는 당신에게 짐이었어요. 저는 때때로 당신의 생활을 지배하려고 애썼죠. 슬프도다! 그것들은 그처럼 잔인하게 버림받기엔 너무나 보잘 것없는 잘못들이었는데!

그러니 나의 모든 삶의 비용을 들여 되산 그 자유를 만끽하세요. 저는 이제는 더 이상 그 자유를 혼란스럽게 만들지 않을 거예요. 왜 당신은 정녕 저에게 그 레슨을 진작 주시지 않았나요? 저는 훨씬 덜 상처를 입었을 테고, 당신도 아마 마찬가지였겠죠.

행복하세요. 이게 저의 부셔진 마음의 마지막 소원이에요. 제게 하느님을 생각하라고 더 이상 권고하지 마세요. 그런 염려는 죄인들의 굳어진 마음을 감동시킬 의무를 진 신부들에게 맡기세요. 저에 대해 말하자면, 저는 당신보다 더 신앙을 가지고 있어요. 저는 그 같은 신을 섬기는 것은 아니지만, 그를 더 잘, 더 순수하게 섬깁니다. 당신의 신은 바로 남자들의 신, 바로 당신들 족속의 왕, 창시자, 터줏대감이죠. 저의 신, 그는 바로 우주의 신, 창조자이시며, 모든 피조물들의 버팀목이며 희망이에요. 당신들의 신은 모든 것을 당신들만을 위해 만들었죠. 저의 신은 서로서로를 위해 모든 종족들을 만들었어요. 당신들은 당신들이 이 세계의 주인들이라고 믿죠. 저는 당신들은 폭군들에 지나지 않는다고 믿어요. 당신들은 신이 당신들을 보호하고 이 지상 제국을 찬탈하는 권위를 당신들에게 부여한다고 생각하고 있죠. 저는요, 저는 신이 그러한 것을 잠시 동안 용인하고 있는 것이며, 그의 입김이 당신들을 모래알들처럼 흩어지게 할 날이 올 것이라고 생각해요. 정말 그래요, 레이몽, 당신은 신을 알고 있지 않아요. 혹은 차라리 저로 하여금 랄프가 어느 날 라니에서 당신에게 한 말을 되풀이하게 해 주세요. 유감스러운 일은 당신이 어떤 것도 믿지 않는다는 것이오. 당신의 교육, 그리고 대중의 난폭한 힘에 맞설 그 부인할 수 없는 권력에 대한 욕구, 이것들은 당신으로 하여금 당신 조상들의 신앙들을 검토 없이 채택하도록 한 것이에요. 그러나 신의 존재에 대한 감정은 당신의 가슴에까지는 거의 와 닿지 않은 것이에요. 아마도 당신은 한 번도 그에게 기도해 본 적이 없을 거예요. 저는요, 저는 단 한 가지 신앙만을 가지고 있고, 의심할 바 없이 당신이 가지고 있지 않은 유일한 신앙이에요. 저는 신을 믿어요. 그러나 당신들이 창안해낸 종교, 저는 그것을 배척해요. 당신들의 모든 도덕, 당신들의 모든 원칙들, 이것들은 당신들의 사회의 이해관계이고, 그것을 당신들은 법률로 일으켜 세웠고, 그것이 신 자체로부터 흘러나온다고 주장하고 있는데, 그와 마찬가지로 당신들의 신부들은 국민들 위에 그들의 권력과 그들의 부富를 확립하기 위해 숭상 의식들을 제도화한 것이에요. 그러나 이 모든 것은 속임수이고 불경不敬이에요. 저는 신에게 도움을 얻기 위해 기원하고 신을 이해하는바, 그러한 저는 그와 당신들 사이에 어떤 공통적인 것도 없다는 사실을 잘 알고 있어요. 그리고 저의 온 힘을 다해 그에게 매달림으로써 저는 끊임없이 신의 창조물들을 전복시키고 그의 선물들을 더럽히고자 노력하는 당신들로부터 저 자신을 분리시키고 있는 거예요. 자, 그러니까요. 한 가냘픈 여자의 저항을 분쇄하고 또 한 찢어진 마음의 하소연을 질식시키기 위하여 신의 이름을 들먹이는 것은 당신에게 잘 부합하지 않아요. 신은 사람들이 그의 손으로 만드신 피조물들을 억압하고 으스러뜨리는 것을 원치 않아요. 만약 신이 우리들의 하찮은 이해관계에까지 개입할 만치 몸을 낮추신다면, 그는 강한 자를 꺾을 것이고 약한 자를 치켜 올릴 것이에요. 그는 그의 커다란 손을 우리들의 평등하지 않은 머리들 위에 펼쳐서 그것들을 바닷물처럼 편편하게 만들겠지요. 그는 노예에게 말하겠죠. '너의 쇠사슬을 던져버려라, 그리고 산위로 도망가라, 거기에 나는 너를 위해 물과 꽃들과 햇빛을 놓아두었느니라.' 그는 왕들에게 말하겠죠. '그 자줏빛 옷을 거지들에게, 그들의 거적으로 쓰도록 던져주어라. 그리고 내가 너희들을 위하여 이끼와 히드 풀로 된 양탄자들을 펼쳐놓은 계곡에 잠을 자러 들어가라.' 그는 권세가들에게 말하겠죠. '무릎을 꾸부리고 너희들의 허약한 형제들의 짐을 지고가라. 왜냐하면 너희들은 이제부터 그들을 필요로 할 것이고 나는 그들에게 힘과 용기를 줄 것이기 때문이다.' 그래요, 그것들이 제 꿈들이에요. 그것들은 모두 어떤 다른 삶, 어떤 다른 세계의 것이에요. 거기서는 난폭한 자의 법이 온순한 자의 머리를 꺾어 누르지 못할 것이고, 거기서는 적어도 저항과 도주는 범죄가 되지 않을 것이고, 거기서는 영양이 표범을 회피하듯 인간이 인간으로부터 도피할 수 있으니, 법의 쇠사슬들이 그를 강제로 오게 해 원수의 발아래에 엎드리게 하기 위해, 그를 휘감고 있는 일은 없을 것이고, 또 그가 처한 곤궁에서 그의 고통들에 모욕을 주기 위해 편견의 목소리가 높여지고 다음과 같이 말하는 일도 없을 것이다. '무릎을 꾸부리고 기어가기를 원치 않았기 때문에 너희들은 비열해지고 천해질 것이다.'

정말 그래요, 레이몽, 누구보다도 당신은 제게 신에 관해 말하지 마세요. 저를 유배 보내고 제게 침묵을 강요하기 위해 그의 이름을 들먹이지 마세요. 제가 복종했을 때, 저는 인간들의 힘에 진 것이에요. 만약 제가 신이 제 마음속 깊이 던져준 목소리와 아마도 참다운 양심이라고 할 수 있는, 굳건하고 담대한 천성의 그 고귀한 본능을 경청하였다면, 저는 사막으로 도피할 것이고, 저는 도움, 보호, 사랑이 없이 지낼 수 있겠죠. 저는 혼자서 살기 위해 우리들의 아름다운 산들 깊숙한 곳에 들어가겠죠. 저는 폭군들을, 불공정한 자들을, 감사할 줄 모르는 자들을 잊어버릴 테죠. 그러나 슬프도다! 인간은 동류의 인간 없이는 살수 없으니 말이에요, 그리고 랄프 자신도 혼자 살 수 없거든요.

안녕, 레이몽! 당신은 나 없이 행복하게 살 수 있기를! 저는 당신이 제게 가한 고통을 용서해요. 제가 만나본 중 제일 훌륭한 부인이신 당신의 어머님에게 저에 관해 가끔 말해주세요. 저의 마음속에 당신에 대한 어떤 분한 생각도 어떤 복수심도 없다는 것을 잘 아셨으면 해요. 저의 슬픔은 제가 당신에게 품었던 그 사랑의 품격을 지니고 있는 것이에요.

'앵디아나'

불행한 여자는 뽐내고 있었다. 그 깊고 평온한 슬픔은, 그녀가 레이몽을 향해 말하고 있었을 때, 그녀 자신의 존엄성에 대한 감정일 따름이었다. 그러나 그녀가 혼자였을 때, 그녀는 자신을 소모적 충동적 열정에 자유로이 내맡겼다. 하지만 때때로 맹목적 희망의 막연한 빛들이 그녀의 착잡해진 눈에 나타나기도 했다. 그 경험의 가혹한 수업에도 불구하고, 또 그의 이해利害나 쾌락이 걸려 있지 않았을 때 그가 보인 냉담과 무관심을 매일 그녀에게 떠올려 주었던 그 끔찍한 생각들에도 불구하고, 그녀는 아마도 레이몽의 사랑에 대해 일부 남아있는 신뢰를 결코 잃지 않고 있었다. 나는 만약 앵디아나가 그 적나라한 진실을 이해하려고 원했었다면, 그녀가 고갈되고 이울어진 삶의 남은 부분을 그 시점까지 짖질 끌지는 않았을 것이라고 믿는다.

여자는 천성적으로 어리석다. 그녀의 섬세한 감수능력의 덕으로 우리 남자들에 대해 지니는 그 특출한 우월성에 균형을 맞추기 위하여 하늘은 의도적으로 그녀의 마음속에 어떤 맹목적 허영심과 어떤 천치 같은 고지식함을 불어넣었던 것 같다. 그처럼 미묘하고, 그처럼 유연하고, 그처럼 통찰력 있는 여인을 장악하기 위해서는, 아마도 칭찬을 쉽게 하고 자만심을 만족시켜 줄 방법만 알면 될 것 같다. 때때로, 다른 남자들에 대해서는 어떤 영향력도 갖지 못하는 남자들이 여자들의 심령에는 절대적 지배를 행사하곤 한다. 아첨은 저 정열적이고 경박한 머리들을 그처럼 낮게 숙이게 하는 멍에이다. 사랑에 있어 솔직하고자 하는 남자에게는 불행이 있을진저! 그는 랄프의 숙명을 지니게 될 것이다.

만약 여러분들이 앵디아나는 예외적 성격이고 보통 여자는 부부간의 저항에 있어 그와 같은 금욕적 냉담도 또는 그와 같은 가망 없는 인내도 지니고 있지 않다고 내게 말한다면, 바로 이것이 나의 대답이 될 것이다. 나는 여러분에게 동전의 이면을 살펴보고, 그녀가 레이몽과의 관계에서 여실히 보여주는 비참한 나약함과 서투른 맹목성을 직시하라고 조언할 것이다. 속임을 당하고 있는 것과 마찬가지로 그처럼 쉽게 속아 넘어가지 않을 여자를 당신들은 어디에서 발견한 적이 있는지 나는 당신들에게 묻고 싶다. 바로 그러한 여인은 열광에 빠졌던 어느 날 매우 가볍게 위험을 무릅쓰고 품었던 희망의 비밀을 그녀의 마음속 깊이 십년 동안 담고 있을 것이며, 또 그러한 여인은 한 남자의 품에서 유치하리만치 나약하게 되는 반면, 그 다른 남자의 품에서는 이겨낼 수 없이 강인하게 될 줄 안다.

제 24장

　델마르 부인의 실내는, 한 편으로, 더 평화롭게 되었다. 위선적인 친구들과 더불어 그들의 호의에서 나온 중재에 휘말리며 모든 들뜬 열성으로 인해 전에 악화되었던 많은 어려움들도 사라졌다. 랄프 경은 침묵과 명백한 불간섭의 덕으로 쑥덕공론의 친절한 미풍에 부풀어 오르는 그 사생활의 하찮은 일들이 가라앉게 하는 데에 그들 모두보다 더 유능했다. 더욱이 앵디아나는 거의 언제나 혼자 지냈다. 그녀의 주택은 도시 위 산속에 위치해 있었고, 매일 아침, 항구에 상품창고를 가지고 있던 델마르 씨는 하루 온종일 인도와 프랑스와 벌이는 상거래를 보살피기 위해 내려갔다. 그들의 거처 이외에 다른 숙소가 없었던 랄프 경은 눈치 채이지 않고 여러 기증을 함으로써 그 곳의 물질적 안락을 증대하는 기량을 발휘하였는데, 그 자신은 자연사 연구로 분주하였고 또는 농장의 작업들을 감독하였다. 크레올 생활의 나른한 습관에 다시 젖어든 인이아나는 대낮의 작열하는 시간들은 인도식 안락의자에 앉아서 그리고 긴 저녁 시간들은 산의 적막 속에서 보냈다.
　부르봉은 참말로 단지 하나의 엄청나게 큰 원추형이라고 할 수 있는데, 그 저변은 대략 사백 여리의 둘레를 하고 있고 거대한 산봉우리들은 삼천이백 미터의 높이로 솟아있다. 이 위압적 집단지형의 어느 지점으로부터도 우리의 시선은 저 멀리 뾰족한 암석들 뒤에서, 좁은 계곡들과 깎아 세운 듯한 삼림 뒤에서, 바다의 푸른 허리띠로 감싸인 그 간단間斷없는 수평선을 발견한다. 그녀 방의 창문들로부터, 앵디아나는 그녀의 주택이 위치해 있던 산과 맞은편 대칭을 이루고 있는 그 비탈진, 숲이 우거진 산의 오목하게 터진 틈새 덕에, 두 바위 봉우리 사이에서, 인도양 위를 횡단하고 있는 흰 돛들을 볼 수 있었다. 조용한 낮 시간 동안 이 광경은 그녀의 시선을 끌었고 그녀의 우울한 감정에 한결같은 고정된 절망의 색조를 주었다. 그 찬란한 전경은, 그녀의 몽상에 시정詩情의 영향을 주기는커녕, 그것들을 씁쓸하고 암울하게 만들었다. 그럴 때 그녀는 십자가형 창문에 달린 야자수 잎으로 된 블라인드를 내리고는 그녀의 은밀한 마음속에서 쓰라리고 뜨거운 눈물을 흘리기 위하여 밝은 빛마저도 피하곤 했다.

그러나 저녁 무렵 대지의 미풍이 불기 시작하여 그녀에게 꽃핀 논들의 향기를 실어다주었을 때, 베란다에 앉아 그 향이 짙은 파함[68] 차를 맛보며 여송연 연기를 천천히 뿜어내고 있는 델마르와 랄프를 뒤에 남겨두고, 그녀는 대평원으로 나가곤 했다. 그리고는 그녀는 예전 화산의 꺼진 분화구의 접근할 수 있는 봉우리 위에서 지는 해를 보러갔다. 석양은 대기의 붉은 증기를 뜨겁게 달구고 있었고 와삭거리는 사탕수수의 꼭대기와 암초들의 번쩍이는 옆쪽으로 금과 홍옥 가루 같은 것을 흩뿌리고 있었다. 드물게 그녀는 쌩 지유 강 협곡 쪽으로 내려가 보기도 했는데, 그것은 바다의 광경이 그녀에게 고통을 안겨주면서도 그것이 지닌 매혹적 신기루는 그녀를 매료하였었기 때문이다. 그녀에게는 파도들과 멀고 먼 안개 층 너머에 어느 다른 땅의 마술적 환영이 현현顯現되는 것 같았다. 어떤 때 해안의 구름들은 보기에 이상한 형상들을 취했다. 어떤 때 한 흰 물결이 바닷물 위로 솟구쳐 올라 벽을 이루듯 거창한 선을 형성할 때면, 그녀는 그것을 루브르의 측면으로 착각하였다. 또 어떤 때 안개로부터 갑자기 모습을 드러내는 두 개의 네모진 돛폭들은 짙은 안개가 센 강에서 일어 파리의 노트르담 대성당 탑들의 하부구조를 감싸서 그것들이 마치 하늘에 걸린 듯하게 보이도록 하는

---

68) faham, 야생 난초

때의 기억을 불러일으켰다. 또 다른 때 분홍빛 구름 덩이들은 수시로 형태를 바꾸며 어느 아주 큰 도시의 온갖 변덕스러운 건축양상을 제시하였다. 이 여인의 정신은 과거의 환영幻影들 속에서 졸고 있었고. 상상속의 파리를 보고는 기쁨으로 가슴을 두근거리곤 했는데, 실제로는 그 시절이 그녀 생애의 가장 불행했던 시절을 의미했었다. 그러한 때면 어떤 이상야릇한 현기증이 그녀의 머리를 사로잡았다. 그녀가 해변의 지면으로부터 아주 높은 곳에 매달린 채, 눈 아래에서 그녀를 대양으로부터 갈라놓고 있었던 협곡들이 사라지는 것을 보았을 때, 그녀는 자신이 어떤 빠른 운동에 의해 공간 속으로 던져져서 그 공기를 통해 그녀 상상 속의 그 멋진 도시를 향해 길을 가고 있는 것 같았다. 이러한 꿈속에서 그녀는 그녀를 떠받치고 있었던 바위에 꼭 매달려 있었는데, 어느 사람이 그녀의 열띤 눈동자와 그녀의 초조하게 뛰고 있었던 가슴을, 또 그녀의 얼굴 모습에 퍼져있었던 그 기쁨의 놀라운 표정을 관찰했었다면, 그에게 그녀는 광증의 모든 증세를 들어내고 있는 것으로 보였었을 것이다. 그럼에도 그러한 때가 그녀의 기쁨의 시간들이었고 또 하루의 희망들이 집중되어 있었던 유일한 안락의 순간들이었다. 만약 그녀 남편의 변덕이 그 고적한 산책들을 허용하지 않았었다면, 나는 그녀가 어떤 생각을 갖고 살았었을까 의문이 간다. 왜냐하면, 그녀의 경우, 모든 것은 어떤 환상들을 자아내는 능력에 연관되어 있었고, 그것은 또 추억도, 기다림도, 후회도 아닌, 소모적 강렬함을 지닌 욕망이라는 지점을 향해 분출되는 열렬한 갈망과 관련되어 있었다. 그녀는 오직 한 환영만을 사랑하고, 알아보고, 애무하면서, 또 몽상 속으로만 보다 깊이 빠져들면서 몇 주일이고, 몇 달을 그 열대지방의 하늘 아래에서 그렇게 살았다.

    랄프에 대해서 말하자면, 그는 산책 도중 불어제치는 바닷바람이 그에게 미칠 수 없는 어둡고 아늑한 장소들 쪽으로 이끌려지곤 했다. 왜냐하면 인도양의 조망은 그것을 다시 횡단한다는 생각만큼이나 그를 역겹게 만들었기 때문이다. 그의 마음의 기억 속에서 프랑스는 하나의 저주받은 장소만을 갖고 있었다. 그 곳에서 그는, 그 자신 불행에 익숙했고 고뇌들을 잘 견뎌내는 사람이었지만, 절망할 정도로 불행했었다. 그는 온 힘을 다해 그것을 잊어버리려고 애썼다. 왜냐하면, 그가 삶에 대해 아무리 진저리가 났다 해도, 그는 자기가 필요한 사람이라고 느껴지는 한은 살기를 원했기 때문이다. 그래서 그는 그 나라에서 그가 체재했던 것과 연관이 될 어떤 말도 결코 입에 올리는 일이 없도록 주의를 기울였다. 델마르 부인으로부터 그 끔찍한 회상을 떼어내기 위해서라면 그는 무슨 대가인들 즐겨 치르지 않았겠는가! 그러나 그는 자신이 그것을 할 수 있는 위인이라고도 생각하지 않았고, 자신이 그처럼 서투르고 또 그처럼 눌변訥辯이라고 느꼈기 때문에 그는 그녀의 기분을 전환시키려고 노력하는 것보다는 오히려 그녀를 회피했다. 섬세한 마음의 과도한 신중함으로 그는 자신에게 냉담과 이기주의의 모든 외양을 부여하기를 계속했다. 그는 혼자 괴로워하기 위하여 멀리 쏘다녔다. 그래서 그가 새들과 곤충들을 찾아 열을 올리며 숲과 산을 휘젓고 다니는 것을 보고서, 혹자는 그가 순수한 열정에 푹 빠졌으며 주위에서 일어나는 감정적 흥미꺼리들에는 완전히 초연한 자연 숭배자 사냥꾼이라고 생각했었을 것이다. 그렇지만 사냥과 자연 학습은 그의 씁쓸하고 기나긴 꿈들을 감추기 위한 핑계에 지나지 않았다.

　이 원추형 섬은 그 주위를 삥 둘러 저변을 향해 갈라져 있고, 그 우묵한 공간들 속에 맑은 강물들이 사납게 거품을 일으키며 흐르고 있는 깊은 협곡들을 감추고 있다. 그 협곡들 중 하나는 베르니까라 불려진다. 그곳은 한 폭의 그림 같은 장소로서 일종의 깊고 좁은 계곡으로 두 수직의 암벽들 사이에 감추어져 있고, 이들의 표면은 바위에서 자라는 관목의 다발들과 고사리 덤불들로 수놓아져 있다.

　그 두 측면들이 마주하며 만들어진 긴 홈에서 개울이 흐르고 있다. 그들이 맞닿는 지점에서 여울물은 무시무시한 깊이의 바닥으로 쏟아

져내려가고, 낙하지점에서는 갈대로 둘러싸이고 축축한 물안개로 뒤덮인 작은 못을 형성하고 있다. 강둑 주변과 연못에서 넘쳐흐르는 물줄기의 가장자리에는 바나나나무들, 여주 나무들[69], 오렌지나무들이 자라고 있고, 그 힘찬 짙은 초록색은 협곡의 내부를 치장하고 있는 것이다. 바로 거기서 랄프는 낮의 열기와 인간사회를 피하곤 했다. 산책 때마다 의례히 그가 즐겨 찾는 이 목적지로 그의 발길은 향했다. 폭포의 시원하고 단조로운 물소리가 그의 울적한 기분을 잠재우곤 했다. 그의 마음이 그처럼 오랫동안 품어왔고 그처럼 오해를 사곤 했던 그 은밀한 고뇌들로 시달렸을 때면, 바로 거기서 그는 남몰래 눈물을 흘리며 또 조용히 비탄하며 그의 영혼의 퇴적된 정력과 그의 청춘의 집적된 활력을 소모하였다.

여러분이 랄프의 성격을 이해하도록 하기 위해서 아마도 여러분에게 말해두어야 할 것은 적어도 그의 인생의 절반은 그 급류가 흐르는 협곡을 배경으로 하고 흘러갔었다는 것이다. 아주 이른 유년시절부터 그가 가족으로부터 억울하게 겪은 부당한 처사들에 대항할 용기를 다지기 위해 찾아온 곳이 거기였다. 또 거기서 그는 그의 영혼의 모든 기력을 다해 그의 운명의 전횡에 대항하려고 했고, 금욕주의가 그의 제 이의 천성이 될 정도로 냉정한 습관을 길렀었다. 또 그 곳으로, 그의 사춘기 때에, 조그만 앵디아나를 어깨에 지고 와서는 강둑의 풀밭 위에 그녀를 눕혀놓고, 한편 그는 맑은 물에서 왕새우 낚시질을 하거나 새들의 둥지들을 찾아내기 위하여 바위를 기어오르려고 애쓰곤 했었다.

이 고적한 장소의 유일한 서식 동물들은 갈매기들, 바다제비들, 검둥오리들, 제비갈매기들이었다. 사람들은 그 바닷새들이 끊임없이 심연에서 오르락내리락하고 수평으로 날다가는 회전을 하는 것을 보았는데, 이들은 알 품을 장소로서 접근하기 어려운 암벽들의 구멍과 갈라진 틈들을 선택하였다. 저녁 무렵 그들은 불안하게 무리를 이루며

---

69) litchi, 아주 맛있는 붉은 열매가 열리는 나무

재집결했고 그 협곡을 온통 귀에 거슬리는 사나운 울부짖음으로 소란스럽게 만들었다. 랄프는 눈으로 그들의 위엄 있는 비행을 따라가고 그들의 처량한 음성을 경청하기를 즐겼다. 그는 그의 꼬마 여학생에게 그들의 명칭들과 습관들을 가르쳐 주었다. 그는 그녀에게 오렌지 빛 배를 하고 선녹색 등을 가진, 마다가스카르의 아름다운 상常오리를 보여주었다. 그는 그녀에게 붉은 빛이 감도는 날개를 한 바다제비의 비상飛翔을 경탄하도록 가르쳐주었는데, 이 새는 때때로 그 섬의 강둑에서 서성거리기도 하고, 몇 시간 걸려 일드프랑스[70]에서 로드리그 섬까지 이동을 하는데, 그 새는 이 천리 바닷길을 지나 매일 저녁 그의 새끼들을 가려주고 있는 서양지치 밑에서 쉬기 위해 그리로 온다. 폭풍의 선구자 검은 등 갈매기 역시 그들의 날씬한 날개들을 펼치며 바위들 위로 날아오곤 했다. 그리고 바다의 여왕, 포크처럼 갈라진 꼬리에 검푸른 깃을 하고 잘 다듬어진 부리를 한 거대한 군함새는, 별로 앉는 일이 없어, 공중이 그의 고향이고 운동이 그의 천성인 것같이 보이는데, 거기에 와 다른 새들 위에서 비탄의 울부짖음을 지저귀곤 했다. 이 야생의 거주자들은 그 두 아이들이 그들의 거처들 주위를 돌아다니는 것을 보는 것에 명백히 익숙해져 있었다. 왜냐하면 그들은 그들의 접근에 거의 놀래는 시늉도 하지 않았기 때문이다. 그리고 랄프가 그들이 이제 막 자리를 잡고 난 바위에 기어올랐을 때, 그들은 검은 소용돌이를 이루며 날아올라서는 마치 조롱을 하는 듯 몇 피트 그의 위쪽에 가서 내려앉았다. 앵디아나는 그들의 교묘한 선회에 웃음 지었고, 그런 후에 랄프가 그녀를 위해 훔쳐오는데 성공했었고, 또 때로는 그가 그 커다란 양서류의 새들이 날개로 후려치는 것에 대담히 맞서서만 겨우 획득할 수 있었던 그 새알들을 조심스레 그녀의 볏짚모자에 담아 다시 가져다 놓곤 했다.

---

70) îl de France, 1722년 프랑스 인들의 정착으로 그리 불렸지만, 현재는 모리셔스 Mauritius 라 함.

이 추억들이 랄프의 마음에 쇄도하곤 하였지만 지극히 쓰라린 맛은 어찌할 수가 없었다. 왜냐하면 시절은 아주 변했었고, 언제나 그의 동반자였던 작은 소녀는 그의 여자친구가 되기를 중단했고, 혹은 적어도 그 옛날처럼 그녀의 마음을 다 맡겨버리는 그런 여자친구는 이제는 아니었기 때문이다. 비록 그녀가 그의 다정한 보살핌과 헌신에 화답했었다 해도, 그들 사이의 신뢰에 걸림돌이 되고 있었던 하나의 문제점, 그 기억이 있었는데, 그 위에서 그들의 삶의 모든 감정들은 돌쩌귀 위에서처럼 회전하고 있었다. 랄프는 그의 손이 거기에 미칠 수 없다고 느끼고 있었다. 어떤 위험이 임박했던 날, 그는 단 한번 그것을 감히 시도해 보았었다. 그리고 그 용기를 내어 한 행동은 어떤 결실도 맺지 못했었다. 이제 그 문제를 다시 들추는 것은 냉혈적 야만 행위에 지나지 않았을 게다. 또 랄프는 그가 눈곱만큼도 존경하지 않았던 사교계의 인사인 레이몽을 정의正義에 맞게 비난함으로써 앵디아나의 고통을 가중시키기보다는, 오히려 용서해주는 편을 택했을 것이리라.

그리하여 랄프는 아무 말도 하지 않았고 그녀를 피하기까지 했다. 비록 그들이 같은 지붕 밑에서 살았지만, 식사 때 외에는 그녀를 거의 보지 않도록 처신했다. 그럼에도 어떤 신비한 섭리에 의해서인지 그는 그녀를 지켜보고 있었다. 그는 낮의 열기가 그녀를 해먹[71]에 붙잡아놓았던 낮 시간대외에는 그 거처에서 나가지 않았다. 그러나 저녁에, 그녀가 외출하였을 때는, 그는 델마르를 교묘하게 베란다에 혼자 있게 내버려두고는, 그가 알기로 그녀가 습관적으로 찾아가 앉아 있곤 하던 절벽들 밑에 그녀를 기다리러갔다. 그는 거기서, 어떤 때는 달빛이 흰 빛을 드리우기 시작한 나뭇가지들 사이로 그녀를 바라보며, 하지만 그녀와 그 사이의 짧은 공간을 존중하며, 또 한 순간만큼도 그녀의 슬픈 몽상을 감히 단축시키려 들지 않고, 몇 시간이고 기다렸다. 그녀가 계곡으로 다시 내려왔을 때, 그녀는 그를 언제나 조그만 개울가에서 만

---

71) 달아맨 그물침대

났는데, 그 물길을 따라 집으로 가는 오솔길이 나있었다. 일렁이는 은빛 물결들에 둘러싸인 몇 개의 커다란 암반들이 그에게 앉아있을 자리를 제공했다. 앵디아나의 흰 옷이 개울 가장자리에서 보이게 되었을 때, 랄프는 조용히 일어나서, 그녀가 그의 팔을 잡게 내어주고 그녀를 집까지 데려다주면서, 그녀가 보통 때보다 더 슬프고 더 낙담이 되어 자신이 먼저 대화를 시작하지 않았던 한, 한 마디 말도 하는 법이 없었다. 그런 다음 그가 그녀 곁을 떠난 후엔 자기 방으로 들어가서 잠들기 위해 그 집안의 모든 사람들이 잠이 들기를 기다렸다. 만약 델마르가 그녀를 꾸짖기 위해 목소리를 높였을 때는, 랄프는 먼저 퍼뜩 떠오르는 구실을 대며 대령에게 가서 그를 진정시키거나 그의 생각들을 딴 데로 돌려놓곤 하였는데, 그러면서도 대령이 그렇게 하는 것이 그의 목적이었음을 전혀 눈치 채지 못하게 했다. 우리의 기후조건에 맞는 집들과 비교해볼 때, 말하자면 투명한 그 집의 구조와 서로서로의 존재를 확인해야 하는 그 지속적 필요성은 대령에게 분통 터트리기에 있어 보다 많은 신중을 부과했다. 조그만 소음에도 달려와 델마르와 그의 부인 사이에 자신을 들이미는 랄프의 피할 길 없는 존재는 대령으로 하여금 자신을 억제하도록 강요했다. 그도 그럴 것이 델마르는 이 말이 없으면서도 엄격한 검열관 앞에서는 그의 성질을 억제할 만치 충분한 자존심을 지니고 있었기 때문이다. 그래서 낮에 사업상의 불만이 그의 마음속에 야기한 나쁜 기분을 풀어버리기 위해, 그는 취침시간이 그를 그의 감독관으로부터 해방시킬 때까지 기다리곤 했다. 그러나 그것은 허사였다. 그 은밀한 영향은 그를 감시하고 있었고, 첫마디 신랄한 말이 들리거나 그 집의 엷은 벽들을 온통 울리게 하는 조그만 높은 언성에도, 마치 우연인 것처럼 랄프의 방 쪽에서 나는 듯한 어떤 가구 움직이는 소리 혹은 발자국 소리는 그에게 침묵을 부과하며 그 보호자의 신중하고 인내 있는 배려가 잠들지 않았음을 그에게 알리는 것 같았다.

- 4부 -

제 25장

 그런데 프랑스에서 많은 동요를 일으켰던 8월 8일의 내각[72]은 레이몽의 안전에 심한 타격을 입히게 되었다. 드 라미에르 씨는 하루의 승리에 의기양양했던 그런 맹목적 자만심에 가득 찬 부류에 속하지 않았다. 그는 정치를 모든 그의 사고思考의 영혼 즉 근원적 활력소로 또 모든 그의 꿈의 기반으로 여겼다. 그는 그 왕이 기민한 양보의 길을 택함으로써 귀족 가문들의 생존을 보장해 줄 그 평형을 아직도 오랜 기간 동안 유지하게 될 것이라고 은근히 기대하고 있었었다. 그러나 뽈리냐끄 공公[73]의 출현은 이 희망을 파괴하였다. 레이몽은 그 순간의 성공에 대해 경계심을 품지 않기에는 너무도 멀리 내다보고 있었고, 그 새로운 사회에서 너무도 널리 알려져 있었다. 그는 그 자신의 온 미래가 왕정의 운명과 더불어 뒤흔들리고 있었고 그의 행운, 아마도 그의 인생마저도, 단지 한 실오라기에 걸려있었음을 새삼스레 느꼈다.

 그래서 그는 어떤 미묘하고 곤혹스러운 입장에 빠져있었다. 명예는 그에게, 충성에 따르는 모든 위험 부담에도 불구하고, 왕가에 헌신해야 한다는 의무[74]를 부과하고 있었는데, 그때까지는 왕가의 이해利害관계

---

72) 1829년 8월에 권력을 잡은 정부는 절대군주 체제의 반동적 정책들을 취함으로써 1830년 7월 혁명의 빌미를 줌.
73) 8월 8일 내각의 수반
74) 전통적 봉건사상

가 자신의 이해에 밀접하게 맞물려 있었었다. 이러한 관점에서 그는 그의 양심과 그의 친척의 기억을 거의 속일 수가 없었다. 그러나 이 새 질서와 전제체제로 향하는 경향은 그의 신중함, 사리판단력, 또 그의 말을 빌리면, 그의 내밀의 확신을 질식시키고 있었다. 그러한 사태는 모든 그의 위상을 위태롭게 하였고, 또 그보다 나빴던 것은, 그처럼 여러 번, 왕좌의 이름을 빌려, 모든 사람들을 위한 정의와 서약된 협약에 대한 충실을 과감히 약속했었던 저명한 평론가인 그를 우습게 만들어 버렸다. 이제 정부의 모든 행위들은 그 젊은 절충주의자의 경솔한 단언들을 공식적으로 부인하는 양상을 띠었다. 그 이틀 전만해도 합헌군주제에 자신들을 결부시킬 것만을 요구하였던 평온하고 나태한 자세를 견지했던 모든 자들은 반대당으로 뛰어 들어가 레이몽과 그의 동조자들의 노력들을 사기협잡으로 취급하기 시작했다. 가장 정중한 자들은 그들을 선견지명이 없고 무능하다고 비난하였다. 레이몽은 그 정치판에서 그렇게 탁월한 역할을 지금껏 해왔는데 이제 얼간이로 간주된다는 것은 수치스러운 일이라고 느끼고 있었다. 남몰래 그는 그 왕위를, 그 품격을 잃고 자체의 추락 속으로 그를 이끌고 들어간 그 왕위를 저주하고 경멸하기 시작했다. 그는 싸움의 시간이 다가오기 전에 부끄러움 없이 왕당파와 결별할 수 있기를 원했었을 것이다. 얼마 기간 동안 그는 그 양진영의 신뢰를 획득하기 위해 믿기지 않을 정신적 노력을 기울였다. 그 시대의 반대파들은 새로운 동조자들을 영입하는 데에 까다롭지 않았다. 그들은 신참들을 필요로 하였고, 또 그들은 이들에게 별다른 신빙 자료들을 요구하지 않은 덕으로, 상당한 수를 확보하였다. 그들은 그 밖에도 유명 인사들의 지지를 경시輕視하지 않았고, 매일같이 그들의 신문들에 슬쩍 끼워놓은 아첨 기사들은 그 닳아빠진 왕관으로부터 가장 아름다운 장식들을 빼어내는 방향으로 나아가고 있었다. 레이몽은 그러한 존경의 표시들에 속아 넘어가지 않았다. 그러나 그는 그것들을 배척하지 않았는데, 그것은 그가 그것들의 효용가치를 확신하고 있었기 때문이었다. 다른 한편, 군주체제의 주창자들은 그들의 위치가 더 절망적으로 되었던 만큼 더 너그럽지 못한 면을 보여주고 있었다. 그들은 신중함도 또 배려함도 없이 그들의 대열로부터 가장 유용한 수호자들을 쫓아냈다. 그들은 얼마 안가서 레이몽에게 그들의 불만과 불신을 내보이기 시작했다. 그는 인생의 으뜸가는 이점인 듯 그의 명성에 애착을 느끼며 당황해 하고 있었는데, 시기적절하게 급성 류머티즘에 걸려서, 이로 인해 당분간 모든 작업을 포기하고 어머니와 더불어 전원에 은둔하는 수밖에 없었다.

이러한 고립 속에서, 레이몽은 해체될 단계에 와있는 한 사회의 초췌케 하는 활동의 와중에 자신이 시체처럼 던져져 있음을 발견함으로써, 또 병 못지않게 어떤 정당政黨을 택하는 것의 곤혹스러움으로 인해, 사방에서 가장 미미하고 무능한 자들을 그 큰 투쟁에 소환하기 위해 나부끼고 있었던 호전적 깃발들 아래에 도저히 동참할 수 없게 됨으로써 정말로 괴로워하고 있었다. 그의 병의 혹심한 고통, 버려진 느낌, 권태, 신열身熱은 그의 관념들에 자기도 모르는 사이에 다른 방향을 주었다. 그는, 아마도 처음으로, 사회는 그가 그것에 즐거움을 주기 위해 취했던 모든 배려를 받을 가치가 있었는지를 자문自問해 보았다. 그리고 세상이 그에 대해 그처럼 무관심하고 또 그의 재능과 그의 영광을 그처럼 쉽게 잊어버리는 것을 보고, 그는 세상에 대해 판결을 내렸다. 그리고 나서 그가 세상에서 오직 자신의 개인적 복지만을 추구했었던 것이고, 자신의 덕으로, 거기서 안락을 발견했었음을 자기 자신에게 다짐하면서, 그가 세상에 의해 속아 넘어갔었다고 자신을 위로했다. 자기본위에 있어 어떤 것도 성찰만큼 우리들에게 확신을 주는 것은 없다. 레이몽이 거기서 끌어낸 결론은 사회생활을 함에 있어 인간에게는 두 종류의 행복, 즉 공적인 생활의 행복과 사적 생활의 행복이 있고, 사회적 승리와 가정의 감미로움이 있어야 한다는 것이었다.

그를 꾸준히 보살폈던 어머니는 심하게 병이 들었다. 이제는 고뇌를 잊고 그녀를 돌보는 것이 그의 차례가 되었다. 그러나 그의 힘은 그렇게 하기에 충분치 못했다. 강렬하고 열정적 심령의 소유자들은 위험이 깃든 날들에 강인하고 기적적인 건강을 유지하지만, 미온적이고 나타한 이들은 신체에 초자연적 충동을 부여하지 못한다. 레이몽이, 세상에서 말하는바, 착한 아들이었다고 해도, 그는 체력적으로 피로의 무게에 눌려 늘어졌다. 그의 고통의 침상 위에 누워서, 침대 밑에는 임금을 주고 부리는 하인들 아니면 드문드문 찾아오는, 사회생활의 분주한 움직임으로 빨리 돌아가고자 하는 친구들만을 대하며, 그는 앵디아나를 생각하기 시작했고 진정으로 그녀를 그리워했다. 그도 그럴 것이 그때 그에게 그녀가 필요했을 테니까. 그는 그녀가 그 늙고 무뚝뚝한 남편을 돌보는 데에 성심성의껏 정성을 쏟아 붓고 있었던 광경을 떠올렸고, 그녀가 그녀의 애인에게 아끼지 않았을 그 달콤하고 편안한 시중을 상상해보았다.

'내가 그녀의 희생을 수락하였었다면⋯.' 하고 그는 생각했다. '그녀는 불명예스럽게 되겠지. 그러나 내가 어려운 상황에 빠져있는 이 시점에 그것이 무슨 상관이겠는가? 경박하고 자기 생각만 하는 사회에서 버림받은 이제, 나는 혼자만은 아닐 텐데. 모든 이들이 경멸을 하며 배척하게 될 그 여자는 사랑을 가지고 내 발치에 있을 텐데. 그녀는 내 불행한 일들로 인해 눈물을 흘릴 테고, 그것들을 완화할 수 있을 테지. 그 여자, 왜 나는 그녀를 쫓아버린 거지? 그녀는 나를 그토록 사랑했으므로 나의 가정생활에 약간의 행복을 펼쳐줌으로써 사람들의 모욕들로부터 자신을 위로할 수 있었을 것이다.'

그는 그가 낫게 되면 결혼하리라 결심했다. 그리고는 사교계의 두 계급[75]의 살롱들에서 그의 눈에 띄었었던 여러 이름들과 그 모습들을 하나씩 그의 뇌리에 떠올렸다. 그의 꿈속에서 매혹적 환영들이 지나갔다. 꽃 장식을 한 머리모양들, 백조 솜털 목도리를 두른 눈같이 흰 어

---

75) 귀족과 부유한 시민계급

깨들, 모슬린이나 공단으로 된 부드러운 꽉 끼는 윗옷. 이 매혹적 환영들은 레이몽의 무겁고 타는 듯한 눈 위에서 그들의 가제로 된 날개들을 퍼드덕거렸다. 그런데 그는 이 선녀들[76]을 오직 무도회의 향기로운 소용돌이 속에서만 보았었다. 그가 깨어났을 때, 그들의 장밋빛 입술이 아첨하는 것 외의 다른 미소를 지녔던 것인지, 그들의 흰 손이 고통의 상처를 치료해줄 수 있었는지, 그들의 섬세하고 총명한 심성이 근심에 차 있는 병자를 위로하고 기분 전환을 시켜주어야 하는 그 힘든 수고까지 마다하지 않고 해낼 수 있었는지를 그 자신에게 물었다. 레이몽은 정확한 지성의 소유자였다. 그는 어느 다른 누구보다 더 여자들의 아첨을 경계하였다. 다른 누구보다도 그는 이기주의를 혐오했는데, 그 까닭은 그의 행복을 위해서 거기서 건질 것이 없었다는 것을 잘 알고 있었기 때문이다. 또 그는 정당을 선택하는 것만큼 아내를 선택하는 것도 쉽지 않다고 느꼈다. 그 같은 이유들이 그에게 완만과 신중을 부과했다. 그는 신분이 낮은 사람과의 결혼을 조금도 용인하지 않을 그런 귀족적이고 엄격한 가문에 속해 있었다. 그럼에도 불구하고 재산의 행운은 확실히 오직 평민들 편에서만 찾아볼 수 있었다. 모든 들어나는 조짐으로 보아, 이 계급은 그 다른 계급의 폐허 위에 우뚝 서게 될 판이었다. 그리고 사회적 동향의 선두에 서있기 위해서는 어느 산업 경영자나 주식거래 중매인의 사위가 되어야만 했다. 그래서 레이몽은 모든 그의 미래를 결정해줄 어떤 행동노선에 전념하기 위해서는 바람이 어느 쪽에서 불어오는지를 기다려보는 것이 현명하다고 생각했다.

그러한 실증적 성찰들은 그에게 정략결혼들을 주재하는 심성의 무미건조함을 적나라하게 보여주었다. 그리고 그의 사랑에 합당한 동반 여인을 언젠가 얻게 되리라는 희망은 그의 행복의 가망성 속에 그저 우연하게만 포함되어 있었다. 기다림 속에서, 그의 병은 길어질 수 있었고, 보다 좋은 날들에 대한 희망은 현재 겪고 있는 고통의 예리한 느

---

[76] 페르시아 신화에 나오는 미녀들, peri

낌을 조금도 지워버리지를 못한다. 그가 델마르 부인과 함께 잠적하기를 거절했었던 날, 그가 무분별했었다는 것에 대한 괴로운 생각도 다시 해보았고, 자신의 참된 이해利害를 그렇게 올바로 깨닫지 못했다는 것에 대해 자신을 저주했다.

그러한 와중에 그는 앵디아나가 부르봉 섬으로부터 그에게 쓴 편지를 받았다. 그녀의 영혼을 분쇄할 수도 있었던 역경에 처해서도 그녀가 아직 지니고 있었던 그 암울한 불굴의 힘은 레이몽에게 강한 인상을 남겼다.

'내가 그녀를 잘못 판단했지.' 하고 그는 생각했다. '그녀는 나를 진정으로 사랑했고, 그녀는 나를 아직도 사랑하고 있어. 나를 위해서 그녀는 내가 여자가 할 수 있는 힘 이상이라고 믿었던 그러한 영웅적 노력을 기울일 수 있었을 것이다. 그리고 이제 나는 어떤 거역할 수 없는 자력처럼 세계의 한 끝에서 다른 끝으로 그녀를 끌어당기기 위하여 아마도 말 한마디만 하면 될 것 같다. 그런 결과를 얻기 위해 육 개월, 아니, 팔 개월 걸리는 것이 아니라면, 내가 시도해볼 만도 한데!'

그는 이런 생각을 하며 잠이 들었다. 그러나 곧 옆방에서 소란스럽게 움직이는 발걸음 소리에 잠이 깼다. 그는 겨우 일어나서, 실내복을 걸쳐 입고는 어머니의 방으로 몸을 질질 끌며 갔다. 그녀는 매우 아팠다.

그녀는 아침이 될 무렵 그와 얘기를 할 힘을 다시 얻었다. 그녀는 아직 목숨이 붙어있을 그 얼마 남지 않은 시간에 대해 착각하고 있지 않았다. 그녀는 아들의 미래에 정신을 집중하였다.

"자네는…" 하고 그녀는 그에게 말했다. "자네의 가장 좋은 여자 친구를 잃고 있는 거야. 하늘이 그녀를 자네에게 합당한 동반 여인으로 대체해주기를. 그러나 신중하게, 레이몽, 그리고 야망적 몽상으로 인해 자네 전체 삶의 평화를 조금도 위태롭게 해서는 안 되네. 나는 딸이라고 부르고 싶었을 단 한 여인을, 애달프다! 알고 있었다. 그러나 하늘이 그녀를 처분했다. 그러나 들어보게, 내 아들이여. 델마르 씨는 늙었고 쇠락했어. 긴 여행이 그의 여력을 다 탕진하지 않았다고 누가 장담하겠나? 그가 살아있는 동안에는 그의 부인의 명예를 존중해라. 그러나 만약 그가, 내가 믿건대, 얼마 안가서 무덤으로 나를 뒤따라오도록 부름을 받는다면, 이 세상에는 아직도 거의 자네의 어미가 자네를 사랑했던 것만큼 자네를 사랑하고 있는 여인이 있다는 것을 기억하게."

그 날 저녁에 드 라미에르 부인은 그녀의 아들의 팔에 안긴 채 사망하였다. 레이몽의 고통은 쓰라리고 깊었다. 그와 같은 허전함 앞에서는 거짓되게 앙양된 감정도 냉정한 계산도 있을 수 없었다. 그의 어머니는 그에게 진정으로 필요한 존재였다. 그는 그녀와 더불어 그의 인생의 모든 정신적 행복을 잃었다. 그는 어머니의 창백한 이마에, 그 감긴 눈에 절망의 눈물을 퍼부었다. 그는 하늘을 원망했고, 그의 운명을 저주했고, 앵디아나를 위해서도 울었다. 그는 신에게 그에게 합당한 행복에 대해 해명을 요구했다. 그는 신이 그를 여느 다른 사람과 같이 취급하고 그에게서 모든 것을 동시에 빼앗아가는 것에 대해 비난을 퍼부었다. 그리고 나서 그는 그를 징계한 그 신에 대해 의심을 하였다. 그는 그러니까 신의 칙령들에 복종하느니보다 신의 존재를 부인하는 것을 선호했다. 그는 그의 삶의 모든 현실에 대한 지각과 더불어 모든 환상을 상실하였다. 그는 실추한 왕처럼, 또 저주받은 천사처럼 기가 꺾여 열병과 고난의 침상으로 되돌아왔다.

그가 거의 회복하게 되었을 때, 그는 프랑스가 처해 있는 상황을 둘러보았다. 상황은 악화되고 있었다. 사방에서 사람들은 세금을 거부할 움직임을 보이고 있었다. 레이몽은 그가 속해 있는 당의 어리석은 신뢰에 놀라움을 금치 못했다. 그리고 그 다툼의 틈바구니에 다시 휩쓸리지 않는 것이 적절하다고 판단하며, 그는 어머니와 델마르 부인에 대한 슬픈 추억을 더듬으며 쎄르씨에서 은거하였다.

그가 처음에는 가볍게 품었던 생각을 깊이 파헤쳐본 결과, 그가 앵디아나를 다시 불러오기 위한 수고를 하기만 하면, 그녀를 아직 잃지 않았다고 생각하는 데에 차츰 익숙하게 되었다. 그는 그런 행동방침에 만만찮은 장애를 예견했지만, 훨씬 더 많은 이점들을 보았다. 드 라미에르 부인이 이해했었던 것처럼 그녀와 결혼하기 위해 그녀가 과부가 될 때까지 기다린다는 것은 그의 이해관계에 들어맞지 않았다. 델마르는 아직 이십 년은 더 살 수 있었고, 레이몽은 어떤 훌륭한 결혼의 기회를 영원히 체념하기를 원치 않았다. 그는 이보다 나은 것을 그의 낙천적이고 풍부한 상상력 속에서 구상했다. 조금 공을 들임으로써 그는 앵디아나에게 무한정한 영향력을 발휘할 수 있었다. 그는 그 정열적이고 고상한 여자를 복종적이고 헌신적인 정부로 만들기 위해 그의 마음속에 충분한 재치와 간교奸巧가 있음을 느꼈다. 그는 그녀를 여론의 분노에서 빼어내고, 그의 사생활의 꿰뚫어 볼 수 없는 벽 뒤에 숨겨놓고, 그녀를 그의 시골 은둔지의 깊숙한 곳에 보물처럼 간직하고, 그의 고독과 내성內省의 순간들 위에 순수하고 너그러운 애정의 행복을 펼치도록 그녀를 활용할 수 있을 것이다. 그는 그 남편의 노여움을 피하기 위하여 많은 힘을 들일 필요는 없을 것이리라. 그의 사업상의 이해관계가 그를 꼼짝없이 딴 세계에 못 박아 놓고 있는 판국에 삼만리 너머로 부인을 찾으러 올 리는 만무하리라. 앵디아나는 목을 멍에에 매달았던 그 거친 시련을 겪고 난 이제 쾌락과 자유의 면에서 별로 많은 요구를 하지 않을 것이리라. 그녀는 오직 사랑에만 야심이 있었고, 레이몽은, 그녀가 그에게 쓸모 있게 되기만 하면, 그녀를 감사한 마음으로 사랑할 것이라는 것을 느끼고 있었다. 그는 또한 냉담과 방기의 긴 날들 동안 그녀가 보여주었었던 그 한결같음과 다소곳함을 상기했다. 그는 그녀가 감히 불평을 하지 못하는 상태에서 자신의 자유를 손쉽게 보존하리라 다짐하였다. 그는 그녀로 하여금 모든 것에, 그가 결혼하는 것을 눈감아 주기까지, 동의하도록 하기 위해 그녀의 신념에 충분한 지배력을 행사할 것이라며 우쭐해했다. 그리고 그는 사회적 법규들에도 불구하고 행해지고 있었던 은밀한 내연관계들의 그 무수한 예들로 그의 희망을 뒷받침했는데, 그 방법은 여론의 판단들을 회피하기 위해 신중과 재간을 부리는 것이었다.

'더군다나' 하고 그는 부연하여 속말을 하고 있었다. '이 여자는 나를 위해 퇴로退路와 경계境界가 없이 희생을 치렀을 것이다. 나를 위해서라면, 그녀는 모든 생계수단과 모든 용서의 가능성을 뒤로 팽개치고 세계를 가로질러 왔을 것이다. 사회는 자질구레하고 흔한 과오들에 대해서만 엄중하다. 희귀한 대담함은 사회를 놀라게 하고, 굉장한 불행은 할 말을 잃게 한다. 나를 위해 그 어느 여자도 감히 시도하지 못할 것을 해냈을 이 여자를, 사회는 그녀를 불쌍히 여기고 아마도 경탄할 것이다. 사회는 그녀를 비난할 것이지만, 조소하지는 못할 것이다. 그리고 그녀 사랑의 그처럼 괄목할만한 증거 후에 내가 그녀를 받아들이고 그녀를 보호해주는 것에 대해 나는 죄진 사람이 되지는 않을 것이다. 그 반대로, 사람들은 나의 용기를 아마도 자랑삼아 말할 것이다. 적어도 나는 나의 변호인들을 갖게 될 것이고. 나의 명성은 어떤 영광스럽고 해결될 수 없는 심판에 부쳐질 것이다. 사회는 가끔 사람들이 그것에 도전하기를 원한다. 사회는 그 닳고 닳은 상궤에 따라 어슬렁거리며 기어가는 자들에게 경탄을 부여하지 않는다. 우리가 살고 있는 이 시절에, 여론은 채찍으로 다스려져야 한다.'

이러한 생각들의 영향 하에서, 그는 델마르 부인에게 편지를 썼다. 그의 편지는 그처럼 능숙하고 노련한 남자의 손끝에서 기대될 수 있는 그런 것이었다. 그것은 사랑, 고통, 또 무엇보다도 진실의 인상을 자아냈다. 아아! 진실이라는 것은 이처럼 모든 바람결에 구부러지는 변하기 쉬운 갈대란 말인가!

그러면서도 레이몽은 그의 편지의 목적을 명백하게 표현하지 않을 만치 현명하였다. 그는 앵디아나가 돌아오는 것을 기대하고 있지 않은 행복처럼 간주하는 척했다. 그러나 이번에는 그녀에게 미약하게나마 그의 의무들에 대해 말했다. 그는 그녀에게 그의 어머니의 마지막 말들을 얘기해주었다. 그는 생생하게 어머니의 죽음이 그에게 안겨준 절망, 그의 고독의 슬픔, 또 그의 정치적 입지의 위험을 설명했다. 그는 프랑스의 지평선에 발달하고 있었던 그 혁명의 암울하고 무서운 양상을 묘사했다. 그리고 그가 그 타격에 대항할 유일한 인물임을 온통 즐겨하는 척하면서, 그는 앵디아나로 하여금 그녀가 자랑삼아 말했었던 그 열광적 신의와 그 위험스런 헌신을 실천할 순간이 도래하였음을 납득시켰다. 레이몽은 그의 운명을 원망하였다. 그리고 미덕은 그로 하여금 아주 큰 대가를 치르게 했었고, 그의 명에는 아주 혹독했고, 그는 행복을 그의 손아귀에 쥐었었으나, 그가 자신을 영원한 고독의 형벌에 처하게 할 힘을 지녔었다는 것을 말했다.

'나에게 당신이 나를 사랑했다고 더 이상 말하지 말아요.' 하고 그는 덧붙였다. '그러면 나는 매우 약하고 낙담하게 되어서 나의 용기를 저주하고 또 나의 의무들을 혐오하게 된다오. 내가 가서 우리들을 분리시키고 있는 그 속박의 유대로부터 당신을 빼앗아오지 않도록, 제게 당신은 행복하다고, 또 당신은 저를 잊고 있다고 말해주어요.'

한마디로, 그는 그 자신이 불행하다고 말하고 있었다. 그것은 앵디아나에게 그가 그녀를 기다리고 있었다는 것을 말하는 것이었다.

제 26장

 이 편지의 발신과 그것이 부르봉 섬에 도착한 시간 사이에 경과했던 그 석 달 동안에 델마르 부인의 처지는, 그녀에게 가장 심각한 가정사의 결과로, 거의 견디지 못할 지경에 이르렀었다. 그녀는 매일 저녁 그 날에 있었던 슬픈 일들의 이야기를 적어두는 서글픈 습관이 생겼다. 그녀의 고뇌를 담은 이 일기는 레이몽을 수신자로 하고 있었고, 그녀가 그것을 그에게 부칠 의도가 없었다 해도, 그는 어떤 때는 열정을 갖고, 또 어떤 때는 쓰라림을 갖고, 그녀의 삶의 고충과 그녀가 억누를 수 없었던 감정들에 관해 그와 대화하는 것이었다. 이 기록들이 델마르의 수중에 떨어졌던 것인데, 말하자면 레이몽으로부터의 예전 편지들과 함께 더불어 그것들을 감추어놓고 있었던 그 함을 부숴 열고 질투와 분노의 눈으로 탐독했던 것이다. 분노의 첫 반응으로 그는 자제력을 잃었고, 가슴을 두근거리고 두 손을 부들부들 떨며 꽉 오므리고는, 그녀가 산책으로부터 돌아오기를 기다리러나갔다. 아마도 그녀가 몇 분간 지체하였었다면, 이 불행한 남자는 마음을 가라앉힐 시간이 있었을 것이다. 그러나 그들 두 사람에 속한 고약한 운성運星은 그녀가 그의 앞에 거의 그 당장에 나타나게끔 해놓았다. 그리하여 한 마디말도 제대로 끝내지 못한 채, 그는 그녀의 머리채를 휘어잡고 그녀를 넘어뜨리고는, 그녀의 이마를 그의 장화의 뒤축으로 걷어찼다.
 그는 그의 난폭성의 결과로 발생한 피에 젖은 표시를 연약한 여인에게 남겨놓게 되자마자, 그는 그 자신의 행동에 경악했다. 그는 그가 저지른 일에 질겁해 자기 방으로 뛰어 들어가 박혀서, 거기서 그의 머리를 부숴 날려버리기 위해 권총에 장전裝塡했다. 그러나 그가 막 그렇게 하려던 참에, 그는 베란다 밑에서 앵디아나가 일어나서 침착하고 냉정한 모습으로 그녀의 얼굴에 흥건히 괴었던 피를 닦아내고 있는 것을 보았다. 우선 그가 그녀를 죽였다고 믿고 있었던 고로, 그는 그녀가 서서 있는 것을 보고는 기쁨의 감정을 느꼈다. 그리고 나서 그의 분노는 다시 치밀었다.

"그건 할퀸 상처에 지나지 않아." 하고 그는 소리쳤다. "너는 천 번은 죽어 마땅해! 아니다, 나는 자살하지 않겠어. 왜냐하면 너는 네 애인의 품에 안겨 그것을 즐거워할 테니 말이다. 나는 너희 두 사람의 행복을 보장하기를 원치 않고, 너희들을 고통 받게 하기 위해, 네가 권태와 슬픔으로 초췌하게 되는 것을 보기 위하여, 또 나를 농간한 그 악당에게 굴욕을 주기 위해 살기를 원해."

랄프가 베란다의 다른 문으로 들어와 그 끔찍한 장면의 상황 그대로 헝클어진 머리를 하고 있는 앵디아나와 마주쳤을 때. 대령은 질투로 인한 분노의 고통스런 감정들과 싸우고 있었다. 그러나 그녀는 두려워하는 빛을 조금도 내비치지 않았고, 비명 한마디 지르지 않았다. 또 그녀는 용서해달라고 손을 들어 빌지도 않았다. 인생에 지쳐서 그녀는, 아무에게도 그녀를 구해줄 것을 청하지 않음으로써, 델마르에게 살인을 행할 시간을 주려는 잔인한 욕망을 품었었던 것 같았다. 그 사건이 터졌던 순간에 랄프는 거기서 이십 보의 거리에 있었고, 그는 어떤 아주 작은 소리도 듣지 못했음은 확실하다.

"앵디아나!" 하고 그는 두려움과 놀라움에 조금 뒷걸음질치며 외쳤다. "누가 그대에게 이처럼 상처를 입혔소?"

"당신은 그걸 질문이라고 해요?" 하고 그녀는 씁쓸한 미소를 지으며 대답했다. "당신의 *친구*가 아닌 그 누가 그렇게 할 *권리*와 의지를 지니고 있겠어요?"

랄프는 그가 쥐고 있었던 등나무 단장을 땅에 팽개쳤다. 그는 델마르를 목조르기 위해 그의 큰 두 손 외에 어떤 다른 무기를 필요로 하지 않았다. 그는 두 걸음 뛰어서 문까지 달려가 주먹으로 문을 때려 열었다…. 그러나 그는 델마르가, 얼굴은 보랏빛을 띠우고, 목은 부풀어 오른 채, 충혈되고 질식할 듯한 경련에 사로잡혀 바닥에 뻗어있는 것을 보았다. 그는 마룻바닥에 흩어져 있었던 서류들을 집어 들었다. 그는 레이몽의 필적을 알아보고, 또 그 함의 잔존물들을 보면서 사건의 경위를 이해했고, 조심스레 그 죄를 입증할 수 있는 서류들을 긁어모아서는 델마르 부인에게 달려가 그것들을 건네주고 그녀에게 그것들을 당장 불살라버리라고 말했다. 델마르는 아마도 모든 것을 다 읽을 시간을 갖지 못했었을 것이다.

그런 다음, 그가 대령을 돌보라고 노예 하인들을 부르러 가는 동안, 그녀에게 그녀의 방에 들어가 있으라고 독려했다. 그러나 그녀는 그 서류들을 불태워버리려고도 그녀의 상처를 감추려고도 하지 않았다.

"아니에요!" 하고 그녀는 도도하게 말했다. "저는요, 저는 그러고 싶지 않아요! 그 사람은 지난번에 드 까르바잘 부인에게 저의 도주를 숨겨주려고 하지도 않았어요. 그는 그가 나의 불명예라고 칭하는 것을 광고하는 데에 급급했어요. 저는 모든 이들에게 그 자신이 제 얼굴에 애써 찍어놓은 그의 불명예의 낙인을 보여주고자 해요. 한 사람에게, 다른 사람이 그를 동정도 없이 굴욕적으로 마구 비난하는 마당에 그 다른 사람이 저지르는 죄악의 비밀을 지켜주기를 요하는 정의正義란 아주 이상한 것이에요!"

랄프는 대령이 자기 말을 알아들을 수 있는 상태에 놓인 것을 알아챘을 때, 대령에게, 그가 그렇게 할 수 있을 거라고 생각했던 것 이상의 활력과 가혹함으로, 질책을 퍼부었다. 그때 확실히 본디부터 심성 사나운 사람이 아니었던 델마르는 그가 저지른 과오에 대해 어린아이처럼 울었다. 그러나 그는, 그 원인과 결과를 잘 따져보지 않고 그 순간의 감정에 자신을 맡길 때 쉽사리 그리하듯, 체면도 차리지 않고 울었다. 손쉽게 그 반대의 극단으로 치달으며, 그는 부인을 불러서 그녀에게 용서를 구하기를 원했다. 그러나 랄프는 그것에 반대했고, 그에게 그러한 유치한 화해는 다른 사람에게 가한 상처를 씻어버림도 없이 그 자신의 권위를 위태롭게 만들 게 될 것이라는 것을 납득시키고자 노력했다. 그는 사람들이 용서할 수 없는 비행非行들과 잊을 수 없는 불행들이 있다는 사실을 잘 알고 있었다.

그 순간부터 남편의 인품은 그의 부인의 눈에는 혐오스럽게 보였다. 그가 자신의 잘못을 속죄하기 위해 행한 모든 수작은 그가 그때까지 누릴 수 있었던 조금의 배려까지도 잃게 만들었다. 그의 과오는 실제로 엄청났다. 복수에 있어 냉정하고 혹독할 자신이 없는 사람은 참지 못하고 분개하고 싶은 모든 기분을 내던져야 한다. 용서를 해주는 기독교인의 역할과 아내를 버리는 속물 신사의 역할 사이에서 가능한 어떤 역할도 없다. 그럼에도 델마르는 또한 그의 이기적 측면을 가지고 있었다. 그는 그가 늙었음을 느끼곤 했고, 부인의 보살핌이 그에게는 매일 매일 더 필요하게 되고 있었다. 그는 고독에 대한 끔찍한 두려움을 품게 되었고, 만약 그가, 상처 입은 자존심의 위기 속에서, 그녀를 학대하는 데 있어 그의 군인 시절의 습관으로 다시 돌아가곤 했다면, 성찰은 버림받는 것을 두려워하는 그 노인들의 약점으로 되돌아오게 했다. 가족을 거느리는 아버지가 되기를 갈망하기에는 노령과 고역苦役들로 인해 너무 쇠약해져서, 그는 사생활에 있어 홀아비로 남아있었었고, 한 가정부를 들이듯, 한 아내를 취했었다. 그가 그녀에게 그를 사랑하지 않는 것을 용서해준 것은 정녕 그녀에 대한 애정에서가 아니었고, 그 자신을 위한 이해관계 때문이었다. 또 그가 그녀의 애정들을 지배하지 못하는 것을 몹시 서글퍼했다면, 그것은 그가 그의 노후에 보살핌을 덜 받게 될 것을 근심했기 때문이었다.

한편, 델마르 부인이 사회적 법률들에 의해 심한 상처를 입고서, 그것들을 혐오하고 경멸하기 위해 그녀 영혼의 모든 힘을 동원하여 완강하게 버티었을 때, 그녀의 생각들의 심저에는 역시 아주 개인적 감정이 자리 잡고 있었다. 그러나 목숨이 있는 한 꺼지지 않는, 우리를 갉아먹는 행복의 욕구, 불의에 대한 증오, 자유의 갈망, 이것들은 아마도 *자기중심주의의* 구성요소들이고, 그 단어의 뜻으로 영국인들은 사회악이 아닌, 인간의 권리로 간주되는, 자기 자신에 대한 사랑을 지칭한다. 한 개인이 그와 유사한 인간들에게 이득이 되는 제도들로부터 고통을 받도록 모든 사람들 중에서 선발된다면, 그의 영혼에 약간의 힘이 있는 한, 그는 그 부당한 굴레에 대항하여 몸부림치며 싸워야 한다고 나는 생각한다. 또한 나는 그의 영혼이 위대하고 고귀하면 할수록, 그 영혼은 불의의 타격들에 더욱 더 분개하고 있어야 한다고 믿는다. 만약 그가 행복은 미덕을 보상해주어야 한다고 꿈꾸었었다면, 경험이 그에게 안겨주는 환멸들은 그를 얼마나 끔찍한 의구疑懼 속으로, 얼마나 절망적 당혹감 속으로 몰아넣어야 할까!

그리하여 앵디아나의 모든 성찰들, 그녀의 모든 활동들, 그녀의 모든 슬픔들은 문명에 대한 자연의 무서운, 위대한 투쟁과 연계되어 있었다. 만약 그 섬의 황량한 산들이 그녀를 오랫동안 감추어줄 수 있었다면, 그녀는 그녀가 테러를 당했던 그 날 거기에서 확실히 대피할 수 있었을 것이다. 그러나 부르봉은 그녀를 수사대들로부터 감출 수 있을 만치 그리 넓지가 못했다. 그리하여 그녀는 바다와 그녀의 불확실한 은닉장소를 그녀와 그녀의 폭군 사이에 놓아둘 것을 결심했다. 이러한 결심이 서자, 그녀는 평온해짐을 느꼈고, 가정 내에서 거의 무사태평하고 즐거운 모습마저 보였다. 델마르는 그런 변화에 매우 놀라고 매우 매료된 나머지, 여자들에게는 가장 강한 자의 법을 조금 깨닫게 하는 것이 좋다는 난폭자의 논리를 자기 혼자 펼쳤다.

그러니까 그 사건이 있은 후, 그녀는 오직 도피와 고독과 독립만을 꿈꾸었다. 그녀의 상처입고 슬픔에 젖은 뇌리 속에서 인도와 아프리카의 황무지에 들어가 낭만적 살림살이를 차릴 천 가지 계획들을 궁리했다. 저녁때 그녀의 눈은 로드리그 섬으로 휴식을 취하러 가는 새들의 비행飛行을 좇곤 하였다. 이 버림받은 섬(역주: 주인공 앵디아나의 시절엔 약간의 주민이 있었음.)은 그녀에게 비탄에 빠진 영혼의 첫 번째의 욕구인 고독의 모든 즐거움들을 약속하고 있었다. 그러나 그녀가 부르봉 섬의 안쪽 깊숙이 들어가기를 말렸던 같은 이유들은 인근 섬들의 제한된 피난처를 택한다는 생각을 포기하게 만들었다. 그녀의 저택에서 그녀는 가끔 남편과 사업상의 거래를 하고 있었던 마다가스카르의 도매 무역상들을 보았다. 이들은 둔감한, 피부가 검붉게 탄, 거친 사람들로 그들의 상업적 이해관계에 있어서만 기민하고 약삭빨랐다. 하지만 그들의 이야기들은 델마르 부인을 매료하였고 그녀의 주의를 끌었다. 그녀는 마다가스카르 섬의 경탄할만한 산물들에 관해 그들에게 즐겨 물어보곤 했다. 그리고 그들이 그 고장 자연의 경이로움에 관해 얘기해준 것은 더욱 더 그리로 가서 숨어버리고 싶었던 욕망을 부채질하였다. 그 고장의 광활함과 유럽 인들에 의해 점령되고 있는 작은 영역은 그녀로 하여금 그녀가 그 곳에서는 결코 발견되지 않을 것이라는 희망을 품도록 했다. 그래서 그녀는 이 계획에 마음을 굳혔고, 그녀의 무료한 마음을 그녀 혼자서 자신을 위해 창조하고자 마음먹었던 미래의 꿈들로 채웠다. 그녀는 벌써 어느 이름 없는 강가 처녀림 안에 한 고적한 오두막집을 설계하고 있었다. 그녀는 우리의 법률과 편견들의 멍에에 의해 그 기력이 조금도 저하되지 않은 원주민들의 보호 속에서 피난처를 찾고 있었다. 그녀는 참 순진하였기에, 거기서 우리 유럽에서 추방된 미덕들을 찾고, 모든 사회적 조직에서 멀리 떠나 평화롭게 살기를 희망하고 있었다. 그녀는 그녀 자신이 고립의 위험에서 벗어나고 또 극심한 풍토병들에도 저항할 수 있다고 상상하였다. 진정 그녀는 한 남자의 분노를 견딜 수가 없었고 그 야만 상태의 분노는 감내하겠다고 우쭐대었던 약한 여자였다.

이러한 낭만적 선입관들과 엉뚱한 구상構想들에 푹 빠져 그녀는 현재의 고난들을 잊어버렸다. 또 그녀는 그녀가 현재 살도록 강요되고 있었던 세계로부터 그녀를 위로하는 한 세계를 마음 한 구석에 따로 설계하고 있었다. 그녀는 레이몽에 대해 덜 생각하는 데에 익숙해졌고, 얼마 안 있어 레이몽은 그녀의 은둔자적 명상적 존재 방식에서는 더 이상 설자리가 없게 되었다. 그녀 자신의 환상에 따라 미래를 구축함으로써 그녀는 과거가 조금 쉬도록 내버려두었다. 그리고는 벌써 그녀의 마음이 보다 자유로워지고 보다 용감해짐을 느낀 나머지, 그녀 자신이 그녀의 은둔적 삶의 열매들을 앞질러 수확하고 있다고 상상하였다. 그러나 레이몽의 편지가 도착했고, 그 공상空想의 누각은 한번 획 부는 바람처럼 사라져 자취를 감췄다. 그녀는 그를 과거보다도 더 사랑하고 있었다고 느꼈고 혹은 느꼈다고 믿었다. 나로서는, 그녀가 그를 한 번도 그녀 영혼의 온 힘을 다해 사랑한 적은 없었다고 즐겨 생각한다. 오류가 진실과 다르듯이 잘못된 애정은 함께 나누는 애정과는 다르다고 나는 생각한다. 또한, 우리의 감정의 희열과 열기가 우리의 눈을 멀게 해 우리로 하여금 그것이 그 위력을 갖춘 사랑이라고 믿게 한다면, 우리는 훗날, 우리가 참다운 사랑의 기쁨을 경험하게 될 때, 얼마나 우리가 우리 자신을 전에 미망迷妄으로 속였었는지를 알게 된다.

그러나 레이몽이 자기가 처해 있다고 말한 상황은 앵디아나의 마음 속에 천성적 욕구였던 관대함에 충동의 불길을 다시 지폈다. 그가 혼자이고 불행하다는 것을 깨닫자, 그녀는 과거를 잊고 미래를 예견하지 않는 것을 의무로 여겼다. 그 전날, 그녀는 증오와 분개한 마음에서 남편을 떠나기를 원했다. 이제 그녀는 그를 존중하지 않는 것을 뉘우쳤는데, 그것은 레이몽에게 참다운 희생을 하기 위해서였다. 그녀의 감정은 그처럼 열광적이었으므로, 그녀는 생명의 위험을 무릅쓰고 고심참담한 넉 달에 걸친 항해에 몸을 맡기면서 심술궂은 주인으로부터 빠져나오는 것임에도 레이몽을 위해 하는 일이 별로 없다고 염려하고 있었다. 그녀는 그녀의 목숨을 바치고 나서도, 그것이 레이몽의 미소에 충분히 보상하지 않았다고 믿었을 것이다. 여자는 그러하다.

그러니까 이제는 출발하는 것 이외에는 아무 것도 문제가 안 되었다. 델마르의 불신과 랄프의 형안을 따돌리기란 매우 어려웠다. 그러나 그것이 주된 장애물은 아니었다. 모든 승객은 정해진 법에 따라 그들의 출발에 대해 신문지상을 통해 공고하게 되어 있는데, 그녀가 그것은 피해가야만 하는 것이었다.

부르봉의 위험한 정박소에 닻을 내리고 있었던 몇 안 되는 보트들 중에서 선박 외제느는 유럽으로 출발할 준비를 하고 있었다. 앵디아나는 남편의 눈을 피해 그 선장과 말할 기회를 오랫동안 엿보았다. 그러나 그녀가 항구로 산책하고자 하는 욕망을 들어냈을 때 마다 그는 그녀를 랄프 경의 감시 아래 두었고 그 자신의 눈길도 비할 데 없는 끈기를 가지고 그들을 좇았다. 그러나 세심한 주의를 기울여 그녀의 계획에 유리한 모든 단서들을 수집한 덕택에 앵디아나는 프랑스행으로 의장艤裝한 그 대형 선박의 선장은 섬 내부 쌀린느 부락(역주: 쌩폴에서 십 킬로 떨어진 곳)에 한 여자 친척이 있었고, 그는 가끔 그의 배에서 자기 위해 걸어서 되돌아오곤 했다는 사실을 알아냈다. 그 순간부터 그녀는 그녀가 관망대로 이용했던 바위를 더 이상 떠나지 않았다. 의심을 흩트리기 위해 그녀는 에움길로 돌아서 갔고, 땅거미가 지고 그녀의 관심 대상이었던 그 도보여행자가 그 산길에 모습을 드러내지 않았을 때는, 같은 길로 되돌아왔다.

그녀에게는 희망을 가질 수 있는 날이 이틀밖에 남지 않았다. 왜냐하면 바람은 벌써 육지에서 정박소로 불고 있었다. 정박은 더 이상 안전할 것 같지 않았고, 란돔 선장은 대양으로 나가고자 안달하고 있었다.

드디어 그녀는 억눌린 자들과 약한 자들의 신에게 열렬한 기도를 드렸고, 눈에 띌 위험을 무릅쓰고 그녀의 마지막 소망을 위태롭게 하면서 쌀리느로 가는 길 위에 나가 앉아있었다. 한 시간도 채 안 기다렸을 때, 란돔 선장이 그 오솔길을 내려오고 있었다. 그는, 우울하든 유쾌하든 상관없이, 거칠고 냉소적인, 참다운 뱃사람이었다. 그의 시선은 그 슬픈 앵디아나를 무서움으로 얼어붙게 했다. 그러나 그녀는 모든 용기를 다 짜내어, 위엄 있고 단호한 모습으로 그와 만나기 위해 당당히 걸어갔다.

"선생님" 하고 그녀는 그에게 말했다. "저는 당신의 수중에 저의 명예와 저의 목숨을 맡기러 온 것이에요. 저는 이 식민지를 떠나 프랑스로 가고자 합니다. 만약, 제게 당신의 보호를 허락하는 대신, 당신이 제가 당신에게 믿고 알려드리는 비밀을 누설하신다면, 저는 바다에 몸을 던지는 외에 다른 방법을 모릅니다."

선장은 맹세를 하면서 바다는 그처럼 아름다운 스쿠너[77]를 침몰시키기를 거부할 것이라 말하며, 그녀가 스스로 그 바람으로부터 보호를 받고자 왔으니까, 그는 그녀를 세상 끝까지 실어다 주겠다고 장담했다.

"그러니까 동의하시는 거죠, 선생님?" 하고 델마르 부인은 불안스러워 하며 그에게 말했다. "그런 경우라면, 당신은 저의 항해요금의 선불을 받으실 것이고요."

그리고 그녀는 그에게 드 까르바잘 부인이 전에 그녀에게 주었었던 보석들을 담은 상자를 내밀었다. 그것은 그녀가 아직 소유하고 있었던 유일한 재산이었다. 그러나 그 뱃사람은 그녀의 행동을 달리 해석했고, 그녀에게 그녀의 얼굴을 화끈거리게 했던 말들을 내뱉으며, 그 보석 상자를 돌려주었다.

"저는 아주 불행한 여자이에요, 선생님." 하고 그녀는 그녀의 긴 속눈썹에서 번쩍이었던 노여움의 눈물을 억제하며 말했다. "제가 당신에게 접근하기 위해 내딛는 발걸음은 당신에게 저를 모욕하는 권한을 부여하고 있지만요, 하지만 당신이 이 섬에서의 저의 생활이 얼마나 혐오스러운 것인지를 아셨다면, 당신은 저에게 경멸보다는 동정을 더 느

---

[77] 경쾌한 범선

끼실 거예요."

앵디아나의 고귀하고 눈물겨운 얼굴 표정은 란돔 선장에게 감명을 주었다. 자기들의 감수성을 남용하지 않는 사람들은 어떤 때, 그것이 요청되는 계기가 되면, 그것이 손상되지 않고 온전함을 재발견한다. 그는 곧 델마르 대령의 밉살스러운 얼굴 모습과 그의 멋대로 하는 행동이 그 식민지에서 야기한 평판을 상기想起하였다. 이처럼 가냘프고 예쁜 여인을 호색한의 눈으로 지긋이 바라보며, 그는 그녀의 청순하고 담백한 분위기에 놀랐다. 무엇보다도 그녀의 이마위에서 그녀의 홍조가 더 돋보이게 하는 흰 자국 하나를 눈여겨보고서는 심히 감동되었다. 그는 델마르와 상업 거래를 해왔었는데, 그는 그 경직되고 인색한 남자에 대해 분한 생각을 품게 되었었다.

"빌어먹을!" 하고 그는 외쳤다. "나는 장화로 걷어차 그렇게 예쁜 여자의 얼굴을 깨어놓을 수 있는 인간에 대해서는 경멸의 감정밖에 없소. 델마르는 해적이니 내가 그에게 이런 골탕을 먹이는 것을 조금도 유감스럽게 생각지 않소. 그러나 신중하세요, 부인. 그리고 내가 이렇게 행동함에 있어 나의 인격을 위태롭게 하고 있다는 사실을 생각해주세요. 당신은 달이 질 때 눈에 띄지 않게 빠져나와서 가엾은 바다제비처럼 아주 어둠침침한 암초 밑에서부터 날아가 버려야 해요…."

"알고 있어요, 선생님." 하고 그녀는 대답했다. "법률들을 위반하지 않고서는 제게 이 중요한 봉사를 해주실 수 없으리라는 걸요. 당신은 아마도 어떤 벌금을 물어야 하는 위험 부담을 지고 있을 거예요. 그렇기 때문에 저는 당신에게 이 상자를 드리는 것이고, 그것의 가치는 적어도 그 항해 요금의 두 배는 될 거예요."

선장은 미소를 지으며 그 보석 상자를 받아 쥐었다.

"지금은 우리의 셈을 따져볼 순간이 아니오." 하고 그는 말했다. "나는 당신의 작은 재산의 보관자가 즐겨 되고자 하오. 당신의 상황에 비추어 볼 때, 당신은 아마도 아주 큰 짐은 갖고 있지 않겠죠. 우리가 출발하는 날 밤, 라따니에 소만小滿에 있는 바위들 안으로 들어가시오. 당신은 노 젓는 사람 둘이 탄 보트가 당신을 향해 오는 것을 보게 될 것이고 당신은 새벽 한 시와 두 시 사이에 승선하게 될 것이오."

제 27장

출발하는 날 하루는 꿈처럼 흘러갔다. 앵디아나는 그 하루가 길고 괴롭게 느껴질까 봐 염려하였었다. 그것은 한 순간처럼 지나갔다. 평원의 정적과 그 주택의 평온은 델마르 부인을 소모시키고 있었던 그 동요된 감정과 대조를 이루었다. 그녀는 자기 방으로 들어가 문을 잠그고는 그녀가 가지고 가고자 했던 얼마 안 되는 옷가지들을 챙겼다. 그러고 나서 그녀는 그것들을 그녀의 옷 안에 숨겨서는 하나씩 라마니에 소만小滿의 바위들 안으로 가져가서는 모래 밑에 파묻어둔 목피木皮 바구니 속에 집어넣었다. 바다는 거칠었고 바람은 매 시간마다 더 강해졌다. 사고에 대비해서 선박 외제느 호號는 항구에서 나가 있었고, 델마르 부인은 멀리서 미풍에 부풀어 오른 그 배의 흰 돛들을 보았는데, 한편에서는 선원들은 자신들의 정박 위치를 지키기 위하여 그 배가 갈지자형으로 움직이게 했다. 그녀의 빨리 뛰는 가슴은 출발하려는 순간 열기로 가득 찬 준마처럼 안절부절 앞발을 구르고 있는 것 같았던 그 대형 선박을 향해 치달았다. 그러나 그녀가 그 섬의 내지內地로 다시 돌아왔을 때, 그녀는 그 산의 협곡들에서 평온하고 온화한 분위기, 맑은 태양, 새들의 지저귐, 곤충들의 붕붕대는 소리, 그녀를 몹시 괴롭히고 있었던 그 격렬한 감정들과 무관한, 그 전날과 마찬가지로 진행되고 있었던 그 작업 활동, 그 모든 것들과 다시 마주쳤다. 그때 그녀는 그녀가 처한 상황의 실재에 대해 의심을 하였고 이 다가오는 출발이 어떤 꿈의 환영이 아니었는지를 자문自問해 보았다.

저녁 무렵 바람은 잦아들었다. 외제느호는 해안으로 다가왔다. 그리고 해질 무렵 델마르 부인은 그녀가 즐겨 찾는 바위의 정상으로부터 그 함포 소리가 온 섬에 진동하는 것을 들었다. 그것은 그 이튿날, 수평선 밑으로 가라앉은 태양의 귀환에 맞춘, 출발을 고하는 신호였다.

저녁 식사 후에 델마르 씨는 몸이 편치 않게 느꼈다. 그의 부인은 모든 것이 다 틀렸고, 그는 밤새도록 온 집안을 깨어 있게 만들어 놓을 것이고, 그녀의 계획은 실패로 끝나게 되었다고 믿었다. 그러더니 그는 고통스러워했고 그녀를 필요로 했다. 그를 떠날 순간이 아니었다. 그때 그녀의 마음속엔 후회의 감정이 일었고, 그녀가 그를 버리고 떠났을 때 누가 이 늙은이에게 동정심을 느끼겠는가 하고 자문 했다. 그녀는 자신의 안목으로 볼 때 자신이 한 범죄를 저지르려고 하였고 또 그녀를 혹독히 비난하기 위하여 사회의 목소리보다 양심의 목소리가 훨씬 더 높여질 것이라는 생각에 몸을 부르르 떨었다. 만약 델마르가, 보통 때처럼, 그녀가 시중드는 것을 가혹하게 요구했었다면, 만약 그가 고통을 겪으면서 오만하고 변덕스러운 태도를 보였었다면, 그 저항은 억압된 노예에게 달콤하고 합법적으로 보였을 것이다. 그러나 그는, 그의 생애에서 처음으로, 고통을 온화한 태도로 견디어냈고 부인에게는 감사의 마음과 애정을 보여주었다. 열 시에 그는 자신이 아주 괜찮아 진 것 같다고 선언했고, 그녀가 그녀의 방으로 되돌아갈 것을 요청했고, 또 누구도 그에 대해 더 이상 염려하지 말도록 명했다. 랄프는 병의 모든 증상은 사라졌고 평온한 수면睡眠이 이제부터는 유일하게 필요한 처방이라고 보장하였다. 시계가 열한 시를 쳤을 때, 주택 안에 모든 것은 평온하였고 조용하였다. 델마르 부인은 무릎을 꿇고 쓰디쓴 눈물을 흘리며 기도했다. 왜냐하면 그녀는 마음에 큰 과오의 짐을 지워줄 참이었고, 그녀가 희망할 수 있을 유일한 용서는 이제부터 신으로부터 오게 될 것이기 때문이다. 그녀는 조용히 남편의 방으로 들어갔다. 그는 깊은 잠에 빠져있었고, 그의 얼굴은 평온하였고, 그의 호흡은 한결

같았다. 그녀가 물러나려고 했던 순간, 그녀는 어둠 속에서 안락의자 위에서 잠들어 있는 또 한 사람을 감지하였다. 그는 랄프였는데, 그는 소리 내지 않고 일어나, 어떤 새로운 사태에 대비해, 그녀의 남편의 수면을 지켜보기 위해 와있었었던 것이다.

'가엾은 랄프!' 하고 앵디아나는 생각했다. '내게는 얼마나 웅변적이고 잔인한 질책인가!'

그녀는 그를 깨워서, 그에게 모든 것을 고백하고, 그녀를 그녀 자신으로부터 보전해 달라고 간청하고 싶은 욕망을 느꼈다. 그리고 나서 그녀는 레이몽을 생각했다.

'또 하나의 희생이다.' 하고 그녀는 혼자 말했다. '그리고 모든 것 중 가장 혹독한 희생은 나의 의무의 희생이다.'

사랑, 그것은 여자의 미덕이다. 사랑을 위해 그녀는 과오를 영광이라고 여기고, 바로 사랑으로부터 후회들을 감내하는 영웅주의를 받는다. 그녀가 그 죄짓는 것의 대가를 더 많이 치루는 만큼, 그 만큼 더 많은 자격을 그녀가 사랑하고 있는 사람으로부터 인정받게 될 것이다. 그것이 바로 종교적 광인의 손에 비수匕首를 쥐어주는 광신이다.

그녀는 그녀의 목에서 그녀의 어머니로부터 물려받았고 늘 걸고 다녔었던 금목걸이를 벗었다. 그녀는 누이다운 우정의 마지막 징표로서 그것을 얌전히 랄프의 목에 걸쳐놓았고, 다시 한번 그녀의 램프를 늙은 배우자의 얼굴에 비추어서 그가 더 이상 아프지 않다는 사실을 확인하고자 했다. 남편은 이 순간에 꿈을 꾸고 있었고 연약하고 슬픈 목소리로 말했다.

"저 사람을 조심해라, 그는 너를 망쳐놓을 것이다."

앵디아나는 머리 위에서 발끝까지 몸을 떨었고 그녀의 방으로 도망쳤다. 그녀는 고통스러운 망설임 속에서 두 손을 쥐어짰다. 그리고는 갑자기 다음과 같은 생각에 사로잡혔다. 즉 그녀는 조금도 그녀 자신을 위해서가 아니라, 다만 레이몽을 위해서 행동하고 있었고, 그녀는 조금도 행복을 찾아서 그에게 가는 것이 아니었고, 다만 그것을 그에게 가져다주기 위해서였고, 또 그녀가 영겁 속에서 저주를 받는다 해도, 만약 그녀가 그녀의 애인의 삶을 아름답게 했다면, 그녀는 그녀가 입은 손해에 대해 충분히 보상받게 될 것이라는 것이었다. 그녀는 주택에서 뛰쳐나와서 그녀 뒤에 남겨놓은 것을 바라보기 위해 감히 뒤돌아보지도 않고 빠른 걸음으로 라따니에 소만에 다다랐다.

그녀는 곧 그녀의 목피 가방을 파내는 일에 착수했고 그리고는 그 위에 조용히, 떨면서 앉아서는 쌩쌩 부는 바람소리, 그녀의 발밑에서 찰싹거리며 부수어지는 파도소리, 또 절벽들에 걸려있는 큰 해초 다발들 속에서 날카롭게 신음하고 있었던 바다제비의 울부짖음을 경청하고 있었다. 그러나 그녀 가슴의 두근거림은 그 모든 소음들을 압도하며 그녀의 귀에 조종 소리처럼 울려 퍼지고 있었다.

그녀는 한참동안 기다렸다. 그녀는 시계가 괘종을 울리게 해놓았는데, 이제 그 시간이 지나갔었음을 깨달았다. 바다는 매우 사나웠고, 그리고 어떤 기후에도 그 섬의 해안가는 항해하기가 매우 어려운 까닭에, 그녀는 그녀를 데려다 주기로 한 그 노 젓는 자들의 선의善意에 대해 절망하기 시작하였는데, 그때 그녀는 번쩍이는 물결 위에서 접근하려고 애쓰고 있었던 어느 긴 카누의 검은 그림자를 간파하였다. 그러나 그 파고波高는 매우 강력했고 그 바닷물은 계곡처럼 패이곤 했기에 그 가냘픈 보트는 매 순간 사라져 마치 은빛 별들로 장식된 수의壽衣의 검은 접힌 자락들 속에 파묻혀 버리곤 했다. 그녀는 일어나 그녀를 부르고 있었던 신호에 여러 번 응답했는데, 외치는 소리들은 사공들에게 전달되기 전에 그 바람이 실어갔다. 드디어 그들이 그녀를 들을 만큼 가까이 와 있었을 때, 그들은 아주 힘들여 그녀를 향해 노를 져왔다. 그리고는 그들은 한 높은 파도를 기다리며 멈춰 있었다. 파도가 그 소형보트를 들어 올리는 것을 느끼자마자 그들은 노력을 배가했고, 그 파도는 부서지면서 보트와 더불어 그들을 해변에 던져놓았다.

쌩-뽈이 지어져 있는 땅은 바다의 모래와 데 갈레 강이 그 흐름의 소용돌이에 힘입어 하구까지의 상당한 거리에 걸쳐 실어다준 산의 잡석 모래로부터 생겨났다. 그 동그랗게 된 조약돌들 더미들은 강어구의 해안 주변 물속에 산들을 형성하고 있는데, 대형 파도는 제 멋대로 이들을 끌어가고, 뒤집어놓고, 또 다시 구축한다. 그들의 유동성은 그들과의 충돌을 불가피하게 만들고 있고, 항해사의 노련함은 이 끊임없이 다시 태어나는 암초들 사이로 용케 빠져나가기에는 역부족이 된다. 쌩-드니 항구에 정박해 있는 큰 선박들은 가끔 닻으로부터 뽑혀져나가고 맹렬한 조류에 의해 해안에서 부셔지곤 한다. 그들은, 육지에서 부는 바람이 그 파도의 급작스런 후퇴를 위험스럽게 만들기 시작하는 때는, 가장 빨리 난바다로 나가는 길 외에는 다른 뾰족한 수가 없다. 그것이 바로 그 범선 외제느호가 취한 행동이다.

　카누는 앵디아나와 그녀의 행운을 격렬한 파도와 아우성치는 폭풍과 그 두 선원의 저주하는 욕설들의 한복판으로 실어갔다. 그 두 사람은 그녀로 인해 그들에게 내맡겨진 그 위험을 소리 높여 저주하기를 주저하지 않았다. 그 배는 두 시간 전에 닻을 올렸어야 했다고 그들은 말했다. 그리고 바로 그녀 때문에 선장은 그런 명령을 내리기를 완고하게 거절했었다는 것이다. 거기에 덧붙여 그들은 모욕적이고 잔인한 촌평들을 곁들였는데, 그러한 수모를 불행한 도피 여인은 잠자코 꿀꺽 삼켰다. 그리고 그 두 사람 중의 하나가 그 다른 자에게, 그들이 그 *선장의 정부情婦*에 대해 예의를 지킬 것을 명령받았던 바 그 배려를 하지 못했다면, 그들이 벌을 받을 수 있다는 점을 상기시키자.

　"나 좀 내버려 둬!" 하고 그는 맹세를 하며 대답했다. "오늘 밤 우리는 상어들과 셈을 청산해야 한단 말이야. 만약 우리가 란돔 선장을 정녕 다시 보게 된다면, 그는 그 놈들보다 더 고약하지는 않을 것이다. 내 희망사항이야."

　"상어들에 관해서 말인데…." 하고 그 먼저 사람이 말했다. "그 중

하나가 벌써 우리의 냄새를 맡고 있는지는 모르겠는데, 나는 우리가 지나간 자리에 기독교인의 얼굴이 아닌 한 상판을 보고 있거든⋯."

"둔자야! 누가 개의 상판을 바다표범의 상판으로 생각한다고 하더냐! 어이 그만! 네발 가진 승객이여, 누가 그대를 해변에 버리고 간 거야. 이런 제기랄! 그러나 그대는 그 선원들의 비스킷을 먹어치우지 못할 거다. 우리가 받은 명령은 한 젊은 숙녀에게만 해당되고, 복슬 개에 대한 말은 없다⋯."

그와 동시에 그는 그 짐승의 머리를 후려치려고 그의 노를 치켜들고 있었다. 바로 그때 멍해지고 눈물에 젖은 눈으로 바다 위를 바라보고 있던 델마르 부인은 그녀의 아름다운 암캐 오펠리아를 알아보았는데, 그 개는 섬의 바위들 사이에서 그녀의 족적을 다시 찾아냈었고 그리하여 헤엄을 쳐 그녀를 따라오고 있었던 것이다. 그 뱃사람이 개를 후려치려고 했던 순간, 그 개가 힘겹게 싸우고 있었던 파도가 그를 카누로부터 멀리 이끌어갔고, 여주인은 그의 고통스럽고 초조한 구슬픈 신음소리를 들었다. 그녀는 노 젓는 이들에게 그 개를 배에 태워주기를 간청했고 그들은 그럴 의향이 있는 척했다. 그러나 그 충실한 개가 그들에게 가까이 온 순간에 그들은 상스러운 너털웃음을 터뜨리며 그의 두개골을 박살냈고, 앵디아나는 그녀를, 레이몽이 그리 했던 것보다도, 더 사랑하였던 그 동물의 시체가 물위에 떠있는 것을 보았다. 그와 동시에 어느 몹시 노한 파도가 그 보트를 마치 폭포 밑으로 끌어다 놓은 것 같았고, 수부들의 웃음은 고뇌에 찬 저주의 욕설로 변했다. 하지만 그 편편하고 가벼운 표면 덕분에 카누는 잠수 물새처럼 탄력 있게 수면위로 뛰어올라서 급격히 파도의 용마루에 올랐다가는 다시 또 다른 협곡으로 급강하했다가 다시 한번 거품이 이는 물마루 위에 올라섰다. 해안이 저리로 멀어짐에 따라, 바다는 덜 거칠게 되었고, 곧 그 보트는 재빨리 또 위험이 없이 범선을 향해 저어갔다. 그러자 그 두 노 젓는 이들은 그들의 익살맞은 기분과 더불어 그들의 성찰능력을 되찾았다. 그들은 앵디아나에 대해 취했던 상스러운 언동을 보상해보려고 애썼다. 그러나 그들의 아첨하는 말들은 그들의 노여움보다 더 모욕적이었다.

"자, 젊은 숙녀 분." 하고 그 한 사람이 말했다. "용기를 내세요. 당신은 여보란 듯 살아났소. 의심할 것 없이 선장은 우리에게 우리가 그를 위해 다시 건져 올린 그 예쁜 봇짐의 대가로 그 주보酒保에서 가장 좋은 포도주를 마시라고 내어줄 거요."

다른 자는 파도가 그 젊은 숙녀의 옷을 적셔놓은 것에 대해 동정하는 척했다. 그러나 선장은 그녀에게 정성을 쏟아 부으려고 그녀를 기다리고 있다고 첨부해 말했다. 부동의 자세로 아무 말도 없이 앵디아나는 그들이 하는 말들을 두려움을 가지고 듣고 있었다. 그녀는 그녀가 처한 상황이 얼마나 끔찍한 것인지를 깨달았고, 그녀를 기다리고 있었던 그 모욕들에서 벗어나기 위해서는 바다에 몸을 던지는 수밖에는 다른 방법이 없다고 느꼈다. 두세 번 그녀는 하마터면 그 보트 밖으로 몸을 던질 뻔했다. 그러다가 그녀는 다시 용기를 냈는데, 그것은 숭고한 용기였고 이런 생각을 담고 있었다.

'이것은 그를 위함이다. 레이몽을 위해 나는 이 모든 고초를 겪고 있는 것이다. 나는, 내가 비록 치욕으로 압도된다 해도, 살아야 한다!'

그녀는 그녀의 짓눌린 가슴에 손을 얹었고, 거기서 그녀가 아침에 일종의 본능적 선견을 가지고 거기 감추어두었었던 비수의 날을 감지했다. 이 무기의 소유는 그녀의 모든 자신감을 회복시켜주었다. 그것은 그녀의 아버지가 습관적으로 품고 다녔던, 길이가 짧고 끝이 뾰족한 단검으로 메디나-씨도니아[78] 가문의 일원이 소유했었던 오래된 스페인식 단도였는데, 그 본래 소유주의 이름이 그 1,300년이라는 연대와 더불어 강철 날 위에 새겨져 있었다. 이 훌륭한 무기, 바로 그것은 의심할 바 없이 고귀한 피로 붉게 물들어지곤 했었고, 아마도 하나 이상의 모

---

78) 스페인 무적함대의 총사령관

욕을 씻어주었었고, 한 사람 이상의 방약무인한 자를 벌했었을 것이다. 그 무기를 지니고서 앵디아나는 자신이 다시 스페인 여인이 되고 있음을 느꼈고, 어느 여자든지 치욕을 당하기 전에 자기 목숨을 끊는 방법을 지니고 있는 한, 어떤 위험에도 빠질 수 없는 것이라고 혼자 다짐하면서, 그녀는 결심을 하고 범선에 올랐다. 그녀는 그 안내자들의 박정함에 대해 오직 그들의 노고를 아주 후하게 보상해줌으로써 보복했다. 그러고 나서 그녀는 뒷갑판으로 자리를 옮기고 불안하게 출발 시간이 도래하기를 기다렸다.

드디어 날이 밝았고, 바다는 그 범선에 태우기 위해 승객들을 실어오는 보트들로 붐볐다. 앵디아나는 한 현창 뒤에 숨어 겁에 질려 그 보트들을 떠나는 사람들의 얼굴들을 바라보았다. 그녀는 그녀를 다시 데려가려고 온 남편의 얼굴이 거기에 나타나는 것을 보게 될까봐 떨고 있었다. 드디어 출발을 알리는 대포 소리의 메아리가 그녀의 감옥 역할을 했던 그 섬 위에서 사라져갔다. 범선은 거품이 이는 분류를 쏟아내기 시작했고, 태양은 하늘로 솟아오르며, 수평선에서 가라앉기 시작하고 있었던 쌀라즈[79]의 흰 봉우리들 위로 분홍빛의 상쾌한 광선을 내리비쳤다.

바닷길로 몇 마일을 갔을 때, 속임수의 고백을 회피하기 위하여 일종의 희극이 연출되었다. 란돔 선장은 그의 대형 선박 위에서 델마르 부인의 존재를 발견하게 된 것처럼 가장하였다. 그는 놀란 시늉을 했고, 선원들을 심문했고, 분노하다가는 진정하는 듯이 행동했고, 결국엔 배에 탄 *미아迷兒*를 발견하게 된 경위를 적은 보고서를 작성했다. 그것이 유사한 경우들에 적용되는 전문용어이다.

나는 여기서 그 항해의 이야기를 끝내도록 허락받고 싶다. 란돔 선장에게 공정하기 위해서, 내가 여러분에게 그는, 거친 경력에도 불구하고, 델마르 부인의 성격을 빨리 이해할 만큼 충분한 천성적 양식을 지

---

79) 부르봉, 현재는 레위니옹, 섬에 있는 해발 3,000 미터의 산맥

니고 있었다는 것을 말하는 것으로 충분할 것이다. 그는 그녀의 외로운 처지를 이용해먹으려는 시도를 별로 하지 않았고, 끝내는 그에 감동되어 그녀에게 친구로서 또 보호자로서의 역할을 해주게 되었다. 그러나 이 착한 남자의 명예로운 행동과 앵디아나의 위엄도 선원들의 이런 저런 말들, 조롱 섞인 시선들, 모욕적 의혹들, 게다가 상스럽고 신랄한 농담들을 막아내지는 못하였다. 바로 그런 것들이 그 항해 기간 동안 이 불행한 여인의 진짜 고통꺼리들이었다. 왜냐하면 피로, 궁핍, 해상의 위험, 항해의 불편한 일들과 멀미, 그런 것들에 관해 나는 여러분들에게 말하지 않기 때문이다. 그녀 자신도 그것들을 별로 문제 삼지 않았다.

제 28장

　부르봉 섬으로 그 편지가 발송된 지 사흘 후에, 레이몽은 그 편지도 그것의 목적도 완전히 다 잊어버렸었다. 그는 몸이 좀 나았다고 느꼈고, 그리하여 모험삼아 그의 이웃 지역방문길에 올랐었다. 델마르 씨가 채무자들에게 빚을 갚기 위해 넘겨주었었던 라니의 큰 저택과 부속 토지는 그때 막 부유한 실업가 위베르 씨에 의해 구입되었는데, 그는 능력 있고 존경할 만한 사람으로서 모든 부유한 실업가들과는 달랐고, 새로 부자가 된 소수의 사람들과 같았다. 레이몽은 그 새 주인이 그에게 그렇게 많은 것을 떠올렸던 그 집에 들어와 자리 잡고 사는 것을 알게 되었다. 우선 첫째로, 그는 누운의 가벼운 발자국들이 모래위에 아직 각인되어 있는 듯이 보였던 정원과 또 앵디아나의 부드러운 말들의 음향을 아직 간직하고 있는 것 같았던 널따란 방들을 지나가며 그의 감회가 자유롭게 일어나는 것을 즐겼다. 그러나 곧 새 주인의 모습은 그의 생각들의 방향을 바꾸어 놓았다.
　큰 응접실 안, 델마르 부인이 작업을 하기 위해 보통 머물러 있었던 자리에 온화하면서도 짓궂은, 상냥하면서도 비웃는 듯한 꿰뚫는 시선을 지닌, 키가 크고 날씬한 한 젊은 여성이 화가畫架 앞에 앉아 실내 벽의 미장 널들을 수채화로 모사模寫하며 즐기고 있었다. 예술가의 야유적이고 공손한 성격이 잘 배어든 섬세한 희화戱畵라고 할 수 있는 그 모사는 매혹적인 것이었다. 그녀는 오래된 벽화들의 멋 부린 우아함을 즐겨 과장했었다. 그녀는 그 태를 부린 작은 상像들 위에 감도는 루이

15세 세기의 거짓되고 다채로운 정신을 포착했었다. 시간에 의해 바래인 색채들을 복원함으로써, 그녀는 그것들에게 기교를 부린 우아함, 그들의 아첨 분위기, 그처럼 이상야릇하게 동일한, 그들의 규방과 양 우리의 장신구들을 되돌려주었다. 이 역사적 야유의 작품 옆에 그녀는 파스티슈pastiche[80]란 단어를 적어놓았다.

그녀는 그녀의 빈정대는, 매혹적인, 신의 없는 아양이 듬뿍 담긴 긴 눈들을 천천히 레이몽을 향해 치켜들었는데, 무슨 이유에선지 셰익스피어의 안느 페이지[81]를 연상시켰다. 그녀의 거동에는 수줍음도, 대담함도, 유행적 가식假飾도, 또는 자신감의 결여도 없었다. 유행이 예술에 미치는 영향이 그들 대화의 이야깃거리가 되었다.

"선생님, 저 화필에 그 시대의 도덕적 색조가 담겨 있었던 것이 아닌가요?" 하고 그녀는 그에게 부쉐 풍[82]으로 그린 전원 큐피드들로 들어찬 벽 판장을 가리키며 말했다. "저 양들은 오늘날의 양들처럼 그렇게 걷고, 자고, 풀을 뜯지 않는다는 것이 맞지 않은가요? 그리고 저 인위적이고 잘 다듬어진 예쁜 경치, 오늘날엔 울타리 찔레꽃들 밖에 자라지 않는 데에 반해 저 숲 한복판에 있는 백 개의 잎을 가진 장미 덤불들, 이제는 멸종된 것 같은 종류의 저 길들여진 새들, 햇빛에 바래이지 않은 저 분홍빛 공단 옷들, 그 모든 것들에는 시정詩情, 단란과 행복의 단상들, 즐겁고, 무위적이고, 무구無垢한 온 삶의 정서가 깃들어 있었던 것이 아니겠어요? 의심할 바 없이, 이 우스꽝스러운 창작물들은 오늘날 우리들의 암울한 정치적 저작물들에 못지않은 가치를 지녔던 거죠[83]! 왜 나는 그런 시절에 태어나지 않은 거죠!" 하고 그녀는 미소를 지으며 덧붙여 말했다. "(나는 경박하고 별 재주 없는 여자니까) 내게는 신문들을 논평하고 의회의 토의를 이해하는 것보다 부채에 그림을

---

80) 모사화模寫畵
81) *원저의 즐거운 과부들*에 나오는 한 인물
82) Boucher 1703-70, 매혹적 전원 풍경과 신화적 소재를 다룬 프랑스 화가
83) 쌍드는 그녀의 외할머니를 통해 18세기 삶에 대한 동경을 간직했음.

그려 넣는 일과 금, 은실을 잘 푸는 작업을 하는 것이 더 잘 맞았을 거예요!"

위베르 씨는 그 두 젊은 사람들을 함께 있게 내버려두었고, 그들의 대화는 점차로 이리저리 돌다가 델마르 부인을 화제로 삼게 되었다.

"당신은 이 집에서 전에 살던 사람들과 친분이 매우 두터웠었죠." 하고 젊은 처녀는 말했다. "그리고 의심할 바 없이, 새로 온 사람들을 찾아보는 것은 당신의 너그러움입니다. 델마르 부인은…." 하고 그녀는 그에게 꿰뚫어보는 시선을 보내며 덧붙여 말했다. "뛰어난 인물이었다고 하던 데요. 그녀는 이곳에 당신에게 추억이 될만한 것들을 남겨놓았음이 당연한데, 그건 우리에게 도움이 되지는 않죠."

"그녀는" 하고 레이몽은 무관심하게 대답했다. "훌륭한 여자였고, 그녀의 남편은 괜찮은 사람이었어요…."

"그러나" 하고 그 거리낌이 없는 젊은 처녀는 받아넘겼다. "그녀는 제 생각에, 훌륭한 여자 이상이었죠. 내가 기억을 잘 해보면, 그녀의 인품에는 보다 생동감 있고 보다 시정詩情이 담긴 명칭에 적합할 어떤 매력이 있었죠. 나는 그녀를요, 이년 전에, 스페인 대사 댁에서 열린 무도 야회에서 보았죠. 그 날 그녀는 황홀했어요, 그것 기억나시죠?"

레이몽은 그가 처음으로 앵디아나에게 말을 걸었던 그 야회의 추억에 소스라쳤다 그는 동시에 그가 그 순간 말을 나누고 있었던 그 젊은 여성의 빼어난 용모와 지적인 눈매를 주목했었다는 것을 회상했다. 그러나 그는 그때 그녀가 누구였는지 물어보지 않았었다.

나갈 때가 되어서 위베르 씨에게 그의 딸의 우아함을 칭찬해 주었을 때에야 비로소 그녀의 이름을 알게 되었다.

"나는 그녀의 아버지가 될 행운을 갖고 있지 않아요." 하고 그 실업가는 대답했다. "그러나 나는 그녀를 양녀로 삼았을 때 그것에 대해 보상받았어요. 당신은 정녕 나의 이력을 알고 있지 않나요?"

"지난 몇 달 동안 아팠어요." 하고 레이몽은 대답했다. "나는 당신에

제 4부 311

관해 당신이 이 지방에서 벌써 많은 유익한 일을 하셨다는 것 외에는 아는 것이 없어요."

"드 낭지 양을 입양한 것을 두고…." 위베르 씨는 미소를 지으며 대답했다. "나에게 매우 잘한 일이라고 칭찬하는 하는 사람들이 있죠. 그러나 고귀한 마음을 지닌 당신은, 선생님, 내가 그저 어떤 신중한 배려가 내게 요구한 것 이상을 하지 않았다는 것을 알게 될 것이오. 자식 하나 없는 홀아비인 나는 십년 전에 내가 일해 모은 상당한 재산을 소유하게 되었는데, 그것을 투자할 데를 찾고 있었소. 나는 부르고뉴에 낭지의 대저택과 그 토지가 매물로 나와 있는 것을 알게 되었는데, 그것은 국유재산[84]으로 나의 입장에 매우 적합하였소. 내가 그 주인이 되고 나서 얼마의 시간이 흘렀을 때, 그 대저택과 부속 토지의 전 소유주가 한 초옥에 은둔하여 일곱 살 된 손녀와 살고 있었고 그들의 살림이 비참하였다는 것을 알게 되었어요. 그 노인은 손해배상을 의당히 잘 받았죠. 그러나 그는 그 돈을 그가 이주생활 때 진 빚을 양심적으로 갚는데 다 충당했었어요. 나는 그의 처지를 완화시키기를 원해서 그에게 내 집에서 기거할 피난처를 제공하고자 했어요. 그러나 그는 불운한 가운데서도 그의 지위에 따른 자부심을 그냥 지니고 있었어요. 그는 그의 조상들이 살던 장원으로, 마치 자선을 받듯, 다시 들어오기를 거부했고, 제가 여기 온지 얼마 안 되어, 나로부터 어떤 도움도 받으려 하지 않고, 죽었어요. 나는 그의 손녀를 맞아들였어요. 벌써 자부심이 강했던 그 귀족 소녀는 맘이 내키지 않았지만 나의 보살핌을 받아들였어요. 그러나 그 나이에는 편견들이 별로 뿌리내리지 않고, 결심들도 오래 가지 않죠. 그녀는 곧 나를 그녀의 아버지처럼 간주하는 데에 익숙해졌고, 나는 그녀를 내 친딸처럼 길렀어요. 그녀는 나의 늘그막에 가져다주는 행복으로 나에게 톡톡히 보상을 해주었어요. 그래서 내게 그 행복을 확

---

[84] 혁명 당시 압수된 귀족 재산은 국유재산으로 매도되었으나 왕정복고 때 그 본래 주인은 보상을 받았음.

실히 해놓기 위해, 나는 드 낭지 양을 입양했고, 내가 이제 오직 갈망하는 것은 그녀를 맡을 만하고 내가 그녀에게 물려줄 재산을 유능하게 관리할 만한 자격이 있는 남편감을 그녀에게 찾아주는 일이에요."

자기도 모르는 사이에, 이 훌륭한 신사는, 레이몽이 그의 속내 이야기에 보여준 흥미에 힘을 얻어, 그 첫 대면의 순간부터, 그에게 모든 그의 사업의 비밀을 허세를 부리지 않고 털어놓았다. 그의 주의 깊은 경청인은 위베르 씨가 아주 세심한 주의를 기울여 관리해온 멋지고 방대한 재산을 소유하고 있었음을 깨달았다. 또 그것은, 그것이 지닌 모든 광채를 드러내기 위해서는, 다만 그 덕망 있는 주인보다 더 젊고 더 유행에 맞추어 세련된 사용자만을 기다리고 있었다. 그는 그가 이 유쾌한 과제를 떠맡도록 소명을 받은 남자일 수도 있을 거라고 느꼈다. 그리고 그는 그에게, 소설 같은 에피소드들의 도움으로, 서민적 멋진 재산을 소유한, 자신과 같은 사회적 지위의 여인을 제공함으로써, 모든 그의 이해관계들을 양립시켜준 기발한 운명에 감사했다. 그것은 놓쳐서는 안 될 요행 수였고, 그는 그것을 이끌어내는 데에 모든 그의 수완을 발휘했다. 금상첨화로 그 상속받을 외동딸은 매력적이었다. 레이몽은 그의 섭리와 조금 화해했다. 델마르 부인에 대해서는, 그는 생각해보길 원치 않았다. 그는 그의 편지가 가끔 그의 마음속에 불러일으키곤 했던 두려운 생각들을 쫓아버렸다. 그는 그 가엾은 앵디아나가 거기 담긴 의도들을 파악하지 못하거나 또는 거기에 부응할 용기를 갖지 못할 것이라고 납득하려고 애썼다. 결국 그는 자기 자신을 기만하고 자기 자신은 잘못한 게 없다고 믿기에 이르렀다. 그도 그럴 것이 레이몽은 자기 자신이 이기주의자라는 것을 알아채기를 몹시 싫어했었을 것이기 때문이다. 그는, 무대에 올라와서 그들 자신의 마음에 그들의 악덕을 순박하게 고백하는 그런 솔직한 악당들의 무리에 속하지 않았다. 악덕은 그 자신의 추한 모습 속에서는 그 자신을 보지 못한다. 왜냐하면 자신에 대해 두려움을 갖게 될 것이기 때문이다. 그리고 셰익스피어의 이아고[85], 그는 그의 행동들에 있어서는 그처럼 진짜지만 그의 말들에서 살펴보면 거짓되게 드러나는데, 정작 그는 우리의 연극 관례들에 따라 그 자신이 나와서 그의 음흉하고 오묘한 마음의 은밀한 부분들을 드러내도록 강요되고 있는 것이다. 인간은 냉혈적으로 자기의 양심을 발로 짓밟는 일이 거의 없다. 그는 그 양심을 뒤집어놓고, 쥐어짜고, 이리저리 잡아당기고, 일그러지게 한다. 그리고 그가 그것을, 그 진면목을 알아보지 못하게, 망그러뜨리고, 후줄근하게 또 다 헤어지게 만들고 났을 때, 그는 그것을, 그의 열정들과 이해利害들을 따라주는, 하지만 그가 언제나 상의하고 두려워하는 체하는, 어느 관용적이고 안이한 사부師傅처럼, 몸에 지니고 다닌다.

그리하여 드 라미에르 씨는 라니에 자주 들렀고, 그의 방문은 위베르 씨에게는 유쾌한 일이었다. 왜냐하면 레이몽은, 여러분들이 아시다시피, 자기에게 호감을 갖게 하는 기술이 있었고, 그 부유한 평민의 모든 욕망은 온통 그를 사위라고 부르는 것이었기 때문이다. 그러나 그는 그의 양녀 자신이 그를 선택하기를 원했고, 그리하여 그들이 서로를 알게 되고 서로를 판단하도록 모든 자유가 그들에게 허용되었다.

로르 드 낭지는 레이몽의 행복을 결정지려고 성급해 하지 않았다. 그녀는 그를 두려움과 희망 사이의 완전한 평형 속에 놓여 있게 했다. 델마르 부인보다는 덜 관대하지만, 더 수단이 있었고, 냉정하면서도 아양을 떨었고, 거만하면서도 상냥하였던 그녀는 바로 레이몽을 제압해야 했던 여자였다. 왜냐하면 그녀는 수완에 있어서, 그가 앵디아나보다 한 수 높았던 그 만큼, 그에 비해 월등하였기 때문이다. 그녀는 곧 그녀의 찬양자의 갈망들이 그녀를 향하고 있었던 것과 마찬가지로 그녀의 재산을 노리고 있었음을 알아차렸다. 그녀의 합리적 상상력은 조금도 그녀에게 구애하는 사람들로부터 그보다 더 나은 것을 기대하지 않았다. 그녀는 이백 만을 옆에 꿰차고 사랑을 꿈꾸었다고 하기에는

---

85) Iago, 오셀로Othello에 나오는 간악한 인물

너무나 많은 상식과 세상 물정에 대한 너무나 많은 지식을 지니고 있었다. 침착하고 철학적으로, 그녀는 그 상황을 받아들였었고 조금도 레이몽을 탓할 필요를 못 느꼈다. 그녀는 그가 살고 있었던 시대처럼 그가 타산적이고 실리적이라고 해서 조금도 그를 싫어하지 않았다. 다만 그녀는 그를 사랑하기에는 그를 너무 잘 알고 있었다. 그녀는 그 냉정하고 합리적인 세기의 수준 이하가 되지 않기 위해 그녀의 모든 자부심을 걸었다. 그녀가 어느 물정모르는 기숙학교 여학생의 어리숭한 환상을 그대로 지니고 있었다면, 그녀의 자존심은 상처를 입었을 것이다. 그녀는 실망스러운 일을 당하고서 마치 어리석은 짓을 한 것같이 얼굴을 붉혔을 것이다. 한마디로, 그녀는 그녀의 용맹의 본질이 사랑을 피하는 데에 있도록 했는데, 반면 델마르 부인은 그녀의 용맹을 그 자신을 사랑에 바치는 것에 두었던 것이다.

그러니까 드 낭지 양은 결혼을 어떤 사회적 필요악처럼 생각하기로 단단히 마음먹고 있었다. 그러나 그녀는 그녀가 아직 지니고 있었던 자유를 활용하고 그녀의 권위를 그녀에게서 빼앗기를 갈망하고 있었던 그 남자로 하여금 당분간 그녀의 권위를 느끼게 하는 데에 어떤 짓궂은 쾌감을 느끼고 있었다. 부富의 모든 비참함을 겪도록 선고되어 있는 이 처녀에게는 청춘, 달콤한 꿈들, 찬란하고 기만적이 미래, 그런 것들은 조금도 없었다. 그녀에게 인생은 냉철한 타산이었고, 행복은 마치 나약함과 불합리한 것과 싸우듯, 그녀가 대항해야 할 유치한 환영이었다.

레이몽이 그의 행운을 구축하기 위한 일을 진행시키고 있었던 동안 앵디아나는 프랑스의 해안에 근접하고 있었다. 그러나 그녀가 배에서 내리면서 보르도의 성벽들 위에서 그 삼색기가 펄럭이는 것을 보고, 그녀의 놀라움과 두려움은 어떠했을까! 격렬한 소요가 그 도시를 뒤집어놓고 있었다. 그 시장市長은 그 전날 하마터면 죽임을 당할 뻔했다. 민중은 사방에서 들고일어나고 있었다. 수비대는 피나는 투쟁에 대비하고 있는 듯이 보였고, 파리에서의 혁명의 결과는 아직 알려지지 않고 있었다.

"내가 너무 늦게 왔구나!" 하는 것이 번개처럼 델마르 부인의 뇌리를 스친 생각이었다.

그녀는 두려웠던 나머지, 배위에 그녀가 지니고 있었던 얼마 안 되는 돈과 옷가지들을 남겨두었고, 정신이 혼미한 상태에서 도시를 가로질러 걷기 시작했다. 그녀는 파리 행 승합마차를 찾았다. 그러나 대중마차들은 피난민들과 그 피정복자들의 전리품으로부터 이득을 취하려고 떠나는 사람들로 대만원이었다. 저녁 무렵이 되어서야 그녀는 자리를 하나 찾았다. 그녀가 마차에 막 오른 순간, 급히 조직된 국민 방위군의 한 순찰대가 여행객들의 출발을 막으러 와서는 그들의 신분증들을 보여 달라고 요구했다. 앵디아나는 그런 증명서들을 하나도 갖고 있지 않았다. 그녀가 그 승리자들의 아주 어처구니없는 의혹들에 맞서 싸우고 있었던 동안, 그녀는 그녀 주위에서 왕정이 무너졌고, 왕은 도피했고, 장관들은 그들의 추종자들과 더불어 살해되어버렸다는 것을 확언하는 것을 들었다. 웃음들, 발을 구르기, 기쁨의 함성과 함께 선포된 이 소식은 델마르 부인에게 치명타를 안겨주었다. 모든 이 혁명의 와중에서, 오직 한 가지 사실만이 그녀의 개인적 관심사였다. 프랑스를 통틀어, 그녀는 오직 한 사람밖에는 몰랐다. 그녀는 기절하여 보도 위에 쓰러졌고, 어떤 병원에서 겨우…, 그것도 며칠 후에야 의식을 회복했다.

돈도, 내의도, 가진 물건도 없이, 그녀는 두 달 후에 약해진 몸으로, 휘청거리며, 여러 번 그녀로 하여금 살아 있기를 단념하게 했었던 뇌의 염증 열에 의해 기진맥진한 상태로 병원에서 나왔다. 그녀는 자신이 길 위에, 의지할 것도 재원財源도, 체력도 없이 혼자인 걸 알았을 때, 자기 자신의 상황을 애써 상기해보았을 때, 그리고 또 자신이 그 큰 도시에서 길 잃고 고립된 처지에 놓여 있음을 깨달았을 때, 그녀는 레이몽의 운명이 오래 전에 결정되어버렸고 또 이제는 그녀가 처해 있었던 그 끔찍한 불확실성을 멈추게 할 수 있을 단 한 사람도 그녀 주위에는 없었다는 사실을 생각하면서, 어떤 말로 다할 수 없는 공포와 절망의 감정을 뼈저리게 느꼈다. 버림받았다는 공포가 그 위력을 발휘하며 그녀의 부셔진 영혼을 짓눌렀다. 그리고 비참함이 야기하는 무감각한 절망은 조금씩 그녀의 지각 능력을 무디게 하고 있었다. 그녀는, 자신이 빠져들고 있다고 느끼고 있었던 심적 마비상태에서, 몸을 힘들게 지탱하며 항구 쪽으로 갔다. 그리고는, 신열身熱로 벌벌 떨면서, 나른하게 고정된 시선으로 그녀의 발아래에 흐르고 있었던 물을 바라보며 햇빛에 몸을 녹이기 위하여 어느 둥근 말뚝(역주: 배의 밧줄을 묶는 계선주繫船柱) 위에 앉았다. 그녀는 거기에 여러 시간 동안 기력도, 희망도, 또는 의지력도 없이 머물렀다. 그러다가 드디어 그녀는 그녀가 선박 외제느 호에 놓고 왔었고 이제 다시 찾을 수 있을 지도 몰랐던 그녀의 옷가지와 돈을 기억하였다. 그러나 밤이 되었고 그녀는 떠들썩한 즐거움으로 그들의 작업장을 떠나고 있었던 선원들 틈에 감히 끼어들어 그들에게 그 배에 대한 정보를 물어볼 엄두를 내지 못했다. 그 반대로, 그녀는 그녀를 눈여겨보기 시작하고 있었던 시선을 피하기를 원했다. 그리하여 그녀는 부두를 떠나 대형 산책로 레 깽꼰스 뒤 어느 허물어진 집의 잔해 속에 들어가 숨어있었다. 그녀는 쓸쓸한 생각과 두려움으로 시월 달의 차디찬 밤을 한 구석에 웅크리고 앉아 보냈다. 드디어 날이 밝았다. 창자를 에이는 듯한 참기 힘든 허기가 느껴졌다. 그녀는 동냥을 하기로 결심했다. 비록 열악한 상태이긴 해도 그녀의 의상은 아직은 거지 여인에 부합하기 보다는 더 여유 있는 처지를 말해주고 있었다. 사람들은 호기심에 찬, 의심이 가는 듯한, 조소적인 시선으로 그녀를 쳐다보았고 그녀에게 아무것도 주지 않았다. 그녀는 다시 몸을 질질 끌고 항구로 가서 범선 외제느호의 소식을 물었고, 그녀가 만난 첫 뱃사공으로부터, 그 대형 선박은 언제나 보르도 정박소에 있었다는 것을 알게 되었다. 그녀는 카누를 타고 자신을 그리로 안내하게 했고, 거기서 식사중인 란돔을 발견했다.

"그래 무슨 일이요." 하고 그는 소리쳤다. "나의 아름다운 승객 분, 당신은 벌써 파리에서 여기로 돌아오신 거요?" "이제 잘 도착하셨소, 왜냐하면 나는 내일 다시 출발하거든요. 당신을 부르봉으로 다시 데려다 주어야 하는 겁니까?"

그는 델마르 부인에게, 그녀의 물건을 돌려주려고, 그녀를 사방에서 찾아보게 했었다고 알려주었다. 그러나 앵디아나는, 그녀가 병원에 실려 왔을 때, 그녀의 이름을 밝혀줄 수 있었을 어떤 서류도 몸에 지니고 있지 않았다. 그녀는 신원불명으로 지칭되어 병원 행정부와 경찰의 등록부들에 기재되어 있었다. 그러니까 그 선장은 어떤 정보도 찾아낼 수가 없었다.

그 이튿날, 앵디아나는 허약함과 피로에도 불구하고 파리로 출발하였다. 정치적 사건들의 방향이 바뀐 것을 알았을 때 그녀의 불안은 감소되었어야 했다. 그러나 불안은 이치를 따지지 않고 사랑은 유치한 염려들로 가득하다.

파리에 도착한 바로 그날 저녁, 그녀는 레이몽의 집으로 바삐 가서 문지기에게 불안스럽게 물었다.

"선생님은 잘 계십니다." 하고 문지기는 대답했다. "그는 라니에 있습니다."

"라니에라니요! 쎄르씨에 라고 말씀하시는 거겠죠?"

"아닙니다, 부인. 라니에서 그가 현재 주인이신 걸요."

'레이몽은 참 착하구나!' 하고 앵디아나는 생각했다. '그는 사람들의 악의적 험담이 나에게 미칠 수 없는 피난처를 마련해 주기 위하여 그 땅을 되산 거야. 그는 내가 올 것이라고 잘 알고 있었던 거야!…'

행복에 도취해서, 마음은 가뿐해지고 새로운 삶으로 들떠서, 그녀는 지체하지 않고 호텔로 달려가 방을 하나 얻었다. 그녀는 그날 밤과 그 이튿날의 일부를 휴식을 취하며 보냈다. 그 불행한 여인이 평화스러운! 잠을 자본 것은 참 오랜만이었다. 그녀의 꿈들은 즐거웠고 기만적이었다. 그리고 깨어났을 때, 그녀는 그 꿈들의 환영을 조금도 아쉬워하지 않았다. 왜냐하면 그녀는 자고나서 희망을 다시 찾았기 때문이다. 그녀는 신경을 써서 옷을 차려입었다. 그녀는 레이몽이 그녀 의상의 모든 자질구레한 것에 관심을 가졌음을 알고 있었다. 그리고 그 전날 저녁에 벌써, 그녀는 아주 예쁜 새 옷을 주문해 놓았고, 그것은 그녀가 깨어난 시각에 배달되었다. 그러나 그녀가 머리에 손질을 하려고 했을 때, 그녀의 길고 아름다운 머리는 사라지고 없었다. 그녀가 아팠던 동안, 간호사가 가위로 잘라버렸기 때문이다. 그녀는 이 사실을 처음으로 알아차렸다. 그도 그럴 것이 그녀의 강한 집념들은 그녀의 주의를 산만하게 하여 자질구레한 것들에는 신경을 못 썼던 것이다.

그럼에도 불구하고, 그녀가 짧은 검은 머리를 우수憂愁가 깃든 흰 이마 위에 곱실거리게 가꾸었을 때, 그녀의 예쁜 머리 위에, 그 당시 자본투자에 대한 부진한 배당을 빗대어 *삼 퍼센트*라고 불리던, 영국식 작은 모자를 썼을 때, 그녀의 허리띠에 레이몽이 그 향기를 좋아하곤 했던 한 다발의 꽃을 꽂았을 때, 그녀는 여전히 레이몽의 마음에 들것이라고 희망했다. 왜냐하면 그녀는 그가 그녀를 알게 되었던 그 처음 몇 날 때처럼 다시 창백하고 가냘프게 되었기 때문이다. 그리고 병의 영향은 열대지방 태양의 흔적들을 지워버렸다.

오후에 그녀는 전세마차를 타고, 저녁 아홉 시 경 퐁떼느블로 숲의 가장자리에 위치한 한 마을에 도착했다. 거기서 그녀는 마차꾼에게 말을 풀게 하고 그 다음 날까지 그녀를 기다려줄 것을 주문했다. 그런 다음 그녀는 혼자서 그 숲 속의 오솔길을 따라 걸었고 십오 분도 채 안되어 라니의 경내 정원에 도달했다. 그녀는 그 작은 문을 밀어 열려고 해 보았다. 그러나 그것은 안으로 잠겨 있었다. 앵디아나는 몰래 들어가 그 하인들의 눈을 피해서 레이몽을 놀래주고자 했다. 그녀는 정원 담

벽을 따라 걸었다. 담은 오래된 것이었다. 그녀는 그 담에 부셔져 터진 곳이 여러 군데 있었다는 것을 상기하였다. 그리고 다행이도 그녀는 그런 한 곳을 발견했고, 별 힘들이지 않고 그 위로 기어 올라갔다.

레이몽에 속해 있었고 앞으로는 그녀의 피난처, 그녀의 성역, 그녀의 아성牙城, 또 그녀의 본가本家가 될 참이었던 토지 위에 발을 내려놓는 순간, 그녀는 기쁨으로 가슴이 뛰는 것을 느꼈다. 그녀는 가벼운 발걸음으로 의기양양해서 그녀가 너무나 잘 알고 있었던 구불구불한 길들을 따라 잽싸게 걸어 나갔다. 그녀는 저 쪽 편에서 매우 어둡고 한적한 영국식 정원에 다다랐다. 재배된 나무숲엔 변한 것이 없었다. 그러나 그녀가 고통스러운 외관을 두려워하고 있었던 그 다리는 사라졌었고, 강의 물 흐르는 방향 자체가 변경되어 있었다. 누운의 죽음을 떠올릴 수 있었던 장소들만은 면모를 달리하고 있었다.

'그는 나에게서 그 가혹한 기억을 떼어내기를 원했던 거야.' 하고 앵디아나는 생각했다. '그가 잘못했다. 나는 그것을 견디어낼 수 있었을 텐데. 그가 그 회한을 그의 삶에 끌어드렸던 것은 나 때문이 아니었나? 이제부터 우리는 서로 비긴 것이다. 왜냐하면 나 또한 죄악을 저질렀으니까. 나는 아마도 남편의 죽음을 야기할 거야. 레이몽은 나에게 그의 팔을 벌릴 수 있는 것이고, 우리들은 서로서로에게 결백과 미덕의 자리를 대신해줄 것이다.'

그녀는 다리를 세울 준비 중인 판자들 위로 강을 건너서는 화원을 가로질러 갔다. 그녀는 발걸음을 강제로 멈추어야 했다. 왜냐하면 그녀의 가슴이 터질 듯이 뛰고 있었기 때문이다. 그녀는 그녀의 예전 방의 창문을 올려다보았다. 아 기쁘다! 푸른 커튼들은 불빛으로 가득하였다. 레이몽은 거기 있었다. 그가 다른 방을 쓸 수 있었겠는가? 그 비밀 계단의 문은 열려 있었다.

'그는 어느 때고 나를 기다리고 있다.' 하고 그녀는 생각했다. '그는 행복해 하겠지만, 놀라지는 않을 거다.'

계단 끝에서 그녀는 숨을 들이 마시기 위해 다시 멈추어 섰다. 그녀는 고통을 느끼기 위해 필요한 힘보다 기쁨을 느끼기 위한 힘이 더 모자라는 것을 느꼈다. 그녀는 몸을 구부려 열쇠 구멍을 통해 들여다보았다. 레이몽은 혼자 있었고, 독서를 하고 있었다. 그것은 정말 그였다. 그는 힘과 삶이 충만한 레이몽이었다. 고뇌는 그를 늙게 하지 않았었고, 정치적 회오리바람들은 그의 머리로부터 머리카락 하나도 날려 보내지 않았었다. 그는 그의 검은 머리털 속에 묻힌 흰 손 위에 이마를 괴고, 평화롭고 아름다운 모습으로, 거기 있었다.

앵디아나는 힘차게 문을 밀었고, 그것은 저항 없이 열렸다.

"그대는 나를 기다리고 있었군요!" 하고 그녀는 무릎을 꿇으며 또 그녀의 머리를, 기절하는 듯, 레이몽의 가슴팍에 기대며 외쳤다. "그대는 한 달 한 달을, 하루하루를 세고 있었었군요! 그대는 시간이 경과했었다는 것을 알고 있었지만, 그대는 또한 내가 그대의 부름에 응하지 않을 수 없었다는 것도 알고 있었군요!… 그대가 나를 불렀고, 나는 여기에 와있어요, 나는 여기에 와있어요. 저는 죽어가고 있어요!"

그녀의 생각들은 마음속에서 혼란스럽게 되었다. 그녀는 조용히 숨을 헐떡이며, 말하고 생각할 힘을 잃고 얼마 동안 그냥 머물러 있었다.

그러더니 그녀는 눈을 다시 떴고, 꿈에서 깨어나듯 레이몽을 알아보았고, 열광적 기쁨의 소리를 내었고, 미친 듯한, 열띤, 행복한 모습을 보이며, 그의 입술에 자기 입술을 힘차게 갖다 댔다. 그는 벼락을 맞은 듯 창백하였고, 말이 없었고, 움직이지도 않았다.

"나를 제발 좀 알아봐요." 하고 그녀는 외쳤다. "저예요, 그대가 유배지로부터 소환을 한, 그대를 사랑하고 받들기 위하여 만 이천 킬로미터를 마다하지 않고 달려온 그대의 앵디아나예요, 그대의 노예예요. 그대에게 이 기쁨의 순간을 가져오기 위해 모든 것을 팽개쳐버리고, 모든 위험을 무릅쓰고, 모든 것을 과감히 헤치고 온, 바로 당신이 선택한 동반자예요. 그대는 행복하죠, 그대는 그녀에게 만족하고 있죠? 말해 봐요. 저는 저의 보상을 기다리고 있어요. 한 마디 말, 한 번의 키스, 그러면 저는 백배로 보상받을 거예요.”

 그러나 레이몽은 아무 대답도 안했다. 그는 그 평소에 경탄할 만한 마음의 평정을 완전히 잃었었다. 그는 그의 발아래에 있는 그 여자를 보면서 놀라움과 회한과 공포로 짓눌려 있었다. 그는 머리를 그의 두 손에 파묻고 죽기를 갈망하였다.

 “아이고, 하느님! 아이고, 하느님! 그대는 말을 하지 않고, 그대는 나를 포옹하지 않는 군요, 그대는 내게 아무 말도 하지 않는 군요!” 하고 델마르 부인은 레이몽의 무릎을 그녀의 가슴에 꼭 갖다대며 외쳤다. “그대는 정녕 말을 할 수 없는 건가요? 행복은 아프게 해요, 그것은 죽이기도 해요, 저는 그것을 잘 알고 있어요! 아! 그대는 괴로워하는 군요, 그대는 질식하고 있군요. 내가 너무 급작스레 그대를 놀라게 했군요! 저를 쳐다보려고 좀 해봐요. 제가 얼마나 창백한지, 제가 얼마나 늙었는지, 제가 얼마나 괴로워했는지 좀 봐요! 그러나 그것이 그대를 위해서예요. 그리고 그대는 그로 인해 저를 오직 더 사랑하겠죠! 제게 한 마디, 단 한 마디 말만 해주어요, 레이몽.”

 “나는 울고 싶소.” 하고 레이몽은 목이 멘 목소리로 말했다.

 “저 역시 그래요.” 하고 그녀는 그의 손들에 키스를 퍼부으며 말했다. “아! 그러면 좀 나아질 거예요. 울어요, 정녕 제 가슴에 안겨 울어요. 저는 그대의 눈물들을 저의 키스로 씻어낼 거예요. 저는 그대에게 행복을 가져다주기 위하여, 그대의 동반자, 그대의 하녀, 혹은 그대의 정부든, 그대가 소원하는 무엇이든지 되기 위하여 온 것이니까요. 예전에 저는 아주 가혹하고, 미쳤고, 아주 이기적이었죠. 저는 그대를 괴로워하도록 했죠, 그리고 저는 제가 그대가 감당할 수 있는 것 이상을 요구하고 있었음을 이해하려고도 하지 않았어요. 그러나 그 이래로, 저는 많이 생각해봤어요. 그리고 그대가 저로 인해 생길 여론을 조금도 두려워하지 않으니까, 저도 그대에게 어떤 희생도 거부할 권리가 더 이상 없는 거예요. 저를, 저의 피를, 저의 생명을 처분해주어요. 저는 그대에게 속한 영과 육이에요. 저는 그대의 것이 되기 위해, 그대에게 이것을 말하기 위해 만 이천 킬로를 달려왔어요. 저를 취하세요. 저는 그대의 재물이며, 그대는 저의 주인이에요.”

나는 어떤 흉악한 착상이 갑작스레 레이몽의 뇌리를 스쳐갔는지 모른다. 그는 부둥켜 쥐고 있던 손들로부터 그의 얼굴을 쳐들었고, 앵디아나를 악마 같은 냉정함을 가지고 바라보았다. 그러더니 어떤 무서운 미소가 그의 입술에 어른거렸고 그의 눈을 반짝이게 했다. 왜냐하면 앵디아나는 여전히 아름다웠기 때문이다.

“먼저 그대를 숨겨야 해.”하고 그는 일어나며 그녀에게 말했다.

“왜 저를 이곳에서 숨긴다는 거죠?”하고 그녀는 말했다. “그대는 저를 접대하고 저를 보호해줄 수 있는 주인이 아니든가요? 저는요, 이 세상에 그대밖에는 아무도 없고, 그대가 없이는 한길에 나가 동냥을 하는 수박에 없게 될 거예요. 정말, 세상도 그대에게 저를 사랑한다고 해서 죄를 뒤집어씌우지는 못할 거예요. 제가 모든 것을 제 어깨에 짊어졌거든요…. 바로 제가요!… 그런데 그대는 어디로 가는 거죠?”하고 그녀는 그가 문 쪽으로 걸어가는 것을 보고 외쳤다.

그녀는 한 순간도 혼자 내버려지게 되지 않으려는 어린아이의 두려움을 가지고 그에게 매달렸고 그를 따라가기 위하여 무릎을 꿇은 채 몸을 질질 끌었다. 그는 열쇠를 두 번 돌려 문을 단단히 잠그려고 하였다. 그 문은 그가 손을 거기다 갖다대기도 전에 스스로 열렸고, 로드 낭지가 들어왔다. 그녀는 놀랐다기보다 충격을 받은 듯이 보였고 탄성을 지르지도 않았다. 그녀는 조금 허리를 굽히고 반은 실신하여 바닥에 쓰러졌었던 여인을 눈을 깜작거리며 바라보았다. 그러더니 쓸쓸하고, 냉담하고, 경멸적 미소를 지으며,

“델마르 부인”하고 그녀는 말했다. “당신은, 제가 보기에, 세 사람을 아주 야릇한 상황에 빠뜨려놓는 것을 즐기시는군요. 저는 제게 가

장 우습지 않은 역할을 하게 해준 데 대해 당신에게 감사해요. 이것이 제 처리방법이에요. 어서 물러가세요."

분개의 감정이 앵디아나에게 힘을 되돌려주었다. 그녀는 몸을 일으키고 도도하고 당당해졌다.

"도대체 이 여자는 누구죠?" 하고 그녀는 레이몽에게 말했다. "그리고 그녀는 무슨 자격으로 당신 집에서 제게 이래라 저래라 명령을 하는 거죠?"

"당신은 여기 제 집에 있는 거예요, 부인." 하고 로르는 대꾸했다.

"그런데 무슨 말 좀 해보세요, 선생님." 하고 앵디아나는 격노하여 그 불행한 자의 팔을 잡아 흔들며 말했다. "제게 저 여자가 당신의 정부인지, 아니면, 당신의 부인인지! 좀 말을 해봐요."

"그녀는 내 아내요." 하고 레이몽은 얼빠진 모습으로 대답했다.

"당신의 실수를 용서해 드리지요." 하고 드 라미에르 부인은 가혹한 미소를 지으며 말했다. "만약 당신이 당신의 의무가 정한 자리에 머물러 있었었다면, 당신은 선생님의 결혼을 알리는 청첩장을 받았었을 것이오. 자, 레이몽" 하고 그녀는 싹싹하면서도 야유적인 어조로 보태 말했다. "나는 당신의 당혹감을 동정해요. 당신은 다소 젊은 편이에요. 인생을 살아가는 데에는 보다 더 신중을 기할 필요가 있다는 것을 당신이 깨닫게 되기를 나는 희망해요. 나는 당신에게 이 우스꽝스러운 장면에 종지부를 찍는 수고를 맡기는 바예요. 당신이 그렇게 불행한 얼굴을 하고 있지만 않으면, 나는 한바탕 웃어볼 텐데요."

그렇게 말하면서 그녀는, 그녀가 이제 막 과시한 위엄에 충분히 만족하면서 또 이 사건으로 인해 그녀의 남편이 그녀를 상대해 열세와 의존의 처지에 빠지게 되었던 것에 마음속으로 은밀히 개가를 올리면서 물러갔다.

앵디아나가 그녀의 감각 기능을 회복하였을 때, 그녀는 닫혀진 마차 안에서 혼자였고, 파리를 향해 급속히 실려 가고 있었다.

제 29장

　도시의 경계境界에서 그 마차는 멈추어 섰다. 과거에 레이몽의 시중을 드는 것을 보았기에 델마르 부인이 다시 알아보았던 하인이 그 마차 문에 다가와 어디에서 *부인*을 어디에 내려 드려야 하는지를 물었다. 생각해보지 않고, 그녀는 그녀가 그 전날 밤을 보냈던 호텔과 그 거리의 이름을 기계적으로 대주었다. 그녀는 도착하자마자 안락의자 위에 풀썩 주저앉았고 거기서 그 이튿날 아침까지, 침대에 누울 생각도 없이, 꼼짝하려고도 하지 않고, 죽기를 갈망하며, 그러나 자살을 할 힘을 내기에는 너무나도 피폐疲弊해지고, 너무나도 무기력한 채 머물러 있었다. 그녀는 그런 끔찍한 슬픔들을 겪은 후 산다는 것이 불가능하였고 저승사자는 스스로 찾아와 그녀를 찾아낼 것이라고 생각하고 있었다. 그리하여 그녀는 그 다음 날 온 종일 어떤 음식도 들지 않고 그녀에게 제공되어졌던 어떤 조그마한 봉사에도 응하지 않고 그냥 그렇게 있었다.
　파리에서 가구가 딸린 호텔방에 묵는 것보다 세상에 더 몸서리쳐지는 일이 있을 것 같지 않다는 생각이 내게 드는데, 특히 그것이 바로 이 호텔처럼 비좁고 어두컴컴한 길에 위치해 있고 거기에 흐릿하고 축축한 햇살이 연기에 그을린 천장들과 더러운 창문들에 마치 마지못해 기어오르는 듯한 때에는 더욱 그렇다. 그 다음 당신이 익숙한 것과는 동떨어지게 낯선 이 가구들 위에서 당신의 한가한 눈초리는 헛되이 어떤 추억과 친근감을 찾아보지만, 그들의 모양새에는 등골을 오싹하게 하고 혐오감을 일으키는 그 무엇이 있다. 이 모든 물체들은, 말하자면, 이 숙소를 거쳐 가는 모든 사람들에게 속하는 탓에, 누구에게도 속하지 않는다. 어느 누구도 거울의 액자에 끼워놓은 카드 위에 어쩌다가 아무렇게나 남겨놓은 모르는 이름 외에는 자기 통과의 족적을 남겨놓지 않았다. 이 돈에 팔리는 숙소는 그처럼 많은 가난한 여행객들을 또 그처럼 많은 고립된 이방인들을 수용하였지만, 그 어느 누구도 기꺼이 접대한 것이 아니었다. 또 그것은 덤덤히 그처럼 많은 파란 많은 군상 群像이 지나가는 것을 보았지만, 그들에 대해 어떠한 이야기도 할 수가 없다. 귀에 거슬리고 끊임없이 들려오는 거리의 소음은 당신에게 슬픔과 권태를 피하기 위한 잠마저도 허락하지 않는다. 거기에는 델마르 부인의 경우와 같은 그런 끔찍한 정신상태가 아닌 사람에게마저도 구역질나게 하고 기분을 상하게 하는 온갖 주제들이 도사리고 있다. 당신의 들판들, 당신의 광활한 하늘, 당신의 녹지, 당신의 집과 당신의 가족, 그 모두를 떠나 이 정신과 마음의 감옥에 당신을 가두어두려고 올라온 시골사람이여, 당신이 그처럼 경이로운 곳으로 꿈꾸어왔었던 그 아름다운 파리, 파리를 보아요. 그것이 진흙탕물의 급류처럼 진흙과 비로 검게 물들어, 소음을 내고, 쾨쾨한 냄새를 풍기며, 황급히 저리로 뻗쳐 내려가는 모양을 보아요! 여기에 당신에게 약속되었던 바, 언제나 찬란하고 향기로운, 영원한 유흥이 있어요. 거기에 도취적 쾌락들, 충격적인 놀라움들이 있고, 또 당신의 한정된 감각들과 그 모든 것을 동시에 맛보기에 역부족한 당신의 지각기능들을 점유하고자 서로 다투게 마련이었던 시각과 청각과 미각의 보물들이 있어요. 사람들이 당신에게 상냥하고, 정중하고, 환대해준다고 묘사해주었던 파리인이 언제나 황급히, 언제나 근심스럽게 저리로 뛰어가는 모습을 보세요! 당신은, 그 끊임없이 움직이고 있는 대중과 그 빠져나올 수 없는 미궁 속에 합류하기 전에 벌써 지쳐서 또 두려움에 짓눌려, 어느 가구달린 유쾌한 호텔방에 다시 몸을 던지는데, 거기서는, 당신을 서둘러 투숙시킨

후, 어느, 흔히 광대한, 숙박소의 그 유일한 하녀는, 만약 피로나 슬픔이 당신에게서 삶의 천 가지 필요사항들에 대처해나갈 힘을 박탈한다면, 당신을 혼자 평화롭게 죽도록 내버려둔다.

그러나 여자라는 것 그리고 모든 인간의 정으로부터 만 이천 킬로나 떨어져 그런 곳에 자기가 방치되어 있다는 것, 물도 없는 광활한 사막에 방기되어져 있는 것보다도 훨씬 더 나쁜 것, 즉 돈 없이 그런 곳에 있다는 것, 온 생애에 걸쳐 해독을 입거나 말라버리지 않은 한 줌의 행복의 추억도 가지고 있지 못하다는 것, 모든 미래에서도, 무미건조한 현재 상황으로부터 마음을 좀 돌리기 위해, 가능한 생존에 대한 일말一抹의 희망도 갖지 못한다는 것, 그것은 비참과 절망의 마지막 단계이다. 그리하여 델마르 부인은, 다한 운명에 대항해 깨어지고 폐허화된 삶에 대항해 싸우려고 하지 않고, 한마디 하소연도 함이 없이, 눈물 한 방울도 흘림이 없이, 한 시간 더 일찍 죽으려고 또 한 시간 덜 괴로워하기 위해 애쓰려고도 함이 없이, 허기와 신열과 고통에 의해 자신이 갉아 먹히도록 내버려두었다.

사람들은 그 이튿날이 지난 후 아침이 밝았을 때 그녀가, 추위로 몸이 뻣뻣해지고, 이는 꽉 물고 있고, 입술은 파랗게 되고, 눈은 생기를 잃은 채, 땅바닥에 쓰러져 있는 것을 발견했다. 하지만 그녀는 죽은 것이 아니었다. 숙박소의 여주인은 책상의 서랍 속을 뒤져 보았으나, 그 속에 들어 있는 것이 별로 없는 것을 알고는, 그녀가 길고 비용이 드는 병의 비용을 지불할 재원이 확실히 없었던 이 알지 못하는 여인을 병원으로 보내야 할지 어떨지 궁리를 하였다. 그러나 그녀는 *인간적 동정심으로 가득 찬* 여자이었기에, 그녀를 침대에 누이게 한 다음, 그 병이 이틀 이상 가게 될지를 알아내기 위해 의사를 한명 부르러 사람을 보냈다. 한 의사가 찾아왔는데, 그는 불러오고자 했었던 사람은 아니었다.

앵디아나는 눈을 뜨면서, 그녀의 머리맡에 있는 그를 발견했다. 나는 여러분에게 그의 이름을 댈 필요도 없다.

"아, 그대이군요! 그대이군요!" 하고 그녀는 기절하며 그의 품에 안겨 외쳤다. "그대는 나의 훌륭한 천사예요, 그대! 그러나 그대는 너무 늦게 왔어요. 저는 그대를 위해 그대를 축복하며 죽는 것 이외에는 더 해줄 것이 없네요."

"당신은 죽지 않을 거요, 나의 귀여운 사람이여." 하고 랄프는 감동해서 대답했다. "삶은 당신에게 다시 미소 지을 수 있어요. 당신의 행복에 반대가 되었던 법률들은 앞으로는 더 이상 당신의 행복을 구속하지 않을 것이오. 나는 내가 좋아하지도 또 존경하지도 않는 한 사람에 의해 당신에게 던져진 그 불가항력적 마력魔力이란 부적符籍을 부셔버리고 싶기도 했어요. 그러나 거기에는 내 힘이 미치지 못하오. 그리고 당신이 괴로워하는 것을 보는 것은 내게 지겹소. 당신이 살아온 길은 지금까지 끔찍했소. 그것은 이제 더 이상 그렇게 될 수 없소. 더욱이, 만약 나의 슬픈 예견들이 실현된다면, 만약 당신이 꿈꾸었던 행복이 짧게 끝나고 말게 되어도, 당신은 적어도 그것을 얼마 동안 경험하게 될 것이고, 당신은 적어도 그 맛을 봄이 없이는 죽지 않을 것이오. 그래서 나는 모든 나의 혐오감을 희생하오. 당신을 홀로 나의 가슴에 안겨주고 있는 운명은 나에게 당신에 대한 보호인과 아버지의 의무들을 부과하는 것이오. 나는 이제 당신에게 당신은 자유롭고 또 당신은 당신의 운명을 드 라미에르 씨의 운명에 결합할 수 있다는 것을 알려주는 것이오. 델마르는 이제는 더 존재하지 않아요."

랄프의 뺨 위에서는, 그가 말하고 있는 동안, 눈물이 천천히 흘러내리고 있었다. 앵디아나는 갑작스레 그녀의 침대 위에서 일어나서, 두 손을 절망에 차 비틀며,

"제 남편이 죽었군요!" 하고 그녀는 외쳤다. "그를 죽인 사람은 저예요! 그리고 당신은 제게 미래와 행복에 관해 말하고 있는데, 그건 마치 자신을 미워하고 자신을 경멸하는 마음에 아직도 그런 것이 있다는 것 같이 들려요! 그러나 신은 정의롭고 또 저는 저주받은 여인이라는 사

실을 잘 아셔야 해요! 드 라미에르 씨는 결혼했어요."

그녀는 기진맥진하여 사촌의 가슴에 다시 안겼다. 그들은 대화를 몇 시간이 지난 뒤에서야 다시 계속할 수 있었다.

"당신의 양심이 혼란을 일으키는 것은 당연하지만, 그것을 진정시켜야 하오." 하고 랄프는 근엄하지만 온순하고 슬픈 어조로 말했다. "당신이 그를 떠났을 때, 그는 죽어가고 있었소. 그는 당신이 자도록 내버려두었던 그 잠에서 거의 깨어나지 못했던 것이고, 당신의 도주를 거의 눈치 채지 못했소. 그는 당신을 저주하지도 또 당신을 애석해 하지도 않고 죽었소. 내가 그의 침대 곁에서 졸음에서 깨어났을 때는, 아침이 밝아오고 있었는데, 그의 얼굴이 자줏빛이고, 그 수면睡眠이 무겁고 열병 같다는 것을 알아챘소. 즉 그는 이미 뇌일혈에 쓰러졌었소. 나는 당신의 방으로 뛰어갔소. 당신의 기척을 조금도 찾지 못해 놀랐어요. 그러나 나는 당신의 부재不在의 동기動機를 찾아볼 시간이 없었소. 델마르의 사망 후에야 진지한 경각심이 생겼소. 의술醫術의 모든 도움도 소용이 없었고, 병세는 무섭게 진전되었소. 한 시간 뒤에, 그는 감각 기능을 회복함이 없이 나의 팔에 안긴 채 숨을 거두었어요. 하지만 마지막 순간에 그의 둔감해지고 무기력한 영혼은 어떤 소생蘇生의 노력을 기울이는 듯했어요. 그는 나의 손을 더듬어 찾았는데, 그는 그것을 당신의 손으로 생각했어요. 왜냐하면 그의 손들은 이미 뻣뻣했고 마비되어 있었기 때문이오. 그는 그 손을 꼭 쥐려고 애썼어요. 그리고 그는 당신의 이름을 더듬거리며 죽었어요."

"제가 그의 마지막 말들을 들었어요." 하고 앵디아나는 구슬피게 말했다. "내가 그를 막 영원히 떠나려던 순간에, 그는 제게 잠자는 상태에서 말했어요. '그 사람은 너를 파멸시킬 것이다.' 하고 그는 말했어요. 그 말들은 실감이 나요." 하고 그녀는 한 손은 그녀의 가슴에 또 다른 손은 그녀의 머리에 대며 말했다.

"내가 시신으로부터 눈과 생각을 떼어놓을 힘을 얻었을 때…." 하고 랄프는 계속 말했다. "앵디아나, 나는 당신 생각을 했소. 당신은 이제 자유롭겠고 그리고 오직 착한 마음과 종교심에서만 당신의 주인을 애도할 수밖에 없겠구나 하고 말이요. 나는 그의 죽음에 의해 그 무엇을 박탈당했던 유일한 사람이었소. 왜냐하면 나는 그의 친구였고, 그가 언제나 사교적은 아니었어도, 적어도 나는 그의 마음속에 어떤 경쟁자도 없었으니까. 나는 너무 급작스런 소식이 당신에게 미칠 영향을 두려워했소. 나는 당신을 기다리려고 집 대문 앞으로 갔고, 당신이 아침 산책을 갔다가 돌아오는 데 그리 오래 걸리지는 않을 것이라고 생각했다오. 나는 한참 기다렸고, 내가 바위들에 부딪쳐 온통 부스러지고 피투성이가 된 오펠리아의 시체를 발견했을 때, 그때의 나의 엄청난 고통과 탐색들과 공포심을 당신에게 말하지는 않을 것이오. 파도가 시체를 모래톱에 던져다놓았더군. 아아, 슬프도다! 나는, 거기서 당신의 시체도 곧 발견하게 되리라 믿으면서, 오랫동안 찾아 헤맸소. 왜냐하면 나는 당신이 스스로 목숨을 끊었다고 생각했기 때문이오. 사흘 동안, 내게 이 지상엔 이제는 더 이상 사랑할 어떠한 것도 없다고 믿었소. 당신에게 이제 나의 고통들에 대해 말하는 것은 아무 소용이 없소, 당신은 나를 버리면서 그런 것을 예측했어야 했소!"

"하지만 그러는 동안 당신이 도주를 했다는 소문이 곧 식민지 안에 파다하게 퍼졌어요. 정박지에 들어온 한 배가 외제느호와 모잠비크 해협[86]을 통과할 때 마주쳤다는 거요. 선원들은 당신이 탄 배 옆으로 가까이 갔었어요. 어느 승객이 당신을 알아보았었다고요. 그리고는 사흘도 못되어, 온 섬이 당신의 출발을 알게 되었어요."

"나는 당신에게 당신의 도주와 당신 남편의 죽음, 그 같은 날 밤에 일어난 두 사건의 우연한 일치로부터 기인한 그 불합리하고 모욕적 소문들은 면제해주고자 하오. 사람들이 즐겨 추론해 낸 그 자비적인 결론들에서 나도 책임으로부터 면제되지 않았소. 그러나 나는 그런 것들

---

86) 외제느호는 마다가스카르 남단을 돌아 북상하였음.

에 개의하지 않았어요. 내게는 이 지상에서 이행해야 할 한 가지 의무, 당신이 아직 살아있었다는 것을 확인하고, 필요하다면 당신을 돕는 의무, 그것이 아직 남아있었던 거요. 나는 곧 당신의 뒤를 따라 떠났어요. 그러나 그 항해는 끔찍했었고, 나는 프랑스에 들어온 지가 일주일밖에 안되었소. 나의 첫 생각은 당신에 대해 정보를 얻기 위하여 드 라미에르 씨 집에 달려가 보는 것이었어요. 그런데 나는 우연히도 당신을 이 곳에 막 데려다 주고 난 그의 하인 카를르를 만났어요. 나는 당신의 거처 외엔 묻지를 않았고, 나는 당신이 여기 혼자 있지는 않을 거라는 확신을 가지고 여기에 온 것이오."

"혼자예요, 혼자! 비열하게 내팽개쳐진 여자예요!" 하고 델마르 부인은 외쳤다. "그러나 우린 그 사람에 대해 말하지 말아요, 그에 대해 결코 말하지 말아요. 저는 제가 그를 경멸하기 때문에, 그를 더 이상 사랑하기를 원치 않아요. 그러나 제가 그를 사랑했다고 말해서는 안돼요. 그것은 제게 수치심과 죄악을 상기시키는 것이기 때문이에요. 그것은 저의 마지막 순간들에 무서운 비난의 화살을 던지는 것이에요. 아! 저의 개탄스러운 삶의 모든 위기 때마다 찾아와 제게 우애의 손을 내밀어 주는 그대, 저의 위로의 천사가 되어주어요. 제 곁에서 그대의 마지막 사명을 인자하게 수행해주어요. 제가 평온하게 죽고 또 제가 저 높은 곳에서 저를 기다리는 심판관의 용서를 희망하도록 제게 다정함과 용서의 말들을 해주어요."

그녀는 죽기를 희망하고 있었다. 그러나 슬픔은 우리 인생의 사슬을 분쇄하는 대신 그것의 고리들을 서로 꿰매 공고히 해준다. 그녀는 위험한 병이 든 것조차도 아니었다. 그녀는 그렇게 아플 힘도 없었다. 단지 그녀는 저능에 유사한 무기력과 무감동의 상태에 빠졌다.

랄프는 그녀의 기분을 돌려보려고 애썼다. 그는 레이몽을 상기시킬 수 있었던 모든 것으로부터 그녀를 멀리 떼어놓았다. 그는 그녀를 뚜렌느[87]로 데리고 갔다. 그는 그녀를 삶의 온갖 편의들로 감쌌다. 그는 삶의 매 순간을 그녀에게 견딜만한 몇 순간들을 위해 바쳤다. 그리고 그가 그 점에서 별로 상과를 못 얻었을 때 또 그의 의술과 그의 애정의 모든 자원을 탕진하고도 그 구슬프고 생기를 잃은 얼굴에 즐거움의 희미한 빛도 떠오르게 할 수 없게 되었을 때, 그는 자기의 무기력한 말재주를 개탄했고, 다정한 면에서 무능했던 것에 대해 자신을 통절하게 질책했다.

어느 날, 그는 그녀가 그 어느 때보다도 더 기진맥진해 있고, 더 짓눌려 있는 것을 발견했다. 그는 감히 그녀에게 조금도 말을 걸 엄두를 못 내었고 그녀 곁에 슬픈 표정을 지으며 앉았다. 앵디아나는 그때 그를 향해 몸을 돌리고 그의 손을 꼭 잡으며 다정하게,

"내가 그대에게 많은 고통을 안겨주고 있군요. 가엾은 랄프!"하고 그녀는 그에게 말했다. "그리고 그대가 저 같은 이기적이고 유혹에 약한 불행한 여인의 꼴을 견디어내기 위해서는 상당한 인내심을 발휘해야 되죠! 그대의 고심苦心에 찬 과업은 오래 전부터 성취되었어요. 가장 무모한 자도 우정으로부터 그대가 나를 위해 해준 것보다 더 많은 것을 요구할 수 없을 거예요. 이제 저를 초췌케 하는 고통에 저를 그냥 내버려 두세요. 한 저주된 삶과 접촉함으로써 그대의 순수하고 성스러운 삶을 망치지 말아요. 다른 곳에서 내 곁에서는 발생할 수 없는 행복을 찾도록 노력해 봐요."

"정말로, 나는 당신을 치유하려는 것을 포기하오, 앵디아나."하고 그는 대답했다. "그러나 나는, 내가 당신에게 귀찮은 존재라고 당신이 내게 설사 말한다 해도, 당신을 결코 저버리지 않을 것이오. 왜냐하면 당신은 아직은 물질적인 돌봄을 필요로 하니까요. 그리고 만약 내가 당신의 친구이기를 원치 않는다면, 나는 적어도 당신의 하인이 될 것이오. 하지만 내말을 들어 봐요. 내게 당신에게 제의할 방편이 하나 있는데, 나는 그 것을 그 고통의, 확실히 오고야 말, 종말 시기를 위해

---

87) Touraine, 파리 분지의 남서부 지방

예비해 두었던 것이오."

"나는 비통에 대해 단 한 가지 처방만을 알고 있어요." 하고 그녀는 대답했다. "그것은 바로 망각이에요. 왜냐하면 저는 이성理性이 무력하다는 걸 제 자신에게 설득할 시간이 있었기 때문이에요. 그러니까 모든 것을 시간으로부터 희망해 보기로 하죠. 만약 저의 의지가 그대가 제게 불어넣어 주고 있는 그 감사의 느낌에 복종할 수 있다면, 지금 당장 저는 우리 어린 시절처럼 웃음 띠고 침착해질 거예요. 친구, 제가 저의 고통을 키워가고 저의 상처를 더 악화시키는 것을 좋아하지 않는다는 것을 믿어 봐요. 모든 나의 괴로움이 그대의 가슴에 다시 옮겨가는 것을 제가 알고 있지 않나요? 아, 슬퍼요! 저는 잊고 또 낫고 싶어요! 그러나 저는 한 나약한 여자에 지나지 않아요. 랄프, 인내심을 발휘하여 제가 감사할 줄 모르는 여자라고 믿지 말아요."

그녀는 눈물을 펑펑 쏟았다. 랄프 경은 그녀의 손을 잡았다.

"들어보게, 내가 아끼는 앵디아나." 하고 그는 그녀에게 말했다. "망각은 우리가 마음대로 할 수 있는 것이 아니네. 나는 그대를 비난하지 않아! 나는 끈기 있게 견딜 수 있네. 그러나 그대가 괴로워하는 것을 보는 것은 내가 감내할 수 있는 것 이상이야. 게다가 왜, 우리가 연약한 존재일진대, 강철 같은 운명에 대항하여 싸워야한단 말이요? 귀찮은 것을 짊어지는 것도 한도가 있어야 하네. 그대와 나, 우리가 경배하는 신은, 인간이 그처럼 많은 비참함을 겪도록 운명지으셨지만, 거기서 벗어날 본능을 주신 것이네. 그리고 바로 그것이, 내 견해로는 짐승에 대해 인간의 으뜸가는 우월성을 나타내는 것이고, 그것은 모든 그의 고통들에 대한 구제책이 어디에 있는지를 이해하는 것이네. 그 구제책, 그것은 자살이네. 바로 그것을 나는 그대에게 제의하는 것이고, 또 나는 그대에게 그것을 권고하고 있는 것이네."

"저는 그것에 대해 가끔 생각해보았어요." 하고 앵디아나는 짧은 침묵 후에 대답했다. "예전에 격렬한 유혹들이 저에게 그런 것을 권유했어요. 그러나 어떤 종교적 거리낌이 저를 제지했어요. 그때부터 제 생각들은 고독 속에서 성장했어요. 그 불행은, 제게 달라붙으면서, 제게 조금씩 인간들이 가르치는 종교와 다른 종교를 가르쳐 주었어요. 그대가 나를 구조하러 왔을 때, 저는 굶어 죽으려고 결심하고 있었어요. 그러나 그대는 내게 살 것을 탄원했고, 저는 그대에게 그 희생을 거절할 권리를 갖고 있지 않았어요. 이제, 저를 제지하고 있는 것은 바로 그대의 생존이고, 바로 그대의 미래이에요. 가족도 없이, 마음을 빼앗길 열정도 없이, 애정도 없이, 가엾은 랄프여, 그대는 이 세상에서 무엇을 할 것이오? 제 가슴에 그 끔찍한 상처들을 받고 나서부터, 저는 그대에게 아무짝에 소용없는 존재이에요. 그러나 저는 아마 나을 거예요. 그럼요, 랄프. 저는 그러기 위해 모든 저의 노력을 기울일 것이에요, 저는 그대에게 맹세해요. 조금만 더 참아요. 아마도 곧 저는 미소 지을 수 있을 것이에요…. 저는, 그대가 저 불행으로부터 그처럼 힘겹게 빼앗아낸 이 생명을 그대에게 헌정하기 위하여, 다시 평온해지고 명랑해지기를 원해요."

"아니요, 나의 친구여, 아니요." 하고 랄프는 대답했다. "나는 그와 같은 희생을 조금도 원치 않아요. 나는 그것을 결코 받아들이지 않을 것이오. 어느 대목에서 도대체 나의 생존이 그대의 생존보다 더 귀중한가요? 무엇 때문에 나에게 어떤 즐거운 미래를 선사하기 위하여 당신은 당신 자신에게 지겨운 미래를 부과해야 한단 말입니까? 당신은, 내가 당신의 마음이 조금도 그것을 함께 나누지 않는다는 것을 느끼면서도, 그것을 즐기는 것이 내게 가능하리라고 생각하십니까? 정말이지, 나는 그 정도까지 이기주의자가 아닙니다. 나를 믿어 주어요, 우리는 어떤 불가능한 영웅 행위를 시도하지 않도록 하죠. 자기 자신에 대한 모든 사랑을 이와 같이 공공연히 포기하기를 희망하는 것은 주제넘은 오만인 것이오. 침착한 눈으로 요컨대 우리가 처해 있는 상황을 바라봅시다. 그리고 우리에게 남아 있는 날들을, 우리 중 누구도 그 다른 사람을 희생하여 독점할 권리가 없는, 공동의 재산처럼 처분합시다. 오래 전부터, 아마도 내가 태어났을 때부터, 삶은 나를 피로케 하고 나를 짓누르고 있어요. 이제 나는 삶을 쓰라림이 없이 또 불경不敬함이 없이 지고 나갈 힘이 내게는 더 이상 없다고 느끼고 있소. 함께 떠납시다, 앵디아나. 우리를 이 시련의 땅 위에, 이 *눈물의 골짜기*(역주: 기독교적 표현, 반대: 기쁨의 골짜기)에 유배하였으나, 우리가 지치고 타박상을 입은 채 그의 인자와 자비를 빌고자 그에게 나아갈 때는 의심할 바 없이, 우리에게 그의 품을 열어주기를 거절하지 않을 신에게로 돌아갑시다. 나는 신을 믿어요, 앵디아나. 그리고 내가 당신에게 그를 믿을 것을 가르쳐 준 첫 번째 사람이오. 그러니까 나에 대한 신뢰를 가져요. 한 곧은 마음은 천진난만하게 문의하는 자를 속일 수 없는 것이오. 우리는, 우리 두 사람은, 우리의 잘못들로부터 씻겨지기 위하여 이 지상에서 충분한 괴로움을 겪었어요. 불행의 세례는 우리의 영혼들을 아주 충분히 정화淨化했어요. 그것들을 우리에게 준 그분에게 그것들을 되돌려줍시다."

이러한 생각은 랄프와 앵디아나를 며칠 동안 사로잡고 있었는데, 결국 그들은 함께 스스로 그들의 목숨을 끊기로 결정하였다. 오직 어떤 자살 방식을 택하느냐가 아직 문제로 남았다.

"그것은 다소 중요한 문제이오." 하고 랄프는 말했다. "그러나 나는 그것을 벌써 곰곰이 생각해 보았는데, 여기 내가 당신에게 제안해야 할 것이 있어요. 우리가 수행하려고 하는 행동은 일시적 정신착란의 위기의 결과가 아니고, 침착하게 숙고해본 경건함으로부터 취해진 결정의 합리적 목표일진대, 그것에 대해 가톨릭 신자가 그의 교회의 성사聖事들 앞에서 갖는 명상적 태도를 취하는 것이 중요하오. 우리들을 위해, 우주는 우리가 신을 경배하는 신전이 된다. 바로 그 위대하고 더럽혀지지 않은 자연의 품에서 우리는 모든 인간적 모독으로부터 순수한 그의 권세를 느낄 수 있는 감정을 다시 발견하게 되는 것이오. 기도를 드릴 수 있기 위해 우리는 그러니까 광야로 돌아갑시다. 여기, 사람들과 죄악들이 우글거리는 나라 안에서, 신을 부인하고 그의 형체를 일그러뜨리는 이 문명의 한복판에서, 나는 불편하고 산만해지고 슬퍼질 것이라고 느끼는 바요. 나는 하늘을 향해 눈을 치켜 올리고 평온한 모습으로 기쁜 마음으로 죽고 싶어요. 그러나 여기 어디서 그런 곳을 찾겠소? 나는 그러니까 당신에게 자살이 가장 고귀하고 가장 장엄한 면모를 하고 내게 나타났던 그 장소를 말하려고 해요. 그것은 바로 부르봉 섬에 있는 한 절벽의 가장자리에 있어요. 그것은 바로 베르니까의 고적한 협곡 속으로 쏟아져 내리는, 눈부신 무지개를 이고 있는, 투명한 폭포 꼭대기에 있소. 바로 거기서 우리의 유년기의 가장 행복했던 시간들을 보냈고, 바로 거기서, 그 다음에는, 내 삶의 가장 쓸쓸한 슬픔들로 인해 눈물을 흘렸어요. 바로 거기서 나는 기도하고 희망을 갖는 것을 배웠소. 바로 거기서 나는 열대자방의 어느 아름다운 밤에 그 깨끗한 물결 밑에 나 자신을 매몰하여 푸르른 심연의 깊이가 제공하는 신선하고 꽃으로 덮인 무덤으로 내려가고 싶소. 만약 당신이 이 지상의 어느 다른 곳을 선호하지 않는다면, 나에게 우리 유년기의 놀이들과 우리 청춘의 고통들의 증인들이었던 그 장소에서 우리의 이중 희생을 성취하는 만족을 허락해 주어요."

"저는 동의해요." 하고 델마르 부인은 맹약의 표시로 그녀의 손을 랄프의 손안에 놓으면서 말했다. "저는 언제나 어떤 불가항력적 공감共感에 의해, 나의 가엾은 누운의 추억에 의해 물가로 이끌렸어요. 그녀처럼 죽는다는 것은 제게 달콤할 거예요. 그것은 제가 그 원인을 제공한 그녀의 죽음에 대한 속죄가 될 거예요."

"그리고" 하고 랄프는 말했다. "지금까지 우리를 괴롭혔던 감정들과는 다른 감정들을 지니고 이번에 택하는 새로운 바다항해는 우리의 마음을 정숙히 가다듬고, 지상의 애착들로부터 우리 자신을 분리하고, 우리 자신을 잡됨이 없이 순수하게 저 초월인超越因적 존재자의 발아래로 고양시키기 위해 우리가 상상할 수 있을 가장 좋은 준비요. 전 세계로부터 고립되고, 언제나 삶을 기쁘게 떠날 준비가 되어 있어, 우리는 황홀해진 눈으로 폭풍이 그 자연력을 휘두르며 우리 앞에 그 장려한 광경을 전개하는 것을 보게 될 것이오. 자, 앵디아나, 출발합시다, 이 감사할 줄 모르는 땅의 먼지를 털어버립시다. 이곳, 레이몽의 시선 밑에서 죽는다는 것, 그것은 편협하고 비열한 복수처럼 보이게 될 거요. 그 사람을 벌하는 수고는 하느님에게 맡깁시다. 차라리 그 무정한, 불모不毛의 마음에 자비의 보고寶庫를 열어주기를 청하기로 해봅시다."

그들은 출발했다. 새처럼 빠르고 경쾌한 스쿠너 나한도브는 그들을 그들이 두 번이나 포기했었던 고향에 실어다주었다. 항해가 그렇게 행복하고 신속한 적은 한 번도 없었다. 그것은 마치 순풍이 인생의 암초들 위에서 그리 오랫동안 이리저리 던져졌던 그 두 불행한 사람들을 항구로 인도하는 과제를 부여받고 있었던 것 같았다. 그 석 달 동안 앵디아나는 랄프의 충고에 대한 그녀의 순종의 열매를 수확하였다. 원기를 돋우고 스며드는 바닷바람은 그녀의 부실한 건강을 회복시켜주었다. 평온함이 그녀의 지친 마음에 되돌아왔다. 그녀의 고뇌에 곧 종지부를 찍게 되리라는 확실성은 믿음 깊은 환자에게 주는 의사의 약속들처럼 그녀에게 효과를 나타냈다. 그녀의 지나간 삶을 잊어버리며, 그녀는 종교적 희망의 심오한 감정들에 그녀의 영혼을 열었다. 모든 그녀의 생각들엔 어떤 신비한 매력과 천상의 향기가 스며들었다. 바다와 하늘이 그녀에게 그처럼 아름답게 보인 적은 한 번도 없었다. 그녀가 그것들을 처음 보는 것같이 느껴졌고, 그들로부터 그처럼 많은 찬란함과 풍요로움을 발견하였다. 그녀의 이마는 다시 평온해졌다. 그녀의 푸른, 온화하게 우수적인 눈에는 신성神性의 한 줄기 빛이 지나갔었다고 말할 법 하였다.

그에 못지않은 비범한 변화가 랄프의 영혼과 외양에서 일어났다. 똑같은 원인들이 거의 똑같은 결과들을 낳았다. 오랫동안 고통을 견디며 뻣뻣해진 그의 영혼은 희망의 생기 있는 열기에 부드럽게 되었다. 하늘 또한 그 쓸쓸하고 상처 입은 마음속에 내려왔다. 그의 말들은 그의 감정들을 반영하였고, 처음으로 앵디아나는 그의 진짜 성격을 알게 되었다. 그들을 서로에게 접근시킨 성스럽고 친척으로서의 친밀감은 한 사람에게는 고통스러운 수줍음을, 또 다른 사람에게는 그녀의 공정치 못한 편견을 치유해 주었다. 각 날은 랄프에게는 그의 타고난 수줍고 굼뜬 행동 하나를, 앵디아나에게서는 그녀의 판단의 오류 하나를 제거해 주었다. 그와 동시에, 레이몽에 대한 가슴을 에는 듯한 추억은 랄프의 몰랐던 미덕들과 그의 절대적 순진무구 앞에서 무디어졌고, 빛이 바랬고, 한 조각씩 떨어져 나갔다. 앵디아나가 한 사람의 좋은 자질資質들이 자라고 발전됨을 봄에 따라, 그 다른 사람은 그녀의 평가評價적 견해에서 추락하였다. 요컨대, 그 두 남자를 비교해봄으로써 그녀의 맹목적이고 치명적이었던 사랑의 모든 잔재는 그녀의 영혼 속에서 꺼져 버렸다.

제 30장

    스쿠너 나한도브의 두 승객이 착륙한지 사흘째 되던 날, 부르봉 섬의 산맥 깊숙이 들어간 것은 작년 이 고장에서 위세를 부리던 그 영구한 여름의 어느 날 저녁이었다. 이 두 인물들은 그 중간 시간을 휴식을 취하는 데에 부여했었는데, 그것은 그들을 이 섬으로 인도했던 그 목적과는 아주 동떨어지게 보였던 예비조치였다. 그러나 그들은 그렇게 판단하지는 않았다. 그도 그럴 것이 그들은, 베란다에서 파함 차를 함께 들고 나서, 시내에 나가 저녁을 보낼 계획이라도 있었던 것 같이 각별히 신경을 써 옷을 차려입었고, 그 산으로 가는 오솔길을 따라 한 시간의 도보徒步 후에 베르니까 협곡에 도착했기 때문이다.
    우연히도 그때는 그 열대지방의 하늘아래서 달빛이 밝게 비친 가장 아름다운 밤들 중 하루였다. 이제 막 검은 물결들로부터 솟아난 그 천체는 바다위에 생생한 은색 띠를 펼치기 시작하고 있었는데, 광선들은 그 협곡 안으로는 조금도 스며들지 못했고, 호수 가장자리들은 몇몇 별들의 흔들리는 반사광만을 되쏘고 있었다. 보다 높은 산의 경사진 면에 퍼져있는 레몬 나무들마저 달이 그들의 빳빳하고 반지르르한 잎사귀들 위에 보통 때 같은 흩뿌리는 창백한 금강석들로 뒤덮여있지 않았다. 흑단 나무들과 타마린드 나무들은 어둠 속에서 살랑거리고 있었고, 다만, 몇 그루의 거대한 종려나무들은 지면에서 백 피트 높이로 그들의 가는 몸통을 뻗어 올렸는데, 우듬지의 다발들만이 유일하게 푸른 광채로 은빛을 띠고 있었다.

바닷새들은 절벽의 바위틈 사이에서 잠자코 있었고, 단지 몇 푸른 비둘기들만이 산의 불룩 튀어나온 바위들 뒤에 숨어서, 그들의 처량하고 열띤 지저귐을 멀리서도 들리게 했다. 살아 있는 보석들 같은 예쁜 풍뎅이들은 커피나무들 속에서 가냘프게 윙윙거리거나 혹은 붕붕대며 호수 수면위로 스치고 지나갔다. 그리고 폭포의 한결같은 소리는 강둑에서의 메아리와 신비한 언어를 주고받는 듯하였다.

그 두 외로운 산책자들은 가파른 오솔길을 돌면서 협곡의 정상에, 급류가 흰, 가벼운 증기의 기둥을 이루며 저 밑 낭떠러지의 바닥으로 쏟아져 내리는 바로 그 곳에 도달하였다. 그때 그들은 계획을 성취하기에 아주 안성맞춤인 작은 반석위에 서있었다. 이곳에 라피아 야자수 가지들에 매달린 몇 열대 덩굴 식물들은 폭포 위로 기울어져 공중에 걸려 있는 자연스러운 요람을 이루고 있었다. 놀라우리만치 침착한 랄프 경은 그들의 도약을 방해할 수 있을 가지들 몇 개를 잘라냈다. 그런 다음 그는 그의 사촌 여동생의 손을 잡고서 그녀를 매혹적인 모양으로 낮에는 힘차고 야생적인 장관壯觀을 드러내었던, 이끼로 뒤덮인 바위 위에 앉게 하였다. 그러나 그 순간에 밤의 어두움과 폭포의 응축된 증기는 모든 것을 감싸버렸고 그 깊은 심연을 측량할 길 없이 무시무시하게 만들어놓았다.

"나는 당신에게 일러두어야 할 것이 하나 있소, 나의 친애하는 앵디아나!" 하고 그는 그녀에게 말했다. "즉 우리가 계획하고 있는 것이 성공하기 위해서는 아주 대단히 침착하게 임해야 한다는 것이오. 만약 당신이 짙은 어둠 속에서 빈 것처럼 보이는 방향으로 성급히 뛰어내리면, 당신은 어김없이 바위들에 부딪쳐 으스러지게 될 것이고, 따라서 더디고 가혹한 죽음을 맞게 될 수밖에 없을 것이오. 그러나 만약 당신이 그 폭포의 경계를 나타내는 그 흰 선 안으로 몸을 던지도록 주의를 기울인다면, 당신은 폭포와 더불어 호수 안으로 들어가고, 그 폭포 자체가 당신이 깊이 빠져들도록 할 것이오. 그런데 당신이 한 시간 더 기다리고자 한다면, 달이 중천에 높이 떠 우리에게 그 빛을 내려줄 것이오."

"마지막 순간들을 종교적 상념想念들에 바쳐야 하는 만큼" 하고 앵디아나는 대답했다. "더욱 더 저는 그 안에 동의해요."

"당신 말이 맞아! 내 귀여운 사람" 하고 랄프는 맞장구쳤다. "이 마지막 지고至高한 시간은 성찰과 기도의 시간이라고 생각하오. 우리가 그 영원한 존재자와 화해해야 한다는 뜻이 아니오. 그건 그의 숭고한 권세로부터 우리를 분리하고 있는 거리를 잊는 것이 될 것이오. 그러나 우리는, 내가 생각건대, 우리에게 괴로움을 준 사람들과 화해하고, 우리와 삼천 마일 떨어져 있는 그 사람들을 위해 자비慈悲의 말들을 저 북동쪽으로 불어가는 미풍에 실려 보내야 한다오."

앵디아나는 그 제안을 놀라움이나 감동 없이 받아들였다. 지난 몇 달 동안 그녀의 생각들은 랄프의 마음속에서 일어났었던 변화에 비례하여 더욱 더 고양되었다. 그녀는 이제 단순히 냉정한 조언자로서의 그의 말을 듣는 것이 아니었다. 그녀를 이 지상에서 들어올리고 또 그녀의 고뇌들로부터 구제하는 책임을 맡은 어떤 훌륭한 정령의 말처럼 그녀는 그를 묵묵히 따랐다.

"저는 동의해요." 하고 그녀는 말했다. "저는 제가 노력을 들이지도 않고 용서할 수 있다는 것을 또 마음속에 증오, 유한遺恨, 사랑, 원한을 품고 있지 않은 것을 기쁘게 느끼고 있어요. 제가 다가가고 있는 이 마지막 시간에, 저는 저의 서글픈 삶의 슬픔들과 저의 주변에 있었던 사람들의 망은을 거의 기억하지 않아요. 크나크신 하느님! 당신은 제 마음의 밑바닥을 보고 계시죠. 당신은 그것이 순결하고 평온한 것을 알고 계시죠. 또 사랑과 희망에 대한 모든 저의 생각들이 당신을 향해 있다는 것도요."

그때 랄프는 앵디아나의 발치에 앉아 폭포의 소음을 제압하는 힘찬 목소리로 기도하기 시작했다. 그의 온 생각이 그의 입술에 오르게 된 것은 아마도 그가 태어난 이래 처음 있는 일이었다. 죽음의 시간을 알리는 종소리는 울렸었다. 이 영혼은 족쇄도 신비의 비밀도 이제는 더 지니고 있지 않았다. 그것은 신에게만 소속되었다. 사회의 쇠사슬도 그 영혼을 더 이상 짓누르지 않았다. 그의 열의는 이제는 더 이상 죄악이 아니었고, 그의 도약의 충동은 그것을 기다리고 있었던 하늘을 향해 자유로웠다. 그처럼 많은 미덕, 고귀함, 권세를 감추고 있었던 베일은 완전히 떨어져 나갔고, 이 남자의 정신은 단번에 마음의 높이에까지 뛰어올랐다.

타오르는 화염이 연기의 소용돌이 가운데서 빛을 발하며 그것을 흩어지게 하듯이, 그의 오장육부의 바닥에 숨겨져 잠자고 있었던 성스러운 불길은 치솟아 그 생생한 빛을 내뿜었다. 그의 엄격한 양심이 두려움과 제약으로부터 처음으로 해방되었던 이제, 말은 그의 생각을 돕기 위해 저절로 흘러나왔고, 온 생애에 걸쳐 단지 평범한 것들만을 입에 올렸었던 그 보통 사람은, 그의 마지막 시간을 맞아, 웅변적이고 설득적이 되었는데, 레이몽도 그렇게 된 적은 한 번도 없었다. 내가 여러분에게 그가 그 고적한 장소의 메아리에게 마음 놓고 털어놓았던 그 이상야릇한 언변들을 되풀이하여 주기를 기대하지 마십시오. 그 사람 자신도, 만약 그가 여기에 있다면, 우리에게 그것들을 다시 말해주지는 못할 것이니까요. 우리의 생각들이 어떻게 보면 보다 순수하고, 보다 미묘하고, 보다 맑게 되는 고양과 희열의 순간들이 있습니다. 이러한 희귀한 순간들은 우리를 그처럼 높이 끌어올리고 또 우리를 우리 자신들로부터 그처럼 멀리 이끌어가기 때문에, 그 지상에 다시 돌아오게 될 때에, 우리는 그 지적知的 도취의 의식과 기억을 상실하게 되는 것이죠. 누가 은둔자의 신비한 환영들을 이해할 수 있나요? 누가 시인의 꿈들을, 그가 우리를 위해 그것들을 적어놓기에 그의 감동이 식어버리고 난 그 이전에, 얘기해줄 수 있나요? 의로운 자를 받아들이기 위해 하늘이 열리는 순간에 그의 영혼에 계시啓示되는 그 기적들을 누가 우리에게 말해줄 수 있나요? 외관상 매우 평범한 사람이지만, 굳건히 신을 믿고 날이면 날마다 그의 양심의 책에 문의를 했던바, 예외적이라고 할 수 있었던 랄프는, 그 순간에 그 영원한 자와 그의 잘잘못들을 청산하고 있었다. 그것은 그 자신이 되고, 그의 모든 도덕적 성품을 적나라하게 드러내놓고, 또 사람들이 그에게 부과했었던 가면을, 그 *심판자* 앞에서 벗어버리는 순간이었다. 고통이 그의 뼈에 부착했었던 말총셔츠[88]를 벗어던졌을 때, 그는 마치 그 신적 보상의 처소로 이미 들어간 듯 숭고하고 찬란하게 일어섰다.

그의 말을 경청하고 있었을 때, 그녀는 조금도 놀랍다는 생각이 들지 않았다. 그녀는 그렇게 말하고 있는 이가 참말로 랄프였는지에 대해서도 의아해 하지 않았다. 그녀가 알았었던 랄프는 더 이상 존재하지도 않았고, 그녀가 이제 경청하고 있었던 그 사람은 그녀가 예전에 그녀의 꿈들 속에서 보았었고 또 무덤의 가장자리에서 그녀를 위해 드디어 형상화된 한 친구처럼 보였다. 그녀는 그녀의 순수한 영혼이 똑같은 비상飛上으로 솟아오름을 느꼈다. 어떤 종교적 뜨거운 공감이 그녀로 하여금 똑같은 감동들을 경험하게 했고, 그녀의 눈으로부터는 감격의 눈물이 랄프의 머리카락 위로 떨어졌다.

그때 달이 높다란 캐비지야자의 꼭대기 위에 솟아올랐고, 달빛은 덩굴들의 틈바귀 사이로 비추면서 앵디아나를 창백하고 축축한 광채로 감쌌는데, 그녀는 흰 옷과 어깨 위로 늘어뜨린 긴 땋은 머리로 인해 사막에서 길을 잃은 어떤 처녀[89]의 그림자와 흡사해 보였다.

랄프 경은 그녀 앞에서 무릎을 꿇고는 그녀에게 말했다.

"이제, 앵디아나, 내가 그대에게 입힌 모든 해를 용서해 주어요. 그래야 나는 나 자신에게 그것을 용서할 수 있겠으니 말이요."

"아, 슬퍼요!" 하고 그녀는 대답했다. "가엾은 랄프, 내가 그대에게

---

88) 고행자가 입는 옷
89) 샤또브리앙 Chateaubriand의 아딸라 Atala 등에서 받은 영향

정녕 용서할 것이 무엇이 있나요? 그 반대로, 제가 그대를 저의 마지막 날에 축복해야 되는 것이 아닌가요? 저의 날들을 점철한 그 모든 불행의 날들에도 그대는 저로 하여금 그렇게 하도록 했어요."

"나는 어느 정도까지 내가 죄를 졌는지 모르오." 하고 랄프는 이어 말했다. "그러나 나의 운명과의 그처럼 길고 끔찍한 싸움에서 내가 과오를, 그것을 채 깨닫지 못하고, 범하지 않았다고는 할 수 없는 일이요."

"무슨 싸움에 관해 당신은 말하고 있는 거죠?" 하고 앵디아나는 물었다.

"바로 그 점이⋯." 하고 그는 대답했다. "내가 당신에게 죽기 전에 설명해야 하는 것이요. 그것은 나의 삶의 비밀이오. 당신은 우리를 이리 다시 실어다 준 그 배 위에서 내게 그것을 물었고, 나는, 우리 머리 위로 달이 뜨게 될 그 마지막 시간에, 베르니까 호수의 가장자리에서 당신에게 그것을 털어놓겠다고 약속했소."

"그때가 되었네요." 하고 그녀는 말했다. "저는 당신에게 귀 기울이고 있어요."

"정말이지 인내를 가져야 해요. 왜냐하면 나는 당신에게 긴 얘기를 모두 해야 하기 때문이오, 앵디아나. 그리고 그 얘기는 나의 얘기요."

"당신을 거의 한 번도 떠난 적이 없는 저는요, 제가 그 얘기를 알고 있다고 생각하고 있었는데요."

"당신은 그것을 조금도 몰라요. 당신은 그것의 하루도, 한 시간도 알지 못하고 있어요." 하고 랄프는 서글프게 말했다. "언제 내가 정말이지 당신에게 그것을 말할 수 있었겠어요? 하늘은 이러한 속내이야기에 합당한 그 유일한 순간은 당신의 삶과 나의 삶의 마지막 순간이 되도록 원했어요. 그 얘기가 전에 나왔으면 광狂적이고 범죄적이었을 만큼, 오늘은 그것이 그만큼 결백하고 합법적이오. 그것은 현재 이 시각에 누구도 내게 나무랄 권리가 없는 개인적 만족인데, 당신은 나를 향해 당신이 지금껏 이룩해놓은 인내와 온화함의 과업을 완성시키기 위하여 그것을 나에게 허락해 주오. 그러니까 끝까지 나의 불행의 무게를 참아주어요. 그리고 만약 나의 말들이 당신을 피로하게 하고 당신을 화나게 한다면, 내 위에서 위령곡慰靈曲을 부르고 있는 저 폭포수 소리에 귀 기울여 봐요.”

"나는 사랑을 하기 위해 태어났어요. 당신들 중 누구도 그것을 즐겨 믿으려고 하지 않았고, 바로 그 잘못된 생각이 나의 성격을 결정지었어요. 자연은 나에게 진정어린 사랑하는 영혼을 부여하면서 어떤 야릇한 반대 방향을 택했었다는 것이 사실이오. 자연은 나의 얼굴에 돌가면을 씌웠고 나의 혀 위에 이겨낼 수 없는 무게를 올려놓았었어요. 자연은 그 가장 상스러운 사람들에게도 허용하는 것, 즉 눈초리나 말로 나의 감정들을 표현하는 힘을 내게 거절했었어요. 그것이 나를 이기주의자로 만들었어요. 사람들은 나의 도덕적 성품을 그 외부의 덧 씌우개에 의해 판단했어요. 그리고 어느 불모不毛의 과실처럼, 내가 벗어던질 수 없었던 그 거친 외피 밑에서 메마르게 되어야 했어요. 내가 태어나기가 무섭게 나는 내가 가장 필요로 했던 가슴으로부터 퇴짜를 맞았어요. 나의 어머니는, 아기 얼굴이 그녀의 미소에 화답할 줄 몰랐기 때문에, 나를 그녀의 젖가슴으로부터 떼어버렸어요. 생각과 필요를 구분할 줄 모르는 연령에서, 나는 이미 이기주의자란 혐오스러운 명칭에 의해 된서리를 맞았어요.”

"그때 판단이 내려진 것은, 내가 나의 애정을 누구에게도 말할 줄 몰랐기 때문에, 누구도 나를 사랑하지 않을 것이라는 거죠. 사람들은 나를 불행하게 만들었죠. 그들은 내가 애정을 느끼지 않았다고 잘라 말했어요. 나는 나의 아버지의 집으로부터 추방되다시피 되었고, 그들은 나를 저 해안의 가엾은 물새처럼 바위들 위에서 살도록 떠나보냈어요. 앵디아나, 당신은 나의 유년시절이 어떠했는지 알고 있어요. 나는 나의 긴 날들을 황야에서 보냈는데, 불안해하는 어머니가 한 번도 나의 족적을 찾아 그리로 온 적이 없었고, 또한 밤이 되어 집으로 돌아갈 시간이 되었음을 내게 알려주기 위하여 어떤 정다운 목소리가 협곡들의 적막을 깨며 울려 퍼지지도 않았어요. 나는 혼자서 잤고, 나는 혼자서 살았어요. 그러나 신은 내가 마지막까지 불행한 사람이 되는 것을 승낙하지 않았어요. 왜냐하면 나는 혼자서 죽지 않을 것이니까요."

"그렇지만 하늘은 그때에 나에게 한 선물, 한 위로, 한 희망을 가져다주었어요. 마치 나를 위해 당신이 창조되었던 것같이, 당신은 나의 삶 속으로 들어왔어요. 가엾은 어린아이! 나처럼 방치된 채, 나처럼 사랑도 없이, 보호도 없이 삶 속에 내던져져, 당신은 운명적으로 나의 짝으로 정해진 것같이 보였어요. 적어도 나는 그런 환상을 품었죠. 내가 너무 주제넘었나요? 십년 동안 당신은 내게, 경쟁자들 없이, 고통들 없이, 온통 내게 속했어요. 그때 나는 질투라는 것을 미처 몰랐어요."

"그때가 앵디아나, 나의 삶의 가장 덜 불행했던 시절이었소. 나는 당신을 나의 누이, 나의 딸, 나의 여자 동무, 나의 학생, 나의 세상으로 만들었소. 당신이 나를 필요로 하였다는 것이 나의 삶을 들짐승의 삶보다 어딘가 더 나은 것으로 만들었소. 당신을 위해 나는 내 가족의 경멸이 나를 처박아 넣었던 우울증으로부터 빠져나왔소. 나는 당신에게 쓸모 있게 됨으로써 나 자신을 존중하기 시작했소. 다 털어놓아야 하겠소, 앵디아나. 당신을 위해 인생의 짐을 받아들이기로 한 후, 나의 상상력은 그 사실에 어떤 보상의 희망을 걸었어요. 나는 습관처럼 (내가 사용하려는 단어들을 용서해 주어요. 오늘날까지도 나는 그것들을 입에 올리면 떨립니다), 나는 습관처럼 당신은 나의 아내가 될 거라고 생각하곤 했어요. 당신이 아직 어린애였지만, 나는 당신을 나의 약혼녀처럼 간주했어요. 나의 상상력은 당신을 벌써 젊은 여성의 우아한 매력들로 단장했어요. 나는 다 자란 당신을 보고 싶어 초조했죠. 집안에서 내 사랑의 몫을 빼앗아갔고 집안일들을 하기를 즐겼던 나의 형은 낮에는 여기서도 보이는 언덕위의 정원을 가꾸곤 했어요. 새로 온 농장 주인들은 그것을 이제는 논으로 바꾸어 놓았고요. 꽃들을 가꾸는 일이 나의 형에게 가장 달콤한 순간들이 되곤 했는데, 매일 아침 그는 꽃들이 얼마나 자랐는지 초조한 눈으로 염탐하러 나갔어요. 그리고 어린애 같은 그는 꽃들이 그의 기대에 부응해서 하룻밤 사이 쑥쑥 자랄 수 없었다는 것에 어이없어 했어요. 나로서는 앵디아나, 당신이 나의 관심 전부며, 나의 기쁨 전부며, 나의 부富 전부였어요. 당신은 내가 재배하고 있었던 싱싱한 식물이었고, 내가 꽃피기를 초조하게 기다리고 있었던 봉오리였어요. 나 또한 아침에는 당신의 머리위에 한 번 더 지나간 하루 햇빛의 영향을 몰래 살펴봤어요. 왜냐하면 나는 벌써 청년이 되었고, 당신은 아직 어린아이에 지나지 않았으니까요. 벌써 나의 가슴속에서는 당신에게는 그 명칭이 생소했던 열정들이 술렁이고 있었죠. 나의 십오 세란 나이는 나의 상상력을 초췌하게 만들었고, 당신은 내가 자주 슬픈 모습을 하고 있고 당신의 놀이들에 별 즐거움이 없이 참여하는 것을 보고 의아히 여겼죠. 당신은 과일, 새가 당신에게처럼 내게는 더 이상 귀중물이 아니었다는 사실을 도저히 이해할 수가 없었고, 나는 당신에게 벌써 냉정하고 괴이하게 비추어졌어요. 그렇지만 당신은 나를 나 자신 있는 그대로 사랑했어요. 왜냐하면 나는, 나의 울적한 심사心思에도 불구하고, 어느 한 순간도 당신에게 바치지 않았던 적은 없으니까요. 나의 고뇌에 찬 슬픔은 당신을 나의 마음에 보다 소중하게 만들어주었어요. 나는 당신이 언젠가는 그 고뇌들을 기쁨들로 변화시켜 줄 능력을 갖추게 될 것이라는 그 광적狂的 희망을 마음속에서 키우고 있었어요."

"아, 슬프다! 나를 십년 동안 살도록 지탱해준 그 모독적 상념을 용서해주어요. 당신에게 희망을 품는 것이 저주받은 자에게 죄악이었다면, 산야의 아름답고 순박한 딸이여, 신만이 그에게 그 대담한 생각을 그의 유일한 영양분으로 준 것에 대해 유죄인 것이요. 어디를 둘러봐도 욕구와 곤궁뿐 피난처는 찾을 수 없었던 이 상처받고 오해받는 마음은 무엇에 의지하여 존재할 수 있었겠소? 당신에 대해 아버지 역할을 하기가 무섭게 거의 동시에 애인이 되었던바, 당신이 아닌 그 누구로부터 그는 사랑의 눈초리와 미소를 기대할 수 있었겠소?"

"그렇지만 사랑에 흠뻑 빠져있었던 가엾은 새의 날개 밑에서 자라났다고 경각심을 갖지 말아요. 한 번도 어떤 불순한 흠모나 어떤 죄가 되는 생각이 당신의 영혼의 처녀성을 위태롭게 하지 않았소. 한 번도 나의 입은 그대의 뺨에서, 저 아침에 축축한 증기가 서린 과일들처럼, 뺨을 감싸고 있었던 순결의 꽃을 걷어 올리지 않았소. 나의 키스들은 아버지가 하는 키스들이었고, 내 입술과 만난 당신의 순결하고 흥겨운 입술은 성년 남자의 욕망으로부터 타오르는 불길을 경험하지는 않았소. 그래요, 내가 반해 있었던 사람은 푸른 눈을 한 자그마한 소녀인 당신이 아니었소. 내가 당신을 당신의 담백한 미소와 당신의 부드러운 어루만짐과 더불어 나의 가슴에 안았을 때, 당신은 그저 나의 여식이었고, 아니면, 기껏해야 나의 꼬마 여동생이었소. 그러나 나는, 내가 나 자신의 나이에서 오는 정욕에 홀로 내맡겨 열망의 눈초리로 그 미래를 갈망하곤 했을 때, 열다섯 살의 당신과 사랑에 빠져 있었소."

"내가 당신에게 *뽈과 비르지니* [90]의 얘기를 읽어주었을 때, 당신은 그것을 단지 반 정도 이해하였소. 그렇지만 당신은 울었어요. 당신은 단지 어느 오빠와 여동생의 얘기만을 보았었고, 나는 두 연인들의 고통들을 감지하면서 공감共感으로 몸을 떨었어요. 그 책은 당신에게 기쁨을 안겨주었던 반면, 나에게는 고통을 가져다주었어요. 당신은 내가 그 충실한 개의 애착, 야자수들의 아름다움, 또 흑인 도밍그의 노래들에 관해 읽어주는 것을 듣고서 즐거워했소. 그러나 나는, 혼자 있었을 때, 뽈과 그의 연인 사이의 대화들, 한 사람의 격정적 의혹들, 다른 사람의 남몰래 겪는 고통들을 다시 읽어보았어요. 오! 사춘기를 맞아 자신의 가슴속에서 삶의 신비들에 대한 설명을 찾으며 이제 그에게 제공

---

[90] 베르나르댕 드 쌩 삐에르Bernardin de Saint Pierre의 소설 *Paul et Virginie*

되고 있는 첫 사랑의 대상을 감격적으로 차지하는 자의 그 첫 불안감을 얼마나 나는 잘 이해하였던가! 하지만 앵디아나, 나를 공정하게 대해주어요. 나는 당신의 유년기의 평화로운 과정을 단 하루라도 더 빨리 재촉하는 죄를 범하지 않았어요. 나는 인생에는 고민거리와 눈물이 있다는 것을 당신에게 알려주었을 단어 하나도 입 밖으로 흘리지 않았어요. 내가 죽으리라고 결심했었던 어느 날, 당신의 유모가 당신을 나의 가슴에 안겨주었을 때 당신에게 마련되어 있었던 그 전적全的인 무지無知와 그 전적인 안전 속에 나는 열 살 나이의 당신을 그냥 내버려두었어요."

"가끔 혼자서 이 바위에 앉아서, 산맥이 감추고 있는 그 모든 봄과 사랑의 소음들을 엿들으면서, 태양조들이 서로 추격하며 서로 성가시게 구는 것과 또 곤충들이 꽃들의 꽃받침 속에서 달콤하게 포옹한 채 잠들어가는 것을 보면서, 야자수들이 서로 서로 보내는 붉게 물든 화분을 —여름의 부드러운 미풍이 잠자리 역할을 해주는 도취의 공중 운송들, 그 미묘한 기쁨들을— 들이마시면서, 나는 열광적으로 어쩔 줄 몰라 했지요. 그때 나는 도취되었고, 나는 광적狂이었어요. 나는 꽃들에게, 새들에게, 저 급류의 물소리에게 사랑을 바랐어요. 나는 그 미지의 행복을 맹렬히 불렀는데, 그 생각만으로도 정신이 아찔해지곤 했어요. 그런데 나는 당신이 장난치기 좋아하며 또 웃으면서 저기 오솔길에서 나를 향해 달려오는 것을 보곤 했어요. 멀리서 보면 그렇게 작고 또 바위들을 건너는 모양이 그처럼 서툴러서 당신은, 게다가 흰 옷에 갈색 머리를 하고 있어, 남반구의 펭귄으로 착각되기 쉬웠을 거요. 그러면 나의 피는 진정되었고, 나의 입술은 더 이상 타들어가지 않았어요. 나는 일곱 살의 앵디아나 앞에서, 내가 막 꿈꾸고 있었던 열다섯 살의 앵디아나를 잊어버리곤 했어요. 나는 순수한 기쁨으로 당신에게 나의 팔을 벌렸어요. 당신의 애무는 나의 이마를 시원하게 해주었어요. 나는 행복했어요. 나는 아버지였어요."

"우리는 얼마나 많은 자유롭고 평화스러운 날들을 이 협곡에서 보냈던가! 얼마나 자주 나는 당신의 작은 발을 이 호수의 깨끗한 물속에서 씻겨주었던가! 얼마나 자주 나는 당신이 야자수 잎을 차일삼아 이 갈대들 속에서 자고 있는 것을 지켜보았던가! 그러면 어떤 땐 나의 고통들이 다시 시작되곤 하였소. 나는 당신이 그처럼 작았다는 사실에 번민하곤 했소. 그와 같은 고통들을 겪으면서, 나는, 당신이 나를 이해하고 나에게 응답해줄 수 있을 그 날까지, 내가 살 수 있을 런지 자문하곤 했어요. 나는 비단같이 고운 당신의 머리카락을 가만히 들어 올려서는 사랑을 느끼며 거기에 키스하곤 했어요. 나는 그것을 내가 지나간 몇 년 동안 당신의 이마 위에서 잘라내어 내 지갑 속에 지니고 다녔던 다른 곱실 머리카락과 비교해보았어요. 나는 기쁨을 느끼며 매 봄마다 그 머리카락이 한층 더 짙은 색을 띠었다는 것을 확인하였어요. 그런 다음 나는 근처의 대추야자나무의 밑동 위에 사 년 또는 오 년에 걸쳐 당신 키가 점차 커가는 것을 표시하기 위하여 내가 거기에 파놓은 부호들을 관찰하였어요. 그 나무는 아직도 그 흠집들을 지니고 있어요, 앵디아나. 나는 내가 마지막으로 여기 와서 괴로워했을 때 그것들을 다시 발견했소. 아, 슬프다! 당신은 자랐으나 헛일이었소. 약속대로 당신은 아름다워졌으나 헛일이었소. 당신의 머리카락은 흑단처럼 검게 되었으나 쓸데 없었소! 당신은 나를 위해 자란 것이 아니었소. 당신의 매력이 발휘된 것도 나를 위한 것은 아니었소. 당신의 가슴이 처음으로 빨리 뛰었던 것은 다른 사람을 위함이었소."

"당신은 우리들이, 두 멧비둘기처럼 가볍게, 포도蒲桃나무[91] 숲을 따라 잽싸게 빠져나갔던 일을 기억하세요? 당신은 또한 우리가 우리 위쪽의 대평원에서 가끔 길을 잃어버리곤 했던 일을 기억하세요? 우리는 언젠가 한번 살라즈 산맥의 엷은 안개 낀 정상들에 도달하고자 시도한 적이 있었죠. 그러나 우리는 더 높이 오름에 따라 과실들은 더 드문드

---

[91] 도금양myrte과에 속하며 인도가 원산지이고 그 열매는 장미 향기의 싱싱한 과육이 있음.

문하게 되었고, 폭포수들은 더 접근하기가 어려워졌고, 바람은 더 차갑고 더 세차게 되었다는 것을 예견하지 못했었죠."

"우리 뒤로 초목이 사라져버리는 것을 보았을 때, 당신은 돌아가기를 원했죠. 그러나 우리가 공작고사리 군락群落 지역을 통과했을 때, 우리는 무수한 딸기나무들을 발견했고, 당신은 바구니를 채우기에 너무 몰두해서 그 곳을 떠날 생각을 하지 않았죠. 더 멀리 가는 것은 단념해야 했죠. 우리는 이제 단지 비스킷처럼 녹색 반점이 박히고 양털 같은 식물들이 흩뿌려진 화산암 위로만 걸어가고 있었죠. 온갖 바람에 시달린 이 가엾은 식물들은 우리로 하여금 그들에게 대기의 혹독함에 맞서기 위하여 따뜻한 옷을 입혀준 것 같은 신의 관대함을 생각해보게 했죠. 그러더니 안개가 매우 짙어졌으므로 우리는 어디로 가고 있는지를 더 이상 분간할 수 없었고, 우리는 다시 내려가야만 했어요. 나는 당신을 내 팔에 안고 되돌아왔죠. 나는 조심조심 그 가파른 산언덕들을 내려갔어요. 우리가 세 번째 초목 지대의 첫 수풀에 발을 들여놓았을 때 어둠이 우리를 엄습했죠. 나는 거기서 당신을 위해 석류들을 땄고, 나의 목을 축이기 위해서는, 리아나 덩굴로 만족했는데, 그 가지를 꺾어 얻은 진은 깨끗하고 시원한 물을 공급했어요. 우리는 그때 그 *붉은 강*의 숲에서 길을 잃었던, 우리들의 총애를 받았던 주인공들[92]의 모험을 회상했죠. 그러나 우리에겐 우리를 찾아 나서는 다정한 어머니들도, 열성적인 하인들도, 충성스런 개도 없었죠. 아무래도 좋아요, 나는 행복했고 자부심을 느꼈어요. 나 혼자만이 당신을 지켜줄 책임이 있으니까요. 그리고 나는 내가 뽈보다 더 행복하다고 생각했어요."

"그랬어요, 당신이 내게 벌써부터 고취해 주었던 것은 순수한 사랑, 심오하고 참된 사랑이었어요. 누운은 열 살일 때, 당신보다 머리통 하나는 더 컸고, 가장 넓은 의미에서 크레올[93] 여인으로서 그녀는 이미

---

92) 뽈과 비르지니
93) 주로 식민지 태생의 백인을 의미하나 혼혈도 포함함.

잘 발육되어 있었죠. 그녀의 촉촉한 눈빛은 이미 야릇한 표현으로 예리해지고 있었고, 그녀의 얼굴과 그녀의 성격은 젊은 처녀의 그것이었어요. 다 좋은데, 나는 그녀를 사랑하지 않았어요. 또는 오직 그녀가 당신의 놀이의 짝이 되었던 탓에 그녀에 대해 호감을 가졌었죠. 그녀가 이미 아름다워졌다거나 또는 언젠가는 더 아름다워질 수 있을 것이라는 생각을 거의 한 번도 한 적이 없었어요. 나는 그녀를 쳐다보지 않았어요. 나의 눈에 그녀는 당신보다 더 어린애였어요. 내가 사랑하고 있었던 사람은 당신이었어요. 나는 당신에게 기대와 희망을 걸고 있었어요. 당신은 나의 동반자였고 나의 청춘의 꿈이었어요…."

"그러나 나는 미래를 전혀 셈에 넣지 않고 있었어요. 나의 형의 사망은 나로 하여금 형의 약혼녀와 결혼해야 하는 몹쓸 입장에 빠뜨려놓았어요. 나는 당신에게 나의 생애의 이 시절에 대해서는 아무것도 말하지 않을 거예요. 그것은 아직 가장 쓰디쓴 시절은 아니었죠, 앵디아나, 그렇다 해도 나는 나를 미워했던 여자 또 내가 사랑할 수 없었던 여자의 남편이었죠. 나는 아버지가 되었고, 그리고는 내 아들을 잃었어요. 나는 홀아비가 되었고, 또 나는 당신이 결혼했다는 소식을 들었어요!"

"고통의 시절이었던 영국에서의 유배의 날들은 나는 당신에게 얘기하지 않겠어요. 내가 누군가에 과오를 저질렀다면, 그건 당신에게는 아니었어요. 그리고 만약 누군가 내게 과오를 저질렀다면, 나는 그것에 대해 불평하고자 하지 않아요. 그 곳에서 나는 더 *이기주의자가* 되었는데, 즉 어느 때보다도 더 서글퍼지고 더 불신적이 되었던 것이죠. 사람들이 나에 대해 의구심을 품었던 탓에 나는 부득이 자만심을 지니고 나 자신에게 의존할 수밖에 없게 되었어요. 그래서 이러한 시련들 속에서 나 자신을 지탱하기 위하여 오직 나의 마음의 증언만을 지니고 있었어요. 사람들은 나와 억지로, 어찌 달리 하는 수가 없어, 결혼을 했고 나를 단지 *경멸적으로만* 대했던 한 여인을 내가 아끼고 사랑하지 않았다는 것을 죄악시 했어요. 그때부터 사람들은 아이들에 대한 나의 소원함을 나의 이기주의의 주요한 특징들의 하나로 간주했어요. 레이몽은, 아이들 교육에 필요한 세심한 주의가 나이든 독신자의 엄격히 방법적인 습관들과 잘 부합하지 않는 것이라고 촌평을 하며, 그런 경향에 대해 나를 가혹하게 놀려주었어요. 그는 내가 아버지가 된 적이 있었다는 것과 당신을 키운 것이 나였다는 사실을 모르고 있는 것 같아요. 그러나 당신들 중 누구도 내 아들의 추억은, 많은 해가 지났음에도, 그 죽은 첫날과 마찬가지로 내게는 그처럼 가슴을 에는 듯하였다는 것을 또 나의 상처 입은 가슴은 그를 연상시켰던 금빛 머리들만 보아도 부풀어 올랐다는 것을 이해하려고 하지 않았어요. 어느 사람이 불행한 경우, 사람들은 그를 동정하도록 강요받기가 싫은 나머지, 그에게 충분한 죄가 있다고 생각하려고 안달이죠."

"그러나 어느 누구도 결코 이해할 수 없을 것은, 나에게 인간사회의 속박의 굴레를 씌우기 위해, 누구 한 사람 내게 기꺼이 동정어린 시선을 보내지 않았던, 황무지의 가엾은 자식인 나를 그들이 이 고장에서 끌어냈을 때, 깊은 의분義奮과 처절한 절망감이 나를 온통 사로잡았다는 것이죠. 그와 동시에 나는 나를 배척했었던 세계에서 어느 한 빈 자리를 채우도록 강요되었고, 또한 그들은 나에 대한 그들의 의무들을 인정하지 않았던 이들에 대해 내가 이행할 의무가 있었다는 것을 나에게 이해시키기를 원했어요. 그리고 더 기막힌 것은 내 가족 중 단 한 사람도 나를 돕고자 하지 않았었는데, 이제 그들 모두 나서서 나를 끌어내어 그들의 전체 이해관계를 지켜나가도록 했어요! 그들은 하층민들에게도 거부되지 않는 것, 즉 고독감조차 내가 평화롭게 즐기는 것을 내버려 두지 않았어요! 나는 인생으로부터 단 한 가지 귀중한 것, 하나의 희망, 하나의 생각, 즉 당신은 영원히 내게 속해 있었다는 생각만을 지니고 있었어요. 그들은 그것을 나에게서 빼앗아갔어요. 그들은 내게 당신은 나를 위해 충분히 부유하지 않았다고 말했어요. 씁쓸한 우롱이죠! 산들이 부양해주었고 아버지의 집은 배척하였었던 나를 말이요! 부(富)를 어떻게 사용할지를 배운 적이 없었던 나에게 그들은 이제 다른 이들의 부를 번성케 하는 직책을 떠맡겼던 것이에요!"

"하지만 나는 복종했어요. 나에게는 그들이 나의 초라한 행복에 피해를 주지 말라고 부탁할 권리도 없었어요. 나는 그토록 경멸을 받고 있었으니까요. 저항한다는 것, 그것은 나를 혐오의 대상으로 만들었을 거예요. 나의 어머니는, 그녀의 다른 아들의 죽음으로 위로받을 길이 없어, 만약 내가 나의 운명에 복종하지 않는다면, 그녀 자신 죽고 말겠다고 위협하곤 했어요. 나의 아버지는, 마치 내가 그가 내게 별로 애정을 보이지 않았던 것에 대해 책임이 있었던 것 같이, 내가 그를 위로할 줄 모른다고 나를 비난했고, 내가 그의 굴레에서 벗어나고자 시도하였다면, 나를 저주할 준비가 되어 있었어요. 나는 머리를 숙였어요. 그러나 내가 괴로워했던 것은 당신 자신도 내가 당했던 고통을 충분히 헤아리지 못한다는 거에요. 만약 내가, 그토록 박해를 받고, 상처를 받고, 억압되어 왔었지만, 지금껏 조금도 사람들에게 그 악을 악으로 갚지 않았다면, 아마도 나는 그들이 나를 비난하였듯이 그처럼 메마른 마음의 소유자는 아니었다고 결론지어야 할 것이요."

"내가 여기로 돌아와서 당신과 결혼해 있었던 그 남자를 보았을 때…. 용서해요, 앵디아나. 바로 그때 나는 참말 이기주의자였어요. 내가 품었던 사랑에도 이기주의 같은 것이 있었으니까 사랑에는 언제나 그런 것이 있나 봐요. 나는 그 합법적 위장이 당신에게 한 주인을 주었을 뿐 그것이 남편은 아니었다는 생각에 어떤 잔인한 기쁨 같은 것을 느꼈어요. 그대는 내가 그에게 보인 일종의 애착을 보고 놀라워했죠. 그것은 내가 그를 적수로 생각하지 않았기 때문이요. 나는 이 노인이 사랑을 불어넣을 수도 또는 느낄 수도 없고, 그대의 마음은 이 결혼으로부터 고스란히 그 처녀성을 지켜나갈 것이라는 것을 잘 알고 있었어요. 나는 그대의 냉담과 서글픔에 대해 그에게 감사했어요. 만약 그가 여기 계속 머물러 있었다면, 나는 아마도 죄악감을 가졌을 것이오. 그러나 당신들은 나를 혼자 남겨두고 떠났고, 그대 없이 산다는 것은 내가 도저히 감당할 수가 없었소. 나는 내가 그대의 어린 시절부터 그대에 대해 꿈꾸었었던 그대로 아름답고 우수적인 모습을 다시 발견하면서 맹렬성이 다시 타오르기 시작된, 그 제어할 수 없는 사랑을 정복하고자 노력했어요. 그러나 고독은 나의 괴로움을 증대할 뿐이었고, 나는 그대를 보아야 하고 그 같은 지붕 밑에서 살고 그 같은 공기를 마시며 그대의 목소리의 조화로운 음향에 매 순간마다 도취해야 한다는 욕구에 지고 말았어요. 그대는 내가 어떤 장애들과 맞닥뜨려야 했는지, 어떤 의혹들과 싸워야 했는지를 알고 있어요. 나는 그때 어떤 책무들을 내가 자신에게 부과하고 있었는지를 깨달았어요. 나는 어떤 신성한 약속으로 그대의 남편을 안심시켜 놓기 전에는 나의 삶을 그대의 삶과 결부시킬 수가 없었어요. 그리고 나는 나의 약속 한 마디를 소홀하게 다루는 것이 무엇인지를 지금껏 한 번도 알지 못했소. 그렇게 해서 나는 나의 오빠로서의 역할을 결단코 잊지 않을 것을 정신과 마음을 다해 서약했소. 그리고 말해보아요, 앵디아나. 내가 나의 맹서를 위반한 적이 있었소?"

"나는 또한, 만약 내가 나로부터 모든 친밀한 관계 또 모든 깊은 감정을 멀리하게 했던 그 위장을 벗어 팽개치면, 그 엄격한 과제를 이행하기가 어렵고 아마도 불가능할 것이라는 것을 이해했어요. 나는 내가 위험과 불장난을 해서는 안 된다는 것을 이해했어요. 왜냐하면 어떤 투쟁에서 승리를 거두기에는 나의 열정은 너무 강렬했었기 때문이죠. 나는 나로부터 그대의 관심을 떨어져나가게 하고 나를 패망시켰을 그대의 동정을 나에게서 박탈하기 위해 나의 주위에 삼중의 빙벽氷壁을 세워야 한다고 느꼈어요. 나는 혼자 말하기를 그대가 나를 동정하는 날엔 나는 이미 죄를 진 것이라고요, 그리하여 나는 무감동과 이기주의라는 끔찍한 질책의 무게에 눌리며 사는 것에 동의했고, 또 하늘의 덕분으로, 그대도 내게 그런 비난을 면제해주지 않았죠. 나의 가장假裝

의 성공은 나의 기대를 능가했어요. 당신들은 나에게 거세된 사람들을 대하듯 일종의 모욕적 동정을 퍼부었죠. 당신들은 나에게 한 영혼과 감각들을 거부했어요. 당신들은 나를 발로 짓밟았고, 나는 분노와 복수의 심정에서 유발되는 격한 언동마저도 보일 권리가 없었어요. 그도 그럴 것이 그것은 나 자신을 배반하고 당신들에게 한 남자로서의 나의 정체를 드러내는 일이 되었을 테니까요."

"내가 털어놓는 불만은 인간들에 대해서이지 그대에 대해서는 전혀 아니에요, 앵디아나. 그대는요, 그대는 언제나 친절하고 자비로웠어요. 그대는 그대에게 가깝게 가기 위해 내가 채택했었던, 그 멸시 받을만한 위장을 한 나를 감내해주었어요. 그대는 나로 하여금 단 한 번도 나의 역할에 대해 얼굴을 붉히도록 한 적이 없었어요. 그대는 나에게 모든 것에 대한 보상이었어요. 그리하여 어떤 때는 나는 자부심을 가지고 생각해 보았어요. 그대가 나를, 내가 오인되기 위해 취했었던 그 비열한 위장 속에서도, 나를 호의적으로 바라보았다면, 그대가 언젠가 나의 진면목을 알게 되었을 때는, 그대는 아마도 나를 사랑할 것이라고요. 아, 슬프다! 그대가 아닌 어느 여자가 나를 물리치지 않았겠어요? 어느 다른 여자가 이 지성을 갖추지 못하고 제 목소리를 내지 못하는 천치에게 손을 내밀 수 있었겠어요? 그대를 빼놓고는, 모두가 혐오감을 느끼며 이기주의자를 멀리했어요! 아! 그 이익 없는 교제에 대해 질색하지 않을 만치 충분히 너그러운 단 하나의 존재가 이 세상에 있었다는 것이 사실이에요. 자기가 지니고 있었던 타오르는 성스러운 불길을 가엾게 버려진 자의 편협하고 얼어붙은 영혼에까지 확장할 수 있을 만치 충분히 도량이 큰, 단 하나의 영혼이 있었다는 것이죠. 내가 충분히 갖고 있지 못했던 것을 넘치도록 지니고 있을 한 마음이 필요했던 것이에요. 랄프 같은 사람을 사랑할 수 있는 앵디아나 같은 여자는 이 하늘 아래 단 한 사람밖에 없었어요."

"그대 다음으로, 내게 가장 많은 관용을 보였던 이는 델마르였어요.

그대는 내가 그대보다 그를 선호하는 것에 대해 또 당신들의 가정 싸움에 개입하기를 거절함으로써 그대의 안녕을 나의 안녕에 희생시킨다고 비난했죠. 불공정하고 맹목적인 여인이여! 그대는 내가 할 수 있었던 범위 안에서 그대에게 봉사했다는 것을 파악하지 못했어요. 그리고 무엇보다도 그대는 내가 나의 진면목을 탄로시키지 않고는 그대의 편을 들며 목소리를 높일 수 없었다는 사실을 깨닫지 못했어요. 만약 델마르가 나를 그의 집에서 내쫓았었다면, 그대는 어떻게 되었을까요? 누가 그대를 끈기 있게 또 묵묵히, 그러나 사그라지지 않는 사랑의 견고한 인내심을 가지고 그대를 보호할 수 있었겠소? 레이몽은 아니었을 거요. 그러니까 나는 감사한 마음에서 그를 좋아했소, 나는 그 점을 인정해요. 나에게 남아있던 유일한 행복을 내게서 뺏을 수 있었으나 그렇게 하지 않은 퉁명스럽고 조야한 이 사람의 불행은 그대로부터 사랑을 받지 못하는 것이었고, 그 점에서 그의 불행은 나의 불행과 동병상련의 은밀한 유사성을 지녔던 것이오! 또 나는 그가 나로 하여금 질투의 고뇌들을 겪게 하지 않았다는, 그런 이유에서도 그를 좋아 하였소…."

"그러나 나는 이제 나의 삶의 가장 끔찍한 고통에 관해, 그처럼 꿈꾸어 왔던 당신의 사랑이 어느 다른 사람에게 속했던 그 불운의 시기에 관해 당신에게 말할 단계에 이르렀소. 바로 그때 나는 내가 수없이 해를 넘기며 억눌러왔던 그 감정의 본성을 깨달았어요. 바로 그때 증오는 나의 가슴에 독을 쏟아 부었고, 질투는 나의 남은 정력을 갉아먹었어요. 그때까지 나의 상상력은 당신을 순수한 형태로 보전하였었소. 나의 존경심은 꿈속의 순박한 대담성도 감히 들어올려 보지도 못했던 베일로 당신을 감싸고 있었어요. 그러나 나는, 어느 다른 자가 당신을 그의 운명 속으로 끌고 들어갔고, 당신을 나의 권력으로부터 빼앗아 냈고, 내가 감히 꿈도 꾸어보지 못했던 행복을 몇 차례 길게 들여 마시며 도취하곤 했다는 그 몸서리쳐지는 생각을 했을 때, 격노하게 되었어요.

나는, 그 밉살스러운 인간, 그 자의 머리를 돌로 깨부수기 위해 그가 이 심연의 바닥에 있기를 바랐을 거예요."

"하지만 당신의 고뇌는 그처럼 엄청났기 때문에 나는 나의 고뇌를 잊었소. 나는 그를 죽이고 싶었지만, 당신이 그를 애도했을 것이기 때문에 그럴 수가 없었소. 나는 스무 번이나, 하늘이여 용서하소서! 명예스럽지 못하고 야비하게 되고, 즉 델마르을 배신하고 나의 적에 봉사하고 싶은 욕망마저 느꼈다오. 그래요, 앵디아나. 나는 당신이 괴로워하는 것을 보고 제 정신이 아니었고, 너무 비참했으므로, 나는 당신을 계몽하려고 했던 것을 후회했고 또 그 사람에게 나의 심장을 주기 위해 나의 생명도 즐겨 바쳤을 거예요! 오! 악한! 신이 그가 나에게 가한 고뇌를 용서하시기를, 하지만 그가 당신의 머리 위에 쏟아 부은 고뇌들에 대해선 벌하시기를! 바로 당신이 겪은 고통들 때문에 나는 그를 미워해요. 왜냐하면 나로서는, 그가 당신의 삶을 어떻게 만들어 놓았는가를 바라볼 때면, 나는 내 인생에 대해 더 이상 개의치 않아요. 사회는 그가 태어난 날부터 그의 이마에 낙인을 찍었어야 했어요! 사회는 바로 그를 그 가장 무정하고 가장 패덕한 사람으로 규탄하고 배척했어야 했죠! 그러나 그 반대로, 사회는 그를 승승장구케 했어요. 아! 나는 바로 그 점에서 인간들을 다시 알아보아요. 그러니까 나는 분개해서는 안 되죠. 왜냐하면 그들은, 다른 사람의 행복과 존중을 무참히 짓밟는 그 기형아를 찬미하면서 오직 그들의 본성만을 따르고 있는 것이니까요."

"용서해요, 앵디아나. 용서해요! 당신 앞에서 불평을 늘어놓는 것은 가혹할지도 몰라요. 그러나 이것이 처음이고 마지막이에요. 나로 하여금 당신을 무덤으로 밀어 넣는 그 배은망덕한 자를 저주하게 해주어요. 당신의 눈을 뜨게 하기 위해 이 엄청난 수업을 받아야 했던 것이에요. 델마르의 임종의 침상에서 또 누온의 임종침상으로부터 공연히 한 목소리가 일어나 당신에게 소리쳤소. "그를 경계하라, 그는 너를 망쳐놓을 것이다!" 당신은 귀가 먹었었소. 당신의 악령이 당신을 끌고 갔던 것이오. 그리고 당신의 명성이 훼손된 이제, 여론은 당신에게 죄가 있다고 판정하고 그에게는 죄를 면제해 주는 것이오. 그 작자는 온갖 해악을 끼쳤는데도, 사람들은 그런 것에 아랑곳하지 않아요. 그는 누운을 죽였는데, 당신은 그것을 잊었어요. 그는 당신을 망쳐놓았는데, 당신은 그를 용서해 주었어요. 그것은 그가 사람들의 눈을 현혹하고 이성理性을 기만할 줄 알았기 때문이오, 또 그의 능숙하고 기만적인 언행이 사람들의 마음을 파고들었기 때문이오, 그것은 또 그의 독사 같은 눈초리가 매료하였기 때문이오. 그것은 또한 자연이, 그에게 나의 금속 같은 얼굴모습과 나의 굼뜬 지성을 부여하게 되면, 그를 한 완전한 인간으로 만들었을 것이기 때문이오."

"오! 그래요! 신이 그를 벌하시기를, 왜냐하면 그는 당신에게 잔인했으니까요. 혹은 신이 그를 용서하시기를, 왜냐하면 그는 아마도 악하기보다는 어리석은 면이 더 많았으니까요! 그는 당신을 이해하지 못했고, 그가 맛볼 수 있었던 행복의 진가를 감지하지 못했어요! 오! 당신은 그를 그처럼 사랑하고 있었소! 그는 당신의 인생을 그처럼 아름답게 만들어줄 수 있었는데요! 내가 그의 처지였다면, 나는 덕망에 연연하지 않았을 거예요. 나는 당신과 황량한 산맥의 아주 깊숙한 곳으로 도망을 갔을 것이고, 나는, 당신을 나 혼자서 소유하기 위하여, 당신을 인간사회에서 빼앗아냈을 거예요. 나는 한 가지 염려만을 갖게 되었을 것이고, 그것은 당신이 충분히 저주받고 또 충분히 버림을 받게 되지 않을까봐 염려되는 것인데, 나는 그렇게 해서 당신에게 모든 것이 되고 싶었소. 나는 당신의 명망에 대해 질투를 느꼈을 테지만, 그것은 그가 취했던 행동과는 다른 의미에서죠. 즉 그것은 그 명망을 파괴하기 위함이었을 것이고, 바로 그렇게 해서 나는 그것을 나의 사랑으로 대체하고자 하는 것이오. 나는 어느 다른 사람이 당신에게 한 조각의 행복을 주는 것을 보게 된다면, 괴로워했을 거예요. 그것은 나에게서 도적질하는 것이었을 거예요. 왜냐하면 당신의 행복은 나의 책무, 나의 소유물, 나의 생명, 나의 명예였을 테니까요. 오! 이 황량한 계곡이 우리의 유일한 거처이고 이 산의 나무들이 우리의 모든 재산이라면, 그리고 하늘이 그 모든 것을 당신의 사랑과 함께 나에게 주었다면, 나는 얼마나 우쭐대고 부유하게 느꼈을 까요!… 나로 하여금 울게 해주어요, 앵디아나. 나는 내 생애에서 처음으로 울고 있어요. 신의 뜻은 내가 이 슬픈 쾌락을 경험하지 않고 죽어서는 안 된다는 것이에요."

랄프는 어린아이처럼 울고 있었다. 이 냉철한 영혼이 자기연민 속에 탐닉하게 된 것은 실제로 처음 있는 일이었다. 그러나 그 눈물들 속에는 그 자신의 운명보다 앵디아나의 운명에 대한 슬픔이 더 많았다.

"나로 인해 울지 말아요." 하고 그는 그녀 또한 눈물에 젖어 있는 것을 보며 말했다. "저를 조금도 불쌍히 여기지 말아요. 당신의 동정은 모든 과거를 지워버리네요. 그리고 현재는 더 이상 씁쓸하지 않네요. 내가 이제 무슨 일로 괴로워하겠어요? 당신은 이젠 그를 더 이상 사랑하지 않는데요."

"제가 당신을 진짜로 알았었다면, 랄프, 저는 그를 결코 사랑하지 않았을 거예요. 바로 당신의 미덕이 저를 망쳐버렸어요."

"그 다음 얘긴데…." 하고 랄프는 괴로운 미소를 지으며 그녀를 바라보면서 말했다. "나는 다른 많은 기뻐할 사연이 있어요. 우리가 도항하면서 서로의 마음을 토로하는 시간들을 가졌을 때, 당신은 자기도 모르게 나에게 내밀한 것을 털어놓았소. 당신은 그 작자 레이몽이 그처럼 뻔뻔하게 흐뭇한 척 했지만, 실제는 그리 행복하지 못했었다는 사실을(역주: 레이몽이 아마도 앵디아나를 소유하지 못했음을 암시) 나에게 가르쳐주었어요. 당신은 나의 고뇌의 한 부분으로부터 나를 구원해주었어요. 당신은 나에게서 당신을 잘 지켜주지 못했다는 회한을 벗겨주었어요. 왜냐하면 나는 그의 유혹들로부터 당신을 보호하려는 불손한 생각을 품었었죠. 그리고 그 점에 있어 나는 당신을 모욕했소, 앵디아나. 나는 당신의 강인한 미덕에 대한 신뢰가 없었어요. 그것은 나에게 용서해주어야 할, 내가 저지른 또 하나의 죄악이죠."

"아, 슬퍼요!" 하고 앵디아나는 말했다. "당신은 당신의 삶을 온통 불행으로 만들어 놓은 제가 당신을 용서해주기를 청하고 있는 거예요. 그처럼 순수하고 관대한 사랑을 상상할 수도 없는 맹목성으로 또 야비한 배은망덕으로 보답한 제가 말이에요. 바로 제가 여기 엎드려 용서를 구해야 될 것 같네요."

"그러니까 이 나의 사랑은 그대에게 어떤 혐오감도, 어떤 노여움도 일으키지 않는군요. 앵디아나!… 오, 나의 하느님! 저는 당신께 감사드립니다! 저는 행복하게 죽을 거예요! 들어봐요, 앵디아나. 나의 고통들에 대해 그대 자신을 질책하지 말아요. 이 시간에 나는 레이몽이 누렸던 어떤 기쁨도 아쉬워하지 않아요. 그리고 나는, 그가 남자다운 마음을 지녔다면, 나의 운명이 그에게 필히 부러움을 유발하게 될 것이라 생각해요. 나는 이제 영겁을 통해 그대의 오빠, 그대의 남편, 그대의 연인이 되는 거예요. 그대가 나와 더불어 인생을 마감하기로 맹세를 한 날부터, 나는 그대가 나에게 속했고, 그대는 나를 영원히 떠나지 않기 위해 내게 다시 주어졌다는 그 달콤한 생각을 키워왔소. 나는 아주 나직이 그대를 나의 약혼녀라고 다시 부르기 시작했어요. 그대를 이 지상에서 소유한다는 것은 너무나 넘치는 행복이거나 또는 아마도 충분치 않은 행복이었나 봐요. 하느님의 품속에서 나의 유년기가 꿈꾸곤 했던 그 지복함이 나를 기다리고 있어요. 거기서 그대는 나를 사랑할 것이죠, 앵디아나. 바로 거기서 이 지상 생활의 온갖 거짓의 허구들로부터 탈피한 그대의 신적 혜지는 나에게 희생과 고뇌와 금욕으로 점철되었던 이 모든 인생을 보상해줄 것이죠. 거기서 그대는 내 사람이 될 것이에요, 앵디아나! 왜냐하면 천국, 그것은 바로 그대이니까요. 그리고 내가 구원받을 자격을 갖추었다면, 나는 그대를 소유할 자격을 갖춘 거죠. 바로 그런 생각들을 하며 나는 그대에게 이 흰 옷으로 바꿔 입으라고 청했던 거죠. 그것은 결혼 예복이에요. 그리고 호수를 향해 비쭉 나와 있는 저 암반은 우리를 기다리고 있는 제단이고요."

그는 일어나서 근처에 있는 관목 숲에서 꽃이 활짝 핀 오렌지 나무 가지 하나를 꺾으러 갔다. 그리고는 돌아와서 그것을 앵디아나의 검은 머리카락 위에 올려놓았다. 그러더니 무릎을 꿇으며,

"나를 행복하게 해주어요." 하고 그는 그녀에게 말했다. "내게 그대의 마음이 저 세상에서의 이 결혼에 동의한다고 말해주어요. 나에게 영원을 주어요. 나로 하여금 소멸을 요청하도록 강제하지 말아주세요."

만약 랄프의 내면생활의 이야기가 당신에게 어떤 감흥도 주지 않았 다면, 만약 당신이 그것을 듣고서 이 고결한 남자를 사랑하게 되지 않 았다면, 그것은 내가 그의 회상들을 전달하는데 유능치 못한 해설자였 기 때문일 것이며 또 그 깊고 순수한 열정을 지닌 남자의 목소리에 담 긴 힘을 당신에게 더 이상 전달할 수 없었기 때문이고 또 어쩌면 달이 그 우울한 영향력을 내게 빌려주지 않았기 때문일 것이다. 게다가 단 풍 새들의 지저귐, 정향나무의 향기, 열대야의 푸근하고 도취적 매혹들 이 당신의 가슴과 머리에 와 닿지 않기 때문일 것이다. 당신은 또한 자 살을 앞둔 영혼 속에 어떤 강력하고 새로운 느낌들이 깨어나는지를 또 삶의 일상적인 것들이 그것들과 결별을 해야 하는 순간에 어떻게 그들 의 참모습을 드러내고 있는지를 아마도 경험을 통해 알고 있지는 못할 것이다. 이 갑작스럽고 불가피한 빛은 앵디아나의 마음의 아주 내밀한 구석들에까지 넘쳐흘러 들어갔다. 오래 전서부터 느슨해지고 있었던 안대眼帶는 완전히 그녀의 눈에서 떨어져나갔다. 진리와 자연의 길로 환원되어, 그녀는 있는 그대로 랄프의 마음의 진면목을 보았다. 그녀는 또한 그녀가 그때까지 한 번도 본 적이 없었던 것 같았던 그의 용모를 보았다. 왜냐하면 그처럼 고양된 상황의 힘은 그에게 있어 볼타[94]의 전지가 마비된 사지四肢에 일으키는 것과 같은 효과를 내었기 때문 이다. 그 힘은 그의 눈과 목소리를 얽매고 있었던 마비로부터 그를 해

---

94) Volta, 이태리 물리학자

방시켰었다. 그 담백함과 그 미덕으로 아름답게 단장된 이제, 그는 레이몽보다 훨씬 더 미남이었다. 그리고 앵디아나는 사랑했어야 할 사람은 바로 그였다는 사실을 절감하였다.

"하늘에서 또 땅위에서 제 남편이 되어주어요." 하고 그녀는 그에게 말했다. "그리고 이 키스가 저를 그대에게 영원히 약혼하는 것으로 해주세요."

그들의 입술들은 화합하였다. 마음으로부터 우러나는 사랑에는, 의심할 바 없이, 일시적 욕망의 열정에서보다 더 급작스럽고 현저한 힘이 작용하고 있는 것이다. 그도 그럴 것이 이 키스는, 저 생生의 문턱에서, 그들을 위해 이 생生의 모든 기쁨들을 담고 있었기 때문이다.

그리고 나서 랄프는 그의 약혼녀를 그의 가슴에 안았다. 그리고 그녀와 더불어 급류 속으로 뛰어들기 위해 그녀를 데려갔다….

결말

쥘르 네로[95]에게

    지난 1월 덥고 화창한 어느 날, 나는 부르봉 섬의 야생의 숲 속으로 들어가 백일몽을 할 셈으로 쌩-뽈을 떠났소. 나는 거기서, 나의 친구여, 당신에 관해 꿈꾸었소. 이 처녀림들은 나를 위해 당신의 도보여행들과 당신의 답사 연구들에 대한 기억을 간직하고 있었소. 그 땅은 당신의 족적을 보전하고 있었소. 나는 사방에서 당신의 마술적 얘기들이 나의 예전의 잠 못 이루는 밤들을 매료시켰던 그 경이로운 것들을 재발견했소. 그리고 그것들을 함께 감상하기 위하여, 나는 당신을, 당신이 그 무명無名의 겸허한 혜택을 온통 누리고 있는 곳, 그 구대륙 유럽으로부터 잡아채고 싶었소. 어느 불충한 친구도 당신의 정신과 은덕隱德을 세상에 팔아넘기지 않았던바 행복한 사람이여!
    나는 그 섬의 가장 높은 지대에 위치해 있고 브릴레 드 쌩-뽈[96]이라고 불리는 황량한 장소를 향해 나의 산책의 방향을 잡았었소.
    화산의 진동으로부터 무너져 내린 산의 큰 부분은 주요 산맥의 한복판에 움푹 패게 되어 긴 원형경기장 같은 모습을 드러내고 그 위에 가장 마법적 무질서와 가장 무시무시한 혼돈 속에 배열된 바위들이 비죽 비죽 솟아 있다. 한 곳에는 한 거대한 바위 덩어리가 작은 조각들

---

95) Jules Néraud, 쌍드의 친구로 그녀에게 식물학을 가르쳐주었음.
96) 쌩-뽈에서 12 킬로 떨어져 있고 해상 2,000 미터에 이름

위에 받쳐져 평형을 이루고 있고, 저기 다른 곳에서는 작고 가볍고 기공이 많은 바위들로 이루어진 벽이 무어 건축처럼 톱니 모양을 이루고 레이스처럼 수놓은 듯 솟아 있었소. 또 한 곳에는 현무암 오벨리스크가 요철흉장을 한 요새 위에 서있는데, 그 측면들을 어느 예술가가 잘 다듬어 무늬를 넣은 듯하였지. 그 밖의 다른 곳에는 한 고딕 성채가 볼품없고 괴이한 파고다 옆에서 무너져가고 있었소. 거기에 예술가들의 모든 초벌 윤곽들과 건축가들의 모든 소묘들이 집합되어 있었소. 모든 세기와 모든 국가의 천재들이 우연과 파괴의 이 걸작으로부터 그들의 영감을 끌어내기 위하여 왔던 것 같았소. 거기서 마술적 작품 구상構想들은 무어식 조각의 관념을 산출해냈을 것이오. 숲의 깊숙한 곳에서 예술은 아름다운 모형의 하나를 야자나무에서 찾았소. 땅에 뿌리를 내리고 그 줄기로부터 뻗어 나온 백 개의 팔로 땅에 달라붙고 있는 바꼬아[97]는 제일 먼저 가벼운 아취 형 벽 날개 위에서 지탱되고 있는 성당의 설계를 고취하였음이 틀림없소. 브뤼레 드 쌩-뽈에서는 모든 형태들, 모든 아름다운 것들, 모든 익살들, 모든 대담한 착상들이 어느 폭풍우 치는 밤에 집합되고, 포개지고, 배열되고, 건조되었소. 공기와 불의 정령들이 이 악마적 작업을 관장하였음에 틀림없소. 그들만이 그들의 첫 시도에 그들의 작품들을 인간의 작품들과 구별 짓는 저 무시무시하고, 변덕스럽고, 미완성적 성격을 부여할 수 있었소. 그들만이 그 어마어마한 바위 덩어리들을 쌓아놓고, 그 거대한 더미들을 이리저리 움직여놓고, 모래알들을 다루듯 산들을 마음대로 가지고 놀며, 또 인간이 모방해 보려고 시도했던 삼라만상의 한 복판에 그 위대한 예술적 착상들과 그 재현하기 불가능한 숭고한 대조들을 흩뿌려 놓을 수 있었소. 이들은 예술가의 대담성에 도전하고 그에게 냉소를 머금고 말하는 듯하였소. '그걸 한번 반복해 보시지.'

나는 높이 육십 피트의, 보석상의 세공처럼 여러 결정면으로 깎아진

---

97) vacoa, 아프리카 산인 일종의 야자수

현무암 결정체 밑에서 발걸음을 멈추었소. 이 이상야릇한 기념비의 앞쪽 면에 커다란 비명碑銘이 어느 불멸자의 손에 의해 쓰인 것 같았소. 이 화석화한 돌들은 가끔 똑같은 현상을 보여주었소. 옛적에 불의 작용으로 말랑말랑해진 그들의 물질은, 아직 따스하고 전연展延적 상태에서, 거기에 부착해 있었던 조개들과 덩굴들에 의해 각인되었소. 이 우연한 만남들로부터 생겨난 것은 기괴한 무늬들, 상형문자 같은 각인들, 유대 신비적 글자들로 쓰여, 초자연적 존재의 날인인 듯 거기에 던져져 있는 것 같은 신비한 글자들이었소.

나는 그 미지의 기호들의 의미를 찾아낸다는, 어린애 같은 자만심에 사로잡혀 오랫동안 머물렀소. 이 소용없는 탐구는 나로 하여금 깊은 명상에 빠져들게 하여 나는 시간 가는 줄도 몰랐소.

벌써 짙은 증기들이 산의 봉우리들에 뭉게뭉게 피어올라서는 산자락들에 내려앉았고 급속히 그 윤곽을 삼켜버리고 있었소. 내가 고원지대를 반쯤 지나기도 전에, 그 농무濃霧는 내가 횡단하고 있었던 지역에 쏟아내려 그 일대를 침투할 수 없는 장막으로 감싸버렸소. 잠깐 뒤에 광풍이 일어나 눈 깜짝할 사이에 그 증기들을 다 쓸어버렸소. 그러더니 바람은 잦았소. 안개가 다시 형성되었지만, 그것은 다시 한번 무서운 돌풍에 의해 패주되었소.

나는 폭풍을 맞아 나의 보호막이 되어준 어느 동굴에서 피난처를 찾았소. 그러나 또 다른 재앙이 그 바람의 재앙에 가세했소. 빗물의 급류는 모두 산 정상에서 시작하는 강들의 하상河床을 가득 채웠소. 한 시간 내에 모든 것은 물에 잠겼고, 그 산자락들은, 모든 방향에서 내려오는 물로 시내를 이루며, 급기야는 거대한 폭포로 변해 맹렬히 평야를 향해 밑으로 돌진했소.

이틀에 걸친 아주 고되고 위험한 도보여행 끝에, 나는, 아마도 섭리에 의해 인도되어, 지극히 황량한 장소에 위치한 거처의 문 앞에 서있었소. 그 단순하나 예쁜 집은 우산 역할을 하는 듯, 그 위를 굽어보고 있었던 절벽 바위들의 보호를 받아 폭풍우를 잘 견디어냈었소. 그 조금 밑쪽에서는 맹렬한 폭포가 협곡의 깊숙한 곳으로 급강하하여 거기에 넘쳐나는 호수를 이루고 있었고, 물위로 아름다운 나무들의 작은 숲들이 아직도 그들의 난타당한 피곤한 머리들을 쳐들고 있었소.

나는 열심히 두들겨댔소. 그러나 문간에 모습을 드러낸 얼굴은 나로 하여금 뒷걸음질치게 만들었소. 내가 피난처를 얻고자 입을 떼기도 전에, 그 집주인은 조용하고 근엄하게 환영하는 몸짓을 하였소. 그래서 나는 안으로 들어갔고 그와, 랄프 브라운 경과 마주 앉게 되었소.

거의 일 년 전, 선박 나한도브가 브라운 씨와 그의 동반녀를 그 식민지에 다시 데려다놓은 이래로, 사람들은 랄프 경을 시내에서 세 번 보지를 못했었소. 그리고 델마르 부인으로 말하자면, 그녀의 은둔은 매우 철저했기 때문에 그녀의 존재는 아직도 많은 주민들의 구설수에 올랐소. 그 거의 같은 시기에 나는 처음으로 부르봉 섬에 상륙하였었소. 그리고 이 순간 내가 가졌던 브라운 씨와의 접견은 내 생애의 그 두 번째였소.

첫 번째 접견은 내게 지울 수 없는 인상을 남겨놓았었소. 그것은 바닷가에 위치한 쌩-뽈에서였소. 이 인물의 용모와 거동은 처음에는 내게 그저 눈에 띄었을 뿐이었소. 그러나 내가 그저 한가한 호기심에서 그에 관해 주민들에게 질문을 던졌을 때, 그들의 대답들은 그처럼 이상야릇하고 모순적이었으므로 나는 베르니까의 은둔자를 보다 면밀히 살펴보았소.

"그는 교육을 받지 못한 촌스런 사람이에요." 하고 어느 사람은 말했소. "그는 아무짝에 쓸 데 없는 사람인데, 단 한 가지 괜찮은 점은 말수가 적다는 것이지요."

"그는 더할 나위 없이 유식하고 심오한 사람이죠." 하고 또 다른 사람은 나에게 말했소. "그러나 그는 자기의 우월성을 너무 의식하고 있고, 남을 업신여기고, 잘난 체 하며, 보통사람과 우연히 나누게 될 어떤 말도 시간낭비라고 생각할 정도니까요."

"그는 자기 밖에 모르는 사람예요." 하고 셋째 번 사람은 말했소. "그저 수수하고, 어리석지 않고, 지극히 이기주의적이고, 어떤 사람 로는 매우 비사교적이라고도 해요."

"아니, 정말 모르세요?" 하고 그 식민지에서 태어났고 시골사람들의 편협성에 완전히 젖어 있는 한 청년은 내게 말했소. "그는 자기 친구를, 그 부인과 결혼하기 위해, 비열하게 독살한 대 죄인으로 비참하기 짝이 없는 사람입니다."

이 대답은 나를 매우 얼떨떨하게 만들었으므로 나는 좀더 나이든, 어떤 일정한 양식을 지니고 있는 것으로 내가 알고 있었던 어느 다른 식민 이주자에게로 발길을 돌렸소.

나의 눈초리가 그에게 그 모든 수수께끼들의 해결을 간절히 청하고 있었으므로, 그는 나에게 대답했소.

"랄프 경은 전에는 품위 있는 사람이었는데, 그가 얘기를 나누는 편이 아니었기 때문에 사람들이 그를 좋아하지는 않았지만 존경은 했어요. 이게 내가 그에 관해 말할 수 있는 전부요. 왜냐하면 그의 불행한 사건이 발생한 이래로 나는 그와 어떤 관계도 맺고 있지 않아요."

"무슨 사건인데요?" 하고 나는 물었소.

그는 나에게 델마르 대령의 급작스런 죽음, 같은 날 밤에 일어난 그의 부인의 도주, 그리고 브라운 씨의 출발과 귀환에 관해 얘기해주었소. 사법적司法的 사문査問들은 이 모든 정황들을 둘러싸고 있었던 애매한 점들을 밝혀낼 수가 없었었소. 또 아무도 도주자의 범죄를 증명할 수 없었었소. 왕정王政 검찰관은 사법처리하기를 거부했소. 그러나 브라운 씨 쪽으로 기우는 치안 판사들의 편파성은 잘 알려져 있었고, 사람들은 그들에게 그 두 사람의 명망을 고약한 의혹으로 더럽혀진 채 내버려두었던 한 사건에 관해 적어도 세론世論의 의심을 말끔히 풀어주지 못한 것에 대한 호된 비난을 퍼부었소.

그 의혹들을 굳혀주는 듯했던 것은 그 두 고소당한 이들의 은밀한 귀환과 베르니까의 황무지 한복판에서의 수수께끼 같은 정착이었소. 그들은 그 사건을 잠재우기 위하여 우선 도망갔던 것이라고 하는 말이 돌았소. 그러나 프랑스에서의 여론은 그들을 그처럼 배척하였으므로 그들은 그들의 범죄적 애정을 평화롭게 만족시키기 위해 고적한 가운데에서 피난처를 찾고자 그곳으로 왔다는 것이었소.

그러나 이 모든 진술들의 신빙성을 소멸시켜버린 것은 사정을 좀더 잘 아는 사람들로부터 나온 듯한 어느 마지막 판에 들은 주장이었소. "델마르 부인은…." 하고 사람들은 내게 들려주었소. "그의 사촌 브라운 씨에 대해 언제나 거리를 두었었고 거의 혐오감을 느꼈었어요."

나는 그리하여 그처럼 많은 야릇한 얘기들의 주인공을 주의 깊게, 아니, 아주 꼼꼼히 관찰하였었소. 그는 무슨 구매를 할 목적으로 흥정을 벌리고 있었던 어느 선원의 귀환을 기다리며 상품들을 담은 고리짝 위에 앉아 있었소. 바다처럼 푸르른 그의 눈은 그처럼 침착하고 담백한, 꿈꾸는 듯한 표정으로 수평선을 응시하고 있었고, 얼굴의 모든 선들은 매우 조화로웠고, 신경, 근육, 피는 이 건장한 개인에게 있어 모두 매우 평온하고, 온전하고, 단정했으므로 나는 그가 어떤 치명적 모욕의 희생자였고, 그의 기억에는 범죄는 없었고, 그는 그런 것은 꿈에도 생각한 적이 없었고, 또 그의 마음과 손은 그의 이마처럼 순수하였다고 맹세할 수 있었을 것이오.

그런데 내가 그를 열렬한, 무분별한 호기심을 보이며 살펴보고 있었을 때, 그 준 남작의 방심한 눈초리가 갑자기 내게 쏠렸소. 현장에서 잡힌 도둑처럼 당혹스러워진 나는 난처해져 눈을 내리깔았소. 왜냐하면 랄프의 눈은 심한 질책을 담고 있었기 때문이오. 그 순간부터 나는 가끔 나도 모르게 그에 대해 생각하곤 했소. 그는 나의 꿈에 나타나곤 했었소. 나는 그를 생각할 때면 막연한 불안감, 표현하기 힘든 감정들을 경험하였는데, 이것들은 어떤 비범한 운명을 감싸고 있는 자력선과 같이 신비스럽게 당기는 힘이 있었소.

그리하여 랄프 경을 알고 싶은 나의 욕망은 대단히 참되었고 대단히 생생하였소. 그러나 나는 그의 눈에 띄지 않고 일정한 거리를 두고 그를 관찰하고 싶었었소. 나는 내가 그에 대해 죄를 진 것같이 느끼고 있었소. 그의 눈의 수정체 같은 투명성은 나를 두려움으로 얼어붙게 만들었소. 그러한 사람은 미덕에 있어 또는 사악함에 있어 매우 우위에 있게 마련이어서 나는 그의 면전에서 매우 초라하고 작게 느껴졌소.

그의 손님 대접은 호사스럽지도 요란하지도 않았소. 그는 나를 그의 방으로 데리고 갔고, 내게 옷과 내의를 빌려주었고, 그리고는 식사 준비를 하고 우리를 기다리고 있었던 그의 생의 반려에게 인도했소.

그녀가 그처럼 아름답고, 그처럼 젊은 것을 보며 (그녀는 거의 열여덟 살밖에 되어 보이지 않았기 때문에), 그녀의 신선미, 그녀의 우아함, 그녀의 부드러운 말투를 경탄하며, 나는 어떤 괴로운 감정을 느꼈소. 나는 곧 이 여자가 매우 책망 받아 마땅했거나 또는 매우 불행했다고 생각하였는데, 즉 어떤 몹쓸 범죄를 저질렀거나, 아니면, 몹쓸 비난에 의해 상처받은 것이 아닌가 하였소.

8일 동안, 홍수를 이룬 하상河床, 범람한 평원, 비와 바람은 나를 베르니까에 붙잡아 놓았소. 그러더니 해가 나왔는데, 하지만 나는 나를 접대해준 주인들을 이제는 더 떠날 생각을 하지 않았소.

그들 두 사람 모두 명석하지 않았소. 내 생각에 그들은 별로 기지機智가 없었소. 아마도 그런 것은 전혀 갖고 있지 않았소. 그러나 그들은 매우 인상적이거나 감미로운 촌평들을 하는 재간이 있었소. 그들의 재치는 마음에서 울어나는 것이었소. 앵디아나는 무얼 모르지만, 그녀의 무식은 나태함, 무관심, 또는 골빈 상태에서 기인하는 그런 편협하고 상스러운 것은 아니었소. 그녀는 그녀의 삶의 걱정거리들이 그녀로 하여금 습득하지 못하게 방해했던 것을 이제 배우고자 열심이었소. 그리고는 랄프 경에게 질문을 던져 그녀의 친구의 해박한 지식을 내 앞에서 털어놓게 하는 데에는 아마도 그녀 나름대로의 아양 떨기가 다소 있었소.

나는 그녀가 쾌활하기는 하지만 극성스럽지는 않다고 생각했소. 그녀의 거동은 크레올 여인들에게 자연스러운 저 나른한 우수憂愁같은 것을 지니고 있었는데, 하지만 그것은 그녀의 경우 더 심오한 매력을 지니고 있는 것으로 내게 보였소. 무엇보다도, 그녀의 눈은 비할 바 없는 온화함을 지니고 있소. 그것들은 고통들로 점철된 어떤 삶을 얘기해주는 듯하였소. 그리고 그녀의 입가에 미소가 떠오를 때면, 그녀의 눈길에는 아직도 약간의 우수가 깃들어 있소. 그러나 그 우수의 빛은 행복의 명상이거나 감사에서 울어나는 감동인 것같이 보였소.

어느 날 아침, 나는 그들에게 내가 드디어 떠나려한다고 말했소.

"벌써요!" 하고 그들은 내게 말했소.

그들의 입으로부터 흘러나온 이 말의 억양은 너무나 참되고 감동적이었으므로 나는 나 자신이 격려 받고 있다고 느꼈소. 나는 랄프 경에게 그의 인생역정을 묻지 않고서 그를 떠나지 않을 거라고 다짐했었소. 그러나 사람들이 나의 마음에 한 번 던져 넣었던 그 끔찍한 의혹 때문에, 나는 어떤 극복하기 힘든 겁을 집어먹고 있었소.

나는 그것을 극복하고자 애썼소.

"들어보세요." 하고 나는 그에게 말했소. "사람들은 참 굉장한 악한들입니다. 그들은 제게 당신에 대한 비방을 했어요. 제가 당신을 알고 있는 이제, 저는 그런 것에 놀라지 않아요. 당신의 삶은, 그처럼 중상을 당했으니, 아주 아름다웠겠죠…."

천진난만한 놀라움이 델마르 부인의 얼굴모습에 퍼져가는 것을 보고, 나는 하던 말을 급히 중단하였소. 나는 그녀가 그녀에 대해 잔인한 심술궂은 촌평들이 퍼져 있는 것을 모르고 있었다는 사실을 깨달았소. 그리고 나는 랄프 경의 얼굴에 일고 있는 도도한 불쾌감을 나타내는 아주 단호한 표정과 맞닥뜨렸소. 나는 그때 그들을 떠나고자 일어섰는데, 그것은 내가 수치스럽고 서글펐고, 또 내게 우리의 첫 번째 접견과 우리가 바닷가에서 함께 나누었던 그 같은 류頪의 무언의 대담對談을 연상시켜주고 있었던 브라운 씨의 시선에 압도되었기 때문이었소.

그 훌륭한 사람을 그런 마음 상태에 놓아둔 채 그를 영원히 떠나야 하는 것에 절망하고 또 그가 내 삶 가운데 이제 막 부여하고 난 몇 일간의 행복에 대한 보상으로 그의 심기를 건드리고 마음의 상처를 입힌 데 대해 후회하며, 나는 가슴이 벅차오름을 느끼고는 눈물을 쏟아내고 말았소.

"젊은 양반!" 하고 그는 내 손을 잡으며 말했소.

"하루만 더 우리와 함께 지내구료. 나는 우리가 이 지역에서 가지고 있는 유일한 친구를 이렇게 떠나가게 내버려 둘 용기가 없소."

그러더니 델마르 부인이 자리를 뜨자,

"나는 당신의 뜻을 이해했소." 하고 그는 내게 말했소. "나는 당신에게 내 얘기를 들려주겠소. 그러나 앵디아나 앞에서는 안 되고요. 상처들을 다시 불러일으켜서는 안 되거든요."

그 날 저녁 우리는 숲 속으로 산책을 나갔소. 보름 전만 해도 그처럼 싱싱하고 아름다웠던 나무들은 잎이 완전히 떨어져나간 상태였소. 그러나 그들은 벌써 진이 나는 커다란 나무눈들로 덮여 있었소. 새들과 곤충들은 그들의 영역을 다시 장악했었소. 시들었던 꽃들은 벌써 그들을 대체할 어린 싹들을 보여주고 있었소. 하천들은 끈기 있게 그들의 하상을 뒤덮었던 모래를 다시 밀어내고 있었소. 모든 것은 행복과 건강을 되찾아 소생하고 있었소.

"정녕 이 착하고 비옥한 자연[98]은 얼마나 놀랍도록 신속하게 그녀의 손실을 만회하고 있는지를 좀 보세요." 하고 랄프는 내게 말했소. "그녀는 잃어버린 시간을 수치스럽게 여기며, 활력과 수액의 힘으로, 한 해의 작업을 며칠 걸려 복원하기를 원하는 것같이 보이지 않습니까?"

---

98) 서구어에서 여성

"그리고 그녀는 그것을 이루어낼 거예요." 하고 델마르 부인은 되받았소. "저는 작년에 있었던 폭풍우들을 기억해요. 한 달이 끝날 무렵, 그 흔적도 더 이상 보이지 않았어요."

"그것은" 하고 나는 그녀에게 말했소. "바로 슬픔들로 부서진 마음의 영상影像이군요. 행복이 다시 찾아들 때, 그것은 아주 빨리 명랑해지고 활기를 되찾습니다."

앵디아나는 내게 그녀의 손을 내밀고 애정과 기쁨의 형언할 수 없는 표정으로 브라운 씨를 쳐다보았소.

땅거미가 내려앉았을 때, 그녀는 그녀의 방으로 돌아갔고, 랄프 경은 나를 정원의 벤치 위 그의 옆에 앉게 하면서, 내게 그의 인생 내력을, 우리가 지난 장에서 멈췄던 그 시점時點까지, 들려주었소.

그때 그는 한 참 동안 말을 끊고 있었고 내가 함께 있는 것을 완전히 잊어버린 듯하였소.

나는 그의 얘기에 대한 흥미로 조급해져서, 그의 명상을 마지막 질문으로 중단시키기로 작정했소.

그는 잠에서 깨어나는 사람처럼 소스라쳤소. 그리고는 호인 같은 웃음을 지으며,

"나의 젊은 친구" 하고 그는 내게 말했소. "어떤 추억들은 그것들을 다시 얘기하면 퇴색합니다. 내가 앵디아나를 나와 함께 죽이기로 단단히 마음먹고 있었다는 사실을 아는 것으로 족하다고 생각해주시면 좋겠네요. 그러나 의심할 바 없이 우리의 희생의 인가認可가 저 하늘의 서류철에 아직은 등재되어 있지 않았어요. 어느 의사는 아마도 당신에게 어떤 대단히 추정해볼 수 있는 현기증이 나의 머리를 사로잡았고 나로 하여금 그 오솔길의 방향을 헛잡게 하였다고 말하겠죠. 이러한 의미에서는 조금도 의사의 자격을 갖추지 못한 저로서는 저 아브라함과 토비아스의 천사, 그 푸른 눈에 금 허리띠를 한, 흰옷을 입은 아름다운 천사, 당신이 가끔 당신의 유년기의 꿈에서 보았던 그런 천사가

달빛을 타고 내려와서는, 폭포의 가볍게 흔들리는 수증기 가운데서 평형을 유지하며, 나의 온순한 동반자 위에 은빛 날개를 펼쳤다고 차라리 믿고 싶은 겁니다. 내가 확실히 당신에게 확인시켜줄 수 있는 단 한 가지는 평화스런 폭포물소리를 교란할 어떤 불길한 소리도 없이 달은 거대한 산봉우리 뒤로 졌다는 것, 절벽 위의 새들은 수평선에 서광이 비치는 시각까지는 날아오르지 않았다는 것, 또 오렌지 나무 숲 위에 떨어진 첫 자줏빛 햇살은 거기서 무릎을 꿇고 하느님을 축복하는 나를 발견했다는 것이죠."

"하지만 내가 나의 운명을 이제 막 새롭게 만든 그 기대치 않았던 행복을 곧바로 받아들였다고는 믿지 마세요. 나는 내 앞에서 열리고 있었던 그 눈부신 미래를 헤아려보기가 겁이 났어요. 그리고 앵디아나가 나에게 미소 짓기 위하여 그녀의 눈꺼풀을 쳐들었을 때, 나는 그녀에게 폭포를 보여주었고 그녀에게 죽는 것에 대해 얘기했어요."

"만약 당신이 이 아침까지 산 것에 대해 후회가 없다면, 하고 나는 그녀에게 말했죠. 우리 두 사람이 확인할 수 있는 것은 우리가 행복을 만끽했다는 것이오. 그것은 인생을 마감하기 위한 또 하나의 이유가 되는 거요. 왜냐하면 나의 별은 아마도 내일이면 빛을 잃게 될 것이니까요. 이곳을 떠나면서 또 죽음과 사랑의 상념想念들이 나를 던져 넣은 이 도취적 상황에서 빠져나오면서 내가 다시 당신이 어제 경멸했던 그 밉살스러운 무뢰한이 되지 말라는 법이 있겠소? 당신은 당신이, 알아왔던 그대로, 나를 다시 발견하면서 당신 스스로 얼굴을 붉히게 되지 않겠소?… 아! 앵디아나, 나에게 이 끔찍한 고통을 면제해주시오. 그것은 나의 운명의 완결이 될 것 아니겠소!"

"당신의 마음을 의심하나요, 랄프? 하고 앵디아나는 애정과 신뢰의 귀여운 표정을 지으며 말했죠. 혹은 제 마음도 당신에게 충분한 보장을 제공하지 못하나요?"

"내가 당신에게 말해드릴까요? 나는 그 첫 며칠간은 행복하지 않았어요. 나는 델마르 부인의 성실성에 대해서는 의심하지 않았지만, 미래는 나에게 공포심을 일으켰어요. 나는 삼십 년 동안이나 나 자신을 불신해왔는데, 내가 하루 사이에 상대방의 마음에 들고 사랑받는다는 기대를 확신할 수는 없는 노릇이었죠. 내게는 의혹, 공포, 쓰라림의 순간들이 있었죠. 나는 어떤 때, 앵디아나의 말 한마디가 나를 그처럼 행복하게 만들어주었던 바로 그때 호수에 몸을 던져버리지 못한 것을 후회했어요."

"그녀 또한 슬픔이 재발되는 계기들을 겪어야 했죠. 그녀는 괴로워하는 습관을 경계하였지만 아주 힘들어했죠. 왜냐하면 영혼은 불행에 익숙해지고, 그 속에 뿌리를 내리고, 여간 노력을 기울이지 않고는 그것으로부터 떨어져버리지 못하니까요. 하지만 내가 이 여자의 마음에 대해 공정公正하게 말하자면, 그녀는 단 한 번도 레이몽에 대해 아쉬워하는 감정이 없었다는 것이에요. 그녀는 그를 미워하기 위하여 기억하는 일조차도 하지 않았어요."

"결국, 깊고 참된 애정의 경우 그렇게 되듯이, 시간은, 우리의 사랑을 약화시키는 대신, 그것을 일으켜 세웠고 또 그것을 굳건히 했어요. 하루하루는 그 사랑에 새로운 강도를 부여했는데, 그것은 그 매일이 존경하고 축복하는 의무를 양쪽에서 가져왔기 때문이죠. 모든 우리의 두려움들은 하나하나씩 사라져 버렸어요. 그리고 우리가 얼마나 쉽게 이 불신의 원인들이 타파될 수 있었는지를 보았을 때, 우리는 우리가 행복을 겁쟁이처럼 받아들였고 또 우리는 서로서로에게 자격을 갖추지 못했다는 것을 미소 지으며 서로서로에게 시인했어요. 이 순간부터 우리는 안심하고 서로서로 사랑했어요."

랄프는 입을 다물었소. 그러더니 우리 두 사람이 빠져있었던 몇 순간의 경건한 묵상 후에,

"나는 당신에게 나의 행복에 대해서는 말하지 않아요." 하고 그는 내 손을 꼭 잡고 말했소. "만약 결코 드러나지 않고 다만 영혼을 수의

처럼 감싸고 있는 슬픔들이 있다면, 지상의 목소리가 그것들을 말할 줄 모르기 때문에 인간의 가슴에 매몰되어 있는 기쁨들도 있지요. 더 나아가서, 만약 하늘로부터 어떤 천사가 당신에게 그의 나라의 언어로 그것들을 얘기하기 위하여 어느 꽃핀 나무 가지에 내려앉았다면, 강한 바람에 의해 꺾이지 않았고 폭풍우에 의해 태질을 당해보지 못한 젊은 당신은 그것들을 이해하지 못할 거요. 아, 슬프다! 괴로움을 겪어보지 못한 영혼은 행복에 대해 무엇을 이해할 수 있겠소? 우리의 범죄들에 대해 말하자면…." 하고 그는 미소 지으며 보태 말했소.

"오!" 나는 눈물에 젖은 눈을 한 채 외쳤소.

"선생님, 들어보세요." 하고 그는 곧 나의 말을 중단시키며 말했소. "당신은 베르니까의 범죄자들과 단 몇 시간만을 같이했지요. 그러나 그들의 전 생애를 알게 되기 위해 당신에게 단 한 시간이면 족했습니다. 모든 우리의 날들은 한결같고 서로 닮았어요. 그들은 모두 평온하고 아름답죠. 그들은 우리 유년시절의 날들처럼 빨리 그리고 순수하게 지나갑니다. 매일 저녁 우리는 하늘을 칭송합니다. 매일 아침 우리는 신에게 간구합니다. 우리는 신에게 그 전날의 햇빛과 그늘을 요구합니다. 우리 수입의 주요 부분은 가난한 허약한 흑인들을 되사는 데에[99] 바쳐집니다. 그것이 그 식민 이주자들이 우리에 대해 나쁘게 말하는 으뜸 되는 원인입니다. 우리가 노예 신분으로 살고 있는 모든 사람들을 해방시킬 수 있을 만치 부유하기만 하다면야! 우리들의 하인들은 우리의 친구들입니다. 그들은 우리의 기쁨들을 나누고, 우리는 그들의 슬픔들을 달래줍니다. 그렇게 해서 우리의 삶은 슬픔도 없이, 회한도 없이 흘러갑니다. 우리가 과거에 대해 얘기하는 일은 드물고, 미래에 대해서 말하는 일도 드뭅니다. 우리는 후자에 대해 두려움 없이, 전자에 대해서는 쓰라림 없이 얘기합니다. 만약 우리가 상대방의 눈시울이 눈물로

---

99) 흑인 매매는 프랑스 혁명과, 그 후, 왕정복고에 의해 폐지되었지만, 프랑스 식민지에서는 1848년에 이르러서야 중단되었음.

젖어 있는 것을 발견할 때면, 그것은 크나큰 행복들에는 눈물이 있어야 하기 때문입니다. 크나큰 비참함에는 눈물이 없죠."

"친구 어르신" 하고 나는 긴 침묵 끝에 말했소. "세상의 비난들이 당신들에게까지 미칠 수 있다 해도, 당신들의 행복은 충분한 답이 될 것이겠죠."

"당신은 젊소." 하고 그는 대답했소. "세상의 때 묻지 않은 순수하고 순박한 양심을 지닌 당신에게는 우리의 행복이 우리의 미덕의 징표이지요. 세상 사람들에게는 그것이 우리의 범죄를 구성합니다. 자, 그러니까 고독은 좋은 것이고, 사람들은 아쉬움의 대상이 못됩니다."

"그들 모두가 당신을 비난하는 것은 아니에요." 하고 나는 말했소. "그러나 당신의 가치를 감식하는 사람들조차도 당신이 세론을 경멸한다고 비난하거든요. 그리고 당신의 미덕을 인정하는 사람들은 당신이 도도하고 자부심이 강하다고 말하더군요."

"제 말을 믿으세요." 하고 랄프는 대답했소. "이 비난 속에는 소위 나의 경멸 속에서보다 더 많은 오만이 있어요. 세론에 관해 말하자면, 선생님, 세론이 치켜 올리는 사람들을 보면, 우리는 세론이 짓밟는 사람들에 언제나 손을 내밀어야 하지 않겠어요? 사람들은 그 세론의 호의가 행복의 필요조건이라고들 하죠. 세론을 믿는 사람들은 그것을 존중해야겠죠. 나에 관해 말하자면, 나는 그 세론의 변덕스런 입김에 따라 증대되고 감소되는 모든 행복을 진정으로 동정합니다."

"몇몇 도덕주의자들은 당신의 고독을 비난합니다. 그들은 모든 사람은 사회에 속하고 또 사회는 그의 동참을 요구한다고 주장합니다. 그들은 당신이 사람들에게 따르기에 위험스러운 선례를 만들고 있다고 덧붙여 말하고 있습니다."

"사회는 그것으로부터 아무것도 기대하고 있지 않는 사람으로부터 어떤 것도 요구해서는 안 됩니다." 하고 랄프 경은 대답했소. "위험한 선례라는 견해에 대해서 말하자면, 선생님, 나는 그것을 믿지 않아요.

세상과 결별하기 위해서는 너무나 많은 기력이 요구되며, 그 기력을 얻기 위해서는 너무나 많은 고통들을 겪었어야 하기 때문이죠. 그러니까 어느 누구에게도 손해를 끼치지 않고 또 사람들이 부러워할까봐 두려워 숨어 있어야 하는 이 지극히 사적인 행복이 평화롭게 지속하도록 내버려 두세요. 자, 젊은 양반, 당신의 운명의 길을 따라가세요. 친구들, 직업, 명성, 조국을 가지세요. 나에 관해 말하자면, 내게는 앵디아나가 있소. 당신을 사회와 연계하는 그 사슬을 끊지 마세요. 그 사회의 법들이 당신을 보호해 준소면, 그것들을 존중하세요. 그 사회의 판단들이 당신에게 공정하다면, 그것들을 높이 평가하세요. 그러나 만약 사회가 어느 날 당신을 중상하고 배척하면, 그것 없이 지낼 수 있기 위해 충분한 긍지를 가지세요."

"그래요" 하고 나는 말했소. "순수한 마음은 우리로 하여금 유배를 견디어낼 수 있게 할 겁니다. 그러나 그것을 사랑할 수 있게 되기 위해서는, 우리에겐 당신의 반려 같은 동반자가 필요합니다."

"아!" 하고 그는 형언할 수 없는 미소를 지으며 말했소. "당신이 내가 얼마나 나를 경멸하는 이 세상을 동정하고 있는지를 아시고 계셨으면…."

그 이튿날 나는 랄프와 앵디아나를 떠났소. 전자는 나를 껴안았고, 후자는 눈물을 흘렸소.

"안녕" 하고 그들은 말했소. "세상으로 돌아가세요. 만약 언젠가 사회가 당신을 추방하면, 우리들의 인도식 초가집을 기억하세요."[100]

---

100) 베르나르댕의 1791년 소설 *La chaumière indienne* 인도 초가집 참조; 유식한 여행자가 오직 인도 천민의 초가집에서 진리를 찾았다는 플롯

죠르즈 상드 연보

1777　징세관인 뒤펭 드 프랑꾀이유Dupin de Francueil는 62세의 나이에 드 삭스 원수元帥 Maréchal de Saxe의 사생私生 딸인 29세의 마리-오로르 드 삭스Marie-Aurore de Saxe와 결혼함. 이 결혼으로부터 1778년에 상기 여류 소설가의 아버지인 모리스 뒤펭Maurice Dupin이 태어남.

1793　뒤펭 드 프랑꾀이유 부인은 옛날 프랑스의 주州였던 베리Berry 지방에 있는 노앙Nohant의 장원 겸 농장 대지를 구입함.

1804　6월 5일 모리스 뒤펭은 오래 전부터 동거하던 파리 새 장수의 딸인 안뜨와네뜨-소피-빅또아르 들라보르드Antoinette-Sophie-Victoire Delaborde와 정식 결혼을 함. 7월 1일 아마딘느-오로르-뤼실르 뒤펭Amadine-Aurore-Lucile Dupin(미래의 죠르즈 상드Goerge Sand)은 태어남.

1808　스페인에서 뮈라Murat 장군의 막료였던 모리스 뒤펭은 휴가차 노앙에 와 있다가 9월 16일 앵드르Indre 군郡의 행정 도시라 샤트르La Châtre에서 낙마落馬 사고로 사망함.

1808-18　어린 손녀 오로르는 노앙의 장원 저택에서 그녀의 할머니와 함께 살게 됨. 오로르의 어머니와 할머니 사이에 긴장관계가 지속됨. 그 어머니는 1810년부터는 파리에 거주하고 있지만 매 여름마다 노앙에 왔음. 오로르는 그녀의 부친의 가정교사였던 데샤르트르Deschartres를 다시 그녀의 가정교사로

	맞이함.
1808	1월에 오로르는 아우구스티누스 수녀원 학교의 기숙생으로 보내짐.
1819	오로르는 신비한 체험을 겪게 되고 한 때 수녀가 되기를 원함.
1820	오로르는 노앙으로 돌아옴. 뒤펭 부인은 그녀의 임종 전에 손녀를 결혼시키고자 함.
1821	12월 26일 오로르의 할머니가 타계함.
1822	아버지 쪽의 친척인 르네 드 빌르네브René de Villeneuve가 오로르의 후견인 임무를 떠맡지만, 그녀는 그녀의 할머니가 원했던바 그녀의 어머니와 떨어져 사는 것을 수락하지 않고, 그녀의 어머니와 함께 살고자 파리로 가지만 후자의 변덕스러움으로 인해 심적 괴로움을 겪음. 4월 19일: 제국 남작의 사생아인 29세의 프랑스와-까지미르 뒤드방François-Casimir Dudevent을 알게 됨. 9월 17일: 그녀는 빠리에서 뒤드방과 결혼함. 10월에 신혼부부는 노앙으로 떠남.
1823	모리스 뒤드방(후에는 모리스 상드로 알려짐)이 태어남.
1824	사냥 밖에는 다른 데에는 별로 관심이 없는 남편과의 결혼생활은 불행함. 그 두 사람은 취향에 있어 공통점을 지니고 있지 않음. 남편과의 타협을 거쳐 오로르는 뒤드방 남작부인이라는 공식 명칭을 갖고 일 년에 두 번 각 3개월 씩 파리에서 체재함.
1825	오로르는 오렐리엥 드 쎄즈Aurélien de Sèze를 만나게 되는데, 그녀는 그와 1830년까지 정열적이나 플라톤적 사랑관계를 유지함.
1827	오로르는 절친한 친구들의 써클을 만들고, 그 중에는 *앵디아나* 결론부의 수신자가 되는 쥘르 네로Jules Néraud도 끼어 있음. 그녀는 스테판느 아자쏭 드 그랑싼뉴Stéphane Ajasson de

	Grandsagne의 정부情婦가 됨.
1828	3월 13일: 딸 쏠랑즈Solange(대체로 그랑싼뉴의 딸이라고 추정됨) 태어남.
1830	7월 30일: 쥘르 상도Jules Sandeau를 만남.
1831	상도의 정부가 된 오로르 뒤드방은 남편 까지미르로부터 받은 연금을 가지고 그와 자식들을 노앙에 남겨둔 채 상도와 더불어 파리로 와 거주함. 상도와의 공동작업으로 소설 두 권을 쓰고 그것들을 각각 J. Sand와 J.S라는 저자명으로 출판함. 주간지 *피가로Figaro*의 편집장인 베리주민Berrichon 라뚜슈Latouche의 옹호를 받음.
1832	그녀는 노앙으로 돌아와서 딸을 데리고 파리로 돌아감. 독자적으로 *앵디아나*의 집필을 끝내고 그것을 G. Sand라는 익명으로 출판함. 그 다음 소설 *발렁띤느Valentine*를 George Sand라는 이름으로 출판함.
1833	7월 죠르즈 상드와 알프레드 드 뮈쎄Alfred de Musset의 애정관계가 시작되고, 상드의 소설 *렐리아Lélia*가 출판됨. 두 사람은 12월 12일 이태리 여행에 올라 31일에 베니스에 도착함. 그 도중에 스탕달Stendhal을 만남.
1835	뮈쎄와의 애정관계가 끝나고 상드는 탁월한 공화주의자 변호사 미셸 드 부르즈Michel de Bourges의 정부가 됨. 죠르즈 상드와 그녀의 남편의 합법적 별거를 위한 재판이 시작됨.
1836	7월: 죠르즈 상드와 그녀 남편의 합법적 별거가 확정됨. 8월: 상드와 그녀의 아이들은 스위스에서 리스트Liszt와 마리 다굴Marie d'Agoult을 만나 동반 여행을 함.
1837	1월에 노앙으로 출발. 4월: *여행자의 서신Lettres d'un voyageur* 출판, 미셸 드 부르즈와의 애정관계는 끝이 나고 아들 모리스의 가정교사인 말르피유Mallefille의 정부가 됨. 8월: 소설

모프라*Mauprat*의 출판. 8월 19일: 죠르즈 상드의 어머니 쏘피-빅뜨와르Sophie-Victoire가 타계함. 10월: 그녀는 정신적 지주支柱를 찾던 중 생시몽주의의 기관지 *지구Globe*의 창건자인 사회주의자 삐에르 르루Pierre Leroux를 만나게 되고, 그로부터 종교적, 정치적, 사회적 견해들에 있어 지대한 영향을 받음.

1838 2월-3월: 발작Balzac이 노앙에서 체재함, *모자이크 세공 대가들Maîtres mosaïstes*의 출판. 6월: 쇼팽Chopin과의 애정관계 시작. 10월-1939년 2월: 쇼팽과 스페인으로 여행. 12월 15일: 발드모사Valldemosa 산장에 거처를 정함.

1839 쇼팽과 죠르즈 상드는 프랑스로 돌아와 파리에 정주함. *스피리디옹Spiridion*과 *위스코크 인L'Uscoque*의 출판.

1840 *프랑스 여행의 동반자Le Compagnon du tour de France*와 다른 작품들의 출판. 가수 폴린느 비아르도Pauline Viardot와의 우정 관계의 시작.

1841 죠르즈 상드와 쇼팽은 노앙에 체재함. 소설 *호라스Horace*의 출판.

1842 *마조르카에서의 어느 겨울Un hiver à Majorque*과 *꽁수엘로Consuelo*의 출판. 이후자 소설은 특히 가수 폴린느와 르루에 대한 일종의 헌정 작품임. 들라크로아Delacroix가 노앙에 방문 와서 쇼팽과 우의를 맺음.

1843 꽁수엘로의 속편으로 *루돌슈타트의 백작부인La Comtesse de Rudolstadt*의 출판.

1844 *잔느Jeanne*의 출판.

1845 1월-3월: *앙지볼트의 방앗간 주인Meunier d'Angibault*의 출판. 10월-11월: *앙또 안느 씨의 원죄Péché de M. Antoine*의 출판.

1846 2월 6일-15일: *마술에 걸린 늪La Mare au Diable*이 프랑스 통

	신*Le courrier français*에 실려 발표됨. 5월: 책으로 출판된 *마술에 걸린 늪지*가 쇼팽에게 헌정됨. 11월 11일: 쇼팽은 정든 노앙을 떠나 홀로 파리로 감.
1847	4월 15일: *내 생애의 역사*l'Histoire de ma vie의 집필 시작. 5월 19일: 쏠랑즈와 조각가 끌레쟁제Clésinger의 결혼. 이 결혼은 죠르즈 상드와 쇼팽 간의 불화를 일으킴.
1848	프랑스의 2월 혁명 발발. 공화주의 편에 개입된 상드는 실망과 환멸을 느끼며 노앙으로 돌아옴.
1849	쇼팽의 사망.
1850	상드는 그녀 아들의 친구인, 그녀의 나이보다 13년 밑인 조각가 알렉산드르 망쏘Alexandre Manceau와 애정관계를 맺기 시작함.
1853	*각적角笛의 달인들*Les Maîtres Sonneurs과 다른 작품들의 출판.
1855	상드가 깊은 애착을 느꼈던 손녀, 쏠랑즈의 딸 잔느Jeanne의 사망.
1856	이후 몇 년에 걸쳐 여러 소설의 출판.
1859	상드가 뮈세와 가졌던 관계의 스케치인 전기 *그녀와 그*Elle et lui의 출판. 이 작품에 대한 답으로 알프레드의 동생 뽈Paul은 *그와 그녀*Lui et elle를 출판함.
1860	이후 2년 동안 소설 셋을 더 출판함.
1862	2월-3월: *따마리스*Tamaris의 발표. 5월 17일: 모리스 상드는 리나 깔라마따Lina Calamatta와 결혼.
1863	플로베르Flaubert와의 서신 교류 시작. 모리스의 아들이 태어남. 모리스와 망쏘 사이가 나빠짐.
1864	6월: 죠르즈 상드와 망쏘는 파리 남단 에쏜느 군郡의 주요도시 빨래조Palaiseau에 거처를 정함. 7월 21일: 모리스의 아들 사망. 그녀의 애인이 된 젊은 화가 마르샬Marchal과 가르질레스

	Gargilesse에 체류. 8월-11월: *처녀의 고백*Confession d'une jeune fille를 양 세계의 잡지Revue des Deux Mondes에 연재해 발표함.
1865	7월-8월: 양 세계의 잡지에 *실베스트르 씨*Monsieur Sylvestre 씨 발표. 8월 21일: 48세의 나이로 망쏘 사망. 상드는 파리에서 열리는 문학인 만찬회(마니Magny 만찬)에 자주 참석함.
1866	*1월 10일: 모리스의 딸 오로르 태어남. 7월-8월:* 양 세계의 잡지에 *마지막 사랑*Dernier Amour 발표. 죠르즈 상드는 8월과 11월 두 번에 걸쳐 플로베르의 손님으로 크로아쎄Croisset에 체재함. 죠르즈 상드는 병이남.
1868	모리스의 딸 가브리엘Gabrielle 태어남. 크로아쎄에 가서 플로베르를 방문함.
1869	6월-9월: 양 세계의 잡지에 *구르는 돌*Pierre qui roule 발표. 12월: 플로베르는 노앙을 방문함.
1870	2월-3월: 양 세계의 잡지에 *모든 것에도 불구하고*Malgré tout 를 발표함.
1871	2월 9일: *전쟁 중 여행자의 일기*Le Journal d'un voyageur pendant la guerre를 탈고함. 3월 8일: 까지미르 뒤드방의 사망. 2주간 週刊 잡지 *시대*Le Temps 와 협력 시작.
1870-4	임종 전까지 소설 네 개를 더 출판함.
1873	투르게네프와 플로베르가 노앙을 방문.
1874	5월-6월: 파리에서 체재함. 여름과 가을: 죠르즈 상드의 건강 악화.
1876	수술이 불가능한 내장 폐색으로 죠르즈 상드 사망. 그녀는 노앙에 안장됨.

작품해설

1. 작가의 탄생

죠르즈 상드에 대해 충분한 지식을 획득하기 전에는 그녀에 대한 올바른 이해와 평가를 한다는 것이 쉽지 않다. 그녀의 삶과 문학은 혼연일체가 되어 있어, 그녀의 진지한 삶이 글쓰기에 있었다고 한다면, 그녀의 글쓰기는 단연 그녀의 삶의 중심을 이루고 있었다. 따라서 그녀에 관한 연구는 1950년대까지는 주로 전기적 측면에 초점이 맞추어져 있었다. 그녀는 흔히 한 편에서는 자유연애와 여성인권의 변호자로 또는 사회주의 내지 초기 공산주의적 이념들의 옹호자로, 다른 편에서는 19세기의 문제적 작가로 이해되곤 했다. 그러다가 1970년대에 들어서서 상드에 대한 재평가가 여성주의 운동과 궤를 같이하며 구미歐美 각지에서 활발히 전개되었다. 그녀의 여성주의에 대한 찬반논란은 여성주의의 담론의 변천과 더불어 지속되었다. 이제는 그녀가 그녀의 시대에 절실했던 인권옹호의 맥락에서 주장했던바, 나폴레옹 제국의 명문화된 구속적 결혼제도의 타파와 여성의 인권 신장은 거의 성취되어 있다고 사료된다. 다만 그녀를 총체적으로 어떻게 평가할 것인가는 아직 문제로 남아있다. 그녀는 어느 모로 보나 문제작가임에는 틀림없다. 그녀의 사회주의 노선을 총 정리한 연구서로는 쟝-끌로드 상드리에 Jean-Claude Sandrier가 낸 죠르즈 상드. 민중의 당*George Sand. Le parti du peuple* (Vaux: Cyber Terroir, 2004)과 그녀의 가족사 내지 시대사적 배경을 파헤친 연구서로는 미쉘 수베Michel Souvais의 *죠르즈 상드와 그녀의 판테온George Sand et son Panthéon* (Coulommiers cedex: Dualpha, 2003)이 여러 연구물 중에서 돋보인다. 그렇다면 그녀의 특성을 어디에서 찾을 수 있을까? 여기에 대한 일차적인 답을 제시한 문학연구가는 삐에르 살로몽Pierre Salomon이다. 그는 상드 연구에 평생을 바친 사람으로 그녀에 관한 세부적인 것들까지도 면밀하고 탁월하게 파헤쳤고, 그녀에 대한 총체적 이해에 결정적 방향을 제시하였다. 그는 작고하기 전 그의 연구의 총결산이 될 상드 연구서의 제목을 *타고난 소설가. 죠르즈 상드 전기Née romancière. Biographie de George Sand* (Grenoble: Glénat, 1993)라고 하였다. 그도 그럴 것이 상드는 성인이 되면서부터 엄청난 근면과 속도로 글을 써 내려갔던바, 그녀의 총 저술은 대략 69편의 소설들, 몇 개의 희곡들, 무수한 신문 기사들, 자서전과 25권에 달하는 서신교류를 망라하고 있다. 이러한 문학적 다산성은 한 마디로 한다면 1년에 두개 이상의 소설을 쓴 것으로 추산된다. 헨리 제임스는 그녀가 쓴 첫 소설 *앵디아나*의 놀라운 성공을 평하면서, 그녀는 새처럼 노래하는데, 여느 새와 다른 것은, 지지배배 지저귀는 연습도 하지 않고 단번에 충만한 표현과 음량을 보여주었다고 했다(*앵디아나* 영어판, 나오미 쇼오의 해설 참조). 니체는 한 술 더 떠 상드의 문체는 '젖소의 넘치는 우유Lactea ubertas'(K. Schlechta 니체 전집, II, 991) 같다고 했다. 죠르즈 상드는 과연 아무 힘 안들이고 자연발생적으로 작품을 써내려간 것일까? 이러한 혐의를 비판적으로 이해하기 위해서는 좀 더 면밀한 관찰이 요구된다.

2. 앵디아나의 집필 전후 상황

1852년의 '소개의 글'에서 죠르즈 상드는 그녀가 소설 *앵디아나*를 1831년 가을에 집필했다고 주장하고 있다. '나는 *앵디아나*를 1831년 가을 동안에 썼다. 이는 나의 첫 소설인 바, 나는 이것을 어떤 계획이나 또는 어떤 예술 내지 철학의 이론을 마음에 품지 않은 채 집필했다.' 그녀는 이어서 그녀가 그 당시 처해 있었던 연령대에서는 성찰과 자연적 경향들이 일치했었음을 강조하며 그녀의 창작의 자연발생적 측면을 부각시키고 있다. 죠르즈 뤼뱅Georges Lubin이 완벽하게 편집하여 출간한 상드의 서신 교류를 근거로 우리는 그녀의 집필이 진전되고 있었던 과정을 여실히 알아볼 수 있다. 그에 따르면 이 소설은 1832년 초, 1월 중순에서 3월 말 사이에 써졌다. 이것은 그녀의 글쓰기 작업이 얼마나 빠르고 효율적으로 진행되었는가를 보여주는 단적인 예라 할 수 있다. 그녀가 그 전해 가을을 집필시기로 언급한 것은 아마도 그녀의 작품구상 시기와 맞물려 그녀의 독자적 행보를 돋보이게 하려는 욕구에서 나온 오류가 아니었나 하고 추측해 볼 수 있을 것이다. 그 소설은 1832년 5월에 지. 상드G. Sand라는 저자의 이름을 달고 출판되었다. 그것은 얼마 안 있어 대성공을 거두고, 문제작으로 또 걸작으로 평가되며, 상드를 일약 유명하게 만들었다. 그런데 G. Sand를 어떻게 이해할 것인가, 그 저자가 남자인지 여자인지, 또는 남녀 두 작가의 합작품인지에 대한 추측이 무성하였다. 상드는 그녀의 친구 에밀 레뇨에게 한 1832년 7월 초의 편지에서 그 소설이 출판되기 전까지 통용되었던 '뒤드방 부인은 파리에서는 죽었고, 죠르즈 상드는 활발한 젊은이로 알려져 있다.'고 적고 있다. 그러나 여러 비평가의 예리한 평가에 힘입어 시간이 감에 따라, 그 저자는 한 여성작가라는 확신이 자리 잡게 되었다. 그러면 이제 그 이름의 출처에 대해 알아보기 위해 또 그 전에 그녀의 가문과 그녀의 결혼을 전후한 배경을 알아볼 필요가 있다.

아버지 모리스 뒤팽을 일찍 여읜 어린 상드, 즉 오로르는 그녀의 친할머니 마리-오로르 뒤팽 부인이 주로 길렀기 때문에 그 할머니에 대해 언급할 필요가 있다. 할머니는 그녀의 부친 쪽으로는 왕족의 후손이고, 그 모친은 그 당시의 아름다운 여배우 마리 랭또Marie Rainteau였다. 그녀의 남편은 유능한 징세관리로 교양과 유모가 넘치는 귀족이었다. 그러한 배경으로부터 뒤팽 부인은 귀족적 취향과 더불어 문화적으로 세련되었었다. 그러니까 상드는 그 할머니로부터 많은 문화적 감화를 받았고 특히 책 읽는 습관을 길렀다. 오로르의 어머니는 새 장수의 딸로 인간적 정은 많았지만 별다른 교양을 갖추지 못했었다. 그리하여 상드는 어려서부터 사회적 계급의 차이를 그 가족관계에서부터 몸소 체험했고, 그 계급적 갈등을 극복하기 위해 인권에 대해, 특히 여성의 사회적 불이익에 대해 많은 생각을 거듭했고, 결과적으로 그녀의 정신과 감정을 풍부하게 하기 위해 독서, 글쓰기와 다양한 인간관계를 추구하였다. 상드는 특히 그녀의 수녀원 기숙학교 시절부터 엄청난 독서광이 되었다(P. Salomon, 상게서, p. 22f. 참조). 또 다른 한편으로 그녀는 승마를 좋아하는 군인장교였던 그의 아버지로부터 승마를 비롯하여 남성복장을 즐겨 입고 또 심리적 불안감을 덜기 위해 씨가를 피우는 등 여러 남성취향을 이어받았다. 그리하여 그녀는 일찍부터 남녀의 성구별을 뛰어넘는 양성兩性겸유 androgynie의 경험을 하며 남녀동등권에 대한 생각을 키워나갔다. 그녀는 그녀의 독서목록을 놓고 그녀의 할머니와 대화를 나누며 여러 가지 조언을 듣곤 했다. 그런데 할머니 마리-오로르 뒤팽 부인이 1821년 12월에 타계하자 손녀 오로르는 부친 쪽의 후견을 받게 되고 그녀의 변덕스러운 어머니와의 관계에 시달려야 했다. 이 때 그녀의 앞에 나타난 귀족의 서자며 퇴역군인인 까지미르 뒤드방 남작과 만나게 되고, 두 사람은 그들의 비슷한 가족배경에 친화력을 느낀 끝에 1822년 9월에 결혼을 하였다.

뒤드방 부부는 노앙에 자리 잡고 살게 되었고, 오로르는 처음 얼마 동안은 행복했으나, 그녀는 알 수 없는 심한 권태에 빠지게 되고 기침을 심하게 하는 등 건강도 나빠졌다. 그리하여 남편의 배려로 마련되었던 피레네의 요양지 꼬프레Cauterets로의 휴양여행을 통해 여러 새로운 친구들을 만나게 되었고, 그녀는 건강과 명랑성을 되찾았다. 그러한 기분전환의 노력에도 불구하고 그 두 사람의 성격과 취향의 차이는 점차로 확연히 드러났고, 그 결과 그들은 서로 냉담하게 되었다. 그리하여 그들은 오로르가 일 년에 두 번 삼 개월 씩 파리에 가서 살고 그 생활비를 까지미르가 그녀의 연금으로 3,000프랑을 －상드의 유산에서 나오는 총수입의 오분지 일－ 지출하기로 1824년 신사협정을 맺었다. 오르르는 노앙과 파리를 넘나들며 여러 친구들과 우정을 나누었는데, 그 중에서도 그녀에게 자연과 식물학에 대한 흥미를 불러일으켰던 쥘르 네로Jule Néraud, 해부학과 생리학의 기초개념들을 전달해준 스테판느 드 그랑싼뉴Stéphane de Grandsagne, 철학, 정치, 교육학, 의학에 이르기까지 박식했던 오렐리엥 드 쎄즈Aurélien de Sèze가 그녀의 작가적 발전에 영향을 미쳤다. 오로르는 그러한 교제의 덕분으로 그녀가 천부적인 소질인 글쓰기에 더욱더 매달리게 되었다. 특히 그녀가 1828년 딸 쏠랑즈를 출산한 이래로 그녀는 그녀의 정신적 독립을 확고히 하기 위해 그녀의 일기와 여러 여행기 외에 창작에 손을 대기 시작했다.

그러던 중 오로르 뒤드방은 1830년 7월에 쥘르 상도Jules Sandeau라는 다소 수줍어하는 편이나 매우 재치 있는 19세의 청년을 알게 되었다. 그들은 '낭만주의에 대한 열광'(P. Salomon, p. 35)을 공유했던바, 감정적으로 또 지성적으로 곧 친해졌고, 오로르는 그의 정부가 되었다. 1831년에 걸쳐 그녀는 그와 합동으로 단편소설 *프리마돈나La Prima Donna*와 두 소설, *위탁 판매업자Le commissionaire*, *로즈와 블랑슈Rose et Blanche*를 각각 Signol, J. S., J. Sand라는 저자 서명을 붙여 출판했다. 그러나 어떤 완전 독립을 꿈꾸고 있었던 그녀로서는 이러한 합동작업이 성에 찰 수가 없었다. 그녀는 1832년 초에 파리에서 노앙으로 돌아가 2, 3개월 만에 *앵디아나*를 썼고, 그 원고를 들고 5월에 다시 파리로 왔다. 그녀의 편집자는 그 소설의 저자를 J. Sand라는 서명으로 제시했는데, 그 이유인즉 출판계에서 상당한 성공을 거둔 *로즈와 블랑슈*가 그 서명을 사용했기 때문이었다. 그러나 쥘르 상도는 자기와 무관한 작품의 저자로 오해받기를 원치 않았다. 이 문제를 명쾌히 해결해 준 사람은 오로르 뒤드방의 문학적 후원자 앙리 드 라뚜슈Henri de Latouche였는데, 그는 자신이 작가였고, 또 평론가였기에 뒤드방 부인의 저술활동에 조언과 비평을 해주며, 그녀를 지도하는 입장이었다. 그의 제안은 Sand는 그대로 놔두고 그 앞의 이름은 George로 하라는 것이었다. 그리하여 *앵디아나*는 G. Sand의 서명으로 출판되었고, 그 같은 해에 나온 두 번째 소설 *발렁띤느Valentine*부터는 George Sand의 서명을 쓰기 시작했다.

3. 앵디아나의 수용과 문학사적 의의

1832년 판의 서문에 적혀 있는바, '작가는 그것들[사회의 불평등과 운명의 변덕]을 반영하는 거울에 또 그것들을 복사하는 기계에 지나지 않으며, 만약 그의 각인들이 정확하고 그의 반영이 충실하다면, 어떤 사과를 할 이유가 하나도 없는 것이다.' 상드는 스탕달과 발자크에 의해 주도되고 유행되고 있는 새로운 문학운동인 사실주의의 소용돌이 속에서 창작활동을 시작했다. 그런 맥락에서 이 소설에 대한 첫 반응은 상드의 문학적 후견인이었던 라뚜슈의 예에서 찾아볼 수 있다. 그가 그녀의 파리 아파트로 방문 왔을 때, 그는 그의 앞에 놓여 있던, 막 출판된 *앵디아나*를 집어 들고 첫 몇 페이지들을 예리하게 뒤적거리며, 그것이 발자크 풍이라고 곧 단정하였다. "자, 보게. 이건 모작模作이야. 발자크 식 문체야! 모작이야. 내가 무슨 말을 하겠나? 발자크란 말이야, 내 무슨 말을 하겠나?(*Indiana*, Folio, p. 358)" 상드는 *앵디아나*의 28장에서 레이몽과 갓 결혼한 로르로 하여금 그녀의 모사화에 대해 '모작 pastiche'이란 개념을 적용케 하고 있듯이, 모작에 대한 의식을 충분히 갖추고 있었다. 자부심과 독립심이 강한 상드에게 그녀의 작품이 고작 모작이라 함은 상상도 할 수 없는 일이었다. 그러나 라뚜슈는 그 소설을 자기 집에 가지고 가서 밤새도록 읽고 나서야 그것이 지닌 독창성을 알아볼 수 있었다. 그런데 문학 이론상 사실주의의 핵심은 모작이다. 예술에서 '모작'이란 어떤 실제적인 것을 어떤 틀을 통해 보는 이중모방인 것이다(롤랑 바르트Rolland Barthe, *S/Z*, XXIII, '모형으로서의 그림' 참조). 그것을 문예학에서는 따블로tableau 기법이라고 하는데, 플로베르가 즐겨 사용하였다. 그러니까 *앵디아나*의 첫 장은 온통 따블로의 연속이다. 그 틀 속에서 세 남자 등장인물들과 여주인공이 적절히 반영되어 있다. 그런 맥락에서 다분히 사실주의적이다. 문제는 그것이 그 소설이 지닌 모든 것이 아니라는 것이다. 결국 명민한 라뚜슈는 이 소설이 지닌 모든 문체적 미학적 장점들을 충분히 파악하고 나서 죄책감을 느꼈다.

상드는 그녀의 자서전에서 다음과 같이 적고 있다. '그 이튿날, 내가 깨어났을 때에, 나는 다음과 같은 편지를 받았다….' 그 편지 내용은 류뱅Lubin이 편집한 *서신교류Correspondance*(1832년 5월 21일 자 편지)에 더 상세히 적혀있다. '내가 어제 저녁 그대의 책의 처음부분에 관해 지껄인 어리석은 말들을 용서해 주게, 그대의 책은 걸작이오. 나는 밤을 새워 그것을 읽었소…. 주제, 사건의 순서, 시정詩情, 영혼의 내밀하고 감탄할만한 지식, 모든 것이 훌륭하오. 그 문체의 단순성, 광채와 견고성은 그대를 단번에 현대 작가들의 선두에 세워놓고 있소…. 그대의 절친한 투덜거리는 동료의 말을 믿어줘요. 발자크와 메리메는 *앵디아나*에 깔려 죽어 있소. 아! 나의 귀여운 이여, 나는 얼마나 행복한가!' (*앵디아나*, 폴리오 판, p. 358에서 재인용)

앵디아나가 출판된 5월서부터 7월에 걸쳐 그 소설에 대해 쏟아져 나온 여러 비평들은 매우 감격적 찬사를 담았거나 아니면 적어도 적절한 미학적 평가와 함께 호의적이었다. 한 예를 들면 자크 르롱Jaques Lerond이란 비평가는 그 소설 안에 두 가지 유형의 감정 상태, 즉 격렬한 욕정의 사랑과 미묘하고 섬세한 감정을 관찰하게 된다면서, 그 전자는 남성 작가에 의해, 후자는 여성작가에 의해 집필되었을 것이라는 추측을 내놓기도 했다. *앵디아나*는 인기를 거듭해 1832년 10월 5일에는 프랑스 서지書誌 Bibliographie de la France는 그것의 제 삼판을 공고했다. 그 당시 프랑스에서 가장 의미심장한 정기 간행지 *양 세계의 잡지*에 영향력 있고 두려움의 대상이기까지 한 비평가 귀스타브 플랑슈G. Planche는 그 책의 테마를 호평했다. 발자크는 *풍자La Caricature*에서 다음과 같이 평했다. '나는 그보다 더 소탈하고 더 멋지게 쓴 어떤 것도 알지 못한다.' *앵디아나*에 대한 비평을 상당 기간 동안 숙고해 오던 당대의 저명한 비평가 생뜨-뵈브Sainte-Beuve는 10월 5일자의 *국민지Le National*에서 그의 입장을 표명했다. '사람들이 *앵디아나*에서 우리 주변에서 목격되는 관습들과 인물들을, 자연스러운 언어를, 우리에게 익숙한 틀에서의 장면들을, 또 일상적은 아니지만 깊이 느껴지고 정확히 관찰된 격렬한 열정들을 발견했다면, … 그들은 이 책을 애독하고, 그것을 삼키고 그것의 불완전한 것들을 용서하려는 유혹을 받게 된다.' (*Indiana*, folio, p. 361) 그는 같은 글에서 그 소설의 여러 미학적 장점들을 열거하면서도, 그것의 후반부는 사실주의적 노선에서 벗어나고 있다는 이유에서 '걸작 chef-d'oeuvre'이라고 칭할 수는 없다고 하였다. 하여간 그의 비평과 인가는 *앵디아나*에게 루소의 *신 엘로이즈Nouvelle Héloïse*와 비견되는 문제작으로서의 확고한 지위를 부여했다. 다른 한 편에서는 결혼제도의 체계적 반대자로 내지는 생시몽주의적 자유사랑의 옹호자로 죠르즈 상드를 비판하려는 소수 견해도 있었지만, 그에 반대하여 그러한 문제제기를 옹호하는 견해도 만만치 않았다. 이러한 상황을 종합하듯, 드 지라르댕De Girardin 부인은 그녀의 *파리 서신Lettres parisiennes*에서 문학에 별로 우호적일 수 없었던 1832년의 상황을 다음과 같이 적고 있다. '우리 문학은 한 걸작이 솟아오르고 있는 것을 목도하였으며, *앵디아나*의 제명題名은 이 시기에 우리의 여가시간을 다투어 빼앗고 있었던 그 콜레라에도, 그 폭동들에도 불구하고 온 프랑스

에서 진동하였다.' (*Indiana*, 폴리오 판, p. 362)

끝으로, *앵디아나*의 출처와 문학사적 위상에 대해 고찰할 필요가 있다. 앞서 언급했듯이, 상드는 그녀의 수녀원 시절부터 독서광이었고, 작가로 등단한 이후로는 체계적으로 그녀의 철학적 세계관을 정립하고자 노력하던 과정에서 아리스토텔레스에서 라이프니츠에 이르기까지 다양한 철학서적도 틈틈이 탐독하였다. 문학에 있어서는 프랑스의 당대 작가들은 물론이고, 셰익스피어와 괴테도 읽었다. 프랑스 작가들로는 단연 루소의 *민약론*을 두 번 그리고 *에밀*을 탐독했다. *앵디아나*에서 반향 되고 있는 작가들로서는 디드로와 루소 외에 베르나르댕 드 쌩-삐에르Bernardin de Saint-Pierre, 샤또브리앙Chateaubriand, 세낭꾸르Senancour, 스탕달Stendhal, 발자크Balzac 등을 꼽을 수 있겠다. 이 단순한 목록만 보아도 상드의 문학적 기원이 프랑스 낭만주의와 사실주의의 틈새에서 이루어졌음을 쉽게 알 수 있다. 그러니 사실주의의 지배적 조류 속에 집필된 이 소설에는 낭만주의적 요소도 다분히 함유되어 있다. 르네 웰레크René Wellek가 낭만주의의 특징으로 제시한 세 기준에 -'문학관으로서 상상력, 세계관으로서 자연, 시적詩的 문체로서 상징과 신화 imagination for the view of poetry, nature for the view of the world, and symbol and myth for poetic style' (*Concepts of criticism*, New haven, 1967, p. 161) -따르면, *앵디아나*는 그런 요소들을 충분히 갖춘 낭만주의적 작품이라고도 간주할 수 있다. 즉 상드의 첫 소설에는 사실주의적 경향과 낭만주의적 경향이 혼재되어 있고, 그리하여 그 문체는 '정의할 수 없는 문체un style indéfinissable'라는 의견이(Eric Bordas, *Indiana de George Sand*, Gallimard folio, 2004, p. 101) 맞는다고 할 수 있겠다. 달리 말해 보자면, 상드는 *앵디아나*의 1832년 판 서문에서 언급한 바의 사실주의적 입장 표명에도 불구하고, 그녀의 인도주의적 내지 이상주의적 자세를 언제나 견지하였다. 이 소설에서 죠르즈 상드는 사회비판적 의도들을 담고 있으면서도 궁극적으로는 이상적 결혼관계를 꿈꾸었던 후기낭만주의자로서의 모습을 드러냈다. 이러한 맥락에서 우리는 *앵디아나*의 끝부분에서 왜 그 두 주인공이 자살의 시도를 번복하고 목가적 존재양식을 선택했는지를 좀 더 낫게 이해할 수 있을 것이다.

끝으로 문학사적으로 볼 때, *앵디아나*가 플로베르와 프루스트에게 적지 않은 영향을 미친 것은 특기할 만하다.

4. *앵디아나*의 미학적 기법

그 소설의 첫 장면은 그 향후 발전의 실마리가 담겨있는 설명부로서 조금도 손색이 없는 걸작이라는 대체적 평을 받고 있다. 브리 지방의 고풍스러운 장원 저택에는 은퇴한 델마르 중령, 델마르 부인, 랄프 경, 이 세 사람이 그 공간을 채우고 있고, 부수적으로는 오펠리아라는 암컷 사냥개가 그 적막한 분위기에 한몫 끼고자 하는 것이다. 그 다음 장으로부터 그 저택에 침입하려든 레이몽이 분위기를 역전시키며, 이야기의 템포는 빨라진다. 1부와 2부에 걸쳐 플롯의 전개는 충분한 흥미와 긴장의 모멘트를 유지하고 있다. 21장에서 앵디아나는 자신의 모든 것을 바치려고, 그녀의 남편을 떠나 레이몽에게 가지만, 그는 그녀에게 퇴짜를 놓고, 그녀는 결국 센 강변을 따라 걸으며 자살의 방법으로 익사를 시도한다. '누운의 자살의 본보기가 그녀의 절망의 시간들을 그처럼 오랜 동안 위무해 왔으므로, 그녀는 자살을 일종의 유혹적 환희로 변용시켰다.' 그 당대의 비평가 쌩뜨-뵈브에 의하면, 여기서 그 소설의 본래적 플롯은 끝나는 것이고, 그 후로 계속되는 것은 오직 상상력의 유희에 지나지 않는다는 것이었다. 이러한 점을 고려할 때, 그 소설의 템포는 일단 주춤해질 수밖에 없는데, 그러한 단점을 보완하기 위해 상드는 파리, 보르도, 부르봉 섬의 장소 topos에 각기 거기에 해당되는 문화적, 사회적, 자연풍토적 색채를 가미함으로써 독자의 흥미를 계속 유지하고자 노력한다. 그녀는 여러 예술기법과 수사학적 장치를 동원하는데, 그 몇 가지 예를 들어보기로 한다.

개의 이름 오펠리아는 물론 셰익스피어의 희곡 *햄릿*에서 차용한 것이다. 그 암컷 사냥개는 세 번 등장하는데, 그 두 번째 등장에서, 그 개는 센 강변에서 물속을 걷고 있는 그녀의 여주인 앵디아나를 찾아낸다. 즉 랄프가 그녀를 구조하는 데에 앞장을 선 것이다. 그 세 번째 등장에서는, 27장에서 앵디아나가 그녀의 남편을 영원히 등지며 프랑스, 보르도로 가는 범선에 타기 위해 그 곳으로 지어가는 카누를 타고 있었을 때, 오펠리아가 그녀를 쫓아가려고 바닷물에서 헤엄쳐 가다가, 그 노 젓는 수부들에게 살해당한다. '그 충실한 개가 그들에게 가까이 온 순간에 그들은… 그의 두개골을 박살냈고, 앵디아나는 그녀를 레이몽이 한 것보다도 더 사랑하였던 그 동물의 시체가 물위에 떠있는 것을 보았다.' 또한 이 문장의 맥락에는 이미 앵디아나의 마음속에서 레이몽과의 사랑의 한계가 느껴지고 있음이 시사된다. 그 개의 죽음은 앵디아나의 닥쳐올 전락을 예고하고 있다. 상드가 차용하고 있는 원천의 구조構造에서는 그 여주인공이 익사하고 그 개는 무사할 수가 있을 것이다. 그러나 상드는 전환법轉換法 hypallage이라는 수사修辭적 기법을 동원하여, 그 여주인공에 해당될 법한 별칭을 개에게 부여하고 있다. 그 위에 상드가 즐겨 구사하는 삼단 또는 삼 중첩tripartition의 기법도 돋보인다. 즉 과거지향적 보나파르트 주의자인 델마르, 1814년의 헌장을 신조로 삼는 정통 왕조주의자인 레이몽, 비타협적 공화주의자인 랄프, 이 세 사람은 일종의 알레고리로서 1830년 7월 혁명 이전의 임시변통의 평형을 대변하고 있다. 이와 더불어 이중묘사 기법으로 앵디아나와 누운의 유사성과 상이성이 드러나고 있고, 또한 낭만적 앵디아나와 28장에 등장하는 아주 실제적 로르 드 낭지와의 대비는 이상주의와 사실주의의 대조를 넌지시 알려주고 있다.

마지막으로 말하는 것이지만, 결코 가벼이 보아서 안 될 것은 그 소설의 독특한 이상주의적 결말이다. 랄프와 앵디아나가 거주하는 산간의 공간은 루소의 꿈이 실현된 듯한 장소이다. '우리 수입의 주요 부분은 가난한 허약한 흑인들을 되사는 데에 바쳐집니다. … 우리가 노예 신분으로 살고 있는 모든 사람들을 해방시킬 수 있을 만치 부유하기만 하다면야! 우리들의 하인들은 우리의 친구들입니다. 그들은 우리들의 기쁨들을 나누고, 우리는 그들의 슬픔들을 달래줍니다. 그렇게 해서 우리의 삶은 슬픔도 없이, 회한도 없이 흘러갑니다.' 외종 사촌간인 랄프와 앵디아나에 대해 근친상간의 의혹이 제기되기도 하였지만, 그러한 사회적 도덕률에 의한 비난은 인간의 문명을 어느 정도 벗어난 자연적인 공간에서, -샤또브리앙의 소설 *르네/René*에서처럼 실제적 근친상간의 조건하에 그 두 남녀 주인공이 각각 죽음을 맞이하는 경우와는 달리, -제한적이나마 사실적事實的으로 지양되고 있는 것이다.

앵디아나

초판인쇄   2012년 9월 11일
초판발행   2012년 9월 17일

지 은 이   죠르즈 상드
옮 긴 이   염 승 섭
펴 낸 이   최 두 환
펴 낸 곳   도서출판 시와 진실

출판등록   1997. 6. 11. 제2-2389호
주   소   서울시 동작구 상도1동 557
전   화   02) 813-8371
팩   스   02) 813-8377
이 메 일   ambros@hanafos.com
홈페이지   http://www.shiuajinshil.com

ISBN   978-89-90890-39-9 03860

국립중앙도서관 출판시도서목록(CIP)

앵디아나 / 죠르즈 상드 저 ; 염승섭 역.
-- 서울 : 시와 진실, 2012
     p. ;   cm

원표제: Indiana
원저자명: George Sand
프랑스어 원작을 한국어로 번역
ISBN   978-89-90890-39-9 03860 : ₩18000

프랑스 소설[--小說]

863-KDC5
843.8-DDC21   CIP2012003995

이 도서의 국립중앙도서관 출판시도서목록(CIP)은
e-CIP홈페이지(http://www.nl.go.kr/ecip)와
국가자료공동목록시스템(http://www.nl.go.kr/kolisnet)에서
이용하실 수 있습니다. (CIP제어번호: CIP2012003995)